文学的秩序世界：中国现代文学批评新论

The Order World of Literature: The New discourse of Modern Chinese Literary Criticism

周海波　著

人民出版社

国家社科基金后期资助项目
出版说明

后期资助项目是国家社科基金设立的一类重要项目，旨在鼓励广大社科研究者潜心治学，支持基础研究多出优秀成果。它是经过严格评审，从接近完成的科研成果中遴选立项的。为扩大后期资助项目的影响，更好地推动学术发展，促进成果转化，全国哲学社会科学规划办公室按照“统一设计、统一标识、统一版式、形成系列”的总体要求，组织出版国家社科基金后期资助项目成果。

全国哲学社会科学规划办公室

目　　录

中编　创造与规范：新文学范式中的文学批评

下编　自由与秩序：文学回归中的文学批评

绪论　中国现代文学批评研究的思考

进入21世纪以来，中国现代文学批评研究所取得的成就是令学术界瞩目的。无论是文学批评史专著的撰述，还是关于文学批评家、批评文本、批评方法、批评思想的研究，都较之以往的研究有了长足的进展。应该说学术界在对文学批评的学科定位、批评家的文学史定位、文学批评方法的理论探讨等，都取得了重要的成绩。但已有的研究成果表明，不仅中国现代文学批评涉及范围宽广，研究领域有待进一步开掘，而且它所关联到的现代文学的理论问题，关联到的现代文化的重构等命题，都有待于进一步的研究。中国现代文学的诸多问题，如文学的现代性问题、雅俗流向问题，中国现代文化的诸多问题，如现代文化的激进与保守、自由主义知识分子文化与农民文化的对立与融合的问题，现代市民文化与新型知识分子文化等，都在文学批评活动中取得了充分的体现。也可以说，中国现代文学批评所研究的问题，也正是现代文学和文化的重要问题。

一、回顾与反思：中国现代文学批评研究的问题意识

作为中国现代文学史整体构架中的文学批评及其研究，一直处于比较特殊的位置。一方面，文学批评往往与中国现代文学思潮、文学发展密切相关；另一方面，文学批评的研究又往往“独立”于文学研究之外，20世纪80年代以来的各种文学研究方法、重写文学史的讨论似乎与中国现代文学批评的研究并无太大的关系。文学批评史的书写，及其对中国现代文学批评思想的研究、文学批评方法的研究，似乎是在一种相对独立的状态中进

行的，既没有在20世纪80年代的重写文学史中显示出自己的身影，也没有在同时期的方法论讨论中发挥应有的作用；既没有在20世纪90年代的人文精神讨论中占有必要的位置，也没有在文化研究中占得先机。可以说，中国现代文学批评的研究一直在学术的边缘地带，缺少必要的学术激情和参与理论讨论的圣诞意识。

翻阅各种中国现代文学史著作，文学运动、文学论争、作家作品占有了它们应该占有的位置，随着新方法、新观念的输入，现代文学史的撰写越来越倾向于作家作品论的集合，而文学史发展的内在动力、文化机制的研究却越来越远离了文学史。与此同时，我们很少发现中国现代文学批评在各种版本的《中国现代文学史》著作中占有它应有的位置。文学史家们往往对文学批评视而不见，或者是将它作为作家的文学思想或文学运动、文学论争的"附着物"，而没有对文学批评进行必要的文学史关注。在这些文学史著作中，司马长风著《中国新文学史》（昭明出版社1980年版）为"文学批评"开辟了专章，冯光廉、刘增人主编的《中国新文学发展史》（人民文学出版社1991年版）从一个侧面论及了现代文学批评。应该说，这两部文学史著作对文学批评的重视，不仅使文学批评获得了它在文学史上应有的位置，而且从文学发展史的角度肯定了文学批评的价值意义。但是，比较于整个中国现代文学的研究与撰述工作，文学史家们对文学批评投入的精力和取得的成绩，还是相距甚远，是极为不相称的。

文学批评史既是文学批评的历史，同时又是思想文化的历史。这种双重属性决定了文学批评既是一种文学的精神活动，发展为一门独立的文学学科，同时又体现着思想文化的特点，它与文学、文化、社会密切联系在一起，"批评是一般文化史的组成部分，因此离不开一定的历史和社会环境"①。文学批评作为中国现代文学发展过程中不可或缺的部分，它不仅通过正常的作家作品批评活动，促进文学创作的发展，而且，它以其特有的方式参与了现代文学与思想文化的发展进程，对于现代文学观念的形成和发

① 韦勒克：《近代文学批评史》，杨自伍译，第1卷，上海：上海译文出版社1997年版，第10页。

展，对于现代文学各种文体艺术的发展变革，都起到了举足轻重的作用。应当看到，文学批评具有它自身的两重性质，作为精神产品的文学批评和作为创作批评、价值判断的文学批评，它既是文学艺术的，又是科学的。批评家的批评活动和作家的创作活动一样，都是一种精神劳动，批评文本也是具有某种审美价值意义的精神产品，它是一种审美反应和创作的延伸，是文学活动不可或缺的组成部分；同时，文学批评作为对文学的批评方式，具有文学创作所不具备的特殊的文学意义，它应当与文学创作具有相同的独立的地位。所以，文学批评不仅应该入史，而且应该是现代文学史的一个重要组成部分。

20 世纪 80 年代以来，随着文学研究的深入发展，人们开始关注文学批评，将文学批评纳入到整个文学发展的进程中，探究现代文学批评发展的内在规律与特点，考察其对于现代文学发展的推进作用，给文学批评以充分的历史地位，出现了一些颇有分量的现代文学批评研究专著，如王永生主编的《中国现代文学理论批评史》（贵州人民出版社 1986 年出版）、温儒敏的《中国现代文学批评史》（北京大学出版社 1993 年出版）、刘锋杰先生的《中国现代六大批评家》（安徽文艺出版社 1995 年出版）、许道明的《中国现代文学批评史》（江苏文艺出版社 1995 年出版）、杨义与陈圣生的《中国比较文学批评史纲》（台湾业强出版社 1998 年出版）以及由陈圣生等翻译的斯洛伐克学者玛利安·高利克的《中国现代文学批评发生史（1917—1930）》（社会科学文献出版社 1997 年出版），陈剑晖、宋剑华主编的《20 世纪中国文学批评史》（海南出版社 2003 年版）等等，使中国现代文学批评史的研究，从其起步就具有较高的理论水平和文学史厚度，为整个现代文学批评史的研究与撰述奠定了坚实的基础。上述中国现代文学批评史大多注重于批评家的专题研究，从批评家的文学观念和批评思想、方法入手，比较全面地探讨批评家的理论贡献，确定了批评家在批评史上的地位。作为一门学科建设，现代文学批评史的研究是建立在对整个中国现代文学的认识和理解的基础上的，它将文学批评作为“文史哲学”，比较注重研究批评家的文学思想、理论主张与现代文学创作方法的关系，一些批评史也注意到了作为文体的文学批评，从批评主体和文体方面探究其得失。但是，与这些批评史对批评家文学思想理论的研究相比，还缺少应有的必要的"文学批评"自身的研究，缺少"批评史"的研究，如对文学批评的概念界定，批评家的知识结构和思维方式与其批评活动的关系，批评家的心理特征与批评活动的走向，文学批评的文本构架和文体特征，现代文学批评的形成和发展，等等，都是需要文学批评研究去进一步研究探讨的问题。

综观20世纪80年代以来的中国现代文学批评研究，主要呈现出以下几个特点：

第一，中国现代文学批评史的研究与撰述，作为中国现代文学学术领域的新开拓，试图在文学批评这一较少受到关注的领域中，寻找到合适的课题。从某种意义上说，现代文学批评的研究，往往是现代作家作品的研究遇到问题时所寻找的另一途径，因此，批评家的研究往往成为作家研究的另一种表现，批评史的撰述往往会成为批评家研究的汇编。我们发现，几部比较有代表性有成就的批评史著作，对批评家的研究都取得了令人满意的成果。温儒敏在其《中国现代文学批评史》中就说："本书的目标不是全景式地扫描中国现代文学批评史的详细地貌，而是集中展示批评史上一些最为重要的'景点'，有选择地论评14位最有代表性的批评家及相关的批评流派，以此概览现代批评史的轮廓。"[①]由此可以看到作者对批评家的高度重视。这部著作对所论述的14位批评家都有非常深刻独到的认识与理解，并进行了到位的理论分析。由于温著所选择的批评家是经过认真的和文学史的考量，并将批评家纳入文学史的框架和流派的格局中进行论述，因而，这些批评家论具有相当积极的文学史意义。许道明的《中国现代文学批评史》则是把批评家置于一定的文学批评史的结构中，阐述批评家的文学史意义。

第二，在各种研究著述中，一般学者显然更热衷于批评史的撰述。在近二十多年的学术研究中，出版的各种中国现代文学批评史著作占有较大的比例。人们往往注重于对"史"的编撰和描述，而缺少更深刻的理论兴趣。或者说，多年来的文学批评本来应该更关注文学理论、文化理论发展

① 温儒敏：《自序》，《中国现代文学批评史》，北京：北京大学出版社1993年版，第1页。

的问题,关注现代文学批评所提出的与中国现代文学以及文化发展相关的一些理论课题,但是,我们的文学批评研究却恰恰在这些方面失语。如何将中国现代文学的研究和著述与中国现代文学研究、中国现代文化史的研究以及中国文学和文化发展的重大理论问题关联起来进行深度研究,这是需要去研究而又往往疏于研究的。

第三,对文学批评概念的内涵与外延、定义与使用,需要进一步进行讨论,有必要对相关问题进行廓清。对什么是文学批评,不同的学者站在不同的立场和不同的角度,就有不同的解释,甚至在同一位学者的同一部著作中,都可以有不同的使用范围,对文学批评有不同的理解。文学批评、文学理论、文学研究、文学思潮、文学鉴赏等概念交叉出现在一些研究论著中。概念使用的混乱从某种意义上就是研究方法和研究思路的混乱,尤其是对文学批评与中国现代文学发生与发展有内在关系,文学批评这一概念在文学实践中的意义,都需要进一步明确。

二、文学批评研究的方法论问题

实际上,中国现代文学批评不仅仅是对中国现代文学创作及其作家的批评,也不是被动地阐释作家的创作思想和文学作品的涵义,文学批评在其发展中建立了应有的独立的品格。它以自己的方式认知人生、社会与文学,以其特有的学科意识联系着文学、文化、哲学、心理学等。同样,中国现代文学批评在其百年发展的历史进程中,逐渐发展,形成了明晰、鲜活的特点。它既有文学的色彩,也有哲学的思辨;既有文学的规范,也有社会的职责。多重概念交织一体,构成了中国现代文学批评的基本品格。

需要注意的是,多年来对中国现代文学批评的研究,往往走入了一条用中国的文学批评来阐释西方文学理论的狭窄胡同,或者以西方文学批评方法代替中国现代文学批评方法,以西方的批评标准为标准,以西方的批评方法为手段,简单地、机械地把作为世界文学格局中的中国文学视为具有西方文学特征的文学。中国现代文学的发生、发展,无一不受西方文学、文学批评以及哲学、心理学、社会学等学科影响。因而,引进西方文学理论和研究方法研究中国现代文学批评是极其正常的,运用西方文学理论和方法能够切入中国现代文学批评,并且能够发现和解决研究中的若干重要问题,多年来的研究成果已经表明了这一点。

西方文学理论和批评方法,是西方文学理论家在西方文学创作的文学经验基础上总结出来的。尽管人类的审美经验有其共同之处,但不能不承认东西方文化的巨大差异而造成的文学观念、艺术方法等方面的差异。因而,"作为文化交流而输入的外来因素固然可以给我们某种启发,但却并不能够代替自我精神的内部发展"①。的确如此,西方文学理论与批评方法,都是西方文化的结晶,是西方审美经验的提升,是适用于研究西方文学和文学批评的重要理论。因此,以西方文学理论研究中国文学和文学批评,既有可能削足适履,又有可能淹没了中国文学和文学批评的独特性,从而使中国文学和文学批评研究成为对西方文学理论的简单注解,或者以西方文学理论简单地阐释中国文学和批评。例如,影响和制约中国现代文学发展以及中国文学研究的现实主义理论,对现代文学创作产生了重大影响,也对现代文学批评的研究产生了决定性的影响。中国文学拥有自己的现实主义作家和创作,但是,当我们以西方现实主义文学原则和理论方法批评中国文学,研究中国现代文学批评,就出现了极端性的问题,把现实主义作为文学批评的唯一原则,以现实主义衡量所有的作品和理论方法。一个作家的作品无论怎样,只要是现实主义的,就一定是被肯定的甚至是优秀的。一个批评家只要他所采用的理论是现实主义的,就一定是积极的,是被重视的。同时,为了说明或肯定作家作品的文学史意义,无论是作家的作品或是批评家的批评思想、方法,都可以被戴上现实主义的帽子,贴上现实主义的标签。多少年来,现实主义决定论,现实主义唯一论,制约了文学的多元发展,也制约了文学批评的发展。

本书将重新确立中国现代文学批评研究的坐标,讨论中国现代文学批评的价值意义。本书在以下几个方面突现了其应有的学术趋向。

---

① 李怡:《现代性:批判的批判》,北京:人民文学出版社2006年版,第12页。

第一，将文学批评作为一个具有独立性的、独特学术意义的研究对象，从这一对象的研究出发，探讨中国现代文学批评与中国现代文学之间的内在关系，通过批评家和某些批评现象的个案研究，全面系统地梳理中国现代文学批评的发生、发展及其特点，讨论中国现代文学批评对中国现代发生、发展的作用。本书将文学批评作为中国现代文学的一个重要组成部分看待，作为中国现代文化构成的一个部分，通过考察中国现代文学批评讨论中国现代文化建设中的若干理论问题，从而扩大了研究对象的范围，深化了研究深度，努力突破研究对象的局限性。

第二，将文学批评的价值重构与中国现代文学的观念重构以及中国现代文化的价值体系联系起来，在文学批评的讨论过程中，重建中国现代文化的学术规范。对中国现代文学批评的研究不仅仅是对现代文学批评家做出定评，也不仅仅是梳理某些批评现象，而主要是通过对个别现象和个别批评家的研究，重新建构中国现代文学的批评体系、批评方法以及批评文体。在文学批评的研究中进一步探索现代文化的价值观念和思想内涵，探究中国现代文学的价值体系和文学观念。可以说，对中国现代文学批评的研究某种意义上就是对中国现代文学价值观念的研究，是对"什么是中国现代文学"的学术问题的重新定位。

第三，重建话语的世界。在梳理各种中国现代文学批评思想观念及方法、概念等问题的同时，如何重构中国现代文学的话语世界，如何规范中国现代文学批评的学术方法和概念，这是中国现代文学批评研究必须要解决的问题。中国现代文学批评既联结着中国现代社会和文化，也联结着中国文学，从这个意义上说，中国现代文学批评的若干话语都与中国现代文学的理论问题密切联系在一起，对文学批评的理论问题的解决也就是对中国现代文学研究中的诸多理论问题的解决。因此，本书对于进一步完善中国现代文学的学理性、强化文学批评研究对于中国现代文学的关联意义，以文学批评的研究带动文学研究的发展，具有重要的方法论意义。

第四，将文学批评作为中国现代文化的一个重要组成部分进行考察，通过对文学批评的研究，讨论中国现代文学及其文化的基本特点以及存在的问题。从某种意义上来说，中国现代文学批评不仅仅是对中国现代文学的批评，而且也是以文学批评的方式参与现代文化建设，无论是批评理论方法，还是批评文本，都体现着批评家一定的文化思想，呈现出一定的文化倾向。文学批评对文学作品以及文学思潮的批评研究，整理发掘蕴藏于其中的文化意蕴。也可以说，文学批评参与现代文化建设，不仅是自身的文体体现，而且更是它在现代文化秩序与规范的重建过程中所发挥的作用，文学批评的批判性特征对文化建设的积极意义以及文学批评作为文化批评而具有的文化精神，是文学批评史研究工作的重点之一。

三、资料与文献建设

中国现代文学批评的研究，同样需要建立一套系统的完备的具有实用价值的文献资料。20 世纪 80 年代，王永生主编的《中国现代文论选》是较早的资料整理，为后来的文学批评研究奠定了基础，90 年代，李子云等主编的《世纪的回响·批评卷》（珠海出版社）提供了更进一步的研究资料。同时，一些作为高等院校中国现代文学教学参考用书出版的《文学运动史料》也对文学批评研究具有文献价值，如北京大学等主编、上海教育出版社于 1979 年出版的《中国现代文学史参考资料》中的《文学运动史料选》（1—5）、刘长鼎、陈秀华编著、山西高校联合出版社于 1994 年出版的《中国现代文学运动史料编年》、陈平原等编、北京大学出版社于 1997 年出版的《二十世纪中国小说理论资料》（1—5 卷）、李春雨主编、北京师范大学出版社于 2008 年出版的《中国现代文学资料与研究》等。这些资料的建设，在某种程度上解决了现代文学及其文学批评研究的资料短缺的问题。

但是，应该看到，与文学研究的资料与文献建设相比，文学批评研究在资料整理与文献建设等方面还相对落后，缺乏必要的系统的整理研究工作，严重影响了文学批评研究工作的深入开展。对于中国现代文学批评研究来说，注重对中国现代报刊资料整理和使用，将文学批评回到当时的历史语境中，考察文学批评作为一种文体在报刊发表时的情境，寻找文学批评与文学共建的因素和可能性，是一项亟需建设和开拓的重要工程。

中国现代文学批评研究的资料及其工作主要包括以下几个方面:第一,中国现代文学批评论著基本情况的调查。有关中国现代小说、散文、诗歌等文体,都有较为可观的著录版本的整理与出版。中国现代文学批评的研究,不仅需要理论上的阐述,而且更需要对文学批评著作的出版情况建立一个可信的、有据可查的档案库,但目前还未见有关中国现代文学批评著作的版本、书录一类的著作问世,研究工作相对滞后,影响了中国现代文学批评研究的基础及其发展。第二,中国现代文学批评史料的整理与出版。文学批评方面的史料应包括批评家、批评文本、文学批评期刊及其他与文学批评相关的史料。第三,中国现代文学批评研究文献。近年来,学界开始重视中国现代文学文献学的建设,认识到文献学对中国现代文学研究的意义,并已出版有这方面的著述。对中国现代文学批评来说,文献学同样具有不可小觑的意义,或者说,文献学与文学批评史的研究有更密切的、内在的联系。建立一套完整的、实用的中国现代文学批评文献学,应当是值得关注和努力的。

上编　中国文学批评的现代之路

在中国文学的现代化过程中，文学批评扮演了极为重要的角色，其意义并不限于文学领域。文学世界需要秩序，社会也需要秩序，文学秩序的建立与重构，显示着社会文化的秩序。随着文学观念、批评方法的不断变化，随着现代传媒对文学的不断介入，现代文学的发展进程与整个中国社会的发展关系越来越密切，在文化秩序重建中发挥着越来越重要的作用。新媒体和新的文学运动对传统文化价值的冲击和挑战，引发了“新”与“旧”、现代与传统的大碰撞、大交融、大变化，中国现代文学批评发展是沿着这条新与旧交织一体的特定轨道向前发展的，而在这其中的文学新秩序、新规范的艰难地探寻，恰恰反映了中国现代社会的某些趋向。

正是这样，中国现代文学批评是在秩序的破坏与重建中向前发展的，破坏旧的，建设新的，是文学批评的演变的主要动力。所谓文学的“新”与“旧”是中国文学的反叛者以及后起的文学史家们对中国文学的一种认识与评论方法，是对文学的“旧”秩序与“新”秩序的理解与评判。在他们看来，中国现代文学就是“新”文学不断破坏“旧”文学创造新文学的过程，是“旧”文学死去、“新”文学不断向前发展的文学。因而，“新”与“旧”的矛盾对立构成了中国现代文学及其批评发展演变的主流形态。

中国现代文学批评从其开端，就是在反叛传统文学价值观念的同时，又在建立一种新的审美价值体系，而每一次新秩序的重建又无不是打着文学的旗号进行的。从梁启超的“三界革命”到胡适、陈独秀的“文学革命”，首先是对传统文学秩序的挑战，梁启超在《论小说与群治之关系》中明确提出了改革中国小说的目标，阐述“中国小说界革命之必要”。要改革中国小说，首先需要否定批判中国传统的小说。从这个思路出发，梁启超文学批评是在否定传统文学秩序的同时，努力于建设新的文学观念、文学秩序及其价值体系。而梁启超开启的现代文学批评之路，昭示着文学与社会不可分割的关系。

有反叛，也有保守。中国现代文学“革命”的同时，也不断出现保守者的面孔。保守是对传统的保守，对文学的保守，对一种文化精神和信仰的保守，以王国维为代表的文学潮流，在融合中西文学观念的基础上，构建中国现代文学的“古雅”特征。王国维既没有简单否定中国古代文学，同时又受到外国哲学思想、文学思想的影响，试图建立既不同于中国古代也不同于梁启超的社会化文学观的新型文学秩序，努力于纯美的文学价值观念。从这个角度说，中国现代文学的发生与发展的过程，就是对新的文学秩序进行重建的过程，是在不断地批判或者继承传统的文学观念基础上，对一种新秩序的寻找与建立。在秩序重建过程中不同的文学力量形成相互竞争和矛盾，在不断的矛盾竞争中形成被现代社会所接受的新的文学观念和文学新秩序。

以梁启超和王国维为代表的文学观念，构成了中国现代文学批评发生时期的两大文学思潮，形成了两种思潮互存与互补、竞争与融合、共进的态势。中国现代文学批评也正是在这两种文学思想的矛盾中向前发展演变，在不同时期演化为不同的文学潮流和文学运动。以此观察中国现代文学批评的发生与发展过程，主要有几个比较重要的历史节点：一是20世纪初期以梁启超为代表的维新派人物，提出的以“小说界革命”、“诗界革命”、“文界革命”为主要内容的文学革命运动时期；二是“五四”时期以胡适、陈独秀为代表的新文化运动人物，提出的以反对文言文提倡白话文为主要内容的“文学革命”时期；三是北伐战争的大革命后以太阳社、创造社为代表的革命文学家，提出的以建立革命文学为主要内容的文学时期。这三个历史节点非常明晰地表明了现代文学发展过程中基本流向，呈现出不同时期的不同文学特征。

第一章　断裂与转型:中国现代文学批评发生学

如何认识中国现代文学的发生,理解中国现代文学发生的背景,寻找中国现代文学发生的动力及其发生的时间,探求作为"现代"时间段的中国文学的特征,是需要我们进一步研究的问题。

一、"转型论"再思考

关于中国现代文学和批评的形成,学术界比较一致地认同"转型论",即认为中国现代文学是中国古代文学的一次现代转型,或者说中国古代文学经过一定的发展变革,进入现代阶段后,转型为中国现代文学。这一观点经由钱理群等在《论"二十世纪中国文学"》中提出,随后被学术界普遍接受,并被广泛引用:

> "所谓'二十世纪中国文学',就是由上个世纪末本世纪初开始的至今仍在继续的一个文学进程,一个由古代中国文学向现代中国文学的转变、过渡并最终完成的进程,一个中国文学走向并融入到'世界文学'总体格局的进程,一个在东西方文化的大撞击、大交流中从文学方面,与政治、道德等诸多方面一道,形成现代民族意识(包括审美意识)的进程,一个通过语言的艺术来折射并表现古典的中华民族及其灵魂所在新的嬗替的大时代中获得新生并崛起的进程。"
>
> 黄子平、钱理群、陈平原:《论"二十世纪中国文学"》

毫无疑问,"转型论"是一个非常有诱惑力的观点,它不仅可以激发人们的民族文化的想象，而且为中国现代文学找到了传统的根基。

如何认识中国现代文学与古代文学的关系，是一个看似已经解决，但实际上仍在困扰着我们的问题。不可否认，中国现代与中国古代文学都属于中国文学的组成部分，中国现代文学中包含着古代文学的诸多因素，中国古代文学艺术精神的某些方面和艺术技巧，在现代文学中被继承下来。但是，并不能由此认为中国现代文学是由中国古代文学转型而来，也不能简单地把二者对等起来，必须清晰地认识到二者之间在文学观念、审美品格、文体等多方面的差别。更重要的是，如果我们站在文学史的立场上，全面审视中国古代文学与中国现代文学的关系，可能会发现，这其中蕴含着非常复杂的关系，无法用“转型论”进行简单地描述。

多年来，我们所接受并坚持的进化论文学史观，以为文学是随着时代发展而发展的，一时代有一时代的文学，不同时代会有不同时代的文学。因而，在这种观点看来，中国现代文学是中国文学进化过程中的一个阶段，是由古代文学转型而来。不可否认，中国古典文学的一些质素和艺术手段都能够对现代文学产生深刻的影响，都会在某些方面影响到现代文学形成和发展，影响到作家的创作。但是，这并不能表明中国古代文学就能够转型为中国现代文学。一种形态的文学转型为另一种形态的文学，既需要自身具有转型的要素，又需要具有转型的动力。第一，中国古典文学发展到晚清时期，自身并没有转向现代的要求和质素，也没有向现代发展的必要的基本动力。这些年来，人们不断能够从中国古代文学发现一些现代性的因素，试图阐述古代文学与现代文学的内在关系，这种愿望和努力是可以理解的。中国古代文学可能存在着某些与现代文学相似的特点，如晚明小品中的个性意识，一些作品中具有现代性的艺术方式等。但是，在某些作家和作品中的个性意识与现代文学所表现出来的人的觉醒具有本质的差别，那些存于作家身上的怪异、狷狂的个性特点，并不是一种现代意识的表现，而往往是自身行为的表现方式。同样，一些作品中与现代文学相似的艺术手段，也是在古代文学范畴中的某些个别性的艺术表现的方法，不具有现代艺术精神。第二，我们往往过于简单地认为古典文学发展到晚清就已经出现衰退，已经是穷途末路，认为古代文学的衰落必定会引发文学的现代性追求。其实，只要读读晚清的那些诗词、散文，就很难得出这样的结论。相反，我们可能会认为古典文学更加成熟、精致，很难与没落、腐朽等概念联系在一起。甚至我们还可以说，中国古典文学发展到晚清时期，其自身已经相当成熟，无论诗词还是散文，都是相当完备的，艺术上非常成熟而且表现出非常高的水平。钱基博在《现代中国文学史》中认为："桐城诸老，气清体洁，海内所宗……清初诗家有声者，如钱谦益、吴伟业、龚鼎孳为江左三大家，皆承明季之旧，而曹溶诗名，亦与鼎孳相骖靳。"①可见晚清文学在艺术上获得了较大发展，诗词艺术、散文艺术在某些方面甚至超越了以往的同类文体。如此成熟、如此为文人们喜爱的文学，其自身不可能提出变革的要求。第三，文学史的发展表明，后起的现代文学尤其是新文学，受到了具有古典意识的文人们的极力反对，新文学与古典文学的交锋一直是20世纪初期到30年代中国文学的最激烈最复杂的文学论争。从林纾到学衡派，再到章士钊，反对新文学的声音一直没有停止过，而一些古典型的文人们对新文学表现出的不屑一顾，也说明他们一方面没把新文学放在眼里，另一方面也说明古典文学继续沿着自己的方向发展着，有自己的既定的运行轨迹。

中国古代的文学与现代文学是两种不同性质、不同形态的文学。中国古典文学形态复杂，与今天所谓的"文学"无论内涵还是外延，并不是同一个概念，但是，追求结构、文采的美，则是中国古代文学共同的倾向。钱基博在《现代中国文学史》一书中这样厘定了"狭义的文学"的概念："狭义的文学，专指'美的文学'而言。所谓美的文学者，论内容，则情感丰富，而不必合义理；论形式，则音韵铿锵，而或出于整比；可以被弦诵，可以动欣赏。"②在以甲骨、竹简等笨重的书写材料为传播媒体的时代，人们讲求简约象征的审美观，在文体呈现上则如《诗经》以四言诗和诸子文字简洁透辟的散文为主；东汉发明造纸术后，文学传播的书写材料成为携带方便易于书写的纸张，随之而起的就是这一时期的"人的自觉"和"文的自觉"："曹丕

① 钱基博：《现代中国文学史》，南京：江苏文艺出版社2008年版，第29页。

② 钱基博：《现代中国文学史》，南京：江苏文艺出版社2008年版，第1页。

的一个时代可说是文学的自觉时代,或如近代所说,是为艺术而艺术(Art for Art's Sake)的一派。""为艺术而艺术"的审美倾向在文体上是对辞赋、诗歌、散文的选择,"所以曹丕做的诗赋很好"。鲁迅在评价汉文时说:"汉末魏初的文章是清峻,通脱。在曹操本身,也是一个改造文章的祖师",到曹丕那里,"于通脱之外,更加上华丽"①。所谓"华丽",正是对文学的美的追求;唐宋时代的雕版印刷也在某种意义上支持了这一时代诗词曲赋的发展。但古代传播方式主要是一种技术上的变革,还没有真正形成对文学的广泛传播,尤其它不是面向读者层面,因此也就决定了古代作家的写作主要是传经明道、抒情言志,也决定了古代文学的文体形式以诗词、文章为主。

但是,在现代社会革命和传媒的冲击下,古代文学的传统受到了极大的挑战。传统的审美观念和文体,已经不再适合于新的文学,因为"这也许我们正在开始一个新的批评时代,一个重新估定一切价值的时代,要从新估定一切价值,就得认识传统里的种种价值,以及种种评价的标准"②。社会革命对文学与文学批评提出了新的命题,赋予了其新的任务。现代传媒带来了新的价值尺度,也带来了新的文学观念和审美标准,对于新的媒体条件下的文学,文学批评需要重新调自己的批评方法和文体。从梁启超提倡"小说界革命"以来,文学批评开始改变古代批评的方法,尽管到王国维那里还仍然使用"词话"这一批评文体,但在整体批评的方法、批评思路和文体等方面,都已经发生了根本的变化,古代批评中经常使用的术语退出文坛,代之以一套新的批评语言。

---

① 鲁迅:《魏晋风度及文章与药及酒之关系》,《鲁迅全集》,第3卷,北京:人民文学出版社1981年版,第503、504页。

② 朱自清:《诗文评的发展》,《朱自清序跋书评集》,北京:三联书店1983年版,第240—241页。

二、中国现代文学批评发生的动力

既然古典文学自身不可能转向现代，缺少现代转型的根本动力，中国现代文学又在恰当的时候出现了，那么，这种文学转型的动力就是值得研究的。我认为，中国现代文学及其批评的产生与发展，并非文学自身的事情，而主要来自于文学外部的动力。

中国文学与西方文学的现代进程是不同的，西方文学一直流淌在文学传统的河流里，其现代转型是一种文学的自觉性行为。而中国文学则不同了，中国文学的转型有两个问题是值得注意的，一个问题是，它是对中国古代正统文学的否定又对民间文学的提升而实现转型的，它截断一条河流而重开了另一条河流；另一个问题是，它是在外力影响下实现其现代转型的，这种外力主要表现在近代以来的社会革命、西方影响以及现代传媒。这三种因素相互关联、共同促成了现代文学的发生，并影响到中国现代文学的性质及特征。在这三种外力作用下形成的中国现代文学，既不是中国古典文学向现代的一次转型，也不是西方文学的东方化，当然，更不是西方现代文学与中国文学的简单对接。

第一，中国现代文学是晚清社会革命的一次战略性转移

如果梳理鸦片战争以来的中国社会发展历程，我们可以发现，近代以来的中国社会走过了一条从物质文明到制度文明再到精神文明发展道路。鸦片战争后，中国文人意识到一个问题，我们之所以失败，主要在于物质文明远远落后于外国人，当我们以大刀长矛对攻于外国人的坚船利炮时，失败就是不可避免的。于是，近代洋务运动以及“师夷长技以制夷”的观点，成为人们普遍的共识。洋务运动主要解决的是中国社会物质文明的问题，试图通过物质文明的快速发展，“迎头赶上”西方帝国主义。在他们看来，只要物质文明发达了，中国社会的一切问题就可以迎刃而解。但是，洋务运动的结果并没有使中国真正的崛起，内忧外困的现实逼迫觉醒的文人们继续思考，这时，人们又将问题归结到政治体制，认为只有通过政治体制的

改良或者革命,才能够使中国发展的机会。康有为、梁启超的维新变法以及随后孙中山领导的资产阶级革命,都试图解决中国社会的政治体制问题。不过,康梁变法的失败,辛亥革命的失败,使中国的政治改革受到了极大的挫折。而正是体制改革的失败,才促使从事社会革命的知识分子不得不实行战略转移,将重点从社会革命转移到文学上来。从这个意义上说,中国现代文学的发生不是因为社会革命的成功,而是因为社会革命的失败。

康有为、梁启超维新变法失败后进行了一次战略性的转移,相继创办了《新民丛报》、《新小说》等报刊,提倡"诗界革命"、"小说界革命",试图以文学的手段解决政治手段无法解决的社会问题。梁启超将精力转移到文学上来,其目的不在于文学,而主要在于如何通过文学进行"新民",启发民智,使国民都能够参与或支持他们的社会革命。陈独秀之所以对文学感兴趣,也同样是因为他发现了文学可以改变国民精神,促进国民参加革命活动。由此可见,社会革命作为中国现代文学发生时期的强大动力,将中国文学引向社会化、政治化,倡导文学的大多是一些社会革命家,他们的注意力并不在文学上,而主要在文学之外,甚至他们并不特别懂得文学。这也就决定了中国现代文学的审美特征的缺失,也决定了中国现代文学批评往往不以美的标准而是以社会性、政治性标准要求文学的倾向。

第二,中国现代文学是西方文化影响的结果

西方文化随着鸦片战争而进入中国,既带给国人新的人生观念和民族国家意识,又促进了现代传播媒体的发展;清末资产阶级所发动的一次次社会革命,一方面加速了人们对西方文化更迫切的深入了解,以西方社会文化观念和制度文化改造中国的企图也越来越彰显;一方面资产阶级社会改良家和革命家们进一步认识到报刊传媒在社会革命中的意义,借报刊鼓吹改良、革命成为他们的主要手段。

西方文化是随着外国人的军事侵略一起进来的。当外国文化以强势者的姿态进入中国时,就显示出对中国文化的强烈的影响力和制约力。尤其当中国进行物质文明的建设时,西方的强势角色更为突出,宗教文化、商业文化等大量涌入,为人们塑造了一个想象中的西方形象,这是一个高度

"现代化"的文明的先进的国家形象，是一个遥远的被国人追逐的形象，这个形象逐步渗透进人们的日常生活中，影响着人们的思想观念。

在西方文化传入中国的过程中，文学只是伴随着其它各种文化一起进入的一个方面，西方宗教、历史、天文、地理以及其它一些文化知识，是较早传入中国的文化。19世纪末，在维新变法运动中，适应社会政治的需要以及国家强盛的现实需求，逐渐翻译介绍外国文学作品。如果看看早期那些翻译介绍的作品，大多与民族富强、国家崛起的思想主题相关，以《鲁滨逊漂流记》、《黑奴吁天录》、《斯巴达之魂》、《毒蛇圈》等这类作品为主。毫无疑问，这些作品与英雄气质、革命精神、大众参与革命等话语联系在一起，是发动民众的有效宣传材料。正是这样，我们在早期的文学翻译中，很少读到《哈姆莱特》、《红与黑》、《悲惨世界》、《堂·吉诃德》、《浮士德》等这些伟大的文学作品。这些社会意义强于文学意义的作品成为早期影响中国作家最重要的作品。这也就决定了西方影响主要是在社会政治上的影响，人们更多地考虑的是文学的社会价值。正如梁启超所说："今特采外国名儒所撰述，而有关切于今日中国时局者，次第译之，附于报末，爱国志士，或庶览焉。"①可见，人们需要的不是文学，而是文学中所包含着的思想、革命，是社会革命家们到文学中寻找到的与革命相关或者他们想象中的与革命相关的话语。

第三，中国现代文学是现代传媒文化精神的艺术呈现

李欧梵指出："清末文学的出现，特别是小说，乃是报刊的副产生，这些报刊是一连串日益深重的政治危机引发的一种社会反应。"尤其是"他们要求变革的愿望却以1898年那次失败的改良运动而告终。自上而下进行改革的希望破灭了，意在革新的知识界人士从无所作为的状态中振奋起来，成为中国社会的激进的代言人。他们的努力集中在制造'舆论'，向中央政府施加压力。于是他们发现通商口岸的报刊杂志是实现这种目的的一个

① 任公：《译印政治小说序》，陈平原、夏晓虹编：《二十世纪中国小说理论资料（第一卷）1897—1916》，北京：北京大学出版社1997年版，第38页。

很有用的媒体。"[①]晚清报刊的发展的确是当时政治危机的结果,资产阶级改良家们的维新变法失败后,进行了一次战略转移,试图通过文化、文学的改革以解决他们无法通过政治手段解决的社会问题。变法失败后,梁启超于1902年创办了《新民丛报》、《新小说》等报刊,并进而提倡"小说界革命"、"诗界革命"、"文界革命"。这一年,《大公报》创刊,而这张报纸的创刊带有明显的社会革命的色彩:"中国之衰,极于甲午,至庚子而濒于亡。海内志士,用中发愤呼号,期自强以救国;其工具为日报与丛刊,其在北方最著名之日报,这大公报。盖创办人英君敛之,目击庚子之祸,痛国亡之无日,纠资办报,名大公报。"[②]随后,《绣像小说》、《新新小说》、《时报》、《月月小说》等纷纷创刊,成为20世纪初期中国文化界一大奇观。一个时期如此集中地出现大量报刊,一方面是市场需要,读者购买并能够接受这些现代报刊,另一方面则是资产阶级从事社会革命受挫之后的一次战略转移。从这个意义上说,在资产阶级革命失败之后将精力转移到文学上来,其目的并不在文学,而主要在于借文学去完成其未完成的改良社会的任务,文学只是他们实现其社会理想的一个工具而已。也就是在这一年,"诗界革命"、"小说界革命"等与中国现代文学的发生以及中国现代文学批评的发生密切联系在一起的事件发生了,为中国带来了一种新的文学形态,注入了一种新的文学特质。

但是,仅仅看到中国现代文化史上出现的这些报刊是不够的,因为这些报刊不仅带来了文学载体,更重要的是这些报刊所带的新的文学价值尺度。麦克卢汉在《理解媒介》中提出一切媒介都是"人的延伸",从人的角度理解媒介,突出了人在传媒中的作用和意义,"所谓媒介即是讯息只不过是说:任何媒介(即人的任何延伸)对个人和社会的任何影响都是由于新的尺度产生的;我们的任何一种延伸(或曰任何一种新的技术),都要在我们的事务中引进一种新的尺度"。比如说,"铁路的作用,并不是把运动、运输、轮子或道路引入人类社会,而是加速并扩大人们过去的功能,创造新型的

① 李欧梵:《现代性的追求》,北京:三联书店2000年版,第179页。

② 张季鸾:《大公报一万号纪念辞》,王芝琛、刘自立编:《1949年以前的大公报》,济南:山东画报出版社2002年版,第1页。

城市、新型的工作、新型的闲暇"[①]。麦克卢汉的理论告诉我们,传媒的意义在于它以一种的价值尺度改变了人与人、人与物、人与社会的关系。以此来看中国现代文学,现代传媒带来的不仅仅是报刊和图书出版这些新的文学承载的空间,而且更重要的是现代传媒对文学的价值尺度的改变,是媒体所形成的传播强势对文学机制和规则的改变。报刊杂志和图书出版为文学的发表提供了物质条件,使作家的创作能够以物质的方式呈现给读者,并成为商品供读者购买。但传媒又不仅是物质形式的,它的出现和存在又是一种文化的形态和方式,体现着现代传媒为基础的现代文化精神,体现出面向大众和面向市场的平民文化特征。正是由于现代传媒的出现以及它对文学的影响,改变了文学的价值尺度,它改变了人们的感觉,也改变了人与文学的关系。现代传媒出现之前,文学是少数人的事情,文学是象牙之塔里的贵族社会的奢侈品。现代传媒将文学从象牙之塔里拉回到平民世界,人人都可以参与文学,文学因现代传媒而重新排列秩序,文学的审美价值尺度发生了根本性的变化。正是这样,研究中国现代文学就不能简单地以中国古代文学或者西方文学的审美标准和批评方法,而应当回到产生中国现代文学的现场,即现代报刊图书出版的现场,考察这些物质文化载体所形成的文化精神,以及这种文化精神所形成的新的机制和规划。麦克卢汉说:"媒体会改变一切,不管你是否愿意,它会消失一种文化,引进另一种文化。"[②]现代传媒出现以来,它带来的是哪一些文化的消失,引进的又是哪一种文化,这是需要现代文学研究者们回答的问题。

三、中国现代文学批评发生的时间及其表征

基于这样的认识,我认为中国文学与文学批评的现代转型,应该发生在 1902 年。

---

① 麦克卢汉:《理解媒介》,北京:商务印书馆 2001 年版,第 33—34 页。

② 麦克卢汉:《麦克卢汉精粹》,南京:南京大学出版社 2001 年版,第 248 页。

对于文学史的分期,历来有争论,而对于分期的标准同样有不同的观点,而对某种文学的形成,也有不同的认识与理解。我以为,尽管有不同的文学史分期的观点,对新的文学的形成有不同的观点,但是,一种新的文学的形成必定有新文学的质素的产生,有新的标准。对于中国现代文学来说,人们愿意用"现代性"作为新的文学形成的依据。应当说,这个观点是没什么问题的。但是,如果仅仅用"现代性"作为中国现代文学形成的标志,则有些过于笼统,不能说明中国现代文学的相关问题。这里还应该有更为具体的文学事件、文学家、文学创作的代表性作品等作为新的文学形成的标志。对于中国现代文学来说,则需要与现代文学密切联系在一起的现代报刊、作为文学实践者的作家或批评家、作为理论支撑而出现的中国现代文学理论、能够代表这种理论倡导或者文学风尚的作品等。之所以将1902 年作为中国现代文学发生的开端,主要基于以下几个方面的认识。

第一,中国现代文学代表性的具有领军意义的人物:梁启超

梁启超是作为社会活动家的身份进入文学界的。中日甲午战争失败后,康有为、梁启超联合在京参加会试的 1300 多名举人,上书皇帝,要求拒签和约、迁都抗战、变法图强,演义了著名的"公车上书",维新失败后逃亡日本,开始了他的新的生活和新的社会活动。在梁启超的一般生平介绍中,人们往往夸大了他的维新变法,而有意无意的忽视他的流亡生活。其实,梁启超在政治上的影响当数他的维新变法,而其后他在中国文化史上的影响则主要是在变法失败后参与的文学活动。

梁启超成为中国文学的代表性人物,由他提出一系列的文学改革的主张,是中国文学的"幸"还是"不幸",尚需进一步讨论。但是,梁启超无疑是中国现代文学批评建立时期最值得关注和研究的人物。而且更重要的是,他以其文学批评的思想、方法及其批评实践,成为中国现代文学批评发生的标志性人物。

第二,标志性的具有文学史价值的报刊:《新小说》

这里指的是以《新小说》为代表的一系列报刊杂志,应该包括《新民丛报》、《大陆报》、《新小说》、《大公报》以及此后的《绣像小说》、《新新小说》等,以及此前已经创刊并仍然在出版发行的一些报刊,如《申报》等。《新小

说》也许并不是中国现代文学史上最好的甚至也不是最著名的文学杂志，但是，它却在改变中国文学史的格局，促成现代文学的发生过程中，起到了重要的甚至是决定性的作用。《新小说》是中国最早专载小说的期刊，梁启超主编。光绪二十八年十月(1902)创刊于日本横滨，第2年起，迁移至上海，由广智分局发行1年，共出24期。所载小说，主要为创作，亦有译篇。它以内容分类登载，有历史小说、政治小说、科学小说、哲理小说、冒险小说、侦探小说，后又刊登语怪小说、法律小说、外交小说、写情小说、社会小说、札记小说、传奇小说等等。其他还载有戏曲、地方戏、笑话、杂记、杂歌谣等。在《新小说》上，有梁启超自作的《新中国未来记》，吴沃尧的《痛史》、《二十年目睹之怪现状》、《九命奇冤》、《电术奇谈》等。《新小说》的创刊不但为小说提供了一个重要的舞台，提高了小说的社会地位，而且带来了新的文学观念，创建了新的文学类型，开辟了中国文学的新的方向。

第三，新型的具有现代意义的文学作品：《新中国未来记》

《新中国未来记》并不是一部成功的文学创作，至多说它是一部用文学手段写出的宣传梁启超政治理想的作品。但这部作品的出现却标志着现代文学的真正发生，而且从某种意义上规定了现代文学作品的某些特征和功能。“新”仍然是梁启超立意表达的，“新中国”是他新民等一系列思想的一个主要的方面。在梁启超那里，“新”虽然不是“喜新厌旧”、“破旧立新”，但“新”却是对“现状”的变革，对“未来”的期望。在梁启超的小说叙事中，有意设计了一个中国与世界对立的二元结构，以孔子为代表的民族意识的象征。小说第一回“楔子”就是以倒叙的形式，叙述中国“维新五十年大祝典”的开场盛况。其时“万国太平会议新成”，各友邦皇帝、统领来华庆祝，我国“决议在上海开设大博览会”。这里面就隐含有梁启超的文化立场和他关于中国文化的展望。而世界“万国”则处在与中国对立的格局中，欲使中国崛起，没有好的办法，唯有先建一民族主义之国家，创造一个“新中国”。与其说这部小说是艺术创作，不如说是一部宣传梁启超政治理想的宣传品，是他立意要实现的社会理想的书写，或者说是梁启超社会革命的理想无法实现的文学转化。这部作品的文学史意义也主要在此。

第四，具有纲领性意义的文学批评理论：“三界革命”

“诗界革命”、“小说界革命”以及“文界革命”既标志着中国现代文学批评的发生,也是中国现代文学的发生,从某些方面来说,中国现代文学首先是一种理论的倡导,理论上的认识较之于创作上的实践不仅先了一步,而且对现代文学的发展产生了直接的指导作用,确立了现代的文学价值观念,更确立了文学与社会的密切关系,加强了文学参与社会革命的自觉性和目的性。从文学史的发展来看,“三界革命”作为现代文学发生的重要标志,具有其典型的特征和价值意义。

第二章　新文学与新批评格局的形成

不管文学史家们是如何评价“五四”新文化运动与中国传统文化的关系的，都不得不承认这样的事实：现代中国的整个话语系统正是在这个时代逐渐建立形成的。在文学批评活动中，现代批评话语在承继清末梁启超、王国维等人批评话语的基础上，获得了自己独立的品格。“五四”时期，对批评的自我确认和对西方文学思潮、批评观念的引进，促使现代文学批评试图重建一套崭新的文学批评话语体系，通过“他者”来界定自己，借用西方批评理论来观照“自我”的作品，从而构成了批评话语与文学语境的内在联结。

一、五四新文学与文学批评的新秩序

梁启超、王国维时代的文学批评已经注意到了东西文化汇流的基本格局，在引用西方文学观念从事中国文学批评时，逐步建立其有别于古代文学批评的话语体系。梁启超的《论小说与群治之关系》、王国维的《红楼梦评论》、鲁迅的《摩罗诗力说》以及周作人的《论文章之意义暨其使命及中国近时论文之失》等文章，将西方文学观念融入到中国传统的批评观念中，在批评思维、批评语言以及批评的运作方式上，都有新颖的创造。不过，从这个时期批评者的批评观念来看，他们主要是把文学批评作为某种社会批评、人生批评的代言者，批评与创作并没有什么明确的界限。文学批评被大量夹杂在作品序言、广告之中，像王国维、梁启超、鲁迅式的批评仅为凤毛麟角。“五四”以降，这种现象大为改观。文学批评极力从创作甚至社会评论中脱离出来，使自己成为具有独立品格的批评话语。

比较于“五四”时期的小说、诗歌等文体，文学批评意识的觉醒较晚。文学家们似乎将精力都投入到文学运动以及文学创作中，对于“文学批评”，似乎还不具备应有的独立意识，尤其是批评方法、批评意识等，批评家们似乎被动地跟在创作后面，批评文体也只是创作文体的附属品。也可以说，“五四”时期的文学批评在某种程度上是作为社会文化批评的一种手段，是随笔文体的一种。这种情况直到“文学批评”在文学报刊上以自己的独立面孔出现后，才得到改变。

（一）批评意识的觉醒

1917 年初，当胡适、陈独秀发动文学革命时，仍然沿袭了梁启超的文学思想，将文学作为解决社会问题的一种工具，他们的文章中还留有社会文化批评的影子，试图以文学参与社会政治，但一种文学的努力也已经表现出来。随后，钱玄同的《尝试集·序》、《“黑幕”》、志希的《今日中国之小说界》、胡适的《论短篇小说》、《谈新诗》等批评文章，已初步具有“文学批评”的特点，文学批评向着文学、美学特征的方向发展。“五四”新文学运动初期，一般的文学批评是与文学革命联结在一起的。

从 1918 年钱玄同发表《〈尝试集〉序》开始，“五四”文学批评就比较注重于作品批评。那种从自己的阅读感受出发，以某种理论为基点对作品进行阐释的批评文章，随着“五四”新文学创作的出现而出现，也随着创作的发展而发展。上海教育出版社 1994 年出版了陈鸣树主编《二十世纪中国文学大典（1897——1929）》，该大典录用了 1922 年和 1923 年的作品批评文章共 71 篇，其中既有名家名作，也有新人新作。选录的 1922 年的 20 篇文章的选目中，有胡先骕的《评〈尝试集〉》、郎损的《〈创造〉给我的印象》、叶圣陶的《玉诺的诗》、胡适的《康白情的〈草儿〉》、王剑三的《评冰心的〈超人〉与〈疯人笔记〉》、方兴的《〈商人妇〉与〈缀网劳蛛〉的批评》、谢康的《读了〈女神〉以后》；所选 1923 年的 51 篇文章的选目中，有成仿吾的《〈沉沦〉的批评》、许杰的《王成祖的〈飞〉》、闻一多的《〈女神〉之时代精神》和《〈女神〉之地方色彩》、梁实秋的《谈郑振铎的〈飞鸟集〉》、周作人的《〈沉沦〉》、陈中舫的《朱自清君的〈毁灭〉》等。实际上，翻阅当时主要的文学刊物，其批评文章大多是这类跟踪式的作品评论，批评家阅读作品之后，发表某种感想，缺少“批评”的特点，很难谈得上那些文章就是“文学批评”。出现这种现象的原因主要有以下几个方面：第一，“五四”时期的批评家，除沈雁冰、周作人、成仿吾几位外，大多还缺乏深厚的理论修养和批评实践，因而还不具备操作宏观批评文章和比较系统的作家作品研究的条件。第二，这时期的批评家与作家分工并不明确，专业批评家还没有出现，他们大多热衷于作品创作和创作评论。同时，作品批评又为发表创作的杂志所欢迎，也较容易在读者中引起注意。第三，处于尝试和初创阶段的“五四”文学，还没有产生文学大家，因此，尚不具备产生作家论或对文学现象进行宏观研究的可能性。可以看到，一些批评家往往以阅读某个作品后的印象、感想，代替了理论批评。这种现象随着批评意识的加深，批评实践的增多以及文学的不断发展，而得到逐步改善。但是，也恰恰是这些跟踪式的作品批评，丰富了“五四”文学批评，某种程度上还批评以批评的面貌，带来了一种新的批评样式。

这一时期较成熟的文学批评，如沈雁冰的《评四、五、六月的创作》、汪敬熙的《为什么中国今日没有好小说出现?》、成仿吾的《〈残春〉的批评》等，大多涉及对鲁迅、郭沫若等重要作家的评论，其他如沈雁冰的《读〈呐喊〉》、Y 生的《读〈呐喊〉》、成仿吾的《〈呐喊〉的评论》、曾秋士的《关于鲁迅先生》、冯文炳的《呐喊》、玉狼的《鲁迅的〈呐喊〉》等，都具有了一定的理论色彩，对文学批评的文体构造做出了自己的努力。张定璜的《鲁迅先生》是这一时期较系统地评论鲁迅而且较有影响的批评之一。张定璜是鲁迅与之过往较多的友人，对鲁迅有较深入的了解和认识。他的批评不是仅凭自己的印象和感受，而是从理论的高度对鲁迅及其作品进行理性的把握。这篇文章采用了比较的方法，将鲁迅小说与《双坪记》、《绛纱记》、《焚剑记》等近代小说作了比较。应当说，这些比较是有道理而且也是中肯的，显示出张定璜较深的理论功底。

与“五四”时期文学创作中的理性精神相比较，“五四”时期的文学批评更重视阅读感受和印象，人们还不太注重运用逻辑思维分析、判断，还缺少文学批评的理论基础，更多的是对作品做直观感受性的描述，也可以说，一些批评家并不太善于通过较为严谨的逻辑来表达自己的思想。发生在“五四”以后的几次关于创作的论争，很明显地透出初期文学批评的这种弱点。胡适的白话文学的主张，周作人的人的文学的主张，大多是一种理论上的倡导，还来不及进行更加系统的理论阐述。因此，一些文学批评活动也缺少必要的理论支撑。1922 年，围绕汪静之的《惠的风》发生的论争就是如此。1922 年 10 月 20 日的《时事新报·学灯》，发表了当时东南大学学生胡梦华的《读了〈惠的风〉以后》，彻底否定了汪静之的诗作《惠的风》。作者以道德家的形象责骂《惠的风》是“不道德”的，是故意公布自己“兽性的冲动”，“提倡淫业”。文章没有对作品进行理论分析，也很少进行作品的解读，而是一种简单的武断的评价，“做的有多么轻薄，多么堕落！是有意的挑拨人们的肉欲呀？还是自己兽性的冲动之表现呀？”这里没有分析批评，更没有必要的逻辑思维。那种直观的感受只流露了一个道学家的愤愤不平之情。然而，围绕这篇文章和汪静之的诗作出现的其他一些批评文章，也同样是缺乏必要的理论分析。章洪熙、鲁迅、周作人、于守璐、宗白华等人的文章也大多是感想的抒发，就连鲁迅的《反对“含泪”的批评家》也是一种杂感式的批评，周作人的《情诗》则是一种感悟印象式的批评，缺少对胡梦华文章的理论分析和批驳。这种批评文风甚至影响到对其他作家作品的评论上，类似读后感式的批评，成为这时期文学批评的一种时尚。

（二）传播媒体的支持

现代传媒与中国现代文学的发生发展有着密切的关系。文学批评也同样是在传播媒体的强力支持下形成的。

《新青年》从创刊开始就非常重视文学批评，虽然没有专门设立“批评”一类的栏目，但每期刊发的“通信”却具有一定的批评性质，陈独秀以“记者”名义所发表的通信，时常涉及文学问题。《青年杂志》的社告称：“本志特辟通信一门，以为质析疑难发舒意见之用，凡青年诸君对于物情学理，有所怀疑，或有所阐发，可直缄惠示，本志当尽其所知，用以奉答，庶可启发心思，增益神志。”《青年杂志》第 1 卷第 3 号不仅发表了陈独秀的《现代欧洲文艺史谭》，发表了他以“记者”名义为谢无量的《寄会稽山人八十四韵》所作的批评文字，而且在“通信”栏目中与读者讨论了《青年杂志》以及其他与文化、文化相关的问题。第1卷第4号的“通信”栏目又讨论了中国文学的有关问题，陈独秀指出：“吾国文艺犹在古典主义理想主义时代，今后当趋向写实主义。文章当以纪事为重，绘画当以写生为重，庶足挽今日浮华颓败之恶风。”第2卷第2号又发表了胡适的来信，初步提出文学革命的问题。由此开始，一位并不太关注文学艺术的社会活动家，开始关注文学艺术，并借《新青年》发起了一场影响后世的文学革命运动。“读者论坛”也是一个带有批评特点的栏目。1916年，《新青年》在第2卷第1号发表社告称：“本志自第二卷第一号起，新辟‘读者论坛’一栏，容纳社外文字。不问其‘主张’‘体裁’是否与本志相合，但其所论确有研究之价值者，即皆一体登载，以便读者诸君自由发表意见。”《新青年》借这个栏目主要发表社会评论，同时也发表与文学相关的文字。1917年1月，胡适发表《文学改良刍议》，随后，陈独秀发表《文学革命论》，文学批评成为刊物的主要内容之一。

1919年1月，《新潮》创刊号上开辟“评论”栏目，这个栏目既有文学批评，也有社会批评、新闻批评，第二期改为“评坛”后，以文学批评为主。这表明人们还没有真正把文学批评独立出来，文学批评的文体意识尚在萌芽之中，即使到了1921年《小说月报》上发表郎损（沈雁冰）的《春季创作坛漫评》和《评四五六月的创作》时，也仍将其列入“创作”栏目中。直到1922年6月，《小说月报》第13卷第6号在通信栏发表“批评创作的三封信”，第9号开辟“创作批评”栏目，同年，创造社的《创造季刊》也辟有“评论”栏目时，才将文学批评作为一种文体样式在文学刊物上表现出来。在这前后，也有刊物把“书评”与“批评”视为一体，以“书评”栏目发表文学批评的文章。其实，在当时的文学家看来，“书评”即文学批评，如同古代的诗文评一样，是对文学出版物的评论。1922年，《小说月报》第13卷第11号设立“创作批评”栏目时，编者（沈雁冰）曾作前言，指出：“我们也不敢说中国已有多少批评家，但是看了一篇作品后大约感动，觉得非说不可的时候，竟也无须自惭形秽，还是老实的说出来。”这说明，无论是编者还是作者已初步具备了批评的文体意识，开始相对重视文学批评，自觉为批评创造条件。

20世纪初，《新小说》杂志就开辟了“小说丛话”、《小说林》开辟了“评林”栏目。但是,这些栏目的设立与“五四”前夜上海十里洋场的小说商品化,以及资产阶级改良派看重文学的社会政治功能是密切联系在一起的,文学评论也是为了推举作品,制造声势。尽管我们不会否认这些及其一些批评文字的批评价值,但无论是栏目的设立者,还是文学批评的撰写者,更多地是把它视为一种商业行为或政治行为,只要看看那个时代的批评文字大多是跋序体式,就可以了然的。而“五四”时期设立的“批评”栏目,则已超越了批评的外在行为的阶段,进入到了批评文章的实践过程和具体操作阶段。一方面,人们加强了对文学批评的重视,将批评提到与创作同等的地位,另一方面也说明了人们的文学批评观念已得到了初步的加强。

当文学批评以杂志的一个栏目的形式独立出现时,既表明传播媒体对文学批评的重视程度,又表现出批评家借助媒体进行批评活动的自觉意识。与此同时,一些关于文学批评的理论文章也已开始出现。1920 年,雁冰发表在《创造》3 卷 1 号上的《为新文学研究者进一解》,1921 年发表在《小说月报》12 卷 2 号上的《新文学研究者的责任与努力》。这是较早地涉及批评问题的两篇文章,但其内容主要还是就创作中的一些问题展开讨论,其目的并不主要是针对文学批评。1922 年,胡先骕在《学衡》第 3 期上发表的《论批评家之责任》和沈雁冰在《小说月报》上发表的《“文学批评”管见一》、《“文艺批评”杂说》,是较早讨论文艺批评的论文。大体同一时期,楚茨发表于《文学旬刊》的《非审美的文学批评》,西谛的《圣皮韦的自然主义批评论》、俊仁的《文艺批评家圣佩韦评传》,也在文学批评的批评方法、批评态度、语言等方面表达了自己的见解。1922 年,鲁迅也发表《对于批评家的希望》和《反对“含泪”的批评家》,对新文学批评发表了自己的意见。成仿吾这个时期发表了一系列的关于文艺批评的文章:《批评与同情》、《作者与批评者》、《批评的建设》、《建设的批评论》、《批评与批评家》、《文艺批评杂文》等;郁达夫则有《批评的态度》、《批评与道德》等,周作人发表了《文艺批评杂话》、《文艺上的宽容》,王统照有《批评的精神》、《文学批评之我见》、《对于诗坛批评的我见》等,郭沫若有《批评与梦》等。同时,一些译介的批评文章也出现在报刊上,如由章锡琛翻译的日本学者本间久雄的《文学批评论》。这些文学批评论文,从不同侧面表现出了五四时期文学批评意识的觉醒。这种觉醒是批评方法上的觉醒和批评文体的觉醒。

（三）批评态度的变化

综观“五四”时期的文学批评，首先批评家们对文学批评态度给予充分的关注。“态度”意味着文学批评的切入点和批评文体的构造文体，意味着一种批评思路和批评语言的选择。阿尔贝·蒂博代曾言：“批评只有吸取了感情交流的力量才能变成为创造性的批评。”[1]这种态度在某种程度上制约着“五四”批评的发展。1922 年，成仿吾曾就胡适发表在《努力周报》上的《骂人》的编辑余谈，写了《学者的态度》一文，开篇就表明了这样一种学者的“态度”：

当我们为讨论或辩驳的时候，总应当以真挚的热忱，持研究的态度，对时时刻刻把问题的本体拿稳，放在我们的心头——这才是学者的态度。

成仿吾所说的学者的态度，就是文学批评的一种文风，“骂人”不是学者的态度，“故意抹杀了他人的论旨，故意压迫了他人的言论”，“没有真挚的热情，只知道一己的意气，贪一时的快感”，是学术研究、文学批评的“无穷的流弊”。在《批评与同情》中，他又一次强调批评的基本态度，要求批评者“应当超越一切偏执的见解”，“囊括一切部分的知识”，然后“将一个情况用最适当的方法表现出来”。鲁迅也就批评的态度发表过见解。他在《反对“含泪”的批评家》中，就对胡梦华批评汪静之《惠的风》的文章不以为然。指出：“批评文艺，万不能以眼泪的多少来定是非。”在《对于批评家的希望》中，他又指出：“批评家若不就事论事，而说些应当去如此如彼，是溢出于事权以外的事，因为这类言语，是商量教训而不是批评。”文学批评与创作是“对话”的关系，批评就是对话。这类批评态度不仅仅是真诚、热情所能概括了的，而且在批评语言上，呈现为“批评”而不是“教训”，是对话的“言语”。

王统照也是比较注重文学批评的态度的，他认为文学只是出自创作家

① 阿尔贝·帝博代：《六说文学批评》，北京：三联书店 1989 年版，第 176 页。

的严肃态度之中，而批评家"当然要用此同等的态度，去阅读文学的作品"[①]。什么是批评的态度？王统照认为，"流于浮夸，偏颇，恭维，谩骂之途"[②]决不是批评的态度，批评家必须在文学精神的引导下，有"相当的学样，有公正的见地，有远大的眼光，有绵密的思想，方可举起批评的权威"[③]。周作人则从另一个角度说明了批评家的态度，他在《文艺上的宽容》里说："聪明的批评家……他的批评是印象的鉴赏，不是法理的判决，是诗人的而非学者的批评。"因此，批评家的一个态度就是"宽容"。在他看来，批评就是批评家要表达自己的情感，要说自己要说的话：

> 我们在要批评文艺作品的时候，一方面想定要诚实的表白自己的印象，要努力于自己表现，一方面更要明白自己的意见只是偶然的趣味的集合，决没有什么能够压服人的权威；批评只是自己要说话，不是要裁判别人；能够在文艺批评里具备有诚和谦这两件事，那么勃拉克乌特记者那样失策庶几可以免去了罢。
>
> 周作人：《文艺批评杂话》

"五四"时期，正是新旧杂陈的时期，强调批评的态度，也是对旧式批评的一种批判。任何批评在取一种态度的同时，也就决定了这篇批评文字的切入点和文风。就成仿吾、鲁迅、周作人等对批评态度的不同阐释，我们看到了三种不同的批评文风。成仿吾对文艺理论的切入，鲁迅对社会现象的切入，周作人对阅读感受和人生经验的切入，都促成了他们各自不同批评风格的形成。

这一时期关于批评的文章，还广泛地涉及批评的文体操作问题。作为一个文体自觉的时代，批评文体是随着"五四"作家的批评意识的初步建立而觉醒的。"五四"初期，批评文章先是作为散文小品一类同等看待的。因此，"五四"时期一些作家对文章的写作要求，对散文小品的体式要求，很自然地也适用于文学批评。自从文学批评从一般的文章中独立出来，成为具有自己内在的独特文体特点的一种文体后，人们对批评文章的要求也随之

---

① 王统照：《文学批评的我见》，《文学旬刊》，1923 年第 2 号。
② 王统照：《对于诗坛批评者的我见》，《诗》，1922 第 1 卷第 3 号。
③ 王统照：《批评的精神》，《文学旬刊》，1922 年第 1 号。

出现了。一方面,散文创作中的说理、议论的特点带进了文学批评之中,另一方面,人们对这一独特文体又给予了重新认识。茅盾曾经指出过,“中国一向没有正式的什么文学批评论”,他认为古代的《诗品》、《文心雕龙》之类,“其实不是文学批评论,只是诗赋、词赞……等等文体的主观的定义罢了”①。这种否定性描述,从另一个侧面说明了文学批评有自己独特的文体。成仿吾也意识到批评文体的独立问题,“创作与批评是两种不同的工作”。当然,批评与创作有密切的关系,“创作时不可没有批评的精神”,“批评时不可没有创作的精神”②。正是这种联系,使得文学批评在带有创作的影响的同时,已经具备了自己的独立品格。这种品格可以从以下三个方面加以描述:

第一,从文学批评的基本特征来看,批评家们比较注重文学批评的思维方式和批评精神。王统照就曾指出过:“文学的批评,无论有那种最后的价值,必在其方法和精神之中,加入哲学的成分——在文字的启示中,作心灵的研究。我想这是现在努力于批评的人所应当研究的。”③在文学批评中注重“哲学的成分”,也就是将批评区别于一般的创作,讲究“心灵的研究”也就是意识到了批评的深度。文学批评所具有的这两方面的特征,不仅仅是批评的方法和内容的问题,而且也涉及批评文体的理论深入等问题,这一认识在“五四”时期并不多见,王统照指出这一点,表明他对批评的独立性及其文体特征进行过深入研究。

第二,从文学批评的类型来看,由于文学批评主要脱胎于散文文体和文化批评一类,所以它往往不受文体形式的限制,可以在散文和政论文的任何一种文类中表现出自己的文学观点来,诸如论文、序跋、书信、日记、随笔、杂文等等,这些都能成为文学批评的不同文体样式。古代散文家对散文作过分门别类的研究,如姚鼐将古文分为十三类。而这些散文分类中,又或多或少地保留着一些文学批评的文体类型。“五四”以后,源出于说理

---

① 茅盾:《茅盾文艺杂论集》(上集),上海:上海文艺出版社 1981 年版,第 100—101 页。

② 成仿吾:《作者与批评家》,《创造周报》,1923 年第 14 号。

③ 王统照:《文学批评的我见》,《文学旬刊》,1923 年第 2 号。

评论散文的文学批评又从总体上承继了散文的种种不同体式。“五四”时期不少刊物把创作、评论编在一起,也说明了人们的这种文体观念。

第三,从文学批评内部构造以及文体特征来看,“五四”批评家对文学批评作出了新的厘定和要求。当把文学批评作为文学批评而不是社会批评来看,作为独立文体的语言操作来看,文学批评才会有自己的思维方式、语言方式和形态。王统照写于1922年2月21日的《对于诗坛批评者的我见》,是一篇研究文学批评的颇有见地的文章,除了讨论文学批评的方法问题外,主要研究的是“如何去作新诗的批评”。他从“批评者的观察”和“批评者的艺术”两个方面对诗歌批评的有关问题进行了卓有新意的论述。他认为“批评者的观察”有广义的和狭义的之分,所谓“广义的”观察,是指批评者“自非于文学有深邃的研究;与精密的工夫,高超的天才,是不能容易达到”。“狭义的”观察批评,也“属于主观的批评”,“主观的批评,是要先对于作品的内容,有深到明了,然后以自己的观念,感动至如何程度,以及自己的对于文学上的兴感,与嗜好,借此等为依据,为立论的出发点,以批评作者的思想;与作品中表象;与作品的艺术优劣”。对于“批评者的艺术”的要求,是王统照对文学批评的独特的理解,也是为“五四”时期其他批评家很少注意到的一个问题。在王统照看来,“批评者的艺术”是一个广泛的重要的问题,对此他认为:

> 既是属于文学的批评的范围以内,批评的文字,当然也属于文字的范围以内。批评能以指正创作的优劣;与引导创作,以达于更高尚的境界,更给予多数读者以充分了解的助力,那末,批评的文字的艺术问题,当然也要讲究的。在西洋的批评家,他们的文章,多为当时或后世所传颂,也是因为其有文字上的价值。即如中国以前的各种诗话,词话,及诗品等书,亦有多为前人所喜悦且乐读的。因为批评,是作者与读者的一种桥梁,必有文字上的趣味的文学,而后能引起读者的兴会,与探得作品中的意义。这也是理所固然的。
>
> 王统照:《对于诗坛批评者的我见》

重视批评语言,追求批评语言的艺术化,这是王统照对批评的理解,应当说,这个理解更接近于批评的文体特征。

二、西方文学批评方法的影响

西方文学思潮是随着西方的军事侵略和经济渗透而进入中国的，而文学批评的各种方法则是在文化输入过程中一个结果，是作为社会学思想方法而影响到中国文学批评的。因此，西方文学批评思想与方法就不仅仅是文学批评自身的事情，而是与社会思潮、文化思想密切联系在一起的，因此，其影响可能也不仅仅是文学批评，甚至会涉及整个社会思潮和中国现代文化的发展。

“五四”新文化运动陡然缩小了中国与西方的距离，西方各种哲学社会科学思潮纷纷传入中国，从尼采、叔本华、柏格森、詹姆斯、泰纳、康德、罗素、弗洛依德，等等，西方近现代几乎所有哲学社会科学思潮都能在“五四”文坛中，找到自己的同调者，并且影响到中国社会的发展。在文学界，外国“近代文学的各种——ism 都在我们文坛上起过或大或小的泡沫”①。这种现象是中国历史上从未有过的。西方现代文学思潮的接受对现代批评的影响，推进了现代文学批评的发展，也使现代文学批评文体向着科学化方向发展。“五四”时期的批评家大多是活跃在文坛上的知名作家。他们处在文化、文学的前沿，熟知风行一时的西方种种思潮。茅盾在当时曾就文学批评发表过这样的议论：“我们现在讲文学批评，无非是把西洋的学说搬过来，向民众宣传。”②这种带有夸张语气的描述，从一个方面说出了“五四”时期文学批评与西方思潮的关系。

西方思潮对中国文学批评的冲击，首先是对中国文学批评思维方式和批评语言的冲击。

刘半农在谈到语言革命时曾经说过：“愚以为世界食物日繁，旧有文字

① 茅盾：《中国新文学运动史》，《茅盾文艺杂论集》（上），上海：上海文艺出版社 1981 年版，第 474 页。

② 茅盾：《“文学批评”管见一》，《茅盾文艺杂论集》（上），上海：上海文艺出版社 1981 年版，第 101 页。

与名词既不敷用，则自造新名词及输入外国名词诚属势不可免。”不过，刘半农也认为并非把国外所有文字一并拿来，“新名词未必尽通，(如‘手续’‘场合’之类)亦未必吾国竟无适当代用文字”。采用外国文字的标准便是：“在文字范围内，取其行文便利，而又为人人所见，因不妨斟量采用。”[①]就“五四”时期西方传入中国的哲学社会科学的思潮来看，人们在自觉地吸收新名词新概念，文学批评不时采用西方术语以批评文学作品。如郭沫若在《批评与梦》一文中就借用弗洛伊德的精神分析说，并且借用了精神分析以及其他学科的一些新概念运用到作品批评中去。例如，“心理的描写”、“潜在意识的一种流动”、“梦的心理”、“梦的分析”、“欲望的满足”、“潜意识”、“敏锐的感受性”，等等。郭沫若对现代心理学术语的借用，不但丰富了批评语言，也使批评的表达更准确，涵义更广阔。周作人在泛借西方文学的基础上，也运用了一系列新的名词术语，如他的批评名篇《沉沦》中，就出现了几组不同的批评词语群：“心理”、“忧郁病”、“现代人的苦闷”、“灵肉的冲突”、“生的意志”、“情欲”、“非意识”。而吸收了社会学批评方法的茅盾，在他的文章中则较多地看到“题目”、“体裁”、“题材”、“反映”、“讽刺”、“刻画”等批评术语。这种语言冲击，较之于现代文学批评从古典文学批评那里继承下来的批评语言，显然富有现代气息，也更能深印于人们的批评印象中。

西方哲学社会科学思潮，对人们批评思维的影响是与批评语言联系在一起的，一定的语言表达方式与一定的思维方式密切联系在一起，讲究一种逻辑思考，注重文学批评的理性力量。尤其是西方哲学、人类学、社会学、心理学、语义学等学科的渗入，颇使批评家们注意去寻求新的思维方式，正如茅盾所理解的：

> 介绍西洋文学的目的，一半果是欲介绍他们的文学艺术来，一半也为的是欲介绍世界的现代思想——而且这应该是更注意些的目的。
>
> 茅盾：《新文学研究者的责任与努力》

① 刘半农：《我之文学改良观》，《中国新文学大系·建设理论集》，上海：上海良友图书出版公司1935年版，第66页。

如果我们承认批评思维与批评文体的内在联系，那么，茅盾的这段话至少给我们两点思考：其一，引进西方文学首先是引进文学的本身。其二，包括思维方式在内的“世界的现代思想”是引进西方文学的重点，或者说，我们学习的不仅是外国文学所提供的文本，更重要的是从中获得他人的思维乃至于思想。

周作人在谈到引进国外文学思潮时说：“由于西洋思想的输入，人们对于政治，经济，道德等的观念，和对于人生，社会的见解，都和从前不同了。应用这些新的观点去观察一切，遂对一切问题又都有了新的意见要说要写。”①思维方式的改变对批评家具有举足轻重的作用，受到丹纳、朗松、勃克兑斯等西方批评家的影响，以茅盾为代表的文学研究会就比较善于运用那种带有实证主义色彩的批评文体；而师法西方浪漫主义和现代主义思潮的、以郭沫若和成仿吾为代表的创造社，则明显倾向于批评的主观化、抒情化，那种浪漫的、无拘束的批评文体与创造社诸批评家的个性、思维特征紧密联系在一起。周作人受印象主义的影响以及西方小品散文的影响，其文学批评则倾向于感悟式的美文。当然，由于东西方不同民族的心理差异，人们对外来民族文化理论的接受，有一个选择、取舍、理解与认识的过程。在这个过程中，不排除一种接受性误读的可能性，人们正是在不断选择中进行不断地创造，文学批评体式的创造也同样是在这个过程中完成的。从“五四”时期中国文坛对西方各种思潮的接受来看，那些影响世界文坛的著名批评家们的批评著作，如别林斯基、车尔尼雪夫斯基、杜勃罗留波夫，如布洛瓦、莱辛，显然还缺乏必要的介绍，这与五四时期文学界主要选择自己需要的作家、思潮而相对忽视了那些文学大师一样，有些急于事功，“竟没有出什么有价值的书籍来”②。这种接受现象也说明了五四批评家们的先天性缺陷，也带来了文学批评在批评方法、批评语言、批评文体等方面的不足，尤其是在逻辑思维等方面的不足，没有产生杰出的批评家和经典性的

① 周作人：《中国新文学的源流》，石家庄：河北教育出版社，2003年版，第58—59页。

② 鲁迅：《准风月谈 · 由聋而（哑）雅》，《鲁迅全集》，第5卷，北京：人民文学出版社1981年版，第277页。

批评文本。对于文学批评来说，相对幸运的是，这种引进在一定程度上弥补了批评家们理论上的不足，并由此开拓思维方式和批评视野。

三、社会学批评的中国化

“五四”文学批评是在评论“五四”新文学创作和批判“黑幕小说”中拉开序幕的。对新文学创作的批评，多为热情的颂赞和感受性的描述，例如钱玄同的《尝试集·序》、胡适的《谈新诗——八年来的一件大事》、宗白华的《新诗略谈》、宋春舫的《评新剧本〈新村正〉》、周作人的《论小诗》、鹃魂的《杜冰心女士的〈去国〉的感言》等；对“黑幕小说”的批判则主要是理论上的清理与驳斥，如志希（罗家伦）的《今日中国之小说界》、刘半农的《通俗小说之积极教训与消极教训》、周作人的《论“黑幕”小说》等。这些批评的主要功能是：一、文学理论主张的阐述功能；二、论辩功能。这也决定了批评尚未成为一门独立的学科，它在很多方面还受制于文学创作。但是，文学批评体现出来的功能特征与文体特征，已与世纪初的文学批评有了显著的差异。

（一）文学社会化的制度呈现

1921年成立的文学研究会，在中国现代文学批评史上是一个重大的事件，但如何认识文学研究会作为一个社团的性质，如何对其现代文学批评进行评估，是需要重新认识的一个学术问题。

第一，文学研究会及其宣言的制度意义

已经有学者指出了茅盾等人建立文学研究会，“不是建立一个新青年社那样的文学社团，他们是要建立一个能够代表和支配整个文学界的中心团体，一个类似于‘作家协会’那样的‘统一战线’”①，也就是说，文学研究会更像一个文学的行政机构，一个能够管理作家以及出版的机构。文学研

① 王晓明：《一份杂志和一个社团》，《二十世纪中国文学史论》（上卷），上海：东方出版中心2003年版，第193页。

究会存在着作为一个行政机构的功能，这在他们的《文学研究会宣言》中已经说得很明白了："我们发起这个会，有三种意思，要请大家注意。"这三个"意思"是"联络感情"、"增进知识"和"建立著作工会基础"。作为一个社团，制定这三条请人们注意的"意思"，并无不可，这里既有对社团成员的要求，也有某些规定在其中。"宣言"对这三点"意思"的解释，也都是围绕着如何建立一个社团而进行的。如对第一条对"联络感情"的解释，既批判了中国旧式文人的不良习气，而又"希望大家时常聚会，交换意见"，能够"结成一个文学中心的团体"。再如对"为人生"的解释："将文艺当作高兴时的游戏或失意时的消遣的时候，现在已经过去了。我们相信文学是一种工作，而且又是于人生很切要的一种工作；治文学的人也当以这事为他终身的事业，正同劳农一样。"只要我们明白了"正同劳农一样"，也就明白了什么是文学研究会所讲的"为人生"的文学，也就明白了为什么"为人生"与"建立著作工作基础"是联系在一起的。同时也就明白了文学研究会强调了"正同劳农一样"，才能达到以下目的："发起本会，希望不但成为普通的一个文学会，还是著作同业的联合的基本，谋文学工作的发达与巩固"。所以，所谓"文学研究会"就是一个文学同盟会，或者文学著作工会。

"五四"时期特定的多元文化环境中，要真正建立起一个行政性的组织，管理全国的作家，并不是一件容易的事情。所以，《文学研究会宣言》主要使用一些"希望"一类的表述性的语言，并无强制性的内容。如果孤立地看这个"宣言"，并不能真正理解文学研究会的意图，只有结合《〈小说月报〉改革宣言》才能更好地理解文学研究会的真实目的。《〈小说月报〉改革宣言》除了介绍杂志应有的栏目外，还特意介绍了"同人尚有二三意见"，这其中就特别介绍了"写实主义文学"。值得注意的是，文学研究会已经指出了写实主义文学"最近已见衰歇之象，就世界观之立点言之，似已不应多为介绍"，但是为什么《小说月报》还要将这种文学作为重点进行介绍呢？"宣言"也强调了"理由"："然就国内文学界情形言之，则写实主义之真精神与写实主义之真杰作未尝有其一二，故同人以为写实主义在今日尚有切实介绍之必要"。这个解释未免有些牵强。如果我们再联系"宣言"随后所说，也许会明白一二："同人等深信一国之文艺为一国之国民性之反映，亦惟能表见国民性之文艺能有真价值,能在世界的文学中占一席地。对于此点,亦甚愿提倡之责任。"写实主义文学可以是过时的、衰歇的,但只要是"同人"所认可的、能在文学批评中对于作家的创作形成指导意义的,并且能够为建立著作工会基础统一理论框架,为作家起到指导作用的,就是可以获得承认并极力推介的创作方法。"为人生"与"写实主义"在这里就获得了同构的关系。也就是说,文学研究会并不特别讲究这种理论方法是不是"现代"的,是不是科学的,只要能够表达其"为人生"的思想就是可以推介的。所以,写实主义、浪漫主义、古典主义不同风格的作家都可以被他们拉来参加到社团中来,只要"同志的人们赞成我们的意思",就可以"加入本会,赐以教诲,共策进行"①。

文学研究会先用一个"宣言"制定了一个希望大家遵守的"意思",再用一个"宣言"提出一个虽然"衰歇"的写实主义理论,形成一个创作上的制约。于是,我们看到了文学会成立初期的一种矛盾现象,一方面他们提倡写实主义文学,将写实主义的为人生的文学作为文学研究会的正宗;另一方面,文学研究会的主要作家在其创作及文学批评中,表现出了典型的现代主义或者唯美的文学思想。如冰心、叶圣陶、王统照等作家的早期创作与批评,大多在沈雁冰所说的"新浪漫主义"的范畴中,在"爱与美"的世界里书写人生的故事。但是,文学研究会通过社团以及制度化的活动,极力推行"写实主义"和"为人生"的文学思想,通过组织方法和刊物、丛书等制约,把"为人生"的艺术制度化了。在此基础上,文学研究会的主要批评家沈雁冰在一系列文学批评中,从不同的角度、不同的侧面,对写实主义进行了解释,将研究会的创作及理论批评引向了他们所期望的"为人生"。

第二,文化资本与批评趣向

我们注意到一个现象,文学研究会成立之时,叶圣陶、王统照、冰心等人都已经是非常有成就的作家,而且他们的创作大多数倾向于"新浪漫主义"或曰现代主义,在创作中追求理想的"爱和美"。同时,写实主义被沈雁冰宣布已经过时,呈现出衰歇之象。但为什么呈现向上趋势的"新浪漫主

---

① 《文学研究会宣言》,《小说月报》,第12卷第1号,1921年1月。

义”或曰现代主义并没有成为文学研究会的理论主张，而写实主义却成为他们最重要的创作方法，以至于文学史家们往往以“为人生”的写实主义来概括文学研究会的批评理论和创作特征。

在这里，我们注意到了文化资本与文学批评的理论指向的问题。

“文化资本”是法国社会学家皮埃尔·布迪厄文化社会学上的关键概念。布迪厄认为文化资本是一种能力，它包括语言能力、社会交往能力、专业技能、个人的风度举止以及对成功机会的把握能力。布迪厄的文化资本包含三个层面的含义：第一层是一种具体化的状态，以精神和身体的持久“性情”的形式而存在，例如一个人受家庭环境的影响所形成的内化于个人身上的学识和修养，我们可以将其称为文化能力；第二层是以一种客观化的状态存在，当文化资本转变为像“图片、书籍、词典、工具、机器之类的东西的时候，文化资本就是以这种客观化的方式而存在”，我们称之为文化产品；第三层是以体制化的形式存在，我们称之为文化制度。文化资本在某种意义上就是话语权，总是对社会生活的各个方面产生影响，特定的文化资本引导了某种文化趣味，文化趣味不仅主宰了人们评判艺术品的标准，而且也会全面介入人们的日常生活。文化资本是由多种因素决定的，诸如社会地位、评奖制度、教育程度等等。比如说谁拥有了较高的教育经历，谁就掌握了一定的文化资本，因为社会可能会按照人们受教育的程度来分配；再如，在现代社会，谁拥有了一份报刊，谁就有可能掌握了一种文化资本。

回到文学研究会本身来。

文学研究会成立后，在“宣言”中所声明的三点“意思”，已经表明了他们争取作为一个社团的文化资本的强烈愿望。我们注意到，文学研究会的十二个主要发起人中，以沈雁冰、周作人、郑振铎为主要发起者和组织者。据有关材料，《文学研究会宣言》由周作人执笔起草，而《〈小说月报〉改革宣言》则由沈雁冰执笔起草，在文学研究会的成立大会上，由郑振铎报告本会的发起经过。可以说，这三个人就是文学研究会的主要人物，文学研究会的发起、成立以及发展趋向，也主要取决于这三个人的意见。如果我们再看一下他们三个人的文学论文，从“人的文学”到“为人生”的文学，到

"血和泪"的文学,构成了文学研究会成立之初文学批评理论发展的基本脉络,而正是他们的理论主张,制约了文学研究会的理论批评,因此,由周作人、沈雁冰和郑振铎倡导的理论主张,成为文学研究会的重要文化资本,而这种文化资本对其他作家的吸引及影响是显而易见的。至此我们也就明白了文学研究会的发起宗旨中,所谓"联络感情"、"增进知识"、"建立著作工会基础",其主要目的就是通过学会的建设建立一种文化资本,把文学研究会这样一个组织形式作为文化资本,运用于新文学的建设和发展,并告诉人们文化资本在学会的组织与建设中的作用。

但是,如果仅仅以文学研究会作为一种文化资本并吸引更多的作家和读者参与学会的工作,是远远不够的。研究会毕竟是一个松散的,没有严格规定和限制的组织,大家更多的是以自愿的态度参与的。正如茅盾在后来多次强调的那样,文学研究会并不是"一个有组织的文学团体",它只是"一个非常散漫的文学集团"①。即使它不是一个"非常散漫的文学集团",它也缺乏必要的行政能力和应有的组织能力。这时,文学研究会还需要有符合"文学"研究会特点的文化资本。在现代社会,传媒是知识分子甚至社会机构的重要的文化资本,现代传媒作为一种文化资本对作家的影响是巨大的,这种影响既可以改变作家的生存方式,也可以改变作家对文学的认识与理解,谁拥有了现代报刊,谁就拥有了掌控社会的话语权。文学研究会首先是通过改刊《小说月报》而获得最基本的文化资本的,随后,他们又创刊了《文学旬刊》、《诗》等,编印了《文学研究会丛书》、《文学研究会创作丛书》、《文学周报社丛书》、《文学研究会·世界文学名著丛书》、《文学研究会·通俗戏剧丛书》和《小说月报丛刊》等六类丛书,这些刊物和丛书,成为文学研究会建设和发展的重要支撑,也成为他们的最重要的文化资本。在这些刊物和丛书的编辑过程中,沈雁冰和郑振铎无疑是最重要的两个人物。尤其是沈雁冰主编的《小说月报》和郑振铎主编的《文学旬刊》,是文学研究会聚集作家、联络感情、发表创作的最重要的地方,而这两种杂志作为文化资本的主导力量,对作家的凝聚作用,是文学研究会的"宣言"所无法

① 茅盾:《关于文学研究会》,《现代》,第3卷第1期,1933年5月。

比拟的。当沈雁冰和郑振铎在他们主持的刊物上连续发表阐述“为人生”的文学主张时，就以一种话语掌控者的身份强化了批评话语的力量，对其他作家形成了强大的压力。沈雁冰和郑振铎掌握着文学研究会的主要资源，拥有较多的文化资本，在文学研究会中具有重要的地位和发言权。

与此同时，文学研究会为了加强自身在作家中的影响力，常常把研究会的各种事务，在《小说月报》等刊物上发表，如《文学研究会宣言》、《文学研究会简章》、《文学研究会会务报告（第一次）》等，这些研究会的事务性的文件在《小说月报》上发表，既让会员们周知，更是通过这种方式统一会员的思想。《小说月报》和《文学旬刊》还开办固定的栏目，或者出版“专号”等方式，以刊物特色引导会员向着研究会提出的批评方向发展。如“海外文坛消息”、“现代文坛杂话”等，以及“俄国文学研究专号”、“法国文学研究专号”、“拜伦纪念专辑”、“安徒生号”、“现代世界文学号”、“霍普德曼研究”等，《文学周报》曾出版“苏俄小说专号”等，通过这些专号，确立了文学研究会的指导思想，对作家形成了引导。

因此，叶圣陶、王统照的批评思想和创作并不占居文学研究会的主要文化资本，他们处于次要的地位，当“为人生”成为一种强势话语时，他们受其制约，摆脱了唯美主义，转移到了写实主义的为人生文学来。王统照和叶圣陶后来也成为《小说月报》或者其他期刊的主编，也拥有了一种文学资本，那是在他们接受了文学研究会的文学思想，成为“为人生”的主要作家和批评家之后的事情了。

第三，理论阐释与批评实践

其实，沈雁冰、西谛等人的理论批评对文学研究会是一种导向，也是将“为人生”的文学制度化的方式。文学研究会的“宣言”制定的是组织制度，而沈雁冰、西谛的文学批评则是制定的批评制度，是将人们的文学思想和创作统一到他预定好的理论框架中。如果从文学批评的实践层面上来，文学研究会的批评家们更多地从宏观的角度把握重大的理论问题，发表有关纲领性的文学理论问题，而较少涉及文学创作的艺术问题，甚至他们所讨论的一些基本理论也不一定能够研究得清楚。如写实主义与现实主义的关系问题，小说创作的叙事学问题，文体内部的构造问题等，他们几乎都很少讨论。在这一方面,创造社相比更主动些,更接近了文学的本体。如郁达夫的《小说论》、《戏剧论》、《文学概说》等。文学研究会更多地关心作家的使命、责任,关心文学与社会的关系,关心文学与人生等这些重大的问题。文学研究会成立之初,沈雁冰就在给郑振铎的信中说:"弟以为《小说月报》现在发表创作,宜取极严格主义。差不多非可为人模范者不登。这才可以表见我们创作一栏的精神。一面,我们要辟一栏《国内新作汇观》批评别人的创作;则自己所登的创作,更不可以随便。"①"批评别人的创作"是批评他人创作中与他们的主张不相符合的作品,自己的创作"更不可以随便"则是指更需要按照文学研究会的宗旨及文学主张进行创作。从这个设想出发,沈雁冰在《春季创作坛漫评》中,搜辑了"各报各杂志的创作",从87篇短篇小说、8个剧本和2部长篇小说中,选出了24篇作品,对这24篇作品的作家"表示非常的敬意,因为他们著作中的呼声都是表示对于罪恶的反抗和对于被损害者的同情"。至于作品的艺术方面"不怎样完全,这是不关紧要的"②。在随后的《评四五六月的创作》中,茅盾再次以这样的眼光和标准评论了120多篇小说、剧本8篇,并提出了文学批评家的职责:"当今批评创作者的职务不重在指出这篇好,那篇歹,而重在指出(一)现在的创作坛(从事创作的人们)所忽略的是哪方面,所过重的是哪方面,(二)在这过重的方面,——就是多描写的那方面——一般创作家的文学见解和文学技术已到了什么地步。"从这个既定的目标出发,茅盾主要考察这些作品"各所描写的社会背景的一角,然后再去考察同属于一类的创作,有什么共同色彩与中心思想,描写的技术又有几种不同的格式"③。茅盾的批评活动有明确的目的,对于整个文坛的指导性也是非常具体的。在沈雁冰那里,表现人生、指导人生就是创作的一个最重要的标准,所有作家都应该以这

---

① 沈雁冰:《讨论创作致郑振铎先生信》,《茅盾文艺杂论集》(上集),上海:上海文艺出版社1981年版,第33页。

② 茅盾:《春季创作坛漫评》,《茅盾文艺杂论集》(上集),上海:上海文艺出版社1981年版,第36页。

③ 茅盾:《评四五六月的创作》,《茅盾文艺杂论集》(上集),上海:上海文艺出版社1981年版,第56页。

个标准进行创作。

从沈雁冰这一时期的文学实践来看，他几乎用了所有的文章来解释“为人生”和“写实主义”的问题，如《现在文学家的责任是什么?》、《小说新潮栏宣言》、《新旧文学平议之评议》、《〈小说月报〉改革宣言》、《新文学研究者的责任与努力》、《春季创作坛漫评》、《社会背景与创作》等，这些论文为《新青年》分化之后的新文学制定了一套理论体系，将新文学定义为“为人生”的文学，并以“责任”为文学家们进行了制度性的规定：

> 中国现代正是新思想勃发的时候，中国文学家应当有传播新思想的志愿，有表现正确的人生观在著作中的手段。应该晓得什么是文学？什么是文学的哲理？什么是文学的艺术？什么叫做社会化的文学？什么叫做德谟克拉西的文学？
>
> 文学是为人生而作的。文学家所表现的人生，决不是一人一家的人生，乃是一社会一民族的人生。

就在《小说月报》改进后的第12卷第1号上，沈雁冰发表了《文学和人的关系及中国古来对于文学者身分的误认》。如果说沈雁冰在《〈小说月报〉改革宣言》中，代表的是文学研究会对文学批评进行了规范的话，那么，这篇文章则是他以一个文学批评家的身份对文学批评进行了规范，将批评理论纳入到他所制定的一种体系当中。沈雁冰在这篇文章中，最重要的一点，就是对周作人提出的“人的文学”进行了新的阐释，并通过这种阐释进一步强化了新文学批评的理论建设，以文学家的“责任”对文学批评进行了理论规范。他认为：“文学的目的是综合地表现人生，不论是用写实的方法，是用象征比譬的方法，其目的总是表现人生，扩大人类的喜悦和同情，有时代的特色做它的背景。文学到现在也成了一种科学，有它研究的对象，便是人生——现代的人生，有它研究的工具，便是诗(Poetry)剧本(Drama)说部(Fiction)。文学者只可把自身来就文学的范围，不能随自己喜悦来支配文学了。文学者表现的人生应该是全人类的生活，用艺术的手段表现出来，没有一毫私心不存一些主观。”沈雁冰认为，“这样的文学，不管它浪漫也好，写实也好，表象神秘也好；一言以蔽之，这总是人的文学——真的文学”。由此看来，创作方法并不是重要的，写实主义也只是文学研究会的一个招牌,重要的是他们所提倡的"人生"文学。沈雁冰对"人的文学"的理论阐释与周作人对"人的文学"的阐释,已经发生了质的变化,而且,他又偷换了一个概念,使"人的文学"变成了"国民文学":"这样的人的文学——真的文学,才是世界语言文字未能划一以前底一国文字的文学。这样的文学家所负荷的使命,就他本国而言,便是发展本国的国民文学,民族的文学;就世界而言,便是要联合促进世界的文学。在我们中国现在呢,文学家的大责任便是创造并确立中国的国民文学。"[①]沈雁冰把创造国民文学看成文学家的"责任"——首先是文学研究会作家的"责任",进一步就是对全体作家提出的要求。

(二)"血和泪的文学"批评

郑振铎是文学研究会的中坚人物,作为文学研究会的发起人之一,他是社会化功利主义文学批评的代表性人物。

郑振铎是掌握着文学研究会资源的批评家之一,他主编的《文学周报》作为文学研究会的主要刊物之一,曾经发挥了重要的作用,产生过一定的影响。"五四"时期,郑振铎是直接宣称"血和泪的文学"的批评家。

郑振铎本人在创作上并无太多可供研究的地方,但他的文学编辑及文学批评的确是值得研究的。1923 年 12 月,当《文学旬刊》出满 100 期时,郑振铎发表了《本刊的回顾和我们今后的希望》,总结办刊的经验,展望未来的发展。在这篇文章中,郑振铎以成功者和文学资本拥有者的姿态,回顾了文艺界尤其是《文学旬刊》的进步与发展:

> 在本刊的自身,也略有些进步,最初在实际上担任撰稿者,仅沈雁冰,胡愈之,王剑三,唐性天,瞿菊农,耿济之及我几个人,到了现在,已有三十余人来同负这个责任了。最初在实际上负编辑之责者仅我一人,后来又由谢六逸君编辑了一时,到了现在,负这个编辑之责者已有十二人了。最初的本刊是每十日出版一次,到了现在,已改为周刊了。……

① 沈雁冰:《文学和人的关系及中国古来对于文学者身分的误认》,《小说月报》,1921 年 1 月,第 12 卷第 1 号。

本刊的出版，正当《礼拜六》复活之时，本刊以孤军与他们奋斗，自最初至现在，未曾一刻自懈。虽然当最初时并没有什么同性质的刊物与我们相呼应，而许多的读者则常为我们的帮助与鼓励者。后来南京的“学衡派”(?)出来，宣传复古的言论，我们又曾与他们辩论过许多次，;在那许多次的辩论中，又有许多的读者给我们以不少的帮助与鼓励。

郑振铎回顾的仅仅是他主编的《文学旬刊》的一个方面，是对《文学旬刊》与新文学发展关系的一个简单的梳理。从这个简单的梳理中可以看到郑振铎特别重视《文学旬刊》在历次文学论争中的作用，这里包括文学研究会成员与鸳鸯蝴蝶派的论争，与“学衡派”的论争，与创作社的论争等。郑振铎对这些论争的叙述，既显示了新文学发展过程中不同文学观念之间的交锋，也显示了郑振铎对新文学理论的认同感。

郑振铎的文学理论批评，主要是在他主编《文学周报》(《文学旬刊》)时期所发表的《文学的定义》、《文学的使命》、《血与泪的文学》、《平凡与纤巧》、《新文学的建设》、《文学与革命》以及他为各期《文学周报》所写的杂谈、通信等文章中。在文学批评理论方面，他曾撰写过《圣皮韦(Sainte Peuye)的自然主义批评论》，对近代文学批评以及自然主义文学批评的发展进行了比较系统的论述。从郑振铎的这些批评文章来看，他主要阐发了文学研究会一贯主张的“为人生”的文学观念，不过，郑振铎更具体详尽地解释了文学与人生的关系，将“为人生”的文学具体到“血和泪的文学”这一内容充实的文学观念上来。他在为《文学旬刊》所写的《宣言》中，直接阐述了自己的文学观念:“我们确信文学的重要与能力。我们以为文学不仅是一个时代，一个地方，或是一个人的反映，并且也是超于时与地与人的;是常常立在时代的前面，为人与地的改造的原动力的。”①郑振铎虽然认为“文学早是艺术虽也能以其文字之美与想象之美来感动人”，但他仍然坚持认为文学与人生的关系，文学“决不是以娱乐为目的”，“文学是人类感悟之倾泄于文字上的。他是人生的反映，是自然而发生的。他的使命，他的伟大的价

① 郑振铎:《文学旬刊宣言》，《文学旬刊》，第1期，1921年5月10日。

值,就在于通人类的感悟之邮"①。在郑振铎的观念中,文学与人生的关系就是文学能够以真挚的情感引起读者的同情,因此,他特别看重文学对读者的情感感染作用,认为"唯有他能曲曲的将人们的思想与情感,悲哀与喜乐,痛苦与愤怒,热爱与怨憎轻轻的在最感动最美丽的形式里传达而出"。郑振铎特别注重从情绪感觉的角度来解释"为人生"的文学观,所以他认为"文学的使命"就是"表现个人对于环境的情绪感觉。欲以作者的欢愉与忧闷,引起读者同样的感受。或以高尚飘逸的情绪与理想,来慰藉或提高读者的干枯无泽的精神与卑鄙实利的心境"②。在这一方面,郑振铎与沈雁冰强调文学创作的题材意义是不同的,突出了创作主体与读者主体的关系。

从这一点上来说,郑振铎在文学研究会中的作用是与众不同的,他不仅是研究会的直接发起者、组织者,而且更是文学研究会文学观点的阐释者。正是郑振铎所提倡的"血和泪的文学"以及沈雁冰所提倡的写实主义文学,逐渐凝聚了作为一个组织的文学研究会的文学主张,形成了研究会比较一致的文学观念。郑振铎在《血和泪的文学》一文中所疾呼的,不是空洞的喊叫,而是有针对性的文学倡导。他指出,在这个"到处是榛棘,是悲惨,是枪声炮影的世界上","被扰乱的灵魂沸滚了,苦闷的心神胀烈了",在这样的时代,"我们所需要的是血的文学,泪的文学,不是'雍容尔雅'、'吟风啸月'的冷血产品"。这一观点显然具有某种现实意义,它不仅是对文学研究会内部的唯美主义文学倾向的反拨,而且也是对整个文学界现状的批评,是对现实主义文学理论的具体化和修正。随后,他又一次阐述了这一观点:

> 血与泪的文学,我们是希望着的,是鼓吹着。因为我们的心灵上已饱受这不安的社会所给于的压迫与悲哀了。……
>
> 血与泪的文学不仅是单纯的"血"与"泪",而且是必要顾到"文学"二字。尤其必要的是要有真切而深挚的"血"与"泪"的经验与感觉。虚伪的浮浅的哀怜的作品,不作可以。

① 郑振铎:《新文学观的建设》,《文学旬刊》,第37期,1922年5月11日。

② 郑振铎:《文学的使命》,《文学旬刊》,第5期,1921年6月12日。

郑振铎:《杂谭》

由此,郑振铎认为,“把现在中国青年的革命之火燃着,正是现在的中国文学家最重要最伟大的责任”①。

当然,郑振铎并不是一味地反对风花雪月,反对唯美主义,而是在现实主义文学主张的理论框架下,有条件地接受美的文学。从这一角度讲,郑振铎提倡“血和泪的文学”也是从文学艺术的基本条件出发,首先注重的还是文学的自身规律和特征,以美的文字表现作家强烈的情绪,“我以为‘月’呀,‘花’呀,以至于‘悲哀’‘烦闷’,‘黄昏庭院’,‘春风丝丝’等字句,不是不可入诗,而且是很欢迎他们入诗的。如果有真挚浓烈的情绪,而运以秀逸美丽的文句,则其感人自较赤裸素朴之干枯的名词为深深而且久远”。或者说,优美的文字是要表现充实的思想感情,“美的字句中还隐着极真挚的情绪”②。那么,文学创作怎样才能既表现了血和泪,而又表现出文学的美?在郑振铎看来,“文学是情绪的作品”③,“情绪”是文学最重要的要素,文学并不是空洞说教,而是在“情绪”的表现中完成“为人生”的创作目的。他在《新文学观的建设》中说:“文学是人生的自然的呼声。人类情绪的流泻于文字中的,不是以传道为目的,更不是以娱乐为目的。而是以真挚的感情来引起读者的同情。”“文学中也含有哲理,有时带有教训主义,或宣传一种理想或主义的色彩,但决不是文学的原始目的。”郑振铎的这些观点在“五四”时期的理论批评中具有不可忽视的意义,他从一个重要的方面确立了新文学理论批评的基本方法和观念。从这些主张出发,郑振铎的批评也主要注重于作家作品的现实主义特征以及作品情绪表现。这在他主编《文学旬刊》期间所写的一系列《杂谭》中可见一斑。为了进一步表现他这一批评观念,郑振铎随后所进行的古典文学研究以及外国文学翻译,都从实践方面垫高了他的文学理论批评。同时,他还就现代文学的文体理论进行过一定的研究,在《中国文人对于文学的根本误解》、《论散文诗》、《诗歌之

① 郑振铎:《文学与革命》,《文学旬刊》第9期(1921年7月13日)。

② 郑振铎:《杂谭》,《文学旬刊》第42期(1922年7月1日)。

③ 郑振铎:《杂谭》,《文学旬刊》第41期(1922年6月21日)。

力》、《何谓诗》、《诗歌的分类》以及以后的《论武侠小说》、《谴责小说》等文章中，比较系统地阐述了他的文体理论。

第三章　颠覆与重建:革命文学与文学批评新秩序

20 世纪 20 年代末注定是一个动荡不安而又充满变数的时代,政治上各种力量的交锋越来越尖锐复杂,国共两党的斗争越来越激烈,军事上各个派系之间的斗争也并没有真正结束,内忧与外患困扰着国家,文化上则由于“五四”新文化运动以来的格局被打破,文化与政治的关系越来越密切,越来越受到政治的影响与控制,颠覆与重建,也许是这个时代的主流话语,新的文化秩序在新的政治力量的划分过程中正在构建。

要描述 1982 年至 1941 年这十多年的文学批评运行轨迹是比较困难的。这是一个多元与无序格局的时期。每一种批评流派和批评文体样式都有存在的合理性,每一批评体式的发展又往往是与其他文体相互联系,相互制约,相互影响的。我们在这里尽可能地接近历史,比较全面地扫描这一时期文学批评的发展线路。

一、“五四”问题与文学批评的新格局

研究 20 世纪 20 年代以及此后的中国文学,有两个问题是我们必须要做出回答的。

第一个问题,在论及中国现代文化及文学发展的历史时,我们往往以继承和发扬“五四”文学传统,“五四”成为一个重要的价值标准,人们也往往说,1949 年来的中国当代文学继承和发扬了这个传统,也会说新时期以来的文学继承和发扬了这个传统。也许,从创作的某些方面,如艺术技巧、

创作方法、主题思想等来讲的话，这种观点并无问题。但是，我们需要进一步思考的是，当代文学或者新时期文学是如何并在哪些方面继承和发扬了“五四”文学传统的，“五四”文学传统是如何被继承下来的又是如何被发扬了的。我认为，在文学史的研究和文学研究中，我们并没有弄清楚这些基本的事实和理论问题，很多时候，人们在一种习惯性思路的引导下，得出一个也许并无多少根据的结论。中国文学史上，形成了一种“五四”传统，这是事实。但是，这个传统形成之后的处境如何，后来者是如何对待这个传统的，都是需要我们研究的。

另一个问题是，20 世纪 90 年代以来出现了对“五四”文学传统反思与批判的观点，这种观点主要受海外汉学家的学术影响，否定了“五四”文学传统，认为“五四”割断了中国文化的传统。对于“五四”是否反传统并断裂了传统，这是学术界争论已久的问题，在此不进行讨论。我所思考的是，为什么学术界对“五四”的评价会出现如何大的差异，一个以“五四”为“荣”，一个以“五四”为“耻”，一个把“五四”作为中国现代文化及文学的传统，作为中国现代文化的精神来源，一个则将其视为中国传统文化的叛徒，视为中国现代左倾文化的根源。

要回答这两个问题，只要我们回到历史语境中，回到距离“五四”最近的 20 世纪 20 年代的文学现场，重新讨论“革命文学”论争时的各派观点，讨论左翼文学及 20 世纪 30 年代的中国文学，梳理文学发展的历史，清理这一时期的文学界对待“五四”的态度，也许更能看清“五四”与现代文学以及当代文化的关系。

（一）“五四”问题：批判中的问题

如果我们回到“革命文学”时期的中国文学现场，有这样几个问题是值得我们关注的，一是“革命文学”论争的各方力量对待“五四”的态度，一是此后中国文学发展的潮流以及形成的新的文学传统。

“革命文学”论战时期主要有三种力量：一是提倡“革命文学”自认为是革命文学的代表者的后期创造社、太阳社；一是同样提倡革命文学但又受到创造社、太阳社批判的、以鲁迅为代表的力量；一是反对革命文学的新月派。这三种力量围绕“革命文学”的有关问题展开了激烈的并影响到后世文学发展的文化论战。论战的结果当然是成立了后来的“左联”,中国革命作家有了一个统一的组织,接受了统一的领导。但在理论上有一个更重要的成果,这就是对“五四”文学传统的彻底否定。不但创造社、太阳社对“五四”进行了批判否定,新月派对“五四”进行了否定,并且鲁迅也在自我批判中对“五四”进行了否定。创造社、太阳社是从倡导“革命文学”的角度来否定“五四”文学的,因为在他们看来,“五四”新文学是资产阶级或者小资产阶级的,鲁迅、郁达夫、叶圣陶等代表小资产阶级的作家,虽然是“有教养的知识阶级的人士”,“他们以敏感的感受性,圆滑的技巧,描写尽中国的悲哀”,但是,在他们“没有真正的革命认识时,他们只是自己所属的阶级的代言人。那么,他们历史的任务,不外一个忧愁的小丑(Pierotte)”①。创造社、太阳社的革命文学倡导者们,通过阶级定性,就可以把已经发展了十年的新文学进行了彻底否定。也就是说,无论“五四”新文学取得了怎样的文学成就,都不可能符合“革命文学”的要求,当“五四”作家被他们判定为小资产阶级或资产阶级的身份时,他们就不能成为真正的革命文学的作家。这个时候,“五四”新文学被彻底否定,就是在意料之中的了。

如果说创造社、太阳社是站在“革命文学”的立场上否定“五四”文学传统的话,那么,梁实秋为代表的新月派对“五四”新文学的否定则是站在“文学的”立场上进行的。新月派对“五四”新文学的批判始于20世纪20年代中期,1922年,梁实秋发表了《读〈诗底进化的还原论〉》,与俞平伯争鸣的同时,对“五四”新文学提出了质疑。梁实秋对新文学的评价与学衡派有较大差异,却并无本质的区别,都表现出对新文学远离文学的忧虑。一般我们都会注意到梁实秋的“人性论”的文学观,注意到他与鲁迅之间的长达十年之久的文化论战。但是,梁实秋以及新月派在批判“五四”文学传统的基础上对一种新的文学秩序的重建,才是他们最主要的目的,也是他们对中国现代文学最重要的文学贡献。只要我们重新读读梁实秋的《现代中国文学之浪漫的趋势》、《文学的纪律》以及新月社的那篇著名的《〈新月〉的态度》,就可以看到,他们并不是针对某一具体的文学现象,而是对“五四”以

① 冯乃超:《艺术与社会生活》,《文化批判》,创刊号,1928年1月。

来中国文学所出现的问题进行了系统的全面的反思与批判,是对已经形成的“新文学”的传统进行清理。所以梁实秋说:“‘现代中国文学’系指我们通常所谓的‘新文学’而言。‘浪漫的’系指西洋文学的‘浪漫主义’而言。我这篇文章的主旨即在说明‘新文学运动’的几个特点,以证明这全运动之趋向于‘浪漫主义’。”[①]梁实秋这里所说的就是他那篇《现代中国文学之浪漫的趋势》,这篇批评文字主要就是检讨新文学存在的问题,在梁实秋看来,新文学最大的问题在于对纯文学的疏离,反思新文学的感情主义泛滥。到《〈新月〉的态度》中,新月派的态度更为明确,针对当时的革命文学,提出重建文学的纪律与尊严。

鲁迅对“五四”新文学的评价是最为复杂的。鲁迅是“新文学”的倡导者与实践者之一,而他本人又是被“革命文学”倡导者批判攻击的对象,也是梁实秋批判的对象。一个新文学的倡导者与实践者,一个被当作“五四”文学的代表人物而受到批评攻击的人物,在“革命文学”论战过程中,也对自己曾经坚持过的文学立场产生了怀疑。鲁迅虽然没有像创造社或者新月派那样直接表示对“五四”新文学的否定或批判,但鲁迅的态度及其文化选择仍然表现出对“五四”时期的自我摒弃。以下是人们都非常熟悉的鲁迅的表述:“我有一件事要感谢创造社的,是他们‘挤’我看了几本科学底文艺论,明白了先前的文学史家们说了一大堆,还是纠缠不清的疑问。并且因此译了一本蒲力汗诺夫的《艺术论》,以救正我——还因我而及于别人——的只信进化论的偏颇。”[②]“只信进化论的偏颇”是一种怎样的“偏颇”,鲁迅认为:“其实呢,我自己省察,无论在小说中,在短评中,并无主张将青年来‘杀,杀,杀’的痕迹,也没有怀疑着这样的心思。我一向是相信进化论的,总以为将来必胜于过去,青年必胜于老人,对于青年,我敬重之不暇,往往给我十刀,我只还他一箭。然而后来我明白我倒是错了。这并非唯物史观的理论或革命文艺的作品蛊惑我的,我在广东,就目睹了同是青年,而分成两大阵营,或则投书告密,或则助官捕人的事实!我的思路因此

① 梁实秋:《浪漫的与古典的·文学的纪律》,北京:人民文学出版社1988年版,第3页。

② 鲁迅:《〈三闲集〉序言》,《鲁迅全集》,第4卷,北京:人民文学出版社1981年版,第6页。

轰毁，后来便时常用了怀疑的眼光去看青年，不再无条件的敬畏了。然而此后也还为初初上阵的青年们呐喊几声，不过也没有什么大帮助。”[①]当鲁迅轰毁了自己先前所信奉的，而转向“革命文学”时，从实践层面上否定了过去的价值观念，否定了曾经有过的文艺思想。恰如他自己所说：“便在最革命的国度里，文艺方面也何尝不带些朦胧。然而革命者决不怕批判自己，他知道得很清楚，他们敢于明言。”[②]革命的文学是富有批判性的，革命本身就是一种批判，既是革他人的“命”，也是革自己的“命”，鲁迅在反对创造社、太阳社对他的批判和革命的同时，却也自觉不自觉地接受了这种批判和革命，对自身进行了一次批判和革命。

上述论述可以看出，无论是提倡“革命文学”的创造社、太阳社以及鲁迅，还是反对“革命文学”的梁实秋及新月派，都从不同的角度、不同的层面否定了“五四”新文学的传统，对新文学的精神进行了一次破坏性的清理，从某种意义上说，“五四”新文学的传统由于20世纪20年代末的这次大清洗，已经基本上失去了向前发展的基础，作为一种文学传统已经基本上断裂，“五四”文学的真精神既没有在创造社、太阳社那时得到真传，更没有在新月派那时得到承传，当然，也没有真正得到后世的承传。

（二）“五四”问题：变革与建设

其实，一种传统一旦形成，并不那么容易地就失传的，它仍然会在某些方面由某些人物继承下去。“五四”作为中国现代文化的传统，作为中国现代知识分子的精神资源，作为具有巨大文化影响力和政治影响力的思想文化运动，一直被一些知识分子视为精神寄托，一直坚持“五四”的立场并发扬着“五四”的精神特点。

这时，我们注意到，“五四”新文学的倡导者、开拓者、实践者之一胡适，仍然坚持了他的文化思想、文学思想，继承着“五四”新文化的传统和文学传统。1920年《新青年》分化后，胡适仍然继续自己的“五四”立场，创办

① 鲁迅：《〈三闲集〉序言》，《鲁迅全集》，第4卷，北京：人民文学出版社1981年版，第5页。

② 鲁迅：《“醉眼”中的朦胧》，《鲁迅全集》，第4卷，北京：人民文学出版社1981年版，第62页。

《努力》,继续自己的文化努力。1926 年 7 月,胡适告别北京,前往欧洲旅行。独自旅行,异国他乡的环境更有利于进行文化的反思:“我这回去国,独自旅行,颇多反省的时间。我很感觉一种心理上的反动,于自己的精神上,一方面感觉 depression,一方面却又不少新的兴奋。究竟我回国九年来,干了一些什么!成绩在何处?眼看国家政治一天糟似一天,心里着实难过。去国时的政治,比起我九年前回国时,真如同隔世了。我们固然可以自己卸责,说这都是前人种的恶因,于我们无关,话虽如此,我们种的新因却在何处?满地是‘新文艺’的定期刊,满地是浅薄无聊的文艺与政谈,这就是新因了吗?几个朋友办了一年多的《努力》,又几个朋友谈了几个月的反赤化,这又是种新因了吗?……我想我们应该发愤振作一番,鼓起一点精神来担当大事,要严肃地做个人,认真地做点事,方才可以对得住我们现在的地位。”①胡适也在反思,但胡适更是在做事。1927 年胡适回国后,一方面重新整理欧洲之行带回来的“新的灵感”,一方面寻找“认真地做点事”的思路。1928 年 3 月,《新月》创刊,再次形成了以胡适为中心的自由主义文人派别。这一时期的胡适仍然坚持了他一贯的改良社会改良文化的立场,反对没有建设意义的破坏,反对那种空喊口号而不务实际的做法,“现在我们中国已成了口号标语的世界。……试问墙上贴上一张‘打倒帝国主义’。同墙上贴一张‘对我生财’或‘抬头见喜’,有什么分别呢?”②他仍然坚持“五四”时期的文化主张,引进学理,解决问题。1929 年,胡适发表《我们走那条路》,比较系统地阐述了自己的文化思想,他认为:“我们的任务只在于充分用我们的知识,客观的观察中国今日的实际需要,决定我们的目标。我们第一要问,我们要铲除的是什么?这是消极的目标。第二要问,我们要建立的是什么?这是积极的目标。”胡适指出,我们要铲除的是“五个大仇敌”:贫穷、疾病、愚昧、贪污和扰乱。这是五个具体的问题,是困扰着中国发展的五个问题。我们再品味一下胡适的如下论述是非常有意味

① 胡适:《欧游道中寄书》,《胡适文集》,第 4 卷,北京:北京大学出版社 1998 年版,第 43—44 页。

② 胡适:《名教》,《胡适文集》,第 4 卷,北京:北京大学出版社 1998 年版,第 55 页。

的:

> 这五大仇敌之中,资本主义不在内,因为我们还没有资格谈资本主义。资产阶级也不在内,因为我们至多有几个小富人,那有资产阶级?封建势力也不在内,因为封建制度早在二千年前崩坏了。帝国主义也不在内,因为帝国主义不能侵害那五鬼不入之国。帝国主义为什么不能侵害美国和日本?为什么偏爱光顾我们的国家?岂不是因为我们受了这五大恶魔的毁坏,遂没有抵抗的能力了吗?故即为抵抗帝国主义起见,也应该先铲除这五大敌人。

从胡适的论述中,可以看到,他不愿意空谈主义,不想喊口号,而是要面对现实中的问题。这让人们再次想起"五四"时期的"问题与主义"之争。在胡适看来,空谈主义是有害的,不能真正解决中国的发展问题,社会发展要一个问题一个问题的解决,而且最重要的是解决"五大仇敌"的问题,这五大仇敌才是革命的真正对象。那么,怎样才能战胜这五大仇敌呢?这并不是使用暴力的革命就能战胜的,只有采用科学科研知识与方法,一步一步自觉地改革,一点一滴的功夫才能完成。显然,胡适既不采用创造社那样的"革命",也不愿意如梁实秋那样的保守,他试图在革命与演进之间寻找到一条解决"中国问题"的最好的出路,这是一条被他称之为"第三条路"的出路:"革命和演进本是相对的,比较的,而不是绝对相反的。顺着自然变化的程序,如瓜熟蒂自落,如九月胎足而产婴儿,这是演进。在演进的某一阶段上,加上人功的促进,产生急骤的变化;因为变化来的急骤,表面上好像打断了历史上的连续性,故叫做革命。……所以革命和演进只有一个程度上的差异,并不是绝对不相同的两件事。变化急进了,便叫做革命;变化渐进,而历史上的持续性不呈露中断的现状,便叫做演进。"从这个意义上,胡适既同赞同演进也不反对革命。但是,胡适所认同的"革命"却不是暴力革命,"革命的根本方法在于用人功促进一种变化",这里又有"和平与暴力的不同","武力暴动不过是革命方法的一种,而在纷乱的中国却成了革命的唯一方法,于是你打我叫做革命,我打你也叫做革命。打败的人只图准备武力再来革命。打胜的人也只能时时准备武力防止别人用武力来革命"。所以,胡适反对那种空喊口号式的革命,反对"那些号称有主张的革命者，喊来喊去，也只是抓住几个抽象名词在那里变戏法”[①]美国学者格里德指出，胡适的这些主张“概括论述的信念就是，在追求已经过批判性经验的目的时，变革必须自觉地而不是盲目地来满足真正的需要。在胡适的思想中没有比这个信念更重要的了，也没有比这个信念表达得更加前后一致的了”[②]。在这一点上，胡适的确表现出了前后的一致性，也呈现出他的社会及文化建设的主导思想。胡适继承了“五四”传统，既是他对自我文化思想的反思性认同，也是对“五四”已经形成的文化思想的发展。

（三）对“五四”新文化传统的批判

对“五四”以来新文学的基本态度和评价，是革命文学论战的焦点之一。有意思的是，无论是左翼的“革命文学”，如后期创造社、太阳社的成员，还是自由主义文学批评家如梁实秋等，都对“五四”新文学采取了一种否定的态度，从不同的侧面批判了新文学。而创造社、太阳社对于除郭沫若之外的大多数作家的否定、批判，表明他们对于文学批评功能和特征的理解上的差异。

1928 年 1 月，冯乃超载《文化批判》创刊号上发表《艺术和社会生活》，从建设革命文学的角度出发，比较早地对“五四”新文学提出了批判。这篇文章对“五四”新文学不是学术的批判和科学的分析，而是以强硬的主观性判断作为批判的主要方式：

> 鲁迅这位老先生——若许我用文学的表现——是常从幽暗的楼头，醉眼陶然地眺望窗外的人生。世人称许他的好处，只是圆熟的手法的一点，然而，他不常追还过去的昔日追悼没落的封建情绪，结局他反映的只是社会变革期中的落伍者的悲哀，无聊赖的跟他的弟弟说几句人道主义的美丽的说话。

这种批评不是建立在分析、研究基础上的判断，是主观武断的。问题还不在于这种主观武断性，值得人们注意的是一种新的批评话语的形成，

---

① 胡适：《我们走那条路》，《胡适文集》，第 5 卷，北京：北京大学出版社 1998 年版，第 353—359 页。

② ［美］格里德：《胡适与中国的文艺复兴》，鲁奇译，南京：江苏人民出版社 1995 年版，第 247 页。

这种话语生硬地改变了“五四”以来文学批评话语是“由艺术的语言,翻译成社会学的语言,以发现一个文学的想象的社会学的评价”。这也就是说,作为一种文学活动的文学批评,实际上成为社会学活动的代码,而阶级斗争必然成为文学批评话语的中心词语,并在批评活动中发挥着重要的作用。这样一来,文学批评活动就变成了一件非常简单的事情,任何作家作品,只要拿来往自己规定好的框架中套,只要不适合这这个框架的就判定为批判的对象,就是不革命的或是反革命的。而批评文本也只是装载这些批评概念、文艺主张的一个箩筐。“装载说”或“判断说”就是对这种批评文本的一种简明的概括。

此后,成仿吾的《从文学革命到革命文学》、蒋光慈的《关于革命文学》、李初梨的《怎样地建设革命文学》等,都是先从批判“五四”新文学开始的。及至钱杏邨的《死去了的阿 Q 时代》、李初梨的《请看我们中国的 Don Quixoto 的乱舞》、麦克昂的《桌子的跳舞》、杜荃的《文艺战线上的封建余孽》等,则直接将矛头指向以鲁迅为代表的“五四”文学,采取了激烈的批判态度。正如后来的画室所说的:“创造社改变了方向,倾向到革命来,这是十分好的事;但他们没有改变向来的狭小的团体主义的精神,这却是十分要不的。一本大杂志有半本是攻击鲁专家的文章,在别的许多地方是大书着‘创造社’的字样,而这只是为着要抬出创造社来。”①可以说,创造社、太阳社的作家们把“五四”以来的新文学的成就一概抹杀了,也将鲁迅等作家的创作基本否定了。否定“五四”文学是“建设”革命文学的基础,因为在革命文学的倡导者们看来,近代中国的发展变化就是一个阶段否定前一个阶段,革命文学就是一次对过去文学的彻底否定。钱杏邨曾经很自信地说过:“十年来中国文艺思潮的转变,果真细细的分析,它的速度和政治的变化是一样的急激。我们目击政治思想一次一次的从崭新变为陈旧,我们看见许多的政治中心人物抓不住时代,一个一个的被时代的怒涛卷没;最近两年来政治上的屡次分化,和不革命阶级的背叛革命,在在都可以证明这个特征。文坛上的现象也是如此。在几个老作家看来,中国文坛似乎仍然

---

① 画室:《革命与知识阶级》,《无轨列车》,第 2 期,1928 年 9 月。

是他们的'幽默'的势力,'趣味'的势力,'个人主义思潮'的势力,实际上,中心的力量早已暗暗的转移了方向,走上了革命文学的路了。"[①]"五四"文学是陈旧的文学,是应该被否定的文学,这都是钱杏邨等人一句话的事情,简单而又直接。

不仅如此,为了能够彻底地否定"五四"新文学传统,他们还需要进行一番自我否定。早在1924年,郭沫若就曾经表示过"我现在对于文艺的见解全盘变了"。因为在他看来:"昨日的文艺是不自觉的得占生活的优先权的贵族们的消闲圣品,如象太戈尔的诗,托尔斯泰的小说,不怕他们就在讲仁说爱,我觉得他们只好象在布施饿鬼。今日的文艺,是我们现在走在革命途上的文艺,是我们被压迫者的呼号,是生命穷促的喊叫,是斗士的咒文,是革命豫期的欢喜。"[②]在成仿吾那里,则成为一种影响一时的"否定之否定":"我们如果还挑起革命的'印贴利更追亚'的责任起来,我们还得再把自己否定一遍(否定之否定),我们要努力获得阶级意识,我们要使我们的媒质接近农工大众的用语,我们要以农工大众为我们的对象。"[③]创造社作家之所以能够成为"革命作家",不是因为他们是从"五四"走过来的,而且因为他们是否定了"五四"的自我而"奥伏赫变"而来的。只有经过了自我否定的文学,才是"革命文学",这个时期的"革命文学"已经完全超越的"五四"文学,"奥伏赫变"为一种新的文学形态。

1926年,梁实秋发表《论现代中国文学之浪漫的趋势》对"五四"以来的新文学进行了全面的否定,虽然梁实秋对新文学的否定与"革命文学"的倡导者对"五四"新文学的批判并不是一回事,他们对文学的理解也相差甚远,但是,这其中对"五四"文学,对"五四"文学的精神,对新文学的格局与文化规范,都表示出了极大的挑战。这里需要研究的,并不是梁实秋或者"革命文学"的倡导者们对"五四"文学进行了怎样的评价和批判,我们更需

---

① 钱杏邨:《死去了的阿Q时代》,《太阳月刊》,1928年3月号。

② 郭沫若:《孤鸿——致成仿吾的一封信》,《郭沫若全集》,第16卷,北京:人民文学出版社1989年版,第19页

③ 成仿吾:《从文学革命到革命文学》,北京大学等主编:《文学运动史料选》(第二册),上海:上海教育出版社1979年版,第21页。

要研究他们否定的是一种怎样的文学,而要建设的又是一种怎样的文学,或者说,在“革命文学”的倡导者那样和在梁实秋那里,当他们否定了过去的文学秩序后,试图建立什么样的文学秩序。

(四)两条路线:殊途而不同归

胡适的文化思想尽管对新月派等产生过重要的影响,但是,胡适已经开始远离文学界,此后的中国文学基本上与胡适没有太多的关系。因此,“革命文学”之后的中国文学主要沿着两个方向发展,一条是创造社、太阳社等提倡“革命文学”的左翼文学的发展路线,另一条则是以新月派为主要群体的自由主义文学发展路线。这两条路线向着不同的方向发展,各有其文学思想,虽然其间还有所融合,但却并没有最终走到一起。

先来看左翼文学的路线。

“革命文学”的论战促成了“左联”的成立,左翼文学在特定的政治环境和文化环境中获得了迅速的发展。一般学术界对“革命文学”论战的研究兴趣都集中在“革命文学”论战与“左联”成立的关系,而忽视了这场论战更为久远的意义。据目前学术界的研究成果,1929 年春,创造社被国民党查封,大体同时期,冯雪峰受命与鲁迅联系,开始筹划革命作家的统一组织,这就是 1930 年 2 月成立的中国左翼作家联盟。毫无疑问,“左联”成立后所开展的工作主要围绕着组织、思想、创作等方面,以译介马克思主义文艺理论和文艺大众化问题的讨论为突破口,逐渐组织起一套行之有效的领导组织作家的方法,并且培养出了自己的文学批评家,如冯雪峰、周扬、茅盾、胡风、瞿秋白、周立波等。

“左联”的意义在于,在此前“革命文学”论战否定“五四”新文学传统的基础上,建立了一套统一的政治性文学话语,这套政治性文学话语经过“左联”的不断培养、强化,以及理论探讨、创作实践,逐渐成为中国文学批评的强势语言,并且逐步发展成为中国革命文学的一个重要传统。“左联”是中国无产阶级革命文学的领导机关,左联执委通过的《无产阶级文学运动新的情势及我们的任务》强调指出:“‘左联’这个文学的组织在领导中国无产阶级文学运动上,不允许它是单纯的作家同业组合,而应该是领导文学斗争的广大群众组织。”因此,左联的意义首先在组织工作上。我们读如下的“左联”语言，或许并不陌生：“谁能够在左联的旗帜下面，左联的纲领下面斗争，他就是左联的同志。过去，即使他是做过富国强兵的国家主义的梦的人也好，过过浪漫生活也好，高唱艺术至上主义也好，只要他现在能够理解革命，理解社会变革的必然，而且积极地替革命做工作，他就是革命的文学团体左联的同志。”①在左联的革命作家看来，“革命”是组织作家的极端重要的纲领，因为在这个革命的时代，“谁也不许站在中间。你到这边来，或者到那边去！”②既然“革命”是唯一的选择，那么围绕着无产阶级的革命的建立，所展开的马克思主义文艺理论的译介、文艺大众化问题的讨论，其目的往往不在于讨论的本身，而在于通过讨论使左翼作家被纳入到这一组织之中。

应当说，在20世纪30年代残酷的复杂的政治环境和文化环境中，左翼文学能够获得立足之地，并且能够得到一定的发展空间，实属不易。对此，文学史家已有深入的研究。我这里感兴趣的是，左翼文学及其文学批评的发展路径及其趋向。在这里，我们必须注意这一时期在红色苏维埃地区的革命文学发展情况。作为左翼文学的发展路径之一，苏区文学对左翼文学有着根本性的制约。1927年10月，毛泽东创建井冈山革命根据地，1927年10月到1928年3月，中共赣西特委、赣南特委和赖经邦、李文林、古柏等在赣西南地区领导发动吉安东固等地农民武装起义，建立了江西工农革命军，开辟了东固、桥头等革命根据地，为赣西南革命根据地的形成奠定了基础。1931年5月，中共中央政治局通过的决议中又把“建立苏维埃中央临时政府与各区政府来对抗南京国民政府，公布与实施苏维埃政府的一切法令”作为“苏区最迫切的任务”。筹备工作改由中共苏区中央局负责进行。随后苏区中央局发表《为第一次全国苏维埃代表大会宣言》，宣布成立中华苏维埃临时政府。中央苏区在开展政治经济军事建设的同时，也积极开展文化建设，紧紧围绕土地革命、武装斗争和政权建设三大政治任务进行文

---

① 冯乃超：《中国无产阶级文学运动及左联产生之历史的意义》，北京大学等主编：《文学运动史料选》（第二册），上海：上海教育出版社1979年版，第197页。

② 成仿吾：《从文学革命到革命文学》，《创造月刊》，第1卷第9期，1928年2月。

化建设,形成了以工农兵为主体的独特的战时文化形态,突出大众化的风格和为战争服务的文化功能。1929 年毛泽东为"古田会议"所写的《中国共产党第四军第九次代表大会决议案》中就说:"要重视运用文艺形式,要把各级政治部的艺术股充实起来开展演剧、打花鼓、出壁报,收集和编写革命歌谣等活动。"把文化视为宣传,把大众化作为政治性的要求。在文学批评方面,苏区实行统一的领导,以行政批评和文艺批评相结合的方法,彻底清扫"内容不健康成长,宣传色情,宣扬封建伦理和迷信思想的旧戏","让红色舞台取代旧舞台"①。苏区文艺批评表现出强烈的现实性、政治性和斗争性的特点,某些方面演化为政治斗争或者批判。

作为中共中央领导的左翼文学,深受苏区文化的影响,一方面,曾在苏区工作的瞿秋白对"左联"的影响深远。1931 年在中共六届四中全会上,被解除中央领导职务,开除出中央政治局后,参加了"左联"的领导工作,系统地向中国读者介绍了马克思、恩格斯、列宁、斯大林及普列汉诺人关于文学艺术的理论,翻译了苏联的许多著名文学作品。另一方面,左联自觉接受苏区的领导,向苏区文艺接近。左翼文学与苏区文学的结合,完成了中国现代革命文学的创建,也形成了中国现代文学的一大传统。

1936 年,"两个口号"论争后,"左联"自动解散,"左联"的主要文学批评家如周扬、冯雪峰、周立波等人,都到了陕北解放区,他们所代表的左翼文学与从苏区长途跋涉来到延安的苏维埃革命文学融为一体,形成了中国现代的"文艺新方向","毛泽东同志所指出的为工农兵大众服务的方向,成为众所归趋的道路"②。这一道路成为后来相当长的历史时期中国文学发展的唯一道路。

再来看自由主义文学的路线。

1931 年后,新月派开始发生分化逐渐并向新的目标发展,虽然胡适已经疏离文学,更多地参与到政治和社会活动中,但是,胡适的文化思想和政治立场仍然吸引了众多的自由主义知识分子,是 20 世纪 30 年代自由知识

① 刘云主编:《中央苏区文化艺术史》,南昌:百花洲文艺出版社 1998 年版,第 147、620 页。

② 艾思奇:《从春节宣传看文艺的新方向》,《解放日报》,1943 年 4 月 25 日。

分子最重要的精神支撑。就新月派的发展来说，由于诗人徐志摩的遇难，新月派遭受到沉重的打击，一个流派逐渐消失。不过，新月派的消失却成就了后来的京派文人。由语丝社和新月派的部分成员组成的这个松散的文人群体，成为这一时期寂寞北平的一道人文风景。胡适及京派文人群，努力发展并构建中国现代文学批评的一个文学传统。胡适作为这一文学传统的精神支撑和文化基础，而京派批评家的出现，则站“文学”的立场上重新思考中国文学的出路。

1930 年 11 月，胡适离开上海回到阔别多年的北平。胡适的到来为北平的文化界注入了强劲的力量，同时也以他为中心形成了一个超然与中立的自由主义知识分子群体。《独立评论》创刊后，胡适“取得了一位自由主义思想代言人最高成就”。《独立评论》1932 年 5 月 22 日创刊于北平。胡适亲自任主编，主要编辑人有丁文江、傅斯年、翁文灏等人。该刊头两年的经费由独立评论社的社员自行集资。标榜“独立”精神，发刊词称：不倚傍任何党派，不迷信任何所见，用负责的言论发表各人思考的结果。刊物以刊登政治时事评论为主要内容，具有自由主义倾向，提供西方民主政治，反对独裁专制和文化复古主义。据美国学者格里德的研究：“在《独立评论》这份杂志上，胡适仍在继续为立宪政体辩论，权衡着民主在中国这样一个国家的可行性，告诫人们谨防独裁主义的危险，号召人们要有那种为‘七年之病’寻‘三年之艾’的志愿，激励人们坚信新个人主义的精神。在似乎常常与理性的分析相抵触并总与乐观主义的评价相左的各种事件中，胡适竭力奋斗着，让人们听到理性的声音，并驱赶走那种甚至不时威胁到他那经常性的乐观主义精神的失败感。”①胡适的“理性的声音”就是告诉人们“学得一点科学精神，一点科学态度，一点科学方法。科学精神在于寻求事实，寻求真理。科学态度在于撇开成见，搁起感情，只认事实，只跟着证据走。科学方法只是‘大胆的假设，小心的求证’十个字。没有证据，只可悬而不

① ［美］格里德：《胡适与中国的文艺复兴》，鲁奇译，南京：江苏人民出版社 1995 年版，第 267 页。

断；证据不够，只可假设，不可武断；必须等到证实之后，方才奉为定论”①。胡适的这种理性的声音，显然是中国文化中缺乏的，是中国现代文化需要的，尤其在20世纪30年代中国现实政治处于极为复杂混乱的情形上，更需要这种理性的声音。

因此，胡适能够在北平重新确立他的自由主义知识分子精神领袖的地位，影响到一批追求自由，要求民主的自由主义作家。京派文人群体及其批评家成为这种声音的集体发出者，朱光潜、李健吾、李长之、梁宗岱、沈从文等京派批评家在文化态度上坚信胡适，在学术方法上承继胡适，就是在他们很少涉及的政治问题上，同样效法胡适。更值得关注的是，在20世纪30年代“革命文学”倡导一切文学都是宣传，民族主义文学强调“中心意识”，文学已经越来越远离了文学的时候，京派的存在对于重建文学传统具有重要的意义。今天来看，京派作家的创作除沈从文、废名等少数作家仍具文学史的意义外，其他作家及作品也许并不值得文学史的书写。我认为，京派文人在文学史上的意义，也许不仅仅在于他们创作的各种文体的作品，如《边城》、《桥》、《画梦录》等，而且更在于他们在特定社会、文化背景下对一种文学理念的坚守。正如朱光潜所表述的那样，在民族“危机存亡的年头”，“在国内经过许多不幸的事变”，他还在向青年人谈美，并不是为了逃避现实的残酷，而恰恰是因为他看到了“时机太紧迫了”，“中国社会闹得如此之糟，不完全是制度的问题，是大半由于人心太坏。我坚信情感比理智重要，要洗刷人心，并非几句道德家言所可了事，一定要从‘怡情养性’做起，一定要于饱食暖衣、高官厚禄等等之外，别有较高尚、较纯洁的企求。要求人心净化，先要求人生美化。”②也就是说，追求艺术的完美，并不是京派文人躲进象牙之塔的自我需求，而是针对中国社会及其现实所提出的，试图通过净化人的精神达到使社会得到改良的目的。朱光潜等人是站在文学家、文学批评家的立场上阐述文学问题的，是以一个文学家、文学批

---

① 胡适：《介绍我自己的思想》，《胡适文集》，第5卷，北京：北京大学出版社1998年版，第518—519页。

② 朱光潜：《谈美·开场话》，《朱光潜全集》，第2卷，合肥：安徽教育出版社1987年版，第5—6页。

评家的身份要求文学的。因此,无论中国社会走到何处,处于什么样的境地,民族仍然需要文学,需要美。

遗憾的是,京派文人们的文学努力在随后的战争年代遭到了轰毁,这一文学传统虽然有汪曾祺等继承者,但已是强弩之末。中国文学进入一个整体转型的时代。

二、"革命文学"论战与新的文学秩序

从"革命文学"论战开始的20年代末至30年代的中国文学,是伴随着不断的各种各样的文学论战发展起来的。论战多指涉到不同作家的创作以及相互之间的批评与反批评,批判和辩驳。论争中所提出的理论问题值得人们深思,论争中文风问题也同样值得我们去分析研究。在20世纪30年代的每一次论争中,我们关注的不仅是论争双方的正确与否,也同样关注着论争这一现代文学史上引人注目的文化、文学现象,所带来的文学批评的思维方式、批评方法与文体建设等问题,比如说,读这一时期的一些批评文字,我们会感到20世纪50—60年代的"大批判"式的批评甚至"文革"时期的红卫兵文风,实在不是什么新的"发明",也会感到,扎实的沉静的批评文字,尽管可以一时沉默,但却具有惊人的生命力量,甚至成为中国批评界一股巨大的学术力量,由此明白文学批评界为什么总是少不了那种"斗士型"的批评家,也少不了杂文式的批评文体。

(一)"革命文学"的兴起与文学批评的极端化走向

关于"革命文学"论战的研究,并不是学术界关注的热点,其主要原因在于过于政治化与文学上的简单化、粗鄙化相关,也与缺少新的学术开拓相关。其实,关于"革命文学"的讨论不能因其对文学的粗暴理解和大批判式的文风而在学术上有所疏远,这里还有诸多需要进一步阐释的内容,尤其它留给人们的思考,以及这场论战对新的文学秩序和文化发展方向的意义,是值得我们重新去总结,重新去反思的。

首先引起人们注意的,就是开始于"革命文学"论战中钱杏邨、成仿吾、

郭沫若等批评家的偏激狂热的文风,以及由此发展下去的左翼文学批评中缺乏理论基础的左倾幼稚的草率批评。

从 20 世纪 20 年代末至 30 年代初这一时期,文学批评理论基本上是在马克思主义以及号称马克思主义文艺理论与非马克思主义文艺理论的对峙与融合中发展的。这种情况是值得注意的,尤其是对研究现代中国文学批评具有一定的历史参考价值。马克思主义以及号称马克思主义的文艺批评,几乎是伴随着 30 年代政治斗争在中国文坛上成长起来的。从 20 年代末的"革命文学"到 30 年代对"自由人"、"第三中人"的批评运动,左翼文艺批评是在宣传马克思主义文艺批评,尤其是对以阶级斗争为批评原则不满的基础上发展起来的。值得注意的是,几乎每一次文艺界的政治斗争都伴随着一次自由主义文艺批评思想的泛滥。这种文艺批评总是试图保持文艺批评的特性,努力使文艺批评西方化、学者化、审美化。这种现象对文艺批评文体的影响,不仅仅在于批评思维、语言应用方面,而且也在批评风格、批评样式的建立方面表现出来。

"革命文学"的倡导始于 20 世纪 20 年代中期,并于 1928 年爆发了一场激烈的论战。后期创作社主要成员冯乃超、李初梨、彭康、朱镜我等,于 1927 年底从日本回国,以激进的姿态为无产阶级文学推波助澜,在《创造月刊》、《文化批判》等刊物上撰文,论述关于革命文学的意见。1928 年初,蒋光慈、钱杏邨等人组成了太阳社,他们在《太阳月刊》、《时代文艺》等刊物上鼓吹无产阶级革命文学的主张。这场"革命文学"论战涉及对"五四"以来文学发展的方向、文学创作的基本评价以及对鲁迅等人的评价问题,也同样有确立文学批评的主流话语的意图。有关论争本身的是是非非,文学史家多有论述,这里只就文学批评有关的问题展开论述。

关于"革命文学"的兴起,历来学者们认同是大革命失败后,中国革命进入到新的阶段的呈现,是无产阶级登上历史舞台后中国文学的必然选择。其实,这只是一个想当然的说法,并没有真正地面对历史,其认识往往是片面的。对此,鲁迅的说法是比较符合事实以及历史语境的:"到了大革命的时代,文学没有了,没有了声音了,因为大家受革命潮流的鼓荡,大家由呼喊而转入行动,大家慷慨着革命,没有闲空谈文学了。”①在另一篇演讲中鲁迅说:“现在的广东,是非革命文学不能算做文学的,是非‘打打打,杀杀杀,革革革,命命命’,不能算做文学的——我以为革命并不能和文学连在一块儿,虽然文学中也有文学革命。做文学的人总得闲定一点,正在革命中,那有功夫做文学。我们且想想:在生活困乏中,一面拉车,一面‘之乎者也’,到底不大便当。……革命时候也是一样;正在革命,那有功夫做诗?我有几个学生,在打陈炯明时候,他们都在战场,我读了他们的来信,只见他们的字与词一封一封生疏下去。俄国革命以后,拿了面包票排了队一排一排去领面包;这时,国家既不管你什么文学艺术家雕刻家;大家连面包都来不及,那有功夫去想文学?等到有了文学,革命早成功了。革命成功以后,闲空了一点;有人恭维革命,有人颂扬革命,这已不是革命文学。他们这时恭维革命颂扬革命,就是颂扬有权力者,和革命有什么关系?”②鲁迅还说:“革命文学之所以旺盛起来,自然是因为由于社会的背景,一般群众,青年有了这样的要求。当从广东开始北伐的时候,一般积极的青年都跑到实际工作去了,那时还没有什么显著的革命文学运动,到了政治环境突然改变,革命遭了挫折,阶级的分化非常显明,国民党以‘清党’之名,大戮共产党及其革命群众,而死剩的青年们再入于被压迫的境遇,于是革命文学在上海这才有强烈的活动所以这革命文学的旺盛起来,在表面上和别国不同,并非由于革命的高扬,而是因为革命的挫折。”③鲁迅的论述表明了两个意思,一是在革命的时代,人们忙于革命而顾不上文学,这是指的创造社成员在大革命时代大多投笔从戎而远离了文学;二是革命受挫之后,一些文人又回到文学界,从革命的前线带回了革命的精神和思想意识,而提倡“革命文学”,这同样是指创造社成员,带着革命的狂热和浮躁从事文学,从而

① 鲁迅:《革命时代的文学》,《鲁迅全集》,第3卷,北京:人民文学出版社1981年版,第419页。

② 鲁迅:《文艺与政治的歧途》,《鲁迅全集》,第7卷,北京:人民文学出版社1981年版,第117—118页。

③ 鲁迅:《上海文艺之一瞥》,《鲁迅全集》,第4卷,北京:人民文学出版社1981年版,第296—297页。

忽视了文学的要义,而专注于革命与文学的关系。

注意到这一点是十分必要的。

鲁迅这里所讲的,其实涉及中国文学发展的一个重要现象,文学的发展往往不是文学自身的要求,而是文学之外的其他因素,诸如社会革命、政治力量、军事势力等方面,而且,中国现代文学又往往是革命受挫后的产物,是参与社会革命的社会活动家们在社会革命受挫之后向文学的一次战略转移。"革命文学"的出现,并不是"五四"以来中国文学发展的"必然选择",而恰恰是在批判"五四"新文学的基础上,受革命的热情鼓动而将革命的意识转移到文学上来的。正如成仿吾在《从文学革命到革命文学》中所说的:

> 维持文学革命的运动使它不至于跟着新文化运动同归于尽的是民十以后的创作方面的努力。这时候,创造社已正式登台,不断地与恶劣的环境奋斗。它的诸作家以他们的反抗的精神,以他们的新鲜的作风,四五年之内在文学界养成了一种独创的精神,对一般青年给予了不少的激刺。他们指导了文学革命的方针,率先走向前去,他们扫荡了一切假的文艺批评,他们驱除了一些蹩脚的翻译。他们对于旧思想与旧文学的否定最为完全,他们以真挚的热诚与批判的态度为全文学运动奋斗。

可以说,"革命文学"的解构性思维方式指导了运动的整个过程,也表现出了现代文学批评某些时候游离于文学之外的弊端。李欧梵在费正清主编的《剑桥中华民国史》里曾说:"在这个事态严重的十年里,艺术便与政治变得难解难分,20 年代初期的那种浪漫情调,便让位给那种对作家的社会良心所作的沉闷的强调。30 年代初,一个新的左翼倾向,就已经在文学界形成。"[①]李欧梵看到了这一时期文学与政治的关系,也看到了左翼文学形成后对整个文学界的冲击,或者说他只看到了新的文学的"重构",他没有看到这一时期的文学及文学批评对已经形成的新文学传统的解构。

---

① 费正清主编:《剑桥中华民国史》第二部,章建刚等译,上海:上海人民出版社 1992 年版,第 456—457 页。

解构不仅是从一种思想开始的,有时首先是从一种文风开始的。

这里可以看一下成仿吾的变化。"五四"时期,成仿吾的逆向性思维曾在文学批评活动中发挥了重要的作用,这种思维方式是建立在他的浪漫主义文艺主张的基础上的,他倾向于社会功利性的文学批评,加强了他在"五四"时期文学批评的文学力量。但是,这种逆向性的思维在他的文艺思想发生较大的变化后,却走向了另外一个极端。原来的那种"排他主义"的思维因素,终于有机会发展起来,而他的文学激情也终于成为一种政治热情的宣泄。他于1928年2月在《创造月刊》1卷9期上发表的《从文学革命到革命文学》一文,可以见出成仿吾的批评思路及文风的变化 。这篇对"五四"新文学进行批判的文章,是在"批判"、"否定"等词汇的组织和基本思想的主导下完成的。成仿吾认为"五四"文学革命的"第一种工作为旧思想的否定","第二种工作为新思想的介绍"。在他看来,这两个方面的工作"都不曾收到应有的效果"。为什么?"这是因为从事这两种工作的人们对于旧思想的否定不完全,而对于新思想的介绍更不负责"。他之所以肯定创造社,在他看来就是因为创造是具有反抗和批判精神的:"创造社以反抗的精神,真挚的热诚,批判的态度与不断的努力,一方面给与觉悟的青年以鼓励与安慰,他方面不息地努力完成我们的语体。"成仿吾的批判性思路也表现他的批评中,批判、否定,成为他这一时期文学批评的基本路数。所以,成仿吾特别强调"文学革命今后的进展"仍然要以批判为主:"我们要研究文学运动今后的进展,必须明白我们现在的社会发展的现阶段;要明白我们的社会发展的现阶段,必须从事近代资产阶级社会全部的合理的批判(经济过程的批判,政治过程的批判,意识过程的批判),把握着唯物的辩证法的方法,明白历史的必然的进展。"他对胡适、梁漱溟、文学研究会、语丝社的否定,对创造社的肯定,是以"资本主义的余毒法西斯蒂的孤城"和"全世界农工大众的联合战线"来做标准,被他否定的是资产阶级或是"睡在鼓里的小资产阶级",而被肯定的则是以反抗的精神进行文学革命的作家。这种简单的区分法反映了成仿吾批评思维的简单化。纵观创造社的革命文学的倡导者,他们基本上是把"五四"以来的新文学史看作阶级斗争史,片面的,简单化的,也是错误地对待文学发展中的不同流派、不同作家,把他们硬性划归于某一阶级集团,又把各个阶级看作是绝对对立,不可沟通的,他们可以把鲁迅等人看作是自己的对立面,从而奋起批判。按照这种思路,他们在反思"五四"以来的文学发展时,其批评文章往往渗入了他们自己过于狂热的情绪,这常常使他们来不及考虑自己文章的问题,而那种不顾事实的空喊,又妨碍了他们本来就淡漠的文体意识。简单的批判,粗野的文风,甚至夹杂着人身攻击的批评式文章的出现,成为当时文体上一直值得注意的倾向。

钱杏邨是自我标榜运用马克思主义批评观和方法论的批评家,但他却是中国运用庸俗社会学方法进行批评的代表性人物,他几乎全盘否定了"五四"以来的文艺批评。在钱杏邨看来,无产阶级革命文学是政治的,是斗争的,而批评家当然也是政治的,斗争的。因此,文学批评应该先把握住这一阶级的特征,政治上的任务。钱杏邨为批评家规定的任务是:"最重要的是估定作品的价值,为读者指示解释作品的思想和技巧,以及改正作品的思想和技巧的错误,以促进文化的发展。批评家应该认清他们的批评的目的是促进社会的进步"。他指出,一个批评家为了完成这个任务,必须在理论、方法、态度三方面纠正过去的资产阶级错误。如果仅是这些观点,我们觉得钱杏邨的观点并无大过。然而,钱杏邨也指出"过去的批评坛是没有好成绩的",同时,他又提出了文学批评家在现阶段所承担的时代责任。钱杏邨认为,"文艺是有阶级性的,资产阶级的文艺早已到了进墓洞的时候了",所以,"批评家应该担负起他们的对于这种反革命文艺运动的责任,对于资产阶级不断地加以抨击,根本上消灭他们的力量"①。在他看来,"批评家就是革命家",应该站在战斗的立场上,"分析资产阶级文艺所描写的对象,指摘资产阶级文艺的中心思想的错误"。因此,作为一种文体的文学批评,也被他看作是战斗的武器。

钱杏邨的批评思想,在他的批评实践中得到了比较完整的体现。那种过于情绪冲动和文体结构上的简单化、庸俗化,使他的批评很难真正发现批评对象的闪光点,从而把文学批评变成了批评文体,甚至是不顾一切的

① 钱杏邨:《批评的建设》,《太阳月刊》,1928年5月,第5期。

攻击。他的代表作《死去了阿Q时代》就是被他用武器来攻击鲁迅的一篇。钱杏邨写作这篇文章的切入点是“时代”。但是，他却生硬地分为无产阶级革命时代和他所批判的“阿Q时代”，与其说是文学批评，不如说是显示了一种偏离历史继承性的文化反叛。由于这个切入点，他把鲁迅所处的时代背景做了错误的估计描写，又将鲁迅独立甚至是孤立于时代之外。整个批评文章是以他所描绘的“无产阶级革命时代”与鲁迅对比，并指出鲁迅的创作“没有现代的意味，不是能代表现代的，他的大部分创作的时代是早已过去了”。这种简单化的思维方式，表现在具体批评时，就显示出了它的荒谬性，例如，他把鲁迅反驳成仿吾等人的文章，也看成是鲁迅否认革命文学的必然表现。可以说，钱杏邨的文学批评是被阶级斗争的中心话语所控制的，当他以这种话语去阐释文学时，他看到的不是文学，而是社会斗争和阶级斗争，当他以这种话语去批评文学时，则是一种政治批判文体，而不是文学批评。而且，钱杏邨使用的这一套政治话语，是从苏联革命文学那里得来的一些概念，并不是自己的发明创造。而这一套政治概念并没有在钱杏邨那里得到消化，也没有作为自己的批评语言。因此，在生搬硬套中的批评文体，也是一种生硬而违反批评特征的。也应当注意到，钱杏邨正是试图运用这种批评的政治话语，以庸俗的社会学代替科学的文学批评。

钱杏邨之外，创造社、太阳社的其他成员如冯乃超、蒋光慈、杜荃等人，在其发表的一些批评文章中也不同程度地表现出了“大批判”文体的特征。杜荃的《文艺战线上的封建余孽》中对鲁迅的批评，不讲道理，无限上纲，主观武断，是其中有代表性的文章。我们不能否认在“革命文学”论战中一些青年批评家的感情用事，更不能否认他错误地理解了文学批评的动机及其功能特征。论争中的简单化和偏执狂热的文风，使文学批评失去了批评功能和文体特征，给现代文学批评的健康发展，造成了难以估量的损失。

（二）新的文化秩序的迷失

显然，“革命文学”的倡导们试图在摧毁旧的文学秩序的同时，建立一种新的文学秩序。也许，刚从大革命的前线退回来以及刚从日本留学回国的作家批评们以及刚从日本回国的青年作家们，更急于建构这种新的文学秩序，通过这种建构来获得自己的话语权。1928 年开始的“革命文学”论战,其实是各方力量从不同的角度使用不同的方法建构新的文学的框架,是为争夺新的文学话语权而论战,也是各方政治力量对文学的渗透与控制。但是,无论怎样论争,我们可以看到“革命文学”的倡导者们试图清理出一条革命时代文学的基本线索,重新构造文学的新秩序。这一新的文学秩序呈现出如下一些基本的特点:

第一,现代社会文学的革命化转向

中国现代文学本质上就是社会文学,这种社会文学的发展是在不断的自我否定中完成的。当它发展到一定的革命时代,就会在某些因素的推动下突变为“革命文学”。20 世纪 20 年代初期,早期共产党人就开始着手创建“革命文学”,郁达夫、蒋光慈等人也先后发表文章,阐述“革命文学”的问题。1926 年 4 月,郭沫若发表了被李初梨誉为“在中国文坛上首先倡导革命文学的第一声”①的《革命与文学》一文。这篇文章因为随后而起的大革命而并没有受到人们的更多关注,但却是构建“革命文学”新秩序的极为重要的一篇文章。郭沫若从“文学是社会上的一种产物”这一基本论点出发,阐述了革命文学是革命时代的产物:“文学是永远革命的,真正的文学只有革命文学的一种。所以真正的文学永远是革命的前驱,而革命的时代中总会有一个文学的黄金时代出现。”②郭沫若对“革命文学”的论述成为后来创造社、太阳社主要的理论来源。成仿吾的《从文学革命到革命文学》、李初梨的《怎样地建设革命文学》等文章,基本上沿用了郭沫若的观点,突出强调了革命的时代应有“革命文学”,文学应该成为革命的宣传和阶级的武器。

第二,文学批评标准的一元化

文学批评的一体化是“革命文学”的目标。所谓文学批评的一元化是指文学批评价值取向的单向度、唯一性特征,是一元化或者二元对立的批评思路,“不是到左边来,便是到右边去”③,也如郭沫若在《革命与文学》中

---

① 李初梨:《怎样地建设革命文学》,《文化批判》,第 2 号,1928 年 2 月。

② 郭沫若:《革命与文学》,《郭沫若全集》,第 16 卷,人民文学出版社 1989 年版,第 37 页。

③ 麦克昂:《桌子的跳舞》,《创造月刊》,第 1 卷第 11 期,1928 年 5 月。

所说:“在这样的时候,一个阶级当然有一个阶级的代言人,看你是站在那一个阶级说话。你假如站在压迫阶级的,你当然会反对革命;你假如是站在被压迫阶级的,你当然会赞成革命。你是反对革命的人,那你做出的来的文学或者你所欣赏的文学,自然是反对革命的文学,是替压迫阶级说话的文学……你假如是赞成革命的人,那你做出来的文学或者你所欣赏的文学,自然是革命的文学,是替被压迫阶级说话的文学;这样的文学自然会成为革命的前驱,自然会在革命时期产生出黄金时代了。”[①]蒋光慈也表示了这样的观点:“倘若我们要断定某个作家及其作品是不是革命的,那我们首先就要问他站在什么地位上说话,为着谁个说话。这个作家是不是具有反抗旧势力的精神?是不是以被压迫的群众作出发点?是不是全心灵地渴望着劳苦阶级的解放?……倘若答案是肯定的,那么这个作家就是革命的作家,他的作品就是革命的文学。”[②]可见,文学批评的功能之一就是要把作家都统一到“革命”这一方面来,用一个统一的标准核定作家是不是革命的,“革命文学”就是中国文学的一元化呈现。

第三,文学批评主体的政治家角色

在这种一元化文学批评的话语世界里,批评家并不是文学批评家,而首先是“革命家”:“我们的文学家,应该同时是一个革命家。他不是仅在观照地‘表现社会生活’,而且实践地在变革‘社会生活’。他的‘艺术的武器’同时就是无产阶级的‘武器的艺术’。”[③]因为你只有成为一个“革命家”,你才能成为“阶级的代言人”。对于一个“革命文学”批评家来说,确立无产阶级的世界观,使自己成为一个无产阶级革命者,才能够“真正站在客观的具体美学上,才能够真正同旧文学根本对立,才能真正化为无产阶级文学”,才能够进行无产阶级革命文学批评。所以,一个文学批评家可以不是文学家,可以不懂文学,但是,他必须是“革命家”,懂的“应该用辩证法

---

① 郭沫若:《革命与文学》,《郭沫若全集》,第16卷,北京:人民文学出版社1989年版,第34、35页。

② 蒋光慈:《关于革命文学》,《太阳月刊》,1928年2月号。

③ 李初梨:《怎样地建设革命文学》,《太阳月刊》,1928年2月号。

唯物论的眼光,来分析客观的现实”①。

三、政治话语与文学批评

20世纪30年代,茅盾、冯雪峰、瞿秋白、周扬、胡风等人在介绍马克思主义文艺批评方面曾作出了积极的努力。周扬在文坛上的出现,也带来了马克思主义文艺批评的新的特点。其他如瞿秋白、鲁迅以及后起的周立波等,他们对左倾机械论文学批评观进行了许多抵制和纠正。但同时也不同程度地表现出机械论的影响。值得注意的是,一种权利化的意识形态批评话语在悄悄地出现,并对文学批评产生一定的影响。在这些批评家当中,除茅盾的情况比较特殊外,其他几位都以真正的马克思主义批评家自居,并在自己的批评文章中表现出咄咄逼人的理论气势。理论的优势感促成这些批评家往往借作品作家的批评以传达某些前沿理论气息,借助于对具体对象的批评以指导整个文坛,指导左翼文坛的创作趋向。尤其是冯雪峰和周扬,他们的理论阐述显然要优于作品批评,他们那种方向性、政策性的批评文章,对左翼文学具有强烈的指导性意义。

(一)政治话语与新的文学规范

冯雪峰是这一时期重要的文学批评家,这不仅在于他的身份特殊,更在于他的文学批评形成了一套特定的话语方式,对左翼文学具有显在的意义,能够对一些左翼作家的创作形成重要的影响。曾经说过:“不以向来的玄妙的术语在狭小的艺术范围内功夫所谓批评的不知所以然的文章,而依据社会潮流阐明作者思想与其作品底构成,并批判这社会潮流与作品倾向之真实与否,等等,这才是马克思主义批评家的特质。”②他对丁玲的《水》的评论就极力导向左翼文坛的政治意识,通过政治话语对《水》给予高度评价。周扬在30年代很少对具体作品发表评论,他比较热衷于理论的阐发,

① 克兴:《小资产阶级文艺理论之谬误》,《创造月刊》,第2卷第5期,1928年12月。

② 冯雪峰:《〈社会的作家论〉题引》,《冯雪峰论文集》(上),北京:人民文学出版社1981年版,第12页。

热衷于对某些文坛政策的阐释。他在当时所做的工作就是翻译介绍国际无产阶级文学运动的各式理论。1932 年，当周扬参与关于“文艺自由”的论辩时，他已经自觉以“左联”代言人的身份对苏汶和胡秋原予以批判。他的《到底是谁不要真理，不要文艺?》和《自由人文学理论检讨》两篇文章，也正是对周扬的文学批评向政治话语发展的重要体现。那种不容讨论商量的口气，充满批判意味的叙述方式，将政治权利话语提升到空前的位置，将文艺批评的学术讨论、自由批评引向政治斗争和文艺斗争的方向。这既反映了历史的要求，也烙印着左倾幼稚病的痕迹。周扬的这种批评方式到 30 年代中后期和 40 年代获得了更充分的发展。

瞿秋白是 30 年代左翼文坛上一个不可或缺的人物。这不仅在于他的特殊身份对左翼文学的影响，而且也在于他的批评理论和批评方法、批评文体对左翼文学批评的影响。在中国文坛上，瞿秋白是最热衷于提倡向苏俄学习的一个。早在 1932 年他为郑振铎翻译的俄国文学作品《灰色马》所作的序中就曾说过：“那伟大的‘俄罗斯精神’，那诚挚的‘俄罗斯心灵’，结晶演绎而成俄国的文学，——他光华熠熠，照耀近代的世界文坛。这是俄国社会生活之急遽的瀑流里所激发飞溅出来的浪花，所映射反照出来的异彩。文学是民族精神及其社会生活之映影；而那所谓的‘艺术的真实’正是俄国文学的特长，正足以尽此文学所负的重任。”①基于对苏俄文学的这种认识，瞿秋白在 30 年代翻译介绍了大量苏联文学作品和理论著作。从 1931 年到 1933 年间，他翻译介绍了《高尔基论文选集》、《高尔基创作选集》以及卢那察尔斯基的《解放了的堂·吉诃德》、绥拉菲靡维支的《一天的工作》、普希金的《茨冈》，同时，他还写作了《斯大林和文学》、《苏联文学的新阶段》。除此之外，瞿秋白还译介了大量马克思主义文艺理论著作，编译了《马克思主义文艺论文集》。这些译介在 30 年代左翼文坛上产生了广泛的影响。瞿秋白 30 年代的理论批评有比较强的针对性，主要是针对当时文艺界存在的问题而发的。我们可以把这些文艺理论批评分为以下几类：

---

① 瞿秋白：《郑译〈灰色马〉序》，《瞿秋白文集》（文学编），第 1 卷，北京：人民文学出版社 1985 年版，第 255 页。

第一类是批判“民族主义文学”、“自由人”和“第三种人”的,如《屠夫文学》、《文艺的自由和文学家的不自由》等;第二类是讨论文艺大众化的问题的文章,如《普洛大众文艺的现实问题》、《大众文艺的问题》等;第三类是作家作品批评文章,如《谈谈〈三人行〉》、《〈子夜〉与国货年》、《鲁迅杂感选集·序言》等。

瞿秋白强调现实主义创作原则,并从现实主义出发去批评作家作品。他在《马克思、恩格斯和文学上的现实主义》一文中,就指出了马克思主义文艺理论鼓励现实主义,而反对浅薄的浪漫主义。在《普洛大众文艺的现实问题》一文中,他又系统论述了无产阶级革命文学的现实主义问题,指出:“普洛大众文艺,必须用普洛现实主义的方法来写。这需要开始一个运动,一个为着普洛现实主义而斗争的运动。”[①]那么,什么是他所讲的“普洛现实主义”呢?瞿秋白认为:“当然首先是描写工人阶级的生活,描写贫民,农民,兵士的生活,描写他们的斗争。劳动群众的生活和斗争,罢工,游击战争,土地革命,当然是主要的题材。”[②]他还认为:“文艺作品应当经过具体的形象,——个别的人物和群众,个别的事实,个别的场合,个别的一定地方的一定时间的社会关系,用‘描写’‘表现’的方法,而不是用‘推论’‘归纳’的方法,去显露阶级的对立和斗争,历史的必然和发展。这就须要深切的对于现实主义生活的了解。”[③]根据这一基本观点,瞿秋白文学批评的基本思路,就是以阶级斗争理论为主,以创作是否描写了工农群众的生活和斗争为标准,对作品的思想内容进行批评。他在为华汉《地泉》一书所作的序《革命的浪漫蒂克》中,抓住《地泉》的实际问题,指出了初期早期普罗文学中带有的普遍性的问题,即“革命的浪漫蒂克”问题。他认为,“这种浪漫主义是新兴文学的障碍,必须肃清这种障碍,然后新文学才能够走上正确

① 瞿秋白:《普洛大众文艺的现实问题》,《瞿秋白文集》(文学编),第1卷,北京:人民文学出版社1985年版,第480页。

② 瞿秋白:《普洛大众文艺的现实问题》,《瞿秋白文集》(文学编),第1卷,北京:人民文学出版社1985年版,第473页。

③ 瞿秋白:《普洛大众文艺的现实问题》,《瞿秋白文集》(文学编),第1卷,北京:人民文学出版社1985年版,第476页。

的路线"①。瞿秋白之所以特别看重茅盾的《子夜》,其主要原因就是《子夜》表现了他所希望看到的革命斗争。因此,他的《读〈子夜〉》,就是借《子夜》阐发社会政治论文的"政论文",而并不像是文学批评文章,因而,批评中几乎没有艺术分析。这说明了左翼文学批评正是从政治革命斗争的角度出发去批评作品的,其语言表达也是从社会学那里汲取的思想性术语和政治性术语。

(二)现实主义的主流化

从20世纪30年代几位有代表性的职业文学批评家来看,他们的兴趣多在理论批评方面,或热衷于通过批评来建立自己的话语权力,或醉心于通过批评来构建自己的理论体系。他们往往关心理论强于关心作品,或者说,作品只是他们的理论阐述中的"材料"。周扬、冯雪峰、胡风,是20世纪30年代职业批评的三位代表人物。20世纪30年代中期,周扬与胡风之间曾发生过一场关于典型问题的论战,论战中涉及《阿Q正传》、《子夜》等作品的批评问题。无论是周扬还是胡风,其兴趣都在典型、现实主义理论方面,《阿Q正传》等作品只是他们为自己寻找到的证据而已。两位批评家都试图建立自己的一套批评话语,这套批评话语对于整个文学界具有指导意义。但这套批评话语却是"非学者"性话语,学者型话语是属于教授批评的,而他们更多感兴趣的是职业理论家的批评语言。作为职业批评者,周扬和胡风都是以文艺理论批评家的身份出现,所操的也都是社会政治与文艺美学合一的批评话语。不过,周扬仍然倾向于社会政治话语,而且时时不忘自己作为无产阶级革命文学的领导人的身份,他的批评中也就出现了类似如下的质问方式:"胡风先生的理论将把读者,作家引到甚么地方去呢?"这是比较典型的领导者的口气,也是政治话语向权力话语的过渡性语言。胡风的批评尽量向文艺美学方面靠近,但他的理论幼稚,以及语言上的深奥艰涩的问题,使他在这时还不能真正掌握起自己的一套批评话语。

冯雪峰是这时期为数不多的几篇文学批评文章,给人们留下了深刻的

① 瞿秋白:《革命的浪漫谛克》,《瞿秋白文集》(文学编),第1卷,北京:人民文学出版社1985年版,第459页。

印象，他的《关于新的小说的诞生——评丁玲的〈水〉》，可以看作是左翼文学批评的经典文本。这篇批评文章的出现，不仅仅是对丁玲的《水》的肯定，而更重要的是通过对一篇作品的评价，确定了一种创作方向，对于文学批评来说，则是确定了一种批评范式；与此同时，文章不仅通过一位作家的评论使丁玲的创作由此发生了巨大的变化，而且对左翼文坛产生了广泛的影响。与矛盾的批评文章相比，这是一篇理论色彩更浓重的批评。整个文章是建立在理论阐释的原则上而不是建立在作品的分析上的。冯雪峰显然意识到他在这篇文章中"说的非常抽象的，过于概观的"缺陷，所以他才说他对《水》的理论概括"应当是许多读者所共抱的意见吧"。其实，冯雪峰对《水》所展开的批评，要比他所概括的《水》作为"新小说的一点萌芽"的三个方面要更理论化，也就更抽象化。请看这段评论文字：

> 小说的开始，就是大众英勇的和洪水抗斗的一幕，这是和天灾——其实，如作者所示，并非天灾，是军阀混战和地主官僚的剥削的结果——斗争，大众用原始的巨力和自然斗争；小说结末的时候，则是灾民大众和饥饿斗争，用开始向于组织的力量和剥削者及其机关枪斗争，每一个地方，都显示出灾民的农民大众的自己的伟大力量，只有这个力量将能够救他们自己！
>
> 冯雪峰：《关于新的小说的诞生》

这是一种社会的理论概述，它的权威性、权力意义，以及对创作界的指导意义，都是十分明确的，它使人们感到了理论的力度和分析的无所不能。冯雪峰在这里所运用的是阶级论的理论，即以阶级分析代替作品的艺术分析，批评作品就是要着力抓住作品中流露出来的阶级倾向性，看作家是否站在阶级的立场上，"能够正确地理解阶级斗争，站在工农劳苦大众的利益上，特别是看到工农劳苦大众的力量及其生路"。这种重在理论的界定和作品的定性分析的方式，是不需要对作品作具体分析的。在冯雪峰看来："一切事物都有阶级性"，"也当然就有阶级的分别"，"譬如男女的接吻"也是可以做阶级的分析的批评的。所以，"常识的阶级性，是明明白白的，然而如文学，倘如此研究，它的阶级性也就同样的明白"①。有了这种阶级理论的基础，作品批评就成为对作品的阶级倾向性的分析和批评，而批评文体也就成了对这种阶级理论的阐述甚至是另一种形式的社会学论文。冯雪峰的《关于〈总退却〉和〈豆腐阿姐〉》也是类似的文本。冯雪峰所设立的阶级论的文体构架，将他所有的作品批评都纳入到这个范式内，成为社会学批评文体的经典之作，对现代文学批评的发展产生了不可低估的影响。

（三）自由主义者的文学批评

以自由人、"第三种人"形象出现的胡秋原和苏汶，表明了部分作家批评家对政治话语的反感，对机械唯物论批评方法的不满。胡秋原在《钱杏邨理论之清算与民族文学理论之批评》中，就表示了对钱杏邨的批评理论的厌恶。他认为，钱杏邨"打着'Marxism'批评的旗帜，几乎成了中国唯一马克思主义批评家。其实，招牌尽管是招牌，而其内容可说是和马克思主义毫不相干的"，"钱先生将马克思主义谑画（Caricature）了"。胡秋原指出，钱杏邨"只是搬弄'时代'两个大字，开口时代，闭口时代，左一个时代，右一个时代，将时代二字极抽象地极混乱地使用"②。由此认为钱杏邨是一个"观念论者"。胡秋原认为，钱杏邨在文学批评中出现的幼稚和缺陷，其原因是"缺乏批评家的 talent 的地方，就是缺乏独创"，以及"左倾机会主义"的思想。"钱先生的批评论文，好象成了一个公式，要来要去总是那么一套，不会有新的花样"，"结果成了革命党八股"③。应当说，胡秋原的批评是比较准确的，有针对性的。钱杏邨在文艺批评上的失误，引起人们的不满是正常的。但胡秋原的本意并非是为了否定马克思主义文艺批评，而是期望寻找到真正的马克思主义文艺批评，因为"只有真正地深刻地理解学习辩证唯物论，才能救钱杏邨于观念论的泥沼之中"④。胡秋原主张普列汉诺夫的"科学的批评"，"艺术家的写出他所感的，批评家指出他何以如此

① 冯雪峰：《常识与阶级性》，《冯雪峰论文集》（上），北京：人民文学出版社1981年版，第25、26页。

② 苏汶编：《文艺自由论辩集》，上海：现代书局1933年版，第24、33页。

③ 苏汶编：《文艺自由论辩集》，上海：现代书局1933年版，第45页。

④ 苏汶编：《文艺自由论辩集》，上海：现代书局1933年版，第45页。

感”。自称是“第三种人”的苏汶则也认为,左翼文学界几乎把所有非无产阶级文学都认为是拥护资产阶级的文学,这是极端性的错误。应该说,苏汶的批评是有道理的,但左翼内部并未能听进去这个观点。对于自由主义文艺批评钱杏邨的机械唯物论的一系列文章,左翼作家是能够部分地接受的。冯雪峰就曾承认,“钱杏邨的文艺批评,自他们开始一直到现在,都有不是正确的马克思主义的批评,并且对于他们批评的不满现在已成为一个普遍的意见”①。但是,瞿秋白又区别了钱杏邨和胡秋原的批评:“钱杏邨比起胡秋原先生来,都始终有一个优点:就是他总还是一个竭力要想替新兴阶级服务的小资产阶级知识分子……钱杏邨虽然没有找着运用艺术来帮助政治斗争的正确方法,可是,他还在寻找,他还有寻找的意志。而胡秋原是立定主意反对一切‘利用’艺术的政治手段。”②左翼文艺界对胡秋原的批判和对钱杏邨的部分肯定,至少说明了他们对钱杏邨批评模式的某些肯定,也说明了政治话语已渐渐占据了统治地位,批评的政治化得到了人们的认同。张闻天于 1932 年 11 月发表的《文艺战线上的关门主义》,批评左翼文坛对待胡秋原等人的偏颇态度,无疑代表着左翼文艺对这场论争的基本认识。

---

① 洛扬:《“阿狗文艺”论者的丑脸谱》,《文学运动史料选》,第三册,上海:上海教育出版社 1979 年版,第 123 页。

② 易嘉:《文艺的自由和文学家的不自由》,《文学运动史料选》,第三册,上海:上海教育出版社 1979 年版,第 139 页。

中编　创造与规范:新文学范式中的文学批评

所谓“新文学”是中国文学的异质形态,是在破坏传统文学秩序的基础上出现的具有鲜明的社会化特征的文学,是在破坏“旧文学”的基础上建立起来的一种新质的文学。这种文学往往以“激进”的文化面孔出现在人们面前。

新文学的发生与发展和中国现代社会革命、现代传媒具有密切的关系。从新文学与社会革命的关系上来看,新文学发生与发展的每一个时期,往往是现代知识分子从事社会革命受挫之后向文学的一次战略转移,试图以文学解决中国的社会问题。康有为、梁启超维新变法失败后,梁启超开始关注文学,创办报刊,重视小说、诗歌等文学文体。在他的眼中,文学不仅是美的,而且更是有“新民”的社会功能。辛亥革命以后,陈独秀创办《新青年》杂志,提倡文学革命。无论是梁启超还是陈独秀,他们都非常机敏地发现了文学所隐含着的强大的感化力量,发现了文学对国民启蒙的重要作用,也发现了文学参与社会批判和社会改造的强大功能。于是,新文学打着新民、启蒙的大众文化旗号,顺理成章地改造了文学的本义,也理所当然地将文学与世俗文化结合在一起,文学的粗鄙化堂而皇之地占领了现代传媒的各个地盘。梁启超极力推崇小说尤其是政治小说,主要不是小说的愉悦特征,而是看重小说可以推进社会改良,是为之政治革命的另一种手段。在新文学的文学批评中,批评家们往往很少关注作家创作的审美特征,很少研究作家作品的艺术表现,他们更看重文学的社会性、思想性,看重文学与社会的关系。

正是这样,新文学批评特别重视文学的社会性,关注文学与社会的密切关系,关注文学所表现的社会内容与时代精神。无论是梁启超的“小说界革命”、“诗界革命”,还是胡适、陈独秀提倡“文学革命”;无论是周作人的“美文化”批评,还是茅盾的现实主义文学批评;无论是鲁迅的“大师的批评”,还是周扬的社会主义现实主义批评;无论是文学研究会的“为人生”的艺术,还是创造社的“为艺术”的艺术;无论是钱杏邨的社会学批评,还是胡风的主观战斗精神,其实质都是文学的社会化的表现形态,是以文学解决社会问题的方式与方法。他们试图重建中国文学的社会化批评,将文学作为社会革命的有机组织部分,将文学作为对民众进行启蒙的工具。

在文学思潮的发展流向中,新文学以进化论的文学观理解文学,理解人类文学的发展历史,因此,他们更关注文学的新旧问题,在他们的眼里文学就有了革命和不革命之别,就有了进步与落后之分,新的一定会取代旧的,革命的一定会推翻不革命的,进步的一定会压倒落后的。在新文学批评家的眼中,"新"文学之外的一切文学都是旧的文学,都是在"推倒"之列;而在"革命文学"批评家眼中,凡是他们之外的都是"资产阶级或小资产阶级"的文学,都是"已死的"文学。他们以激进的态度和社会学的方法,对一切不合他们要求的文学发起了猛攻,展开了一次次的文学斗争,甚至以不容讨论的口气对待所有持不同文学观的文学家和批评家。也正是凭着这种革命者的姿态,新文学在终于站稳脚跟的同时,成为了中国现代文学的主流。

第四章　理论转型与中国现代文学批评的发生

“五四”时期的钱玄同在讨论“文学革命”的理论与实践问题时说：“梁任公实为创造新文学之一人。虽其政论诸作，因时变迁，不能得国人全体之赞同，即其文章，亦未能尽脱帖括蹊径，然输入日本新体文学，以新名词及俗语入文，视戏曲小说与论记之文平等，（梁君之作《新民说》，《新罗马传奇》，《新中国未来记》，皆用全力为之，未尝分轻重于其间也。）此皆其识力过人处。鄙意论现代文学之革新，必数梁君。”[①]这个评价是非常准确的。梁启超是以一个革命家的身份参与文学活动的。他也许并未想到过要从事文学活动，或者至多将文学当作茶余饭后的谈资，或者工作之余的雅兴。在中国历史上，梁启超留给人们的，除了他参与的维新变法，可能就是他的文学活动和学术活动了。但是，一生盛名的梁启超就那么甘心于文学与学术吗？

梁启超（1873—1929），近代思想家、文学家和学者，其兴趣广泛，学识渊博，在文学、史学、哲学、佛学等诸多领域，都有较深的造诣。1901 至 1902 年，先后撰写了《中国史叙论》和《新史学》，发动“史学革命”。欧游归来之后，以主要精力从事文化教育和学术研究活动，写下了《清代学术概论》、《中国近三百年学术史》、《先秦政治思想史》、《中国历史研究法》、《中国文化史》等具有很高学术价值的著作。

---

① 钱玄同：《通信》，《新青年》，第 3 卷第 1 号，1917 年 3 月。

一、运动思维及文学变革

梁启超参与文学,并发起晚清以"小说界革命"、"诗界革命"、"文界革命"为主要内容的文学运动,首先是他从事维新变法失败后的一种战略性选择。1898 年 7 月,回京参加了百日维新的梁启超受光绪帝召见,奉命进呈《变法通议》。同年 9 月,政变发生,变法失败,梁启超逃亡日本。维新变法的失败既是梁启超政治生命的重大挫折,但也是其人生道路的一个重要转折。逃亡日本的梁启超重整旗鼓,重新调整思路,进行了一次影响中国现代文化的重要的转移,创办《清议报》、《新民丛报》、《新小说》等杂志,将精力全面转向思想文化评论以及对西方文化的介绍,并通过《新民丛报》、《新小说》开始提倡"诗界革命"和"小说界革命"。

梁启超参与文学活动,并不是他对文学有多少爱好,或者对文学有多少研究,而是出于他的维新变法活动失败后,试图以文学的方式解决社会问题的手段。

在这里,我们有必要简单回顾和梳理一下鸦片战争以来中国社会及文化发展的线索,探讨梁启超从社会改良转向文学的内在动因,并由此可以看出中国现代文学批评及其文学的发生的动因。

鸦片战争以来,中国社会经历了几次重大的教训,而每一次教训都能够使中国知识分子对中国社会产生较为深刻的认识,并发起新的文化运动或者与文化相关的运动。鸦片战争失败后,中国知识分子认识到一个事实:落后就要挨打。因此,随之而来的洋务运动试图改变中国在物质文化上的落后状况,但中日甲午后,人们两次认识到同一个问题,那就是,必须在物质文化的基础上进行社会制度的变革,仅仅有物质文化的发达并不能真正地改变中国落后挨打的局面,而落后封建的社会制度是无法使民族真正崛起的。在这一认识的基础上,新兴的资产阶级改良派成为了中国近代社会的重要改革的力量。以康有为、梁启超为代表的改良派所提倡的改良维新运动,试图从制度建设上改变中国的现状,能够促进国家政体的完善,进而改变民族落后的状态。在梁启超看来,“凡在天地之间者莫不变”,“言治旧国必用新法也”[①]。变法则国强,不变法则贻害无穷。梁启超比较形象地指出了这一点:“今有巨厦,更历千年,瓦墁毁坏,榱栋崩析,非不枵然大也,风雨猝集,则倾圮必矣。而室中之人,犹然酣嬉鼾卧,漠然无所闻见;或则睹其危险,惟知痛哭,束手时日,以觊有功。此三人者,用心不同,漂摇一至,同归死亡。善居室者,去其废坏,廓清而更张之,鸠工庀材,以新厥构,图始虽艰,及其成也,轮焉奂焉,高枕无忧也。惟国亦然,由前之说罔不亡,由后之说罔不强。”[②]梁启超的变法理想也许是伟大的,其变法目的也是明确的,其变法的手段与方法也不存在太大的问题。但是,他还是失败了。百日维新的结局是改良家们所不曾想到也不愿意看到的,康有为、梁启超们的宏愿悲壮地结束了。

变法受挫的事实逼迫梁启超对失败的原因进行思考。1902 年,在他的《新民议》中,就比较清楚地指出,民族不崛起,国家不发达,甚至他的改良失败都是国民堕落腐败造成的。“吾思之,吾重思之,今日中国群治之现象,殆无一不当从根柢处摧陷廓清,除旧布新者也。天演物竞之理,民族之不适应于时势者,则不能自存。”[③]既然民众的思想观念、行为方式等都严重地影响了中国的发展,制约了维新变法的成功,那么,“新民”就是极其重要的启蒙任务。从社会革命走向思想启蒙,这可能是近现代以来中国知识分子不得不进行的艰难的痛苦选择。

在这样的背景下,我们再来看梁启超倡导的“诗界革命”、“小说界革命”、“文界革命”等一系列文学方面的革命运动,也就可以明晓梁启超所提倡的诗与小说,其目的不在于文学,而在于革命。维新变法失败后,梁启超逃亡日本,而这次流亡生涯对他以后的思想发展产生了重要的影响,也改变了他参与社会革命的思路。梁启超乘日本大岛舰逃亡到日本的途中,偶然得到日本作家柴四郎的小说《佳人奇遇》,以遣途中之苦闷。此书日文原

① 梁启超:《变法通议自序》,《梁启超文集》,北京:燕山出版社 1997 年版,第 1—2 页。

② 梁启超:《论不变法之害》,《梁启超文集》,北京:燕山出版社 1997 年版,第 3 页。

③ 梁启超:《新民议》,《梁启超文集》,北京:燕山出版社 1997 年版,第 290 页。

著自1885年开始连载。柴四郎写此书时任职农商相的私人秘书,后来当过国会议员、大阪《每日新闻》董事、农商副相。他受了19世纪70年代以后日本翻译英国政治小说的影响,以小说形式寄寓他的政治理想。梁启超在1897年撰写《变法通议》"论幼学"时,全盘否定传统小说,而《佳人奇遇》恰恰符合了变法失败后的梁启超的阅读需要,他从日本维新变法成功的经验中,看到了小说具有的强大力量,看到了小说可以使人鼓起精神参与其社会革命的力量:"于日本维新之运大有功者,小说亦其一端也。明治十五、六年间,民权自由之声,遍满国中。于是西洋小说中,言法国、罗马革命之事者,陆续译出,有题为《自由》者,有题为《自由之灯》者,次第登于新报中。自是译泰西小说者日新月盛。其最著者则织田纯一郎氏之《花柳春话》,关直彦氏之《春莺啭》,藤田鸣鹤氏之《系思谈》、《春窗绮话》、《梅蕾余熏》、《经世伟观》等。其原书多英国近代历史小说家之作也。翻译既盛,而政治小说之著述亦渐起,如柴东海之《佳人奇遇》,末广铁肠之《花间莺》、《地中梅》,藤田鸣鹤之《文明东渐史》,矢野龙溪之《经国美谈》(矢野氏为中国公使,日本文学界之泰斗,进步党之魁桀也)等。著书之人皆一时之大政论家,寄托书中人物,以写自己之政见,固不得专以小说目之。而其浸润于国民脑质,最有效力者,则《经国美谈》、《佳人奇遇》两书为最云。呜呼!吾安所得如施耐庵其人者,日夕促膝对坐,相与指天画地,雌黄今古,吐纳欧亚,出其胸中所怀磈礧磅礴、错综繁杂者,而一一熔铸之,以质于天下健者哉!"①梁启超看重小说这一文体,主要不在于小说的审美特征,也不在于作品的可读性,而主要在于小说对日本维新成功的社会功能,看到了小说可以鼓动人们争取自由、参加维新的力量。于是,他一边读《佳人奇遇》,一边动手翻译,并为译作写序。在这篇后来题为《译印政治小说序》的文章中,梁启超已经比较明确地表达了他的文学思想:"欧洲各国变革之始,其魁儒硕学,仁人志士,往往以其身之所经历,及胸中所怀,政治之议论,一寄之于小说。于是彼中缀学之子,黉塾之暇,手之口之,下而兵丁、而市侩、而农

---

① 梁启超:《饮冰室自由书》,陈平原、夏晓虹编:《二十世纪中国小说理论资料》(第一卷),北京:北京大学出版社1997年版,第39页。

氓、而工匠、而车夫马卒、而妇女、而童孺，靡不手之口之。往往每一书出，而全国之议论为之一变。彼美、英、德、法、奥、意、日本各国政界之日进，则政治小说为功最高焉。"并由此形成了他的"政治小说"的最初概念："政治小说者，著者欲借以吐露其所怀抱之政治思想也"①，而他提倡政治小说的目的，毫无疑问，就是为了"发起国民政治思想，激厉其爱国精神"②。在这里，梁启超突出了小说的政治功能和社会意义，高度重视文学参与社会变革的价值。

还需要进一步研究的是，梁启超通过文学进行"新民"，其深层目的是什么。梁启超在《新民说》、《新民议》、《论自由》、《论进步》等著作中，比较系统地阐述了他的"新民"观以及新民的政治目的。在梁启超看来，所谓"新民"，就是"非欲吾民尽弃其旧以从人也。新之义有二：一曰淬砺其所本有而新之，二曰采补其所本无而新之，二者缺一，时乃无功"。也就是说，新民需要在民族文化和外来文化的整合中，提取新的质素，铸造新的人格。这种新的人格需要走出愚昧，有追求进步、追求自由的精神特征。所谓"进步"，就是人类进化的表现形态之一，是"天地之公例"。梁启超以进化论为理论基础，阐述了"天然"与"人事"两个层面上的进步，或者说，梁启超要求国民能够思想进步，与时代同步，进步到与他们的变法相一致。而所谓"自由"，"天下之公理，人生之要具，无往而不适用者也"。梁启超将自由分为"政治上之自由"、"宗教上之自由"、"民放上之自由"、"生计上之自由"。人人都可以追求自由的境界、自由的生活，但是，自由的意义是不一同的，"自由云者，团体之自由，非个人之自由也。野蛮时代，个人之自由胜，而团体之自由亡；文明时代，团体之自由强，而个人之自由减。斯二者盖有一定之比例，而分毫不容忒者焉。使其以个人之自由为自由也，由天下享自由之福者，宜莫今日之中国人若也。……文明自由者，自由于法律之下，其举一动，如机器之节腠，其一进一退，如军队之步武。自野蛮人视之，则以为

① 新小说报社：《中国唯一文学报〈新小说〉》，陈平原、夏晓虹编：《二十世纪中国小说理论资料》（第一卷），北京：北京大学出版社1997年版，第61页。

② 新小说报社：《中国唯一文学报〈新小说〉》，陈平原、夏晓虹编：《二十世纪中国小说理论资料》（第一卷），北京：北京大学出版社1997年版，第59页。

天下之不自由,莫此甚也。"真正的自由能够做到"不爱己,不利己,不乐己,以达其爱群、利群、乐群"。所以,梁启超对那些只强调个人自由,突出生计上的自由的人,提出了尖锐的批评,认为他们是误解了自由之义:"今世之言自由者,不务所以进群、其国于自由之道,而惟于薄物细故、日用饮食,断断然主张一己之自由,是何异箪豆见色,而曰我通功利派之哲学;饮博无赖,而曰我快乐派之伦理也。"[①]至此,我们也就可明白,梁启超所阐述的自由,最主要的是能够服从于他的维新变法的主张,是能够以团体的利益为原则的。所谓新民,其实就是能够理解并支持或者参加维新变法的国民。

梁启超试图以文学解决社会问题,但他仍然以社会革命的思路从事文学事业,其思想方法却是与他维新变法一致的"革命化运动方式"。梁启超对文学认识与贡献,不仅仅在于他对小说、诗歌、散文等文体的新认识,以及对中国文学观念的重要转变,而更重要的是以文学运动的方式,鼓励国民参与文学的热情,将文学纳入到社会革命的里程中来,从根本上改变了中国文学的社会地位及其功能特征。

第一,作为社会活动家和社会维新改良者的梁启超,不断地提倡改良、"革命",同样也以革命运动的思路和方式参与文学。从梁启超开始,人们往往习惯于以"革命"的思维来判断文学作品的优劣,革命代替了文学。

晚清时期,梁启超对"革命"的理解是比较独特的。1902 年,梁启超在《释革》中比较系统地阐述了他对"革命"的理解。他认为:"'革'者,含有 Reform 与 Revolution 之二义。"梁启超对英语中的"Revolution"与汉语中的"革命"两个概念进行了辨析,并进指出"革命"一词是对 Revolution 的"非确译也"。在此基础上,梁超使用了汉语中"革命"的概念:"'革命'之名词,始见于中国者,其在《易》曰:'汤武革命,顺乎天而应乎人。'其在《书》曰:'革殷受命。'皆指王朝易姓而言,是不足以当 Revo 之意也。"在进一步阐释"Ref"和"Revo"语义的基础上,从民族社会与革命的关系上,表明他的"革命"态度:"新民子曰:革命者,天演界中不可逃避之公例也。凡物适于外境界者存,不适于外境者灭,一寸一灭之间,学者谓淘汰。淘汰复有二

① 梁启超:《论自由》,《梁启超文集》,北京:燕山出版社 1997 年版,第 170 页。

种:曰‘天然淘汰’,曰‘人事淘汰’。天然淘汰者,以始终不适之故,为外风潮所旋击,自渐渐毙而莫能救者也。人事淘汰者,深察我之有不适焉者,从而易之底于适,而因以自存者也。人事淘汰,即革之义也。”所以,在梁启超看来:“夫淘汰也,变革也,岂惟政治上之为然耳,凡群治中一切万事万物莫不存焉。以日人之译名言之,则宗教有宗教之革命,道德有道德之革命,学术有学术之革命,文学有文学之革命,风俗有风俗之革命,产业有产业之革命。即今日中国新学小生之恒言,固有所谓经学革命,史学革命,文界革命,诗界革命,曲界革命,小说界革命,音乐界革命,文字革命等种种名词矣。”①从这个认识出发,梁启超极力推行其革命的理论,尤其在文学界,他努力于各种文体的革命,试图以新的文学代替旧的文学,以革命的方式彻底更换已经过去的文学,从而达到他以文学的方式解决社会问题的目的。在这里,梁启超是将社会变革,国家的富强联系在一起的,并认同了以革命的思路从事文学、学术等事业。

梁启超的一系列“文学革命”,实际上是他社会革命的另一种方式。当维新变法以失败告终后,他试图以文学的方式解决其社会问题。他的“小说界革命”、“诗界革命”、“文界革命”等,以文学的外壳容纳他的社会理想,是他的维新变法的思想实质。小说的革命,并不是小说文体、创作艺术上的变革与发展,甚至他从来就很少关注小说的艺术,也很少讨论创作技法一类的事情。他关注的重点仍然是如何实现其社会理想,以小说等文学作品唤起民众参与其社会运动的热情,因此,在他看来,小说这一文体是实现他的变法理想的利器,小说是新民的重要工具;诗歌的革命,文界的革命,也都是他的政治目的的一次重要的战略转移。

第二,以运动的方式推进文学的发展,文学成为革命运动的一个组成部分,于是他热衷于文学组织并发动文学运动,热衷于做文学活动家和文学组织家,文学运动遂之成为人们评价文学发展的一个重要标志。在文学史家和批评家们看来,运动也成为中国现代文学发展的方式。

对于梁启超那一代知识分子来说,他们信奉进化论思想,相信社会是

① 梁启超:《释革》,《梁启超文集》,北京:燕山出版社1997年版,第304—305页。

向前发展的，现在一定胜于过去，将来一定胜过现在。在他看来，社会的发展就是要通过不断的"革命"，不断的运动才能实现。在梁启超的批评概念中，有一个极为重要的词语，这就是"群治"。在《论小说与群治之关系》、《论进步》、《新民议》等文章中，不断使用这个概念。那么，如何理解"群治"，梁启超是在什么层面上使用"群治"这个概念的？

首先，梁启超的"群治"是与其"新民"的社会构想联系在一起的，从这个意义上说，"群治"类似于安德森所说的"想象的共同体"。本尼迪克特·安德森认为，所谓"想象的共同体"，就是一个国家或民族的所有的人，都不可能与本民族的所有人见过面，无法走到国家的任何一个角落，所谓的民族，只是一个人们的想象中的共同体。从这个意义上说，梁启超的"群治"就是一个"想象共同体"，"群"是一个不确定的概念，既可以是指聚集在一起的物或人，也可以是一个虚的概念 ，是一个想象的"群"。同时，"群"也可以是指聚集，是指一种群体性的行为，而群体性的行为则就是运动的方式。梁启超发动"诗界革命"、"小说界革命"，就是期望人人都能够受到诗歌、小说的影响，通过文学获得思想的启蒙，从而达到梁启超所希望的"新民"，积极参与到他的革命中来。或如蜕庵所说："小说之妙，在取寻常社会上习闻习见，人人能解之事理，淋漓摹写之，而挑逗默化之，故必读者入其境界愈深，然后其受感刺也愈剧。"[①]当然，梁启超不仅期望人人都能读，而且更期望人人读后受到教育，而成为理想的"新民"，都能投入到他们发动和领导的社会运动中去。

其次，"群治"是一种组织状态。梁启超在《新民议》中说："故合一群而统计之，觉其仍循进化之公例，日征月迈，而有以稍善于畴昔，国人固相以安焉，谓此种群治之组织，不足为痛也。"在梁启超看来，中国几千年来旧的组织形式，已经远远不能适应新的时代发展的需要，属淘汰之列："由于自满自惰，墨守旧习，至今阅三千年，而所谓家族之组织，国家之组织，村落之组织，社会之组织，乃至风俗、礼节、学术、思想、道德、法律、宗教一切现

① 饮冰等：《小说丛话》，陈平原、夏晓虹编：《二十世纪中国小说理论资料》（第一卷），北京：北京大学出版社 1997 年版，第 83 页。

象，仍岿然与三千年前无以异。夫此等旧组织、旧现象，在前此进化初级时代，何尝不为群治之大效？而乌知夫顺应于今时，顺应于本群者，不能顺应于世界，驯至今日千疮百孔，为天行大圈所淘汰，无所往而不败矣。"既然旧的组织如此腐败，与社会进化远远不相适应，"今日中国群治之现象，殆无一不当从根柢摧陷廓清，除旧而布新者也。"①这就是说，梁启超要通过新民，能够使群治之组织适应于新的社会发展的需要。或者说，梁启超试图通过组织的方式，使更多的民众参与他所期望的社会活动，都能够支持并参加他的社会革命活动，达到一定的社会运动的目的。梁启超曾经批评中国社会有桃园结拜，而缺少真正意义上的群体组织，"今我国民绿林豪杰，遍地皆是，日日有桃园之拜，处处为梁山之盟，所谓'大碗酒，大块肉，分秤称金银，论套穿衣服'等思想，充塞于下等社会之脑中，遂成为哥老、大刀等会，卒至有如义和拳者起，沦陷京国，启如外戎"②。在文学界，梁启超反复强调小说与群治的关系，试图通过小说这一文体达到"群治"的目的。

再次，"群治"是一种思想状态，是对社会发展与变革的一种认识。

在中国，为什么改良变法、起义革命往往以失败而告终？梁启超思考的结果是，国民处于愚昧麻木之中，群治不进，不能有力地支持社会革命："故夫中国群治不进，由人民不顾公益使然也；人民不顾公益，由自居于奴隶盗贼使然也；其自居于奴隶盗贼，由霸者私天下为一姓之产，而奴隶盗贼吾民使然也。善夫立宪国之政党政治也，彼其党人，固非必皆秉公心禀公德也，固未尝不自为私名私利也。虽然，专制国之求势利者，则媚于一个，立宪国之求势利者，则媚于庶人。"③可见，群治的目的主要不在于国民的生存，而主要在于梁启超所提出的政体改良。所以，梁启超极力反对那些对革命、对变法的"旁观者"，这些"旁观者"对国家、对社会、对世界都不能负起责任，"旁观者，放弃责任之谓也"，或者说，在梁启超的眼中，那些不能理解他的变法主张的人，那些不能参加他的变法活动的人，都是旁观者，那些

① 梁启超：《新民议》，《梁启超文集》，北京：燕山出版社 1997 年版，第 290—291 页。

② 梁启超：《论小说与群治之关系》，陈平原、夏晓虹编：《二十世纪中国小说理论资料》（第一卷），北京：北京大学出版社 1997 年版，第 287 页，。

③ 梁启超：《论进步》，《梁启超文集》，北京：燕山出版社 1997 年版，第 180—181 页。

浑沌派、为我派、呜呼派、笑骂派、暴弃派、待时派都是不同类型的旁观者,都是"天下最可厌、可憎、可鄙之人"[①]。他们只有被启蒙之后,参加到变法维新的行列中来,才有可能改变旁观者的角色,才能成为新中国的国民。

梁启超从"群治"观念认识出发,努力于一种社会运动、文学运动,其基本思路是,通过运动的方式解决文学的问题,解决社会的问题。

第三,追逐潮流,趋时图新,弃旧图变,成为梁启超文学观念的核心。

从革命的思路出发,在梁启超的文学观念中,"新"就是一个极为重要的概念,这个"新"不仅是修辞意义上的新,而是指一种社会、文学性质的根本性变化。他的文学变革实际上就是以新的文学观念取代旧的文学观念,以新的文体取代旧的文体。新与旧的矛盾关系,正体现了他的基本思维方式和文学方式,在梁启超的语言中,新民、新中国、新文体、新小说等,都是他的社会理想的不同言说方式。新的一定优于旧的,旧的一定会被新的所淘汰,除旧布新,破旧立新,日新月异,反映了梁启超以及中国近代以来知识分子的一种思维方式和对社会发展的态度。正如梁启超所说:"凡改革之事,必除旧与布新,两者之用力相等,然后可有效也。苟不务除旧而言布新,其势必将旧政之积弊,悉移而纳于新政之中,而新政反增其害矣。如病者然,其积痞方横塞于胸腹之间,必一面进以泻利之剂,以去其积块,一面进以温补之剂,以培其元气,庶几能奏功也。若不攻其病,而日饵之以参苓即可为增之媒,而其人之死当益速矣。"[②]对于中国这样"积弊疲玩之既久,不有雷霆万钧霹雳手段,何能唤起而振救之",因此,他特别赞赏康有为给皇帝的上书:"守旧不可,必当变法;缓变不可,必当速变;小变不可,必当全变。"[③]也就是说,建设新的,首先要破坏旧的。这叫做旧的不去,新的不来。近代以来的中国知识分子大多建立了这样一种"新与旧"二元对立的文化观念,在他看来,新的必定淘汰旧的,旧的一定就是落后的被淘汰的。所以,"新"就意味着破坏。正如梁启超所说:"用人力以破坏者,为有意识之

---

① 梁启超:《呵旁观者文》,《梁启超文集》,北京:燕山出版社 1997 年版,第 82 页。
② 梁启超:《政变原因答客难》,《梁启超文集》,北京:燕山出版社 1997 年版,第 58 页。
③ 梁启超:《政变原因答客难》,《梁启超文集》,北京:燕山出版社 1997 年版,第 63 页。

破坏，则随破坏随建设，一度破坏，而可以永绝第二次破坏之根，故将来之乐利，可以偿目前之苦痛而有余；听自然而破坏者，为无意识之破坏，则有破坏无建设，一度破坏之不已而至于再，再度不已而至于三，如是者可以历数百年千年，而国与民交受其病，至于鱼烂而自亡。呜呼！痛矣哉破坏！呜呼！难矣哉不破坏！"[①]变就是将旧的革除，而代之以新的，就是建立一个理想中的未来的新中国。同样，在文学界也是如此。在梁启超那里，所谓"小说界革命"是要对"小说界"进行革命，而非对"小说"创作进行改革，也就是说并非要对小说这一中国古代就存在的文体进行怎样的艺术变革，而是要通过"革命"的方式，把过去的旧小说统统革除，把过去不被重视的文学文体，提升到一个人人关注、人人参与的高度，使之能够成为他的改革化社会的工具。所以，梁启超在《论小说与群治之关系》中极为肯定地说："故今日欲改良群治，必自小说界革命始！欲新民，必自新小说始！"小说已经通过革命的途径和方式，被纳入到他的一系列"新"的国家、民族框架之中了。

二、文学思想与批评贡献

重新读一下梁启超那篇影响了后世文学，改变了中国文学史书写格局的批评文章《论小说与群治之关系》，也许会有一种新的认识：

> 欲新一国之民，不可不先新一国之小说。故欲新道德，必新小说；欲新宗教，必新小说；欲新政治，必新小说；欲新风俗，必新小说；欲新学艺，必新小说；乃至欲新人心，必新小说。何以故？小说有不可思议之力支配人道故。

梁启超注重的是小说与群治的关系，或者说，他提倡诗界革命、小说界革命的主要目的，不在于发现文学之美，也不是文学自身的艺术建构，而在于可以通过文学来解决他从事社会革命却无法解决的问题。文学史家们

① 梁启超：《论进步》，《梁启超文集》，北京：燕山出版社1997年版，第183页。

在论及梁启超及其“小说界革命”时，往往认为他夸大了小说文体的功能。从文学的角度来说，梁启超的确有夸大小说对于社会作用的嫌疑。如果从梁启超是从改良社会，启发民智，鼓动民众都能参与到他的社会改良的活动中去的启蒙角度，就不难理解他为什么会如此夸大小说的社会功能：“盖今日提倡小说之目的，务以振国民精神，开国民智识，非前此诲淫诸作可比。必须具一副热肠，一副净眼，然后其言有裨于用。名为小说，实则当以藏山之文、经世之笔行之”①。可见，梁启超提倡小说的目的在于改良社会，在于振奋国民精神，启发民智，使国民都能够参与到他的社会革命的活动中去。所以，他创办《新小说》杂志“专在借小说家言，以发起国民政治思想，激励其爱国精神”②。从这个认识出发，在梁启超的观念中，小说可以进行题材内容上的分类，历史小说、政治小说、军事小说、冒险小说、探侦小说、写情小说、语怪小说、传奇体小说等，梁启超的这种分类方法完全可以体现出他的社会政治理想，体现着启发民智的内容特征。在《新小说》的编辑规划中，我们可以看到梁启超的这些用意，看到小说是如何参与其社会运动的。在历史类小说中，《新小说》主要刊发《十九世纪演义》、《自由钟》、《洪水祸》、《东欧女豪杰》等，这些作品大多具有激烈的反抗精神，是表现近代以来欧美社会发展演变以及战争、革命中的英雄豪杰的作品。我们看一下《新小说》对这些作品的简单介绍，也许更能明白梁启超的真正用意。

一、《自由钟》

此书即美国独立演义也。因美人初起义时，于费特费府建一独立阁，上悬大钟，有大事则撞之，以如今国民佥议焉，故取以为名。……

一、《洪水祸》

此书即法国大革命演义也。昔法王路易第十四临终之言曰：“朕死后大洪水将来。”故取以为名。此书初叙革命前太平歌舞，骄奢满盈

① 《〈新小说〉第一号》，陈平原、夏晓虹编：《二十世纪中国小说理论资料》（第一卷），北京：北京大学出版社1997年版，第56—57页。

② 新小说报社：《中国唯一之文学报〈新小说〉》，陈平原、夏晓虹编：《二十世纪中国小说理论资料》（第一卷），北京：北京大学出版社1997年版，第59页。

之象，及当时官吏贵族之横暴，民间风俗之腐败；次叙革命时代空前绝后之惨剧，使人股栗；而以拿破仑撼天动地之霸业终焉。其中以极浅显之笔，发明卢梭、孟德斯鸠诸哲之学理，尤足发人深省。

一、《东欧女豪杰》

此书专叙俄罗斯民党之事实，以女豪杰威拉、苏菲亚、叶些三人为中心点，将一切运动之历史，皆纳入其中。盖爱国病人之多，未有及俄罗斯者也。其中事迹出没变化，悲壮淋漓，无一不出人意料之外。以最爱自由之人，而生于专制最烈之国，流万数千志士之血，以求易将来之幸福，至今未成，而其志不衰，其势且日增月盛，有加无已。中国爱国之士，各宜奉此为枕中鸿秘者也。

梁启超所提倡的政治小说更加明显地表现出他的变革社会的政治理想，表现出以小说解决社会改良问题的功利性目的。在梁启超的观念中，所谓政治小说者，“昔者欲借以吐露其所怀抱之政治思想也。其立论皆以中国为主，事实全由于幻想。”新小说报社对政治小说的界定，点明了政治小说的两个特点：一是以小说为载体，吐露政治思想，二是其创作手法以表现政治、表现未来为主。我们只要看一下《新小说》所要揭载的三部以“中国”为题材的小说，就可以明白在梁启超以及同人心目中的“小说”是一种怎么的文体。《新小说》报社在《中国唯一之文学报〈新小说〉》一文中，预告了三部创作及构思中的小说，《新中国未来记》、《旧中国未来记》和《新桃源》（一名《海外新中国》），其中《新中国未来记》向读者描绘的是一幅理想国的中国图景，而这幅图景则完全是梁启超政治社会理想的另一种表现形式。在如梁启超本人所说，“兹编之作，专欲发表区区政见，以就正于爱国之君子。编中寓言，颇费覃思，不敢草草。但此不过臆见所偶及，一人之私言耳。非信其必可行也。国家，人群，皆为有机体之物，其现象日日变化”。《新中国未来记》从 1902 年 11 月起在《新小说》连载，在第 1、2、3 号（1902 年 11 月至 1903 年 1 月）刊登一至四回。1903 年 2 月梁氏离日赴美，小说暂停。到第 7 号（1903 年 8 月）续刊第五回，以后就没有下文了。梁启超在小说的绪言中说：“余欲著此书，五年于兹矣。顾卒不能成一字。况年来身兼数役，日无寸暇，更安能以徐力及此。顾确信此类之书，于中国前途,大有裨助,夙夜志此不衰。既念欲俟全书卒业,始公诸世,恐更阅数年,杀青无日,不如限以报章,用自鞭策,得寸得尺,聊胜于无。《新小说》之出,其发愿为此编也。”[①]根据《中国之唯一文学报〈新小说〉》的介绍,可以看到小说的用力所在:“此书起笔于义和团事变,叙至今后五十年止。全用梦幻倒影之法,而叙述皆用史笔,一若实有其人,实有其事者焉。其结构,先于南方有一省独立,举国豪杰同心协助之,建设共和立宪完全之政府,与全球各国结平等之约,通商修好。……数年之后,举国国民,戮力一心,从事于殖产兴业,文学之盛,国力之富,冠绝全球。寻以西藏、蒙古主权问题与俄罗斯开战端……复有民间志士,以私人资格暗助俄罗斯虚无党,覆其专制政府。最后因英、美、荷兰诸国殖民地虐待黄人问题,几酿成人种战争。匈加利人出而调停,其事乃解。卒在中国京师开一万国平和会议,中国宰相为议长,议定黄白两种人权利平等、互相亲睦种种条款,而此书亦以结局焉。”《新中国未来记》以倒叙法开始(《新小说》中称为“倒影法”),开篇就介绍六十年后“维新五十年大祝典”及种种风光场面,然后回述六十年前维新志士的艰苦奋斗史。梁启超以黄克强、李去病这两个不同政见人物的论辩去寄寓他当时徘徊于维新与革命之间的彷徨,希望透过小说中人物的论辩,引起现实中读者的思考,为中国的前途寻找一个答案。全篇作品几乎谈不上多少艺术上的创造,文体理解也不到位,甚至艺术上都比较粗糙,缺乏必要的小说艺术的技艺。但是,作者在其中所传达的政治信号却是非常明确和强烈的。

如果我们进一步深入研究梁启超所阐述的小说的四种力量,可以看到,他所重视的并不是小说文体审美特征,而主要关注的是小说的社会功能,熏、浸、刺、提四种力,固然可以看作是小说的艺术力量,但是,这四种力量主要体现在小说对社会、对民众的作用方面。可以说,一位并不是太懂小说艺术的革命家,一位主要精力在社会改良、维新变法的社会活动家,提倡小说界革命,将小说提升到前无古人的地位,除了关心小说的社会功能

① 饮冰室主人:《〈新中国未来记〉绪言》,陈平原、夏晓虹编:《二十世纪中国小说理论资料》(第一卷),北京:北京大学出版社1997年版,第54页。

外,有关小说的审美功能,恐怕他就说不出多少可以切题的话。如果我们读读他那些小说评论,主要关注的是小说与社会的关系,而较少论述到文体艺术方面的问题。从梁启超的小说批评,我们也可以理解了中国现代小说甚至现代文学的一个习以为常而又存在诸多偏颇的观念,这就是过于看重文学参与社会、启发民智的功能,诸如社会批判、揭露等功能,而相对忽视小说的娱乐、休闲以及审美功能。

不仅仅在小说文体方面,在诗歌及散文等文体方面,梁启超也表现出与他的社会理想相一致的批评观念。

在戊戌维新变法前一两年,梁启超和夏曾佑、谭嗣同曾试作"新诗",反映了对新思想、新知识的要求。后来梁启超在办《清议报》、《新民丛报》、《新小说》等杂志中,登载了改良派及其他作者的许多诗篇,并不断发出了"诗界革命"的呼声。1899 年年底,梁启超逐步在黄遵宪诗歌创作与理论的影响之下建立起了自己的诗歌理论。在去夏威夷的途中,他认真总结了此前"新诗"创作的经验教训,正式提出了"诗界革命"的口号:"余虽不能诗,然尝好论诗,以为诗之境界,被千余年来鹦鹉名士占尽矣。虽有佳章佳句,一读之,似在某集中曾相见者,是最可恨也。故今日不作诗则已,若作诗,必为诗界之哥伦布、玛赛朗(即麦哲伦)然后可。……要之,支那非有诗界革命,则诗运殆将绝。虽然,诗运无绝之时也。今日者,革命之机渐熟,而哥伦布、玛赛郎之出世,必不远矣。"[①]1902 年《新民丛报》第 4 号开始连载的《饮冰室诗话》,是诗界革命理论的一个发展。他说:"过渡时代,必有革命。然革命者,当革其精神,非革其形式。吾党近好言诗界革命,虽然,若以堆积满纸新名词为革命,是又满洲政府变法维新之类也。能以旧风格含新意境,斯可以举革命之实矣。苟能尔尔,则虽间杂一二新名词,亦不为病。"批判"以满纸堆积新名词"的作法,重申"以旧风格含新意境"的主张,但亦不绝对排斥新名词。梁启超是最早把拜伦介绍到中国来的人,他在《新中国未来记》中曾经借黄克强之口颂扬拜伦说:"摆伦最爱自由主义,兼

① 梁启超:《夏威夷游记》,《梁启超选集》(上卷),北京:中国文联出版社 2006 年版,第 324—326 页。

以文学的精神,和希腊好像有夙缘一般。后来因为帮助希腊独立,竟自从军而死,真可称文界里头一位大豪杰。”随后又在《新小说》的第 2 号刊出拜伦的肖像,称之为“大文豪”,并介绍说:英国第一诗家也,其所长专在清,所作曲极多。至今曲界之最盛行者,犹为摆伦派云。每读其著作,如亲接其热情,感化力最大矣。摆伦又不特文学家也,实为一大豪侠者。当希腊独立军之起,慨然投身以助之,卒于军,年仅三十七。梁启超之所以如此推崇拜伦,不仅仅因为拜伦的诗歌创作方面的成就,在梁启超的眼睛里,拜伦更是一位精神上的豪侠,或如后来鲁迅所说的“精神界之战士”在于拜伦追求自由、“帮助希腊独立,竟自从军而死”的精神和人格。在梁启超的介绍与推崇之下,拜伦成了后来中国许多文学青年的偶像,而梁氏所译的《渣阿亚》和《端志安》也是中国最早的拜伦译诗。

“文界革命”也是梁启超在赴日本的轮船上所作的日记中提出来的,后在《新民丛报》第 1 号“绍介新著”栏介绍严复译英国斯密亚丹《原富》时指出,“欧美诸国文体之变化,常与其文明程度成比例”,主张对“学理邃赜之书”,应“以洗畅锐达之笔行之”,就是改古文体为通俗文体。《新小说》第 7 号“附录”栏目开始连载《小说丛话》,梁启超所撰的第一条说:“文学进化有一大关键,即由古语之文学变为俗语之文学是也。各国文学史之开展,靡不循此轨道。”他在总结中国文学的发展时说:“中国先秦之文,殆皆用俗语”,“故先秦文界之光明,数千年称最焉”,“六朝之文,靡靡不足道”,唐代韩、柳之文“在文学史上有价值者几何”?“自宋以后,实为祖国文学之一大进化”,就是由于“俗语文学大发达故”。梁启超之所如此热衷于以俗语作文,提倡文界革命,其主要目的是创作出使民众能够阅读的启发国民精神的文章。

三、文界革命与批评文体

从梁启超 1902 年发表《论小说与群治之关系》开始的文学批评,已经向批评思想、批评方法、批评文体等方面迈出了艰难的一步。

梁启超是晚清文学革命的发起者和鼓吹者，他在理论上的建树，要远远高于他的作家作品批评，在他不多的文学批评文章中，他从政治改良的目的出发，借文学批评大发时政议论，阐述改良社会的种种见解。《论小说与群治之关系》、《中国散文里头所表现的情感》、《美术与生活》等文章，以社会理论阐述为主，作品批评为辅，或者说，作品批评是为了表述自己的理论观点。实际上，梁启超并不是以文学家或批评家的身份出现在中国文学史的，而是以一个政治改良家的姿态出现在文坛上的。他的批评实践也主要立意于文学与社会改良的关系。因此，梁启超采用了一套非文学批评的话语系统，古代文学批评中的"境界"、"风骨"、"神韵"、"气象"、"文心"等批评术语已不多见；小说批评中诸如李开先评《水浒传》的"委曲详尽，血脉贯通"[①]、胡应麟评《水浒传》的"述情叙事，针工密致"[②]一类的文体批评语言被政治性极强的语言所代替。

在这里，文学批评语言已经退到批判者的理论视域之外。这套政治性强的批评话语对于现代中国文学批评起到了重要的方向性作用，是人们比较易于接受的。因此，在梁启超的批评中，读解作品是次要的，甚至很难见到他有对作品作细谈的时候，而带有鲜明政治色彩的文章，无疑是其资产阶级改良主义的有力武器。

从梁启超的批评实践来看，其文学批评文体与其"新文体"的倡导是一致的，或者说，他的批评也是其"新文体"的一类。"新文体"是梁启超在《清代学术概论》中对她在 19 世纪末 20 世纪初的散文文体的概括，也是他的"文界革命"的具体实践。他说：

> 启超夙不喜桐城派古文，幼年为文，学晚汉魏晋，颇尚矜练。至是自解放，务为平易畅达，是杂以俚语、韵语及外国语法，纵笔所至不检束，学者竟效之，号"新文体"。老非辈则痛恨，诋为野狐。然其文条理明晰，笔锋常带情感，对于读者，别有一种魔力焉。

① 李开先：《笑散·时调》，《李开先全集》（中），北京：文化艺术出版社 2004 年版，第 1276 页。

② 胡应麟：《少室山房笔丛》，上海：上海书店出版社 2001 年版，第 437 页。

梁启超所界定的“新文体”特点的上述几个方面,也正是他在当时散文创作中努力实践的。我们提出“新文体”与梁启超文学批评的关系,主要考虑到以下几点:第一,在梁启超时代,有关散文与文学批评,并没有在文体特征上严格区分开来,在大多数人的观念中,作为一种文体的文学批评还是与散文有难解之缘,特别是清末重学术研究而相对轻作品评论,就使得文学批评只能附属于议论性的散文之中。因此,“新文体”尽管是对散文创作的概括,但同样适应于这时期的文学批评。第二,“新文体”有关内容,与梁启超关于文学批评的观点大体一致,也与他写作批评论文具有密切的关系。例如,梁启超的政论文与文学批评论文往往难以区分,他的一些批评文章也往往可以与散文放在一起阅读。

正是这样,梁启超的文学批评在文体特征方面,表现出了与“新文体”基本一致的以下几个方面的特征。

(一)作为文学批评的政论文体

就梁启超本人来说,他既有长篇大论式的批评著作,有构思缜密的学术论文,也有像《饮冰室诗话》这样的承继古典“诗话”批评文体的著作。梁启超在《饮冰室诗话》中说:“其鸿篇巨制,洋洋洒洒者,行将别衰录之。”这种“随笔录之”的“诗话”,应该说比那种论文体,更能切入作品批评之中,他在阅读感受中,把属于文学艺术的方面真实地写了出来,只言片语,却往往能触及作品的要害,如他评价黄遵宪:“近世诗人能熔铸理想以入旧风格者,当推黄公度”,“吾重公度诗,谓其意境无一袭昔贤,其风格又无一人让昔贤也。”但是,总的来说,梁启超作为政治家,作为社会活动家,在文学批评中仍然体现出其政论的特点,批评文章往往以“论”为主,而且行文过程中也往往具有政论的色彩。

梁启超在《陶渊明》一文中说过:“文艺批评有两个着眼点:一是时代心理;二是作者个性。”这两个“着眼点”成为梁启超文学批评文体的理论切入点。梁启超的论文体批评著作,在沿袭了他的政论文体的基础上,从“时代心理”和“作者个性”两个方面,切入批评对象,以逻辑方法支撑其文体构架。这比他的前人已经迈出了一大步。他认识到,“文学之盛衰与思想之强弱常成比例"①,与国运之升沉密切相关。这种文学观点显然受到进化论思想的影响。因此,梁启超批评文体构架往往由文学的一点涉及比较广阔的时代、社会面。他不是孤立地看待作家作品,而是把批评对象置于一定的时代背景下,考察文学对启发民智、改良政治的作用。在《译印政治小说序》、《小说丛话》、《论小说与群治之关系》等文章中,都显示了梁启超论文式批评的上述特点。同时,梁启超又善于在中西文学的联系中对作品进行批评分析。他在1898年写的《政治小说〈佳人奇遇〉序》中开篇就说:"政治小说之体,自泰西人始也。"这种直截了当地把一部小说的出现与一种文体的诞生,并放在中西文化的背景上考察的方法,是梁启超过人的地方。但梁启超也由此开创了在文学批评中"贴标签"的批评范例。

(二)引进国外名词与语言新变

梁启超"新文体"的一个突出的方面,就是大胆引进外国语言中的新名词。他在《新民说·论进步》中指出:"社会之变迁日繁,其新现象,新名词必日出,或从积累而得,或从客换而来。"因为"一新名物,新意境出,而即有一新文字以名之"。在梁启超的著作中,"从积累而得"的新名词,大多是那些平易畅达的俗语,而"从客换而来"的新名词,则主要是从以日本文化为主的语言中而来。而对于文学批评来说,则又主要是以从外国文化中得来的新名词为主以及文言、俚语合一的半文半白加上半欧化的语言。这种杂以俚语、韵语以及外国语法的语言,成为一种浅近的文章体式,例如,梁启超批评著作中,就常见一些古典批评中少见的术语,"天演"、"风格"、"政治小说"、"心理学"、"情节"、"叙述"等等,在这些术语中,既有文学的,也有心理学的,有社会学的,也有伦理学的,这些新术语的使用,极大地丰富了文学批评的语言,较之古典文学批评也更能表达出批评家的文学观点和美学观点,更能接近批评对象的真实面目。他在《论小说与群治关系》中做过这样的评论:"读《红楼梦》竟者必有余恋有余悲,读《水浒》竟者必有余快有余怒",这都是因为"小说以赏心乐事为目的者固多"。像这样的批评语言已经超出了文学本身,而引用了美学、心理学等学科的知识,让人有读

① 梁启超:《论中国学术思想变迁之大势》,上海:上海世纪出版集团2006年版,第29页。

后耳目一新之感。

（三）常带感情的批评语言

“笔锋常带感情”，是梁启超对“新文体”特征的概括，这一特征也同样表现在他的批评文章之中。梁启超的批评热情来自于他的政治热情，在《清议报》最后一期发表的《本报一百期祝辞并论报馆之责任及本馆之经历》一文中，梁启超曾说：“有《少年中国说》、《呵旁观者文》、《过渡时代论》等，开文章之新体，激民气之暗潮。”从他所列举的三篇文章来看，议论中充满激情，无所规避，大声疾呼。按照这个特点，梁启超的《译印政治小说序》、《论小说与群治之关系》、《告小说家》等，也可以看作是这类“笔锋常带感情”的批评论文。那种稍带偏激的言词，发危言耸听、惊世骇俗的议论，使梁启超的批评文章形成了自己独特的文风。如《论小说与群治之关系》，由于那种激烈的议论，使其批评如同一篇愤世嫉俗的散文：“呜呼！小说之陷溺人群，乃至如是！大圣鸿哲数万言谆诲之不足者，华士坊贾一二书败坏之而有余。斯事既愈为大雅君子所不屑道，则愈不得不专归于华士坊贾之手。……呜呼！使长此而终古也，则五国前途尚可问耶！”这种议论未免有失准确，但却是能鼓动人心的，也在一定程度上纠正了清末以来八股文体的某些缺乏情感、流于空泛的弊病。

梁启超之外，章太炎、刘师培等学者在批评文体发展中也做了一定贡献。作为资产阶级革命派，章太炎的早期论文带有战斗激情，在与反清革命密切相联的时候，更显示了一种批评与政治结合的气势。他的《革命军序》实际上是借序发表的一篇檄文。文章辨析了“革命”与“光复”两词的含义，论述了要不要造革命舆论以及如何造革命舆论的问题。可见章太炎在这里的兴趣，不在文学而在革命。章太炎其他的如《文学说例》、《文学总略》、《论式》、《辨诗》等论著，总结了中国文学类型的实践经验，对文学的文体、法式、流变等所作的理论阐述，对人们认识文学具有较高的价值。他的批评继承了清代乾嘉学派的治学方法，以语言文字之学为基点，注重文学的发展流变。章太炎要求文章要逻辑严密，力戒浮躁。这既是对散文创作的要求，也是对批评研究的要求。他的《校文士》是他纵论近代散文作者的批评文章。这篇批评对近代诸家追源溯流，品鉴评藏，显示了章太炎深厚的历史、文学功底。在不长的篇幅中，以严谨的文字力陈散文的各种流派、作家及其他文体演变，略带偏激的观点隐藏于谨严的文字之中。

中国文学批评向现代化迈出的一步是痛苦而缓慢的。处于世纪之交的中国文学批评，一方面已开始接受西方文化的冲击，古老的批评文体已被冲破，新的文体已在实践之中；一方面，传统的诗文评、词话、小说评点仍占据着一定的位置，甚至在当时人们更愿意接受古典的体式，更欣赏那种印象式的批评，说明这个时代的杂乱和矛盾。尤其是作家作品批评，仍然处在比较落后的局面。这个时代，强大的“诗界革命”、“小说界革命”的理论思潮，湮没了弱不禁风的作家作品批评。可以说，现代批评意识还需要进一步培养和建立，批评文体的新变也需要在不断实践中完成。这种状况一直到王国维等人的出现才得以改变。

第五章　在叛逆与唯美中的文学追求

叛逆和唯美似乎是一对矛盾，但它们却成为我们评价创造社文学批评的一个重要切入点。所谓叛逆，主要是指创造社同人在文学批评和文学活动中表现出来的叛逆心理，挑战权威，好做反面文章。所谓唯美，是指创造社作家在文学批评活动中表现出来的文学倾向，他们对文学的审美追求，对纯美的渴望，构成了他们的文学世界的主要特征，也成为20世纪20年代中国文学最重要的文学景观。

因而，被称为“异军突起”的创造社，是一个被文学史和文学批评误读甚多的流派。这里既有他们自身的原因，也有文学史家们的误解。当我们使用“为艺术而艺术”和浪漫主义两个概念对创造社进行概括时，就把一个复杂的多彩的艺术上有着较高追求和独特追求的文学流派简单化了。另一方面，鲁迅在《上海文艺之一瞥》中对创造社的评价也从某些方面影响到人们的研究：“这后来，就有新才子派的创造社的出现。创造社是尊贵天才的，为艺术而艺术的，专重自我的，崇创作，恶翻译，尤其憎恶重译的，与同时上海的文学研究会相对立。那出马的第一个广告上，说有人‘垄断’着文坛，就是指着文学研究会。”[①]不能说鲁迅的批评为后来的研究者们定了基调，但可以说对后世研究产生了重大的影响。至少在“为艺术而艺术”、“专重自我”等问题上，大多不加考量地沿用了鲁迅的观点。那么，我们应该怎样理解创造社的“异军突起”，又应该怎样把握创造社的艺术追求？

---

① 鲁迅：《上海文艺之一瞥》，《鲁迅全集》，第4卷，北京：人民文学出版社1981年版，第295页。

一、"异军突起"的文学批评

如何理解创造社的"异军突起",理解创造社在文坛上出现的意义?多年来,人们对此做出了不同的解释。创造社虽然没有建立起像样的文学批评思想,其文学价值体系的构建也多受诟病,但创造社的出现的确是对20世纪20年代中国文坛的极大冲击,对既成的新文学价值体系的极大挑战。

(一)挑战权威与叛逆心理

我们必须注意这样一个事实,创造社的成立首先是因为创造社主要成员对国内文学界的现状极为不满,因而要成立一个文学社团打破文学界的沉寂局面。"五四"新文化运动如火如荼地开展时,远在日本的郭沫若对此并没有更多的更深刻的了解。他曾在《创造十年》中描述过自己对"五四"新文化运动的印象:

> 我是三年没有回国的人,又住在乡下,国内的新闻杂志少有机会看见,而且也可以说是不屑于看的。那时候我最不高兴的是商务印书馆出版的《东方杂志》和《小说月报》,那是中国有数的两大杂志。但那里面所收的文章,不是庸俗的政谈,便是连篇累牍的翻译,而且是不值一读的翻译。小说也是一样,就偶尔有些创作,也不外是旧式的所谓才子佳人派的章回体。报章的乱七八糟,就在今天也还没有脱出旧态,那可以不用说了。隔了三年的国内文化情形,听资平谈起来,也正是在不断地叹气。
>
> ——"中国真没有一部可读的杂志。"
>
> ——"《新青年》怎样?"
>
> ——"还差强人意,但都是一些启蒙的普通文章,一篇文字的密圈胖点和字数比较起来还要多。"
>
> ——"丙辰学社出的《学艺》杂志名誉还好吗?"
>
> ——"那和《新青年》比较起来又太专门,太复杂了。陈启修的政治论文被蔡元培看中了,聘去做了北大教授,他便不再做文章了。许

崇清的哲学论文,和蔡元培大打官司,老陈从北京写信到上海,叫社里的人不要再做反对蔡老头子的文章,大家都很不满意。我看中国现在缺乏的是一种浅近的科学杂志和纯粹的文学杂志啦。中国人的杂志是不分性质,乌涅白糟地甚么都杂在一起。要想找日本所有的纯粹的科学杂志和纯粹的文艺杂志是找不到的。”

——“社会上已经有了那样的要求吗?”

——“光景是有。象我们住在国外的人不满意的一样,住在国内的学生也很不满意。你看《新青年》那样浅薄的杂志,不已经很受欢迎的吗?”

——“其实我早就在这样想,我们找几个人来出一种纯粹的文学杂志,采取同人杂志的形式,专门收集文学上的作品。不用文言,用白话。科学杂志,我是主张愈专门愈好的,科学杂志应该专门发表新的研究论文;象浅近的科学,我想各级学校有各级的教科书和参考书,不已经够了吗?似乎用不着办杂志。象《学艺》里面所收的科学论文,专门翻译讲义的钞本,我是最不赞成。”

郭沫若的叙述基本上表达了创造社同人对当时国内文坛的看法,他们对《新青年》这样影响颇大的刊物都看不上,主要在于:第一,《新青年》不是纯文学刊物;第二,以否定权威的刊物表示自己的态度,以引起人们的更多关注。在《纯文学季刊〈创造〉出版预告》中,他们再次表达了相似的观点:“自新文化运动发生后,我国新文艺为一二偶象所垄断,以致艺术之所兴气运,澌灭将尽。创造社同人奋然兴起打破社会因袭,主张艺术独立,愿与天下之无名作家共兴起而造成中国未来之国民文学。”[①]在随后出版的《创造周报》1 卷 3 期上,林灵光发表文章,也论及类似的观点:“最近数年,这一帮文阀学阀,也发起了什么新文化运动,什么社会运动……但是他们除掉翻译几本半全不全的外国书,对于中国人到底有多少贡献?而他们因此所得的报酬却非常过分,他们因此成了新文化大家,成了社会主义学者。”[②]成仿

① 《纯文学季刊〈创造〉出版预告》,《时事新报》,1921 年 9 月 29 日。

② 林灵光:《致青年的一封信》,《创造周报》,1 卷 3 期。

吾的文章中，也表达了这样的观点："我们现在的新文学界直可以称为政界的缩写。一方面有人利用丰厚的资本，拉人组织研究会，以人生主义相标榜，而以颓废派的名称回别人的头上；他方面有人专门迎合无知无识的青年，称奖他们的幼稚的出版物，以图博得一般青年的好感，这两种大材小用的人，每逢有人攻击的时候，总是指为政敌的发言，使别人的公正的批评也不易发生效果。"①可见，创造社同人对文学研究会垄断文坛的情况极为不满。

我之所以大段地引用郭沫若的回忆文章以及《创造》出版预告，意在能够明晓创造社成立的几个动因。从这些回忆可以总结也下几个要点：第一，创造社主要是由留学日本的几个学生，在对国内文化界文学界出版界不满意的情形下，决定成立一个社团冲击一下国内的文化界文学界出版界，第二，他们是在有感于缺少纯粹的科学杂志和纯粹的文学杂志，决定创刊纯粹的文学杂志，专门发表文学创作。这两个方面的努力具有相当明确的针对性，直指国内学术、文学，表现出了正处于青春时期的创造社同人们的活力与创造性欲望，也表现出他们对纯粹文学的独特理解。第三，创造社之所以强调《创造》是一份"纯文学季刊"，其目的主要在于突出杂志的文学色彩、创作特征，是一种单一化的纯粹的文学杂志。

创作社正是以反叛的姿态出场的。他们的出现为新文学带来清新气息的同时，也带来了震惊与异质性的内容。毫无疑问，创造社对文坛的冲击是巨大的，表现出的文学观念又是与文学研究会甚至鸳鸯蝴蝶派是极不相同的。正是这种不同，为创造社带来了极大的声誉，在文坛上造成了一时的轰动，成为"异军突起"的文学新军。但是，也正是这种"异军突起"，造成了创造社主要成员的一种逆反心态，凡事与他人对着干，专找文坛重要人物进行挑战，以挑战名人来提升自己的名气和地位。这些刚刚从大学毕业出来的青年学生，处于最低层的地位，受到社会的压迫。他们要反抗各种压迫，反抗权威，进行一场文学上的"阶级斗争"，争取自己的权利和地位。这种心态促成他们创办创造社和《创造季刊》，在批评《新青年》等刊物

① 成仿吾：《文学界的现形》，《成仿吾文集》，济南：山东大学出版社 1985 年版，第 175 页。

的同时，向已经在文学界站稳脚跟的文学研究会叫板。但是，他们要想真正在文坛上立足，仅仅向文学研究会挑战是不够的，因为文学研究会作为一个社团具有一定的知名度，但无论在创作上还是文学批评上，都没有真正的文学大家，缺少那种对整个文学界有巨大影响力、在整个文化界呼风唤雨的领袖式人物。因此，要想立足文坛，就需要寻找到一个大家都公认的名家进行挑战。正如郁达夫所说："目下中国，青黄未接。新旧文艺闹作了一团，鬼怪横行，无奇不有。在这混沌的苦闷时代，若有一个批评大家出来叱咤叱咤，那些恶鬼，怕同见了太阳的毒雾一般，都要抱头逃命去呢！"[①] 驱除鬼魔是为了建立起自己的一套话语系统，确立自己在文坛上的位置，而要做到这一点，就需要寻找一个目标。这时，他们发现了胡适。胡适作为中国现代文化的倡导者和实践者，作为在"五四"新文化运动中暴得大名的北京大学著名教授，正是中国文化界的领袖，这也正是他们要寻找的进行挑战的最合适人选。1922 年 8 月出版的《创造季刊》1 卷 2 期，发表了郁达夫的《夕阳楼日记》。该文主要内容是批评一部译著《人生之意义与价值》的错误以及翻译界的粗制滥译的现象。刚刚步入文坛不久的郁达夫以凶猛的火力向文化界权威挑战："我们中国的新闻杂志界的人物，都同清水粪坑里的蛆虫一样，身体虽然肥胖得很，胸中却一点儿学问也没有。有几个人将外国书坊的书目来誊写几张，译来对去的瞎说一场，便算博学了。有几个人，跟了外国的新人物，跑来跑去的跑几次，把他们几个外国的粗浅的演说，糊糊涂涂的翻译翻译，便算新思想家了。"郁达夫的文章虽然没有指名道姓，但圈内的人都会明白这里实际上是将矛头指向了胡适。这种言词激烈且有骂人嫌疑的文章，具有不能容忍的挑衅意味，没有多少讲理，也缺少理论分析，追求的就是一种以激烈的言词被人注意的效果。郁达夫的文章很快就遭到胡适的反驳。1922 年 9 月 20 日，胡适在《努力周报》第 20 期发表了题为《骂人》的短文，批评郁达夫"初出学堂的学生"、"浅薄无聊"、"不自觉"等。胡适的文章正中郁达夫下怀，为郁达夫找到了一个可以批判的活靶子。胡适的《骂人》短文发表四天之后，郁达夫又写了"答胡适

① 郁达夫：《艺文私见》，《郁达夫文集》，第 5 卷，广州：花城出版社 1982 年版，第 118 页。

之先生”，在这封公开信的末尾，郁达夫“打开窗子说亮话”，“看了这几句话，胡先生要疑我在骂他，其实像我这样一个无名小卒，何尝敢骂胡先生……我怕胡先生谈起政治忙碌，没有工夫细想，要把这些‘无聊浅薄’的文字的意义误会了，所以特地在此声明一下。”郁达夫与胡适的论战本来是不足挂齿的一件事情，缺乏起码的文学批评的态度和语言，但这场笔墨官司正好反映了郁达夫及创造社挑战权威的普遍心理。随后，郭沫若、成仿吾上阵替郁达夫助威，1922 年 11 月出版的《创造季刊》1 卷 3 期同时发表了郭沫若的《反响之响》和成仿吾的《学者的态度——胡适之先生的〈骂人〉的批评》，都是言词激烈的论辩文章。成仿吾以拉偏架的姿态说道：“胡先生教人莫骂人，他自己骂人没有？郁达夫是骂人骂昏了头的，他的‘蛆虫’、‘肥胖得很’确是不对，谁也不能说他好。可是胡先生的‘浅薄无聊的创作’不也是跟着感情这头凶狗，走到斜路上去了吗？”1922 年 11 月，郁达夫创作了历史小说《采石矶》，继续对胡适进行批评。小说以清中叶诗人黄仲则寄托自己的郁愤，而以考据权威戴东原影射胡适。1923 年 4 月，胡适在《努力周报》上发表了一篇《编辑余谈》，继续摆出权威架子，指责郁达夫、郭沫若等：“《努力》第二十期里我的一条《骂人》，竟引起一班不通英文的人来和我讨论译书。我没有闲功夫答辩这种强不知以为知的评论。”于是，郭沫若针锋相对地驳斥道：“假使你真没闲功夫，那便少说些护短话！我劝你不要把你的名气来压人，不要把你北大教授的牌子又来压人，不要把你留学学生的资格来压人，你须知这种如烟如云没多大斤两的东西是把人压不倒的。要想把人压倒，只好请‘真理’先生出来，只好请‘正义’先生出来。”直到 1923 年 6 月郁达夫仍在《创造周报》第 7 号上发表《文学上的阶级斗争》，对这次论争耿耿于怀。这场论争最后以胡适主动到上海去看望郭沫若、郁达夫等人，表示和好结束。

这场论战本身并无多少可值得研究的，也并无多少文学价值，但论战对提升创造社的知名度，使创造社在文坛上站稳脚跟，是极为有利的。我们注意到，前期创造社在很多时候是以这种挑战者的姿态出现的，对胡适、鲁迅、周作人等“五四”时期的文学大家，对文学研究会等文学社团，创造社都从不同角度，就不同问题发过难，挑起过纷争。创造社的这种挑战姿态、叛逆性思维和批评方式,也为他们带了不少的麻烦,也为他们带来声誉,使人们更多地关注他们。

(二)寻找新的美学原则

创造社的“异军突起”,不仅仅是通过挑战权威获得社会的关注和名声,而且也是努力创造富有特点的新的美学原则来完成的。那么,这个新的美学原则是什么呢?郭沫若在《创造季刊》发表的《创造者》可以看作“发刊词”,在这个“发刊词”中郭沫若以“创造者”的情感和美学原则,写出了创造社同人对文学的理解:

> 我唤起周代的雅伯,
> 我唤起楚国的骚豪,
> 我唤起唐世的诗宗,
> 我唤起元室的词曹,
> 作《吠陀》的印度古诗人哟!
> 作《神曲》的但丁哟!
> 作《失乐园》的米尔顿哟!
> 作《浮士德悲剧》的歌德哟!
> 你们知道创造者的孤高,
> 你们知道创造者的苦恼,
> 你们知道创造者的狂欢,
> 你们知道创造者的光耀。

从郭沫若吟咏的这些世界伟大诗人来看,他倾慕那些具有古典风范的诗人和诗作,希望创造出一种伟大的史诗,希望能够获得古典的美学品格,而又能够在新的美学范畴中进行艺术创造,因为这里是生命的新生,是创造者的痛苦与欢乐:“你那火一样的,血一样的,/生花的彩笔哟,/请借与我草此《创造者》的赞歌,/我要高赞这最初的婴儿,/我要高赞这开辟鸿荒的大我。”[①]在《创造季刊》第 2 卷第 1 期发表的《我们的花园》以及《创造周报》的发刊词《创世工程之第七日》等作品中,郭沫若又反复歌赞了生命的

① 郭沫若:《创造者》,《创造季刊》,第 1 卷第 1 期,1922 年 3 月。

创造,把生命与创造联系在一起,把生命与文学联系在一起。郭沫若曾说,创造社"并没有固定的组织,我们没有章程,没有机关,也没有划一的主义"①,但是,在创造生命文学的美学原则这一方面,他们却是一致的。尽管郁达夫、成仿吾等人在其文学批评中的表述并不一致,论述的角度不同,方法不一,但都是本着自己的内心要求和对文学的理解而进行文学批评活动,他们对文学的独特理解和对美的文学的追求,与正在风头上的文学研究会具有明显的差别。如果我们再分别来看的话,创造社在文学创作方面尊崇主观精神,强调情感,而在文学批评方面则突出理性精神,强调科学方法。但无论是创作还是批评,创造社成员都特别看重生命与文学的关系,努力于创造一种生命文学的批评观。

中国现代文学诞生以来,社会文学占居了主要位置,到"五四"时期,社会文学成为"文学革命"的主要口号之一②。文学研究会成立后,又把社会文学作为主要的发展方向,他们以"为人生"为文学的口号,要求文学能够批评社会、指导社会,表现人生,指导人生。在文学研究会那里,文学的首要功能不是审美,而是"于人生很切要的一种工作",文学创作不是作家的生命体验和情感表现,而是"正同劳农一样"③。在这样的背景下,创造社看到了文学被一二偶像所垄断以至于文学精神渐渐衰退的现象。因而,他们以青年人所有的热情与冲动、朝气与叛逆开始了一场与"五四"文学精神并不合拍的文学创造事业。"我们所同的,只是本着我们内心的要求,从事于文艺的活动罢了"④,这里所谓的"内心的要求"并不仅是指文学创作的内心冲动和不得不写的内心体验,而主要是指对自己对文学的理解,对文学的热爱。只要我们再看看郑伯奇所说的,也许更能明晓"内心的要求"的涵义:"我敢奉劝新文坛的作者君,把模仿外国追随古人的奴性丢了罢!忠实地省察赤裸裸的自我,真切地体验现实的社会生活。艺术是艺术家自我的

---

① 郭沫若:《编辑余谈》,《创造季刊》,第1卷第2期,1922年8月。

② 1917年2月,陈独秀在《新青年》发表的《文学革命论》一文中,就把建设"社会文学"作为文学革命的"三大主义"之一提出来。

③ 文学研究会:《文学研究会宣言》,《小说月报》,第12卷第1号,1921年1月。

④ 郭沫若:《编辑余谈》,《创造季刊》,第1卷第2期,1922年8月。

表现,再无别的。文学家的自我建筑,是现在文坛最切迫的第一要求!"[①]因为文学是一项发现美创造美的事业,文学家"是真与善的勇士",也是"美的传道者",文学的社会使命仅仅是其外在的功能,而真正的内在的使命则是对美的追求,"除去一切功利的打算,专求文学的全 Perfection 与 Beauty 美有值得我们终身从事的价值之可能性"。或者说,文学家的责任就是要创造出"美的文学",让人们能够得到美的快乐:"美的文学,纵或它没有什么可以教我们,而它所给我们的美的快感与慰安,这些美的快感与慰安对于我们日常生活的更新的效果,我们是不能不承认的。"[②]创造社对美的文学阐述虽然有些简单粗疏,甚至有些问题他们自己也并没有完全理解,但是,在一片社会文学的呼声中,能够听到创造社这样的新鲜的声音,实属不易。

创造社"美的文学"的美学原则,是对"五四"时期文学格局的强烈冲击,也是对新文学运动中存在着的不讲究文学创作规律,不尊重文学的审美原则的反动。由于文学研究会的存在,以及文学研究会提出的"为人生"的文学批评思想,创造社的美学原则往往并不受重视或者受到误解。同时,创造社本身在表达自己的文学思想时的毫不顾忌,对权威的挑战和对文学研究会的批判,引起人们的反感。但是,创造社对文学的尊重,试图将新文学引入文学的轨道,回归文学本体,这种努力是值得肯定的。

非常遗憾的是,创造社的美学原则仅仅坚持了几年的时间,就因为各种原因,大多放弃了自己的文学事业而"投笔从戎",对文学的问题没有深入下去,他们的批评理论也没有得到更多的实践,大革命失败后,他们又投身于"革命文学",提倡"革命文学",从而在实践层面上否定了"美的文学"这一宝贵的美学原则。

(三)"美的文学"

创造社的批评思想呈现出一种复杂的形态,包含着多种文学观念,甚至在不同时期也有不同的观点。但是,在芜杂的文学批评思想的表述中,呈现出一个明晰的中心观念,这就是对"美的文学"的追求。

---

① 郑伯奇:《新文学之警钟》,《创造周报》,第 31 号,1923 年 12 月。

② 成仿吾:《新文学之使命》,《成仿吾文集》,济南:山东大学出版社 1985 年版,第 94 页。

“美的文学”是生命的文学。早在创造社成立之前，郭沫若和宗白华、田汉在其通信中就已经比较清晰地表达了对“美的文学”的基本认识。时为《时事新报·学灯》编辑的宗白华在给郭沫若的信中说：“我很愿意你一方面多与自然和哲理接近，养成完满高尚的‘诗人人格’，一方面多研究古昔天才诗中的自然音节，自然形式，以完满‘诗的构造’，则中国新文化国有了真诗人了。”[①]对此，郭沫若认为：“这两句话我真是铭肝刻骨的呢！你有这样好的见解，所以我相信你的诗一定是好诗，真诗。”[②]“诗的人格”与“诗的构造”，这是创造社作家的一种自觉追求，也是他们对文学的一种理解。所谓“诗的人格”是指作家的艺术修养以及对人生的体验；所谓“诗的构造”是指文学创作所呈现出的艺术形态和艺术方法。所以郁达夫说，“文艺是天才的创造物”，“文艺批评在天才眼里，虽没有什么价值，在庸人的堆里，究竟是启蒙的指针”[③]。田汉则根据西方“Poetry”（诗）的语源学分析，将“诗”定义为“创造”，将诗人定义为“创造者”。他认为：“诗人把他心中歌天地泣鬼神的情感，创造为歌天地泣鬼神的诗歌。”[④]诗是创造的，是天才对美的理解的基础之上的艺术创造。创造社之所以强调艺术创造是天才的创造物，其目的是突出文学艺术作品的美学特点，只有那些具有“诗的人格”的人们，才能创作出“诗的构造”的作品，才能是那种“红的玛瑙”、“血的结晶”[⑤]，这样的作品就是对生命的礼赞，是生命的呈现。

郁达夫曾说，文学艺术的“最大的要素”就是“美与情感”，作家的文学创作“所追求的是形式和精神上的美”。他说：“我虽不同唯美主义者那么持论的偏激，但我却承认美的追求是艺术的核心。自然的美，人体的美，人格的美，情感的美，或是抽象的悲壮的美，雄大的美，及其他一切美的情素，便是艺术的主要成分。”[⑥]对此，郑伯奇也曾进行过比较全面的阐释。他在

① 宗白华：《致郭沫若》，《三叶集》，上海：亚东图书馆1920年版，第3页。
② 郭沫若：《致宗白华》，《三叶集》，上海：亚东图书馆1920年版，第8页。
③ 郁达夫：《艺文私见》，《郁达夫文集》第5卷，广州：花城出版社1982年版，第117—118页。
④ 田 汉：《诗人与劳动问题》，《少年中国》第1卷第9期，1920年3月。
⑤ 郭沫若：《创造者》，《创造季刊》月，第1卷第1期，1922年3月。
⑥ 郁达夫：《艺术与国家》，《郁达夫文集》，第5卷，广州：花城出版社1982年版，第152页。

《国民文学论》中指出，提倡“国民文学”是中国新文学建设中最紧迫的要求，是“新文学的使命”。所谓“国民文学”需要具有以下的资格：“深刻的国民意识”，“热烈的国民感情”，“要忠实地研究一般国民生活”，“要有批评社会的勇气”，“要能用深刻而字正腔圆富于同情的文字发表他所体验的结果”①，他同时又强调，文学艺术“只是自我的表现”，这个所谓的“自我的表现”是指作家在充分的对人生体验的基础上的艺术呈现，是本着艺术的需要和内心的要求而创作的一种境界。可见，创造社的所谓文学的非功利性实际上是试图排除文学以外的因素，专心于文学，从文学的世界里寻找文学的美，以艺术的方式实现对美的追求。

创造社提倡生命文学，美的文学，以此抗争“五四”以来文学的社会功利化的现象。创造社作家反复强调文学艺术是没有什么目的的，并不是说他们不相信文学艺术的目的性，而是指文学艺术的创作不能有太现实的功利性，而是应该关注人的内心世界，关注生命世界，回到文学的本体上来。

“美的文学”是发自内心的文学。创造社成员反对文学的功利目的，却非常信奉内心要求与创作的关系，坚持文学创作应尊重内心世界。成仿吾认为：“文学上创作，本来只要是出自内心的要求，原不必有什么预定的目的。然而我们于创作时，如果把我们的内心活动，十分存在意识里面的时候，我们是很容易使我们的内心的活动取预定之方向的。这不仅是可能的事情，而且是可喜的现象。”在成仿吾看来，作家的创作活动虽然受一定的理性精神的制约，但总来说，文学是一种内心的情感的活动，是传达作家感情世界的。所以，“我们最好是把内心的自然的要求作他的原动力，一切嘈杂的争论，只当是各种的色盲过于信任了自己的肉眼，各非其所非是其所是。”②既然尊重作家的内心世界，那么作家的创作就是内心波动的艺术呈现。对此，王独清曾形象地描述过：“你携着你底爱人在花前散步，你就见那花也向你表示快意，这时候你要做诗，写这花定是含羞、微笑；明日你底爱人变了，你偶自独游旧地，一见你昨日迎你的花，便不能抑忍，吟出几句

① 郑伯奇：《国民文学论》，《创造周报》，第34号，1923年12月。

② 成仿吾：《新文学之使命》，《成仿吾文集》，济南：山东大学出版社1985年版，第90页。

极失望的悲歌，你便不得不说这花是含愁、欲泣；——花不曾更改，你底情绪改了。"[①]所以，作家既要成为自然的赤子，又要"作情绪底赤子"，能够通过文学创作表达出自己想表达的思想情感。正因如此，雪莱就是被创造社尤其是郭沫若所崇拜的一位诗人，"风不是从天外来的。诗不是从心外来的。不是心坎中流露出的诗不是真正的诗。雪莱是真正的诗的作者，是一个真正的诗人"[②]，因为雪莱的诗是自然流露的，是本着内心的要求而写出来的。

"本着内心的要求"而创作与"本着社会的要求"而创作，是两种完全不同的文学观，也是"五四"时期创造社与文学研究会在文学上主要对立的文学思想。人们往往容易从社会文学的角度解释两种不同的文学观，认为它们都是"为人生"、"为社会"的文学，其实大可不必如此解释。从总的方面来说，任何文学都是需要读者阅读的，是人类生活中不可缺少的，因此，任何文学都是"为人生"的，与人生社会密切联系在一起。文学研究会的创作是"为人生"的，创造社的文学同样也是"为人生"的。但是，这里存在着一个文学价值论的问题，即，人们往往认为"为人生"的文学是中国文学尤其是中国现代文学发展的"正宗"，而并不认同所谓"为艺术"的文学，人们之所以把创造社的文学观往"为人生"上面拉，其实质正是为了躲避"为艺术"，用所谓"为人生"的价值论取代其他的文学观念。当我们正视创造社所提出的"美的文学"的观点，正视中国新文学"美的文学"缺失的现象，要求文学回到文学上来，作家本着自己的内心要求而创作，方是文学的正道。

"美的文学"是率真自然的文学。本着自己内心的要求的文学其实是追求文学的自然本真的状态，是源于作家创作上的内在要求，顺着自己的灵感创作，是一种不写不快的创作状态。"诗不是'做'出来的，只是'写'出来的。我想诗人底心境譬如一湾清澄的海水，没有风的时候，便静止着如象一张明镜，宇宙万汇底印象都涵映着在里面；一有风的时候，便要翻波

① 王独清：《未来之艺术家》，《创造社资料》（上），福州：福建人民出版社1985年版，第19页。

② 郭沫若：《雪莱的诗》，《创造季刊》，第1卷第4期，1923年2月。

涌浪起来,宇宙万汇底印象都活动着在里面。这风便是所谓直觉,灵感(Inspiration),这起了的波浪便是高张着的情调。这活动着的印象便是徂徕着的想象。这些东西,我想来便是诗底本体,只要把他写了出来的时候,他就体相兼备。"[①]也就是说,作家的创作是一种自然流露,是一种欲罢不能的创作状态。作家要达到创作上的率真自然的境界,需要"诗的人格"的修养,也就是说,文学创作是作家人格的体现,作家的人格决定着创作的境界,只有率真自然的文学才是"全"和"美"的。

二、郭沫若:生命文学的追求

郭沫若虽然是以诗人形象出现在"五四"文坛上的,但他同样是这一时期比较有影响和有代表性的文学批评家。其最早的评论文字是在《三叶集》中的一些通信,提出了早期浪漫主义理论的纲领。1925 年,郭沫若的《文艺论集》出版,从而确立了他作为批评家的地位。此外,1931 年出版的《文艺论集续集》和一些散乱发表在有关报刊上的批评文字,也从不同侧面表现出他的理论主张和批评实绩。

(一)生命文学的批评理论

郭沫若"五四"时期的批评著作主要收集在他的《文艺论集》中,《论国内的评坛及我对于创作上的态度》、《批评与梦》、《西厢艺术上之批评与其作者之性格》、《未来派的诗约及其批评》、《瓦特裴德的批评论》、《论文学的研究与介绍》、《论诗》等,比较全面和系统地反映出郭沫若"五四"时期的文学批评观。郭沫若的批评思想,有其混乱无序的地方,也有其表述不甚清楚的地方。他不仅接受了浪漫主义文学思想,也接受了现代主义文学理论,既有以德国为主的西方文学思想,更有民族传统的文学之根。在批评方法上,既接受了以佩特为主的印象主义方法,也有以弗洛伊德为主的心理分析方法。但是,他又在后来的文章中表示反对纯印象主义批评,在

① 郭沫若:《致宗白华》,《三叶集》,上海:亚东图书馆 1920 年版,第 7 页。

批评实践上，往往以理性的分析为主。这种杂乱和无序，也从一个方面说明了郭沫若批评思想庞杂丰富的特征。

总的来看，早期郭沫若深信“生命的文学”。在他看来，“生命是文学底本质。文学是生命底反映。离了生命，没有文学。”[①]他从文学创作与人类的精神活动的联系出发，指出“一切物质皆有生命。无机物也有生命。一切生命都是 Energy 底交流，宇宙全体只是个 Energy 底交流”，Energy 与生命是一种对话的关系，是相互依存的关系。因此，我们再来看郭沫若在《生命底文学》[②]一文中的如下论述时，深切感到他对文学的理解既独特，又深刻，已经进入到文学的深层：

> Energy 常动不息：不断地收敛，不断地发散。
>
> Energy 底发散便是创造，便是广义的文学。宇宙全体只是一部伟大的诗篇。未完成的、常在创造的、伟大的诗篇。
>
> Energy 底发散在物如声、光、电热，在人如感情、冲动、思想、意识。感情、冲动、思想、意识底纯真的表现便是狭义的生命底文学。

在郭沫若的观念中，生命就是一种能量的燃烧，是人生最本质的内容。正如他在《天狗》中所塑造的那个能量无比的“天狗”，是生命的呈现，也是能量的奔放：“我是月底光，/我是日底光，/我是一切星球底光，/我是 X 光线底光，/我是全宇宙底 Energy 底总量！”文学创作也是一种生命能量的燃烧，是生命的呈现。因此，生命文学就是作家生命能量的释放，这样的文学是最美的文学：

> 生命底文学是个性的文学，因为生命是完全自主自律的。
>
> 生命底文学是普遍的文学，因为生命是普遍咸同的。
>
> 生命底文学是不朽的文学，因为 Energy 是永恒不灭的。
>
> 生命底文学是必真、必善、必美的文学：纯是自主自律底必然的表示故真，永为人类底 Energy 底源泉故善，自见光明，谐乐，感激，温暖故

---

① 郭沫若：《生命的文学》，《创造社丛书 · 文艺理论卷》，北京：学苑出版社 1992 年版，第 1 页。

② 发表于《时事新报 · 学灯》，1920 年 2 月 23 日。

美。真善美是生命底文学所具之二次性。

不真,不善,不美的文学,只是 Energy 底浪费,是人生中莫大的罪恶。一切罪恶只是 Energy 底浪费。

郭沫若认为,生命与文学有着密切的关系,他强调说:“诗只是我们心中的诗意诗境底纯真的表现,命泉中流出来的 Strain,心琴上弹出来的 Melody,生底颤动,灵底喊叫,那便是真诗,好诗,便是我们人类底欢乐的源泉,陶醉底美酿,慰安底天国。”[①]这种文艺观念与他早期批评理论倾向于浪漫主义、倾向于自我表现有关,

雪莱是郭沫若极为欣赏和敬佩的一位诗人。他翻译过雪莱的诗作,多次撰文介绍这位诗人。这不仅在于雪莱是一位伟大的诗人,更在于郭沫若从雪莱身上看到了他所需要的生命诗学。在郭沫若看来,雪莱的诗,“便是他的生命。他的生命便是一首绝妙的好诗”。雪莱有一颗晶莹剔透的诗心,正是这颗诗心使雪莱的生命与诗密切联系在了一起,“雪莱的诗心如象一架钢琴,大扣之则大鸣,小扣之则小鸣。他有时雄浑倜傥,突兀排空;他有时幽抑清冲,如泣如诉。他不只能吹出一种单调的稻草”[②]。

(二)心灵感受与美的追求

郭沫若在《批评与梦》中说:“批评没有一定的尺度。批评家都是以自己所得到的感应在一种对象中求意义。”要发挥文学批评家创造性的才能,创造性的天才批评家可以从无中生有,批评性的天才能从沙里淘金。这里实际上也就是指批评家对作品的充分认识与理解,以及在这基础上的对作品艺术上的批评。因此,批评家必须达到理性与感性的统一,既要避免印象主义的弊端,也要清除科学主义的生硬。从这个观点出发,郭沫若比较赞赏佩特的批评思想,“审美的批评家把他所应接到的一切物象,一切艺术的作品,和自然与人生的更优美的表形,看做势力或威力,各能或多或少地生出特殊的或独到的快感。他感受这种影响,他希望用分析和还原的方法去说明”,“审美批评家的职分便在于表明,分析,净化出这种美,凡是一张

① 郭沫若:《致宗白桦》,《三叶集》,上海:亚东图书馆 1920 年版,第 6 页。

② 郭沫若:《雪莱的诗》,《创造季刊》,第 1 卷第 4 期,1923 年 2 月。

画，一种风景，一个生存的或书上的美的人格所藉以生出特殊的‘美’或‘快感’的印象的美点，在指示出那个印象的源泉是甚么，并且在甚么状态下经验得那个印象。当他把那种美点解析清除，而且记录下来，如像化学家为他自己或他人，把一些自然的原素记录下来一样，他的目的便达到了”①。

但是，崇尚印象感应式批评的郭沫若并不是如周作人那样只是于阅读印象中行使自己的批评权力，而是也借鉴了现代科学方法，并运用于文学批评之中。他的《批评与梦》和《西厢艺术上之批判与其作者之性格》两篇文章，表现出对现代心理学批评方法的兴趣。因为科学的方法论使郭沫若认识到："凡为研究一种事理都是由近至远，由小而大，由分析以至于综合。我们先把一种对象分析入微，由近处小处推阐开去，最后始归纳出一个结论来。"这里实际上是把感悟印象批评与科学融为一体，既看重感悟印象对艺术的理解，看重批评家的艺术感受，同时，也看重科学方法在批评中的归纳与分析的重要作用。《批评与梦》从感应印象批评出发却走到了心理批评上去，以梦的理论解释他的小说《残春》，而后者则完全是一篇用心理学方法批评王实甫的文学论文。尽管郭沫若对弗洛伊德只是一知半解，其批评方法的运用也很生疏，但科学方法毕竟使他比较准确地把握了批评对象，并有新的艺术发现，尤其他对王实甫的批评，从心理学上解决了王实甫创作《西厢记》的心理动因，阐发了作品中的深层内容。

（三）科学方法与历史意识

对郭沫若的文学批评，人们往往用浪漫主义或者印象式批评进行概括，这是一个想当然的观点。郭沫若在创作上尊崇"诗的本职专在抒情"，主张文学创作是一种自然流露。但是，郭沫若的这些文学观点并不代表他在批评方法上也是浪漫主义或者感悟印象式的。恰恰相反，郭沫若在批评方法则主要是哲学的和科学的。所谓哲学的是指郭沫若在文学批评上主要运用了中国古典哲学和西方哲学的方法；所谓科学的是指郭沫若对西方现代心理学等科学方法的运用。在《论国内的评坛及我对于创作上的态度》中，郭沫若批评了国内文学批评界的一些不良现象："我国的批评界中，

① 郭沫若：《瓦特·裴德的批评论》，《文艺论集》，上海：光华书局1925年版，第216—217页。

我觉得有一种极不好的习气充溢着。批评家每每藏在一个匿名之下，谈几句笼统活脱的俏皮话来骂人，我觉得这真不是一种好习气。批评家为主义而战，为真理而战，是正当的天职；不过为尊重主义起见，为尊重真理起见，为尊重论敌的人格起见，总应该采取严肃的态度，堂堂正正地布出论阵来，也才能使人心服，才能勉尽其天职于万一。”[①]由此看来，郭沫若反对那种不讲道理，不讲科学的批评方法的做法。在郭沫若那时，批评要有同情心，也要有科学的方法；批评家要有浓厚的涵养，在中外哲学、历史、科学的基础上进行文学的批评。所以他特别赞同佩特的文学批评理论。沃尔特·佩特是英国文艺批评家，他论文艺复兴的一些文章于1873年以《文艺复兴史研究》的书名出版。这本书再版时简称为《文艺复兴》，是佩特最重要的著作，集中体现了他的美学思想。在这部批评著作中，佩特主张艺术美是脱离社会现实而孤立存在的，艺术评论是对艺术表达方式的探讨。他认为，艺术的生命力在于感觉和印象的生动丰富，最终归结为形式美和纯美，与社会现实无关。佩特接过唯美主义始祖戈蒂埃的“为艺术而艺术”的口号，宣扬诗歌脱离现实，强调诗人和艺术家的个人感觉。郭沫若既接受了佩特的唯美主义文学思想，而又接受了佩特的批评方法：“他不是狭义的文艺批评家，他是广义的文化批评家。但他关于文艺批评的持论，是最注重感觉的要素而轻视知识的要素。他做人注重知识的蕴藉，做批评注重感觉的享乐。增进感受性的容量，这是批评家自修的职务，满足感受性的程度，这是批评时的尺度。依所赋与的快乐分量之多寡以定作品之价值，这是他批评的标准。”[②]也可说，郭沫若评价作品的标准，主要是看作品所传达出来的作家的情感，以及情感表达的方式，而批评的方法和理论依据则是中外哲学、科学的方法。也可以说，郭沫若“不是狭义的文艺批评家，他是广义的文化批评家”，他试图通过文学批评建立起自己的话语世界，这个世界包括一个纯粹的文学世界，也包括一个博大的中国文化世界。

---

① 郭沫若：《论国内的评坛及我对于创作上的态度》，《文艺论集》，上海：光华书局1925年版，第173页。

② 郭沫若：《瓦特·裴德的批评论》，《文艺论集》，上海：光华书局1925年版，第213页。

但是,郭沫若却反对文学批评中的印象主义,不承认感悟印象式的批评,也不认为文学批评就是鉴赏。1923 年,郭沫若发表了《批评——欣赏——检察》,这篇文章是郭沫若针对周作人的《自己的园地》中所表述的印象主义批评思想而进行的批评。郭沫若抓住周作人在《自己的园地》"序"中表述的"真假的文学批评"观点,指出:"作者把批评分为真假两种,我们可以无话可说。但他把主观和客观分析得那么严峻,把客观的检察完全剔出主观的欣赏以外,并且说欣赏便是真的批评,检察便是假的批评。这似乎有点失诸武断。"①他非常赞赏佩特在《文艺复兴论》一书中的观点:"审美的批评家把他所应接到的一切物象,一切艺术作品,自然与人生的较优美的表形,看作各能或多或少地生出特殊的或独到的快感的势力或威力。"由此,郭沫若表达了他的文学批评观:

> 真正的批评家要谋理性与感性的统一,要泯却科学态度与印象主义的畛域。他不是漫无目标的探险家。他也不是知其然而不知其所以然的盲目陶醉者。批评的三段过程:(1)感受,(2)解析,(3)表明,这是批评家所必由之路。印象批评只在第一阶段上盘桓,科学批评是在第二阶段上走错了路,科学的批评家发现了一个空中楼阁,而他不寻求楼阁之所以壮美,他却埋头于追求构成楼阁的资料上去了。

文学批评家要寻找到文学作品的美,以批评的方式表达他的感情,因此,文学批评既需要感悟印象,也需要科学方法;既需要鉴赏,也需要分析,只有将二者有机地结合在一起,才能够达到文学批评的真正目的。

郭沫若试图在其批评活动中融科学的理性分析与文学的感受于一体,将文学批评作为发掘和发扬中国文化的传统精神的重要手段。在《中国文化之传统精神》、《论中德文化书》、《读梁任公〈墨子新社会之组织法〉》、《惠施的性格与思想》、《伟大的精神生活者王阳明》等论文中,郭沫若比较深刻地把握了中国文化与中国现代文化建设的关系,系统地阐述了中国文化传统的特点。郭沫若这些论述,不仅在"五四"时期表现出迥异于其他文

① 郭沫若:《批评——欣赏——检察》,《郭沫若全集》(文学编),第 16 卷,北京:人民文学出版社 1989 年版,159—160 页。

化论者的观点,建立了比较科学的中国传统文化观,而且为他的文学批评奠定了坚实的思想文化基础,确定了文学批评的明确目标,带来了郭沫若文学批评深刻的历史意识。

三、《文艺论集》:版本修正中的文学认同

《文艺论集》是郭沫若也是中国现代文学批评史上一部重要的文学批评著作,是研究郭沫若文学思想、文学批评的重要文献。但是,众所周知,由于郭沫若对自己的创作或者文学论著等各种文献的不断进行改版、修订,前后篇目不同,甚至某些作品的文字不同,因而表现出的文学思想前后差异较大,"以致有的研究者往往把五十年代经郭老改动了的观点当成他二十年代的观点,造成了失误"①,同时也造成郭沫若研究尤其是郭沫若文学思想研究的模糊不清、前后混杂的现象,制约了我们对郭沫若的学术评估和价值判断。

关于《文艺论集》的版本问题,黄淳浩在《〈文艺论集〉汇校本》中对各个不同版本已经作了系统、全面的叙述和校勘,为我们研究《文艺论集》及《文艺论集》所显示的郭沫若不同时期的文艺思想,提供了极大方便。目前我们看到的《文艺论集》主要有 1925 年的初版本、1929 年的改版本(第四版)、1930 年的改版本、1959 年的《沫若文集》本和 1990 年的《郭沫若全集》本。前四个版本是由郭沫若本人亲自校改而定的,全集本则是由全集编委会及编校者完成的版本。如果从版本学的角度研究郭沫若的文艺思想,那么由郭沫若亲自编校的版本显然更具文献意义,如果从文本的角度研究郭沫若的文艺思想,全集本则显现出一定的优势。我这里所要做的,是通过不同版本(主要是 1925 年的初版本、1929 和 1930 年的改版本)的比较进一步研究郭沫若文学批评思想的演变,更准确地认识早期郭沫若对中国现代文学的建设性意义。

---

① 黄淳浩:《〈文艺论集〉汇校本》,长沙:湖南人民出版社 1984 年版,第 2 页。

《文艺论集》出版于1925年12月，由上海光华书局出版发行，收录了作者1920年至1925年间的文章31篇。从论集的结集方式来看，这些写于不同时间的文章，所讨论的内容涉及中国文化、中国文学的各个方面，是一部文艺方面的个人文集。但是，如果从论集的编辑方式及郭沫若的文艺着力点来看，这又是一部比较系统的文艺批评专著。

《文艺论集》中的31篇批评文章，虽然写于不同时期，但外在的杂乱却内蕴着作者系统的思考和文学探求，呈现出思想系统、体系完整、观点明确的特点。从论集收录的文章来看，《文艺论集》并非纯粹的"文艺"论集，而是涉及中西方文化、文学艺术的本质论、创作论、批评论等问题，是一部范围较宽泛的"文化论集"。上卷收录的10篇论文，似乎与文学艺术问题较疏远。我认为，郭沫若在《文艺论集》中所论述的问题以及整体理论框架，恰恰是对"五四"新文化的积极响应，是从中国现代文化体系的构建方面考虑文学理论问题的。上篇的中国文化和中西文化比较的论述，是下篇讨论文学批评问题的理论基础和出发点，没有这些对中国文化问题的思考，他所讨论的文学批评问题也就很难落在实处，正是因为他将文学批评纳入到中国文化的思考之中，才显示出他的文学批评思想的建设性意义。郭沫若在东西方文化的比较研究中，发掘、整理并重建中国文化的价值体系。在这一宏大的文化构想中，文学艺术仅仅是这个文化框架中的组成部分。包括《女神》、《星空》等诗歌创作及文学批评论著，都被纳入到郭沫若的文化构架之中。我们知道，郭沫若早期文学批评思想中，生命文学是主体思想，是郭沫若文学批评的重要价值标准。这一批评思想虽然主要表现在《论国内的评坛及我对于创作上的态度》、《〈西厢〉艺术上之批判与其作者之性格》等文章中，但是，正是由于《中国文化之传统精神》、《论中德文化书》、《伟大的精神生活者王阳明》等文章的理论阐述，生命文学观才能落到实处，郭沫若从探求中国传统文化的精神特征及其深刻内涵方面，为生命的文学观作了有力的铺垫。如果比较"五四"时期如胡适、陈独秀、周作人、鲁迅等新文化倡导者们的观点，郭沫若与他们在现代文化构建的目的上是一致的，而建构的方法与路径则有所不同，应当说，郭沫若在新文学建设问题的思考较之对新文学问题的思考更深入，也更有现代文化的价值。

1925年出版的这部《文艺论集》,尽管有遗漏,但大体反应了郭沫若这一时期的思想及其思维的方式。郭沫若写于这一时期的一些重要文学批评论文未能收录其中,如发表于1920年2月23日的《时事新报·学灯》上的《生命底文学》、发表于1921年5月《学艺》第3卷第1号上的《艺术的象征》、发表于1922年12月《创造》季刊第1卷第3期的《反响之反响》、发表于1923年5月《创造》季刊第2卷第1期的《讨论注译运动及其它》、发表在1923年6月《创造周报》第7号上的《暗无天日的世界》等批评文章,种种原因未能收入《文艺论集》,这些文章虽然也从某个方面表现了郭沫若的文学批评思想,但如果置于《文艺论集》时,则只是数量上的增加了。因此,我们说这部文艺批评论著仍然比较系统全面地表现了郭沫若对现代中国文化问题的深刻思考,更加积极的文化建设的态度上参与了文学批评,为中国现代文学批评史上难得的著作。

郭沫若出版《文艺论集》之后不久,就投笔从戎,参与了北伐战争,这部文艺论集并未引起文学界更多的关注。其主要原因,一方面是郭沫若战时离开了文学界,他本人并未在这部文集上投入太多精力,只是将其作为已经过去的"残骸"的"墓志铭";二是论集出版于1925年12月27日。这时,整个文学界关注的目光,已开始由关注思想文化投向变幻莫测的社会,"五四"新文化运动的思想命题已经开始转向实际的社会斗争,人们对这类重建中国文化传统、生命文学的议论没有太大的热情。《文艺论集》提出的理论命题及其显示出来的积极文化意义出现了时间性的矛盾,导致它出版后受到了不应有的冷遇。

1929年和1930年,郭沫若对《文艺论集》连续进行了两次改版,这两次改版,除对一些文字进行修订外,主要增删了一些篇目。两次改版以1929年版为开端,展示了郭沫若借《文艺论集》的改版表现新的文学观点的想法,1930年版改动最大,实现了对《文艺论集》的本质改变。

《文艺论集》的出版和再版,在郭沫若的人生道路和文学道路上是非常有纪念意义的。1925年12月,郭沫若出版《文艺论集》后不久,就弃文学投身于北伐的队伍中。《文艺论集》的郭沫若却是一位努力于中国文化传统探寻和现代中国重建的社会思想者和研究者,是一位努力于中国新文学建设的诗人、文学批评家。他以社会思想者的身份观察思考文学问题，又以文学的论述进一步阐述中国文化的问题。应当说，郭沫若思考的问题已经超越了诗人、文学家的身份。或者说，郭沫若以诗人的身份，以文学批评的方式去探求更宽广的社会问题，讨论更复杂的现代文化问题。因此，《文艺论集》充当了《女神》的诗人郭沫若转向革命者郭沫若的过渡。只要我们重新回味一下《文艺论集》的序，也许会更深刻地明白郭沫若的良苦用心。在《序》中，郭沫若一方面认为"这部小小的论文集，严格地说时，可以说是我的坟墓罢"，另一方面他又认为"这儿是新思想的出发点，这儿是新文艺的生命"①。既然郭沫若把这部论文集视为自己思想和文字的"坟墓"，那么，这结集的方式意味着对过去的"付诸火化"。但是，他又认为这是新思想、新文艺的开始，对文集中的一些思想观点颇有留恋和认同，因此，通过一定的方式突出这种"新"的内容，就成为郭沫若改版《文艺论集》的一种努力。

1929 年郭沫若改版的《文艺论集》，是他从北伐战场退下来后不久就开始改、校的。这个时候的郭沫若，其身份特征已经发生了变化。他不再是一位文学家，也不再是一位中国文化的思考者与构建者，而是一位社会活动家、政治家，一位参加过北伐的"战士"。这个时候的郭沫若的文章中到处可见"革命"、"阶级"、"革命文艺"、"阶级文艺"等概念，完全以一位"革命者"身份谈论文学的问题。郭沫若不是以文学家的身份而是革命家的身份参与"革命文学"论战的。1928 年元旦，郭沫若以麦克昂为笔名，与鲁迅等人联名发表《创造周报复活宣言》。2 月初，郭沫若开始校改《文艺论集》。同时期，郭沫若发表了《英雄树》、《桌子的跳舞》等参与"革命文学"的文章。与以《文艺论集》的出版作为离开文学界的标志不同，他又以《文艺论集》的改版作为再次回到文学界的代表作。这个时候，无论是中国文学的环境，还是郭沫若本人的思想观念，都发生了重大变化。如果说初版本《文艺论集》的郭沫若，则是以社会活动家的身份重返文学界，试图以文学参与社会，以文化重建的方式解决社会问题，那么，1929 年和 1930 年改版《文艺论集》的郭沫若，则努力建设"革命文学"，试图以"革命"的方式从

---

① 郭沫若：《文艺论集》，上海：光华书局 1925 年版，第 1 页。

事文学的活动,在一定的社会革命的格局中创造“革命文学”。也可以说,郭沫若试图通过《文艺论集》的不断改版,以宣示在文学界的话语权。

1930 年版的《文艺论集》虽然只是删去了几篇历史文化类的论文,增加了几篇文学类的文章,但就在这一删一增的改版动作中,显示出郭沫若思想及其文学观念的重大变化。郭沫若在改版本的《跋尾》中说:“此书竟又要出到五版了。有些议论太乖谬的,在本版本中我删去了五篇。此外没有甚么可以说的,只是希望读者努力‘鞭尸’。”1959 年郭沫若在《沫若文集》中再次对《文艺论集》进行修订时,对这里所有的“议论太乖谬”又作了更具体的说明:“《中国文化之传统精神》和我后来关于中国古代的研究大相径庭,错误观点甚多;《国家的与超国家的》则因为无政府主义的倾向太浓厚了(年轻时,我有一个时期也曾倾向于无政府主义),故不愿意再使谬种流传。”[①]郭沫若这里所说的是他流亡日本时期所出版的《中国古代社会研究》中的主要观点。非常明显,写于 20 世纪 20 年代初期的《中国文化之传统精神》等有关中国文化的论著,与 20 世纪 20 年代末的《中国古代社会研究》,无论是研究方法,还是思想认识,都发生了较大变化。尤其郭沫若的写作环境和研究心态都发生了重大变化,他已经从一位对中国文化和文学问题的思考者,转变成为一位革命者,他的研究不再主要是作为个人的人生体验和思考,而主要是作为社会革命者的某种需要而在学术界进行的理论研究,是必须以先验的理论方法进行的中国历史研究。因此,对于一部文艺论集,郭沫若虽有修改自己作品的习惯,也有借修改版重新确立自己思想坐标的想法。但是,郭沫若连续两次改版,通过修订一部《文艺论集》订正自己的思想,尤其关于中国古代社会的研究,未免有些力度不够或者张冠李戴。

从郭沫若修改自己作品的习惯来看,增删篇目只是方式之一,更多情况则是直接修改文本。在思想观点、语言文字等方面进行大幅修改。使之适合于当时的思想状况。诸如《女神》等作品的修改,再如郭沫若曾认为:

---

① 郭沫若:《郭沫若全集》(文学编),第 15 卷,北京:人民文学出版社 1990 年版,第 143 页。

“我郭沫若所信奉的文学的意义是：文学是苦闷的象征。”[①]但后来收集在《郭沫若全集》中时却修改为：“我郭沫若所信奉的文学的意义是：文学史批判社会的武器。”[②]这种根本性的文学观念的修改，才是郭沫若借着改版修订思想观念的主要手段。可以说，如果郭沫若要修正“有些议论太乖谬”，完全有时间有条件对删去的文章进行内容上的修改。《文艺论集》中也有不少地方从内容方面进行修改，但总体而言，没有那种根本改变作者思想观点的大的改动。

那么，除了要修正他所说的“有些议论太乖谬”的原因之外，是否还有其他原因？

我们注意到，1925 年的初版本分为上下两卷，上卷主要讨论中国文化的问题，下卷讨论文学问题。1929 年的改版本则改变了上下两卷的编法，除将《论诗》中的三封信分为两篇文章，另外增加了《文学的本质》、《论节奏》两篇文章，并分成了六个部分。这种编法虽然只是调整了篇目的编排方法，但由于原来上卷的内容经过调整后只是六个部分中的一部分了，而且只有五篇论文，其余各篇则被调整到其他各部分中，如《整理国故的评价》成为第五部分的首篇，与另三篇共同构成了文学的“整理国故”问题的讨论了。1929 年的这次改版，显然呈现出郭沫若将《文艺论等》其他改回“文艺”论集的努力，体现出一位社会活动家、政治家及“革命文学”的倡导者在文学批评方面的建树。

1930 年改版的《文艺论集》更明显也更集中地表现着郭沫若努力于“文学”的目的。在这一版次中，郭沫若删除“议论太乖谬”的五篇文化论文和论诗的文章，即《中国文化之传统精神》、《伟大的精神生活者王阳明》、《国家的与超国家的》、《论诗三札》中的第二和第三札。同时，作者还重新调整了篇目的编排，分为三部分。第一部分主要以讨论文学的本质特征为主，第二部分则以文学批评理论和批评方法为主，第三部分以东西方几位著名作家的作品批评为主。《论集》中的三部分内容都紧紧围绕着“文学”

① 郭沫若：《暗无天日的世界》，《创造周报》，第 7 期，1923 年。

② 郭沫若：《郭沫若全集》（文学编），第 16 卷，北京：人民文学出版社 1990 年版，第 152 页。

做文章,实现了"文艺"论集的文学核心问题。与此同时。郭沫若将几篇讨论文化问题的论文编入"附录",从而更突出了正篇的文学批评特点。这样,经过改版后的《文艺论集》就成为了部纯粹的"文艺"论集了。

其实,从郭沫若对《文艺论集》部分文章的修改来看,并未作重大改动,一些字句和段落的修改也很难改变原版已形成的观点。同时,一些重要的文学观点仍然保留下来了。如强调文学艺术是无功利性、无目的性的,认为文学是苦闷的象征等。1929 年和 1930 年的改版本都基本上保留了这些观点。所以,郭沫若的两次改版,并未修改其文学批评的某些具体的思想观点,而主要通过对文集篇目的调整,重新构建自己的文学批评体系。如果说早期郭沫若是从民族文化的大背景和东西文化汇流的格局构建自己的批评体系的话,那么,改版时期的郭沫若则主要从"文学"的或"革命文学"的格局考虑建构新的文学批评体系的。从这个意义上说,改版后的《文艺论集》与 1931 年出版的《文艺论集续集》具有大体相同的意义。但是,当中国文学进入到"革命文学"时代,《文艺论集》同样不能引起人们太多的关注,很难纳入"革命文学"批评的话语之中。

四、郁达夫:执著于纯美的文体批评

在现代文学批评家中,郁达夫是最自由散漫的文学家,也是最无心建立文学秩序与批评规范的一位,但他又是一位运用自己的批评理论和批评实践建立起了一套文学批评的理论框架,具有某种文学的秩序感和规范性意义。郁达夫并不是一位"纯正的"批评家,他主要的文学成就在小说、散文等文体的创作方面,而文学批评似乎不被人们关注。但是,无论是郁达夫撰写文学批评的数量还是其批评的影响,在创造社诸批评家中,都是成绩卓著的,甚至郁达夫的文学思想对创造社的发展都产生了根本性的影响。在郁达夫短暂的一生中,出版的文学批评著作主要有:《小说论》,光华书局 1926 年,《戏剧论》,商务印书馆 1926 年版,《文艺论集》,光华书局 1926 年版,《文学概说》,商务印书馆 1927 年版,《奇零集》,开明书店 1928

年版,《敝帚集》,现代书局 1928 年版 ,《断残集》,北新书局 1933 年版,等等。此外,还有一些未能收集的发表于各报刊的文学批评论文。

(一)文学批评的态度

文学批评的态度是被郁达夫所高度重视的一个问题,这不仅是因为他与胡适之间曾就这一问题有过激烈的论争,而且也是他对文学批评的基本认识和要求。批评的态度涉及的不仅是文艺批评的道德问题,更是文学发展过程中通过批评建立规范化的文学秩序的问题,涉及郁达夫所认同的文学批评的学理。郁达夫等创造社成员创办创造社不久就与胡适发生矛盾冲突,与文学研究会发生矛盾,既是文学观念的矛盾,更是话语权争夺的交锋。郁达夫在《夕阳楼日记》、《艺文私见》、《答胡适之先生》以及《文学上的阶级斗争》等论争的文章中,虽然带着某些情绪化的言词,但其主要目的还是表达文学批评的态度,阐述文学批评与道德、立场、方法等问题。在《批评的态度》一文中,郁达夫提出了文学批评的"四德":"率真,宽容,同情,学识,为批评家之四德。"[①]这四个有关文学批评的道德问题,本身并无什么特别的地方,但却反映出了经过革命文学论战和左翼文学的喧嚣之后,郁达夫对文学以及文学批评的基本的态度。这里既是批评方法,也是批评思维,同时又涉及批评家良知等多个方面的问题。

在文学批评实践中,郁达夫是一位高度重视批评态度的批评家,他的宽容之心,科学的方法,敏锐的感觉,深入的理解,都能够比较准确地把握批评对象。《〈女神〉之生日》虽然不是一篇专门的文学批评文章,但郁达夫在《女神》出版一周年之际,借创造社聚会而发表了对这部新诗史上的杰作进行了中肯的批评,他认为郭沫若不能说"是文学革命的开拓者,但是他在新诗方面所成的事业,我们也不能完全抹杀",因为,中国新诗"'完全脱离旧诗的羁绊自《女神》始'的一段功绩"[②],是符合历史事实的。对于蒋光慈的《鸭绿江上》这部革命文学的代表性作品,郁达夫的批评不流于附和,也

---

① 郁达夫:《批评的态度》,《郁达夫文集》,第 6 卷,广州:花城出版社 1983 年版,第 165 页。

② 郁达夫:《〈女神〉之生日》,《郁达夫文集》,第 5 卷,广州:花城出版社 1983 年版,第 120 页。

不追求革命的新潮,而是从艺术与革命的关系的角度出发,对这部小说集进行了富有理性的批评。他肯定了既然“无产阶级一样的是人,一样的有情绪,一样的有意识的,那么无产阶级的文学,当然是存在的”,但是,他不赞成无产阶级的文学没有真挚的感情和美的艺术形式:“在这一个时代,我们所渴仰着的文学,并不是仅仅乎煽起一点反抗的心情,或叫喊一阵苦闷的那一种革命先驱的文学”,革命的文学也应该是“跃动的、有新生命的文学”。按照这样标准,“《鸭绿江上》一集,无论如何,还不能满足我们这一种的要求”,尽管蒋光慈“有驾驭文字的手腕,有畅所欲言的魅力”①,可是《鸭绿江上》却不能给读者阅读的满足。

(二)美的文学的寻求者

郁达夫是一位美的追求者,甚至在某种程度上说是一位唯美主义者,但他同时又是一位感伤主义者。文学是美的。唯其是唯美的,才会如此的感伤;唯其是感伤的,所以又往往逃避现实的痛苦而寻找美的慰藉。所以,在郁达夫的批评思想中,文学应该是美的,是表现作家自我情感的。文学作为美的表现者,正是以美来感染读者,影响读者,净化读者的心灵。《小说论》中,郁达夫表达了对美的小说的追求:“小说在艺术上的价值,可以以真和美的两个条件来决定。若一本小说写得真,写得美,那这小说的目的就达到了。至于社会的价值,及伦理的价值,作者在创作的时候,尽可以不管。不过事实上凡真的美的作品,它的社会价值,也一定是高的。这作品在伦理上所收的效果,也许不能和劝善书一般的大,但是间接的影响,使读者心地光明,起趣高尚的事情,也是有的。”②在这里,郁达夫重视的是小说的艺术表现,以及这艺术表现所呈现出来的真和美,至于文学的社会性则在其次。

第一,美的文学应该是感情表现的文学

当文学研究会强调文学的社会性时,郁达夫却在突出文学的感情特点,反对文学与社会政治的关系。他在《艺术与国家》一文中认为:“艺术的

---

① 郁达夫:《〈鸭绿江上〉读后感》,《郁达夫文集》,第5卷,广州:花城出版社1983年版,第252—254页。

② 郁达夫:《小说论》,《郁达夫文集》,第5卷,广州:花城出版社1983年版,第17页。

第二要素，就是情感，同情和爱情，都是包括在情感之内的。艺术中间美的要素是外延的，情的要素是内在的。”他所说的感情作为第二要素，主要是指文学在追求美这一第一要素的基础上，首先是情感的表现，或者说，情感是文学的美的最重要的表现，文学有了感情就会是美的，没有感情的文学是死的、不美的。郁达夫之所以强调突出情感是文学的内在要素，其理论基点就是文学与人生的内在关系。郁达夫认为，人的生活欲求是多方面的，既有物质的生活的欲望，也有情感的精神欲望，人是有感情的，喜、怒、哀、乐为人之常情，而这些感情的因素是人本能的东西，也是使人冲动的东西，而“真正的艺术家，是非忠于艺术冲动的人不可的”①，也就是要忠实于情感的冲动，表现出情感的美。他在批评郭沫若诗歌《瓶》时，就曾特别强调感情在诗歌创作中的意义，指出革命的文学并不是“一定要诗里有手枪炸弹，连写几百个革命革命的字样”，诗人“把你真正的感情，无掩饰地吐露出来，把你的同火山似的热情喷发出来，使读你的诗的人，也一样的可以和你悲啼喜笑，才是诗人的天职”②。他认为，《瓶》之所以是一部“配得上称真正的革命诗”，不在于是否写出了革命二字，而主要在于情感抒发能够引起读者的共鸣。

与学衡派和新月派追求新古典主义的纯文学不同，郁达夫是站在新文学的立场上，在建设新文学的基础上提倡美的文学的，郁达夫主要感慨于新文学在提倡社会文学的过程中对文学之美的丢失；感慨于新文学在关注社会的过程中忽视了关注人生关注艺术；感慨于新文学注重于思想启蒙而忽视了美的启蒙，因而，他试图在建立文学的情感世界的同时，提倡美的文学。在这里，情感并不是郁达夫所追求的文学的第一要素，情感也不是美的文学的最重要的要素，但是，情感却是文学之美的必然要素，是文学走向审美的不可缺少的要素。在郁达夫的眼中，情感是文学艺术的内容也是文学艺术的形式，在内容上，情感是人的生存世界的要求，是人的理想生活的审美境界；在形式上，情感总是表现为某种形式，或者以某种结构的方式，

① 郁达夫：《小说论》，《郁达夫文集》，第5卷，广州：花城出版社1983年版，第69页。

② 郁达夫：《〈瓶〉附记》，《郁达夫文集》，第5卷，广州：花城出版社1983年版，第237页。

或者以某种流动的线条,表现出文学艺术的审美特征。

第二,美的文学应该是真的文学

在郁达夫的批评思想中,真的文学并不仅仅是指文学的真实性,不是茅盾所谓的“真实”及其客观写实的文学。在郁达夫那里,真的文学是作家生命的真,是生命的自然流动,也是文学性情的真,是真实的思想情感的流露。他认为徐祖正的《兰生弟的自己》不失为“一部极真率的记录,是徐君的全人格的表现,是以作者的血肉精灵来写的作品”[①]。认为《惜分飞》这部小说“虽然没有口号,没有手枪炸弹,没有杀杀杀的喊声,没有工女和工人的恋爱,没有资本家杀工人的描写,然而你一直的贪读下去,你却能不知不觉地受到它的感动。有时候会感到快乐,有时候会感到悲哀”,这主要在于作家真实的叙述,“直诉到你的感情,使你读了它能够为它所动一动”。[②]

第三,美的文学应该是远离政治和革命的文学

郁达夫对那些看似革命的文学表示了怀疑,他认为,这些打着“革命”旗号的文学失去了文学的真和美,某些时候,国家和政治会伤害文学,使文学失去其特有的美。在“革命文学”出现之前,郁达夫就曾表示这样的忧虑,认为国家的政治会破坏艺术的美。他在《艺术与国家》中指出,国家与艺术是势不两立的,因为“现在的国家,大抵仍是复以国家为本位的国家。军国主义,国家主义,仍复同从前一样的在流行着”,因而,艺术所追求的一切与国家所要求的恰恰是对立的。在郁达夫看来,艺术的价值就在于一个“真”字上,“大凡艺术品,都是自然的再现。把捉自然,将自然再现出来,是艺术家的本分。把捉得牢,再现得切,将天真赤赤裸裸的提示到我们的五官前头来的,便是最好的艺术品”,但是,“国家为要达到它的目的,最忌的是说真话”,这是国家“和艺术不能融合的最大要点”,从而国家破坏了文学艺术的真实性。另一方面,“艺术的理想是永久的和平”,“是引到光明路上去的一颗明星”,但是,国家主义的野心,却恰恰是战争的根源,“并不是艺

① 郁达夫:《读〈兰生弟的日记〉》,《郁达夫文集》,第 5 卷,广州:花城出版社 1983 年版,第 246 页。

② 郁达夫:《〈惜分飞〉序》,《郁达夫文集》,第 6 卷,广州:花城出版社 1983 年版,第 71 页。

术的理想”。最重要的，文学艺术的最大要素是美与感情，“艺术所追求的是形式和精神上的美”，而“国家对于‘美’完全是麻木的”①，不但是麻木的，还是对文学艺术破坏的。1928 年，当创造社与太阳社提倡“革命文学”的时候，郁达夫再次保持了与后期创造社的一定的距离，对他们所提倡的“革命文学”表示了怀疑：“我对于中国无产阶级的抬头，是绝对承认的。所以将来的天下，是无产阶级的天下，将来的文学，也当然是无产阶级的文学。可是生在十九世纪的末期，曾受过小资产阶级的大学教育的我辈，是决不能作未来的无产阶级的文学的一点，我是无论如何，也不想否认的。”②

不仅如此，在对待创造社和太阳提倡的“革命文学”这个问题上，郁达夫往往抱以嘲弄的口吻：“在今天的革命的八月八日的这革命日子的革命早晨革命九点钟的革命时候，我在革命申报上，看见了一个革命广告。……今天看见了这一个革命咖啡的革命广告，心里真有点模糊。不晓得咖啡究竟是第几阶级的咖啡？更不晓得豪奢放逸的咖啡馆这东西，究竟是‘颓废派’呢，或是普列塔，或者是恶伏黑变。至于我这一个不革命的小资产阶级郁达夫呢，身上老在苦没‘有’许多的零用钱，‘有’的只是‘有闲’。‘有闲’，失业的‘有闲’，乃至第几十几 X 的‘有闲’，所以近来对于奢华费钱的咖啡馆，绝迹不敢进去。闲来无事，只在三个铜元一壶的茶馆里坐坐，倒能够听到许多社会的琐事，和下层职业介绍的情况。”③这并不是说郁达夫反对革命文学，而是反对后期创造社和太阳社的“革命文学”，或者说，他反对的是那种对文学艺术的审美特征起到破坏作用的文学，反对的是不顾文学的规律与文学的规范而强行推行的革命文学。

（三）文体批评与现代文体理论建设

《小说论》、《戏剧论》和《文学概说》是郁达夫三部非常有代表性的批评论著。在 20 世纪 20 年代的文学界都热衷于文学论争、忙于喊口号的时

① 郁达夫：《艺术与国家》，《郁达夫文集》，第 5 卷，广州：花城出版社 1983 年版，第 149—152 页。

② 郁达夫：《对于社会的态度》，《郁达夫文集》，第 6 卷，广州：花城出版社 1983 年版，第 63 页。

③ 郁达夫：《革命广告》，《郁达夫文集》，第 6 卷，广州：花城出版社 1983 年版，第 64—65 页。

候，郁达夫以自己对文学的深刻理解，完成了文学文体的理论建设。今天来看这三部文学批评论著，也许并没有太多新奇的观点，甚至某些理解也存在着问题，但是，在新文学建设时期能写出这样的著作，已经是难能可贵的了。这里有一般的文学理论问题，也有郁达夫个人的文学感受，既带有文学批评家惯有的理性与思考，也有一位作家的体验与感悟。所以，郁达夫的文学理论和文体理论建树，不是生硬地照搬文学理论的概念，而是在广泛地借鉴东西方文学理论的基础上，从文学感受出发，从文学的实际出发，建构起文学理论的基本框架。在文学批评中，关于生活与艺术的关系可能是文学理论家们较多探讨的一个问题，什么是生活？生活与艺术的关系如何？不同的文学批评家可能会有不同的回答。郁达夫的回答显然与我们在文学概论的教科书中所看到不尽一致。郁达夫在《文学概说》中开篇也谈到了“生活与艺术”的关系，不过，他不是空谈社会生活，而主要是谈人的本质生活，谈人的生，于是我们看到了郁达夫对生活与艺术关系的新阐释：

> “生”的本质，虽然是很难说出，但是因为我们天生在世上，所以从我们的经验上说来，约略可以知道这“生”对于人生的影响如何。我们一般的人，大约生存在这世上的人，无论何人，总参有一种想把世上的生存继续下去的心思。这一种冲动，这一种内部的要求，想来是谁也不能否定的罢。我们非但想把这生存继续下去，同时且更有想使这生存强固扩充的心思，所以我们生存在世上，实在是这一种内部的要求反动的结果。这内部的要求，就是“生”的力量，生物学者称他为本能。……所以“生”这一个力量是如此的表现在我们的存在之中。组成人类社会的我们个人，以“生”的力量的原因，得保持我们的存在，所以我们的存在，就是“生”的力量的具象化。我们在表面上虽则好象是个个独立生活在这儿，但实际上我们不过是一种假象，我们的背后，有这一种“生”的力量隐存在那儿。所以“生”是如此的具象的表现在我们身上，而表现就是创造。

从这个认识出发，郁达夫指出，人类的文学艺术主要来源于两个方面，一个是“我们的生活过程，就应该没有一段不是艺术的。更进一步说，我们就是因为想满足我们的艺术的要求而生活，我们的生活的本身，就是一个艺术的活动，也就可以说是广义的艺术了”。一个则是“象征”，“象征选择的苦闷，就是艺术家的苦闷”。文学是苦闷的象征，文学是作家的生活方式之一。这样，生活与艺术的关系，经过作家的创作而获得了实现。或者说，作家既是写人类生存的生活，也是写自我的生活，艺术则是“人生内部深藏着的艺术冲动，即创造欲的产物”①。由此出发，郁达夫主要讨论了“文学在艺术上所占的位置”、“文学的内在的倾向”、“文学在表现上的倾向”、“文学的表现体裁之分类”等方面的问题，从而比较令人信服地说明了这样的观点：“纯文学是创造的文学，系创造从来所没有的东西的。所以纯文学的每一作品，都可以增加文学力量，反之，记述文学，系就从来所有的东西记述评论，而使我们能得到精确的知识的，例如历史、哲学批评之类皆是。”②也就是说，郁达夫在“纯文学”的理论阐释中，使文学真正回归到了文学的本体，回到了美的文学。郁达夫的这种文学理论，在《小说论》、《戏剧论》等论著中也有比较深刻的阐述。值得注意的是，郁达夫的这些理论观点，不是出现在他的文学批评的论著中，而是出现在一部《文学概说》的理论著作中，其意义就更为突出。“五四”新文学运动以来，人们更多的是谈论文学的社会化，提倡社会文学，从陈独秀到茅盾，从《新青年》到文学研究会，几乎都是坚持社会文学的主张。或者说，对文学的讨论大多停留在文学的外围，试图以文学去解决社会问题，而没有真正进入文学的内部，讨论文学的审美的问题。因此，郁达夫及创造社成员努力于美的文学的探求，努力于阐释人生与文学的关系，寻找文学的美的根源和美的表现形式，应该说，在这方面郁达夫走在了文学批评的前列。

郁达夫的小说文体、散文文体、戏剧文体等理论，对中国现代文体理论的建设具有重要的价值意义。20 世纪 20 年代，正是新文学文体建设的重要时期，尤其当诗歌作为白话文学的试验文体已经在胡适、郭沫若等诗人那里取得了一定的成绩后，小说、散文、戏剧的文体建设就被高度重视起

① 郁达夫：《文学概说》，《郁达夫文集》，第 5 卷，广州：花城出版社 1983 年版，第 65—69 页。

② 郁达夫：《文学概说》，《郁达夫文集》，第 5 卷，广州：花城出版社 1983 年版，第 99 页。

来,特别是小说文体和散文文体,无论是理论的讨论还是创作的实践,都充分显示了新文学作家的努力。而郁达夫所作为小说和散文作家,在总结中外文学理论的基础上,从创作的经验出发,阐发文体的基本理论。在《小说论》、《〈小说论〉及其他》、《历史小说论》、《关于小说的话》、《现代小说所经过的路程》以及《读〈兰生弟的日记〉》、《〈惜分飞〉序》、《读刘大杰著的〈昨日之花〉》等一系列文章中,郁达夫的对于小说的文体特点、小说的写作方法等方面的内容,进行了比较系统和深入的论述。在同时期的小说文体理论的讨论中,郁达夫的论述是最具学理性,而又最富实践意义的理论文章之一,像他这样既有理论阐述,又有经验描述的批评并不多见。

1926年,郁达夫在其《小说论》出版之际,发表了《〈小说论〉及其他》,特别对《小说论》与创作的关系进行了一番解释:"以纯粹的科学方法,来研究解剖艺术,使很优美的艺术作品,也带着工厂熔炉的烟火气,本来是我所不敢赞同的,但有些地方,却的确也可以提醒初学,不至使一般志有余而力不足的青年,终于陷于邪道去。所以从前是绝对排除那些艺术机械学的我,现在也想改变过来,承认这一种科学的存在了。"①《小说论》是一篇科学的小说论,这是郁达夫所作的最有学术性的一篇论文,既符合学术规范,也具有某种学理性,是对小说艺术与小说创作的学术研究,一篇关于小说叙事学的批评论文。《小说论》研究了现代小说以及小说的来源等小说文体的问题,尤其对小说叙事的问题。郁达夫的论述既符合小说叙事学的基本原理,又不拘泥于叙事学理论,而是从小说创作的实践出发,总结小说艺术创作的各个方面,如小说的目的、小说的结构、小说的人物、小说的背景等有关小说叙事学的问题,不仅是对初学者的"提醒",更多的是对小说艺术的深入剖析,是小说文体理论的系统阐述。如果我们再结合郁达夫的其他有关小说批评的文章以及他对一些小说作品的评论,可以更清楚地看到,他的小说叙事学在现代小说文体研究中是具有独特地位的。如《关于小说的话》是一篇对于现代小说创作表示忧虑的文章,"小说到了现在,似乎也

---

① 郁达夫:《〈小说论〉及其他》,《郁达夫文集》,第5卷,广州:花城出版社1983年版,第234页。

同议会政治、独裁政治一样，走进了一条前路不通的死弄了”，这种担心是他对于现代小说受到政治社会以及电影的影响有关。但这篇评论的价值还不仅在于对小说的宏观描述，而更在于对小说叙事学的新解，对小说叙事中的艺术技巧以及内容表述的评论，

关于散文文体理论，郁达夫也有突出的贡献。他在《略谈幽默》、《清新的小品文字》、《静的文艺作品》、《小品文杂感》、《〈中国新文学大系〉散文二集导言》、《传记文学》等文章中，从不同的角度对现代散文的性质、特点、文类等进行了研究。现代散文的文体理论一直是非常驳杂的，从“五四”时期，关于散文的文体特征及类型，就是作家理论家讨论的热点问题，但也一直是一个讨论不清的问题。傅斯年提出“文学的散文”，周作人提出“美文”，王统照提出“纯散文”，胡梦华提出“絮语散文”，梁遇春则提出“小品文”，各种散文文体的观点不胜枚举。郁达夫能够避开那些复杂的理论问题而把握散文文体的实质，也不纠缠于散文名称问题，而是直接进入散文的文体世界，着重讨论散文的文体特征和审美特质。对于散文文体的特征，他不倾向于把小品与国外的“essay”相比。他认为，英国的 Essay 气味原也和中国的小品文有些近似的，“但究因东西洋民族的气质人种不同，虽然是一样的小文字，内容可终不免有点儿歧异。我总觉得西洋的 Essay 里，往往还脱不了讲理的 Philosophisingr 的倾向，不失之太腻，就失之太幽默，没有东方人的小品那么的清丽”。在《〈中国新文学大系·散文二集〉导言》中，郁达夫也表达了类似的观点：“中国现代的散文，就是指法国蒙泰纽 Montaigne 的 Essais，英国培根 Bacon 的 Essays 之类的文体在说，是新文学发达之后才兴起来的一种文体，于是乎一译再译，反转来又把象英国 Essays 之类的文字，称作了小品。有时候含糊一点的人，更把小品散文或散文小品的四个字连接在一气，以祈这一个名字的颠扑不破，左右逢源；有几个喜欢分析，自立门户的人，就把长一点的文字称作了散文，而把短一点的叫作了小品。其实这一种说法，这一种翻译名义的苦心，都是白费的心思，中国所有的东西，又何必完全和西洋一样？西洋所独有的气质文化，又那里能完全翻译到中国来？所以我们的散文，只能约略的说，是 Prose 的译名，和

Essays 有些相象,系除小说,戏剧之外的一种文体”①。这种文体理论显然超越了简单的将东西方小品进行对比的做法,而是将小品文体与民族文化精神联系在一起,从文化精神的层面上思考文体学的问题。他区别了散文和小品的文体类型,也主要是从散文的民族精神与个性特征的方面着眼的,考虑到了不同类型的散文和小品的文体特征。进而,郁达夫对散文和小品的不同文体特征进行了不同的描述。在郁达夫的文体理论中,散文是一种非常个性化的文体,他认为,“现代散文之最大的特征,是每一个作家的每篇散文里所表现的个性,比从前的任何散文都来得强”,那么,什么是郁达夫所说的“每一个作家的每篇散文里所表现的个性”?我们往往只是简单地将这种个性等同于“五四”时期的“个性解放”,是每个人所张扬的个性意识、个性特征。其实,我们只要再继续看郁达夫所论述的,就会进一步了解他所说的个性的主要内容了:“现代的散文,却更是带有自叙传的色彩了,我们只消把现代作家的散文集一翻,则这作家的世系,性格,嗜好,思想,信仰,以及生活习惯等等,无不活泼泼地显现在我们的眼前。这一种自叙传的色彩是什么呢,就是文学里所最可宝贵的个性的表现。”现代散文善于表现自我,体现着文体的个性和艺术的个性,由此郁达夫发现了现代散文的独特的艺术魅力。对于小品文,郁达夫区分了清新的小品和幽默的小品两种不的文体,他认为清新的小品的“可爱的地方,就在它的细、清、真的三点”②。而幽默的小品“使散文免去板滞的毛病,使读者可以得一个发泄的机会”③。郁达夫的这些理论,反映出他对现代散文的深刻认识,既对中国传统散文有浓厚的功底,也对西方散文有较多的了解,正是在充分吸收东西方散文理论和研究东西方文化的基础上,分析比较不同民族小品文的基础上,形成了自己独特的散文文体理论。

① 郁达夫:《〈中国新文学大系·散文二集〉导言》,《郁达夫文集》,第 6 卷,广州:花城出版社 1983 年版,第 258 页。

② 郁达夫:《清新的小品文字》,《郁达夫文集》,第 6 卷,广州:花城出版社 1983 年版,第 189 页。

③ 郁达夫:《〈中国新文学大系·散文二集〉导言》,《郁达夫文集》,第 6 卷,广州:花城出版社 1983 年版,第 269 页。

第六章　新文学批评的美文化

“五四”以来，关于文学批评的走向就一直是文学界讨论的重要问题。文学批评是走学术化、体系化的理论道路，还是走鉴赏式、随感式的文学性之路，不同的批评家对此给出了不同的回答。如果考虑到“五四”以来的文学批评是建立在社会文化批评和现代散文创作的基础之上这一特点的话，那么，周作人则是这种批评的最有代表性的一位。周作人是“五四”新文学运动的代表性人物之一，但他又不属于任何一个文学派别，在文学创作与文学思想上，他与胡适、陈独秀以及与他的哥哥鲁迅都不一致；他是文学研究会的发起人之一，但他与文学研究会批评家们的批评思想相差甚远；他是20世纪30年代北平文化界的领袖人物，甚至人们认为他是京派的领军人物，但他与京派的作家有着不同的人生追求和文学追求。在中国现代文学史上，周作人是最不能置于某一流派中来论述的一个作家批评家。在文学批评方面，周作人的贡献巨大，这不仅在于他那些有影响的批评论文，而且也在于他对俞平伯、废名、朱光潜等人的文学思想和创作风格的影响。

一、生活的艺术与鉴赏式批评

周作人在《文艺批评杂话》中，曾经批评“中国现代缺乏文艺批评”，他认为，之所以出现这种现象，主要有以下两个方面的原因：“其一，批评的人以为批评这一个字就是吹求，至少也是含着负的意思，所以文章里必要说些非难轻蔑的话，仿佛是不如此便不成其为批评似的。”“其二，批评的人以为批评是下法律的判决,正如司法官一般;这个判决一下,作品的命运便注定了。”他进一步分析说,“这两种批评的缺点,在于相信世间有一种超绝的客观的真理,足为万世之准则,而他们自己恰正了解遵守着这个真理,因此被赋裁判的权威,为他们的批评的根据”①。周作人强调,文艺批评也是一篇文艺作品,作家要在批评中诚实地表现自己的思想感情。同时,在周作人那里,文艺批评也是一种生活,是以批评的方式过一种艺术的生活。一个文艺批评家写“好的论文”,正如同他讲究生活的艺术一样,是美的、艺术的生活。

“好的论文”不仅仅是一种写法的问题,而更重要的是一种文学观念,是一种学术的方法。或者说,是周作人将人生的体验在文学批评中的表现。

(一)生活的艺术与批评的生活化

周作人对“好的论文”的要求,首先是他的“生活的艺术”的一种呈现方式。

“五四”以来,新文化运动的倡导者们着力于社会改革、思想启蒙,试图通过改造阿Q、闰土们的国民性,启发民众能够参与他们所倡导的社会革命。陈独秀、鲁迅、李大钊等人大多抱有这种态度。但是,思想启蒙者恰恰忽视了一个平常而又重要的问题,这就是对民众的生活启蒙。思想启蒙固然重要,是现代中国社会必须经历的一个阶段,如鲁迅那样对国民精神的解剖,成为20世纪中国的任务之一。发现民族精神中的问题,解决民族发展中思想的问题,这是中国现代文化的一个重要命题。但是,让民众从自身做起,懂得生活,懂得人生,回归生活的本质,同样是不可忽视的文化建设的使命。我们发现,现代文化可以启发人们的思想觉悟,促进人们的积极性、革命性,但是,却不能告诉人们如何懂得生活,如何回到人的生活状态。周作人在谈到人的理想生活时认为,人的理想生活首先是改良“利己而又利他,利他即是利己的生活”的人类的关系,在物质生活上,“应该各尽人力所及,取人事所需”;在道德生活方面,“应该以爱智信勇四事为基本道

① 周作人:《文艺批评杂话》,《谈龙集》,石家庄:河北教育出版社2002年版,第4—5页。

德，革除一切人道以下或人力以上的因袭的礼法，使人人能享自由真实的幸福生活”①。也就是说，每个人都应该享受到他所应该享受的生活，过正当的人的生活。所谓“人的文学”就是表现人的生活的文学，“用这人道主义为本，对于人生诸问题，加以记录研究”，在这里，周作人所说的“人生诸问题”，不仅包括社会问题，而且更应该包括人的一般日常生活，因为“我们所信的人类正当生活，便是这灵肉一致的生活”。文学既需要表现人类的精神世界，探索人类的心理，也应当表现人的现实生活；生活的艺术既是人的精神的追求，也是人的日常生活的表现。

在周作人的观念中，生活与艺术是相通的，生活的艺术化，既是一种生活理想，也是一种艺术追求；艺术的生活化是一种人生的态度，也是一种艺术的境界。他在《生活之艺术》中说：“一口一口的啜，这的确是中国仅存的饮酒的艺术，干杯者不能知酒味，泥醉者不能知微醺之味。中国人对于饮食还知道一点享用之术，但是一般的生活之艺术却早已失传了。”喝酒是“一口一口的啜”，阅读文学作品也是一点一点的品，文学批评就是在此基础上的鉴赏行为。正如周作人在《文艺批评杂话》中所说：“真的文艺批评应该是一篇文艺作品，里边所表现的与其说是对象的真相，无宁说是自己的反应。”喝酒品茶需要有一定的环境和心境，读文学作品同样需要一定的环境和心境。恰如周作人在《喝茶》中所描绘的境界：“喝茶当于瓦屋纸窗之下，清泉绿茶，用素雅的陶瓷茶具，同二三人同饮，得半日之闲，可抵上十年的尘梦。”这是生活的艺术，也是一种难得的人生境界。文学批评也如品茶一样，对茶的选择，对茶具的讲究，对水的要求，既是品茶的不可或缺的要求，也是品茶人的一种心情，品评文学作品，也同样需要选择，也需要产生对作品的阅读情趣以及鉴赏的心境。周作人读书之多，之杂，可能是现代作家、批评家中数的着的，但读什么样的书，则是有自己的爱好和选择的，进一步可以做成批评文字的文学作品，就更需要选择。这不仅在于读什么样的作品取决于批评者的心境，而且也是文学批评文章写作的一种境界。他在《〈枣〉和〈桥〉的序》中说，“读小说看故事，从前是有过的，有如看

① 周作人：《人的文学》，《艺术与生活》，石家庄：河北教育出版社 2002 年版，第 11—12 页。

电影，近来不大热心了。”阅读文体的选择，也是这种批评情绪的表现之一。

正是这种批评态度，周作人的文学批评并不能算是严格意义上的文学批评，而更是一种艺术鉴赏。除了早期的一些批评文字外，周作人很少写作那种理论性强的批评论文。《论文章之意义暨其使命因及中国近时论文之失》、《人的文学》、《平民的文学》、《新文学的要求》、《贵族的和平民的》、《论小诗》、《论“黑幕”》等，是周作人较有理论色彩的文章。这些文章大都涉及新文学初创时期的基本理论，也是周作人建构自己的思想体系的主要论述。但是，周作人更感兴趣的是那些随手写来的评论小品，就像品茶一样。周作人喜欢就某个作品发表感想式的评论。读周作人评论文章，也如与他围炉品茗一样。谈作品，谈人生，谈社会，谈天说地，没有拘谨，没有高深，而是与愉悦、美，与轻松联系在一起。

（二）印象主义与鉴赏性批评

周作人对“好的论文”的要求，又是与他受到法朗士批评思想的影响密切相关的。

法朗士是法国著名的批评家，以其四卷本文学批评集《文学生活》而享誉文学批评界，并极力提倡印象主义的批评理论。印象主义一词，始于法国画家莫奈的作品《日出印象》。印象主义强调光和色的表现效果以及瞬间印象。西方文学批评也讲瞬间感受，法国圣·佩弗主张批评能发掘内蕴着的创造或诗。法朗士在承继印象主义理论的同时，更加强调文学批评的个人性、感受性。他承认每个人的感受，强调“我自己”，认为印象能代表真理，批评家不是去评判作家作品，而是与作家作品进行灵魂的对话。

周作人深受法朗士的影响，不仅阅读研究过法朗士的批评主张，而且其批评风格、批评方法等，都带有法朗士的影子。

“五四”以来，关于文学批评的走向问题曾发生过一些争论，这实际上也反映了不同文学观念的矛盾与碰撞，郭沫若、周作人、梁实秋等批评家都曾就批评的性质与文体发表过自己的看法。周作人反对将文学批评看作法律式的判决，也反对将科学方法和数学方式运用于文艺批评，“科学的分析的文学原理，于我们想理解文学的人诚然也是必要，但绝不是一切。因为研究要分析，鉴赏却须综合的”。在周作人看来，“所谓文艺批评便是奇文共欣赏，是趣味的综合的事，疑义相与析，正是理智的分析的工作之一部分”，批评家“在批评文里很诚实的表示自己的思想感情，正与在诗文上一样，即使我们不能把造成美妙的文艺作品，总之应当自绝不是在那里下判断或摘缺点”[①]。实际上，周作人所担心的文艺批评中“下判断或摘缺点”的问题，在“五四”时期的文坛上相当严重地存在着。鲁迅就曾指出过：“批评这东西，对于读者，至少对于和这批评家趣旨相近的读者，是有用的。但中国现在，似乎应该暂作别论。往往有人误以为批评家对于创作是操生杀之权，占文坛的最高位的，就忽而变成批评家；他的灵魂上挂了刀。”[②]因此，其批评文章往往是居高临下的，是冷面孔的，与文学创作保持了相当远的不可接近的距离。也正是这样，周作人从批评文章写作本身要求批评，既是一种文体的要求，又是对一种批评态度和批评方式的要求，是对一种批评文风的要求。

受法国批评家法朗士文学批评思想的影响，周作人主张一种印象式感悟式的文学批评，他非常欣赏法朗士的批评观点，以至在《文艺批评杂话》一文中不断引用，“批评是一种小说，同哲学与历史一样，给那些有高明而好奇的心的人们去看的，一切小说，正当的说来，无一非自叙传，好的批评家便是一个记述他的心灵在杰作间之冒险的人”，“老实说，批评家应该对人们说，诸位，我现在将要说我自己，关于莎士比亚，关于拉辛，或巴斯加耳或歌德了”，他认为这些“说的极好”的话，“凡是作文艺批评的人都应该注意的”。所以，周作人的《论小诗》等文学批评，虽然是“论”，却并不是去作长篇大论，也不做高深理论的分析，而是以一个赏鉴者的姿态进行评说：“对于现在发表的小诗，我们只能赏鉴，或者再将所得的印象写出来给别人看，却不易批评，因为我觉得自己没有这个权威，因为个人的赏鉴的标准多是主观的，不免为性情及境遇所限，未必能体会一切变化无穷的情境，这在天才的批评家或者可以，但在常人们是不可能的了”。从这个认识出发，周

① 周作人：《文艺批评杂话》，《谈龙集》，石家庄：河北教育出版社 2002 年版，第 5—6 页。

② 鲁　迅：《而已集 · 读书杂谈》，《鲁迅全集》，第 3 卷，北京：人民文学出版社 1981 年版，第 442 页。

作人批评小诗的文章,就如他那些议论抒情小品一样,任意闲谈,或叙述,或议论,娓娓道来,不愠不火,虽不是那种浓浓的抒情之作,却是作者从自己的阅读感受写出来的真实思想,显示出议论性散文的洒脱和飘逸,正是他所要求的那种"好的论文"。

(三)自由与个性:批评的追求

作家应有作家的创作自由,既是对人的尊重,也是创作的原则之一,作家的自由既表现在作家写什么不写什么的自由,也表现在作家如何写上的自由。周作人同时把自由作为文学批评的重要原则,从事批评的明确的出发点。1923 年,周作人在《地方与文艺》中明确地表达了文学的自由主张:

> 我们常说好的文学应该是普遍的,但这普遍的只是一个最大的范围,正如算学上的最大权倍数,在这范围之内,尽能容极多的变化,决不是象那不可分的单独数似的不能通融的。这几年来中国新兴文艺渐见发达,各种创作也都有相当的成绩,但我们觉得还有一点不足。为什么呢?这便因为太抽象化了,执着普遍的一个要求,努力去写出预定的概念,却没有真实地强烈地表现出自己的个性,其结果当然是一个单调。我们的希望即在于摆脱这些自加的锁纽,自由地发表那从土里滋长出来的个性。我们所希望的,便是摆脱了一切的束缚,任情地歌唱,无论人家文章怎样的庄严,思想怎样的乐观,怎样的讲爱国报恩,但是我要做风流轻妙,或讽刺谴责的文字,也是我的自由,而且无论说的是隐逸或是反抗,只要是遗传环境所融合而成的我的真的心搏,只要不是成见的执着主张派别等意见而有意造成的,也便都有发表的权利与价值。

对于作家来说,完全没有必要为了迎合"君师的统一思想"或者迎合一般民众的欣赏口味,而牺牲自己的个性自由,牺牲艺术。因此,他批评那种虚假的遵命文学,认为"遵命文学害处之在己者是做惯了之后头脑就麻痹了,再不会想自己的意思,写自己的文章。害处之在人者是压迫异己,使人家的思想文章不得自由表现。无古今新旧,遵命之害一也,科举的文诗为害已久,今岂可使其复兴”[①]。所以,文学家只能通过心灵的折射,通过生活的书写,而不能直接通过满足现实政治的要求。同样,文学家“虽希望民众能了解自己的艺术,却不必强将自己的艺术去迁就民众”[②]。

对于文学批评来说,则是既要作家自由的创作,也需要以自由的原则批评作家的作品,自由,应该是作家应享的权利,也是“人的文学”的基本要求之一。在批评实践中,周作人往往把作家作品与社会、文化、历史以及人的各个方面的研究结合在一起,把文学批评视为人生的一个方面,因此,尊重个性,强调作家写作的自由,在批评中体现人性的价值,就是文学批评中重要的原则。

二、文学批评的态度:宽容与理解

要弄清除周作人文学批评的特质及其贡献,需要明白他所提出的“宽容与理解的批评原则。

宽容与理解是文学批评的态度,是批评家应有的精神和态度,也是周作人对待作家作品的基本的批评态度和精神。这种宽容与理解的精神来源于周作人对文艺本质的独特思考与理解,同时也是建立在他的“人的文学”理论基础之上,建立在对“自己的园地”即个性的追求之上的。当然,这种宽容与理解也表现出周作人与中国文化传统的某种一致性。周作人的思想与中国文化传统的“中和”有着密切的联系,“中和”是一种人生态度,从这种人生态度出发,对社会人生以及文学艺术的接受,就应当是多方面的、多元化的。它在强调社会力量的同时,也强调个人,突出个性与社会的协调关系,也强调自由思想的发展。将“中和”的人生观念放置于中国文化传统之中,可以看到它实际上又是与传统中束缚自由思想的发展相对立

① 周作人:《遵命文学》,《周作人批评文集》,珠海出版社 1998 年版,第 190 页。

② 周作人:《诗的效用》,《自己的园地》,石家庄:河北教育出版社 2002 年版,第 20 页。

的,“中国旧思想的弊病,在于有一个固定的中心,所以文化不能自由的发展”[1],这必然会导致文化发展中的一致性以及个性的消失,导致不能“中和”、“公正”,当然也没有宽容与理解。因此,在周作人看来,“五四”以来的中国社会最需要的首先就是“宽容”:

> 我所觉得最关心的乃是文字狱信仰狱等思想不自由的事实。……我觉得中国现在最切要的是宽容思想之养成。此刻现在决不是文明世界,实在还是二百年前黑暗时代,所不同者以前说不得甲而现今说不得乙,以前是皇帝而现今则群众为主,其武断专制却无所异。我相信西洋近代文明之精神只是宽容,我们想脱离野蛮也非从这里着力不可。着力之一法便是参考思想争斗史,从那里看出迫害之愚与其罪恶,反抗之正当,而结果是宽容之必要。
>
> 周作人:《黑背心》

他也批评过那些“老派”批评家对“新派”文艺的“封杀”,“自己是前一次革命成功的英雄,拿了批评上的许多大道理,来堵塞新潮流的进行”。这种“主张自己的判断的权利而从不承认他人中的自我,为一切不宽容的原因”[2]。周作人为此呼吁“文艺上的宽容”,从“宽容”的原则出发所要求的文学,就是个性的文学,是自由发展的文学,也是他所强调的“人的文学”。

什么是周作人所说的“宽容”?

周作人在《文艺上的宽容》一文中说,“文艺以自己表现为主体,以感染他人为作用,是个人的而亦为人类的,所以文艺的条件是自己表现,其余思想与技术上的派别都在其次,——是研究的人便宜上的分类,不是文艺本质上的判分优劣的标准”。“所谓宽容乃是说已成势力对于新兴流派的态度,正如壮年人的听任青年的活动;其重要的根据,在于活动变化是生命的本质,无论流派怎么不同,但其发展个性注重创造,同是人生的文学的方

---

① 周作人:《圣书与中国文学》,《艺术与生活》,石家庄:河北教育出版社 2002 年版, 第 44 页。

② 周作人:《文艺上的宽容》,《自己的园地》,石家庄:河北教育出版社 2002 年版, 第 8 页。

向,现象上或是反抗,在全体上实是继续,所以应该宽容,听其自由发育。"[①]具体到文艺上来说,就是要尊重作家的个性,尊重文艺发展的本质规律,并且以肩上的态度去批评作品,既然文艺表现出各自不同的风格特征,那么,批评家就应该以宽容之心尊重这种个性,而不是应该拿大道理去强迫统一。这也正是批评所持的基本的态度。

宽容还是允许少数人的权利,他反对文艺上以群体压制个体的现象,个体的声音虽然是弱小的,但是却是不容忽视的:"在现今以多数决为神圣的时代,习惯上以为个人的意见以至其苦乐是无足轻重的,必须是合唱的呼噪始有意义,这种思想现在仍然有势力,却是没有道理的。……个人所感到的愉快或苦闷,只要是纯真切迫的,便是普遍的感情,即使超越群众的一时的感受以外,也终不损其普遍。反过来说,迎合社会心理,到处得到欢迎的《礼拜六》派的小册子,其文学价值仍然可以直等于零。"[②]可见,文学的价值并不以群众喜爱的多数来衡量,而应该以其自身的艺术价值来衡量,或者说,在文艺上,不能以数量多者压制数量少的。同样,在文艺批评方面,也不能以简单地以数量作为评判作家作品的标准。

周作人也区别了"文艺上的宽容"与忍受粗俗低级作品。在他看来,宽容不是忍受,"不滥用权威去阻遏他人的自由发展是宽容,任凭权威来阻遏自己的自由发展而不是反抗是忍受",所以,文艺应当是"宽容",而不应当"忍受",应当以宽容的批评态度和方法去批评文艺作品,而不是以忍受的心理容纳他人强加在身上的"权威"。他指出:"我知道人类之不齐,思想之不能与不可统一,这是我所以主张宽容的理由。"[③]这既是文艺批评的标准问题,也是方法问题。对此,周作人进行了必要的区别:

> 当自己求自己发展时对于迫压的势力,不应取忍受的态度;当自己成了已成势力之后,对于他人的自由发展,不可不取宽容的态度,聪明的批评家自己不妨属于已成势力的一分子,但同时应有对于新兴潮

---

① 周作人:《文艺上的宽容》,《自己的园地》,石家庄:河北教育出版社 2002 年版, 第 8—10 页。

② 周作人:《文艺的统一》,《自己的园地》,石家庄:河北教育出版社 2002 年版,第 26 页。

③ 周作人:《谈虎集·后记》,《谈虎集》,石家庄:河北教育出版社 2002 年版,第 393 页。

流的理解与承认。他的批评是印象的鉴赏，不是法理的判决，是诗人的而非学者的批评。文学固然可以成为科学的研究，但只是以往事实的综合与分析，不能作为未来的无限发展的轨范。

周作人：《文艺上的宽容》

在周作人的观念中，“文艺上的宽容”是没有什么标准的，不能以所谓普遍的情思和已成势力的文学理论，或者某种文艺现象来统一文艺，而是遵循文艺发展的规律让其自由发展。唯其人的生命价值才是文艺的最高标准。因此，周作人提出“人的文学”，以其作为“五四”新文学发展的基本精神。那么，要做到宽容与理解，最重要的是要确立“人的文学”的基本理论框架和文学精神，只有认识到人的存在和价值，才能够“自由地发表那从土里滋长出来的个性”①。

从宽容的批评原则出发，周作人在其批评实践中除却以“人的文学”作为新文学的基本原则外，并没有一定的准则去要求每一部不同的作品，相反，他反对那些以固定的划一的标准判断作品高低的批评。在《国粹与欧化》一文中，周作人针对《学衡》派的论点，提出了模仿与影响、国粹与欧化的问题。梅光迪认为模仿古人与西人都是奴隶，但如果模仿能得其精髓，也是可取的。而周作人则指出，“模仿都是奴隶，但影响却是可以的”。从这一立论出发，周作人又指出，“国粹只是趣味的遗传，无所用其模仿，欧化是一种外缘，可以尽量的容受他的影响，当然不以模仿了事”。在这里，周作人立论的出发点是宽容，是文学对个性的尊重与解放。他说：

我们主张尊重各人的个性，对于个性的综合的国民性自然一样尊重，而且很希望其在文艺上能够发展起来，造成有生命的国民文学。但是我们的尊重与希望无论怎样的深厚，也只能以听其自然长发为止，用不着多事的帮助，正如一颗小小的稻或麦的能力，所需要的只是自然的护养，倘加以宋人的揠苗助长便反不免要使他“则苗槁矣”了。我相信凡是受过教育的中国人，以不模仿什么人为唯一的条件，听凭他自发的用任何种的文字，写任何种的思想，他的结果仍是一篇“中国

① 周作人：《地方与文艺》，《谈龙集》，石家庄：河北教育出版社2002年版，第11页。

的"文艺作品,有他的特殊的个性与共通的国民性相并存在,虽然这上边可以有许多外来的影响。

"造成有生命的国民文学","用任何种的文字,写任何种的思想",这就是文艺上的宽容,就是对文学的最大理解。

从宽容与理解出发,周作人在文学批评实践中,主要给予作家以理解和支持,不仅对"五四"以来一些优秀的文学作品进行评论,给予肯定,而且尤其对一些青年作家,往往以理解的态度进行支持,以极大地热情和独特的批评文体关注着新文学创作,以宽容之心容纳了那些富有个性和创造性的作品。一些作家也正是因为他的批评而在文坛上站稳脚跟,得到发展,甚至成为中国现代文学史上的著名作家。郁达夫、汪静之、废名等,都是由于周作人的批评而有所成就的。

郁达夫的《沉沦》、《茫茫夜》等作品问世以后,不能得到社会的认可,被有的人诬为"诲淫"的作品,一些新文学作家也认为《沉沦》是"不道德的文学"。郁达夫就曾在《〈茫茫夜〉发表以后》一文中,就概述了两种批评他的声音:"一种是以艺术上的缺点来忠告我的,一种是以道德上的堕落来责备我的。"批评郁达夫在中国的"文艺还没有发生"的时候,"若个个都象你一样专门来描写不伦的性欲,则非但未熟的青年要受你的大害,我更怕反对新文艺的人,且将传作话柄"①。在这样的情况下,周作人站出来第一个为其辩护,发表了《沉沦》等批评文章,肯定了《沉沦》的思想价值和艺术价值。对于《沉沦》的艺术上的问题,周作人并不过多进行评论,他主要紧紧抓住郁达夫创作中人们更多关心的道德问题,把握这个事关重大的影响到郁达夫创作生命的问题,也是涉及中国新文学的基本评价问题。对此,周作人从解释什么是不道德的文学出发,对《沉沦》进行了一次艺术上的确认。周作人从中外文学的创作现象中,总结出了三种"不道德的文学":"第一种的不道德的文学实在是反因袭思想的文学,也就可以说是新道德的文学","第二种不道德的文学应该称作不端方的文学","第三种的不道德的文学

① 郁达夫:《〈茫茫夜〉发表以后》,《郁达夫文集》,第5卷,广州:花城出版社1982年版,第124页。

才是真正的不道德的文学,因为这是破坏人间的和平,为罪恶作辩护的,如赞扬强暴诱拐的行为,或性的人身卖买者皆是”。由此,周作人确定《沉沦》“是一件艺术的作品”,属于非意识的“不端方的文学,虽然有猥亵的分子而并无不道德的性质”。进而分析作品的思想及其艺术特性,比较准确地指出作品“所描写的是青年的现代的苦闷”,根据周作人的分析,《沉沦》所表现出的苦闷,“生的意志与现实之冲突,是这一切苦闷的基本;人不满足于现实,而复不肯遁于空虚,仍就这坚冷的现实之中,寻求其不可得的快乐与幸福”。周作人从文学艺术的审美角度,指出了作品的艺术价值就“在于非意识地展览自己,艺术地写出升华的色情”。这种建立在分析鉴赏基础上的批评,既体现出批评家对待作品宽容的批评态度,又简要地指出了批评对象的本质特征。

汪静之是中国新诗史上一位优秀的诗人,湖畔诗社的代表诗人,被朱自清称为“专心致志做情诗”①的诗人。汪静之的代表作《蕙的风》于 1922 年 8 月出版,朱自清、胡适等名家为之作序。胡适在《序》中从新文学史的角度对汪静之的诗给予了较高的评价:“我读静之的诗,常常有一个感想:我觉得他的诗在解放一方面,比我们做过旧诗的人更彻底得多。当我们在五六年前提倡做新诗时,我们的‘新诗’实在还不曾到‘解放’两个字,远不能比元人的小曲长套,近不能比金冬心的‘自度曲’。……他的诗有时未免有些稚气,然而稚气究竟胜于暮气;他的诗有时未免太露,然而太露究竟远胜于晦涩。况且稚气总是充满着一种新鲜风味,往往有我们自命‘老气’的人万万想不到的新鲜风味。”而作者的“自序”也许更能表达出诗作的主旨:“花儿一番一番地开,喜欢开就开了,哪顾得人们有没有鼻子去嗅?鸟儿一曲一曲地唱,喜欢唱就唱了,哪顾得人们有没有耳朵去听?彩霞一阵阵地布,喜欢布就布了,哪顾得人们有没有眼睛去看?婴儿‘咿嘻咿嘻’地笑,‘咕嗫咕嗫’地哭;我也象这般随意地放情地歌着,这只是一种浪动罢了。我极真诚地把‘自我’溶化在我底诗里”。《蕙的风》在思想情感上的特点,

① 朱自清:《中国新文学大系·诗集导言》,《中国新文学大系·诗集》,上海:良友图书印刷公司 1935 年版,第 4 页。

并不是特别大胆和放纵,而是有所收敛,有所象征。但就是如此,还引起“道德家”们的指责。东南大学学生胡梦华就曾撰文讨伐这部诗集,为此引起文坛上的争论,成为“五四”文学批评的一个引人注目的事件。周作人写了《情诗》和《什么是不道德的文学》等批评文章,从宽容的文学批评原则出发,对《蕙的风》给予了充分的肯定。在《情诗》中,他从定义“情诗”的含义出发,对《蕙的风》的价值进行了定评:“所谓情,当然是指两性间的恋慕。……我的意思以为只应‘发乎情,止乎情’,就是以恋爱之自然的范围为范围;在这个范围以内我承认一切的情诗。”也就说,周作人所认同的“情诗”是那种表达人类美好恋情的诗歌,是表现人的正当的感情的诗歌。对此,周作人进一步解释说:“我们对于情诗,当先看其性质如何,再论其艺术如何。情诗可以艳冶,但不可不于轻薄,可以亲密,但不可流于狎亵;质言之,可以一切,只要不及于乱。”在这里,周作人为批评“情诗”确立了一个基本的价值观念和标准,这个价值观念是以“宽容”的理解为标准的,这个“宽容”并不是无原则的,而是建立在对人的理解与尊重的基础上的,也就是人性的标准。由此观点,周作人提出了“艳冶”与“轻薄”、“亲密”与“狎亵”两组不同的情诗,“私情不能算乱,而蓄妾是乱;私情的俗歌是情诗,而咏‘金莲’的词曲是淫诗”。如《蕙的风》这样放情地唱的歌,应该是健康的情诗,“仿佛是散在太空里的宇宙之爱的霞彩”,是“诗坛解放的一种呼声”。从而肯定了《蕙的风》在艺术上和思想上的价值,为青年汪静之立足于文坛打下了良好的基础。

在《什么是不道德的文学》中,他又针对胡梦华的文章进行了辩驳,为《蕙的风》争得一席位置。从性爱与审美的关系上批驳了胡梦华文章的荒谬:“我不明白为什么性爱是如此丑恶,至于不能说起,至于会增加罪恶?我想论者如不是自残肢体的禁欲主义者,便没有是认我这个疑问的资格。”而且,周作人指出,文学批评是不能“凭了道德或法律的神圣的名去干涉艺术”的。这正体现了他在《文艺上的异物》一文中所阐述的道理:“各人在艺术上不妨各有他的一种主张,但是,同时不可不有宽阔的心胸与理解的精神去鉴赏一切作品。”批评家也正是这种有着宽阔的心胸与理解的人物。

宽容并不是无原则的纵容。周作人积极支持那些有前途的青年作家,也对那些没有品味没有格调的恶俗的作品进行揭露抨击。在《论“黑幕”》、《再论“黑幕”》、《恶趣味的毒害》等文章中，周作人针对流行于文坛的黑幕大观，站在新文学的立场上予以批判。他首先称民国时期泛滥于社会上的流行读物，如“《玉梨魂》派的艳情小说，《技击余闻》派的笔记小说”等“艳情的掌故”，是“笔记体的淫书”。他认为这类淫书是下流的，表现出“一种堕落的国民性”[①]。这类书“在新文学上并无位置，无可改良，也不必改良”，“黑幕是一种中国国民精神的出产物，很足为研究中国国民性社会情状变态心理者的资料；至于文学上的价值，却是‘不值一文钱。’”[②]可见，周作人对他所认为的“非人的文学”，采取了一种不宽容的批评态度，其态度之坚决，在周作人那里是少见的。

周作人在文学批评上的宽容与理解，不仅表现在对青年作家的支持方面，还表现在对文学生态的建构上。在周作人那里，他非常期望能有一种宽松的、和谐的、平静的创作环境，如同在“自己的园地”里劳作一样，无所顾虑，任意发展。只要这劳作出来的产品符合人的生命的要求，符合社会的规范。在《〈语丝〉发刊辞》中，周作人说出了他所期望的一种文化生态：

> 我们几个人发起这个周刊，并没有什么野心和奢望。我们只觉得在中国的生活太是枯燥，思想界太是沉闷，感到一种不愉快，想说几句话，所以创刊这张小报，作自由发表的地方。我们并不期望这于中国的生活或思想上会有什么影响，不过姑且发表自己所要说的话，聊以消遣罢了。
>
> 我们并没有什么主义要宣传，对于政治经济问题也没有什么兴趣，我们所想做的只是想冲破一点中国的生活和思想界的昏浊停滞的空气。我们个人的思想尽自不同，但对于一切专制与卑劣之反抗则没有差异。我们这个周刊的主张是提倡自由思想，独立判断，和美的生活。我们的力量弱小，或者不能有什么着实的表现，但我们总是向着这一方面努力。

---

① 周作人：《论“黑幕”》，《周作人批评文集》，珠海出版社 1999 年版，第 139 页。

② 周作人：《再论“黑幕”》，《周作人批评文集》，珠海出版社 1999 年版，第 141、147 页。

"说自己想说的话",这是一种创作上的境界,也是文化生态的建设的重要内容。"说自己想说的话"既是说自己想的说的,也是允许他人说自己想说的;既是自己要说,想说,也是说有思想内涵的、美的,符合文化生态要求的。这就是他在《文艺批评杂话》中所说的:"我们在要批评文艺作品的时候,一方面想定要诚实的表白自己的印象,要努力于自己表现,一方面更要明白自己的意见只是偶然的趣味的集合,决没有什么能够压服人的权威"。这就是真正的"说自己想说的话"。

三、批评概念与文学批评体系建构

周作人的批评思想并不是成体系性的,他的几篇论述文学批评的文章也无意建构一个严密的理论框架。但是,周作人在创建批评概念上的贡献,在中国文学批评中确是少有人能比及的。"五四"以来的文学批评,人们注重论争,注重引进外国文学批评理论,却相对忽视了自身的理论建设。1918 年,周作人的《人的文学》参与新文学运动,表现出独特的文学价值观念和理论思考的深度,并由此开始文学批评概念的一系列创建工作。批评概念的建立对于文学批评具有重要的意义,它不仅丰富了文学批评的语言,而且为文学批评提供了新的思维空间。王国维的一个"境界说"使中国文学批评发生了巨大的变化,而周作人则为现代文学批评创造了一系列日后不可或缺,并成为批评家常常运用和支持文学批评发展的重要概念。周作人虽然不是那种专心于创造自己的理论体系的批评家,但由于他的广泛的知识性与博大精深的艺术修养,使他在有意无意中创造了专业型的批评术语,从根本上充实了"五四"时期文学的批评理论。周作人的文学创作以及批评中若干术语,可以看作是具有美学意义的批评概念,如"自己的园地"、"文艺上的宽容"、"情诗"等,这些概念虽然不是文艺批评术语,但它们却与周作人的批评实践一起构成基本的理论框架。

(一)批评概念与批评的理性特征

对于初创时期的"五四"文学批评,建立规范化的具有学术特质的批评术语,是现代文学批评走向健康发展之路的基本条件。“五四”文学初期,一些批评家的批评活动大多运用一种非专业性的术语和随意性的概念进行批评活动,即如胡适的《文学改良刍议》、陈独秀的《文学革命论》、刘半农的《我之文学改良观》、傅斯年的《文学革新申议》、钱玄同的《尝试集序》等文章,也很难从中读到规范化的批评语言,更少见那种专业性的术语。文学批评与现代文学的发展进程极不相称,是缺少现代文学理论的建构,缺少对文学批评的自觉认同与理论梳理。周作人的出现在一定程度上扭转了新文学发展的这一倾向,而向着一种自觉的批评方向发展,后经成仿吾、沈雁冰等批评家的努力得以真正地走向了批评的理论化之路。与周作人对现代文学批评术语的创建联系在一起的,是他对新文学运动、现代散文理论和现代文体理论的贡献。

(二)“人的文学”与中国文学的价值评判

“人的文学”是周作人对中国现代文学批评的一个巨大贡献。1918 年 12 月,周作人在《新青年》第 5 卷第 6 号上发表《人的文学》,开宗明义,指出“我们现在应该提倡的新文学,简单的说一句,是‘人的文学’。应该排斥的,便是反对的非人的文学。”在新文学已经有了两年发展历程的时候,周作人在胡适、陈独秀等人提倡的“文学革命”理论的基础上,提出“人的文学”,既是对“文学革命”批评理论的发展,也是周作人对中国文学思考的一个结果。“人的文学”的文学史意义在于,它超越了一切现实性、功利性的文学观念,而将文学与“人”联系起来,从根本上摆脱了梁启超以来的文学社会化的功利现象,也超越了“五四”新文学思想启蒙的现实层面,而将文学对“人”的关注提高到新的审美范畴。它不仅使“五四”文学革命进一步明确了发展方向,从语言上的改革发展到具体的人的文学,而且为文学批评和理论建设起规范化的可以在文学批评实践中使用的概念。“文学革命”以来,人们往往以“新文学”、“旧文学”这些含义笼统模糊的概念,进行文学讨论和批评,既容易造成歧义,又不能真正地说明问题,从中反映了现代文学初创时期人们的机械、笼统的心理。周作人在《人的文学》中说:“新旧这名称,本来很不安当,其实‘太阳底下何尝有新的东西?’思想道理,只有是非,并无新旧。要说是新,也单是新发见的新,不是新发明的新。”这说明周作人不是在一般意义上使用这个概念，而是说在文学批评的角度上，从文学发展的历史意义上赋予了“人的文学”的批评的学理意义。

在《人的文学》中，周作人从什么是“人”的阐释出发，论述了“人的文学”的内涵与外延，从学理上阐释了这一概念的基本特点。其实，什么是“人的文学”并不是特别重要的问题，而明晓“什么是人”是周作人重点要强调和阐述的问题。人的问题不解决，不能真正理解人的含义，也就不能创造出真正的“人的文学”。人的文学作为人的思想情感的美的表现，是常识性，基本的，常有强烈的知识启蒙特征。但周作人所强调指出的“人”的发现，却具有重要的文学史价值。所以周作人说：“我们要说人的文学，须得先将这个人字，略加说明。”认识与发现“人”，“人的文学”才能落到实处。

周作人所定义的“人”是具有启蒙意义的，也是一个被人忽略的常识性的话题：“我们所说的人，不是世间所谓‘天地之性最贵’，或‘圆颅方趾’的人。乃是说，‘从动物进化的人类’。其中有两个要点，(一)‘从动物’进化的，(二)从动物‘进化’的。”这个阐释虽然简单明了，却是非常明确而又具深刻的文化意义和哲学意义的。这里强调了人的动物属性和文明特征，人的动物属性是人之为人的基本的特征，因而，人的野蛮性、本能等都是人的最基本的特征；但是，人又不再是简单的动物，人是进化的，是有语言有思想有精神的，人是区别于一般的动物的文明进化的。在此基础上所确立的“人的文学”，是建立在对“人”的深刻理解和民族性格的理想建构基础上的。周作人指出，所谓的“从动物进化的”，“便是人的灵肉二重的生活”，“兽性与神性，合起来便只是人性”。在周作人看来，“我们所信的人类正当生活，便是这灵肉一致的生活。所谓从动物进化的人，也便是指这灵肉一致的人”。这只是周作人所讲的“人”的第一层意思，是对“人”的总体概括。“人”作为活生生的人，社会生活中的人，还有其物质的现实层面的意思，这就是周作人所说的“理想生活”：“关于物质的生活，应该各尽人力所及，取人事所需”，“关于道德的生活，应该以爱智信勇四事为基本道德，革除一切人道以下或人力以上的因袭的礼法，使人人能享自由真实的幸福生活。”对此，周作人用了一个概念，称这种人的理想生活是“一种个人主义的人间本位主义”。因此，正面地表现“理想生活，或人间上达的可能性”，或者是侧面地表现"平常生活，或非人的生活。都很可以供研究之用"，都可以视为"人的文学"。相反，"妨碍人性的生长，破坏人类的平和的东西"的作品，则是"非人的文学"。从周作人的批评实践来看，他对古代《肉蒲团》、《九尾龟》、《绿野仙踪》等作品，认定为"非人的文学"。而将《沉沦》、《蕙的风》等现代作品视为"人的文学"，其意义不仅仅在于对这些作品评价，也不仅仅在于为初创时期的现代文学厘定了一个批评范本，而且更在于通过对"人的文学"的概念认定，为中国现代文学，现代文学批评贡献了富有价值意义的评论标准，获得了一个可以说明中国现代文学的基本概念。

与"人的文学"联系在一起，被纳入文学思潮范畴的其他概念，如"平民的文学"、"贵族的文学"、"情诗"等，可以从不同的方面、不同的角度对"人的文学"进行补充和说明、丰富了"人的文学"的内涵。

考察"五四"新文学运动，可以发现这样一条线索，新文学经由胡适、陈独秀等人的倡导，到鲁迅的创作实践和文学研究会、创作社对新文学的发展，是沿着一条激进主义的道路行进的，而周作人正好起到了一个中枢作用，这个作用不仅在于他提出了重要的理论主张，更重要的是周作人以自己独特的方式为激进主义思潮进行了必要的清理，为新文学的发展进行了必要的修正，同时，他的理论倡导，也将新文学的发展由空泛的口号呐喊，导向了理论与创作实践的同步进行，使新文学具有了充实的内容，有了坚实的理论基础和必要的方向感。从这个意义上说，"人的文学"、"平民文学"就不仅是提出了一个文学主张，而且是奠基了新文学赖以存在的理论基石，新文学也由此获得了它的最初的理论概念。"人的文学"和"平民文学"的主张明显带有"五四"文学的思想启蒙特征，将文学与社会文化融为一体，在文学的创造中达到思想启蒙的目的。他在《人的文学》中所说的"平民文学应以普通的文体，写普通的思想与事实"，都具有鲜明的"五四"特征，尽管以后周作人对这些概念又进行了修改，但都表现出他对新文学的基本认识与理解，围绕这些概念所做的其他文学，从不同角度丰富了"人的文学"和"平民文学"，如《新文学的要求》、《贵族的与平民的》、《文艺与道德》、《死文学与活文学》等。

（三）美文与现代散文文体批评

周作人对中国现代文学批评概念建立的另一个贡献，就是文体理论的一系列概念，主要有美文、小诗等。

美文是周作人为现代文体理论贡献的一个重要的概念。

中国古代文论中的“散文”是一个相当宽泛的概念，“通常是指与韵文、骈文相对应的散行文体，是一个非常广泛的概念”①，他虽然包含文学文体的内容，但并不是一个文学概念。“五四”以来，一些作家、批评家开始寻找一个与小说、诗歌相一致的文学概念，来概括那些文学类的散文。1917 年，刘半农在《新青年》上发表《我之文学改良观》，提出了“文学的散文”和“文字的散文”，但是，这个概念仍然是模糊地、笼统的，刘半农只是给定了一个讨论的范围，而不是对散文概念的讨论和定义。随后，傅斯年在《怎样做白话文?》中，将无韵文里的“杂体”文或“英文的 essay 一流”作为讨论对象。傅斯年眼中散文是与小说、诗歌、戏剧并列的一个“大散文”概念，包括“解论(exposition)辩论(Argumentation)记叙(Narration)形状(Description)四种”。不过，傅斯年的定义仍嫌模糊，没有说明散文的范围和特征，既包括文学的散文、也包括文学之外的散文。可以说，由于认识的差异，概念使用上的不一致，导致“散文”的内涵与外延都相距甚远，形成了不统一、分歧大的现象。与周作人大体同时期的王统照、胡梦华、朱自清等人，也曾对散文文体的命名等做过论述。王统照在《纯散文》和《散文的分类》中，将文学性的散文称之为“纯散文”，而胡梦华则将其命名为“絮语散文”，梁遇春则称之为“小品文”。在现代文体理论中及散文批评中，散文、美文、絮语散文、纯散文、随笔、杂文、小品文等概念，往往混杂在一起，无法形成散文批评中的概念一致性。

周作人是一位酷爱散文的作家、批评家，他对晚明散文以及英国、日本的随笔都极为欣赏并受其一定的影响。1908 年，周作人发表于《河南》杂志的《论文章之意义暨其使命因及中国近时论文之失》中，曾对“文章”这一文体做过论述，他在这里使用的“文章”既是一般意义上的文章，也包括文学意义上的“散文”。他指出文学应具有四个方面的特点：“其一，文章云者，

① 俞元桂主编:《中国现代散文理论·前言》，桂林：广西人民出版社 1983 年版，第 2 页。

必形之楮墨者也。”“其二,文章者必非学术者也。”“其三,文章者,人生思想之形现也。”其四,文章中有不可缺者三状,具神思(ideal)、能感兴(impassioned)、有美致(artistic)也。”由此可见,周作人所说的文章也包含文学的散文。“五四”时期,周作人在批评实践中,主要使用“美文”、“散文”等概念,如在《中国新文学大系、散文一集导言》、《中国新文学源流》、《近代散文抄、序》等一系列批评文字中,都是使用“散文”。但是周作人是在文学意义上使用散文这一概念的,能涉及的也主要是“文学的散文”。从这个意义上说,周作人使用“美文”这个概念,既非心血来潮,也非标新立异,而是在使用“散文”这个概念的一种内涵限定。或者说,周作人并不是把“美文”作为一个独立的概念来使用的,而是作为“散文”的补充和说明的概念来使用的。《美文》不仅倡导“美文”以开现代散文之风气,而且为现代散文从理论上进行了必要的界定,真正把文学散文独立出来,使散文得到了文体上的确认。从周作人对“美文”定义来看,他区别了中国传统的散文概念,将那种叙事与抒情的散文从“大散文”中独立出来,而专指“记述的,是艺术性的”。值得注意的是,周作人对这种“记述的,是艺术性的”作品又进行了文体分类:“这里边又可以分出叙事与抒情,但也很多两者夹杂的”。这个定义尽管还有些模糊,却相当简明地表述了“美文”的范围、文类及其性质。在批评实践中,周作人主要使用“散文”,而较少使用那些容易引起歧义的概念,或者说他用文学的“散文”,包括了几乎所有的同类概念,从而避免了不必要的解释等混乱现象。

当然,周作人在后来的文学批评中,并不特别强调美文的批评实践性,而更多的使用散文这个概念。也可以说,周作人使用“美文”这个概念是在“五四”时期文体意识和文体类型都十分模糊的情况下,特别强调散文的文学性、审美性,当散文这个概念随着文学的发展而得到承认并确立了文体含义时,周作人就不再使用“美文”,而以散文作为一种文体的规范性称谓。

如果从周作人的批评实践来看,他所认同的散文文体,其实也就是他所论述过的“美文”,他认为“中国新散文的源流我看是公安派与英国小品文两者所合成”。周作人对明代性灵小品有极端性的爱好,同时也对英国随笔有特别喜爱,这也可以看作是他对散文的一种定义和认可。周作人所认可的这种散文可以在他所评论的俞平伯的《燕知草》看到一二。《燕知草》是俞平伯创作生涯中的一部标志性散文作品，被周作人称之为“最有文学意味的一种”[①]。所谓“最有文学意味”也就是指的文学性较强的散文作品。对于这种散文作品，周作人曾表示过他与日本学者厨川白村相一致的观点。由鲁迅翻译介绍的厨川白村的《出了象牙之塔》，论述到 Essay 这一文体，其中常常被人们引用的这段文字最得周作人的欣赏：“如果是冬天便坐在暖炉旁边的安乐椅子上，倘在夏天则披浴衣，啜苦茗，随随便便，和好友任心闲话，将这些话照样移在纸上的东西，就是 Essay。兴之所至，也说些不至于头痛为度的道理罢。”[②]这里所描述的境界，在周作人的《雨天的书》中也有类似的描述：“今年冬天特别的多雨，因为是冬天了，究竟不好意思倾盆的下，只是蜘蛛丝似的一缕缕的洒下来。雨虽然细得望去都看不见，天色却十分气闷。在这样的时候，常引起一种空想，觉得如在江村小屋里，靠玻璃窗，烘着白炭火钵，喝清茶，同友人谈闲话，那是颇愉快的事。”[③]在《自己的园地》的自序中也说：“我平常喜欢寻求友人谈话，现在也就寻求想象的友人，请他们听我的无聊赖的闲谈。”周作人写作散文喜欢虚拟一个“友人”，以闲谈的方式表达思想感情，叙述故事，其散文批评也表现出这种自由闲谈的特征。

（四）趣味：文体风格及其美学追求

周作人在《笠翁与随园》一文中，曾经谈到过他对于趣味的观点：

> 我很看重趣味，以为这是美也是善，而没趣味乃是一件大坏事。这所谓趣味里包含着好些东西，如雅，拙，朴，涩，重厚，清明，通达，中庸，有别择等，反是者都是没趣味。没趣味并不就是无趣味，除非这人真是救死唯恐不赡，平常没有人对于生活不取有一种特殊的态度，或淡泊若不经意，犹如人各异面，只要保存其本来面目，不问其妍媸如何，总都自有其生气也。

① 周作人《〈燕知草〉跋》，《周作人批评文集》，珠海出版社 1998 年版，第 239 页。

② ［日本］厨川白村：《出了象牙之塔》，北京：人民文学出版社 2007 年版，第 6 页。

③ 周作人：《〈雨天的书〉自序》，《雨天的书》，北京：北京出版集团公司、北京十月文艺出版社 2011 年版，第 1 页。

趣味包括风趣或者幽默但是不等于风趣或者幽默,而主要是指文章的一种境界。周作人评论俞平伯的《燕知草》时说:“有人称他为‘絮语’过的那种散文上,我想必须有涩味与简单味,这才耐读,所以他的文词还得变化一点。以口语为基本,再加上欧化语,古文,方言等分子,杂揉调和,适宜地吝啬地安排起来,有知识与趣味的两重的统制,才可以造出有雅致的俗语文来。我说雅,这只是说自然、大方的风度,并不要禁忌什么字句,或者装出乡绅的架子。平伯的文章便多有这些雅致,这又就是他近于明朝人的地方。”①

从周作人的论述看,趣味是一个丰富的概念,是散文创作中呈现出来的艺术境界。但在批评实践中,又有具体的所指,他所说的趣味应包括文学作品的苦涩雅致和风趣谐味两个方面的内容。

所谓苦涩雅致主要是指散文创作中蕴含着的一种人生态度,以及由这种态度所传达出来的散文风格。因此,苦涩雅致既是一种文化心态的呈现,也是一种散文风格。周作人谈自己的散文时说:“拙文貌似闲适,往往误人,唯一二旧友知其苦味……”②我们可以设想周作人品评鉴赏文学作品的特点,如同用清沏的泉水泡一壶绿茶,握一卷书在手中,一边品茶,一边品书。茶,带有淡淡的苦涩味,茶香是内在的,本质的;书,带着淡淡的墨香,需要慢慢品读,细细赏析的。喝茶,品出的是一种人生的味道,读书,得到的是一种人生的感受。在周作人这里,品茶,读书,都是一种人生的体验,对人生感受的那种苦涩味,在创作中,在批评中,都已经内化为他的一种态度,一种尺度。

所谓风趣谐味是周作人对散文审美特征的一种艺术追求,散文不能一味沉重,沉重过分就可能成为沉闷枯燥,而需要讲究散文的境界,能够融理、情、趣于一体。1921 年,周作人翻译波兰小说家显克微支的小说《酋长》时,曾对小说进行过评价,由此可以看到他对文学的审美要求:“事多惨苦,然文章极诙诡,能用轻妙诙谐的笔,写他出来,所谓笑中有泪,正和果戈理

① 周作人:《〈燕知草〉跋》,《周作人批评文集》,珠海出版社 1998 年版,第 239 页。

② 周作人:《〈药味集〉序》,《理性与人道》,上海:上海远东出版社 1994 年版,第 439 页。

一般。”[①]能够用诙谐的笔写出人间的“惨苦”，这需要一种心情，一种深刻的人文关怀，也需要一种对文学的审美理解。所谓幽默、讽刺，也只是这种审美理解的呈现方式。他在介绍日本的讽刺诗时，认为川柳的诗具有极高的讽刺诗的价值，“川柳也由游戏文章变为讽刺诗，或者也可以称为风俗诗”，“好的川柳，其妙处全在确实地抓住情景的要点，毫不客气而又很有含量的投掷出去，使读者感到一种小的针刺，又正如吃到一点芥末，辣得眼泪出来，却刹时过去了，并不像青椒那样的粘缠”[②]。周作人对日本文化的倾慕，从而影响了他的特殊的审美心理以及文学批评的价值标准。

① 周作人：《〈酋长〉后记》，《新青年》，1918 年 10 月 15 日，第 5 卷第 4 号。

② 周作人：《日本的讽刺诗》，《周作人批评文集》，珠海出版社 1998 年版，第 292 页。

第七章　文学批评的社会化倾向

一、对社会化文学批评的重新认识

中国现代文学批评史以及鲁迅研究中,鲁迅的文学批评被人们有意无意地淡化了,这并不是说没有给予鲁迅的文学批评以足够的研究,也并不仅是说为数不多的鲁迅文艺批评的研究论著与其他鲁迅研究论著相比不成比例,而主要在于这种研究并未真正阐释鲁迅文学批评的特点与内涵,没有从根本上真正认识鲁迅的批评以及鲁迅批评与中国现代文学批评发展的内在关系,没有将鲁迅的批评置于一种特定的文化背景下进行科学的分析研究。

(一)"大师的批评"

法国人阿尔贝·蒂博代在本世纪初写下了一部著名的有关批评的著作:《批评生理学》(中文本译为《六说文学批评》),这个只有19世纪的人才能理解的书名,实际上向人们提出了一个新的文学批评的概念:"在文学史上,生理学又指流行于十九世纪初的那种以客观的方式描述某种人类现实的著作。"①

从这种理解出发,蒂博代为文学批评下的定义是:"一群程度不同以专

① 郭宏安:《读〈批评生理学〉》,《六说文学批评》,北京:三联书店1989年版,第21页。

业谈书为职业的作家，他们在谈论别人的著作的同时，自己也发表作品……”[①]他又明确指出：“批评行业的诞生是因为诞生了十九世纪之前不曾存在的另外两个行业，即教授行业和记者行业。”他据此将文学批评分为三种类型：以报刊文学记者为主体的“自主的批评”、以大学教授为主的“职业批评”和以公认的作家为主的“大师的批评”。蒂博代的这种分类是很有意思而且也是很有价值的。据此，我们可以将鲁迅的批评视为“大师的批评”。

郭宏安在解释“大师的批评”时说，大师的批评是一种寻美的批评，“在这些大师的眼中，批评首先是一种理解和同情的行为，批评者首先是一个读者，他要努力使自己站在作者的立场上，‘根据支配作品的精神来阅读’作品。”[②]在中国，作家具有强烈的社会使命意识，他们的作品首先是具有鲜明的社会色彩的，而现代文学的产生，与其说是文学自身的变革，不如说是社会对文学的要求，作家在这种变革中，以自身的特点参与到社会的进程之中，他们的创作是社会化的，具有强烈的参与意识，而他们的批评“在根据支配作品的精神”来阅读的过程中，也打上了深深的社会的思想文化烙印。从这样的角度看鲁迅的批评，鲁迅首先是一位参与整个现代中国社会变革过程的知识分子，是一位立志于改造国民灵魂的作家，他不仅是蒂博代所希望的“寻美的”而且也是创造美的作家和批评家，但这也恰恰是中国作家批评的特点。将鲁迅的批评定位于”大师的批评”即作家的批评，是为了更明确地区别鲁迅与那些“文学的”批评家。

可以比较作为作家的鲁迅批评与作为学者教授的梁实秋文艺批评的不同特点。20年代末鲁迅与梁实秋之间的那场文艺论争，不仅是他们对“革命文学”以及阶级论、人性论的不同理解而造成的，更有他们不同的文学思想、批评思想的矛盾。同样是面对文体，梁实秋承认诗、戏剧、散文，而否认“五四”以来盛行的小说。鲁迅则不仅承认小说在文坛的正宗地位，而且创造和发展了杂感文体。梁实秋受到过西方自由主义思想的影响，在美

---

① 郭宏安：《读〈批评生理学〉》，《六说文学批评》，北京：三联书店1989年版，第21页。

② 同上，第25页。

国哥伦比亚大学专门学习文学理论与批评，受到过严格的专业训练。因此，梁实秋建立起了一套严密的批评体系，在追求白璧德的新古典主义批评精神的同时，也要求文学批评要有严格的固定的标准。他坚持批评的本意，努力于文学批评理论体系的构造。鲁迅对梁实秋的批评在很大程度上是对他的批评思想、方法的批评，是对梁实秋自由主义文艺思想的批评。在鲁迅这里，显然没有梁实秋那种专业化的文学训练，也没有固定于某一文学理论的批评思想与方法。但这并不是说鲁迅没有自己的文学思想和批评思想，而只是说鲁迅的文学思想和批评思想与“正统的”文学理论相去甚远，作为“大师的批评”，他是在自己的阅读经验和世界性的广泛接受中，建立起自己的理论体系和批评体系的。鲁迅不同于茅盾、周扬、冯雪峰、胡风、李长之等那样的批评家，他们在以批评作为自己的文学职业时，虽然没有梁实秋的严格的专业训练，但他们却在执著于文学的过程中，建立了另一套批评思想与方法，而茅盾是从一位职业批评家走上创作的道路的。只有鲁迅，是以作家的身份参与文艺批评，并以作家的方式和眼光进行文艺批评活动的。

当然，这里还需要看到鲁迅文艺批评与现代文学批评产生与发展的内在联系。

（二）诞生于思想文化评论的鲁迅文艺批评

鲁迅本质上是一位伟大的本色批评家，一位社会和思想文化评论家、文学艺术评论家，他的文学艺术评论本质上就是思想文化评论，他的思想文化评论也往往就是文学艺术评论。如果仅仅将鲁迅作为文艺理论家、评论家，也就无法理解鲁迅作为现代思想文化巨人的价值。在这里，首先需要理解中国现代文学批评的产生与发展的历史特点，在这种历史发展中看取鲁迅的批评。也只有在这个意义上，才能理解玛利安·高利克所说的：“鲁迅：中国现代文学批评史上的元勋。”①

由于中国古代文学批评主要是诗文评、评点、诗话等文体，缺少文学批

---

① 玛利安·高利克：《中国现代文学批评发生史（1917—1930）》，陈圣生等译，北京：社会科学文献出版社 1997 年版，第 226 页。

评的传统,因此,中国现代文学批评的形成,主要是建立在西方哲学社会科学的基础上。近世以来,中国在开眼向西方的过程中,在吸取哲学社会科学的基础上,在强烈的社会使命意识的主导下,建立起一套文化思想评论的系统,这套系统在近代报刊出现后得到了具体的实现。资产阶级维新变法时期,康有为、梁启超等资产阶级改良派的领袖人物创办了《中外纪闻》、《强学报》、《时务报》、《国闻报》、《无锡白话报》等重要的近代报刊,这些报刊从一开始就极力主张译介西方学说,《强学报》在《上海强学会章程》中表明了报纸的基本宗旨:"专录中国时务,兼译外洋新闻,凡于学术治术有关切要者,巨细毕登。"《时务报》创刊后,专门开辟了"论说"等专栏。这一时期,梁启超所创立的"时务文体",为现代文学批评的建立打下了深厚的基础。同时,梁启超本人在《时务报》等报刊上所发表的一系列有关"小说界革命"、"文界革命"等文章,从一个特定的方面强化了现代批评的文体特征,而梁启超的批评显然是与他所从事的维新变法密切联系在一起的,是他的批评社会、时政的主要手段。20 世纪初,鲁迅、周作人等进入文学界后,以他们的文学评论介入到社会思想文化评论中去,以文艺达到他们"改造国民灵魂"的目的。鲁迅的《 摩罗诗力说》、《文化偏至论》以及周作人的《论文章之意义暨其使命因及中国近时论文之失》等文章,不仅仅是作为文学评论表达了他们对文学的理解,而且也借此表达了对人生社会的认识,或者说,这几篇文章,是鲁迅周作人借文学评论所发表的社会文化评论,是他们在寻找到更加得心应手的文体前的一种尝试。

《新青年》创刊后,陈独秀加强了社会文化评论的力度,试图以思想文化的讨论解决社会问题。他的《敬告青年》、《法兰西人与近代文明》、《今日之教育方针》、《现代欧洲文艺史潭》、《一九一六年》等一系列文章,涉及中国社会的思想、文化等各个方面。对于陈独秀来说,无论他谈论文化问题,还是谈论文学艺术问题,实际上都是他谈论社会问题的一种方式,文学只是他的社会评论的组成部分。《新青年》同人中,高语罕、易白沙、高一涵以及后来加盟的胡适、吴虞、李大钊、钱玄同、鲁迅、周作人等,主要是从思想文化的角度提出文学问题,或者是将文学问题作为整个社会文化的一部分进行改革,借文学革命以解决社会问题。社会评论成为那一时代知识分子投向社会的一种重要的武器。此后,鲁迅、周作人、钱玄同等作家提出的一系列文学问题,实际上,也都是某些社会问题在文学上的表现而已,他们直接以文学评论参与了现代社会的文化讨论。现代文学批评正是从这些思想文化评论中逐渐脱离出来,形成为具有现代特征的文学批评,鲁迅的《对于批评家的希望》、《〈呐喊〉自序》、《未有天才之前》、《估〈学衡〉》等,周作人的《人的文学》、《思想革命》、《贵族的与平民的》等,虽然是指涉文学问题,而实质是借文学而谈论当时社会的思想、文化,在解决思想问题的同时,解决文学问题。

正是这样,我们在认识鲁迅那一代人的文学批评时,就不能仅仅是将目光投向那些"文学的"批评,而更应该从宏观的方面,将鲁迅的文学批评首先看作是一种社会的、文化的、人生的以及文艺的"批评",置于那个时代以及社会的背景之上进行研究。因此,当我们将研究的目光投向鲁迅所处的那个时代以及社会文化环境时,就可以明白这样一点,那就是从出现在文坛开始,鲁迅几乎就一直处于中国现代文化的矛盾焦点中,鲁迅的批评联结着现代文化和文学的各个方面,各种人物,各种现象。鲁迅不是通过他的批评给作家作品进行定位评价,或者为作品进行全分类研究,总结特点,指出问题,他主要是在批评的过程中解决现代文化存在的问题,促进文化的发展。也正是这样,鲁迅直接以自己的批评参与了现代文化发展进程。鲁迅以及鲁迅那一时代的文学批评确立了现代文学批评的基本特征和走向,也决定了现代文学批评作为思想文化批评的基本形态。从这里诞生的现代文学批评,几乎每一次文学的批评都会引发文化的讨论,而几乎每一次文学批评也有可能引起社会的政治的问题。所以,研究鲁迅的文学批评,也不应当不注意到鲁迅文学批评与现代文化论争的关系,也可以这样说,鲁迅的文学批评几乎都关涉到现代社会的重大文化论争,必须在现代文化论争的大背景下观照鲁迅的批评。

(三)与"随感录"一同诞生的鲁迅文艺批评

1918 年 4 月,《新青年》第 4 卷第 4 号,陈独秀开辟了发表关于社会和文化的短评"随感录"专栏,当初开辟这个栏目时,陈独秀就有意把它办成一个一事一议无所顾忌而又带有一定文学色彩的栏目,它的思想文化特征和文学性为以后的杂文的产生奠定了基础，也是现代文学批评文体发展的雏形。鲁迅从1918年9月第5卷第3号的《随感录二十五》开始发表这种短评。鲁迅在谈到他发表这种短评时说："因为所评论的多是小问题，所以无可道，原因也大都忘却了。但就现在的文字看起来，除几条泛论之外，有的扶乩，静坐，打拳而发的；有的是对于所谓'保存国粹'而发的；有的是对于那时旧官僚的以经验自豪而发的；有的是对于上海《时报》的讽刺画而发的。记得当时《新青年》是正在四面受敌之中，我所对付的不过一小部分；其他大事，则本志具在，无须我多言。"[①]扶乩、静坐、打拳等内容，属于社会文化问题，"保存国粹"、《时报》的讽刺画等，则是文学艺术问题，所谓"《新青年》是正在四面受敌"，也主要是以文学革命为主的新文化运动，这些问题尽管还很少涉及作家作品评论，但却都已经涉及"五四"时期主要的文学问题。有的是由社会文化而涉及文学，有的是由文学而涉及社会文化，前者如《随感录三十八》，后者如《随感录三十九》。由此可以看出，鲁迅所评论的对象是广泛的，除一般的社会现象外，还有包括文学艺术在内的文化问题。实际上，在鲁迅这里，随感录是与他的思想追求一致的，他并不是要将随感录这种文体创造成为现代文学文体，而更主要的是，他的思想趋向以及现代思想启蒙的要求，使他自觉不自觉地选择了随感录这种文体，并在这种文体中获得了自己的思想表达的最佳方式。可以说，作为社会思想文化评论的现代文学批评在随感录这里发生了文体的遇合，而这种文体遇合更由于鲁迅而获得了实现。可以这样说，鲁迅的文艺批评从西方哲学社会科学那里借来了思想文化的力量，又从古代文学那里承继了诗话、评点等文体特点。作为"大师的批评"，随感录是鲁迅所寻找到的得心应手的批评文体。"大师的批评"讲究的是艺术的"寻美"，这种既是通过文学批评寻找批评对象的美，也是批评自身所体现出来的美。随感录这一文体形式本身是现代文学发展起来的一种散文文体，它的文体美恰恰体现了现代人的思维方式和生活节奏。随感录是有感而发，它是文明的批评，也是社会的批评，在一些针对现实和社会现象以及与论敌的论辩过程中，抓住事物的

① 鲁迅：《热风·题记》，《鲁迅全集》，第1卷，北京：人民文学出版社1981年版，第291页。

本质和要害,予以迅速一击,或者将自己最深刻最有价值的感想,通过一种特殊的文字表现出来。随感录的这种特点也决定了现代文艺批评的思想文化特征,决定了它作为思想文化评论的价值所在。从文体学的角度来看,随感录的文体特征与思想文化评论的性质结合一起,形成了批评的思辨型特征。这也决定了鲁迅的批评大多是在辩驳和论战中完成的,决定其随感录式的文体风格。从这个角度看,鲁迅不是像职业批评家那样,将自己的批评兴趣定位于作品的阅读与阐释,而是就作家作品以及某种文学现象所引发的感想,通过随感录的形式发表关于社会文化的评论。《随感录四十六》是有感于上海《时事新报》星期增刊的讽刺画而发的,《随感录四十七》则是有感于半寸方的象牙片上所雕刻的行书《兰亭序》而发,《随感录五十三》是针对《泼克》"美术家"的内讧所发。这些《随感录》所批评的是某种文学文化现象,是某些作品,但其重点却是借文学文化现象而"评论"社会。从文学批评的发生学来看,批评与社会的密切联系以及文学批评的强烈社会意识,是现代文学批评的重要特点,而现代文学批评的文体特点,在《随感录》文体这里已经初步形成了自己的模样。

二、鲁迅文艺批评的方法论特征

1922 年 11 月 9 日,鲁迅写下了他的第一篇有关文学批评的文章《对于批评家的希望》。这篇完成于创作《呐喊》中的最后一篇《社戏》之后不久的文章,是否说明鲁迅在创作暂告一个段落后的某种期待心理,或者作为一个作家"对于批评的希望"。毫无疑问,鲁迅显然是有所指的,这种所指主要是针对文学批评中的脱离作品实际乱发议论,或"独有靠了一两本'西方'的旧批评论,或则捞一点头脑板滞的先生们的唾余,或则仗着中国固有的什么天经地义之类的",这样的"批评""委实太滥用了批评的权威"。联系此前不久鲁迅所写的《估〈学衡〉》一文,可以推断这里的所指是《学衡》派诸公以"新古典主义"批评方法的批评。鲁迅显然不希望这种批评家的出现。在这篇批评论与随后写下的《反对"含泪"的批评家》等文章中,鲁迅主要强调了批评家的态度与批评方法的问题。有关批评家的态度，鲁迅认为，批评家"于解剖裁判别人的作品之前，先将自己的精神来解剖裁判一回，看本身有无浅薄卑劣荒谬之处"，这是基本的态度。但真正的批评家在获得这种态度之前，需要先明白文艺的基本规律和特点，"知道裸体画和春画的区别，接吻和性交的区别，尸体解剖和戮尸的区别，出洋留学和'放诸四夷'的区别，笋和竹的区别，猫和老虎的区别，老虎和蕃菜馆的区别"①。这里涉及现代文学批评的方法论问题。

（一）比较文学方法

《摩罗诗力说》被学界普遍认为是中国较早的比较文学批评的论文。这篇文章并不具有特别的文学批评的实践意义，而更具有文学批评的方法论意义。这篇作于 1907 年发表于 1908 年的论文，不仅建立在唯物唯心参半的内容对他的精神世界渗透的基础上，而且建立在鲁迅此前所接受的西方文化观念的基础上，诸如达尔文的进化论、培根的经验主义等思想对鲁迅的影响直接关涉到他一生的思想与发展。鲁迅在另一篇文章中曾谈到这一点："凡论往古人文，加之轩轾，必取他种人与是相当之时劫，相度其所能至而较量之，决论之出，斯近正耳。惟张皇近世学说，无不本之古人，一切新声，胥为绍述，则意之所执，与蔑古亦相同。盖神思一端，虽古之胜今，非无前例，而学则构思验实，必与时代之进而俱升，古所未知，后无可愧，且亦无庸讳也。"②这里直接提出了文化比较的问题，在文化研究中，只有与其他民族的学说进行比较，才有可能得出比较正确的结论，才有可能"决论之出，斯近正耳"，才能达到科学的彼岸。这种批评思想在他的《摩罗诗力说》中体现更为明确，《摩罗诗力说》的立足点是寻求中国的"精神界之战士"，其方法则是"别求新声于异邦"。或者说，鲁迅并不是为了"比较"而选用比较文学的方法，而是以作者心目中的西方的"摩罗诗人"作参照，以比较的方法显示出对"精神界之战士"的某种渴求以及寻找的某种方式。他说：

① 鲁迅：《对于批评家的希望》，《鲁迅全集》，第 1 卷，北京：人民文学出版社 1981 年版，第 402 页。

② 鲁迅：《科学史教篇》，《鲁迅全集》，第 1 卷，北京：人民文学出版社 1981 年版，第 26 页。

> 意者欲扬宗邦之真大,首在审己,亦必知人,比较既周,爰生自觉。自觉之声发,每响必中于人心,清晰昭明,不同凡响。非然者,口舌一结,众语俱沦,沉默之来,倍于前此。盖魂意方梦,何能有言?即震于外缘,强自扬厉,不惟不大,徒增欷耳。故曰国民精神之发扬,与世界识见之广博有所属。
>
> 鲁迅:《摩罗诗力说》

鲁迅的民族主义立场使他在“开眼看世界”时,立足于自我,看取西方是为了“欲扬宗邦之真大”,是为了国民精神的发扬。

从比较文学的方法论出发,鲁迅注重于通过西方文学与作家的人格而寻找改造国民的精神的途径,他将文艺与国民精神联系在一起,“新声之别,不可究详;至力足以振人,且语之较有深趣者,实莫如摩罗诗派”,因为摩罗诗派的诗人们具有中国国民精神中所没有或少有的反抗精神,“立意在反抗,指归在动作”,在摩罗诗人身上,具有一种“所遇常抗,所向必动,贵力而尚强,尊己而好战,其战复不如野兽,为独立自由人道也”,这也正是鲁迅通过摩罗诗人所寻找到的真谛。在鲁迅看来,诗不仅是人生的批评,还具有启迪和教化的作用。什么是鲁迅所说的“诗人”?在鲁迅的眼中,“诗人者,撄人心者也”,而撒旦及其叛逆精神集中体现在西方伟大的诗人身上,如拜伦、雪莱、易卜生、普希金、莱蒙托夫、密茨凯维奇、裴多菲等“摩罗诗人”,就是这样一些“撄人心者”。这也充分体现了鲁迅所说的“一切美术之本质,皆在使观听之人,为之兴感怡悦”,文学对读者的思想启蒙作用。由此反观中国诗歌与诗人,则缺少那种勇猛斗狠的顽强精神,“试稽自有文字以至今日,凡诗宗词客,能宣彼妙音,传其何人?上下求索,几无有矣”。在这里,“西方”,是一个国民精神的参照系,通过这个参照系,鲁迅确立了他的基本的文学观和思想世界,确立了他的基本的方法论体系。

比较文学方法的建立,使鲁迅获得了宽阔的批评空间,尤其进入20世纪20年代后,在世界文学的背景下,鲁迅广采博取,从欧洲浪漫主义文学,到现实主义文学,到20世纪初叶的现代主义文学,都已经纳入到了他的视野之内,并在他的现代整合中,构成了自己的现代文学思想。20世纪20年代中期,是鲁迅文学批评较为活跃的时期,也是鲁迅运用比较文学方法进行批评实践较多的时期。1924 年到 1925 年，他翻译了日本文艺理论家厨川白村的《苦闷的象征》、《出了象牙之塔》，并为这两部翻译之作写了长篇序言。与此同时，他还写下了《诗歌之敌》、《论睁了眼看》、《不是信》以及批评性文章《咬文嚼字》、《答 KS 君》、《十四年的读经》、《评心雕龙》等批评文章，就有关文艺批评问题发表了自己的意见。这些文章显示出鲁迅对文学批评的独特见解，也体现了他建立在东西方文学背景下的现代文学思想。《论睁了眼看》是一篇批评中国文人对于中国社会现实缺乏正视的勇气的文章，这篇文章虽然没有直接进行文学的比较，但整个思路却是建立在比照东西方文学的基础上的，是在与外国文学家的比较的同时，对中国文人提出批评的。他指出："中国人的不敢正视各方面，用瞒和骗，造出奇妙的逃路来，而自以为正路。在这路上，就证明着国民性的怯弱，懒惰，而又巧滑。一天一天的满足着，即一天一天的堕落着，但却又觉得日见其光荣。"这种文人比较于他在《摩罗诗力说》中所提倡"的摩罗诗人"，比较于那些"撄人心者"的诗人，只能是文学的堕落与没落。因此，文学家能够睁了眼看世界，正视社会现实的各个方面，才是文艺的出路：

> 文艺是国民精神所发的火光，同时也是引导国民精神的前途的灯火。这是互为因果的，……中国人向来因为不敢正视人生，只好瞒和骗，由此也生出瞒和骗的文艺来，由这文艺，更令中国人更深地陷入瞒和骗的大泽中，甚而于已经自己不觉得。世界日日改变，我们的作家取下假面，真诚地，深入地，大胆地看取人生并且写出他的血和肉来的时候早到了；早就应该有一片崭新的文场，早就应该有几个凶猛的闯将！
>
> 鲁迅：《论睁了眼看》

这种理解与《摩罗诗力说》是一致的，以文学激发国民精神，以文学塑造精神界之战士，这也是鲁迅赋予文学的功能。

在比较文学的批评实践方面，鲁迅主要将现代作家作品的评论，置于世界文学的大背景下，考察现代作家受外国文学的影响以及评论对象在这种影响下的性质及其价值意义。诸如《〈现代新兴文学的诸问题〉小引》、《〈欧美名家短篇小说丛刊〉评语》、《〈竖琴〉前记》、《祝中俄文字之交》、

《我怎么做起小说来》、《英译本〈短篇小说选集〉自序》、《由聋而哑》、《答国际文学社问》、《〈中国新文学大系·小说二集〉导言》,等等,鲁迅充分注意到外国文学较之于中国文学的异质同构关系,注意到不同民族的文学的相互影响与共同发展的关系。在《祝中俄文字之交》一文中,鲁迅就看到了中国文学从俄国文学中所汲取的营养,以及由此而获得的文学启示:“那时就知道了俄国文学是我们的导师和朋友。因为从那里面,看见了被压迫者的善良的灵魂,的酸辛,的挣扎;还和四十年代的作品一同烧起希望,和六十年代的作品一同感到悲哀。”中国现实主义文学也就是在这种文学的影响之下发展起来的,它们与俄国文学以及被压迫民族的文学取得了异质同构的关系。当然,鲁迅在这种比较中,更多的是看到了俄国文学与国民精神的关系,看到了阶级社会里的“压迫者与被压迫者”。

从20世纪20年代末到30年代中期,鲁迅在“革命文学”的论争中,更趋向于无产阶级革命文学理论,因而,他也更多的从世界革命文学的角度来看中国文学,从马克思主义文艺理论的角度认识作家作品。这是鲁迅比较文学批评方法的新变。鲁迅是较早注意苏俄文学并翻译介绍苏俄作品和文艺评论较多的一位作家,如卢那察尔斯基、普列汉诺夫、沃朗斯基等人的批评论,尤其是卢那察尔斯基的《艺术论》、《文艺与批评》等批评论对于鲁迅的影响,直接关系到他从20年代末到他去世前的文学观念和批评思想。1929年,鲁迅在《〈文艺与批评〉译者附记》一文中,曾就马克思主义文艺批评的问题说过:“我们也曾有过以马克斯主义文艺批评自命的批评家了,但在所写的判决书中,同时也一并告发了自己。这一篇提要,即可以据此批评近来中国之所谓同种的‘批评’。必须有更真切的批评,这才有真的新文艺和新批评的产生的希望。”也可以说,马克思主义文艺批评是鲁迅比较文学批评方法的一个重要的方面,是他在特定的时期和环境中文艺批评思想的一种选择。鲁迅在《上海文艺之一瞥》中就从多方面论及“上海文艺”的历史与现状,虽然文章也有意气用事的言论,但就总体而言,却是在一种历史的比较中完成对上海文艺的评论的。其他如评论萧军、萧红、殷夫、柔石、叶紫、瞿秋白等作家的作品,在世界无产阶级革命文学的比较中,突出了中国作家的主要贡献及其作品的价值意义,也进一步完善了鲁迅本人的文艺理论。

(二)社会学方法

作为一位社会文化批评家,鲁迅的文艺批评本质上都是社会学批评。这不仅是指鲁迅的批评是从社会文化批评繁衍过来的,而且更是指鲁迅的社会学批评的批评方法,一种注重作品的社会属性、道德判断及其社会价值的批评方法。从鲁迅的批评实践来看,他很少指涉到文学文体的批评上去,即使文体批评,也主要是借文体而谈社会。因此,鲁迅将他的批评融入社会学的宽广范围内时,他实际上获得了文艺批评所关注的改造国民的灵魂这一主题。

1934 年,鲁迅在《批评家的批评家》一文中提出了“圈子的批评家”的概念。所谓“圈子的批评家”是指一定的批评思想方法、文体内的具有大体倾向性的批评家群体,“或者是美的圈,或者是真实的圈,或者是前进的圈”,这个圈子里的批评家也可能是某一流派群体中的一员,鲁迅此前在《我们要批评家》一文中说:“每一个文学团体中,大抵总有一套文学的人物。至少,是一个诗人,一个小说家,还有一个尽职于宣传本团体的光荣和功绩的批评家。”作为现实主义的代表性人物,鲁迅的批评趋向于社会文化,在创作与社会的关系中寻找批评的途径,看取作品的社会价值和道德价值,注重作品的题材领域和主题倾向。这正如他对于社会学批评的希望:

> 这回读书界的趋向社会科学,是一个好的,正当的转机,不惟有益于别方面,即对于文艺,也可催促它向正确,前进的路。但在出品的杂乱和旁观者的冷笑中,是极容易凋谢的,所以现在所首先需要的,也还是——
>
> 几个坚实的,明白的,真懂得社会科学及其文艺理论的批评家。
>
> 鲁迅:《我们要批评家》

这里既是对社会科学方法的借用,也是文学批评对作品社会性因素的重视。或者如他在《〈绛花洞主〉小引》中所说,历来读者和批评家对《红楼梦》阅读,就因人而异,“经学家看见《易》,道学家看见淫,才子看见缠绵,革命家看见排满,流言家看见宫闱秘事……”他批评戈理基的《争自由的波浪》,主要在于作品的思想性和社会价值:“这书里面的梭斐亚的人格还要使人感动,戈理基笔下的人生也还活跃着,但大半也都要成为流水帐簿罢。然而翻翻过去的血的流水帐簿,原也未始不能够推见将来,只要不将那帐目来作消遣。”①在这个意义上,鲁迅的批评还原了社会学批评的本意,或如他说的:“我们想研究某一时代的文学,至少要知道作者的环境,经历和著作。”②

文学批评界往往对社会学批评产生误解,认为社会学的批评方法注重文学的外部特征,而忽视文学创作的内部规律,忽视作品的艺术特性。这种误解源于庸俗马克思主义方法论对社会学批评的片面性理解,也源于长期以来批评界对社会学批评方法的政治化理解以及多年来文学批评对文学的审美性的漠视。当形式主义批评、结构主义批评、语义学批评、心理学批评等现代方法成为20世纪西方文学批评的新的批评焦点时,社会学批评已经远离了文学的中心。但作为现代文学批评的主要批评方法,社会学批评不仅是20世纪中国文学批评中的主流,而且在西方文学批评中也占有重要的位置,美国学者魏伯·司各特在其《当代英美文艺批评的五种模式》一文中,将社会批评模式与道德批评模式、心理批评模式、形式主义批评、原型批评一起作为当代五大批评模式,他认为,“恰当地将作品和社会理论加以对照和比较,定会溅出真正富有启发性的火花”,“只要文学保持着与社会的社会批联系——永远会如此——社会批评无论具有特定的理论与否,都将是文艺批评中的一支活跃的力量”③。鲁迅的批评并不是依赖于社会学批评的方法,而是在批评实践中表现出一种社会学特征,是与他的文学启蒙主义思想联系在一起的批评的趋向,当鲁迅提出“文艺是国民精神所发的火光,同时也是引导国民精神的前途的灯火”的观点时,他实际

① 鲁迅:《〈争自由的波浪〉小引》,《鲁迅全集》,第7卷,北京:人民文学出版社1981年版,第305页。

② 鲁迅:《魏晋风度及文章与药及酒的关系》,《鲁迅全集》,第3卷,北京:人民文学出版社1981年版,第501页。

③ [美]魏伯·司各特:《当代英美文艺批评的五种模式》,《外国现代文艺批评方法论》,南昌:江西人民出版社1985年版,第26页。

上已经超越了文艺批评的社会学方法的拘囿，而获得了文艺批评社会学的更深广的内涵。

从鲁迅的批评实践来看，他采用社会学批评方法，并不仅仅在社会学的狭小圈子里，考察作家的创作与社会的某种关系，而主要从宏观的方面，注重于创作的社会特性，从作品中发现作品的社会价值。在现代文学史上，运用社会学批评方法的诸如茅盾、成仿吾、胡风等，在发展中国社会学批评方法论方面作出了贡献，他们的批评或在泰纳理论的框架之中，或在居友的理论框架之中，或在卢卡契的理论框架中，他们往往将某种社会学理论运用于中国现代文学的批评中，这种理论的沿用，无疑具有相当的理论意义和实践价值。反观鲁迅的批评，他站在社会历史的高度，用改造社会、启发民智的眼光阅读作品，批评作品，从而具有了自己的批评策略和方法。鲁迅的社会学批评方法，既不是泰纳的，也不是卢那察尔斯基的，既不是卢卡契的，也不属于普列汉诺夫的，他融合了中外古今的各种学说和方法，并将这种方法融入自己的社会改革的大框架之中。但是，鲁迅并非一味在社会学的批评中游荡。如果注意一下鲁迅的作家作品论，可以看到，他主要将艺术性的论述融入了社会学分析之中，或者说，在鲁迅的批评世界中，作品的艺术性是表现社会生活的一种手段，是与社会性因素密切相关的。这里可以看一下他为叶永蓁的《小小十年》、柔石的《二月》两部作品所作的序。《叶永蓁作〈小小十年〉小引》写于 1929 年 7 月，是鲁迅与创造社、太阳社进行"革命文学"论战后所作的作品评论，显然还带着这次论战的余味："我不是什么社的内定的'斗争'的'批评家'之一员，只能直说自己所愿意说的话。"这篇文章比较典型地表现了鲁迅对社会学批评方法的完美运用。青年作家叶永蓁的《小小十年》是一部自传体的长篇小说，叙写了作者自十二岁以后十年的生活经历，比较详细地描写了他在大革命中如何走上革命道路和恋爱的生活。对于这部小说，鲁迅首先指出它的主角"究竟上过前线，当过哨兵"①，也就是说，鲁迅首先注重作品的社会特征，看

① 鲁迅：《非革命的激进革命论者》，《鲁迅全集》，第 4 卷，北京：人民文学出版社 1981 年版，第 226—227 页。

到了作品与现实生活的某种关系。这种批评视角直接成为他为这部小说所作序的批评角度,指出了作品"以一个现代的活的青年为主角,描写他十年中的行动和思想的"。正是从这一定位出发,鲁迅指出了在时代浪潮中所出现的这个艺术形象,"旧的传统和新的思想,纷纭于他的一身,爱和憎的纠缠,感情和理智的冲突,缠绵和决撒的迭代,欢欣和绝望的起伏,都逐着这'小小十年'而开展"。在认同作品的思想性和时代意义这一方面,鲁迅与评论对象达成了一致,而这种从作品评论中归纳出的思想,也恰体现出鲁迅这一时期的文学追求,或者说,《小小十年》成为鲁迅阐发自己思想的一个对象。在《柔石作〈二月〉小引》一文中,鲁迅以诗一样的语言对于这部左翼作家的长篇新作给予了充分的肯定,文章肯定的既是小说的艺术成就,更是其社会内容,以及作品所表现人物的思想意义和时代意义。他对于作品中萧涧秋形象的把握与分析,虽然只是寥寥数语,却精辟地概括出了这一形象的特征,而且将这一形象与时代的关系生动地叙述出来。可以说,社会学批评方法在这里获得了最大限度的功能,既是社会的,又是艺术的。

需要指出的是,鲁迅的社会学文艺批评也比较注重运用历史—美学的批评方法,努力从文学史、历史及艺术的角度把握与分析作品。他的《〈中国新文学大系·小说二集〉序》是对"五四"以来新文学的科学的历史的总结,涉及除文学研究会、创造社以外的几乎所有文学流派的小说创作,其评论范围之大、对象之多、问题之复杂,都需要对这一时期的文学状况有相当的了解,才有可能进行全面把握。这里所说的历史的方法,不仅是指文章对新文学产生以来的历史进行梳理,而且更是指鲁迅在评论的过程中所运用的历史的方法以及评论中所体现出来的历史意识。由于这种"史"的意识,鲁迅眼中的现代文学就不是孤立的现象,而是与现代新闻出版、社团流派有着不可或缺的关系。他从《新青年》提倡"文学改良"、"文学革命"开始寻找现代文学的源头,随后出现的《新潮》、《晨报副刊》、《京报副刊》等,都成为新文学产生与发展的重要阵地。这样,所有在他批评范围内的作品就不再是个体性的作品,而都成为这个历史框架中的一个组成部分,在这个组成部分中,自他自己的《狂人日记》开始,直到台静农的《建设者》,构成了现代文学的一个大体发展的轮廓。鲁迅从社团或流派的角度,对四十多位作家的作品进行一定的历史分析和归纳。尽管鲁迅只是点评式地评价了这些作家作品,但却显示出一位批评大家的批评风范,他不仅娴熟地整体性地把握了文学发展线索,而且对个体作家和文学流派,也有相当准确和精到的评价。例如他对《新青年》与新文学的关系的分析,不仅认为《新青年》直接是新文学的源头,而且看到了《新青年》北上与南下对新文学发展的影响。对"乡土文学"的评价,也是从文学史的角度指出了这一流派的形成与发展。对于曾与他有过论争的《现代评论》派的作品,也已经消除了往日论争时的激动与偏激,而从史的方面给予充分肯定。具体到作家的作品的评论时,鲁迅主要立足于流派特征以及文体风格的评论,关于"乡土文学",他定义为"凡在北京用笔写出他的胸臆来的人们,无论他自称为用主观或客观,其实往往是乡土文学,从北京这方面说,则是侨寓文学的作者"。这个定义不是从地域文化的角度而是从文体风格的角度划定了一个流派的构成。而他的具体分析评论则更是文体批评的典型之作:

侨寓的只是作者自己,却不是这作者所写的文章,因此也只见隐现着乡愁,很难有异域情调来开拓读者的心胸,或者炫耀他的眼界。……

看王鲁彦的一部分的作品的题材和笔致,似乎也是乡土文学的作家,但那心情,和许钦文是极其两样的。许钦文所苦恼的是失去了地上的"父亲的花园",他所烦冤的却是离开了天上的自由的乐土。

鲁迅:《〈中国新文学大系·小说二集〉序》

这种"立片言而居要"的批评方法,既将批评对象的本质的东西挖掘出来,而又不流于一般性的艺术概括和分析,那种宏观的艺术把握并非"文学的"批评家所能做到。

(三)辩驳与论战

鲁迅一生的文艺评论几乎与"五四"时期至20世纪30年代所有重要的文艺论争联系在一起,从这个意义上说,鲁迅的文艺批评又是论辩的艺术,也是论辩的文体。漠视作为文艺论战的鲁迅的批评,实际上也就漠视了鲁迅批评的存在,但是,承认文艺论战中的鲁迅批评,是在何种意义上在多大范围内认可这些批评能够进入文学批评史的范畴?如果仅仅从批评与反批评的角度来看,鲁迅是以文艺批评参与文艺论争的,他也曾说过,“批评如果不对了,就得用批评来抗争,这才能够使文艺和批评一同前进”①,“批评者有从作品来批判作者的权利,作者也有从批评来批判批评者的权利”②,批评与反批评也正是文学论争中常见的方法。但是,这显然还不能说明辩驳与批评的关系。近些年来,在鲁迅研究中,人们普遍接受了鲁迅在各种文艺文化论争中的杂文创作与中国现代思想发展的关系,与中国现代文学文体的发展关系,但并不特别认同这些杂文作为批评的存在。仅从文体来看,鲁迅的论争文章充满激情,意象丰富,具有充分的理性和缜密的逻辑性,具备了文艺批评的基本条件。

这里存在着对批评话语的理解问题。我们已经习惯了那种理论化、程式化或文学性、鉴赏式的批评话语,习惯于“专业批评家”的批评话语,习惯于那种在大量的批评术语的堆积和理论分析后进行总结的“学术性”话语,它们或社会学的,或审美的,或心理学的,或结构的,都具有文学批评所应具有的特点。在鲁迅这里,首先不是那种习惯了的批评话语,不是“文学批评学”中常见的批评话语,而是一套“陌生化”的批评话语,它们往往与文学批评学相去甚远。但是,当我们从鲁迅的批评实践去看鲁迅批评话语的建立时,当我们将鲁迅批评话语与现代文学发展联系起来时,就可以理解并接受鲁迅的批评话语,并认清这种话语在现代文学批评史上的地位与价值意义。鲁迅也不是通过自己的批评与论争,建构系统而庞大的诗学体系,而主要是在这种现实性极强的批评活动中,解决文学发展的现实问题。因而,鲁迅的话语方式是辩驳,论争,具有极强的针对性。

应当说,鲁迅所持的是一种驳论式的论战话语,这套话语系统的建立与鲁迅所处的年代特殊的文化环境和文学生存环境密切相关。“五四”时期,正是中国文化的转型时期。这个时期,新旧文化观念碰撞,旧的话语系统已经坍塌,新的话语系统尚在建立之中,这个时期正像周作人、沈雁冰以

① 鲁迅:《看书琐记三》,《鲁迅全集》,第5卷,北京:人民文学出版社1981年版,第551页。
② 鲁迅:《〈出关〉的关》,《鲁迅全集》,第6卷,北京:人民文学出版社1981年版,第517页。

批评向"黑幕"小说宣战一样，鲁迅以杂文式的批评向旧的文化秩序宣战，在批判"国粹派"、守旧派的过程中，逐步建立起现代文化的话语系统，这套话语系统是现代知识分子的现代话语系统。在这个话语系统中，包括文艺批评在内一套新语言正在被确立为现代批评语言，而且也正在悄悄地影响着现代文学批评的方法论和文体论。在这些论争和辩驳中，鲁迅不仅就一种思想观念进行论争，而且提出了文化评论和文艺评论的方法、思维方式等问题，《论"他妈的！"》、《论睁了眼看》、《再论雷峰塔的倒掉》、《现在的屠杀者》、《所谓"国学"》、《儿歌的"反动"》、《青年必读书》、《论辩的魂灵》、《十四年的读经》、《评心雕龙》等等，这些文章已经不再是一般意义上的杂文或驳论式的文章，他们在与论敌的辩驳的过程中，建立起了一种具有现代精神的思想体系，一种以白话文为基础、社会性为主要内容、文学性为色彩的批评话语系统，这种批评体现了他作为"大师的批评"的特点。这是一套强化文学的社会功能、文化功能的话语系统，它承载了"五四"时期鲁迅的人生思想、文学思想，也承载着鲁迅与中国现代文学批评的重建。20 年代末，鲁迅参与"革命文学"论战时期，由于特定的社会、文化环境以及鲁迅心态的某种变化，鲁迅的批评话语系统也有所调整和变化。他在"革命文学"论战、与梁实秋的论战中建立起来的批评话语，与"五四"时期相比发生了明显的变化，具有了阶级论的色彩，那种充满文化韵味的语言以及文化建设的精神，被一种理论化、逻辑化以及强烈的阶级性特征所替代。比较于"五四"时期那些驳论文章，如果说"五四"时期鲁迅的文章，主要是文化论争的话，那么，这一时期的批评更趋向于"文学"，是鲁迅关于"革命文学"的论争，但是，这些论争文学的文章，却比那些讨论文化问题的文章，更像是一些社会学论文。或者说，鲁迅是通过文学问题的论争解决某些社会现实中的问题。收集在《三闲集》、《二心集》中的文章，其批评话语系统虽然是"五四" 批评话语系统的继续，但那种感受性的内容渐渐弱化，从而更具科学理性。鲁迅说他在与创造社论战时期，"看了几种科学底文艺论，明白了先前的文学史家们说了一大堆，还是纠缠不清的疑问"①。这说明这一时

① 鲁迅：《〈三闲集〉序言》，《鲁迅全集》，第 4 卷，北京：人民文学出版社 1981 年版，第 6 页。

期的鲁迅更倾向于确定性的理念化话语体系。这种话语具有某种预设性、明确性特征,而且带上了社会学批评方法的阶级性特征。不过,总的说来,这套话语体系还未超脱文学批评的范围,甚至我们可以说,在这种文学论争中才能体现出鲁迅批评的价值,显示出鲁迅与众不同的批评风度。在与梁实秋的论争中,鲁迅与梁实秋都分别谈到文艺与批评的关系问题,如鲁迅的《新月社批评家的任务》、《我们要批评家》、《现今的新文学的概观》等,梁实秋的《论批评的态度》、《我们需要批评家》、《何谓健全的批评》等,对于文艺批评的态度、方式进行了多方面的辩驳,这些论争实际上是围绕着建立怎样的文艺批评话语而展开的,虽然论争主要集中于阶级性与人性论,但实质却是两种不同文学观念和批评观念的矛盾和论辩,梁实秋的新古典主义批评观与他的理论化体系化的批评,使之在教授批评("职业批评")的范围内享有声誉,而鲁迅社会学批评在他的直感式的批评实践中,丰富和发展了作家批评("大师的批评")的路数。

鲁迅与梁实秋的论争,源于1926年3月25、27、29日梁实秋在《晨报副镌》上发表的《现代中国文学之浪漫的趋势》一文,这篇文章发表后,鲁迅于1927年4月8日在黄埔军校作《革命时代的文学》的演讲,同年12月21日在上海复旦大学作《文艺与政治的歧途》演讲,都对梁实秋的观点进行了反驳。1927年10月,梁实秋在《复旦旬刊》重新发表《卢梭论女子教育》,针对此文,鲁迅于1928年1月7日在《语丝》发表了《卢梭和胃口》,与梁实秋正面展开论战。此后,鲁迅与梁实秋就文学的阶级论与人性论、翻译的"硬译"问题等,展开了长期的论战,鲁迅在这场论战中先后发表了《文学和出汗》、《文学的阶级性》、《"硬译"与"文学的阶级性"》、《新月社批评家的任务》、《流氓的变迁》、《"丧家的""资本家的乏走狗"》等文章,对梁实秋的文艺思想进行了批判。随后,鲁迅又在《上海文艺之一瞥》、《我的态度气量和年纪》、《黑暗中国的文艺界现状》等文章中,与梁实秋发生过多次冲突,梁实秋也在论争中发表文章,对鲁迅文艺思想和创作进行多方辩驳。从论争的过程来看,鲁迅和梁实秋都有其不冷静的地方,文艺论争中夹杂着非文艺批评的内容,甚至有人身攻击的地方,但这并不妨碍他们在论争中进行正常的文艺批评。从论争的发生和论争的过程看,表现出鲁迅与梁实秋不同的文艺思想和批评思想与方法，受过西方正统文学教育的梁实秋，从一开始就对中国现代文学表示了自己的意见，而鲁迅则是从中国社会现象出发，从“改造国民精神”的角度从事文学并要求于文学的，因此，鲁迅与梁实秋的论争，实际上是从不同的角度对中国文学的认识和评价，以不同的批评思想和方法进行的文艺批评。与鲁迅对《学衡》派的批判、对“甲寅派”的批判不同，鲁迅与梁实秋更是一场文艺问题的论战，尽管这场论战有其不冷静的地方，但并未超越论争的学术规范。就鲁迅这一方面来说，他并不像梁实秋那样采用西方古典式的批评概念，在严谨的科学的文艺批评方法主导下建构自己缜密的批评体系，而是以社会学的批评作为自己批评的主导方向，建构具有强烈的社会学特征的批评话语，在论争辩驳中，渐次展开自己的文艺思想，通过与对手的论辩表达自己的批评意图。或者说，鲁迅并不想采用一种”学术性”的批评话语与梁实秋进行对话，而是以不容置疑的语气维护革命文学以及“五四”以来的新文学。正是这样，鲁迅对梁实秋的批评只是他借以传达文艺思想观念的一种手段，是提倡革命文学的一种策略，在一种并不对位的论争中，鲁迅并非一定要否定梁实秋的思想与观点，因此，鲁迅与梁实秋的论争就是一种错位的论争，梁实秋在论争中要建立起一套批评体系，寻找文学的纪律和尊严，而鲁迅则在论争中传达某种社会思想，通过文学的批评建立起具有社会特征的文艺思想。这次论争中，鲁迅不仅有杂感式的批评，也有诸如《“硬译”与“文学的阶级性”》这样的比较系统地论述辩驳的文章。但就是这样的文章，鲁迅也并不是系统阐述自己的文艺思想，而是在论辩中“以只及一点，不及其余”的方法，抓住对方的要害之处和理论缺陷进行反驳。这种鲁迅式的批评虽然不能真正解决文艺理论上的问题，却能够解决现实中的某些文艺问题。

30 年代，鲁迅进入一个新的写作时期，一方面，恶劣的现实环境的逼迫，使他不得不更加重视杂文的写作，另一方面，对杂文文体的得心应手运用自如，使他在文艺论争中有一种更从容的心态，因此，他也就能够有一份心情承载更多的“文学的”思想，更能进入到“文学的”批评中去。这一时期的批评，如果仅就题目来看，就比此前的论争更具有文学性：《从讽刺到幽默》、《从幽默到正经》、《言论自由的界限》、《止哭文学》、《“京派”与“海派”》、《小品文的生机》、《看书琐记》、《“论语一年”》、《小品文的危机》、《略论梅兰芳及其他》、《“论旧形式的采用”》、《连环画琐谈》,等等。这些论争的文字与他的序跋相比,虽然还缺少文学性的因素,但是,与“革命文学”论争中的文字相比已经具有了相当大的转变,尤其是与林语堂的论争,在回归文学性的同时,其批评话语也更趋文学本体。鲁迅与林语堂的论争虽然与林语堂这一时期的政治思想的变化有关,但根本问题还是他在20世纪30年代那个特殊时期脱离实际地提倡幽默、性灵的文艺观念,对文学与现实关系的不同理解而造成的。与此前鲁迅与梁实秋的论战不同,鲁迅对林语堂并不是一种揶揄、批判的态度,而是归于诗性的文艺讨论。诗性的回归意味着批评主体对现象世界的诗性把握方式,意味着批评话语既是思想性的沉潜,也是情感的升华。在这个意义上,鲁迅晚年的批评已经达到了批评的极至。

几乎贯穿了鲁迅整个文艺活动的文艺论争,实际上是鲁迅对现代文艺批评的贡献之一,它不仅促进了现代文学的正常发展,重新厘定了现代文艺的一些重大理论问题和文艺观念,而且对文艺批评的功能特征和批评文体的完善也具有积极的推进作用,对现代文艺思潮、作家作品、“五四”以来某些文学现象进行了科学的历史的评价。尤其对“五四”新文学的认识与评价问题,一直是现代文学发展进程中一个争论不休的问题,从“五四”时期新旧文学的论争,到20年代末“革命文学”论争直至30年代各种文艺论争中对“五四”新文学的评价,都涉及文学界有关重大的理论问题和实践问题。“革命文学”论争时期,无论提倡“革命文学”的创造社、太阳社作家如成仿吾、冯乃超、钱杏邨,还是反对革命文学的梁实秋,都对“五四”新文学采取了否定的态度,创造社与太阳社诸作家从革命与不革命的角度否定了以鲁迅为代表的新文学,而梁实秋则从文学的纪律的角度对新文学基本上采取了否定的态度,无论哪种否定,实际上都没有真正认识与理解“五四”新文学的价值与艺术形式。鲁迅在这场论争中并没有过多涉及对“五四”新文学的评价,而主要是就创造社、太阳社以及梁实秋的观点和批评方法进行了辩驳,他指出“革命文学”论者如成仿吾等人关于阶级概念的庸俗见解,轻易地就“由艺术的武器到武器的艺术”,指出了他们批评方法的简单和粗糙，以及批评活动中的机械主义教条主义倾向，“中国的批评界……各专家所用的尺度非常多，有英国美国尺，有德国尺，有俄国尺，有日本尺，自然又有中国尺，或者兼用各种尺。有的说要真正，有的说要斗争，有的说要超时代，有的躲在人背后说几句短短的冷话，还有，是自己摆着文艺批评家的架子，而憎恶别人的鼓吹了创作。倘无创作，将批评什么呢，这是我最所不能懂得他的心肠的”①。在《无声的中国》、《〈现代新兴文学的诸问题〉小引》、《现今的新文学概观》等文章中，鲁迅给予新文学以高度的评价，纠正了论争过程中出现的一些偏颇，也促进了人们对“五四”新文学的认识与理解。

三、鲁迅文艺批评的文体论特征

文艺批评文体是体现在批评文本中的批评家的话语方式，是批评家思想与文学的表现，也是批评家个性与性格的表现。批评文体表现着批评家的整个的人。在这里，我们将鲁迅的文艺批评文体分为文体风格和文体类型两个部分。

（一）诗性与论说结合的文体风格

蒂博代在他的《六说文学批评》中认为作家的批评是一种“寻美的批评”，他们对作家的艺术创造力具有某种“深刻的同情”，它“在维持热情的同时，还贮存着批评的灵魂”②。或者说，作家的批评是一种诗性的批评，他的语言、结构是诗的，他的文学批评本身就是诗的。作为一位作家，鲁迅的文艺批评不是遵照文艺理论的逻辑而主要是从阅读感受出发的，其写作方式也是感悟式的，缺少那种逻辑思辨和缜密的结构。因而，鲁迅批评的文体特征是从作家的创作的角度理解的。

第一，诗性的复活

① 鲁迅：《文艺与革命》，《鲁迅全集》，第4卷，北京：人民文学出版社1981年版，第83页。

② 郭宏安：《读〈批评生理学〉》，《六说文学批评》，北京：三联书店1989年版，第89页。

从文体形成的角度来看,鲁迅的文艺批评是在中国古代文学批评和西方社会文化批评的基础上产生的,社会文化批评使鲁迅的批评具有深厚的思想文化内涵,具有强烈的现实意义和启蒙意义,而中国代文学批评则激活了鲁迅文艺批评的诗性。中国古代文学批评虽然多是片言只语中的评点、诗话,但却在想象的游历中吸纳形象的手法,那种印象式、直感式的批评方法,带有批评主体强烈的主观色彩,从而获得了批评文体的诗性特征,因此,中国古代文学批评文章就是美的,既是美的欣赏,又是美的本身。但这里应该注意的是,鲁迅的批评并不是古代评点式或诗话式的文章,也不是西方批评中的那种思辨式的论说式的理论文章,而更趋向于一种随感式的杂文体式。那种阅读的感想以及对有关文艺现象的直观印象,在他随手写来的过程中完成了对象的批评,思想的激情演化为诗性的语言,文学的批评成为思想文化的呈现。

这是一种诗性与论说的完美结合。

除早期的《摩罗诗力说》、《文化偏至论》等论文以及几篇演讲如《魏晋风度及文章与药及酒之关系》外 ,鲁迅的文艺批评大多属于杂文,这些杂文与他的随感录以及后期的杂文创作并无二致,两者相互补充、说明,铺垫出一位现代中国出色的批评家的形象。《张资平的"小说学"》是一篇不足千字的批评文章,文章的题目如果出在一般评论家之手,也许会认为这是一篇结构恢宏、论述缜密的学术论文,会就张资平小说创作以及小说学的有关理论问题进行深入的全方位的探讨。但是,这篇批评文章出自鲁迅的手笔,则完全成了另一个样子。文章并不具备批评文章所具备的因素,却具有了杂文所具有一切特征,讽刺式的语言、随意性的结构,以及论说辩驳式的写作方法。文章集中在张资平的"小说学"这一要害问题上,先指出作为"三角恋爱小说作家"的张资平小说创作的模式:"看见女的性欲,比男人还要熬不住,她来找男人,贱人呀贱人,该吃苦。"这不是文艺批评的分析的方法,却是杂文写作的解释概念的方法,在解释概念中让对象自己显形于读者面前。随后转向张资平到大学教授的"小说学"并由此引出对张资平的"小说学"的精妙概括:

现在我将《张资平全集》和"小说学"的精神,提炼在下面,遥献这些崇拜家，算是“望梅止渴”云。

那就是——△

鲁迅:《张资平的“小说学”》

这篇短文中充满了艺术形象和形象的议论，而以形象的描写完成对批评对象的论说，这是杂文笔法，在这杂文笔法中，由于艺术形象创造而使整个文章具有一种诗性特征，这里既有对张资平小说模式的形象摹写，也有对张资平“小说学”的虚拟，寓诗性于讽刺中，在讽刺中完成批评的功能，那个惟妙惟肖而又极为准确“△”则成为全篇的诗眼。

诗性与哲理相伴而出，或者说，诗性可以解读为哲理，文艺批评中的哲理也可以理解为诗性。如果仅仅将诗性理解为一种语言的特征，则无法解释鲁迅那些以议论性语言为主的杂文式批评为何具有鲜明的诗性特征；如果仅仅将哲理理解为思辨型文体的内涵，也将无法解释鲁迅那些以现象描述和形象比喻的文章，何以蕴含着丰富的哲理。毫无疑问，鲁迅批评中的诗性与哲理，已经化为他的一种批评精神，一种“风骨”。《“连环图画”辩护》是针对苏汶（杜衡）对左翼文学提倡连环画的批评而发的，是“辩护”式的驳论，文章“从大幅的油画或水彩画”与连环画的比较中，引入对连环画“是一种下等物事，不足以登大雅之堂”观点的反驳，他从意大利的教皇宫、印度的阿强陀石窟以及书籍和插画等，反复说明连环画既是一种“宣传”艺术，也是一种艺术的宣传，而鲁迅所列举的一系列“几个版画史上已经有了一位的作家和有连续事实的作品”的事例，让读者感到了鲁迅在论辩过程中的力量，也感到了其中形象的力量。在论述连环画也是人类需要的艺术的同时，鲁迅以事理的论说加强了批评的哲理性，从而说明“了中国旧书上的绣像和画本，以及新的单张的花纸”，以及对这些艺术的研究及由此而来的创作，“大众是要看的，大众是感激的”。对连环画的不同理解可以产生不同的批评倾向，引出不同的批评话题，而对这一话题的论说成为一种”次生文学”，也构成为一种认识自我和认识世界的方式，是批评文体的诗性显现。

第二，隐喻型的文体

所谓隐喻型的文体，隐喻是一种修辞手段，是用比譬的方法传达意义，隐喻型批评文体则是指批评文体建构中对隐喻修辞手段的引进和运用。这种文体虽然不是作家的批评的“专利”,但却常常为作家所掌握,“批评包含一种比喻的艺术,当比喻不仅仅是一种艺术而且还是技巧的时候,我们就有了形象比喻”[①]。所谓诗性的复活在文体意义上也是隐喻型文体的复活。蒋原伦、潘凯雄在其《历史描述与逻辑演绎》一书中,将隐喻型文体分为形象隐喻、结构隐 喻和寓言隐喻三种[②],这三种类型的隐喻型文体各有所长,各有不同的批评功能。一般来说,鲁迅比较擅长于形象隐喻,通过某种形象传达出批评的主旨,这种形象是批评主体对批评对象的感受以及形象思维的外化,这种形象甚至可以像诗歌或散文创作中的“意象”一样,本身就具有某种美的特质,具有作为修辞手段的隐喻的特点。鲁迅常常在批评中运用一系列的形象,造成以一连串的鲜活的形象隐喻批评对象的功效。以下是鲁迅《白莽作〈孩儿塔〉序》中的一段文字:

> 这《孩儿塔》的出现,并非要和现在一般的诗人争一日之长,是有别一种意义在。这是东方的微光,是林中的响箭,是冬的萌芽,是进军的第一步,是对于前驱者的爱的大纛,也是对于摧残者的憎的丰碑。一切所谓圆熟简练,静穆幽远之作,都无须来作比方,因为这诗属于别一世界。
>
> 鲁迅:《白莽作〈孩儿塔〉序》

在这里,一连串的形象的出现营造了宽阔的批评空间,它们既是批评主体对《孩儿塔》的感受与体验,又是对作品艺术精神的再现和总体评价,还是对作品的艺术阐释,这些文字本身就已经是诗的、美的,再联系到批评者在文章中对白莽的感受和形象的描写,以感情的抒写和印象的描写替代了理性的判断、推理和结论。所有批评文体中的要素,已经隐含在了优美的文字和形象的创造之中。此类批评还可以引述他的《柔石作〈二月〉小引》、《“论语一年”》、《“京派”与“海派”》、《二丑艺术》,等等。即如《批评

---

① 郭宏安:《读〈批评生理学〉》,《六说文学批评》,北京:三联书店1989年版,第9页。

② 蒋原伦、潘凯雄:《历史描述与逻辑演绎——文学批评文体论》,昆明:云南人民出版社1994年版,第59页。

家的批评家》这样较抽象性的文章，鲁迅也在尽量运用形象隐喻，以达到应有的批评效果："批评家的批评家会引出献忠考秀才的古典来：先在两柱之间横一条绳子，叫应考的走过去，太高的杀，太矮的也杀，于是杀光了蜀中的英才。这么一比，有定见的批评家即等于张献忠，真可以使读者发生满心的憎恨。但是，评文的圈，就是量人的绳吗？论文的合不合，就是量人的长笨吗？有关"圈子批评家的一个问题"，在鲁迅的笔下成了一种形象的比喻，这一比喻暗示着批评的标准以及价值取向问题。

（二）杂感式和序跋体的文体类型

鲁迅对作家作品的批评，常见于两种文体，一是他的杂文创作，一是序跋，而序跋体又常常收入鲁迅所编的杂文集内。这说明了鲁迅文学批评文体的一个明显的特征就是杂文体特征。关于杂文，鲁迅不止一次谈到其文体特征，在《〈且介亭杂文〉序言》中，鲁迅说："凡有文章，倘若分类，都有类可归，如果编年，那就只按作成的年月，不管文体，各种都夹在一处，于是成了'杂'。"鲁迅这里是从编年体的角度，不管类型，混编一起的文集，都称之为"杂文"，它有别于后来人们重新厘定的作为一种文体的"杂文"。那么，这种"杂"就包括各种文体，而不是专指某一种文体，它有可能是散文小品，小说戏剧，也有可能是学术论文，书信日记，因此，文艺批评很自然地成为"杂文"中的一种。从另外一个角度来讲，鲁迅的文艺批评已经超越了这种编年式的"杂文"，而具有鲁迅一贯文风的杂文的文体特征和类型特征，已经成为鲁迅作为一位杂文作家文学创作的一个重要组成部分，或者说，鲁迅创作这些杂文体的批评的主要动机，是将文艺现象作为一种社会现象进行批判的，诸如《所谓"国学"》、《对于批评家的希望》、《反对"含泪"的批评家》，而他那些与"现代评论派"论争的杂文，如《青年必读书》、《并非闲话》、《咬文嚼字》等，已经是鲁迅自觉的杂文创作的一个部分了。20 世纪 30 年代，鲁迅的大部分杂文都是涉及文艺问题，诸如左翼文艺运动、小品文、民族主义文艺运动、"两个口号"等，或者可以这样说，鲁迅的杂文与文艺批评的文体界限已经极为模糊，在"杂"与"感"的文体特点方面达到了一种写作的极致。尤其是收在《且介亭杂文》中的作品，几乎就是文艺批评的杂文集，《〈草鞋脚〉小引》、《"论旧形式的采用"》、《连环图画琐谈》、《拿来主义》、《门外文谈》、《中国文坛上的鬼魅》、《关于新文字》、《漫谈"漫画"》、《"文人相轻"》、《杂谈小品文》,等等,恰如他在《准风月谈·后记》中所说:"内容也还和先前一样,批评些社会的现象,尤其是文坛的情形。"

作为文学批评的序跋文体,鲁迅一改古代序跋腐酸的士大夫气,去掉了那种捧场式的阿谀奉承,也少有个人间的狭隘情感的表露,而将目光投向了社会、人生。鲁迅将杂文笔法融入其中,形成了鲁迅式的杂文体序文。鲁迅的杂文创作往往由社会现实中的人物或事物引发出来,发表议论,抒发情感。鲁迅所作序跋,则往往是由作家或作品引发出某种感想,抓住一点,挥洒开去,铺排成篇。这里没有固定的样式和写法,也没有高深的理论和滔滔不绝的论述,只是有感而发,随意而写。杂文的"灵魂"也正在于这"感"和"意",在于对这"感"和"意"的阐发。所谓"序"是对所序之作及其作者的评论和评价,但它又不仅仅是评,而且还由于作序者的身份以及作序者与作者的关系,引发出若干涉及人生社会文化各方面的话题,或者说,作序者常常借为他人的作品作序发表种种议论。因此,这种文体又往往逸出于序所评论的范围,成为真正意义上的"杂"文。鲁迅为徐懋庸的《打杂集》作的序,是一篇洒脱、优美的序文,文章由社会议论到文坛现状,由文坛现状议论到"文学概论"和杂文的定义,由杂文再议论到徐懋庸的《打杂集》。鲁迅在这篇序文中评论到作品的文字极少,大多篇幅是在议论作品以外的事情,对于文坛的种种弊端的抨击尤其使人读来畅快。鲁迅为葛琴的《总退却》作的序,则重点对小说在文学史上的地位进行评论,那种犀利的文字和泼辣的文风显示着鲁迅体的独特。鲁迅称他的"序""不像序",其实这"不像"的一面,是他的序的杂文特征的手法。是不像中的"像",或者说"是",因为杂文体序文古无定式和成法,有的是批评者的创造和发展。

作为序跋文体的文学批评,鲁迅体的杂文特征主要在于每篇文章中的那些精妙绝伦的文字。鲁迅不善于多方面多层次多角度地批评作品,而是抓住批评对象的本质,以精辟文字作出有见地的批评。我们不妨先摘引几段文本,以体味鲁迅体的丰厚:

> 这里的六个短篇,都是太平世界的奇闻,而现在却是极平常的事情。因为极平常,所以和我们更密切,更有大关系。作者还是一个青

年，但他的经历，却抵得太平天下的顺民的一世纪的经历，在转辗的生活中，要他为“艺术而艺术”，是办不到的。

鲁迅：《叶紫作〈丰收〉序》

素朴的文风、平静的语气中，却是一种不平静，对作品的批评也更富有战斗的气息。

这自然还不过是略图，叙事和写景，胜于人物的描写，然而北方人民的对于生的坚强，对于死的挣扎，却往往已经力透纸背；女性作者的细致的观察和越轨的笔致又增加了不少明丽和新鲜。

鲁迅：《萧红作〈生死场〉序》

感悟印象式的批评，在诗的语言中表达得更为动人，而鲁迅的语言，显然首先是从他的高超的阅读鉴赏力中得来的。

这《八月的乡村》，即是很好的一部，虽然有些近乎短篇的连续，结构和描写人物的手段，也不能比法捷耶夫的《毁灭》，然而严肃，紧张，作者的心血和失去的天空，土地，受难的人民，以至失去的茂草，高粱，蝈蝈，蚊子，搅成一团，鲜红的在读者眼前展开，显示着中国的一份和全部，现在和未来，死路和活路。

鲁迅：《萧军作〈八月的乡村〉序》

近似于散文式的语言笔法，在形象的描述中，却极为准确地表现出了对作品的艺术把握，鲁迅的艺术天性也在这样的序文中得到了完美的表现。类似这样的精粹的文字，在鲁迅所作的序文中，几乎每篇都有，构成为序跋体批评的中心框架，并以其点中序作之魂的语言，描述出作品的总体风格。这种文评类似于古代文学批评中的点评。也可以说，鲁迅将古代点评方法融入序跋之中，在杂谈与杂感表现中将作品推荐到读者面前。从批评语言的角度来看，鲁迅避开了纯理性化用语，将感受性的诗意化的语言，融入序跋之中，他将种种意象集合在一起，借助于情绪之流，使之在序作中符号化。不难看出，鲁迅的批评语言导源于对原作的深刻理解和体悟的把握，充满隐喻意味的语言，支撑了鲁迅体序跋的构架，一个个意象的排列，呈现出语言的美文化和系统性。而那种描述语言，又能够准确地概括作品，体现出作品的基本特点。

第八章　现实主义文学批评的时代追求

茅盾是贯穿中国现代文学批评史的重要批评家，这位现实主义理论的积极倡导者与批评者，在现代文学史上也起到了重要的作用，他的文学批评理论与观念，对整个中国现代文学的发展也具有不可忽视的意义，重新认识茅盾的文学思想与批评理论、方法，对于重新确立茅盾在中国现代文学批评史上的位置，认识茅盾与中国现代文学的关系具有重要的价值意义。

一、重建中国现代文学秩序的渴望与努力

茅盾是中国现代文坛上最重要的批评家之一。他是在胡适、周作人等文学革命的倡导者之后成长起来的批评家。当胡适于 1917 年在《新青年》上发表《文学改良刍议》提倡文学革命的时候，茅盾才是一个刚刚北京大学预科毕业到商务印书馆工作不久的年轻编辑。在商务印书馆，他每天的主要工作是在英文部修改英文函授生课卷，以及和别人合作译书，对于发生在北京的新文学运动并无多少直接的感受。茅盾对他当时工作的感受是："我在英文部工作已有一月了，我并不讨厌机械式的改卷，反倒喜欢这里的必说英国话的'怪'现象。我以为这可以提高我的英文口语的能力。在北京大学预科时，虽然洋教员有四、五名之多，但我的英文的口语总不好，同

学中大都如此。”[①]据茅盾个人的说法，他真正地关注文学是从“五四”运动之后，“到了一九一九年春夏之交，‘五四’运动爆发了，在它的影响和推动下，我开始专注于文学，翻译和介绍了大量的外国文学作品”[②]。而这时，文学革命已经推向深入，从胡适的白话文运动发展到周作人的“人的文学”，文学革命已经取得成功，无论是文学理论的建设还是文学创作，都获得了较大的发展。在理论建设方面，白话文学已经得到文学界的承认，“人的文学”的理论表现出新文学的发展的明确方向；文学创作方面，鲁迅带着《狂人日记》等作品进入文坛，郭沫若、郁达夫、冰心等作家的出现，为新文学奠定了坚实的基础；有关作家作品的批评虽然还落后于理论建设和创作实践，但也显示了一些努力。可以说，新文学的秩序已经基本上建立起来，文学正沿着倡导者们设计的道路向前发展。茅盾出现在文坛上的时候，“五四”新文化运动和文学革命的大潮都已经汹涌而过，新文学的基本命题和文学秩序都已经确立。因此，当茅盾进入文坛的时候，他还需要借“五四”之名来表达自己的思想，通过对“五四”文学命题的阐释来建立新的文学秩序和规范。

（一）“五四”命题与茅盾的介入

与新文学的倡导者们一样，茅盾也是以文学批评和理论建设者的身份进入文坛的，只是时间上晚了近三年，但其思路却基本是一致的，都试图通过文学理论批评改变文学界的现状，在理论倡导中实现文学新秩序的重建。从这个意义上说，茅盾不是先从创作上进入文坛而是从理论批评方面涉足文坛的，首先是从理论建设上重新构建新文学观念，为新文学建立一种新的规范。

茅盾从1920年以“佩韦”的笔名在《东方杂志》第17卷第1期发表《现在文学家的责任是什么?》开始，沈雁冰或茅盾的名字，就与中国文学产生了广泛的联系。这种联系不仅在于茅盾的文学理论批评对中国现代文学批评的影响，而且更在于他的理论倡导建构的新的理论范式。《现在文学

① 茅盾:《我走过的道路》(上)，北京:人民文学出版社1981年版，第109页。

② 茅盾:《我走过的道路》(上)，北京:人民文学出版社1981年版，第132页。

家的责任是什么?》虽然是一篇文艺杂论,就当时的文学现象和文坛现状发表评论,但是,我们完全可以把这篇评论看作是茅盾进军文坛的一篇宣言。茅盾在这篇评论中,以一连串问题,向中国文坛挑战:“中国现在正是新思想勃发的时候,中国文学家应当传播新思潮的志愿,有表现正确人生观在著作中的手段。应该晓得什么是文学?什么是文学的哲理?什么是文学的艺术?什么叫做社会化的文学?什么叫做德谟克拉西的文学?”[①]茅盾的这一连串问题是有所指的,一方面,茅盾承继“五四”新文学提出的一系列命题,诸如德谟克拉西(民主)、人生观、社会文学等,这些问题都是“五四”作家提出并努力回答的问题。茅盾再次提出,本身并没有什么特别新奇的地方,但是,茅盾所提出的这些问题都围绕着一个总的命题,这是为“五四”新文学提出但并没有回答的一个问题:为人生。在茅盾的理论表述中,“新思潮”是这个时代的前进方向,是文学表现的总目标,这个新思潮在茅盾的解释中就是“正确的人生观”,而这个所谓的“正确的人生观”也就是文学如何为人生的问题。所以,他紧接着说:“文学是为表现人生而作的。文学家所欲表现的人生,决不是一人一家的人生,乃是一社会一民族的人生。不过描写全社会的病根而欲以文学小说或剧本的形式出之,便不得不请出几个人来做代表。他们描写的虽只是一二人、一二家,而他们在描写之前所研究的一定是全社会、全民族。从这里研究得普遍的弱点,用文字描写出来,这才是表现人生的文学,这是现在研究文学的人不可不知道的。”所以,在他看来,文学的责任,“是欲把德谟克拉西充满在文学界,使文学成为社会化,扫除贵族文学的面目,放出平民文学的精神。下一个字是为人类呼吁的,不是供贵族阶级赏玩的;是‘血’和‘泪’写成的,不是‘浓情’和‘艳意’做成的,是人类中少不得的文章,不是茶余酒后消遣的东西!”[②]与此同时,茅盾在另一篇文章中更明确地提出了文学的目标:“我以为新文学就是进化的文学,进化的文学有三件要素:一是普遍的性质;二是有表现人生、指导人生的能力;三是为平民的非为一般特殊阶级的人的。唯其是要有普

① 佩韦(茅盾):《现在文学家的责任是什么?》,《东方杂志》,第17卷第1期,1920年1月。
② 佩韦(茅盾):《现在文学家的责任是什么?》,《东方杂志》,第17卷第1期,1920年1月。

遍性的，所以我们要用语体来做；唯其是注重表现人生、指导人生的，所以我们要注重思想，不重格式；唯其是为平民的，所以要有人道主义的精神，光明活泼的气象。”①从茅盾的这番论述可以看出，“为人生”，这是茅盾所有文学问题的出发点，也是他进入文学的重要宣言。

需要进一步研究的是，茅盾所论述的这些问题，大多是“五四”作家如胡适、陈独秀等人曾经阐述过的，茅盾为什么还要花费较大的气力去进行新的论述，并赋予新的含义？当新文学已经取了决定性位置的时候，茅盾再来阐释这些问题，其目的何在？或者说，茅盾的文学批评在对“五四”命题进行新的阐释的时候，既承继了“五四”的精神，而又在某种程度上修改了“五四”，对“五四”进行了新的阐释，也对“五四”进行了新的修正，使“五四”命题向着他所期望的方向发展。

1920年，是中国新文化发生重大转折的一年。这一年，白话文被教育部宣布为全国中小学使用的语言，从而确定了白话文的社会地位和文学地位；这一年，新文化运动的阵营内部发生了分化，陈独秀带着《新青年》南下，而胡适随后努力于《努力》，他的白话文主张也无需进行更多的倡导，一贯喜爱尝试的胡适也在思考着新的出路。鲁迅在教育部的公务员位置虽然没有忧虑，但也没有多少滋味。在文学上，鲁迅以创作实践着新文学提出来的诸多理论问题，文学创作上获得了重要成就；周作人还在继续着他的“生活的艺术”，尽管他的“人的文学”得到了不少同人的支持，但却少有人进一步阐述，就是他本人也更多地迷恋于“自己的园地”。而曾经参与过新文化运动的傅斯年、罗家伦等人，则离文学越来越远。可以说，新文学走到了一个非常敏感的地段，新文学的秩序和文学规范需要进一步理顺。茅盾的出现，恰好在这个非常需要他的时候。茅盾曾以回忆过他参与《小说月报》的改革过程，并讲述了他作为“打开缺口的人”的偶然与机会：

《小说月报》的半革新从1920年1月出版那期开始，亦即《小说月报》第11卷开始。这说明，十年之久的一个顽固派堡垒终于打开缺口

① 茅盾：《新旧文学平议之评议》，《茅盾文艺杂论集》（上集），上海：上海文艺出版社1981年版，第12页。

而决定了它的最终结局,即第12卷起的全部革新。

我偶然地被选为打开缺口的人,又偶然地被选为进行全部革新的人,然而因此同顽固派结成不解的深仇。这顽固派就是当时以小型刊物《礼拜六》为代表的所谓鸳鸯蝴蝶派文人;鸳鸯蝴蝶派是封建思想和买办意识的混血儿,在当时的小市民阶层中有相当的影响。①

在这里,茅盾对鸳鸯蝴蝶派的评价自有其不公允的地方,但他却讲出了一个事实,这就是茅盾及其随后成立的文学研究会以批判打击《礼拜六》及其鸳鸯蝴蝶派,来提升"为人生"的文学地位,确立"表现人生、指导人生"的文学价值体系。同时,也应该看到,茅盾主编改刊后的《小说月报》正是从鸳鸯蝴蝶派手中接过来的。所谓改刊,就是将鸳鸯蝴蝶派的刊物改为新文学的刊物;所谓打开缺口也就是从鸳鸯蝴蝶派的强大势力中,争取生存的空间,建立新的文学秩序。但是,1920年的茅盾要做到这一点,仅仅依靠他自己的力量是无法完成的,他需要借助"五四"新文学的影响及其理论,建构起自己的理论体系,借"五四"的壳,装自己的果实,用"五四"扮亮自己。从这个角度讲,茅盾在1920年发表的一系列批评文章,不在于他的理论是否符合"五四"新文学的精神,而主要在于他所提出的思想观点,对"五四"进行修正,进而完成自己的理论体系建构,并以这种理论重新整顿文学界的局面,梳理出一条新的文学道路,建立起一种新的文学秩序和文学理论批评的规范。

不过,并不是茅盾发表几篇批评文章就可以改变新文学发展的方向,建立起新的文学秩序的。他需要有一定的理论批评作为资本,更需要掌握一定的文化资本,诸如报刊、文学机构等。巧合的是,商务印书馆为他提供了这样的机会,而且他非常及时地把握住了这样的机会。茅盾参与《小说月报》的工作几乎是和他发表文学评论同时的。1920年1月他在《东方杂志》发表评论文章《现在文学家的责任是什么?》的同时,也在《小说月报》上为开辟的"小说新潮"栏目写了几篇介绍外国文学的文章,以"小说新潮"的栏目撕开了《小说月报》的裂隙。1920年11月,茅盾应邀接手《小说月

① 茅盾:《我走过的道路》(上),北京:人民文学出版社1981年版,第155页。

报》。当他着手准备革新后的《小说月报》的稿件时，曾与郑振铎有过联系，在郑振铎的回信中，得知了正在筹备中的文学研究会，并很快参与了文学研究会的筹备活动，成为研究会的重要成员。1921 年，文学研究会成立并改革了《小说月报》，这样，茅盾及其文学研究会的主要成员就拥有了一个社团和一个杂志这两种重要的文学资本，而正是这两种文学资本，使文学研究会很快成为文学界的重要团体，茅盾本人也迅速成为文学界的重要人物。而且，通过《文学研究会宣言》和《〈小说月报〉改革宣言》等机构文件，茅盾成为文学研究会和《小说月报》的领军人物。茅盾正是从紧紧抓住新文学的文学资本而进入文学界，并通过文学批评活动逐渐掌握文学的权力话语，占据了文学的重要位置。

（二）为人生与为社会

在谈到茅盾早期文学批评的理论来源时，人们往往将其与卢卡奇联系在一起，这固然是正确的，也看到了茅盾文学思想的主要来源。但是，不能忽视的是，茅盾的文学思想与他所受到的“五四”影响，而又主要是《新青年》的主编陈独秀的影响至关重要。尽管茅盾本人在其回忆或其他文字中对陈独秀并没有多少评价，甚至也很少看到叙述二人之间关系的描写，但是，茅盾从各个方面受到陈独秀的影响是非常明确的。可以说，在行动上，茅盾追随陈独秀的革命；在思想上，茅盾接受了进化论的影响；在文学上，茅盾继承了陈独秀的社会文学的观念。从文学的层面来看，茅盾接受陈独秀的影响主要有两个方面，一个是陈独秀在《文学革命论》中所提出的“三大主义”，成为茅盾文学批评的主要思想来源之一；一个则是陈独秀作为中国共产党的创始人之一，其社会革命的思想对茅盾所产生的影响。茅盾回忆早期的思想和文学观念时曾说，他在文学批评中“提倡写实主义和新浪漫主义（后者的代表就是罗曼·罗兰）；赞成进化的文学、为平民的文学；主张艺术要为人生、要为人生、为社会服务”①。茅盾在这里所说的几个文学主张，基本上与陈独秀所提出的“国民文学”、“社会文学”和“写实文学”是一致的，而进化论文学思想更是陈独秀以及“五四”时代的作家们所信奉

① 茅盾：《我走过的道路》（上），北京：人民文学出版社 1981 年版，第 287 页。

的。其实,不仅仅是文学思想,而且思维方式以及对文学的社会功能的认识,茅盾都与陈独秀有着惊人的一致。同时,茅盾从事文学活动的方式也与陈独秀非常相似,都是先重视文学批评的理论建设,以理论引导创作,或者以理论代替创作。陈独秀提倡文学革命,却只有理论而少有创作上的实践,他是一个以理论影响文坛的人物,以发动运动的方式促成文学的发展。茅盾初入文坛,首先也是从文学批评开始的,他也试图像陈独秀那样发动文学运动以影响于整个文学界,他组织文学研究会的目的,并非单纯地从事文学研究与创作,而是有非常明确的倡导文学运动的目的。从1920年到1927年,茅盾主要从事文学批评和编辑工作,直到大革命失败后他才开始文学创作。

茅盾是受陈独秀的影响参加社会政治活动的,他在《我走过的道路》中曾以回忆说:"大概是1920年年初,陈独秀到了上海,住在法租界环龙路渔阳里二号。为了筹备在上海出版的《新青年》,他约陈望道、李汉俊、李达、我,在渔阳里二号谈话。这是我第一次会见陈独秀。"这一次见面,陈独秀给茅盾留下了不错的印象,也就这一年,茅盾受陈独秀影响参加了在上海的共产主义活动小组。在这里,我们所关注并不是茅盾所参加了怎样的党派活动,而是更关注茅盾所参加的社会政治活动与他参加的文学活动,在某种意义上是同一件事情的两个方面。也就是说,茅盾把文学与政治活动都是作为参与社会的一种方式。对此,王晓明在分析文学研究会时,曾有过精彩的论述:"在我看来,文学研究会这样独特的团体的出现,正是《新青年》模式在文学领域里扩散的结果。在陈独秀的棋盘上,新文学仅仅是一枚小卒,所以,他们虽然促成了新文学的诞生,又为它设计了一系列的发展方案,却并没有真花太多的气力去实现这些方案。真正实现这些方案的,是文学研究会。比方说,陈独秀等人希望中国走写实主义的道路,文学研究会则使这种希望变成了现实。写实主义——它后来叫现实主义——在现代文学中的主流地位,正是在二十世纪前半叶,由沈雁冰等人提倡,由《小说月报》和《文学研究会丛书》的出版,帮助确立起来的。再比方说,《新青年》开创了一种用翻译和理论来指导创作的风气,文学研究会则把这种风气发扬光大,别的且不说,《小说月报》就是一个常常将理论和翻译置于创作之上的刊物。”①

由此，我们也就不能看出，茅盾的文学观中，文学并不是占主导地位的，或者说茅盾的心思基本上不在文学上，而是在社会上，他非常期望能有参与政治社会的能力和机会。他之所以积极地响应陈独秀的文学思想，实践陈独秀的理论观点，主要不在于陈独秀的文学思想有多么重要，而首先在于这些观点是陈独秀提出来的。陈独秀是国内著名的社会活动家、革命家，他的一言一行都会对那些倾向于革命的青年，诸如茅盾这样的刚刚从北京大学预科毕业的青年来说具有强劲的诱惑力。因此，在茅盾那里，文学为人生，其实更是为社会，为人生的文学是为社会的文学另一种说法。

（三）文学批判中的“为人生”

毫无疑问，“为人生”是茅盾参与文学活动的最重要的批评话语之一，从 1920 年他发表第一篇文学批评文章开始，“为人生”就是茅盾从事文学活动的主要话语，经由 1921 年文学研究会宣言的纲领性张扬，成为茅盾的标志性的文学符号。我们注意到，“为人生”之所以能够成为新文学最重要的文学主张之一，除新文学建设的发展使然，还有一个重要的原因，那就是这个主张是茅盾和文学研究会在与鸳鸯蝴蝶派的矛盾斗争中提出来的，早期茅盾在阐述“为人生”的文学主张时，基本上是把这一主张置于鸳鸯蝴蝶派的对立位置上的。明晓这一点，是非常重要的。也就是说，“为人生”的文学主张并不是凭空产生的，也并不仅仅是对“五四”新文学思想的进一步阐发，而是有所指，有所目的的。茅盾是从 1920 年开始参与《小说月报》的编辑和撰稿的，他回忆道：“身兼《小说月报》和《妇女杂志》主编的王莼农忽然找我，说是《小说月报》明年起将用三分之一的篇幅提倡新文学，拟名为‘小说新潮’栏，请我主持这一栏的实际编辑事务。”这对年轻的茅盾来说，既是一个机遇，也不能真正满足其要求，“我问他：是看稿子，并决定取去么？回答是，也要出题目。我又问：出什么题目？回答是，例如要翻译什么作家的什么作品。我又问：创作如何？他答：这个小说新潮栏专登翻译

① 王晓明：《一份杂志和一个“社团”》，《刺丛里的求索》，上海：上海远东出版社 1995 年版，第 290 页。

的西洋小说或剧本。我这才弄明白他的真意所在。……我摸清了来意,就推托说:手里的事太多,抽不出时间帮忙”①。从茅盾的回忆来看,他当时期望能够通过创作参与到新文学中来,而不满足于仅仅是参与翻译介绍的工作。但是,这时期的《小说月报》还基本上是被“礼拜六派”的把持着,而“礼拜六派”的存在极大地压抑了茅盾在商务印书馆的发挥。当文学研究会成立,《小说月报》成为文学研究会的机关刊物,茅盾成为改革后的《小说月报》主编时开始批判鸳鸯蝴蝶派,以批判反抗文学界的权威争取自己的生存空间。

文学研究会及茅盾对鸳鸯蝴蝶派进行了有组织的猛烈批判,他们不仅利用《小说月报》的改革不再刊登鸳鸯蝴蝶派的作品,而且在相关报刊上发表了一系列的文章,对鸳鸯蝴蝶派进行了理论上的清算和创作上的批判。《文学研究会宣言》中说:“将文艺当作高兴时的游戏或失意时的消遣的时候,现在已经过去了。我们相信文学是一种工作,而且又是于人生很切要的一种工作;治文学的人也当以这事为他终身的事业,正同劳农一样。”《文学研究会宣言》中的这一观点,常常被文学史家和评论家们引用来阐述文学研究会的文学观,说明文学研究会“为人生”的文学思想。但我们注意的是,这一段文字出现在《文学研究会宣言》中的“建立著作工作基础”的一层“意思”中,是与他们所设计的“建立著作工作基础”联系在一起的,是把文学当作“终身的事业”的一种“工作”。所以,他们明确地声明,“我们发起本会,希望不但成为普通的一个文学会,还是著作同业的联合的基本,谋文学工作的发达与巩固”②。这样,我们也就可以明白他们的“意思”了。原来,在这个宣言中,他们并不是提倡“为人生”的艺术,而是借“为人生”作为旗号,组织一个“著作工会”。他们对鸳鸯蝴蝶派的批判和清算,其实也是为了清理《小说月报》的人员,建立一个统一的机构。茅盾接替王蕴章主编《小说月报》后,原来鸳鸯蝴蝶派的主要人物林纾、程瞻庐、程小青、周瘦鹃等都退出了出去,而代之以文学研究会的郑振铎、王统照、周作人以及鲁

---

① 茅盾:《我走过的道路》(上),北京:人民文学出版社1981年版,第154页。

② 《文学研究会宣言》,《小说月报》,第12卷第1号,1921年1月。

迅、冰心等新文学作家,《小说月报》全面改换门庭。

当然,文学研究会的文学主张也针对鸳鸯蝴蝶派的文学思想,在他们看来,鸳鸯蝴蝶派的文学就是某种意义上的"旧文学",新与旧的对立在文学研究会那里,首先就是与鸳鸯蝴蝶派的对立。在鸳鸯蝴蝶派那里,文学就是游戏,就是一种文化消费,所谓"买笑耗金钱,觅醉碍卫生,顾曲苦喧嚣,不若读小说之俭省而安乐也。"[①]在《游戏杂志》的序中,他们表达了同样的文学思想:"不世之勋,一游戏之事也。万国来朝,一游戏之场也。号霸称王,一游戏之局也。"[②]就是他们的刊名也能够反映出这一文学流派的倾向:《玫瑰之路》、《快活》、《礼拜六》、《游戏世界》、《香艳小品》、《销魂语》、《消闲月刊》、《快活林》、《笑报》等,其游戏、消遣,典型地反映出鸳鸯蝴蝶派文学的特征。新文学对鸳鸯蝴蝶派的批判,始于"文学革命"时期,1918年4月,周作人在北京大学的一次关于日本近30年来小说变迁的演讲中,就提到了"《玉梨魂》派的鸳鸯胡蝶体"[③],而在随后的《人的文学》一文中,周作人把"才子佳人类"、"下等谐谑类"、"黑幕类"等,都作为"妨碍人性的生长,破坏人类的平和的东西",也就是"非人的文学"而予以批判。1920年,当茅盾着手准备改革《小说月报》时,首先考虑的就是如何处理留下来的鸳鸯蝴蝶派的作品,如何清理鸳鸯蝴蝶派的文学影响。也可以说,茅盾及《小说月报》要真正站稳脚跟,就需要一方面组织好新文学的稿子,一方面又要肃清此前的《小说月报》所遗留下的阴影。对鸳鸯蝴蝶派的批判既是文学发展的需要,也是一种战略要求,是茅盾及文学研究会借批判鸳鸯蝴蝶派之机对新文学秩序的一次新的调整。茅盾在这时期发表的一系列评论文章,主要从人生与文学的关系上,阐述新文学的理论观点,构建起一套新的批评话语。郑振铎就曾发表了《新旧文学的调和》、《中国文人对于文学的根本误解》、《悲观》等大量文章,对他眼中的"旧文学"也就是鸳鸯

① 钝根:《〈礼拜六〉出版赘言》,陈平原等编:《二十世纪中国小说理论资料》(第1卷),北京:北京大学出版社1997年版,第484页。

② 《〈游戏杂志〉序》,《游戏杂志》,1913年第1期。

③ 周作人:《日本近三十年小说之发达》,《艺术与生活》,河北教育出版社2002年版,第147页。

蝴蝶派的文学进行了理论上和创作上的猛烈批判。茅盾本人也在一系列文章中阐述了自己的观点,并对鸳鸯蝴蝶派的文学进行了批判。茅盾虽然没有像郑振铎那样激烈,但他对文学与人生关系的阐述,显然是针对着鸳鸯蝴蝶派的。尤其随着鸳鸯蝴蝶派文人对改革后《小说月报》的嬉笑怒骂,文学研究会更加展开攻势,加大了对鸳鸯蝴蝶派的批判力度。茅盾、郑振铎、周作人、胡愈之、李之常等,从不同的角度,运用不同的方法,阐述了为人生作为新文学努力的文学方向与人生、社会的关系,也批判了鸳鸯蝴蝶派将文学当作游戏的赏玩的"旧文学"的思想特征。茅盾正是利用与鸳鸯蝴蝶派的论争的机会,将"为人生"文学思想进行了比较系统的理论阐述,构建起文学批评思想的基本框架。

(四)文学历程与批评实绩

茅盾的文学批评活动与中国现代文学及其文学批评具有密切的关系,他的批评活动的每一步几乎都带着现代文学的鲜明的印记。梳理茅盾文学批评的历程,既能够看到他的批评活动的身影,而又可以看到中国现代文学批评的发展历程。

茅盾一生的文学批评可以大体划分为以下几个阶段:从 1920 年到 1927 年,是他文学批评活动的第一个活跃期。这一时期的茅盾主要承担了文学批评和文学编辑的任务,是文学研究会重要的理论家和编辑家。作为编辑家,茅盾通过《小说月报》获得了重要的文学话语权,掌握了重要的文学资本;通过编辑文学作品,表达着他的文学思想,也是批评方式之一。作为《小说月报》的主编,茅盾主要通过推荐文学新人和强化建设"卷头语"和"通信"栏目进行批评,表现刊物的文学导向。1921 年《小说月报》改刊后,茅盾就将冰心作为重点介绍的作家予以推荐,在第 12 卷第 1 期上,就以显著位置刊登了冰心的《笑》,第 4 期又在突出位置发表了冰心的代表作《超人》,茅盾特别为发表这个作品加了一个"附注":"雁冰把这篇小说给我看,我不禁哭起来了!谁能看了何彬的信不哭?如果有不哭的啊,他不是'超人',他是不懂得吧?冬芬附注。"这篇"冬芬"的"附注"是很真诚的,也很"煽情",与此同时,《小说月报》的《最后一页》往往以"重点篇目"和"值得注意”的评价向读者推荐冰心的作品，甚至通过“征文”[①]的方式征求评论家和读者对《超人》的评论。《小说月报》如此推崇一位青年女性的作品并不多见，可见冰心在文学研究会及《小说月报》心目中的位置。我们关心的不是茅盾为什么通过《小说月报》介绍推荐冰心，而主要通过这一现象的分析，进一步研究茅盾是如何通过文学编辑进行批评活动的。比较于文学研究会的诸位发起人，冰心的确不能算是当时文坛的显赫人物，无论周作人、沈雁冰，还是王统照、叶圣陶、许地山，都是文坛极有影响或有相当功底的文人学者，就是郭绍虞、蒋百里等文学界以外的人物，也是各界的显赫人物。如此众多的身份不一的人物参与文学研究会，改刊《小说月报》这样一份流行文学杂志，“意义不是在实现会员自己的文学梦想，而是为文坛提供一个主导性的中心机构”[②]。在这样一个机构里通过《小说月报》等文学杂志，文学研究会极力向社会推荐一位女性作家，当然并不是学会内部缺少人马，或者没有适合于本会主张的会员，而主要在于通过对冰心的“包装”，向读者推出一位“纯文学”作家，以表明文学研究会的“文学”实绩，以使他们的“建立著作工会基础”的宗旨落到实处。冰心在《小说月报》发表的作品并非完全甚至主要不是实践文学研究会的“为人生”和“写实主义”的文学主张的，《笑》、《超人》、《爱的实现》、《最后的使者》、《往事》、《悟》等作品，主要是表现“爱的哲学”，她那些反映现实的“问题小说”大多发表在《晨报》上。这说明《小说月报》并不是通过冰心来宣传其“写实主义”文学主张的，与他们提供的“同人以为写实主义在今日尚有切实介绍之必要”[③]相距甚远。但冰心却以她的创作向人们证实，她是一位名副其实的作家，可以以写作为职业成为文学研究会及其《小说月报》的“驻会作家”，是一位由《小说月报》为文学研究会培养出来的“著作工会”里的作家。

---

① 《小说月报》第12卷第5号曾刊发“征文”，以“甲名十五元，乙名十元，丙名五元，丁名酬本馆书券”的报酬征求读者“对于本刊创作《超人》（本刊第四号）《命命鸟》（本刊第一号）《低能儿》（本刊第二号）的批评”。

② 王晓明：《一份杂志和一个“社团”》，《刺丛里的求索》，上海：上海远东出版社1995年版，第289页。

③ 《〈小说月报〉改革宣言》，《小说月报》，第12卷第1号。

《小说月报》的“卷头语”和“通信”栏目也是茅盾开展文学批评活动的重要阵地。“卷头语”作为主编与读者的直接对话,往往最直接体现了编者的思想。茅盾在“通信”栏目中,更多的是讨论有关重要的理论问题,诸如语言改革的问题、自然主义与中国文学的问题等,而这些问题,也都是茅盾在文学批评中关注的,现在则通过一个刊物的栏目引导读者的讨论,实际上是试图通过这种讨论引起读者关注编者正在关注的文学问题。这种有意组织读者参与文学批评的方法,既发挥了期刊的组织功能,而又活跃了文学批评的气氛。

茅盾这一时期写作了大师的评论文章,无论是他作为《小说月报》的主编时期,还是不再担任主编之后,充分利用他对文学界熟悉的优势,对文坛现状和作家的创作进行评论。茅盾这个时期的批评文章主要有两种类型,一是综论创作现状和作家作品评论的,如《评四五六月的创作》、《〈创造〉给我的印象》、《读〈呐喊〉》;一类是创作理论,如《文学和人生的关系及中国古来对文学者身份的误认》、《社会背景与创作》、《文学与人生》、《新文学研究者的责任与努力》、《自然主义与中国现代小说》等。这个时期,茅盾更擅长的是后一类型的批评,在这类批评中,茅盾自觉不自觉地将其文学思想通过文学研究会渗透到整个文学领域,他那种初创时期的带有某种杂论性的批评观念,如同那个期的整个文学界一样,还没有形成更加系统的批评方法。

从 1928 年发表《从牯岭到东京》和《读〈倪焕之〉》开 始 到 1949 年 在第一次文代会上发表《在反动派压迫下斗争和发展的革命文艺》,是茅盾文学批评活动的第二个时期,这个时期是茅盾作为文艺批评界的权威人物的时期,也是他在批评方法、批评文体建设中做出重要贡献的时期。这个时期,茅盾一方面将文艺批评的重点投入到理论建设中,在革命文学论战等活动中逐步确立了自己在文学史上的位置,也确立了自己的权威身份,如《“民族主义文艺”的现形》、《封建的小市民文艺》、《关于抗战文艺》、《民主运动与文艺运动》等。另一方面,茅盾又在作家作品论中实践着自己的批评主张,如著名的《徐志摩论》、《王鲁彦论》、《冰心论》、《中国新文学大系·小说一集导言》、《关于〈李有才板话〉》等,尤其是他的“作家论”,成为

20 世纪 30 年代文学批评中的一道亮丽的景观。这个时期，茅盾的文学批评已经具有某种权威性的创作的指导意义，他也总是善于从宏观的角度，比较全面地把握文坛现状，在作家作品的批评中全面阐释自己的文学思想。当然，他在左联中的特殊位置以及他的特定的现实主义文学理论，使他的批评按照一个固定的模式向前发展。同时，这个时期围绕茅盾的理论批评，在文学界已经构成了一种“茅盾文学思想”，并且这种思想在现代文学界已经具有了某种权威的意义，甚至方向性的意义。

从 1949 年建国到他去世，这是他文学批评的第三个时期，这个时期的茅盾更多地是以文学艺术界的领导人的身份参与文学批评，那种创建性的批评已经在茅盾身上很难看到了，而作为一个文艺界的领导人，他经常的讲话以及序跋代替了他的文艺批评。但我们并不能简单地否定茅盾在建国后对文艺批评理论的贡献，他这时期的《夜读偶记》、《关于长篇小说〈李自成〉》以及他的当代文学作品评点式的文章，都可以看作是茅盾在新时代文艺批评的代表作，而这些评论，在新时代的文学发展中也的确起到了重要的作用。

二、茅盾构建文学批评的基本理论框架

这里看重的，主要是茅盾的文艺批评与中国现代文学发展进程中的现代文学观念的建立、发展等重要理论问题。

（一）现实主义的重新理解

在茅盾的文学批评理论体系中，写实主义、自然主义、现实主义是一个相当混乱的概念，他在不同的时期、不同的批评文章中，使用不同的概念。这说明茅盾是在对现代主义理论的不断认识中逐渐明确其概念的内涵与特征的。现实主义文学批评理论，是茅盾一生最为重要的理论，是他建立自己的批评理论与体系的理论基础，也是对中国现代文学影响最大的理论，从他初入文坛到建国后的领导工作，他都以现实主义作为批评作家作品、把握文学发展方向的最重要的理论支柱。同时，现实主义理论从一个

与古典主义、浪漫主义相同的理论流派与文学流派,发展成为中国意识形态的唯一文学批评理论,也与茅盾有着极大的关系。

茅盾并不是现代文学史上第一个提倡现实主义文学的作家,但他却是现实主义理论最有力的提倡者之一。作为文学批评理论的概念,写实主义最早是由陈独秀介绍中国来的,1915 年,陈独秀在《青年杂志》上发表的《现代欧洲文艺史谭》中,运用进化论的观点,解释了文学从古典主义、浪漫主义到写实主义、自然主义的演变过程,而对写实主义作了特别的说明:"十九世纪之末,科学大兴宇宙人生之真相,日益暴露,所谓赤裸时代,所谓揭开假面时代,喧传欧土,自古相传之旧道德旧思想旧制度,一切破坏。文学艺术亦顺此潮流由理想主义再变而为写实主义(Realism)更进而为自然主义(Nuturalism)。"[①]1917 年,陈独秀在《文学革命论中》明确提出要建设"新鲜的立诚的写实文学"。与此同时,胡适也极力提倡写实文学,他在《文学改良刍议》中,认为"唯写实今日社会之情状",才是"真正文学"[②]。文学革命倡导时期,写实主义只是当作一种理论被陈独秀、胡适等人在批评文章中提及,并未展开系统的论述,也没有成为对中国文学的明确要求。写实主义之所以能够成为一个重要的甚至是唯一的批评理论,与 1920 年茅盾涉足文坛以及此后文学研究会成立后的大力倡导有相当密切的关系。1921 年,茅盾在《〈小说月报〉的改革宣言》中较早地对现实主义与中国文学的关系进行了阐述:"写实主义的文学,最近已见衰歇之象,就世界观之立点言之,似已不应多为介绍;然就国内文学界情形言之,则写实主义之真精神与写实主义之真杰作未尝有其一二,故同人以为写实主义在今日尚有切实介绍之必要;而同时非写实的文学亦应充其量输入,以为进一层之预备。"此后,他又写下了《脑威写实主义前驱般生》、《波兰近代文学泰斗显克微支》、《西班牙写实文学的代表伊本纳兹》、《脑威现存的大文豪鲍具尔》、《纪念佛罗贝尔的百年生日》等文章,对西方文学中的写实主义进行了较为系统的介绍和引进,向中国作家大力提倡写实主义文学。这种观点到了他

① 陈独秀:《现代欧洲文艺史谭》,《青年杂志》,第 1 卷第 3 号,1915 年 11 月。

② 胡适:《文学改良刍议》,《新青年》,第 2 卷第 5 号,1917 年 1 月。

的《自然主义与中国现代小说》一文中则有了比较系统的发展，提出了更加明确的现实主义理论。有意思的是，为什么茅盾及新文学的批评家们明明知道写实主义“最近已见衰歇之象”，而还要极力的提倡呢？难道仅仅是因为“就国内文学界情形言之，则写实主义之真精神与写实主义之真杰作未尝有其一二”，所以必须要提倡么？一般人们愿意从茅盾与进化论理论的关系上来解释这一文学现象，认为陈独秀、茅盾等批评家从进化论出发简单地认为人类文学的发展是从古典主义、浪漫主义发展到写实主义和自然主义。进化论是影响陈独秀、茅盾甚至胡适、鲁迅等现代作家的重要理论，在这种理论的影响下，“五四”以来的文学批评家坚持认为文学是从低向高发展的，一时代有一时代的文学。在这一方面，茅盾与陈独秀、胡适等人是一致的。但如果仅仅这样看待茅盾与写实主义的关系，则又未免有些简单。茅盾之所以能够接受并提倡写实主义文学，有两个原因是不能不特别关注的，一是写实主义是陈独秀提倡并作为文学革命的主要口号提出来的，作为极力追随陈独秀社会革命活动的茅盾来说，当陈独秀提倡写实主义时，他在具体的文学实践中，将努力使陈独秀的理论倡导变成为文学的现实，茅盾以对写实主义文学的理论阐述作为了对陈独秀追随的一种态度。陈独秀提倡写实文学的口号，而茅盾则将这种理论升华、阐释并进而发展为意识形态话语；一是写实主义与社会的密切关系。我们注意到，写实主义是作为陈独秀“三大主义”之一，在国民文学和社会文学的基础上提出的，也就是说，写实主义是为了能够更好地实现国民文学、社会文学而存在的。前面提到，茅盾是一个社会意识非常突出和强烈的作家批评家，也是一个非常愿意并极力参与社会活动的作家批评家。当他只能参与文学或者以文学的方式参与社会时，他关注的重点不是文学，而是通过文学参与社会。写实是对社会的写实，也是对社会的一种参与方式。

从概念的使用来看，20 世纪 20 年代的茅盾，在“写实主义”、“自然主义”等概念的运用上，是比较混乱的。更多的时候“写实主义”与“自然主义”在茅盾那里是同一概念，并无本质上的区别，但其早期倾向于“写实主义”，而此后则倾向于运用“自然主义”。这种概念使用上的混乱，说明茅盾在对现实主义问题的理解上的混乱，也说明茅盾在把握这一概念时的犹豫。实际上,茅盾是在不断地淘洗中明确现实主义的概念的,这个淘洗的过程是写实主义→自然主义→现实主义,而现实主义这一概念,是茅盾对一种普遍的批评理论的认同和接受。

《自然主义与中国现代小说》一文,是茅盾在20世纪20年代文学批评的一篇代表性文章,也是形成他的批评思想体系的一个基本轮廓。这篇针对现代小说的"若干错误"而发的文章,就现代小说技术上和思想上的错误提出了自己的设想。在茅盾看来,现代小说技术上的错误有两个方面,一"是以'记账式'的叙述法来做小说,以至连篇累牍所载无非是'动作'的清账",一是"他们不知道客观的观察,只知主观的向壁虚造,以至名为'此实事也'的作品,亦满纸是虚伪做作的气味,而'实事'不能再现于读者的'心眼'之前"。即使是"新派"小说家也"不能客观地描写","不曾实地观察就贸然描写了"。茅盾所指出的现代小说的技术失误,主要原因在于不能真实地再现现实生活,所以要根治这些弊端,"须得提倡文学上的自然主义"。茅盾也提出了"自然主义何以能担当这个重任"的问题。他说:

> 我们都知道自然主义者最大的目标是"真";在他们看来,不真的就不会美,不算善。他们以为文学的作用,一方要表现全体人生的真的普遍性,一方也要表现各个人生的真的特殊性,他们以为宇宙间森罗万象都受一个原则的支配,然而宇宙万物却又莫有二物绝对相同。世上没有绝对相同的两匹蝇,所以若求严格的"真",必须事事实地观察。这事事必先实地观察便是自然主义者共同信仰的主张。
>
> 茅盾:《自然主义与中国现代小说》

为此,茅盾将巴尔扎克、福楼拜、左拉等作家作为自然主义的先驱,认为他们的创作"更注意于实地观察,描写的社会至少是亲身经历过的,描写的人物一定是实有其人的"。在茅盾看来,这种自然主义的方法是"经过近代科学的洗礼","他的描写法,题材,以及思想,都和近代科学有关系",正如他在另一篇文章中所说:"自然主义的真精神是科学的描写法。"[1]他还进

① 茅盾:《"左拉主义"的危险性》,《茅盾文艺杂论集》(上集),上海:上海文艺出版社1981年版,第108页。

一步解释说：

> 近代西洋的文学是写实的，就因为近代的时代精神是科学的。科学的精神重在求真，故文艺亦以求真为唯一目的。科学家的态度重客观的观察，故文学也重客观的描写。因为求真，因为重客观的描写，故眼睛里看见的是怎样一个样子，就怎样写。
>
> 茅盾：《文学与人生》

科学带给文学以客观的方法，使作家能够体验到生活的真实，作家用科学的眼光去观察人生的各个方面，然后以科学的方法整理、描写。

根据这样的理论原则，茅盾批评活动中的理论支柱便形成了，在他阅读视野中的“五四”时期的文学创作，都可以用自然主义（写实主义）进行衡量、分析、批评，或者说，一切作品都可以纳入到他的写实主义理论之中。应该说，茅盾的批评思路是正确的，他的《春季创作坛漫评》、《评四五六月的创作》、《一年来的感想与明年的计划》、《一般的倾向》、《最近的出产》等评论文章，大多是以写实主义为其批评的理论基础的。在茅盾看来，一部作品取得成功，是因为它真实地描写了现实；一部作品之所以失败，主要是因为“无经验的非科学的描写”，“描写劳动者生活的作品显然和劳动者的实际生活不符；不但口吻——我以为口吻是比较的难写的——不像，连举动身分都不称。如果创作者平日确曾和劳动者接触过的，当不至隔膜如此！”他“对于现今的恋爱小说不满意的理由却因为这些恋爱小说也都不是自然主义的文学作品”，因此，中国文学要出现优秀的作品，就需要“到民间去经验了，先造出中国的自然主义文学来”，因为，“凡是忠实表现人生的作品，总是有价值的，是需要的”。[①] 应当注意的是茅盾所讲的自然主义是一种“客观”写实的手法，是注重于生活经验的对生活本身的摹写，文学作品表现的生活要与实际生活相符，而不能出现大的偏差。茅盾后来的形象化解释更明显地看到这种理论的特点：“譬如人生是个杯子，文学就是杯子在

---

① 茅盾：《评四五六月的创作》，《茅盾文艺杂论集》（上集），上海：上海文艺出版社 1981 年版，第 59 页。

镜子里的影子。”[①]从这个理论出发,茅盾强调作家创作的环境,强调作家要深入到现实生活中去,“我常想:在能做小说的人去当兵打仗以前,我们大概没有合意的战争小说可读,正如在无产阶级(工农)不能执笔做小说以前,我们将没有合意的无产阶级小说可读一样”[②]。这种曾经影响一时的现实主义理论,在20年代末期的“革命文学”论战中并不鲜见,但这篇发表于1925年的文章,早已经提出了革命文学论者所没有说明白的问题。从这个意义上说,茅盾强调生活环境,强调作家对现实的体验,显然是有相当的片面性的,也显然有悖于文学创作的规律。这种写实主义文学理论,与“五四”以来鲁迅所开创的现代现实主义有一定的差距,甚至可以说这是两种不同的现实主义。这两种不同现实主义对中国现代文学发展的影响也各不相同,当文学史家们将两种现实主义混为一谈时,实际上模糊了中国现代文学两种不同的发展方向,而两种不同的现实主义批评观,同样也在文学批评发展进程中,起到了不同的作用。而此后文学界有关现实主义理论的一次次论争,也说明了两种不同文学观念的竞争、消长以及由此而产生的误解与分歧。

(二)“为人生”批评大旗下的艺术阐释

“为人生”是“五四”以来文学界一个极为笼统、模糊的说法,它并不能真正概括以茅盾为代表的文学研究会的主导思想。如果仅仅以“为人生”作为流派划分的标准的话,那么,创造社无疑同样属于“为人生”的,关键在于,怎样理解和把握茅盾文学观念中的“文学与人生”,或者说,怎样理解茅盾所一贯倡导的“为人生”理论。在这里,写实主义是“为人生”的主导方向,“为人生”是写实主义的主要内涵。

一般论者常常将“为人生”的文学与周作人提出的“人的文学”相提并论,这实际上是一个极大的误解。先看茅盾的“为人生”的文学理论:

> 我以为新文学就是进化的文学,进化的文学有三件要素:一是普

① 茅盾:《文学与人生》,《茅盾文艺杂论集》(上集),上海:上海文艺出版社1981年版,第110页。

② 茅盾:《现成的希望》,《茅盾文艺杂论集》(上集),上海:上海文艺出版社1981年版,第175页。

遍的性质；二是表现人生、指导人生的能力；三是为平民的非为一般特殊阶级的人的。唯其是要有普遍性的，所以我们要用语体来做；唯其是注重表现人生、指导人生的，所以我们要注重思想，不重格式；唯其是为平民的，所以要有人道主义精神，光明活泼的气象。

茅盾：《新旧文学平议之评议》

周作人所提出的“用这人道主义为本，对人生诸问题加以记录研究的文字”的“人的文学”，已经在茅盾这里发生了重大的变化，“人生诸问题”在这里被换成“平民的”，对“人生诸问题加以记录研究”成了“表现人生、指导人生”，这种不经意间的变化，实际上已经改变了“人的文学”的要义。周作人的“人生诸问题”是指一种普遍的人生，既包括“平民的”生活，也包括“平民”以外的其他人群的人生，当“人生诸问题”在这里被换成“平民的”时，实际上也预示了文学发展的方向性的变化。当然，周作人的“人的文学”更关注“人”的文学的问题，对“人”的解释与艺术表现就是重要的事情。

应当注意到，茅盾的“为人生”的文艺观是针对近世以来以“鸳鸯蝴蝶派”为代表的娱乐消闲性的文艺而发的。他不止一次说过，文学“不是高兴时的游戏或失意时的消遣”①，这种文学观具有强烈的功利目的，将文学创作指向与现实人生密切相连的功利性活动。所以，由茅盾参与的《文学研究会宣言》已经很明确地表明了他的功利态度：“我们相信文学是一种工作，而且又是于人生很切要的一种工作；治文学的人也当以这事为他终身的事业，正同劳农一样。”这种“为人生”的文学观要求文学作品在20世纪20年代要描写社会下层人民的不幸生活，30年代则要反映农民的觉醒以及工农革命；而且，每一位作家也要像工人、农民一样，创作是他们的一项“工作”。如果读一下茅盾早期的代表性批评文本《读〈呐喊〉》、《评四五六月的创作》等，再来对照一下他的理论性文章《社会背景与创作》、《自然主义与中国现代小说》、《新文学研究者的努力与责任》等，就可以看到，他所

① 茅盾：《文学和人的关系及中国古来对于文学者身份的误认》，《茅盾文艺杂论集》（上集），上海：上海文艺出版社1981年版，第24页。

要求的“为人生”实际上是对作家创作与现实生活的一种对位关系。他非常欣赏《呐喊》中的《狂人日记》、《药》、《风波》、《阿Q正传》等小说。他之所以欣赏这些作品，主要在于这些作品与人生的密切联系。在他看来，这些作品“都是旧中国的灰色人生的写照”，“中国历史上的一件大事，辛亥革命，反映在《阿Q正传》里的”①。茅盾特别把鲁迅的小说与中国近现代以来的重大社会事件联系在一起，并试图说明鲁迅小说对这些重大事件的艺术反映。这样，在茅盾的小说批评中，所谓“为人生”也就成为通过小说表现具体的现实人生，并通过小说中的人生以“指导人生”。他的《评四五六月的创作》采用了“另一个方法来做成眼前的工作”。这“另一个方法”“就是先来类别这三个月的创作，显出他们各自所描写的社会背景的一角，然后再去考察同属于一类的创作”。根据这“另一个方法”，他将三个月的创作归结为六种类型。从茅盾的本意来看，这六种类型体现出“为人生”的批评思想，他对于描写男女恋爱的创作独多大不以为然，指出这些创作中缺少描写城市劳动者生活和农民生活的作品。为什么会出现这种创作现状，在他看来，主要是作家没有建立“为人生”的文学观念，“知识阶级中人和城市劳动者，还是隔膜得厉害”，“一般青年对于社会上各种问题还不能提起精神注意”。他指出：“如果文学是人生的反映，创作家是直接从人生中取材料来的，那我可以说这些创作一定不是作者自身经历的结晶。”茅盾这一批评观点直接影响到此后中国现代文学批评的发展，形成了文学批评注重批评对象是否“反映”了现实，作家是否体验了那样的生活，等等，“为人生”发展为写工人农民的人生，而知识分子的人生则似乎算不上“人生”，唯题材论也在这种观念中逐渐形成。

（三）背景与时代

进化论思想是支配茅盾文学批评的重要的理论支柱。从进化论思想出发，茅盾认为，一时代有一时代的文学，“各时代的作家所以各有不同的面目，是时代精神的缘故；同一时代的作家所以必有共同一致的倾向，也是

① 茅盾：《读〈呐喊〉》，《茅盾论中国现代作家作品》，北京：北京大学出版社1980年版，第146—147页。

时代精神的缘故”[①]。这一形成于20世纪20年代的文学观念,成为茅盾文学批评中最重要的理论之一。1929年,茅盾在《读〈倪焕之〉》一文中,比较详细地阐述了时代性理论与文学创作的关系。在这篇文章中,他认为“五四”文学最主要的问题是“反映这个伟大时代的文学作品并没有出来”,他承认鲁迅的《呐喊》所表现者,“确是现代中国的人生,不过只是躲在暗陬里的难得变动的中国乡村的人生”。他对《呐喊》以及郁达夫、王统照、张全平、张资平、许钦文等作家的作品的评论中,提出了一个很富有现代意义的问题:“为什么伟大的‘五四’不能产生表现时代的文学作品呢?”茅盾的用意显然并不在于回答这个问题,而在于将时代性的问题引入文学批评之中,以建立自己在“革命文学”论战的应有地位,在这里,叶圣陶的《倪焕之》成为他的最有效的批评对象。什么是“时代性”?茅盾在文章中说:“所谓时代性,我以为,在表现了时代空气而外,还应该有两个要义:一是时代给与人们以怎样的影响,二是人们的集团的活力又怎样地将时代推进了新方向,换言之,即是怎样地催促历史进入了必然的新时代,再换一句说,即是怎样地由于人们的集团的活动而及早实现了历史的必然。”按照这样的准则,《倪焕之》便是成功的小说创作。因为,在这部小说中,“时代的空气,不用说是已经表现了的了”,“时代给予人们的影响,在倪焕之身上也有了鲜明的表现”,茅盾也指出作品,尤其是《倪焕之》,“却并不能很坚实地成为推进时代的社会活力的一点滴”。这种从时代性的理论去分析批评一部作品,并通过一部作品的批评参与到文学论争中去,这是茅盾的高明之处。也是他长期以来左右逢源的基本做法。茅盾后来很多文学批评文章,都是从这个角度立论并获得文学界的认可的。

应当深入考察的是,茅盾所说的“时代性”、“时代精神”,对于现代文学创作究竟意味着什么?比较一下他对鲁迅的和叶圣陶的肯定,就可以发现,对于鲁迅,茅盾主要肯定了他的艺术创造,肯定了鲁迅对“现代中国的人生”的描写,而对于叶圣陶,则肯定了《倪焕之》的时代性、时代精神,因

---

① 茅盾:《文学与人生》,《茅盾文艺杂论集》(上集),上海:上海文艺出版社1981年版,第112页。

此,茅盾从以下两个方面肯定了《倪焕之》的成绩:

把一篇小说的时代安放在近十年的历史过程中的,不能不说这是第一部;而有意地要表示一个人一个富有革命性的小资产阶级知识分子,怎样地受十年来时代的壮潮所激荡,怎样地从乡村到城市,从埋头教育到群众运动,从自由主义到集团主义,这《倪焕之》也不能不说是第一部。在这两点上,《倪焕之》是值得赞美的。

现代文学批评发展也表明,茅盾对《倪焕之》的肯定,为后来的批评家和文学史家所认同。根据茅盾对小说的分析,小说的成功,最重要的是"近十年来"中国历史上的重大事件,在作品中都有比较鲜明的反映,如"辛亥革命"、"五四"运动、"五卅"运动,都反映在一部小说之中。茅盾在文章中说过他对这部小说的"艺术上的印象"并不关注,"一篇小说的艺术上的功夫,最好让每个读者自己去领受",他的注意点是作品"有意识地描写'五四'对于某个人有怎样的影响,并且他又怎样地经过了'五卅'而到现在这所谓'第四期的前夜'",是作品的时代性。这种批评思路与他同时期在"革命文学"论战中给人们的印象是大不相同的。在那场论战中,茅盾是以遵循文学艺术的规律、尊重作家的创作个性和艺术个性的面貌出现的。实际上,茅盾这时期的文学观念是一致的,他在"革命文学"论战中所持的观点,只是他这种时代性理论以及他的"为人生"理论的一个翻版而已。他批评蒋光慈的作品"其来源不是'革命生活实感',而是想象"①所依据的标准,是他一贯提倡的作家要"到民间去",到民间去经验了,"先造出中国的自然主义文学来"②,要能够反映人生并指导人生。这一思想在"革命文学"的论战中表现得更突出:

我们必须以辩证法为武器,走到群众中去,从血淋淋的斗争中充实我们的生活,燃旺我们的情感,从活的动的实生活中抽出我们创作的新技术!

---

① 茅盾:《关于"创作"》,《茅盾文艺杂论集》(上集),上海:上海文艺出版社1981年版,第309页。

② 茅盾:《评四五六月的创作》,《茅盾文艺杂论集》(上集),上海:上海文艺出版社1981年版,第61页。

茅盾:《中国苏维埃革命与普罗文学之建设》

文艺家的任务不仅在分析现实,描写现实,而尤重在于分析现实描写现实中指示了未来的途径。所以文艺作品不仅是一面镜子反映生活,而须是一把斧头创造生活。

茅盾:《我们所必须创造的文艺作品》

从这里可以知道,茅盾提倡文学创作的艺术特性,其主要内容就是强调作家深入生活,到群众中去,这与成仿吾、蒋光慈等"革命文学"的倡导者并没有什么不同。沿着这样的思路,再去看四十年代文学界的体验生活、深入生活等口号,就没有什么不可接受的。因此,茅盾应当是这种文学口号的首倡者和响应者。按照这样的观点,批评家也应当"向生活学习",因为在他看来,"一个对于农民生活(举例而已)不熟悉或竟至无知的批评家,当然也可以从书本子上从'理想',自己构成了他脑中的农民,但是当他在别人的作品中读到了和他脑中的不一样的农民的时候,他可就困惑了,他侧着头,不知道是他脑中那个对呢,还是他所要批评的那个对;但批评家大抵需要一点自信,所以侧着头之后,往往是被批评的那个不对"①。1938年,茅盾在《所谓时代的反映》一文中,又再一次论述到文学创作与时代的问题,他认为,文学创作反映时代,不一定表现时代的大事件本身,而是要写出重大的社会事件对人生有怎样的影响,"我们可以说,几乎所有优秀的新文艺作品全是反映了'五四''五卅'等等运动的;谁能说我们的好作品中的男女人物不带着'五四''五卅'等等伟大时代的烙印?谁能说我们的好作品中间没有写到'五四''五卅'等伟大的运动怎样改变了人与人的关系,又怎样改变了人与生活的关系?难道这还不能算是'五四'等等大时代在文艺上得到了反映么?"②

再来读读他的《小市民文艺读物的歧路》、《关于乡土文学》、《给青年作家的公开信》、《关于大众文艺》、《八月的感想》,等等,茅盾所说的时代

① 茅盾:《论加强批评工作》,《茅盾文艺杂论集》(下集),上海:上海文艺出版社 1981 年版,第 737—738 页。

② 茅盾:《所谓时代的反映》,《茅盾文艺杂论集》(上集),上海:上海文艺出版社 1981 年版,第 716 页。

性,其主导思想既是以艺术迎合重大的社会事件,又是以时代背景下的生活表现出时代事件对人生的巨大影响。

三、文体风格的形成与发展

1921 年,茅盾接管《小说月报》的编辑工作后,客观上有了接触大量文学作品的机会,使他有条件撰写总论型的批评文章。应当说,茅盾写作这类文章,要比他的作品论要得心应手,甚至他写于这时期的作品论,也常常不由自主地涉及整个文坛现状。这里实际上体现出了茅盾文学批评文体的一个突出特点,即批评文本的整体性特征。这种整体性特征表现在,茅盾从不把他的批评对象视为独立的单一的文学现象,而是把它看作与周围社会环境、整个文坛发展状况联系在一起的整体中的一部分、一方面、一个点。他是由一个点透视全部,把文学作品作为整个社会、文学的一个标本。从批评思维的角度来看,这种批评的基本思维是发散性思维方式。他能在文学作品中捕捉到诸多信息,再把这些信息反映到一般社会问题上去,形成一个发散式结构。茅盾作于 1922 年的《最近的出产》是针对《戏剧》第四号上的一篇评论。这篇批评文字不仅是对《戏剧》第四号上作品的批评,而且由戏剧论及中国民众的艺术鉴赏水平,并由此指出戏剧文学的发展出路:"中国的民众,关于赏鉴艺术,实在程度太低,何况要他们自择。所以力斥旧戏的文字,是万不可少的。"带有启蒙思想的批评文字,已经溢出了批评对象而向外扩展,由作品作为引发点,而以社会人生为中心点,两方面的联系,构成了茅盾式的批评文体。

茅盾注重整体的批评和发散式思维方式,与他一贯的文艺思想是一致的。在他看来,"表现社会生活的文学是真文学,是与人类有关系的文学"①。正是这样,茅盾的文学批评不以个人才华而彰显,也不重点去分析

① 茅盾:《社会背景与创作》,《茅盾文艺杂论集》(上集),上海:上海文艺出版社 1981 年版,第 50 页。

作品的艺术成就,而是比较理智地用以分析社会,强调对文学批评的距离,不以表现自己对作品的阅读印象而自居,他总是以他的理解,以他的文学观来衡定作品。也可以说,茅盾的批评是在较强的逻辑思维指导下的写作。

茅盾的文学批评体现了他的全局性战略运作思路。我们可以把茅盾"体现人生指导人生"的话语方式稍作变化,改为"综观文坛指导文坛"。可以看到,茅盾的文学批评总是力图把握整个文坛状况,对文学创作作出一个总体性的描述和评价。因此,他笔下的作家作品都可以放在整个文学现状的背景下考察,其论文结构也往往具有这种双重结构特征:即作家作品的描述分析和作家作品与社会人生、文学发展的联系这两条线索共同结构完成他的批评论文。他的《评四五六月的创作》可做一例。这篇文章的命意就是要概括一个时期的文学创作的,所以文章开始是对 1921 年 4 月到 6 月这三个月的小说创作的"量"化,随后提出了写作这篇批评文章所要解决的问题,文学批评"重在指出(一)现在的创作坛(从事创作的人们)所忽略的是哪方面,所过重的是哪方面,(二)在这过重的方面,就是多描写的哪方面,一般创作家的文学见解和文学技术已到了什么地步"。在进入批评时,茅盾根据题材对这三个月小说进行分类,然后指出创作界存在的问题。这里显然带有指导创作领导创作方向的意图,即使特别提出鲁迅的《故乡》加以赞扬,也是把鲁迅的小说作为标本,成为他倡导自然主义的一个说明。这种意图带来的茅盾批评的理念构架,具有比较宏阔的气势和结构。茅盾超越了一般的感悟印象式的作品作家评论,使他的批评文章在当时为他人所不及。从这个意义来说,茅盾的批评在把握文坛指导文坛的同时,还具有领导文坛的作用。

茅盾在 30 年代的"作家论"批评文体,是他对中国现代文学批评的文体贡献。这个时期,茅盾共发表 37 篇"作家论",论评到如鲁迅、鲁彦、徐志摩、丁玲、庐隐、冰心、落华生等"五四"以来现代文学史上卓有成就的作家。可以说,在现代文学批评史上,茅盾是运用"作家论"文体最多而且也是最娴熟的一位,他对现代"作家论"体式的贡献也是有目共睹的。这些"作家论"按其风格又可分为论文式、随感式和对话式。但无论哪种类型,都体现了茅盾的“作家论”这一批评体式的实践和创造性运用。

支撑茅盾“作家论”体式构成的,主要有三方面的要素:时代,作家,作品。在这三个要素中,时代是起决定作用的。而作品的政治立场与时代具有密切关系,它们共同制约了作品的思想倾向。这也是他在构造批评文字和进入作家作品的“着眼点”。茅盾早年就十分重视时代要素在文学中的重要作用,用时代性衡量一部作品的价值,考察作家思想是进步还是落后,从而对作品所反映的时代特征做出批评。这一基本批评思维,在他的“作家论”中,表现为他把作家看作时代的产儿,到作品里寻找、挖掘“藏着整个的中国社会”①。他在《庐隐论》中写下的一段话,可以看作是他的批评基点的建立:

> 庐隐“与五四”运动,有庐隐,她是被“五四”的怒潮从封建的氛围中掀起来的,觉醒了的一个女性;庐隐,她是“五四”的产儿。

根据这个观点看庐隐,庐隐创作的发展是随着“五四”的发展而发展的,庐隐创作也是随五四运动的停滞而“到了某一阶段就停滞”。这一思路也往往影响到茅盾批评文体风格的确立。他在构思批评著作时,实际上也是根据作家的创作道路与时代的关系而确定基本写作方式的。《徐志摩论》根据茅盾为徐志摩划定的“中国布尔乔亚”,将整篇文章按照《志摩的诗》、《翡冷翠的一夜》、《猛虎集》划分为不同时期,并以此加以组合。对一个作家划分时期进行批评,是“作家论”文体样式的重要方法,因为可以据此发现作家与时代关系的变化。这一方法同样运用于《庐隐论》、《冰心论》、《王鲁彦论》等批评中。他把时代发展与作家思想创作历程组合在一起进行分析,寻找三者之间的内在关系。从批评文体的建构来看,这种思路显然是有利于形成有层次变化的文体特征,并且在茅盾看来,可以由浅入深地层层剥离批评对象,从而发掘出深刻的思想意蕴。

当茅盾试图从作品切入作家的创作道路和思想发展时,他主要是看到了作品的思想倾向与作家的关系。“作家论”这一文体样式的特点,是着眼于作家而不是作品的批评。它主要对作家的生活、思想、创作个性、心理特

① 茅盾:《王鲁彦论》,《茅盾论中国现代作家作品》,北京大学出版社1980年版,第74页。

征等方面进行研究,但完成这些方面的批评,又主要依据作家的创作。可以看到,茅盾在这里做得是比较聪明的,当他以作品来印证作家的阶级立场、思想发展时,他避开了直接谈论作家个人,而以作品分析取代作家的生平事迹的描述。在《冰心论》中,茅盾指出"五四"时期"热蓬蓬的社会运动激发了冰心女士第一次创作活动"。在把握了冰心这一时代对她的推动现象之后,茅盾通过冰心的诗歌、小说、散文,多方面论述了冰心作品中"爱的哲学",并指出了作家早先"诗意"的环境之于爱的哲学生成的决定作用,从而一步步分析了爱的哲学在冰心创作生活中的表现,指出冰心"以自我为中心的宇宙观人生观",使她处处"以自我"为起点去解释社会人生。正是这样,茅盾告诉我们:"在所有'五四'期的作家中,只有冰心女士最最属于她自己。"这个判断是茅盾在对作品分析基础上得来的。这样,茅盾既对冰心作品的思想倾向做了细致地分析,而又完成了"作家论"这一文体所要求的对作家的论述。在《鲁迅论》中,茅盾又大量引用鲁迅杂感、小说及其他批评家的观点,反复分析论证鲁迅的人生观和艺术选择,作品分析几乎湮没了"作家论"。应当说,茅盾对"作家论"体式的这种运用是适度的,他对作家的阶级立场、作品的思想倾向的把握,也能够比较用力地体现"作家论"的体式特点。然而,茅盾以作品倾向说明作家的阶级性,又以阶级性来界定作品思想倾向时,往往过于抽象化,忽视了作家的个性特征对创作的影响。所以,茅盾在构造和运用"作家论"体式时,还不能十分准确地把握它的基本内涵和体式特征。《徐志摩论》中对徐志摩阶级定性为"中国布尔乔亚'开山'的同时又是'末世'的诗人"。这里视徐志摩的创作个性于不顾,也无视徐志摩大量的诗歌创作,而是在这一定性的前提下,摘引批评家认为最能代表徐志摩思想倾向和阶级意识的诗行,提取其所需要的阶级"本质"意义。所以,茅盾在这篇"作家论"中几乎看不到徐志摩诗歌的艺术创造,而是不断地指出"感伤的情绪"、"悲哀的颓废的"描写、"悲观失望,暗惨得可怕",指出"诗人和社会生活不调和的时候,往往遁入艺术至上主义的'宝岛',这种简单化的处理方式,尽管能够明了作品的思想意义,但却不一定能对一个作家做出全面的理解,也不可避免地破坏了'作家论'文体样式的功能"。

作为一位现实主义文学批评的代表人物,进入到作品中去的茅盾的“作家论”则比较强调题材与创作的关系。1933 年,茅盾在《创作与题材》一文中就题材的重要性以及如何选材发表过意见,认为“所选取的题材,第一须有普遍性,第二须和一般人生有重大的关系”。这一主张成为他的“作家论”的批评理论之一。在《王鲁彦论》中,他认为鲁彦小说最成功的地方,就在选取了“一些乡村和小资产阶级”题材,而《庐隐论》则说:“我们读了庐隐的全部著作,总觉得她的题材的范围很仄狭;她给我们看的,只不过是她自己,她的爱人,她的朋友,——她的作品带着很浓厚的自叙传的性质。”茅盾从创作题材的角度把握作家的创作,应该说,是把握到了作品的重要内容,并且他可以从中发现自己所需要的观点,尤其他的《鲁迅论》,从鲁迅小说的题材“大都是描写‘老’”这一点生发开来,比较深入地阐发了他的写实主义文学观念。但是,茅盾是否可以运用题材的角度去研究每一位作家?显然是不可能的,正是这样,他在《徐志摩论》、《冰心论》、《庐隐论》中试图也以题材来要求创作时,就无法发现他所需要的,甚至会出现偏离作家主体的现象。

任何一种批评文体,它在表现批评家个人风格时,也表现了这一文体的某些特征。从“作家论”特有的表现方式来看,茅盾比较多地运用归纳方法进行逻辑分析,他能够在纷繁复杂的创作现象中进行综合论评,并且偏重理性。在这方面,他并不是缺少艺术感悟能力,相反,茅盾对作品的感受力是比较强的,但是,他却以牺牲自己的艺术感悟能力以加强批评的理性力量。一定意义上说“作家论”体式已不同于作品论,它较少有对作品的直接阅读感受,而是带上了较浓的理论批评的色彩,它要求批评家在较强的理论指导下对作家做出理性的批评。茅盾的理论批评则恰恰适合于“作家论”的写作。30 年代的批评家中,具有这种批评理性和理论深度的,除胡风外,还很少有人能与茅盾这种理性批评精神相比,由此带来了茅盾“作家论”体式的以下显著特征:第一,以理性判断作为“作家论”的构成因素,它成为茅盾体式走向宏观和整体的主要方面。第二,理性语言是茅盾批评的话语特征,并直接影响到茅盾体的某些政治意味。尽管茅盾的“作家论”体现出较强的理性色彩,然而,茅盾又显然不是那种思辨能力极强的批评家。

他几乎是在引用原文、解释说明、判断结论的方式中完成自己的写作。这种方式也许在操作层面上显示出茅盾作为批评大家的从容,但又难以避免说服力不强的弱点,因此,与他同时代的京派批评家沈从文、李长之等人对茅盾的这些"作家论"持有异议,是可以理解的。而茅盾这些"作家论"所做出的某些判断一直影响着现代文学研究,也影响到文学批评家对"作家论"文体的选择,这也说明茅盾的实践活动在现代文学批评史上的意义。

第九章　左翼文学与现实主义的主流形态

在中国现代文学批评史上，胡风是一个备受关注的人物，这不仅在于他独特的文学批评思想，而且更在于他的独特个性，以及他与中国现代文坛上的是是非非、恩恩怨怨，与“胡风反革命集团”案有着直接关系的一些历史事件与理论思想。胡风的文学批评思想和批评方法，与中国现代文学批评的若干理论问题、方法问题、现代文学的发展方向问题，甚至其他一些重要的理论问题，都牵扯在一起，构成现代文学批评史上的一道引人注意的景观。

一、革命文学秩序重建的努力与尝试

胡风是从左翼文学时期出现在中国新文学的文坛上的。这个时期正是中国新文学向革命文学转型的重要时期，也是新的文学秩序和规范重建的关键时刻。一方面，1928 年的“革命文学”论战，对“五四”以来中国新文学已经初步形成的秩序进行了有效的破坏，而新的文学革命文学秩序并没有能够真正地建立起来。另一方面，左联成立后，着手翻译介绍马克思主义文艺理论，有意于重建文学的秩序。但是，由于各方面的条件并不成熟，对于如何建立、建立怎样的文学秩序，左翼文学内部并没有形成一致的认识，鲁迅作为左翼文学的旗手，受到了来自左翼文学内部的多方面的挑战，而茅盾、周扬、冯雪峰等左翼作家、理论家，也还没有从政治话语中摆脱出来。正是在这样的背景下，胡风的出现及其文学努力就显得极其富有文学意义。胡风是在左翼文学发展到较具成型的时候出现的，左翼文坛正需要这样的富有激情与文学修养的人物。从这个意义上说，胡风的出现恰逢其时。但是，胡风又总是那么不合时宜，他出现在中国文坛上的时候，正是中国社会发生巨大变化的时期，这一时期各种政治力量相互纠缠于一起，随后抗日战争的爆发将正构建中的革命文学秩序彻底打乱了。

胡风的努力是非常明确的，也是令人尊敬的。他的文学新秩序的构建宏图，主要通过以下三个方面进行并得以实现：第一、对“五四”以来新文学的成功经验进行总结，将其提升为革命文学价值规范的理论材料，对他认为存在着的问题进行清算和批判；第二、以现实主义为主导，通过对20世纪30年代左翼文学的批评，进行文学理论批评的体系性建构；第三、通过抗战时期作家作品的批评，检验理论体系在批评实践中的运用。

（一）对“五四”以来新文学成功经验的总结

胡风的现实主义文艺思想是建立在对“五四”以来中国新文艺的基本认识和评价的基础之上的，因而也涉及胡风文艺评论中对新文艺的批评立场和批评方法。胡风一直认为，“五四”以来的新文艺是反帝反封建的现实主义文艺，“新文艺的发生本是由于现实人生的解放愿望”[①]，是鲁迅式的对于“为人生”和改良这人生的具体体现，“五四新文艺从它们接受了思想、方法、形式，由那思想更坚定了被现实社会斗争所赋予的立场，由那方法开拓了创作上认识中国现实的路向，由那形式养成了组织形象的能力”[②]。从对“五四”文学的这一认识出发，胡风确立了自己的现实主义文艺思想，在《置身在为民主的斗争里面》、《人道主义和现实主义的道路》以及《论现实主义的路》等一系列文章中，胡风比较系统地全面地阐述了现实主义的理论主张。在胡风看来，“五四”新文艺在鲁迅的旗帜下建立的现实主义文艺方向，在抗日战争这样特定时代条件下，由于特殊的原因而发生了质的变化，这就是一些作家的创作向着“客观主义”的方向发展，根本上歪曲了“五四”

① 胡风：《现实主义在今天》，《胡风评论集》（中），北京：人民文学出版社1984年版，第319页。

② 胡风：《论民族形式问题》，《胡风评论集》（中），北京：人民文学出版社1984年版，第235页。

新文艺的发展方向。所谓"客观主义"是指作家奴从于现实,而不能超越现实,把握现实,"客观主义是作家对于现实的屈服,抛弃了它的主观作用,使人物底形象成了凡俗的虚伪的东西……生活底现象吞没了本质,吞没了思想",现实主义要求作家要尊重现实,但又要在精神上、创作上超越现实,"反映现实,并不是奴从现实。相反地,是站在比生活更高的地方",是应该"作为对于现实生活的情绪底饱满,所谓主观精神作用的燃烧,是作为对于现实生活的反应的主观精神作用底燃烧"①。这种现实主义是建立在作家主观精神的燃烧基础上的,也建立在作家对时代的感应的基础上。

胡风自认为是继承了"五四"文学的传统,继承了鲁迅文学精神的作家、理论家。因此,在胡风的理论构建中,"五四"新文学是他特别看重并往往作为理论资源的。无论是在他的文学批评中,还是在他的文学论争中,"五四"是一个重要的概念。在《论持久战中的文化运动》和《民族战争与新文艺传统》等文章中,胡风比较系统地阐述了"五四"新文学的传统对中国革命文学的意义。他认为,"我们现有的文化传统",就是"二十多年来的这一点启蒙运动"②的结果,"中国新文艺是在五四运动中间诞生的","因为五四运动的新文艺,在内容以及形式底美学上和那以前封建文艺以至维新派的新文艺截然异质的新文艺"。胡风把"五四"新文学作为中国革命文学传统的起点来看,这是胡风较之同时期其他批评家独具眼光的地方,也是胡风文学思想体系构建的主要出发点。从这一认识出发,胡风对"五四"文学传统的内涵进行了比较全面的概括。他认为,"五四"新文学就是反帝反封建的战斗的文学,是人民的文学,这种文学是在鲁迅及其所领导的革命作家的共同努力和斗争中获得的。对此,胡风用充满革命激情的语言进行过描述:

> 在先驱者也就是不屈不挠的领导者鲁迅底战斗里面,我们能够看出它的鲜明的主线。

---

① 胡风:《一个要点的备忘》,《胡风评论集》(中),北京:人民文学出版社1984年版,第134页。

② 胡风:《论持久战中的文化运动》,《胡风评论集》(中),北京:人民文学出版社1984年版,第49页。

> 鲁迅，以及他所领导的革命的作家们，破天荒地打破了中国文艺底封建意识的传统，用革命的人文主义唤醒了沉睡的现实底灵魂。
>
> 发现了人民也就发现了社会，或者说，发现了社会的同时也就发现了人民。
>
> 胡风：《一个要点的备忘》

在胡风的理论文章中，与“五四”联系在一起的，有几个经常出现的关键词：战斗、反帝反封建、激情、现实主义等。这些关键词既是胡风对“五四”新文学的理论总结，也是他的理论建设中经常使用的理论概念。1934年4月，胡风在回答《春光》杂志社“目前为什么没有伟大的作品产生”的问题时说：“我们可以明白五四以后的中国文学底主潮一向是随着社会的进步的战斗力底发展而发展的这个真理。由《呐喊》所开拓出来的战斗的文学底传统，虽然经过了许多艰难曲折的路，现在在忍受着极大的迫害；然而，不但它的‘伟大’的前途遥遥在望，而且我们已有了过渡向伟大的路上去的一些里程碑的作品。社会的进步的战斗势力，正在经验着临产的兴奋和痛苦；这种兴奋和痛苦，文学本身也是在经验着的。这不仅是因为文学是依存于社会情势，而且是因为，在现实生活上，能够产生‘伟大的作品’的文学活动本身必然地不得不是社会的战斗势力底一部分。”①1928年“革命文学”论战以来，胡风是第一次这样高度评价“五四”新文学，并将其作为中国文学发展的主流的。这里的论述既是对“五四”新文学历史地位的肯定，也从“目前为什么没有伟大的作品产生”这一创作实践的角度充分评价了“五四”新文学的意义。在这个评价中，胡风充分发掘了“五四”新文学的“战斗”、“现实”等方面的深刻内涵。

《论民族形式问题》是胡风参与民族形式问题论争的著作。在这次讨论中，胡风同样回到了“五四”寻找反驳论敌的证据。他提出了对“五四”新文学认识的一个重要的出发点：“要理解五四的‘文艺史观’，不能仅仅看它说出了什么，重要地还应该要看它反映了什么，要不然，就不会理解这个不

---

① 胡风：《目前为什么没有伟大的作品产生》，《胡风评论集》（上），北京：人民文学出版社1984年版，第55页。

过是古典主义者布伦涅契尔底进化主义形式论底末流的文艺史观何以在中国发生了战斗的作用”。从这一认识出发，胡风阐述了他对“五四”新文学的基本认识：

> 以市民为盟主的中国人民大众底五四文学革命运动，正是市民社会突起了以后的、累积了几百年的、世界进步文艺传统底一个新拓的支流。那不是笼统的“西欧文艺”，而是：在民主要求底观点上，和封建传统反抗的各种倾向的现实主义（以及浪漫主义）文艺；在民族解放底观点上，争求独立解放的弱小民族文艺；在肯定劳动人民底观点上，想挣脱工钱奴隶底运命的、自然生长的新兴文艺。五四新文艺从它们接受了思想、方法、形式，由那思想更坚定了被现实社会斗争所赋予的立场，由那方法开拓了创作上认识中国现实的路向；由那形式养成了组织形象的能力。在民主革命底实践要求里面接受了它们，使它们在民主革命底实践里面化成了血肉。作为基础或“内在根据”的，是活的社会诸关系，而不是“当作内在根据的中华民族现有文艺形式”。五四新文艺由这获得了和封建文艺截然异质的，崭新的姿态，内容上的“表现的深切”和形式上的“格式底特别”；这正是它能够成功了伟大的革命运动的所以。
>
> 胡风：《论民族形式问题》

由此可以看到，胡风不是一般性地讨论文学的民族形式问题，也不是简单地执著于“民间形式”的问题上，他用比较高的姿态和远大的眼光，将中国新文学的民族形式问题与“五四”时期的时代精神及民族解放的问题联系起来，将中国新文学作为民族解放的重要内容，作为与封建主义进行斗争的重要方式。

《五四时代底一面影》是对刘半农的《半农杂文》的评论。《半农杂文》是刘半农的一部著译选集，收录了作者 1915 年至 1927 年间所写的论记、小说、戏曲以及翻译等不同文体的作品，于 1934 年北京星云堂书店出版。鲁迅曾在《忆刘半农君》中对刘半农有过评价：“他……更是《新青年》里的一个战士。他活泼，勇敢，很打了几次大仗。”[①]对这位“很打了几次大仗”的刘半农说，“五四”是他的荣光，也是他创作最为旺盛的时期。而处在1934年的刘半农再来回望“五四”时，“恍如回到了烟云似的已往生命中从头再走一次”[②]。毫无疑问，刘半农通过整理自已的文集所产生的那种对往日的留恋之情溢于言表。这种“已往生命”既包括已经流逝的时光，也包括“五四”时期“很打了几次大仗”的“光辉历程”。刘半农是属于“五四”作家，但他又与“五四”时代有一定的距离。刘半农及其创作既不是“五四”时期最重要的作家和作品，也没有表现出“五四”时代的主流方向。不过，胡风却在《半农杂文》中读出了“五四”时代一面影。胡风对这个“时代一面影”的解释是非常具体，非常政治化的。胡风从解释“五四”的时代精神出发，以时代精神印证刘半农的作品，或者以刘半农的作品阐释胡风所认同的时代精神。因此，胡风对刘半农的评论难免存在削足适履之嫌。胡风认为：“五四运动是从反帝国主义运动开始的。这个反帝运动虽然是由于一种新的要求，但从当时的观念基础非常朦胧，种族的爱国心和‘富国强兵’的思想一定是占着主要的地位。”[③]从这个认识出发，胡风指出刘半家早期的文章如他翻译的作品中，表现出了鲜明的反帝热情：“一方面是所谓‘排满’运动后的表面的兴奋，一方面是对于列强底压迫的愤怒，在‘公理战胜强权’的欧战大海里面的青年刘复，在这种热情里面燃烧起来了是很容易想象得到的。”[④]就他所评论的《欧洲花园》、《拜伦家书》、《阿尔萨斯之重光》和《马丹撒喇倍儿那》等四篇译文来看，刘半农并不特别注重其“反帝”的思想，借助外国的风土人情，使读者能够了解欧洲历史人文以及人物的性格、精神世界，以激励人们积极向上，使读者获得新的视界。其中所蕴含着的斗争精神在客观上也可能会具有“反帝”的意义。但是，胡风却能够看出“那时候

① 鲁迅：《忆刘半农君》，《鲁迅全集》，第6卷，北京：人民文学出版社1981年版，第71页。

② 刘半农：《〈半农杂文〉自序》，北京：星云堂书店1934年版。

③ 胡风：《五四时代底一面影》，《胡风评论集》（上），北京：人民文学出版社1984年版，第115页。

④ 胡风：《五四时代底一面影》，《胡风评论集》（上），北京：人民文学出版社1984年版，第116页。

的初期的反帝情热”，把自己的思想强加在他人的作品上面。

如果说胡风借《半农杂文》解读出了反帝思想，以论述“五四”时代精神有些牵强附会的话，那么，他对《半农杂文》中呈现出来的“现实主义”则更是一种随意发挥。胡风认为，刘半农并没有参与“五四”时期“风起云涌的关于‘人生价值’和‘人生态度’的讨论”，“他的功绩只是在反对迷信，反对林琴南式的翻译，反对旧戏，反对中学为体西学用的新式的国粹派……等具体的斗争上面。”[①]胡风特别强调刘半农在“具体的斗争上面”所取得的成绩是非常有意思的一件事，因为胡风的着力点不在于去讨论刘半农的成绩，而主要在于“具体”——具体就是就事论事，是“实事求是”，就是“从现实的需要里面找出具体的问题来，切切实实地展开讨论”。胡风称这是刘半农作品中表现出来的“平凡的战斗主义”，进而胡风称这种“平凡的战斗主义”是“和他的‘实事求是’的态度相结合的现实主义的精神”，他由此发现了刘半农的作品“是五四以后的现实主义文艺底一个样相”[②]。胡风能够从刘半农立足于具体问题的倾向，看到了“现实主义”，他的这一推理的过程，让我们看到了他的随意性。但是，胡风并不是不懂得文学批评的科学性和合理性，但他还是要强行论述刘半农与现实主义的关系，以此说明五四时代的一面影，进而为其现实主义批评理论奠定理论基础。其良苦用心是难得的。

（二）对左翼文学及其20世纪30年代文学问题的清算和批判

1934年12月，胡风执笔完成的《林语堂论》，是他正式步入文坛的标志性文学批评论文，随后，他又发表了《张天翼论》，奠定了在文坛上的地位。胡风以林语堂和张天翼作为他从事文学批评活动的批评对象，其目的是非常明显的。在这里，不在于胡风对这两位作家的阅读兴趣，而主要在于批评兴趣指导下的个案取证，是他针对30年代中国文坛上的种种文艺现象而抓住具体对象（个性的分析），表达自己的文艺观念的操作行为。所以他

① 胡风：《五四时代底一面影》，《胡风评论集》（上），北京：人民文学出版社1984年版，第118页。

② 胡风：《五四时代底一面影》，《胡风评论集》（上），北京：人民文学出版社1984年版，第121页。

说，选取林语堂和张天翼作为批评对象，“从追求肯定要素的文艺史的要求上说，这当然没有多大意义，但从社会批评上看，他们却是各各代表了文化生活里面的一种强烈的精神倾向的”[①]，这种倾向是胡风一再批判过的“性灵主义”、“公式主义”、“客观主义”。林语堂和张天翼是20世纪30年代两位有代表性的作家，他们从不同的方面表现出这一时期中国文学的特征和走向，具有较强的代表性。胡风抓住这两个人作为初入文学批评界的主要批评对象，显然是有所考虑的。

20世纪30年代的林语堂以《论语》、《人间世》等杂志提倡幽默、性灵，提倡小品文的创作，正是人生最得意的时期之一，也是他在文坛上最风光的时期之一。林语堂的文学思想及其创作影响，虽然对左翼文学不构成怎样的影响，但是，林语堂的理论主张及其创作却正好成为胡风开始文学理论建构和文学批评所选择的对象。胡风对林语堂的批评首先是从作家与时代的关系上，指出了林语堂落后于时代的主要症结。他在《林语堂论》中说：“当我们研究林氏底业绩的时候，是不能不牵涉到《论语》和《人间世》底影响底评价的。因为我们在这里所要究明的主题（theme）并不是他在言语学上音韵学上的成就，在那里面也许找得出来他对于中国学术的有用的贡献，也不是他在外国语文教学方面所树立的功绩，而是想说明，作为一个进步的文化人，他的‘处世’态度底变迁表现了什么意义，他的文化批评和文学见解，客观上应该得到怎样的评价。”[②]实际上，胡风既看重林语堂在他们的创作和刊物中表现出来的“处世”的态度，更看重这种态度与“黄金时代”的关系，看重在这个斗争的时代作家应保持的立场和态度。因此，他肯定了林语堂在《剪拂集》里表现出来的“浮躁凌厉”的特点，“反映了林氏个人底那个时代的”，“是站在那个阶段的大潮中间的”[③]。而到了《论语》、《人间世》时期，林语堂的思想已经落后于时代，“时光无情地流了过去。几年的风吹雨打，使这个思想的矛盾发展而且起了变化，终于带给了他‘太平

① 胡风：《文艺笔谈·第三次排字后记》，《胡风评论集》（上），北京：人民文学出版社1984年版，第258—259页。

② 胡风：《林语堂论》，《胡风评论集》（上），北京：人民文学出版社1984年版，第6页。

③ 胡风：《林语堂论》，《胡风评论集》（上），北京：人民文学出版社1984年版，第7页。

人的寂寞与悲哀’。……后来终回到了或者说开始了鲜明地反映着他的思想‘发展’的文学活动,造成了我们现在所看到的特别的存在”①。在胡风看来,《论语》时期的林语堂已经落后于时代,与正在发展的左翼文学存在较大的差距,因为不可能在“这个血腥的社会里面找出了来路不明的到处通用的超然的‘个性’”②。由此可见,胡风批评的不仅仅是林语堂本人,而是借林语堂反思批评20世纪30年代中国文学的现状,寻找中国革命文学的新的发展方向。

其次,从胡风对林语堂的批评来看,他主要侧重林语堂所提出的影响当时文坛也影响了后世文坛的“性灵”、“幽默”等主张,通过剖析批判林氏的文艺主张而强化自己的理论观点。文章从林语堂“浮躁凌厉”的黄金时代开始检查林氏思想的矛盾及发展情况,他指出林语堂后来“从人间转向了自己底心里”,“在这个血腥的社会里面找出了来路不明的到处通用的超然的‘个性’”。胡风认为,林语堂的美学思想就是克罗齐美学思想的翻版,“对于这个个性主义,对于这个由‘艺术史表现’到‘一切的表现都是艺术’的美学思想,林氏是佩服到五体投地了的”。由于林语堂本人已经失去了“初期的那一点向社会的肯定‘民众’的热情”,因而林语堂的思想“终于变成了抽象的‘个性’,抽象的‘表现’,抽象的‘性灵’,在我们这些从饿里求生死里求生的芸芸众生中间昂然阔步”。显然,胡风批评了林语堂的“个性”,不仅是针对其“个性”的美学思想,而是针对着这种“个性”与民众关系的隔膜,失去了大多数的“个性”,就“完全是‘行空’的‘天马’,不带人间烟火气”。从对林语堂的“个性”思想的分析,胡风又逐一批评了林语堂提倡的“幽默”以及“小品文”,并在这种分析之后提出了如下的结论:

林氏的“个性”或“自我”,是作为浸透这个现实社会底限制的力量呢,还是作为自己沉醉自己满足底主体?他的“幽默”,是“泪中的笑”呢,还是象某期《论语》引来做题辞的“人生在世时为何?还不是有时笑笑人家,有时给人家笑笑”所说的一样,它已由对社会的否定走到了

① 胡风:《林语堂论》,《胡风评论集》(上),北京:人民文学出版社1984年版,第13页。

② 胡风:《林语堂论》,《胡风评论集》(上),北京:人民文学出版社1984年版,第17页。

对人生的否定,因而客观上也就是对于这个社会的肯定呢?对于他的业绩的评价,是不能不做这个关系的决定的。

我们当然不愿意林氏染上什么俗不可耐的“方巾气”,但如果有一天他居然感到了“沉痛”与“悠闲”之间的矛盾,那就是一个非常可喜的消息。

胡风的论述具有非常强烈的社会性特征,他把林语堂置于一定的社会环境中进行考察,指出了林语堂提倡幽默、性灵与社会现实的背离关系,从而批评了林语堂的基本美学理论与创作倾向。应当说胡风对林语堂的概括,基本上是正确的,对林语堂的评价也基本上是准确的。但这里对文体研究的意义在于,“作家论”是在怎样的研究层面上来把握一位作家。我们看到,胡风仍然是在作家外部和文学外部上来分析作家的,或者说,他还没有能真正进入作家的个性心理世界,去考察作家的创作心理和创作个性,而是以作家的思想认识来代替个性心理。胡风强调作家的“主观战斗精神”,这一观点显然是对作家的重视,他的“作家论”也试图从作家主体方面把握一个作家,使人们看到一个作家的真实面貌。然而,他毕竟受到30年代普遍的文艺观的影响,没能最后进入作家内里。

张天翼是左联培养起来的青年作家,是当时文坛的“新人”,在他身上体现了左翼文学的某些创作特点,也承载了左翼文学发展的未来。不过,胡风在《张天翼论》中并不是为进一步发现这位文学“新人”的,而是借对这位文学新人的批评,讨论左翼文学发展过程中出现的问题,并进一步建构革命文学的批评体系。胡风所认可的张天翼作为文学“新人”的新的面貌主要表现在以下方面:

个人主义的虚张声势没有了;

使人厌倦的感伤主义由平易的达观气概代替了;

“恋爱与革命”的老调子摆脱了;

理想主义的气息消散了;

道德的纠纷被丢开了;

人工制造的“热情”没有影子了。

在他的作品里面能够看到的是——

知识人底矛盾,虚伪,动摇,和绝路中的生路(《三天半的梦》、《报复》、《从空虚到充实》、《三弟兄》);

知识人在"神圣恋爱里面现出的丑相(《报复》);

殉教者底侧影(《从空虚到充实》);

大众底硬朗而单纯的面貌(《搬家后》、《三老爷与桂芝》、《二十一个》)等。

他所抛弃的正是当时进步的知识人所厌恶的,他所采取来的主题正是他们所看到的,所自以为理解的,再加上他的运用口语,创造活泼简明的形式以及诙谐的才能,他之所以给与了当时的文坛一个鲜明的"新"的印象,不是并非意外的么?

但张天翼的发展却并没有沿着"新"的道路走下去,他的"新"仍然是已经有的"新",人们熟悉的新的题材、新的人物,但是,"作家天翼底印象就已经失去了'新'的光芒,成了用不着握手凝视也可以认识的看熟了的面孔了"[①]。胡风在张天翼那里既要发现左翼文学所需要的文学质素,而又要批判其与左翼文学不相适应的质素,从而为建立其文学思想获得更多的理论材料。

选择张天翼作为批评对象,其用意显然不在于这位作家取得了多么惊人的成绩,可以用"作家论"进行评论,而在于选择"作家论"的方式批评一位已经知名的作家并通过这位作家提出文坛上出现的一些问题,在于他适合作为一个批评对象完成胡风对"客观主义"的批评。与《林语堂论》侧重于作家的思想、创作的转变的论述方式不同,《张天翼论》则侧重于把作家置于30年代的文学环境中进行论述,并由此考察作家的创作个性。在这篇文章中,他首先分析综合了作家大量的作品,进而研究张天翼的创作特点,指出:"他最注重的是他的人物底社会的色彩,他们在人间关系里面所抱的一份'打算'。他的最大野心是单纯地夸张地大多数的场合甚至是性急地把这告诉读者。"因而,胡风肯定了张天翼的创作的成绩。但他从艺术活动的"最高目标是把捉人底真实,创造结合的典型"这一观点出发,又指

① 胡风:《张天翼论》,《胡风评论集》(上),北京:人民文学出版社1984年版,第29页。

出作家“只是带着朴素唯物主义观点在表面的社会现象中间随喜地遨游”，“他的认识就很难深化，他的才能就很难发展”。张天翼只是从“朴素的唯物主义”表现社会，带来了作品的一些不可避免的缺陷。诸如“人物色度底单纯”、“非真实的夸大”、“人间关联底图解式的对比”，等等，并且研究了作家的叙述方式、描写方式以及语言等问题。作为一位热情的批评家，胡风的“作家论”也提出了作家的努力方向：

他有很不错的“世态讽刺”的才能，被生活底纷乱弄钝感了的广大读者一定要求他不断地开拓，但我们更不能忘记的是他在《三天半的梦》——《三老爷与桂生》——《皮带》——《一年》——《梦》——尤其是最近的《万纫约》里面所显露的创造人物的本领，预想他要更深地更广地浸入现实生活，写出这个时代底典型，这样的工作能够使读者学得更多的东西，也能够使他自己感到更强的喜悦，虽然同时也要忍受更大的艰苦。

这里体现了一位批评家的感情世界，也体现了文学批评应有的“扶助新人”的基本功能。当然，这只是从创作的分析上去研究作家，但研究的却是作家的思想认识问题及创作方法问题。因此与其说胡风是在写“作家论”，不如说他是在借“作家论”以阐发自己的文艺观，批判一种创作现象。

（三）对抗战文学问题的批评

胡风的现实主义文学批评思想，也是建立在对抗日战争时期中国文艺现状的批评基础上的。胡风在《论现实主义的路》一文中，进行了系统地表述。《论现实主义的路》不是一篇纯粹的理论文章，而是一篇结合抗日战争的实际而发的有关文学理论重要问题的论文。胡风在文章中认为：

一方面，战争底大风暴掀起了爱国主义的狂热，但大多数并不是从现实生活深处发出的血肉的声音；战争底大风暴使作家们面对了现实社会，但已经开始出现了漂浮在客观对象上面或屈服在客观对象下面的、不能向对象中深入的被动的态度。另一方面，和现实搏斗的现实主义的作家和在实际斗争里面的新的作家们，正在倾注着真实的爱憎，通过“蠢动的生活形象”努力地表现出现实的历史动向，广大人民底负担、潜力、觉醒和愿望，使我们看到了正在发动的受着长久压抑的民族底伟大的潜力，正觉醒的带着历史的创伤的人民底蓬勃的青春。这是在文艺统一战线下面所展开的创作实践底内容，把握这个内容，提高那积极的要素，争取现实主义底发展，在对于文艺运动的各种有利的社会条件里面争取发展，由这来把那些条件（主要的是和人民结合的实际情势和强烈要求）转变为主观的力量，充实并推进统一战线，这正是迫切的任务。

胡风在这篇文章中认为抗日战争以来的文学创作在理解"现实主义"这一创作概念时发生了误解，一些创作"并不是从现实生活深处发出的血肉的声音"，"开始出现了漂浮在客观对象上面或屈服在客观对象下面的、不能向对象深入的被动的态度"，一些反映现实生活的作品却"被认为'过于暴露了黑暗'"。在这里，胡风批判了他一贯批判的主观公式主义和客观主义。所谓文学创作中的"客观主义"是抗战文学中出现的一种倾向："客观主义是从对现实底局部性和表面性的屈服、或漂浮在那上面而来的，因而使现实虚伪化的，也就是在另一种形式上歪曲了现实。首先，在思想内容上，他所反映出来的现实（客观），不是没有取得在强大的历史动向里面激动着、呼应着、彼此相通的血缘关系，就是没有达到沉重的历史内容底生动而又坚强的深度。但主要的是，它的认识和反映现实（客观），只是凭着'客观'的态度，没有通过和人民共命运的主观思想，要求突入对象，进行搏斗，在作者自己的血肉的考验里面把捉到因而创作出来综合了丰富的历史内容的抽象，这正是只能漂浮在现实底局部性或表面性上面，向那屈服的根源。"客观主义"只是停留在'客观的'态度上去对待现实，不能在创作过程上深入现实对象，进行搏斗，把握并体现客观现实所有的丰富的真实的思想内容，获得使读者向客观现实深入的艺术力量。在胡风看来，作家要从抽象的爱国主义那里解放出来，真正的现实主义创作就是要"从火热的战争行动里面看到甚至感到那深厚的历史根源"，"从广大人民底负担、潜力、觉醒和愿望（'蠢动着的生活形象'）里面去把握战争底要求以及发展前景，即人民性的爱国主义底深厚基础”[①]，而这种现实主义是向思想革命的努力，或者说，胡风的现实主义理论注重的是活生生的人，是国民的精神，是作家站在创作主体的立场上大胆地揭示生活中人民群众的思想和灵魂中的问题。他强调作家要深入生活，但却要求作家超越生活，不拘囿于生活，不做生活的奴隶，而是要大胆地拥抱现实，拥抱生活，在生活中燃起创作的激情。

二、现实主义文学秩序的构建

胡风从步入文坛开始，就致力于建构新民主主义的革命文学，那么，这个革命文学的体系是如何构建的呢？在胡风文学批评思想的研究中，人们指出了胡风思想的复杂性、多义性特征。有学者指称“主观战斗精神”是胡风批评思想的核心；有人则认为“现实主义”是其核心；也有人概括为“精神奴役的创伤”的文学等，毫无疑问，胡风的文学批评思想是复杂的，内涵极其丰富。但是，胡风的批评思想却是稳定的，前后基本是一致的，这也就为我们讨论胡风构建的文学新秩序及其特征提供了比较清晰的思路。

我认为，现实主义是我们认识胡风批评思想的最为关键的核心概念，而革命现实主义也正是胡风所构建的新的文学秩序的中心宇宙。胡风说：“如果说文艺创作为的是追求人生，在现实的人生大海里发现所憎所爱，由这创造出能够照明人类前途的艺术的天地，那么，文艺批评也当然为的是追求人生，它在文艺作品底世界和现实人生底世界中间跋涉，探寻，从实际的生活来理解具体的作品，解明一个作家，一篇作品，或一种现象对于现世的人生斗争所能给与的意义。我曾说过，没有了人生就没有文艺，离开了服务人生，文艺就没有存在价值，同样地可以说，没有了人生就没有文艺批

① 胡风：《论现实主义的路》，《胡风评论集》（下），北京：人民文学出版社 1984 年版，第 279 页。

评,离开了服务人生,文艺批评底存在价值也就失去了。"[①]这就是说批评家首先要站在现实的立场上去认识作品、批评作品,站在为人生的立场上从事文艺批评,应当运用现实主义的基本理论去阐释作品。可以说,没有现实主义也就没有胡风的批评,不能正确认识胡风的现实主义理论,也就不能真正认识胡风批评在现代文学史上的意义。从某种意义说,独尊现实主义成为胡风文学批评的基本价值取向,在胡风这里,现实主义既是一种创作方法,也是一种文学批评的价值尺度,是胡风建构中国新文学价值体系的最基本的也最重要的概念。

对此,胡风在《现实主义底一"修正"》、《论民族形式问题》等论著中进行过系统地阐述,从不同角度丰富和补充了现实主义理论。胡风认为:"如果说现实底发展不能不通过人类主观实践力量,那么,对于内容(形式)的真实的把握当然得通过作为主观实践力量的正确的方法,那就是现实主义。"[②]对于胡风来说,现实主义已经成为他评价一切文学创作的重要的价值尺度,也是构成他的诗学宇宙的关键词。那么,在现实主义这一总的文学精神的主导下,建构了怎样的诗学宇宙呢?

我认为,这个诗学宇宙包括现实生活反映论、主观战斗精神论、典型人物论和民族形式论等几个方面的理论问题。

(一)现实生活反映论

现实生活反映论并不是胡风的独创,早在1920年,茅盾的文学批评就已经阐述过文学与人生的关系,指出新文学"是有表现人生,指导人生的能力"[③]。在《文学与人生》中,茅盾又明确提出了文学反映的理论:"西洋研究文学者有一句最普通的标语:是'文学是人生的反映(Reflection)'人们怎样生活,社会怎样情形,文学就把那种种反映出来。譬如人生是个杯子,文

---

① 胡风:《文艺笔谈·序》,《胡风评论集》(上),北京:人民文学出版社1984年版,第3—4页。

② 胡风:《胡风评论集》(中),北京:人民文学出版社1984年版,第259页。

③ 茅盾:《新旧文学平议之评议》,《茅盾文艺杂论集》(上),上海:上海文艺出版社1981年版,第12页。

学就是杯子在镜子里的影子。”[①]这种现实主义反映论在20世纪20年代并没有太多的响应者。但是，中国文学进入左翼时期后，左翼作家、理论家在提倡现实主义文学的同时，将反映论提升到新的高度。冯雪峰、周扬、胡风等大多从现实主义反映论的角度阐述文学与社会的关系。尽管他们的观点在某些方面表现出极大的不同，但是，在文学反映社会现实的问题上，他们几乎并没有什么太大的分歧，周扬、茅盾和胡风之间有关现实主义论争的焦点，主要就是围绕着典型人物的问题展开。不过，当我们真正进入到他们的文学批评世界中来的时候，就会发现，围绕文学是反映生活的这一基本命题，出现了不同的认识，这也就是胡风一直强调的纯客观主义和主观战斗精神的内在分野。

出版于1936年的《文学与生活》是胡风论述现实主义文学理论的一部重要著作。在这部以阐述基本理论为主的著作中，胡风从“文艺是从生活产生出来的”这一观点出发，比较系统地论述了文艺与生活的关系。胡风认为：“文艺是从生活产生出来，而且是反映生活的。怎样说是反映生活的呢？那意思是，文艺底内容是从实际生活取来，它底内容以及表现那内容的形式都是被实际生活决定的。”胡风更强调“文学是从生活中来的”这一文艺本质，突出文艺与生活的内在关系。对此，他从文学艺术的发展过程中对此进行了分析，认为，像《袋鼠歌》这样的作品“是狩猎社会所产生的文艺作品，所以它表现了对于食用动物的赞美，对于打猎技术的夸耀”。人们之所以以文学艺术的方式赞美食用动物，之所以要夸耀打猎的技术，在于“有了实际的打猎生活打猎经验”[②]。在这里，胡风强调了“生活经验”与文学创作的关系，也就是说，文学艺术对生活的反映并不是被动的，并不是说“文学就是杯子在镜子里的影子”，而是说文学艺术是作家在对生活充分体验的基础上产生的。因此，作家要站在比生活更高的地方，要求作家能够对于人生抱着积极的态度，能够拥有“在实际斗争里面所蓄积起来的生活知识，生活经验”：

---

① 茅盾：《文学与人生》，《茅盾文艺杂论集》（上），上海：上海文艺出版社1981年版，第110页。

② 胡风：《文艺与生活》，《胡风评论集》（上），北京：人民文学出版社1984年版，第275页。

> 世界上伟大的作家大都同时是伟大的生活者;为了生活底目的生活底理想,他们在现实生活里面挣扎,苦恼,奋斗,在现实生活里面去接近真理,深入人生。他们底生活是向着战斗,他们底作品就是战斗底纪录,在战斗底经过里面所认识到的人生样相,从这些人生样相创造成的战书。譬如矿师,从各种矿砂炼出纯金。为'作家'而创作,不见得能够写出伟大的作品,为战斗而生活,才能够取得创作底源泉。
>
> 胡风:《文艺与生活》

生活是必需的,也是必要的,但生活并不是唯一的;生活是作家创作的源泉,文艺作品是从生活中来的,但生活并不是创作,生活是作家战斗的经验积累,是作家参与人生的写照。胡风所强调的生活并不是作家"深入生活"才有的,而是作家本人参与的、经验的人生。与此前茅盾等人所强调的"为人生"的艺术不同,胡风更看重作家的经验,看重作家对生活的积极主动的参与性。

在胡风的观点中,文艺是现实生活的反映,只是他所认识到的文学艺术的一个方面。他同时又说,文学艺术作品不是生活的复写,"成功的文艺伟大的文艺必须是向着历史上的进步势力底方向。这就说明了:说文艺是生活底反映,并不是说文艺象一面镜子,平面地没有差别地反映生活底一切细节。能够说出生活里的进步的趋势,能够说出在万花撩乱的生活里面看到或感觉到的贯穿着过去现在以及未来的脉络者,才是有真实性的作品。所以,文艺并不是生活底复写,文艺作品所表现的东西须得是作家从生活里提炼出来,和作家底主观活动起了作用以后的结果。文艺不是生活底奴隶,不是向眼前的生活屈服,它必须站在比生活更高的地方,能够有把生活向前推进的力量。"[①]这个观点是对茅盾文学批评理论的颠覆,超越了文学的"镜子说"。

(二)主观战斗精神论

主观战斗精神是胡风文学批评思想的核心内容之一,是其现实主义文学思想的主要支撑点之一,也是他最受争议的思想观点之一。

---

① 胡风:《文艺与生活》,《胡风评论集》(上),北京:人民文学出版社1984年版,第300页。

关于主观战斗精神，胡风虽然没有明确提出过，但在他的文学论著中，相关的论述构成为他的现实主义理论的一个重点。

胡风的“主观战斗精神”是针对抗日战争爆发后文学创作中出现的“纯客观主义”倾向而提出来的，他认为“纯客观主义”创作倾向严重影响了作家的创作，无法真正把握和表现出现实生活的复杂性和丰富性，因而无法发挥出作家的主观力量，所谓现实主义创作也就无法真正实现。在胡风看来，“主观战斗精神衰落同时也就是对于客观现实的把握力、拥抱力、突击力底衰落。原来，文艺家底各自的路径、各自的强度，在健康的生活土壤上可以得到各自的成长，散发出各自的香气，现出各自的色彩，获得现实主义的多面性的发展；然而，在相反的生活土壤上，这各自的强度反而成了和时代要求游离开去的熟路，各自我行我素，各自任凭不起抵抗力的惰性自由地流去，于是现出了各自的病容，各自的穷态”，而这种创作特征，“就是各种反现实主主义的倾向了”[①]，而只有将作家的主观力量和现实的客观真理结合起来，才有可能表现出现实主义的丰富博大。如他所说“‘为人生’，一方面须得有‘为’人生的真诚的心愿，另一方面须得有对于被‘为’的人生的深入的认识。所‘采’者，所‘揭发’者，须得是人生的真实，那‘采’者‘揭发’者本人就要有痛痒相关地感受得到‘病态社会’底‘病态’和‘不幸的人们’底‘不幸’的胸怀。这种主观精神和客观真理的结合或融合，就产生可新文艺底战斗的生命，我们把那叫做现实主义”[②]。从创作的层面来说，艺术作品反映现实并不是客观地、被动地被生活所湮没，而是作家以自己的主观精神对现实的拥抱：

……客观主义是，生活底现象吞没了本质，吞没了思想，而相反的倾向是，概念压死了生活形象，压死了活的具体的生活内容。

反映现实，并不是奴从现实，相反地，是站在比生活更高的地方。也并不是把现实生活看做污贱的世界，用不着过问，只应该一纵而过。

---

① 胡风：《文艺工作发展及其努力方向》，《胡风评论集》（上），北京：人民文学出版社 1984 年版，第 10 页。

② 胡风：《现实主义在今天》，《胡风评论集》（中），北京：人民文学出版社 1984 年版，第 319 页。

所谓情绪底饱满,是作为对于现实生活的反应的情绪底饱满,所谓主观精神作用底燃烧,是作为对于现实生活的反应的主观精神作用底燃烧……。要不然,现实主义也就不能够成为现实主义了,等等。

所以,我们要求思想力与艺术力的统一。

胡风:《一个要点备忘录》

由此可以看出,胡风的"主观战斗精神"主要内容既包含作家思想力的加强和丰富,也包含作家主体感觉能力和感受能力的特点,强调作家对于现实生活的积极拥抱和大胆投入,突出作家的主体精神,强调作家以主体精神对现实的观照。

更为重要的,胡风所说的文艺批评与人生的密切关系,还可以理解为文艺批评家应以自己的思想、情感去主动地、大胆地拥抱现实人生,与现实人生进行"血肉搏斗",这与他所一贯提倡的"主观战斗精神"是联系在一起的。虽然胡风本人没有明确提出过"主观战斗精神"这一概念,但从他一系列论述中,可以看到,在胡风的现实主义文艺理论中,"主观战斗精神"是一个重要的概念,在胡风的著作中,这一概念也被称作"主观力量"、"主观精神"、"思想力量"。从这些认识出发,胡风特别强调作家的人格力量和战斗要求,强调作家主体力量在创作中的重要意义。胡风曾在《逆流的日子·序》中谈到过"战斗"的精神:

新文艺底热情的战斗的传统精神就临到了致命的考验,不得不在内外敌对力量底压迫下面困苦万状地争取自己的生存。文艺在自己的阵营里面也经验着一种逆流底袭击,这袭击正是和那大的逆流紧紧地互相响应的。

但当然,犹如人民底力量始终在坚持,在成长,为民主的斗争开始,在扩张,文艺底战斗的有生力量也是一直在开拓着自己的道路的,不过,在这个旧中国的文化生活里面,又如寒夜里的焚火,浓雾里的远灯,它底光受到湮濛,它底热受到了侵散,因而还不能够形成突出重围的大力。

这就急迫地要求着战斗,急迫地要求着首先"整肃"自己的队伍,使文艺成为能够有武器性能的武器。有武器性能的武器才能够执行血肉的斗争，是血肉的斗争才能够和广大人民底血肉的斗争汇合，使广大人民底血肉的斗争前进，削弱以致击溃那个大逆流底攻势。

这里虽然没有明确表示出他的“主观战斗精神”，但是，“主观战斗精神”的基本思想已经十分明确，他要求文艺的“战斗”就是作家以自己的主体力量对生活和时代进行回应，就是作家对现实生活的大胆拥抱和血肉搏斗。在《置身在为民主的斗争里面》一文中，胡风再次阐述了他的这一文艺主张，“文艺创造，是从对于血肉的现实人生的搏斗开始的。血肉的现实人生，当然就是所谓感性的对象”。可见作家的主体力量在胡风这里是多么重要。

（三）典型人物论

“‘典型’问题是文艺理论底中心内容之一”[①]，“文学创造工作底中心是人，即所谓‘文学的典型’，这已经成了常识”，或者说是现实主义文学批评主要的价值取向。也许我们可以在胡风的典型人物论的论述中，看到他对新的文学秩序重建的某些努力。在胡风看来，“伟大的现实主义作家们，都成功地写出了特征的人物”，如莎士比亚笔下的哈姆莱特、塞万提斯笔下的堂·吉诃德、福楼拜笔下的包法利夫人、屠格涅夫笔下的罗亭、曹雪芹笔下的贾宝玉和林黛玉、鲁迅笔下的阿Q等，“我们把这些叫做典型（type）或典型人物，也就是恩格斯所说的典型环境里面的典型的性格”[②]。毫无疑问，胡风所说的这些都是世界文学史上著名的有影响的艺术形象，都是文学创作的成功范例。但是，胡风对这些艺术形象的进一步阐释，并以此论述的典型人物的艺术特征，则显示出胡风对典型问题理解的“革命文学”的趋向。或者说，胡风对典型问题的论述主要是从建构“革命文学”或新民主主义文学的角度出发的，是对现实主义反映论的补充和提升。在胡风的典型人物论中，典型的创造是一项综合的艺术概括的工作，“一个典型，是一个具体的活生生的人物，然而却又是本质上具有某一群体底特征，代表了那个群体的”。怎样理解胡风所说的典型人物“本质上具有某一群体底特

---

① 胡风：《现实主义底一“修正”》，《胡风评论集》（上），北京：人民文学出版社1984年版，第341页。

② 胡风：《什么是“典型”和“类型”》，《胡风评论集》（上），北京：人民文学出版社1984年版，第96页。

征”这一观点呢?胡风指出,典型人物都具有其普遍性和特殊性的特征。他以阿Q为例。“就辛亥前后以及现在 少数落后地方的农村无产者说,阿Q这个人物底性格是普遍的;对于商人群地主群工人群或各个商人个人地主各个工人以及现在的在不同的社会关系里的农民而说,那他的性格就是特殊的了”[①]。针对胡风的这些观点,周扬曾在1936年1月号《文学》杂志发表题名为《现实主义试论》的文章,对胡风的典型人物论进行了“修正”:“阿Q的性格就是辛亥革命前后以及现在落后的农民而言是普遍的,但是他的特别却并不在对于他所代表的农民以外的人群而言,而是就在他所代表的农民中,他也是一个特殊的存在。他有他自己的经历,独特的生活术式,自己特殊的心理的容貌,习惯,姿势,语调等,一句话,阿Q真是一个阿Q,即所谓‘This one’了。”对此,胡风在《现代主义底一“修正”》、《典型论底混乱》等批评文章中进行了“修正”的“修正”。胡风认为,他和周扬关于典型问题的分歧主要在于:“我说阿Q这性格对于某一农民是普遍的,周扬先生却说阿Q在他所代表的农民中是特殊的存在。两个意见完全相反。”[②]无论胡风主张阿Q在某一类农民中是普遍的,还是周扬所说的阿Q所代表的农民中是一个特殊的存在,他们之间的争论并没有太多本质上的差别。其实,他们都突出强调阿Q形象与农民之间的关系,强调了阿Q作为农民形象的典型性,强调了阿Q作为典型人物的典型意义,即阿Q所代表的农民及其社会意义。或者说,无论是胡风还是周扬,都仅仅把阿Q形象看作是代表了某一类农民,从而忽视了阿Q性格的复杂性及其超越时代、超越阶级、超越国家、超越民族的特征,因而,他们的观点也就显得非常局限,难以真正理解阿Q形象的艺术魅力。

(四)民族形式论

民族形式问题是胡风现实主义文学思想的主要组成部分,是胡风从文学艺术的美学角度对现实主义文学的深入论述。

---

① 胡风:《什么是“典型”和“类型”》,《胡风评论集》(上),北京:人民文学出版社1984年版,第96—97页。

② 胡风:《现实主义底一“修正”》,《胡风评论集》(上),北京:人民文学出版社1984年版,第341页。

关于艺术形式和民族形式的问题，胡风曾在《论民族形式问题》一书中进行过系统论述。胡风从民族革命战争与文学艺术的关系出发，将内容与形式作为现实主义文学的重要问题，“深刻地认识（表现）统一战线的、民族战争的、大众本位的、活的民族现实，这是需要正确方法的、内容上的要求，文艺运动应该在方法在内容上提出和现实情势相应的口号，但为了方法上的内容上的要求得到补充的说明，也就需要从形式方面明确地指出内容所要求的方向”。“民族形式”问题的提出也就是在这一现实基础上的艺术要求。那么，对于文学的内容与形式的关系，胡风的理论阐述就非常值得注意：“形式，是内容底本质的要素；组织形式的力量是从认识现实的方法上来的。对于形式底特质的把握，正是突入内容的一条通道。‘民族形式’，它本质上是五四的现实主义传统在新的情势下面主动地争取发展的道路。”[①]胡风的理论有两个基本的要点，第一，文学的内容与形式是一个统一体，二者呈现辩证的关系。“新的文艺要求和先它存在的形式截然异质的突起的‘飞跃’，这并不是‘领土完整是纯主观性的腾云驾雾的文艺发展中的空想主义路线’；它要求从社会基础相类似的其他民族移入形式（以及方法）”[②]。第二，民族形式问题的提出是对五四文学现实主义传统的继承，“以市民为盟主的中国人民大众底五四文学革命运动，正是市民社会突起了以后的、累积了几百年的、世界进步文艺传统底一个新拓的支流”，或者如胡风所总结的那样，五四新文学是“反帝反封建的现实主义文艺”，“创作、理论、大众化运动，这三个侧面底发展底内的关联，就形成了我们今天所说的‘革命文艺传统’”[③]。

从这个意义上说，胡风所提出的民族形式是在批判封建主义文艺基础上的新文艺传统的认同。针对向林冰的观点，胡风认为民间艺术形式与封

---

① 胡风：《论民族形式问题》，《胡风评论集》（中），北京：人民文学出版社 1984 年版，第 219—220 页。

② 胡风：《论民族形式问题》，《胡风评论集》（中），北京：人民文学出版社 1984 年版，第 227 页。

③ 胡风：《论民族形式问题》，《胡风评论集》（中），北京：人民文学出版社 1984 年版，第 236—237 页。

建主义文艺有着内在的关系,“当封建主义文艺(民间文艺)依靠着‘历史的惰性’在发挥它底威力的时候,市民阶级作为一个强大的物质力量在中国土地上站了起来,以它为盟主的中国人民爆发了一个伟大的文学革命,从先进国累积了几百年的、一般意识形态上的和文艺上的民主主义的斗争经验里面,惊喜若狂地找着了能够组织他们对于现实生活的认识,能够说出他们对于现实生活的感应的、创作方法上的丰富的源泉”①。胡风不是一般性地否定民间艺术形式,也不是简单地将封建主义文艺与民间艺术等同起来,当胡风将封建主义文艺与民间文艺等同起来的时候,他实际上突出了中国新文学的启蒙主义立场,即新文学对封建主义思想的批判精神,对国民精神世界中落后东西的批判立场。我们重新阅读胡风如下论述,就会理解他的主要指向:

> 这们可以这样说罢:因为它(民间文艺——引者注)不仅是反映了认识生活的封建观点,而且虽然是通过封建意识的世界感和世界观,但依然在某一限度上反映了民族底生活样相。或者是民族底、大众底过去的生活(故事、乡土戏等),或者是大众底经验上的智慧(谚语、歇后语、格言、譬喻、寓言等),或者是大众底抒情表现(山歌、民谣、小调等),或者是关于宗教或迷信的神话(传说、乡土戏等)。这些,本质上是用充满了毒素的封建意识来吸引大众,但同时也是用闪烁着大众自己底智慧光芒的、艺术表现的鳞片的生活样相来吸引大众;正因为封建意识是体化在生活样相里面,所以,一方面封建意识底传布力就特别强烈,一方面即使意识上对于封建意识本身抱有反感,但依然能够透过它底曲折线多多少少地看到民族底或自己底生活样相,而不能不感到某种“亲切”。一切对于民间形式的幻想,都是由于不理解这一理论而来的。对于民间文艺的汲取,无论如何也不能不把握住这一基点。
>
> 胡风:《论民族形式问题》

在这里,胡风试图把民间文艺与民族传统区别开来,而又将民间文艺

① 胡风:《论民族形式问题》,《胡风评论集》(中),北京:人民文学出版社 1984 年版,第 241 页。

与封建主义联系起来，彰显出启蒙者对中国新文学的思想期待，因此，当我们重新理解胡风的这一理论观点时，也许能够感受得到胡风重建中国新文学价值规范体系的良苦用心。

三、批评的激情与真诚

在中国现代文学批评史上，胡风既不同于20世纪20至30年代学院派的批评家，如朱自清、朱光潜、梁实秋等，也不同于作家式的印象感悟派的批评家，如周作人、沈从文、李健吾等，他是30年代以来在左翼文学的召唤和培养下成长起来并以马克思主义文艺理论为主导思想的批评家，是坚持以现实主义文艺理论解释、批评文学的批评家。他不是蒂博代所说的“职业批评家”，却一直是以“职业的”批评家的身份从事着文艺批评；他不是“大师的批评家”，却是一位优秀的诗人、作家，同时又是一位出色的批评家，他同样也站在作家的立场上进行着艺术的批评。他虽然没有受到过系统的全面的文艺理论的教育和训练，却一直坚持着文艺批评的理论性，并且在批评实践中表现出鲜明的强烈的理论思辨性特征，而且，胡风以自己的文艺理论与批评影响了一个时代的一批作家的创作，形成以他为中心、以他的文艺思想为主导的“七月派”文学群体。应当说，胡风对现代文学批评的贡献是巨大的，而他的批评思想与批评方法及其批评文体对于促进现代文学批评的发展具有不可估量的意义，而围绕着胡风文艺思想所展开的有关论争，从一个方面呈现出现代文学发展的方向性问题。

作为现代文学批评史上卓越的文学批评家，胡风自觉继承着“五四”以来以鲁迅为代表的现实主义文学传统，努力捍卫着现实主义的革命文艺，同时也为现代文学批评的健康发展和现代批评方法与批评观念的建立做出了自己的努力。在胡风那里，文艺批评似乎只是他维护鲁迅现实主义文艺思想和传统的一种方式，是他以自己独特的方法与方式对鲁迅的文艺思想的重新解释，进而表达一种时代的文艺观念。

在批评方法上，胡风借鉴了卢卡契的社会学批评方法和美学方法。胡风一贯认为:“作品……总是内容和形式的统一体……总是作家底主观精神和客观对象的溶合而被创造出来的统一体。”因此,胡风主要是以社会学和美学的方法进行文艺批评,“批评,我们所要求的批评,应该是社会学的评价和美学的评价之统一的探寻。这才是文艺批评的基本任务”[①]。从对文学批评功能的理解出发,胡风更看重于作家作品的思想社会意义,而对林语堂所提倡的个性主义、幽默文学、性灵文学则采取了批判态度,要求作家立足于社会的前沿地带,负载着历史的伟大使命而创作反映民族精神和命运具有重要意义的伟大作品。

从这一思路出发,在胡风看来,文学批评与文学创作如同人生一样,既是一种人生的方式,也是一种思想的方式。正是这样,胡风自觉地承担了文学批评的战斗性,捍卫了马克思主义文学理论在中国的地位。关于文学批评,胡风在《文艺笔谈·序》一文中有过详细的论述:

> 如果说文艺创作为的是追求人生,在现实的人生大海里发现所憎所爱,由这创造出能够照明人类前途的艺术的天地,那么,文艺批评也当然为的是追求人生,它在文艺作品底世界和现实人生底世界中间跋涉、探寻,从实际的生活来理解具体的作品,解明一个作家,一篇作品,或一种文艺现象对于现世的人生斗争所能给与的意义。我曾说过,没有了人生就没有文艺,离开了服务人生,文艺就没有存在价值,同样地可以说,没有了人生就没有文艺批评,离开了服务人生,文艺批评底存在价值也就失去了。

因而,胡风认为,“健全的文艺批评却是要随着现实生活底发掘和创作活动底发展而存在,而成长的”[②],文艺批评如同创作一样,是批评家人生的一部分,或者说,批评家的批评活动是他人生活动的主要方式。在这里,胡风将批评与人生联系在一起,并不仅仅是指批评活动本身作为人生的组成部分而存在,而且也指批评家在其批评活动中需要具体的人生经验作为指

---

① 胡风:《人生·文艺·文艺批评》,《胡风评论集》(下),北京:人民文学出版社 1984 年版,第 28 页。

② 胡风:《文艺笔谈·序》,《胡风评论集》(下),北京:人民文学出版社 1984 年版,第 4 页。

导，没有这种人生经验，也就不会有真正的文艺批评。

胡风文学批评的理论化趋向决定了胡风的基本品格。胡风虽然也注重社会—美学方法的批评，但他更注重对作品的体验以及作家的创作过程的考察，注重批评家在批评过程中的激情与创造。或者说，胡风的批评活动是他以自己的感情与思想对作品及其反映的生活的“拥抱”，是人生的另一种方式。他并不怎么运用推理、归纳等逻辑方法，而重分析，通过他特有的语言方式，描述自己对作品的理解。当然，所有这些是在他的理论框架下进行的。为了使他的理论框架坚固、充实，胡风主要在作品的主题、人物两个方面下功夫，也可以说，主题与人物是胡风批评文体中不可或缺的两根支柱。胡风的主题批评是他对文学创作中客观主义的一种反拨。在胡风看来，题材在创作中并不是重要的，重要的是作家在获得题材之后的深入开掘，能够升华出重要的主题。《〈新客〉及其他》一文，涉及 1935 年《小说》半月刊第 15 期发表的三个短篇小说。就一种批评文体的建设来说，这只能是一个没有完成的批评文体。胡风抓住了作品中的三个突出方面进行分析论述，但还没有考虑到一种批评文体的完整性，不过，我们仍然看到了他在批评中的理论努力。他对《新客》的批评，是从“作家怎样地展开了他的主题”的开始的；对《副型忧郁症》则是从作者“用‘新’的形式叙述了他底故事”进入批评；对《两个不同的情感》则是从“主题是非常鲜明的”判断进行批评的。需要注意的是，胡风的理论兴趣，不主要是在作品对主题的挖掘和表现，也就是说，他重视的是作家在创作中的精神活动，而不是作家创作过程中的某些艺术技巧。所以我们读到了这样的批评文字：“通过全篇，明显可以看到创作才是性急地要表明他的主题，有的地方甚至使人得到了露骨的不自然的印象。”“这个没有内容的故事，就是由这种‘华美’的颓废的印象构成的。然而，作者一定不肯承认他的故事没有内容的罢。”从这些文字可以看出，胡风在强调作家的主体精神时，已经将这种精神化入到了作家所表现的主题之中。胡风文学批评文体理论的第二根支柱是人物分析。人物分析往往是社会——历史学批评的主要手段。胡风在他的理论体系中，又特别强调人物形象的重要性。他说：“文学创造工作底中心是人，即所谓‘文学的典型’，这已经成了常识。”因为“伟大的现实主义作家们,都成功地写出了特征的人物”①。《南国之夜》、《蜈蚣船》、《七年忌》以及《〈生死场〉后记》、《生人底气息》等作品批评,人物分析成为这些批评文字的主要内容,它构成了胡风批评文体的主体工程,构成了胡风文学批评操作层面的独特性。与此同时,胡风的文学批评是融合了理性和诗情的文体,是主观战斗精神与客观现实交融的文体,他在为鲁藜的《星的歌》所做的《跋》中有这样一段文字,可见其批评激情与理性的完美结合:

> 我爱这些诗,它们使我得到了欢喜,汲取了勇气。它们是从人民底海洋,斗争底海洋产生的,但却是作者用着纯真的追求所撷取来的精英。这些谐和的乐章所带给我们的通过追求、通过搏斗、通过牺牲的,艰苦但却乐观,深沉但却明朗的精神境地,不正是这个伟大的时代内容底繁花么?是不是个人重于集体,精神决定存在,任何一个有可能对时代要求发生感应的读者,当会给以证明的罢。

下面是《田间的诗》中的一段:

> 更丰润地描写了诗人的当然是他自己底全部作品。差不多占三分之二以上的是歌唱了战争下的田野,田野上的战争,他歌唱了黑色的大地,蓝色的森林,血腥的空气,战斗的春天的路,也歌唱了甜蜜的玉蜀黍,青青的油菜,以及忧郁而无光的河……在他底诗里出现了“没有笑的祖国”,残废的战士和凝视着尸骨的郊野的垂死的战马,也现出了歌唱,射击,斗争的音乐……。影片《自由万岁》里面有一个吹喇叭的儿童战士,活跃地随着旋风似的战队驰骋——读着田间君底诗就闪似的忆起了那里面的几个场景。
>
> 民族革命战争需要这样的“战斗的小伙伴”!

不必更多引用了,从这些段落中可以看到胡风特有的批评激情及其诗一样的文体语言,而且从这种文体中也可以见出胡风以自己的感情和思想对作品的“拥抱”及其对生活的热爱,看出胡风现实主义的批评的基本风格。

胡风是一位诗人,他的批评常常不能自制地爆发诗人的激情,但他又

① 胡风:《什么是“典型”和“类型”》,《胡风评论集》(上),北京:人民文学出版社1984年版,第96页。

不能忘怀于他的理论建设。从胡风的批评实践来看,他似乎在作品评论之外更热衷于建构自己庞大的理论体系,从《文学与生活》到《论民族形式总是》,从《逆流的日子》到《论现实主义的路》,胡风为自己的现实主义理论进行了大量的理论研究,这种理论研究显然与梁实秋、朱光潜的诗学理论建构不同,主要是从创作实际出发阐述某种既成的理论,在这方面,胡风一直坚持认为他与毛泽东的《延安文艺座谈会上的讲话》是一致的,他坚持认为他 40 年代的文艺理论也是对毛泽东《讲话》的进一步阐释,这也说明胡风执著于现实主义理论的同时,对问题的深入思考使他获得了独立的思考和观点。而胡风的文学成就和他的人生悲歌都在于这种现实主义的执著。

胡风的理论探讨带来了批评文体理论倾向中的语言问题。胡风的语言是不失浪漫诗情的,也不失其规范化特征。他不常用那些被人们惯用的批评语言,而是根据批评实践的需要、理论阐述的需要,创造性地使用批评语言。你可以认为胡风的批评语言艰涩,因为那是些陌生化的批评语言,是批评家们没有使用过的语言,例如,在胡风的批评著作中,经常可见这样一些批评术语:“败颓的浪客”、“永劫的灾难”、“主观力”、“思想力”、“受难”、“精神奴役创伤”、“痉挛性的热情”、“搏战”、“自我扩张”、“奴从现实”、“原始强力”、“实践的生活意志”,等等;你也可以认为胡风的批评语言过于抽象又过于情绪化,在那些语言阐述中,胡风以饱满的热情去创造自己的理论体系,他自觉不自觉地运用了这样鲜活而富有生活气息的语言。例如,他在《吹芦笛的诗人》中评论艾青的《大堰河》时,在引用了《那边》里的一节诗后,写道:“是永劫的灾难而不是受难底音容,是永远挣扎而不是具体的压迫或反抗,这不是把飘泊的情愫附在对象上么?”这种语言是激情与哲学思想的结合,也是阅读作品的体验性表述和升华的思想阐述的结合,正像罗兰·巴特所说:“批评家所选用的语言不是老天的恩赐,而是由其境况所适时提供的语言类别之一。客观上它标志着知识、观念、心智情感特定历史发展的最新阶段;它是一种必然。”①

① ［法］罗兰·巴特:《作为语言的批评》,《西方二十世纪文论选》,第四册,北京:中国社会科学出版社 1989 年版,第 452 页。

第十章 “大系”与文学史批评的新秩序

《中国新文学大系》是由上海良友图书出版公司出版、赵家璧主编，胡适、鲁迅等选编的中国新文学史上的第一部文学总集，1935 年至 1936 年间由上海良友图书公司出版。全书分为十卷，由蔡元培作总序，选编者作导言。胡适编《建设理论集》、郑振铎编《文学论争集》、茅盾编《小说一集》、鲁迅编《小说二集》、郑伯奇编《小说三集》、周作人编《散文一集》、郁达夫编《散文二集》、朱自清编《诗集》、洪深编《戏剧集》、阿英编《史料·索引》。“大系”从出版到如今的几十年间，中国文学已经发生了巨大变化，中国文学批评也发生了根本性的变化，但是，“大系”的影响却越来越大，无论是其批评价值，还是文学史意义，无论是中国现代文学研究的史料价值，还是文学选本的示范意义，都越来越显示出这部总集的重要性，甚至有学者称“由上海良友出版公司于 1935—1936 年出版的《中国新文学大系》”，“这是新文学产生以来流传最广最久、影响最为深远的一部新文学总集。它对于新文学的文献价值，并不亚于《文选》之于中国古代文学”①。不仅如此，《中国新文学大系》在文学批评方面的实践意义、对中国文学新秩序的构建意义以及对后世文学的典范意义，都是需要进一步认识并发掘的。

① 徐鹏绪、李广：《〈中国新文学大系〉研究》，北京：社会科学文献出版社 2007 年版，第 4 页。

一、“大系”与新文学的选编策略

赵家璧在谈到编选《中国新文学大系》的初衷时说：“我想到我已经在编的几种成套书，都是先有一个编辑意图，定了一个名，划了一个范围，然后坐等书稿（当然也争取出门组稿）。作家写什么，我们出什么，也可以说你争取到什么出什么。这些书，良友不出，别的书店也会出；编辑处于完全被动的地位。我当时又想，编辑是否可以自己多动些脑筋，发挥一些主观能动性，在编辑工作上变被动为主动，因而有所创造呢？编辑一般来稿是从有到有，把作家的创作成果，通过编辑劳动，变手写原稿为铅印书本，送到读者手中。但编辑是否可以自己先有一个设想，要编成怎样一套书，然后主动组织许多作家来为这套书编选或写作；整套书完成后，不但具有它自己独特的面貌，而且是，如果不是为了适应编辑的这个特殊要求，作家本人不会想到要自己去花时间编写这样一本书。”[①]赵家璧这里所说的就是“大系”最初的设想。从这个设想看，就是能够组织一套体现编辑思想而又能反映新文学发展轮廓的书系，尽管这套书的思路还不明确，但是，赵家璧的策划显示出他的敏锐的眼光以及编辑家的谋略。经过广泛地征求意见，以及对中国文学的深入思考，使他很快就做出了编选一套反映中国新文学发展历程的而又具有市场价值的文学书系的决定：“我便产生了这样一个新想法，如果能改用编选各个单篇合成一集，那就不存在侵害他人版权的法律问题了。我们可以分编成五四以来小说集、散文集、诗歌集等等。我又想，这样一项大工程，我一定要去物色每方面的权威人士来担任，由他择优拔萃，再由选入的作家和作品进行评价。每个文艺团体有一篇历史，每个重要作家附一段小传，再把这一部门未入选作品编一详目附于书后，说明出处，好让读者去自己查阅，借此可了解这一部门十多年来的收获。”[②]赵

① 赵家璧：《编辑忆旧》，北京：三联书店 1984 年版，第 162 页。

② 赵家璧：《编辑忆旧》，北京：三联书店 1984 年版，第 163—164 页。

家璧在这里所说的不仅表明了他编选书系的想法已经成形，具有了文体意识、资料与文献意识，而且更主要的已经具有了比较明确的文学史意识，注意到通过对“文艺团体”的历史梳理，形成比较系统的文学史描述，对作家作品进行史的评价。

（一）赵家璧的编选组织策略

编选一套大型的文学书系，首先是对编选者的选择。这套大系能否成功，是对作品选集的选编者眼光的考量，而主编者则是这种眼光的体现者，无论选择什么作品，首先是经过主编的眼光筛选，那种批评性的眼光以及文学史家的胆识，完全反映着主编者的学术水平和文学批评的方法和水准。在赵家璧看来，各卷主编应满足以下要求：

第一，亲历性。赵家璧选聘的十位选编者，大多是新文学的倡导者、实践者，如胡适、鲁迅、周作人、茅盾等，作为“五四”文学革命的倡导者与实践者，他们完整地走过了新文学的全部过程，他们不仅提出了新文学的重要的理论命题，发动了这场影响甚远的文学革命运动，并且以自己的创作丰富了新文学的内涵，以创作的实绩奠定了新文学的历史地位。郑振铎、朱自清、郁达夫、洪深等人，作为新文学的实践者，一方面继承了新文学先驱者的思想，发展并深化了新文学的主题。

在这十个选编者中，只有阿英是一个例外。1917 年文学革命开始的时候，阿英还是一个十几岁的青年学生，据称他在青年时代曾参加过“五四运动”，但他却与五四新文化运动的那一批知识分子并不是一个时代的人。阿英从 1920 年就开始发表文学作品，但他真正步入文坛却是在 1927 年大革命失败后参与“革命文学”的论争开始的，1927 年底与蒋光慈、孟超等发起组织太阳社，倡导无产阶级革命文学。具有讽刺意味的是，阿英从提倡“革命文学”开始就是以激进的姿态出现，充当了批判“五四”新文学的先锋。一个批判新文学的人来选编新文学的史料索引，是对曾经有过的错误的补偿还是历史开的一个玩笑？而且，阿英还以文学批评家的身份编著了《现代中国女作家》（1931）、《现代中国文学论》（1933）、《中国新文坛秘录》（1933）、《中国新文学运动史资料》（1934）等有关“五四”新文学作家作品的理论批评文集，成为左翼时期重要的文学批评家。阿英是一位著名的藏书家，他藏有近代以来以至新文学的各种期刊、文学作品，其丰富与博览难有人比。赵家璧曾叙述过阿英的藏书：“那天他对我热情招待，把藏有新文艺书籍和期刊的木箱都打开了，我才发现上海各大图书馆所没有的书，他大部分都有，而且以初版本居多，有的还是作者签名赠送本。大量文学期刊几乎是整套的。”①由这样一位收藏有新文学各种版本作品和期刊的批评家承担新文学的史料和索引的编写，是非常合适的人选。也或许，正是一个与“五四”有着一定距离的学者、批评家来选编史料索引，反而能够有一种历史的眼光，能够比较客观地看待那段历史，更科学地选编作品并整理索引。

第二，权威性。“一定要去物色每方面的权威人士来担任”，这是赵家璧编选组织书系的基本思路。所谓权威性是指选编者在某一领域是享有较高的学术威望，能够得到文学界各方面力量的肯定和接受的人物。胡适是文学革命建设理论的先驱者，是绝对的权威者，是《建设理论集》的不二人选。但是，由于处于左翼文学时期，赵家璧主要征求的是左翼文学的作家的意见，而对于胡适和周作人等作家，他内心的犹豫是可以理解的。我们从赵家璧的回忆中可以看到某些历史的真实：“我当时托郑振铎去约胡适编造《建设理论集》，朋友们有两种不同的猜测，有的认为胡适这样的人，不会参加良友出版的《大系》编选队伍；有的人认为，这样一套大书，让他来编第一卷，‘正中下怀’，不会拒绝。结果是被后者猜中了。他不但在导论中自吹自擂，还在《逼上梁山》一文中，把五四运动的发生归结为他自己在国外时一次偶然的游戏。……解放后，通过学习，我对五四革命运动有重大意义有了比较正确的认识，对胡适的那套说法有了不同的看法。因此当我听到有人批评《大系》的第一卷不宜由胡适来编选，在第一卷里又没有选入好几位革命作家的重要文章时，衷心有愧。”②赵家璧如此说，自有他所处时代的难言之隐，实际上，赵家璧邀请胡适选编第一卷《建设理论集》是一个最明智的选择，其权威性、亲历性都是他人不可替代的。可以设想，如果

---

① 赵家璧：《话说〈中国新文学大系〉》，北京：《编辑忆旧》，三联书店 1984 年版，第 165 页。

② 赵家璧：《话说〈中国新文学大系〉》，北京：《编辑忆旧》，三联书店 1984 年版，第 202 页。

《中国新文学大系》的选编者中没有胡适，甚至《建设理论集》的编者不是胡适，那么，可以肯定，这套的影响及权威性，将会大打折扣。

第三，专业性。所谓专业性是指选编者主要倾向于某一领域的专业人员，是这一领域的代表性人物。如茅盾作为《小说一集》的选编者，他不仅是20世纪30年代著名的小说家，创作了《蚀》三部曲、《子夜》、《农村三部曲》等影响巨大的小说，而且也是文学研究会的代表性人物，由茅盾选编的《小说一集》，是最理想的人选。鲁迅作为《小说二集》的选编者，也不仅因为鲁迅是“五四”时期最著名的小说家，而且也由于鲁迅在新文学史上的地位，在于他在小说方面尤其是文学研究会、创造社之外的小说创作方面的最合适的人选。在散文方面，当然周作人是最合适的人选，洪深作为戏剧的选编者、郑伯奇作为《小说三集》的选编者都体现着相当的专业特征。这里的例外是《诗集》的选编者朱自清。并不是说朱自清不能作为《诗集》的选编者，1922年他曾出版过诗集《雪朝》，但是，在中国现代文学史上，朱自清更是作为一个散文家出现的，他的《背影》、《踪迹》、《欧游杂记》等都有重要的影响。就新文学创作来说，诗歌方面的人选可能会有多位候选者，如郭沫若、闻一多等，但为什么赵家璧会邀请朱自清作为《诗集》的主编？本来赵家璧选中的诗集的选编者是郭沫若，尽管郭沫若当时远在日本，但他应当是《诗集》主编的合适人选，只是当赵家璧带着《大系》出版计划送审国民党图书审查委员会时，却受到项德言阻挠，提出鲁迅和郭沫若不能作为编选者，“由于审查会的坚决反对，诗集的编选者不得不另请他人。经过我们几个人的商量，特别是请教了茅盾和郑振铎，改请在北平清华大学的朱自清担任”①。其实，赵家璧的这个无奈之举也反映了出版社对《大系》过浓的左翼色彩对出版及其市场产生影响的担忧，郭沫若不仅骂过蒋介石，而且也是左翼文学的代表人物，将其改换为没有党派特点的自由主义作家，不但可以冲淡一些左翼文学的色彩，而且也会读者留下较稳重、文学性更强、专业特点更突出的感觉。

（二）“新文学”合法性地位的确立

① 赵家璧：《话说〈中国新文学大系〉》，北京：《编辑忆旧》，三联书店1984年版，第194页。

《中国新文学大系》是对“五四”新文学进行合法性的文学史叙事的成功尝试。“五四”新文学发生以来，尽管已经有胡适在《五十年来中国之文学》、周作人的《新文学的源流》以及陈子展的《最近三十年中国文学史》、王哲甫的《中国新文学运动史》以及伍启元的《中国新文化运动概观》等，这些著作从不同的角度以不同的方式，对新文学的历史地位进行了评价，但是，这些著作还没有真正形成对新文学的合法性叙述，缺乏系统的史料及文学的概括，尤其通过出版等现代传媒对新文学进行合法性整理的著作，尚处于空白状态。相反，钱基博的《现代中国文学史》，重新对“文学”进行定位，阐述了一种新的也是最传统的文学观，而对“五四”以来的白话文并没有足够的重视，甚至带有某种轻视的态度。在这种情况下，需要对新文学进行系统整理与研究，需要一种既能够充分概括新文学的成就而又具有一定商业价值的书系对新文学进行定位。对此，赵家璧曾经说过：

> 《大系》固然一方面要造成一部最大的“选集”，但另一方面却有保存“文献”的用意。《新文学大系》虽是一部选集的形式，可是它的计划要每一册都有一篇长序(二万字左右的长序)，那就兼有文学史的性质了。这个用意是很对的。不过是因为分人编造的缘故，各人看法不同，自然难免，所以倘若有人要把《新文学大系》当作新文学史看，那一定不会满意。然而倘使从这部巨大的“选集”中窥见“新文学运动”的第一个十年的文坛全貌，那么倒反因为是分人编选的缘故，无形中成了无所不有，或许他一定能够满意。《新文学大系》的编辑计划也是近年来少有的伟大企图……

赵家璧的意图非常明显，让人们通过《大系》了解新文学的历史，让新文学的历史具有文学史的合法地位。其实，在《大系》的编选过程中，不仅每卷的长序起到了史的叙述作用，而且每一卷所选编的作品，也都从不同的角度对文学史进行了必要的“叙述”，这些被选家选编的作品在《大系》中的存在本身就是一种话语，以一种史料的方式保存了一部新文学史。

在郑振铎、阿英等人所作的导言中，都强调了已经过去的新文学在文学史上的地位，也都表示了某种忧虑。阿英就说：“自一九一五年九月《新青年》杂志创刊，一直到现在，中国的新文学运动，是已经有了二十多年的历史。在这虽是很短也是相当长的时间里,很遗憾的,我们竟还不能有一部较好的《中国新文学史》。”①这种担心不是多余的,新文学运动已经二十年了,这二十年是不断受到各种势力反对的二十年,也是不断受到各种文学思潮怀疑的二十年,从新文学诞生的那天起,有关对它的批判与怀疑就没有停止过,新文学能否确立其文学的地位,并不如人们想象的那样简单;同时,尽管新文学已经取得了重要的成就,文学作品已经得到了读者和社会的认可,但是,如果没有文学史的确认,仍然不能真正获得了合法的地位。如果我们系统地看《大系》的编辑方针与编辑策略,实际上可以发现编者正是要通过《建设理论集》、《文学论争集》、《史料·索引》以及四种文体的作品选集共十卷的《大系》,在保存新文学史料,为后来的研究进行文献整理的基础上,进行一次文学史别史的写作的尝试,也可以说是通过作品本身说话的一种文学长史的编写,并以此建立起新文学史的叙史体例以及史学体系。

(三)后启蒙时代的文学现代性

20 世纪 30 年代,已经远离了曾经辉煌的“五四”知识分子时代,文化越来越被社会化、政治化,知识分子也越来越与社会发生着密切的联系。曾有学者这样描述这一时期的中国知识分子:“左翼知识分子以激进、高亢的歌哭与吟唱,为人类理性精神的张扬与膨胀谱写了一曲真挚、沉痛的篇章。它的理想主义的光焰、救世主义的道德热枕、急功近利的盲动倾向、鱼龙混杂的人事纠纷……都在 20 世纪的中国历史上投下了长长的背影,让后人在历史的激情与惆怅中,回味那无尽的甘苦与悲欢。”②更主要的是,作为中国现代文化与现代社会重要力量的知识分子,在分化中不断趋向于不同的政治派别,在喧嚣与浮躁中逐渐失去了他们的人格独立和精神内涵,启蒙与救亡的双重变奏所提出的新的文化命题,使中国知识分子在革命与思想之间进行着艰难的选择。

---

① 阿英:《〈中国新文学大系〉史料·索引·导言》,《〈中国新文学大系〉史料·索引》,上海:上海良友图书印刷公司 1936 年版,第 1 页。

② 贾振勇:《理性与革命》,北京:人民出版社 2009 年版,第 1 页。

1931年日本人制造了震惊中外的“九一八”事变，由此，救亡图存成为中国的重要主题。1932年5月22日，具有自由主义知识分子精神特征的《独立评论》创刊，杂志秉持独立精神，“因为我们都希望永远保持一点独立的精神，不依傍任何党派，不迷信任何成见，用负责任的言论来发表我们各人思考的结果：这是独立的精神。”①但是，在30年代特定的政治环境中，胡适们能否争取到真正的自由与独立，恐怕也并不是他们所能控制了的事情。相反，政治上的高压与言论上的不自由，使越来越多的知识分子失去自己的精神独立的可能性。与此同时，国民党的军事与文化方面的行动，使得知识分子越来越感受到一种生存上的压力和精神上的沉重。对此，赵家璧在《话说〈中国新文学大系〉》一文中曾有过比较系统的叙述：

一九三四年，是国民党反动派为了配合他们军事上的第五次“围剿”，在政治上加强法西斯统治，加紧进行文化“围剿”的一年。二月查禁新文艺书籍一百四十九种，涉及二十五家书店；禁止七十六种刊物的出版，包括“左联”机关刊物《萌芽》、《北斗》等在内。五月国民党反动派成立图书杂志审查会，上海进步出版业从此遭到前所未有的压迫和限制。

是年二月十九日，蒋介石在南昌成立以推行封建道德为准则的“新生活运动促进会”；以后又规定孔诞日全国举行祭孔纪念；随着提倡读经，湖南、广东等省编制《中小学经训读本》，并举行以经书为题的中学毕业会考。一时尊孔读经的逆流在各地泛滥起来。

赵家璧的观点当然带着那个时代的不可避免的局限性，对一些问题的评价也有值得再考虑的地方，但是，他已经看到政治对文学的影响，看到30年代对“五四”所取得的文化成果的摧残。当然，我们也不仅看到国民党统治对文化的破坏，也应该看到这一时期的左翼文化同样对文学产生以影响，“革命文学”对“五四”新文学的批判，左翼文学对自由主义文学的批判，左翼文学高扬政治话语，强调文学的政治功能，某种程度上消解了文学的审美特征，也消解了“五四”新文学形成的启蒙主题。

① 胡适：《引言》，《独立评论》，第1卷第1号，1932年5月22日。

但是，中国现代文学的启蒙仍然是30年代一项重要而艰巨的任务，知识分子为此还需要付出极大的努力。这里的问题是，在30年代特定的社会背景和文化条件下，当政治话语越来越成为一种权利话语时，当作家们越来越难以沉静下来思考社会、人生、文化的时候，如何才能重新回到"五四"，回到启蒙的话题，的确是一个值得认真思考的问题。也可以说，1930年处于"后启蒙"的时代，《中国新文学大系》向人们提出了一个后启蒙时代的中国文学的现代性问题。

"大系"作为后启蒙时代的代表性书系，其意义首先就在于它坚持并继承了"五四"新文化运动的启蒙主义文化立场，以对新文学成就进行资料性、文献性总结的方式，对那些试图从不同方面否定"五四"新文学，否定新文化运动的启蒙主义文化思想的人予以反击。鲁迅编辑的《小说二集》比较典型地反映了《大系》的启蒙主义的立场。鲁迅在"导言"中，特别强调了"五四"文学的启蒙精神，突出了《大系》与"文学革命"的内在关系。鲁迅指出，他在《新青年》上发表的短篇小说，"显示了'文学革命'的实绩"，《狂人日记》"意在暴露家族制度和礼教的弊害"，而新潮社成员"每作一篇，都是'有所为'而发，是在用改革社会的器械，——虽然也没有设定终极的目标"①。从这个观点出发，鲁迅选编小说二集的作品，着重于那些关注社会、关注人生的作家和作品，诸如新潮社作家俞平伯、罗家伦、杨振声，乡土作家王鲁彦、许钦文、台静农以及其他社团的冯文炳、冯沅君、李健吾等作家。在这里，不在于鲁迅收录的这些作品是否能够代表"五四"新文学的艺术成就，而更在于这些作品所体现的"五四"启蒙主义思想，使人们在重新阅读这些作品的过程中，重温"五四"那些激动人心的启蒙故事。

某种意义上说，重回启蒙之路，也就是重新回到"五四"新文化的立场。我们已经在《建设理论集》、《文学论争集》等直接关涉到"五四"新文学运动的各卷中，读到了那种对"五四"特别衷情的文章，我们也在其他各种文体的作品中，读到了选编者对"五四"的特别关注，我们也在《史料·索引》

① 鲁迅：《〈中国新文学大系〉小说二序》，《鲁迅全集》，第6卷，北京：人民文学出版社1981年版，第238—239页。

卷中读到阿英对重回“五四”传统的另一种解读法。阿英是从文学史文献学的角度选编和整理各种历史资料的。从阿英选编的“索引史料”来看,他主要偏向“五四”时期的新青年社、文学研究会、创造社等,而为了突出“五四”文学的历史地位和文化传统,他特别编辑“总史”带有纲领性的一辑,从周作人、胡适和陈子展的三部文学史著作中选录三篇,并统一冠之以《文学革命运动》的题目。这种选编的目的是非常明确的,那就是突出“五四”的中心地位,强调“五四”的文化传统的意义。

(四)审美现代性的焦虑

左翼文学与民族主义文学显然是20世纪30年代中国文学的重要现象,左翼文学与民族主义文学的发展、左翼文学与民族主义文学的斗争、左翼文学对自由人和第三种人的批判,等等,对中国文学的影响是巨大的,尤其是左翼文学与民族主义文学突出的意识形态化,不仅对“五四”以来形成的启蒙精神受到极大冲击和巨大怀疑,而且“纯文学”、“纯审美”的文学观念也受到了严重质疑,《语丝》、《新月》的流散与分化,京派文人的边缘化,都使得这一时期的文学发生了重大的转变。或者说,“五四”新文学建立起来的文学秩序已经受到强烈冲击,对文学新秩序的要求越来越政治化、意识形态化,文学与政治的关系越来越密切。在这种情况下,文学如何发展,新的文学秩序如何建立,是摆在人们面前的一个新的也是必须要回答的课题,审美现代性的焦虑成为这一时期执著于文学的人们普遍的心态。一方面是对当下文学的忧虑,一方面则试图通过对五四新文学的总结,重新回归文学的本体,回归新文学的美学世界。

二、“大系”与文学史批评

(一)“大系”与“新文学”本位观的确立

“大系”首先确立的是中国的“新文学”大系,确立了“新文学”的本位观。所谓“新文学”本位观是指以“五四”新文学作为中国现代文学的主体,或者以“新文学”作为中国现代文学的代名词。近年来,学术界对“新文学”

本位观进行了必要的反思与批判。应当看到,“新文学”之所以在文学史的叙述与研究中成为主流话语,占据了中国现代文学的本位,一方面是“五四”新文学运动时期陈独秀、胡适、鲁迅等的文学思想以及他们对“新文学”反对者的猛烈批判有关;另一方面则是在文学史的叙述中逐渐建立起来的一种文学史观。在这里,“大系”起到了起始性的也是决定性的作用,也就是说,“大系”在文学史的撰述方面对后来的文学史的叙述形成了制约性的作用,具有开创性和示范性的意义。

赵家璧在《中国新文学大系》的“前言”中说:“我国的新文学运动,自从民国六年在北京的《新青年》上由胡适陈独秀等发动后,至今已近二十年。这二十年时间,比起我国过去四千年的文化过程来,当然短促值不得一提,可是他对于未来中国文化史上的使命,正像欧洲文艺复兴一样,是一切新的开始。它所结的果实,也许及不上欧洲文艺复兴时代般的丰盛美满,可是这一群先驱者们开辟荒芜的精神,至今还可以当做我们年青人的模范,而他们所产生的一点珍贵的作品,更是新文化史上的至宝。”①由此可以看到,赵家璧作为“大系”的主编,是非常看重这套书的文学史价值意义的。他不是从一般作品选或者丛书的角度去看这套“大系”,而是从文学史建构的角度对已经过去的一个特定的历史时期的文学,进行一次文学的系统整理、研究,从而通过“大系”这一特定的出版方式对“新文学”进行定位,建构文学及文学史的新秩序。胡适选编的《建设理论集》是作为“大系”的第一部,也是具有纲领性的一部出版的。这与胡适自认为对赵家璧的邀请“我当然不能推辞”②有关,也表明主编者已经意识到胡适及其新文学运动的理论建设是建构一部文学史最重要的一部分。正如刘禾所说:“在这里,理论在一个话语领域里扮演了合法性角色,在这个话语领域长期的象征资本是一种比金钱更好的投资。”③赵家璧邀请胡适主编《建设理论集》,不仅

① 赵家璧:《中国新文学大系·前言》,《中国新文学大系·建设理论集》,上海:上海良友图书印刷公司1935年版。

② 胡适:《〈中国新文学大系·建设理论集〉导言》,《中国新文学大系·建设理论集》,上海:上海良友图书印刷公司1935年版,第2页。

③ 刘禾:《跨语际实践》,宋伟杰等译,北京:三联书店2002年版,第330页。

因为胡适是“文学革命”的倡导者，新文学理论的建树者之一，而且也是因为这部选集的重要性。这部《建设理论集》从文学思想和文学史观念上确立了整部大系的基本思路，为“新文学”奠定了最重要的理论和观念性的框架。胡适本人也高度重视这部《建设理论集》，他不仅按照编辑体例选编作品，撰写“导言”，而且特意撰写了长文《逼上梁山》，回顾和总结了“五四”以来新文学运动的发生发展，为后来的研究者们提供了可供参考的重要的理论文献。胡适在《导言》的开篇有一段话是耐人寻味的：“良友图书公司的《新文学大系》的计划正是要替这个新文学运动的第一个十年作第一次的史料大结集。这十巨册之中，理论的文学要占两册，文学的作品要占七册。理论的发生，宣传，争执，固然是史料，这七大册的小说，散文，诗，戏剧，也是同样重要的史料。文学革命的目的是要用活的语言来创作新中国的新文学，——来创作活的文学，人的文学。新文学的创作有了一分的成功，即是文学革命有了一分的成功。‘人们要用你结的果子来评判你。’正如政治革命的目的是要建立一个新的社会秩序，那个新社会秩序的成败即是那个政治革命的成败。文学革命产生出来的新文学不能满足我们赞成革命者的期望，就如同政治革命不能产生更满意的社会秩序一样，虽有最圆满的革命理论，都只好算是不兑现的纸币了。所以我是最欢迎这一部大结集的。”①胡适的这一番话至少表明了这样几层意思：第一，文学革命的理论倡导和理论实践以及用活的语言创作出的活的文学作品，都是历史的材料，是值得记录和书写的；第二，历史的材料必须要经过历史学家的整理才能够形成应有的历史的形态，才具有历史的价值；第三，对史料的整理不是为了结集材料，而是为了建立一个“新的秩序”，“大系”的意义不仅在于保存了史料，而且通过史料的结集重构新文学的秩序。这就是“用你结的果子来评判你”。胡适很清楚地看到了这一点，也可以说这是胡适对赵家璧编辑思想的一个提升，也是对借编辑“大系”对“新文学”进行历史定位的一次绝好机会，赵家璧把握住了，胡适也把握住了。

① 胡适：《〈中国新文学大系·建设理论集〉导言》，《中国新文学大系·建设理论集》，上海：上海良友图书印刷公司1935年版，第1—2页。

需要进一步研究的是胡适是如何通过编辑《建设理论集》来完成"新文学"这个秩序建构的。应该说,胡适编选这部文集并不特别费心思,一方面,胡适亲自参与了新文学的理论建设工作,对历史文献非常熟悉;另一方面,胡适的选编中主要编选了他个人在理论建设中的文章,在他编选的49篇理论文章中,仅他自己的文章就占了19篇。其他理论家的文章也主要来自《新青年》、《新潮》、《每周评论》等"五四"新文化运动中的重要报刊,如陈独秀、傅斯年、钱玄同、周作人等人的论著。这种选编具有文学史建构的策略,即通过一种文学批评文本的选编,奠定"新文学"的强势地位,形成"新文学"的中心话语权。为了强化这种话语的中心地位,胡适"破例"为这一集增加了一个"历史的引子",特别选录了《逼上梁山》一文,对"文学革命"的发生进行了历史性的梳理。关于"文学革命"的发生及其原因,胡适不只在一篇文章中谈到过,有大同小异之处。在一部"建设理论集"的书中,胡适选的不是文学革命的理论建设方面的文章,而是一篇回顾文学革命发生的文章,可见他的用意不在于曾经有过的"建设",而主要在于通过历史的叙述建立起这种"理论建设"的文学史地位。正如胡适本人所说,这"是一篇序幕,记文学革命在国外怎样发生的历史;这虽然是一种史实的记载,其实后来许多革命理论的纲领都可以在这里看见了"①。在选编"建设理论"的文章时,胡适按照时间顺序选编了"发难时期"和"发难后期"一系列理论文章,前一个时期侧重于理论倡导,后一个时期则侧重于理论建设,包括新诗、戏剧、小说和散文等方面的理论讨论。在这里,我们所关注的不仅仅是胡适选编了哪些理论文章,更主要的还要看他是如何选编这些理论文章的。在胡适的论述中,文学革命的理论建设主要包括"活的文学"和"人的文学"两个方面:"前一个理论是文字工具的革新,后一个是文学内容的革新。中国新文学运动的一切理论都可以包括在这两个中心思想的里面。"②也可以说,在"发难时期的理论"一部分中,胡适主要考虑的就是"活

① 胡适:《〈中国新文学大系·建设理论集〉导言》,《中国新文学大系·建设理论集》,上海:上海良友图书印刷公司1935年版,第2页。

② 胡适:《〈中国新文学大系·建设理论集〉导言》,《中国新文学大系·建设理论集》,上海:上海良友图书印刷公司1935年版,第18页。

的文学”的问题，也就是他提倡的文学语言的革命的问题，在胡适的反复阐述中，他一直强调“白话文学是中国文学史上的‘自然趋势’，这是历史的事实”①。于是我们看到“文学革命”初期那些被人们所关注的理论文章，诸如《文学改良刍议》（胡适）、《文学革命论》（陈独秀）、《寄陈独秀》（钱玄同）、《历史的文学观念论》、《我之文学改良观》（刘半农）、《文学革新申议》（傅斯年）、《建设的文学革命论》（胡适）等，这些文学革命的重要文献毫无疑问是应该保留并认真研究的。在“发难后期的文学理论”中，胡适特意选编了那些与文学革命的内容关系密切的理论文章，诸如《易卜生主义》（胡适）、《人的文学》（周作人）、《白话文学与心理的改革》（傅斯年）、《论短篇小说》（胡适）、《新诗底我见》（康白情）、《论诗通信》（郭沫若）、《戏剧改良各面观》（傅斯年）等。这些理论著述从不同的方面建构着新文学的理论体系，成为新文学创建时期最为重要的著述，也成为新文学的奠基性理论。但是，应该看到，胡适选编这些著述的出发点是确立并强化“新文学”的主体观，而这一时期出现的其他有关文学的理论著述，或者是被作为“新文学”的对立面而被收录，或者根本就没有看到或者看到而不予关注。胡适称作为附录而收录其中林琴南的的几篇文章，是新文学“所引起的响应和讨论”②，实际上是作为新文学的对立面而收进来的，是为了更明确地突出新文学的主体地位。其实，这一时期其他各方面的文学批评著作不仅仅限于新文学，在其他方面也同样取得了重要的成就，在小说方面如清华小说研究社的《短篇小说作法》、瞿世英的《小说的研究》；在散文方面如王统照的《散文的分类》、胡梦华的《絮语散文》；在诗歌方面如宗白华的《新诗略谈》、康白情的《新诗底我见》、郑振铎的《论散文诗》；戏剧方面如洪深的《戏剧述语的解释》、洪深的《戏剧底方法》、欧阳予倩的《动的艺术》等，都是这一时期文学批评及理论建设方面的重要成果，但是，这些成果却不能符合胡适的“新文学”建设的要求，或者不能对他的“新文学”本体观形成根

① 胡适：《〈中国新文学大系·建设理论集〉导言》，《中国新文学大系·建设理论集》，上海：上海良友图书印刷公司 1935 年版，第 20 页。

② 胡适：《〈中国新文学大系·建设理论集〉导言》，《中国新文学大系·建设理论集》，上海：上海良友图书印刷公司 1935 年版，第 2 页。

本性的影响,因而,无法被收录进“建设理论”的选集之中。

同样的情况也出现在《文学论争集》中。由郑振铎主编的这一卷主要是就发生在这一时期的文学论争进行总结。从性质上,郑振铎将其分为上下两卷,上卷主要是有关文学运动、文学思想方面论争的文章,下卷主要收集的是各种文体的讨论文章。就郑振铎的编辑思路来看,他同样是把“新文学”作为文学的本体来看待的,要编辑一部“新文学”的文学论争集。因此,就形成了郑振铎以“新”为主的文学观,并以这种文学观为中国文学进行史的叙述:“我们相信,在革新运动里,没有不遇到阻力的;阻力愈大,愈足以坚定斗士的勇气,扎硬寨,打死战,不退让,不妥协,便都是斗士们的精神的表现。不要怕‘反动’。‘反动’却正是某一种必然情势的表现,而正足以更正确表示我们的主张的机会。”①在郑振铎的观念里,新文学是主流文学,也是文学史叙述中的文学,而其他的则只是新文学的“反动”。只是看他撰写的各编的题目就非常有意思:“初期的响应与争辩”、“从王敬轩到林琴南”、“学衡派的反攻”、“甲寅派的反动”等,都是以新文学为本位的,是站在新文学的立场上叙述历史的。而在“文学研究会与创造社的活动”一编里,在收录的15篇文章中竟然有7篇带有“新文学”字样的文章,即使不带“新文学”字样的文章,主要阐述的仍然是新文学的问题。当然,一部《中国新文学大系》就是为“新文学”做史的叙述的准备,但是,以“新文学”代替中国现代文学,这种文学思想却是从“大系”扎下结实的根的。在其他涉及文体的各卷中,以新文学作为中国现代文学的本位,以新文学取代其他文学,已经形成了习惯性的自然的思想认识。

(二)“大系”与文学史分期

关于中国现代文学的分期,历来是学术界无法说清楚的问题之一。如何分期,如何确立分期标准,如何将文学史分期与文学研究有机结合在一起,本来对“五四”以来新文学的分期并不是一个特别重要的问题,一方面,新文学只有20年的发展历程,距离“五四”如此之近,但要看清楚“五四”新

---

① 郑振铎:《〈中国新文学大系〉文学论争集·导言》,《中国新文学大系·文学论争集》,上海:上海良友图书印刷公司1935年版,第21页。

文学,进行科学的分期,并不是一件轻松的事情。但是,编辑出版一套《中国新文学大系》,又的确存在着一个时间段落的问题,新文学的起始时间就不能不考虑。另一方面,在《大系》的编者看来,新文学的起始时间,不仅是一个时间问题,而是关系到是否能够建立起以“新文学”为中心的文学秩序的关系性问题之一。所以,对新文学理论、作品的选编,首先就是要解决时间上的问题。

从《大系》的选编者对新文学的认识来看,他们中的部分人主张划分出一个完整的“五四时期”,从这个意义上说,所谓新文学也就是“五四”新文学。《中国新文学大系》所选编的就是“五四”时期的新文学理念与创作。阿英在《中国新文学运动史资料》的序言中,提出以 1919 年 5 月 4 日作为开端,1925 年 5 月 30 日作为结束,构成新文学运动的第一个时期。郑振铎曾表达过这样的观点,认为“民六到民十”即 1917 年至 1921 年,是一个完整的时间段:“‘五四’运动在民七,文学革命则起于民六。故‘五四’运动的前一年,以及其后三年均归入此时期。”①茅盾本人也曾经说过这样的意思,“五四”时期应该是指 1919 年“火烧赵家楼的前二年或三年起算到后二年或三年为止”②。从这几位参与了《中国新文学大系》的编辑工作的编者的观点来看,在他们编选《大系》之前,基本都认可“五四”新文学基本上就在 1917 年到 1921 年的这个时期。但是,为什么在编辑《中国新文学大系》的时候,这些曾经提出这些观点来的编者们又不同意这个分期,而提出另外的分期方法?即使茅盾本人,未料也是最激烈反对这些观点的一个。

茅盾的态度是非常值得注意的。

茅盾不是直接参与“五四”新文化运动和文学革命的作家理论家,其进入文坛是在 1920 年发表文学批评文章开始的。当他进入文学界的时候,新文学运动和文学革命都已经进入到一个新的阶段,茅盾仅仅是赶上了新文化运动和文学革命的一个尾巴。显然,如果采用了 1917 年到 1921 年为新

---

① 郑振铎:《新文坛的昨日今日与明日》,《郑振铎选集》(下册),福州:福建人民出版社 1984 年版,第 1156 页。

② 茅盾:《“五四”运动的检讨》,《文学导报》,1931 年 5 月,第 1 卷 2 期。

文学的分期方法的话，就很难包括进后起的文学研究会等20世纪20年代的文学。茅盾就曾在给赵家璧的信中说："'五四'是1919年，'五卅'是1925年，前后六年，这六年，这六年虽然在新文学上好像热闹的很，其实作品并不多。弟以为不如定自'五四'到'北伐'，即1919年—1927年，如此则把现代中国文学分为两个时期，即'五四'到'北伐'，'北伐'到现在。……本来'五四'到'五卅'不过表示了'里程碑'，事实上，第一本的'建设的文学理论'，就有许多重要文章是发表在'五四'以前。从1917年到1927年，十年断代是并没有毛病的。"①茅盾的观点不仅考虑到文学的因素了，而且考虑到了其他的因素。他从这一时期的文学创作出发，看到了"作品并不多"不宜于作为一个历史时期的问题。但是，茅盾对文学史分期的重心仍然在"五四"以来中国革命史上，以政治发展史作为文学发展的分期依据。赵家璧采纳了茅盾的观点，将新文学的第一个十年作为一个历史分期，作为《中国新文学大系》第一辑的一个相对完整的时间段。对此，赵家璧曾在《编辑〈中国新文学大系〉缘起》中作过比较详尽的叙述和分析：

> 中国新文学自从民国六年(1917)的五四新文化运动以来，至今已近二十年。这二十年的时间，比起过去四千年的文化过程来，当然短促得不值一提；可是它对于未来中国文化史上的使命，象欧洲的"文艺复兴"一样，正是一切新的开始。二十年中所获得的成绩，也许并不足以使我们如何的夸耀，可是这一点小小的成绩，正是来日大丰收的起点。
>
> 这二十年的时间，大约可以分做两个不同的时期：从民六(1917)的文学革命到民十六(1927)的北伐，从民十六的北伐一直到现在。前一时期的新文学，继续着五四运动精神，到北伐成功，便变了一副面目；后一时期的新文学，现在还在继续发长中；目前既不准替它随便作结束，为事实上便利计，我们先把民六的文学革命到民十六的北伐，这整整的第一个十年间，所有文艺理论，小说，散文，诗歌，戏剧的成绩，做一次整理的工作。

① 赵家璧：《话说〈中国新文学大系〉》，《编辑忆旧》，北京：三联书店1984年版，第178页。

事实上,在具体的编辑过程中,各位选编者基本上遵从了这个分期原则,即从1917年到1927年作为一个完整的文学史时期,文学论争、小说、诗歌、散文、戏剧等各种文体的选编,都照顾到了这一时期不同阶段的历史发展及其代表作家作品。只有胡适选编的《建设理论集》是根据本卷的内容和特点的要求而局限于“五四”时期的。

《中国新文学大系》以“新文学”为主体,站在新文学的立场上对文学史进行分期,这是对新文学进行文学史确认的手段之一,从时间观念上对中国文学的秩序进行了新的梳理,并确立了1917年开始的新文学运动在中国文学史上的地位。现在看来,由于从1917年到1927年正是新文学发生发展的重要时期,是一个相对完整的过程,从文学革命到革命文学,这十年文学的过程也正是中国文学在特定历史阶段的表现形态。

历史往往是在不断地叙述中确认并为后人接受的。《中国新文学大系》的分期方法首先得到了蔡元培的承认。他在《大系》的“总序”中说:“吾人自期,至少应以十年的时间抵欧洲各国的百年。所以对于第一个十年先作一总审查,使吾人有以鉴既往而策将来,希望第二个十年与第三个十年时,有中国的拉飞尔与中国的莎士比亚应运而生啊!”蔡元培的目的非常明确,这个分期就是以后中国文学史分期的示范,有了这个示范,既可以确立“第一个十年”的文学史位置,而又可以为后来的文学定一个标准,使中国文学的新秩序得到认可。随后,李何林也接受了《大系》的分期方法,他在《近二十年中国文艺思潮论》一书中,比较完整地接受了这一分期观点。李何林在这部著作中,将1917年到1937年的“近二十年”中国文学,以三个比较有代表的社会革命的事件进行了分期处理,“五四前后的文学革命运动”、“‘大革命时代’前后的革命文艺运动”、“从‘九一八’到‘八一三’的文艺思潮”,这一文学史分期基本上采用了《大系》的分期方法,即按照中国现代革命史的发展进行分期,再次确认了新文学的历史地位,确认了“五四”新文学的合法性。此后,在王瑶的《中国新文学史稿》、张毕来的《中国新文学史》等文学史著作中,其文学史分期基本上都是采用这一观点,并最终形成了新文学就是中国现代文学的观念。

(三)“大系”与流派批评

文学史批评中的流派批评,并不是从《大系》开始的,但《大系》在流派批评中发挥了重要的作用。

"五四"文学革命以来,文学社团和流派的发生与发展成为重要的文学现象,从新青年社、新潮社到文学研究会、创造社、湖畔诗社、新月社、现代评论、语丝社等,社团与流派成为这一时期亮丽的文学景观,而文学创作与文学批评中的若干问题也大多与这一时期的社团流派联系在一起。如何研究这些社团流派与新文学的关系,如何通过流派批评总结新文学的历史经验,这显然是《大系》的主编们要考虑的问题。首先从《大系》的总体设计来看,赵家璧有意将流派与社团的因素考虑进去,除建设理论、文学论争等各卷外,其他各卷都考虑到了流派与社团的因素,在文学创作的各卷中,诗歌和戏剧只有一卷,小说、散文则以流派分卷。其次,各卷编者在编选过程中,将流派与社团作为重要的选择标准。郑振铎在编选《文学论争集》时,直接以"学衡派"、"甲寅派"等命名并作为分辑的标准。朱自清作为《诗集》的主编,在选诗及评诗的过程中,主要是从流派的角度出发的,但朱自清是从现代传媒的角度切入流派的。他在《导言》中从现代报刊与流派以及诗歌创作的关系中,去寻找现代新诗创作的艺术特点,总结新诗发展的历史。他在《导言》的开篇就说:"胡适之氏是第一个'尝试'新诗的人,起手是民国五年七月。新诗第一次出现在《新青年》四卷一号上,作者三人,胡氏之外,有沈尹默刘半农二氏;诗九首,胡氏作四首,第一首便是他的《鸽子》。"在论述到"文学革命"后期的新诗创作时,他也主要从传媒的角度进行分析。他指出,新诗理论主要"大体上似乎为《新青年》诗人所共信;《新潮》,《少年中国》,《星期评论》,以及文学研究会诸作者,大体上也这般作他们的诗"。在论及新月诗派时,他从《晨报诗镌》看到了徐志摩、闻一多等人"要'创格',要发见'新模式与新音节'"[①],由此而论及新月诗派及新诗格律的问题。朱自清对新文学的认识是比较理性的,也是科学的,他看到了新文学与现代传媒的密切关系,也看到了现代传媒与诗歌流派的关系。

---

① 朱自清:《〈中国新文学大系〉诗集·导言》,《〈中国新文学大系〉诗集》,上海:上海良友图书印刷公司1935年版,第1、5页。

因此,朱自清的流派批评就不仅仅限于流派本身,流派只是作为诗人诗作的一个载体,将流派置于诗歌发展的框架上,与现代报刊联系在一起,其文学史批评的意义也就显现出来了。郁达夫在《散文二集》的选编中,“先想以文学团体来分,譬如我和创造社等,比较熟悉,就选一批人的散文:他与语丝社文学研究会都有过关系,就选那一批人的”①,在此基础上,结合其他因素选编了《散文二集》。

鲁迅也是从流派的角度进行批评的。与朱自清大体相同,鲁迅流派批评的切入点是现代报刊,他甚至把现代报刊提到了相当重要的程度,将报刊与流派及作家的创作联系起来考察,从而阐述了文学流派在文学发展中的意义和作用。他在《〈中国新文学大系〉小说二集序》中比较详细地阐释了报刊与文学的这种关系:

> 凡是关系现代中国文学的人,谁都知道《新青年》是提倡“文学改良”,后来更进一步而号召“文学革命”的发难者。但当1915年9月中在上海开始出版的时候却全部都是文言的。苏曼殊的创作小说,陈嘏和刘半农的翻译小说,都是文言。到第二年,胡适的《文学改良刍议》发表了,作品也只有胡适的诗文和小说是白话。后来白话作者逐渐多了起来,但又因为《新青年》其实是一个论议的刊物,所以创作并不怎样著重,比较旺盛的只有白话诗,至于戏曲和小说,也依然大抵是翻译。

鲁迅对新潮社、弥洒社、浅草社、莽原社、未名社以及乡土作家群等小说流派的批评,既关注到了报刊与这些流派的关系,也注意到了流派与小说风格的关系。鲁迅不唯流派而特意组合流派或故意从流派的角度从事小说批评,他认为:“文学团体不是豆荚,包含在里面的,始终都是豆。大约集成时本已各个不同,后来更各有各种的变化。”②所以,鲁迅更看重作家初次发表在报刊上的作品,即使是这些作家在后来出版结集时将这些初次发

① 郁达夫:《〈中国新文学大系〉散文二集·导言》,《〈中国新文学大系〉散文二集》,上海:上海良友图书印刷公司1935年版,第12页。

② 鲁迅:《〈中国新文学大系〉小说二集序》,《鲁迅全集》,第6卷,北京:人民文学出版社1981年版,第255页。

表的作品删除了或者修改了,这不仅在于“圣贤豪杰,也不必自惭他的童年”或者“加了修饰之后,也未必一定比质朴的初稿好”,而且更在于这些初次在报刊上发表的作品能够看到原始的面貌,感受到作品发表在报刊上的那种质朴特点。

实际上,流派批评作为文学史批评的重要内容之一,能够为人们描绘文学发展的大体轮廓,尤其是《大系》这样的体例,容纳十年文学的主要作家作品,这一个比较庞杂的、无序的系统,在这个系统里,当然可以从时间性上看这个时期的文学发展,但是,时间有时并不是特别可靠的,而且单纯以时间的顺序是不能真正梳理出文学历史的线索的。这时,流派作为时间性的补充,使整个《大系》呈现出了文学史的立体的效果。

三、“大系”与文学批评类型

从文学批评的角度来看《中国新文学大系》,它不仅对中国文学秩序的重建做出了巨大努力,在文学史批评方面具有指导性意义,而且还具有文学批评的类型意义。这里主要表现在以下两个方面的类型:文选型、序跋型。

(一)文选型

“五四”时期,钱玄同喊出了“选学妖孽”的口号,这只是就“文选”作为中国古代文言文的代表和经典作品的意义以及“五四”新文化运动的策略而言,并不是针对其作为选学的著述体例及其文学价值的。《昭明文选》作为我国现存最早的文学总集,比起同类型的其他诗文总集来,其影响远为深广。唐代以诗赋取士,唐代文学又和六朝文学具有密切的继承关系,因而《文选》就成为人们学习诗赋的一种最适当的范本,甚至与经传并列。宋初承唐代制度,亦以诗赋取士,《文选》仍然是士人的必读书,甚至有“《文选》烂,秀才半”的谚语。同时,由于文选的选文体例,在中国古代又具有文学批评的价值。《文选》30 卷,共收录作家 130 家,上起子夏(《文选》所署《毛诗序》的作者)、屈原,下迄当时,唯不录生人。《文选》既然是“选”,就有一定选的标准和原则，以词人才子的名篇为主，以“文为本”(《文选序》)。因此，凡“姬公之籍，孔父之书”，“老庄之作，管孟之流”，“谋夫之话。辩士之端”，“记事之史，系年之书”，这几类即后来习称为经、史、子的著作一律不选。但是史传中的赞论序述部分却可以收录，因为“赞论之综辑辞采，序述之错比文华，事出于沈思，义归乎翰藻”，合乎“能文”的选录标准。《文选》作为对过去文学作品的选录，会真实地体现出选编者的文学思想，通过选本的方式进行文学批评活动。萧统特别看重文学创作的思想内容和艺术形式的关系，内容要求典雅，形式可以华丽，认为艺术的发展必然是“踵其事而增华，变其本而加厉”(《文选序》)。他指出，“夫文典则累野，丽亦伤浮”，要求丽而不浮，典而不野，“文质彬彬，有君子之致”(《答湘东王书》)，同时还推崇陶渊明“文章不群，词采精拔，跌宕昭彰，独超众类。抑扬爽朗，莫之与京”(《陶渊明集序》)。这说明，萧统是按照这样的标准和原则选录作品的，萧统以“批”为主的选本方法和通过序进行评的方法，成为重要的文学批评活动，并为后人的文学批评昭示了发展的方向之一。

《中国新文学大系》应该是“文选”的现代版本。“大系”之前，已经出版过一些较有影响的新文学作品的文选，如《白话诗选》、《新月诗选》等，这些选本在文学史上也都有一定的影响，为文选体式提供了一定的范式，但基本上仍然沿用了“文选”的体例。无论选编者是否承认，《大系》在选文的方法和编选体例方面，都与《文选》有极其相似的地方，他们都是一部“文学总集”，是某一时期有代表性的作家作品的汇集选本。与《文选》相同，《大系》同样是以一定的选文标准和原则选录新文学各派各家的文学作品，通过对“中国新文学”的选编以及作序，表达出选编者的文学思想，进行文学批评。因此，作为中国新文学总集的《大系》，不仅具有文献史料的价值，而且也具有现代文学批评的意义。

文学选本体现着选编者的审美思想和文学标准，选编者通过对文学作品的选择编辑，表现一定的批评思想，选编的过程就是批评的过程，对文学作品的选，不仅仅是组织选择的过程，而且也是批和评的过程。梁实秋认为，文学批评原为“判断”之意，“判者乃分辨选择的工夫，断者臆性等级价值之确定”①。对文学作品的选编就是一个选择判断的过程,批即是判,就是分辨选择的工夫。《大系》各卷的选编者大多表达了这样的意思,郁达夫在《散文二集》的选编中,极力体现这样的编辑思想,“我这一集里所选的,都是我所佩服的人,而他们的文字,当然又都是我所喜欢的文字,——不喜欢的就不选了——本来是可以不必再有所评述,来搅乱视听的,因为文字具在,读者读了知道它们的好坏,但是,向来的选家习惯,似乎都要有些眉批和脚注,才算称职,我在这里,也只能加上些蛇足,以符旧例。”②可见郁达夫的批评意识非常突出,在选编作品的过程中,融入了自己的文学思想,体现出批评的倾向。在《散文二集》中,郁达夫共选了鲁迅、周作人、冰心等现代十六家的散文作品,他选的这十六家的作品是否典型或者有代表性暂且不论,但是表现出了郁达夫本人的文学思想和散文观念是非常明显的。人们都已经注意到郁达夫所阐述的现代散文的基本精神:“现代散文之最大特征,是每一个作家的每一篇散文里所表现的个性,比从前的任何散文都来得强。古人说,小说都带些自叙传的色彩的,因为从小说的作风里人物里可以见到作者自己的写照;但现代的散文,却更是带有自叙传的色彩了,我们只消把现代作家的散文集一翻,则这作家的世系,性格,嗜好,思想,信仰,以及生活习惯等等,无不活泼泼地显现在我们的眼前。这一种自叙传的色彩是什么呢,就是文学里所最可宝贵的个性的表现。”③也就是说,选编者在选编过程中,尽量呈现出散文作家的个性特征,将作家的散文创作的亮色与特色展示出读者的面前。这种个性既可能是作家的个人“自叙传”,而又可能是体现作家个性特征的思想艺术的某些方面。从他选编的鲁迅的散文来看,主要选编了鲁迅的如《不懂的音译》、《论照相之类》、《再论雷峰塔的倒掉》、《灯下漫笔》、《忽然想到》、《马上支日记》、《〈阿Q正传〉的

① 梁实秋:《文学批评辩》,《浪漫的与古典的·文学的纪律》,北京:人民文学出版社1988年版,第101页。

② 郁达夫:《〈中国新文学大系〉散文二集·导言》,《〈中国新文学大系〉散文二集》,上海:上海良友图书印刷公司1935年版,第13页。

③ 郁达夫:《〈中国新文学大系〉散文二集·导言》,《〈中国新文学大系〉散文二集》,上海:上海良友图书印刷公司1935年版,第5页。

成因》等有代表的作品24篇，这里有早期杂文集中的作品，也有《朝花夕拾》、《野草》等集中的作品，各种不同文体、不同风格的散文作品，从不同的方面表现着鲁迅的个性，它们虽然不是叙说作家本人的生活和故事，但却透露着作家的思想和情感，是作家对社会、历史、人生的认识与语言呈现。郁达夫选编了那些更具艺术性和思想穿透力的作品，而较少选择那些论辩性以及文化论争的文章，试图展示鲁迅深层次的性格和文化思想。正如他所评论的那样：“鲁迅的文体简炼得像一把匕首，能以寸铁杀人，一刀见血。”对于周作人的散文，郁达夫则更看重他那些体现着“生活的艺术”的作品，“周作人的理智既经发达，又时时加以灌溉，所以便造成了他的博识；但他的态度却不是卖智与玄学的，谦虚和真诚的二重内美。终于使他的理智放了光，博识致了用”①。从这个认识出发，郁达夫特别看好周作人的《自己的园地》、《雨天的书自序》、《故乡的野菜》、《喝茶》、《生活之艺术》等作品，在这些生活化的作品中，我们明白了周作人的性格，也会明白他的生活的艺术与散文创作的关系。

朱自清选编《诗集》，特别表示“本集所收，以抒情诗为主，也选叙事诗，拟作的歌谣不录”。他从新诗文体上制定了选诗标准，不过，朱自清以“抒情诗”作为选诗的标准，似乎更应该理解为诗的抒情性或者审美性。由此出发，朱自清选胡适的诗，则主要选了《一念》、《应该》、《一颗星儿》、《我们的双生日》等9首，而人们比较熟悉或者被文学史家引用的《乌鸦》、《人力车夫》等则不选，并不是这些诗有什么问题，而主要是不太符合他所要求的“抒情”这一标准。对于郭沫若，朱自清主要选了《炉中煤》、《笔立山头展望》、《地球，我的母亲》、《夜步十里松原》、《光海》、《太阳礼赞》、《天上的市街》等，而被后来的选家和文学史家看好的《天狗》、《凤凰涅槃》、《星空》、《洪荒时代》等诗作，就不能入他的法眼。这一方面当然是《凤凰涅槃》、《星空》等作品篇幅较长，不适合选入《诗集》中，另一方面则是抒情诗的原则，局限了这些诗的入选。其实，在郭沫若的诗歌创作中，这些诗篇都是非

① 郁达夫：《〈中国新文学大系〉散文二集·导言》，《〈中国新文学大系〉散文二集》，上海：上海良友图书印刷公司1935年版，第14—15页。

常具有代表性的,在艺术上,在情感抒发以及意境创造等方面,都有独特之处,都能够代表新诗创作的水平,不能入选《大系》实有遗憾。

(二)序跋型

序跋体作为中国传统的文学文体样式,有着自己独特的式样和特质,而作为文学批评文体的序跋,它已经超出了作为文学作品序跋的限制,获得了批评的品格。但是,由于它脱胎于文学创作,不可避免地具有创作的某些特点。序跋体的双重特点使它活跃、丰富文学批评体式时,具有了足够的条件走出一条新路。一般来说,这种序跋已经融合了作家传记、作品品评、议论、抒情等诸多方面的因素,合为一体。而且,随着批评对象和序跋作品的需要,它可以与多种批评文体联姻。这就出现了20世纪30年代多姿多彩的序跋文体。

《中国新文学大系》的出版,在中国现代文学史上是一个值得注意的事件,作为一次集体行动,它意味着现代文学发展及其出版编辑新的努力和整理回顾10年文学的导向。因此,为"大系"作序也就成为这次事件中的主要工作之一。在这里,不仅体现着选评家的文学史眼光,更体现着批评家的批评尺度和历史定位问题。而以"导言"形式出现的这种"序",其本身就是对序跋体批评的发展,它使序这一文体样式走向宏观,走向大规模化。因此可以说《大系》导言已在现代文学批评史上确定了一种超越过去创造未来的"大体系"。从文学批评文体发展的角度来看,这些"导言"在以下几方面做出了可贵的探索。

第一,这是一次对序跋体文学批评的集体尝试行为,这一行为显示了序跋体批评有其独立的文体特点和意义,表明了序跋体批评已彻底摆脱旧式文人的"逢场作戏"和文人墨客的风雅行为特点,而向现代文学批评最终靠岸。10篇导言已不再是一般意义上的"序",而是借用"序"这一文体样式对十年文学流变的历史进行总结。序在古代文学中属于散文一体,现代文学中的许多序跋也是优美的散文,作为具有批评特质的序跋,"五四"以来,周作人、郭沫若、鲁迅等作家也还没把序跋从文学创作中真正地区分开来。到了华汉出版《地泉》是"《地泉》五序言"是对序体文学批评的成功尝试。《大系》导言则是在继承前人经验的基础上,以批评家(文学史家、选学家)的身份对序跋体批评的最终确认。上海良友出版公司赵家璧作为出版家邀请10位选家时,不仅考虑到这10位人物的权威性、代表性,而且也考虑到了他们作为批评家的身份地位。应当说,这10位选家也是非常合格的批评家,他们在共同完成一项巨大的工程时,也自觉不自觉地完成了一项文体工程的建设。这种“导言”不再依附于散文类,而只是文学批评的一种文体样式,具有独立的文学批评意义。但它又是“序”,是“导言”。这种“导言”既具有一定的导读性质,又具有历史评价性质,是对一本书的总概说明,也是对十年文学历史以及某一类文学历史的引论。

第二,作为一部文学大系的“导言”,其文学批评是通过“导言”的方式实现的。综观这10篇“导言”,每篇“序”的切入点是“五四”文学革命,而批评则是放在每集选编的那一文体或流派上面,这就构成了“导言”比较恢宏庞大而又重点突出、结构合理的文体特征。从纵向结构来看,是十年文学历史的发展以及小说、诗歌、戏剧、散文等文体的发展、社团流变的发展;从横向结构来看,几乎网罗了这十年每个部门的所有作家,概括评介了那些具有代表性的作品。试以鲁迅、茅盾、郁达夫、朱自清等几人的“导言”做初步说明。

郁达夫为《散文二集》所做的“导言”是一篇别具特色的批评文字。他抛开了其他导言的时间顺序或固守在作家作品的圈子里,开始便用了三节文字来界定散文。郁达夫谈论这些内容,并不是卖弄才华,而是为了更好地理解散文,尤其是理解现代散文。第四节“现代的散文”,论及“五四”以来现代散文的四个特征。这一节虽是谈论现代散文,却几乎没有提及什么现代散文作品。而他是在第六节“妄评一二”中以简短的文字,简明扼要地评论了书中所选的十五六位散文作家。也许,用“散漫的文体”来评价郁达夫的“导言”是比较合适的。这种文体与他写小说、散文,几乎没什么区别:想到哪里写到哪里。

朱自清为《诗集》做的“导言”再一次体现了他的学风的严谨。他以一个学者的姿态面对十年诗歌创作的各种潮流时,显得那么从容,而又以整饬的文字比较集中地写出了对新诗发展历程的大体描述。他评论的主要对象是创造社、新月诗派和象征诗派。朱自清无意于写诗歌的历史,而是以史的眼光批评诗歌。他选择三大流派重点描述，实际上是对新诗发展的“纵向坐标”的确定。只有这一坐标的确定，才能使每一流派中的诗人诗作获得他们“横向坐标”的位置。而附录《选诗杂记》则从一个方面对“导言”中无法顾及的诗人诗作予以补充，从而也使人们看到选家的思想活动和价值标准。

第三，显示了20世纪30年代文学批评文体宏观走向和文学批评的历史回顾趋势。所谓“宏观走向”是指这10篇“导言”不是单个作家或作品的评述，而是对十年文学流程的描述，是文学历史发展线索的描述。就每一篇导言来看，是对这一文学部门的概括，而就这10篇“导言”来说，几乎就是一部“五四”十年文学的断代史。这种文体构造既显示了组织者的博大气魄和宏观目光，又体现了每一位选家的历史眼光和文体意识。文学批评对文学宏观把握在此之前已显示了它的优势，而一种文体的宏观特征是与宏观文学批评联系在一起的。可以说，这10本选集和10篇序言，在现代文学批评史上，是值得人们纪念的。

下编　自由与秩序:文学回归中的文学批评

当社会化、功利化的新文学逐渐发展成为中国文学的主流形态时，也存在着坚守文学的纯美立场的一派。

中国现代文学的纯美派是与社会化文学同时出现的，而且表现出与社会文学决然不同的审美特征。当然，所谓“纯美”只是一个相对的概念，是指那种比较重视文学本体、倡导文学的审美性的文学一族，如王国维、学衡派、新月派、京派等。纯美派并不是不关心社会，只不过他们是以文学的审美方式关注社会，与新文学一样，纯美派文学也受到外国文学的影响，也继承了中国古代文学的艺术精神，他们更多地接受了欧美文化的教育，坚持文学的审美立场，坚持文学的生命、人性主义立场。从文化精神上来看，纯美派批评家接受了欧美文化的自由主义文化思想，在一定的文化秩序与学术规范中从事文学批评活动，以宽容和自由的态度对待一切文化思想和文学流派，以纯美的眼睛看待文学创作。

纯美派批评形成了与新文学的对立态势。当梁启超的社会化文学大行其道时，王国维高举着境界论和古雅说的大旗出现在文学界，极力回归文学本体，努力地探求文学的审美世界。而当“五四”新文学取得一定的历史地位时，学衡派的出现对其形成了一个巨大的反动，学衡派不仅是反对白话文，反对新文学，而且主要是反对新文化对民族文化中稳定的价值观念的文化秩序的破坏，反对激进的文化思想对人类美学精神的玷污。当“革命文学”颠覆了“五四”文学，并且以政治代替文学、以宣传取代文学的艺术特性时，不仅鲁迅等人表示了不同的观点，而且梁实秋等新月社成员对“革命文学”的反对，不仅是反对一种口号，而且是反对把文学作为阶级斗争的工具，消解文学的根本精神。现代文学进入左翼时期之后，复杂多变的政治斗争对文学提出了新的要求。“革命文学”论战所提出的问题已经远远超出了文学的范畴，也许并不是文学所能回答了的，但“革命文学”所带来的问题又长期困扰着中国现代文学的发展，因而，随后“自由人”、“第三种人”对“左翼文学”的回应，反映了中国文学进入一个非常纠结的时期：一方面是文学的社会化特征越来越突出、鲜明，另一方面则是文学的美学特征越来越淡化,文学越来越远离文学的轨道。这时,京派文人的出现从某些方面是对左翼文学的修正。文学史家一般愿意将京派与海派联系在一起,视为这一时期中国文学对立的两个派别。实际上,无论是京派还是海派,在他们的文学观念中,都有一种努力回归文学本体的强烈愿望,在他们的创作中都有一种突出的反启蒙的倾向,海派作家对现代都市批判与京派文人对乡村世界的向往,都呈现着现代文人对现代化社会中人的生存状态的深刻思考。京派文人不仅在创作方面努力实现文学的审美特征,而且在文学批评和生活方式等方面,也试图寻求文学的自由向度。

但是,现代社会及其文学并不能以京派文人的愿望而发展,不仅随后的战争打碎了他们的梦想,而且现代文化的发展也使他们无法真正实现自由文人的审美理想,“太太的客厅”里的座上客能够改变他们的生活方式,却无法改变中国现代文化与文学越来越社会化、越来越世俗化的趋向。

第十一章　王国维与中国文学批评的文学话语

王国维出现在20世纪初，出现在梁启超提倡的“小说界革命”等已经取得巨大成功，并且确立了新的文学秩序的背景下。这时，文学的社会化、世俗化、大众化已经获得了文学界的高度认同。在这样的文学背景下王国维的出现就显得别样，与以“革命”姿态出现的梁启超有些格格不入。如果说梁启超参与文学活动，是另一种方式的社会革命，试图以文学的方式解决社会问题，那么，王国维则是站在文学立场上进行重整文学秩序的努力，试图通过文学批评建立中国现代文学新的文学规范，试图寻找到中国文学现代之路的另一种方式。

一、王国维文学批评思想的形成

王国维的文学批评思想既是对梁启超提倡文学革命以来的各种社会化文学观念的反动，同时又是对中外文学思想的继承与借鉴，是在融合哲学、文学思想学说的前提下建立起的一种试图回归文学本身的批评思想。

首先，王国维的文学批评思想是在晚清一系列文学革命的背景下产生的。

自梁启超提倡“诗界革命”、“文界革命”、“小说界革命”以来，文学受到了空前的高度重视，尤其是古代不能登大雅之堂的小说文体成为了文学的正宗。从梁启超开始，文学逐渐脱离中国文学既有的轨道，向着社会化文学的方向发展。文学可以改变国民的思想，文学可以解决社会问题，文学可以为政治服务,这些重要的文学观点,表明梁启超通过一系列的革命已经从根本上改变了中国文学的性质。如果我们看一下20世纪初叶一些文学报刊的发刊词或者表明文学立场的论述,大多摹仿梁启超的《论小说与群治之关系》,甚至某些语句都大体相似。《绣像小说》在其创刊号上说,欧美那些创作小说的人,都是“名公巨卿,魁儒硕彦,察天下之大势,洞人类之颐理,潜推万古,豫揣将来,然后抒一己之见,著而为书,以醒齐民之耳目,或对人群之积弊而下砭,或为国家之危险而立鉴,揆其立意,无一非裨国利民。”[①]这种观点显然能够代表20世纪初期中国文学批评家们的基本认识。

正是在这样的背景下,王国维的出现不仅是带来了新的批评方法,更重要的是他对梁启超文学思想进行了修正。他试图以自己的努力,以自己对文学的理解,站在东西文化交汇的制高点上,重新梳理文学的定义,为中国文学带来了一种纯正的“古雅”文学。在《论近年之学术界》一文中,王国维曾表达了对学术界的不满。王国维认为,近年来中国的学术界受外界势力的影响,“岂不大哉!”[②],对中国学术影响“岂不大哉”的西方各种学术,又往往是一些如所谓七术的形下之学,而唯严复所译介的《天演论》,还有“一新世人之耳目”。但由于“严氏之学风,非哲学的,而宁科学的”[③],所以尽管他译介了较多的西方学术名著,但却“不能感动吾国之思想界者也”。对当时盛行的自然主义以及新兴起的学校、报刊等,王国维都给予了程度不同的批评。其中,他特别指出了近世以来的文学,不指名地批评了梁启超的文学思想:“又观近数年之文学,亦不重文学自己之价值,而唯视为政治教育之手段,与哲学无异。如此者,其亵渎哲学与文学之神圣之罪,固不可逭,欲求其学说之有价值,安可得也! 故欲学术之发达,必视学术为目

---

① 商务印书馆主人:《本馆编印〈绣像小说〉缘起》,《绣像小说》,1903年第1期。

② 王国维:《论近年之学术界》,《王国维集》,第2册,北京:中国社会科学出版社2008年版,第301页。

③ 王国维:《论近年之学术界》,《王国维集》,第2册,北京:中国社会科学出版社2008年版,第302页。

的,而不视为手段而后可。”[①]可见王国维对梁启超将文学视为社会革命的工具的思想极为不满,同时也对盲目地引入西方学说表示了不满。

正是在梁启超提倡文学革命的背景下,王国维表现出了文学回归的努力。在《红楼梦评论》、《人间词话》、《文学小言》、《古雅之在美学上之位置》等论著,大多从文学本身出发,论述文学的美学问题,寻找中国文学的美学特征。这种努力虽然在中国文学社会化的大趋势下显得极为单薄,如堂·吉诃德先生般的无奈,但却是如此的难能可贵,如此的值得人们关注并思考。

其次,王国维的文学批评思想是在对中国古代文学批评思想继承中发展而来的。

王国维是一个具有深厚国学根底的学者,也是一位非常传统的人物。他的国学根底主要来自于一种文化传统的环境影响,以及从私塾开始的国学教育。王国维从小就深受中国传统文化的熏陶,五岁进私塾,背诵和学作诗文,家中有五六箧中国古代典籍,除十三经因年幼不甚喜欢之外,“其余晚自塾归,每泛览焉”[②]。后来在父亲的教导下,学习骈散文及古今体诗。1892 年 6 月,他赴岁试,入州学,开始展露才华,“十六岁见友人读《汉书》而悦之,乃以幼时所储蓄之岁朝钱万,购《前四史》于杭州,是为平生读书之始”[③]。从此,王国维精心研读《史记》、《后汉书》、《三国志》等文史经典,打下了坚实的国学基础。

1898 年,王国维到上海后,受到国学大师罗振玉的赏识。在罗振玉的提携、帮助下,他开阔了眼界,思想学问都有极大的提高。后来,王国维对中国古典文学如诗词、戏曲等方面的研究,都无不与他这一时期的研习有密切的关系。但是,王国维对中国传统文化的修养,如果没有他后来对西方学术的接受,也无法转化成为具有现代意识的批评思想,或者说,他对中国古典文学的研究,只有在西方哲学、美学、文学的理论支撑下,才能够成

① 王国维:《论近年之学术界》,《王国维集》,第 2 册,北京:中国社会科学出版社 2008 年版,第 302 页。

② 王国维:《自序》,《王国维集》,第 2 册,北京:中国社会科学出版社 2008 年版,第 295 页。

③ 王国维:《自序》,《王国维集》,第 2 册,北京:中国社会科学出版社 2008 年版,第 295 页。

为他从事现代文学批评的重要资源。

第三,王国维的文学批评思想是在对西方文学批评思想借鉴基础上形成的。

王国维对西学的兴趣是他到上海后开始建立起来的。在日本学习期间又接触了大量西方学术名著,他在日本教师的帮助下攻读西方哲学,大量接受了康德、叔本华、尼采等人的著作。康德、叔本华、尼采等人的哲学、文学思想,已化为他生命体验中的主要内容。他曾描述过接受西方哲学的过程:

> 余之研究哲学,始于辛、壬之间。癸卯春,始读汗德(今译康德)之《纯理批评》,苦其不可解,读几半而辍。嗣读叔本华之书而大好之。自癸卯之夏,以至甲辰之冬,皆与叔本华之书为伴侣之时代也。其所尤惬心者,则在叔本华之《知识论》,汗德之说得因之以上窥。然于其人生哲学观,其观察之精锐,与议论之犀利,亦未尝不心悦神释也。后渐觉其有矛盾之处,去夏所作《红楼梦评论》,其立论虽全在叔氏之立脚地,然于第四章内已提出绝大之疑问。旋悟叔氏之说,半出于其主观的气质,而无关于客观的知识。此意于《叔本华及尼采》一文中始畅发之。今岁之春,复返而读汗德之书,嗣今以后,将以数年之力,研究汗德。
>
> 王国维:《静安文集自序》

西方学术思想之所以能够使王国维产生莫大的兴趣,并投入了较大的精力进行研读,与他个人的身世、经历具有密切的关系,西方哲学使他通过自己的人生际遇而形成了较为深刻的人生哲学思想,并影响到他的美学、文学思想。接受中国传统文化教育的王国维,再从西方哲学、美学、文学接受了影响,从而形成了他中西结合的批评思想。从 1901 年到 1904 年间,他用了大量时间去研读古文哲学、美学和文学名著,发表过多篇美学论文和译文,在翻译介绍西方学术名著方面做出了贡献。

二、苦痛说与文学发生学

“苦痛说”王国维文学批评的基本出发点。

王国维的“苦痛说”建立在对叔本华、尼采等西方哲学家的哲学、文学思想接受基础之上，他从叔本华、尼采的生命哲学中获得了人生启示，对人生悲剧说发生了理论上的认同。在《叔本华与尼采》、《叔本华之哲学及其教育学说》、《书叔本华遗传说后》、《附叔本华遗传说》以及《红楼梦评论》等文章中，王国维从不同的角度阐述了叔本华等人的哲学思想，对生命、悲剧、生命意志等概念进行了深入的讨论。同时，“苦痛说”也建立在王国维对人生感受的基础之上的。王国维对人生的感受是基于痛苦这一基本点上的，人生是一个悲剧，而悲剧则源于天才式的人物对生活的感受。他在《叔本华与尼采》一文中说：“天才者，天之所靳，而人之不幸也。蚩蚩之民，饥而食，渴而饮，老身长子，以遂其生活之欲，斯已耳。彼之苦痛，生活之苦痛而已；彼之快乐，生活之快乐而已。过此以往，虽有大疑大患，不足以撄其心。人之永保此蚩蚩之状态者，固其人之福祉，而天之所独厚者也。若夫天才，彼之所缺陷者与人同，而独能洞见其缺陷之处。”天才的人物与平民一样都有痛苦，“夫天才之大小，与其知力意志之大小为比例，故苦痛之大小，亦与天才之大小为比例。彼之痛苦既深，必求所以慰藉之道，而人世有限之快乐，其不足慰藉彼也明矣。于是彼之慰藉，不得不反而求诸自己。”也就是说，无论天才还是平民，都要通过一定的方法慰藉人生的痛苦，文学就是释放痛苦的方法之一。对此，王国维在《人间嗜好之研究》一文中，从另外的角度进行了阐释：“嗜好之为物，本所以医空虚的苦痛者，故皆与生活无直接之关系，然若谓其与生活之欲无关系，则甚不然者也。人类之于生活，既竞争而得胜矣，于是此根本之欲复变而为势力之欲，而务使其物质上与精神上之生活，超于他人之生活之上。此势力之欲，即谓之生活之欲之苗裔，无不可也。人之一生，唯由此二欲以策其智力及体力，而使之活动。其直接为生活故而活动时，谓之曰‘工作’，或其势力有余，而唯为活动故而活动时,谓之曰'嗜好'。故嗜好之为物,虽非表直接之势力,亦必为势力之小影,或足以遂其势力之欲者,始足以动人心,而医其空虚的苦痛。"文学艺术则是人类最高尚的"嗜好",是人类生活剩余之势力的表现。所以在王国维看来,文学是一种游戏,是人类精神痛苦的一种补偿:

> 文学美术亦不过成人之精神的游戏。故其渊源之存于剩余之势力,无可疑也。且吾人内界之思想感情,平时不能语诸人,或不能以庄语表之者,于文学中以无人与我一定之关系故,故得倾倒而出之。易言以明之,吾人之势力所不能于实际表出者,得以游戏表出之是也。若夫真正之大诗人,则又以人类之感情为其一己之感情。彼其势力充实,不可以已,遂不以发表自己之感情为满足,更进而欲发表人类全体之感情。彼之著作,实为人类全体之喉舌,而读者于此得闻其悲欢啼笑之声,遂觉自己之势力亦为之发扬而不能自已。故自文学言之,创作与赏鉴之二方面,亦皆以此势力之欲为之根柢也。
>
> 王国维:《人间嗜好之研究》

明晓文学艺术的这一特点,也就能够明白王国维的文学是一种游戏的观点。既然文学是游戏的,是人的生活的一个方面,所以,文学就能够代表人类说话,表现人生的平常的生活,表达人类的普遍的思想感情。因此,作家就应当创作出高雅的作品,对人的精神世界起到引导的作用,"若欲抑制卑劣之嗜好,不可不易之以高尚之嗜好"[①]。由此文学发生学的基本观念出发,王国维建构了富有体系性的批评框架。可以说,王国维的批评思想都是建立在这一基本的文学框架中的。

王国维的学术话语主要表现在他的《红楼梦评论》中。《红楼梦评论》与其说是一篇文学批评论文,不如说是王国维借《红楼梦》的评论来表达他的生命哲学,阐述其人生思想。另一方面,王国维又从哲学的层面上,深入探讨了文学创作的动力,讨论了文学发生学的有关问题。在《文学小言》、《屈子文学之精神》、《论哲学家与美术家之天职》、《古雅之在美学上之位

---

① 王国维:《人间嗜好之研究》,《王国维集》,第2册,北京:中国社会科学出版社2008年版,第320页。

置》等文章中，王国维从不同的角度，对此进行了论述，而且在《红楼梦评论》中进行了实践性的批评。

从中国现代文学批评的发展来看，《红楼梦评论》不仅带来了文学批评的哲学思考、美学思考、人生思考，使中国现代文学批评具有了深刻的思想内涵，而且从更深刻的层面揭示了痛苦说与文学发生学的内在关系。

王国维在《红楼梦评论》中以叔本华的生命哲学为理论基点，构成了一个富有逻辑性的理论框架。全篇第一章“人生及美术之概观”，是整个理论构架的中心。他把叔本华的生命哲学和老庄哲学结合起来，认为生活的本质就是“‘欲’而已矣”，但“欲与之为性无厌，而其原生于不足”，人的欲是不能够满足的，于是就产生了痛苦。所以，“生活之性质，又不外乎苦痛，故欲与生活，与苦痛，三者一而已矣”，“生活之本质何？‘欲’而已矣。欲之为无性无厌，而其原生于不足。不足之状态，苦痛是也。既偿一欲，则此欲以终。然欲之被偿者一，而不偿者什伯。一欲既终，他欲随之。故究竟之慰藉，终不可得也”。在王国维看来，既然人生是痛苦的，那么，消解人的痛苦的方法就是“美术”，以“美术”对人生的痛苦进行必要的转移或弥补。在他看来，《红楼梦》就是这种欲求不能满足的痛苦的产物。王国维这一从叔本华那里接用来的观点与日本学者厨川白村的文艺是“苦闷的象征”的观点具有相同之处，同样承认文学是对人生不能满足的愿望的表现，或者说，作家的创作是“力比多”的转移。在这里，王国维对文学艺术的认识已经将自己的生活体验和人生感悟结合在一起，将文学批评作为对人生理解与认识的表达方式。因此，与其说《红楼梦评论》是王国维对《红楼梦》的解释，不如说是王国维借《红楼梦》的评论以传达自己的人生观念：

故人生者，如钟表之摆，实往复于痛苦与倦厌之间者也，夫倦厌固可视为苦痛之一种。有能除去此二者，吾人谓之曰快乐。然当其求快乐也，吾人于固有之苦痛外，又不得不加以努力，而努力亦苦痛之一也。且快乐之后，其感苦痛也弥深。故苦痛而无回复之快乐者有之矣，未有快乐而不先之或继之以苦痛者也。又此苦痛与世界之文化俱增，而不由之而减，何则？文化愈进，其知识弥广，其所欲弥多，又其感苦痛亦弥甚故也。然则人生之所欲，既无以逾于生活，而生活之性质，又不外乎苦痛,故欲与生活,与苦痛,三者一而已矣。

王国维:《红楼梦评论》

王国维从《红楼梦》第一回的研究中,得出了“生活之欲之先人生而存在,而人生不过此欲之发现也”的结论,也得出了如下备受学界争议的观点:“所谓玉者,不过生活之欲之代表而已矣。”“《红楼梦》一书,实示此生活此苦痛之由于自造,又示其解脱之道,不可不由自己求之者也。”在这里,王国维已经将他的人生体验及观念深深地融入作品的研究之中。对于王国维的这一观点,历来研究家认为是偏颇的、不科学的,不能真正解释《红楼梦》的创作成因和美学特质。但是,无论这一观点有何缺陷,有何不够完整之处,也无论王国维将“玉”解释为“欲”是否恰当,《红楼梦评论》都是一次创举,一次文学批评的大胆尝试,是对文学的一次回归文学本质的新的理解。王国维从人的生存与生命的欲望本质出发去解释文学,其实质是对文学的生命特征的审美阐释,是从自身的生命体验所作出的美学理解。因此,在王国维看来,既然作家的创作是从生命体验出发而进行的一次欲望旅行,那么,文学批评也应当从自身的生命体验出发,去把握文学作品的生命与生存特征。一般我们都注意到王国维对生命之欲的论述,其实,我们还应该注意他的如下论述:

吾人生活之性质,既如斯矣,故吾人之知识,遂无往而不与生活之欲相关系,即与吾人之利害相关系。就其实而言之,则知识者,固生于此欲,而示此欲以我与外界之关系,使之趋利而避害者也。常人之知识,止知我与物之关系,易言以明之,止知物之与我相关系者,而于此物中,又不过知其与我相关系之部分而已。及人知渐进,于是始知欲知此物与我之关系,不可不研究此物与彼物之关系。知愈大者,其研究逾远焉。自是而生各种之科学:如欲知空间之一部之与我相关系者,不可不知空间全体之关系,于是几何兴焉(按西洋几何学 Geometry 之本义系量地之意,可知古代视为应用之科学,而不视为纯粹之科学也)。欲知力之一部之与我相关系者,不可不知力之全体之关系,于是力学兴焉。吾人既知一物之全体之关系,又知此物与彼物之全体之关系,而立一法则焉,以应用之。……由是观之,吾人之知识与实践之二方面，无往而不与生活之欲相关系，即与苦痛相关系。

王国维：《红楼梦评论》

在这里，王国维论述的是一般科学发生的问题，同样也适用于文学批评。作为一门文学科学，文学批评研究的是文学的一般性问题和文学创作的问题，是对作家及其创作的批评研究，同样需要人生的体验，是人类生命与生存的表现形态之一。同时，文学批评作为科学研究之一，也是人的欲望的呈现，"无往不与生活之欲相关系"，或者说，文学批评也是批评家对人生体验的表现方式，与生活的欲望具有密切的关系。

从这个理论基点出发，王国维发现了《红楼梦》独特的美学价值和伦理精神。王国维认为，《红楼梦》是一部悲剧作品，既是美学上的悲剧，也是一部人生的悲剧。王国维所谓的悲剧，既有叔本华、尼采的因素，也有亚里士多德的美学影响，从叔本华、尼采那里，王国维主要接受了人生就是悲剧的思想，而从亚里士多德那里，他则主要接受了悲剧的美学思想。或者说，王国维主要用亚里士多德的美学思想解释本华、尼采的人生哲学，而又用叔本华、尼采的哲学思想解释亚里士多德的美学思想，把人生与美学融为一体："昔雅里大德勒于《诗论》中，谓悲剧者，所以感发人之情绪而高上之，殊如恐惧与悲悯之二者，为悲剧中固有之物，由此感发，而人之精神于焉洗涤。"[①]这是对亚里士多德美学思想的阐释，他试图通过叔本华、尼采的人生哲学表达他的人生体验，用以批评《红楼梦》的伦理价值，阐释《红楼梦》所显示出来的人生意义。而又用亚里士多德的美学思想阐释《红楼梦》的美学价值，构建一套文学的批评体系，这两个方面在王国维的论述中经常混杂在一起，无法辨别。因此，我们在王国维的《红楼梦评论》中看到他对悲剧的论述，其实是对人生哲学的论述，而对人生哲学的论述又往往是对悲剧的美学思想的阐发，并由此指向中国古代文学："书中既不及写其生活之欲，则其苦痛自不得而写之；足以见二者如骖之靳，而永远的正义，无往不逞其权力也。又吾国之文学，以挟乐天的精神故，故往往说诗歌的正义，善

① 王国维：《红楼梦评论》，《王国维集》，第1册，北京：中国社会科学出版社2008年版，第13页。

人必令其终,而恶人必离其罚:此亦吾国戏曲小说之特质也。"在他看来,中国古代的这种创作现象,并不是悲剧的正义,而且表现出与人生相去甚远的精神。《红楼梦》的悲剧是一种真正意义上的悲剧,既是人生悲剧,也是美学上的悲剧。

既然人生是一个悲剧,而这种悲剧又是与生俱来的,那么,人们就需要想办法去解脱这种痛苦,文学艺术创作就是解决这个问题的办法之一。王国维认为:"解脱之道,存于出世,而不存于自杀。出世者,拒绝一切生活之欲者也。彼知生活之无所逃于苦痛,而求入于无生活之域。"在王国维看来,既然人的欲望是导致人生悲剧、苦痛的罪魁祸首,那么,消解这种欲望,拒绝欲望的诱惑,则是解脱之道。而解脱则又有"二种之别":"一存于观他人之苦痛,一存于觉自己之苦痛。然前者之解脱,唯非常之人为能,其高百倍于后者,而其难亦百倍。"那些非常之人能够洞悉宇宙人生之本质,明晓人的生活与苦痛是不可分离的。伟大的作家就是这种"非常之人",他们在创作中表现出了人的生命的本质,能够在创作中解脱生命之苦痛。在王国维看来,中国古典文学中,"具厌世解脱之精神者,仅有《桃花扇》与《红楼梦》耳。而《桃花扇》之解脱,非真解脱也;沧桑之变,目击之而身历之,不能自悟,而悟于张道士之一言;……《红楼梦》,哲学的也,宇宙的也,文学的也。此《红楼梦》之所以大背于吾国人之精神,而其价值亦即存乎此。"①或者说,《红楼梦》不仅写出了人世间的生命本质,而且作为文学创作,呈现着作家在解脱苦痛方面的哲学反思,"美术之价值,存于使人离生活之欲,而入于纯粹之知识"②,如同宗教一样,可以使人从世俗的欲望中解脱出来,回归到生命的真实。

① 王国维:《红楼梦评论》,《王国维集》,第1册,北京:中国社会科学出版社2008年版,第10—11页。

② 王国维:《红楼梦评论》,《王国维集》,第1册,北京:中国社会科学出版社2008年版,第15页。

三、境界说与文学审美学

在王国维之前的小说批评研究，大多在评点上做文章，在细微处下功夫，将阅读感悟通过一种琐碎而精辟的形式表达出来。王国维从古典评点文体中跳出来，站立于当代哲学、美学的高度，从作品的审美意义和伦理精神的总体评价的角度去观照《红楼梦》。因此，他很看重《红楼梦》的人生价值的总体象征意义。他在批评中虽然也把贾宝玉口中的“玉”解释为“欲”的象征，有微言大意之嫌，但他更注重从整体上去把握作品。《红楼梦评论》中的主干部分构成了主体框架，其主要批评内容分别从《红楼梦》的精神、美学的价值和伦理学的价值三方面去研究作品，由整体进入作品，又由作品的解读升华到整体的把握。因此，他在这里将批评引向思辨的、科学的高度，从根本上改变了中国文学批评缺乏思维的抽象概括能力的状况。

1905 年，王国维在《论新学语之输入》中，曾比较过中西思维方式的不同特点。他认为，“我国人之特质，实际的也，通俗的也；西洋人之特质，思辨的也，科学的也，长于抽象而精于分类，对世界一切有形无形之事物，无往而不用综括及分析之二法，故言语之多，自然之理也”。[①] 整体性的批评特点也往往就是思维抽象化、思辨性的结果。王国维的批评实践很好地说明了这一点，例如，《屈子文学之精神》、《文学小言》、《古雅之在美学上之位置》等文章，大体上也是向着批评的整体性方向努力，具有某些思辨特征。但王国维也清醒地知道，抽象的思辨并不一定就是能够解决批评实际问题的方法，文体的整体性也并非一定是抽象的哲学思辨。他认为：“夫抽象之过，往往泥于名而远于实，此欧洲中世学术之一大弊，而今世之学者犹或不免焉。乏抽象之力者，则用其实而不知其名，其实亦遂漠然无所依，而不能为吾人研究之对象。何则？在自然之世界中，名生于实，而在吾人概

① 王国维：《论新学语之输入》，《王国维集》，第 2 册，北京：中国社会科学出版社 2008 年版，第 305 页。

念之世界中，实反依名而存故也。”[①]在《红楼梦评论》、《屈子文学之精神》等批评中，王国维比较注意从实际出发，从对历史经验的归纳中，抽象出一般原则，再用一般原则去批评具体作品。

在寻找文学批评现代特征的进程中，王国维没有简单地以西方作为现代的模式，更不是简单地移接西方的话语系统来代替自己对文学与人生的独立思考。王国维借鉴了西方批评思想和哲学思想，但这种借鉴已经融入了他的批评方法和思想之中，形成了一套自己独特的具有现代特征的批评话语体系。因此，当写出《红楼梦评论》的王国维又写出了《人间词话》时，也许就不会令人感到太讶异。如果说《红楼梦评论》是王国维生命美学的表现，那么，《人间词话》等则是他的文学美学的表达。因此，同样是作为现代性学术话语，《红楼梦评论》显示出叔本华哲学思想的特征，具有“西方化”的话语特征；而《人间词话》则沉入到一种学术境界之中，使用了更加“文学化”的文学语言，即关于文学内美语言，一种“文学批评”的语言。从梁启超提倡“小说界革命”以来，人们已经习惯了那种社会化的批评语言，而越来越远离文学批评的语言。因此，王国维的这种文学化语言是向文学的一次回归，是以文学的方式进行的文学批评。在《人间词话》中，王国维既是对中国古典文学进行的批评研究，同时，更主要的是借古典词作的批评梳理出从事现代文学批评的基本理论方法以及批评概念。在这里，他扬弃了梁启超等人的政治、社会意味很强的语言，也超越了自己早期的批评，而进入到批评的学术境界，文学批评由此获得了它的学术品格和审美品格。这也是王国维对于现代批评的贡献之一。

不过，我们可以进一步追问，王国维的文学美学思想以及文学批评，是否可以有另一种表现的方式？“词话”毕竟给人们一种太“过时”的古典印象。不是没有这种可能性的。与《人间词话》大体同时期的《文学小言》、《古雅之在美学上之位置》等文章，王国维就使用了不同于《人间词话》的批评文体，仍然保持了他一贯的缜密的学术论文的特点。问题不在于王国维

① 王国维：《论新学语之输入》，《王国维集》，第2册，北京：中国社会科学出版社2008年版，第305—306页。

是否使用了古典特征的批评文体，而主要在于这一文体与整个批评话语的关系，批评本身是否能够回归到文学，探求文学的本源性的内容。在各种可能性面前，王国维选择了更能说明文学之美的一种方式，通过“词话”这一古典批评的文体，去阐释中国文学中重要的命题，将古典文学的批评思想、方法、概念创造性地转化为当代文学批评概念。当然，在《人间词话》所表述的内容里面，同样有叔本华、尼采等人的思想，甚至使用了叔本华式的语言。他那些文学韵味浓厚的语言，那些能够深入理解文学的概念，也都是他早期批评中得以完成的。在此，我们把《红楼梦评论》、《人间词话》两种文体都作为现代学术话语的表现形式。

王国维的《人间词话》其意义不在于对古代各派词家和词作的评论，而主要借评古代的词，整理、挖掘和提炼现代文学批评的基本理论，建立现代文学批评的学术框架，将文学批评引向文学的批评。因此，“词话”则是一种载体，在看似零乱、杂感的篇章结构中，逐渐清理出与现代学术、现代文学批评关系密切的概念，寻找到一种学术规范。

“境界”是王国维在《人间词话》中创造性转化的批评理论。“境界”既是一个批评概念，也是一种文学批评的理论方法，具有复杂的多义性，在王国维的文学批评活动中具有重要的实践意义。

在王国维的批评理念中，“境界”是最本质的，是可以发现文学存在和本源的。所以他说：“言气质、言神韵，不如言境界。有境界，本也；气质、神韵，末也；有境界而二者随之矣。”在王国维那里，古典诗词中的“气质”、“神韵”等重要的批评概念虽然仍然是重要的理论范畴，能够发现古典诗词的美学特征，但是，王国维却仍然认为是批评中的“末”，这主要在于，“气质”、“神韵”只纯是古典文学范畴的批评概念，而不能转化为现代文学批评理论，只有“境界”一说，既来自于中国古典文学批评传统，又可以进行现代转化，成为现代文学批评的理论。

所以他说：“词以境界为最上。有境界，则自成高格，自有名句。五代、北宋之词所以独绝者在此。”这既是对中国文学史上优秀诗词的艺术概括，也是规范的文学艺术的审美标准；既是对梁启超的社会功利文学观的反动，也是对中国现代文学批评所作的学术上的审美上的规范适合于所有文学艺术的批评范畴。

那么，王国维所说的“境界”又如何运用于文学批评中呢？我认为，王国维主要在三个层面上使用“境界”，一是在词作的艺术创造方面；二是在词作的审美品格方面；三是指词作的艺术风格。所谓艺术的创造方面主要是指词作创造过程中所形成的艺术境界。王国维说：“能写真景物、真感情者，谓之有境界。否则谓之无境界。‘红杏枝头春意闹’，著一‘闹’字而境界全出。‘云破月来花弄影’，著一‘弄’字而境界全出矣。”为了说明“境界”这一理论体系的核心，王国维花费了较多的精力来阐述文学作品的艺术境界的问题。在比较了前人关于“境界”说的基础上，他做了全新的发挥。“有有我之境，有无我之境。‘泪眼问花花不语，乱红飞过秋千去。’‘可堪孤馆闭春寒，杜鹃声里斜阳暮。’有我之境也。‘采菊东篱下，悠然见南山。’‘寒波澹澹起，白鸟悠悠下。’无我之境也。有我之境，物皆著我之色彩。无我之境，不知何者为我，何者为物。此即主观诗与客观诗之所由分也。古人为词，写有我之境者为多，然非不能写无我之境，此在豪杰之士能自树立耳。”这说的就是文学创造的艺术问题，是对文学作品的审美批评。所谓词作的审美品格，主要是指文学创作所达到的艺术高度。王国维首先看重的是“古今之成大事业、大学问者”的三种境界。这三种境界就是做学问、事业以及文学创作者所追求的一种高度，一种境界。王国维以三位词人的三首词作概括文学、事业、人生的境界，是王国维独具匠心的：“古今之成大事业、大学问者，罔不经过三种境界：‘昨夜西风凋碧树，独上高楼，望尽天涯路。’此第一境界也。‘衣带渐宽终不悔，为伊消得人憔悴。’（欧阳永叔）此第二境界也。‘众里寻他千百度，回头蓦见，那人正在灯火阑珊处。’（辛幼安）此第三境界也。”这里所说的就是指作家文学事业所达到的艺术高度，同时也是指作家创作所应有和能有的高度。“白仁甫《秋夜梧桐雨》剧，奇思壮采，为元曲冠冕。然其词干枯质实，但有稼轩之貌而神理索然。曲家不能为词，犹词家之不能为诗。读永叔、少游诗可悟。”这里所指就是文学作品的艺术境界，是不同文体作家对不同文体的艺术表现。所谓境界的艺术风格主要是指文学作品所表现出来的风格特征，以风格呈现出来的艺术境界。“少游词境，最为凄婉，至‘可堪孤馆闭春寒，杜鹃声里斜阳暮’，则变而凄厉矣。东坡赏其后二语,犹为皮相。”“东坡、稼轩,词中之狂;白石,词中之狷也。梦窗、玉田、西麓、草窗之词,则乡愿而已。”这是对文学作品艺术风格的批评。

可以说,对文学创作及作品艺术境界的概括及其阐述,正是王国维在《人间词话》中致力研究并试图用于评价文学的理论核心。从这个核心理念出发,王国维试图回归到文学本体,发现文学作品的美学境界。

需要进一步明确的是,王国维为什么特别看重“境界”,认为“境界”才是文学之“本”呢? 或如他说:“然沧浪所谓兴趣,阮亭所谓神韵,犹不过道其面目,不若鄙人提出‘境界’二字为探其本也”。或者说,“兴趣”、“气质”、“神韵”,可以作为古典文学的审美价值,但这些概念往往指的是古典文学作品的某一方面,仅仅说出了文学的审美特征的表面化的东西。“不过道其面目”不能有效地探索其文学艺术的审美性质之本质。

严沧浪《诗话》曰:“盛唐诸公,唯在兴趣,羚羊挂角,无迹可求。故其妙处,透澈玲珑,不可凑拍,如空中之音,相中之色,水中之影,镜中之象,言有尽而意无穷。”余谓北宋以前之词亦复如是。然沧浪所谓兴趣,阮亭所谓神韵,犹不过道其面目,不若鄙人拈出“境界”二字为探其本也。

所谓“探其本”,就是把握了文学艺术之所以为美的本质属性,它是相对于传统诗学中的美学概念而言的。因此,王国维将“境界”作为一个中心概念,并作为批评体系的核心理论,成为批评一切作品的美学标准。如果说王国维的“欲望说”从人类的生命本质方面为文学批评进行了界定,那么,“境界说”则从文学的审美本质方面为文学批评进行了高度的概括,“境界”或“意境”成为现代文学批评中一个重要的概念。从《人间词话》的批评实践来看,王国维主要以李白、飞卿、后主、少游、东坡、白石、右安、放翁、稼轩、梦窗等众多词人的词作为对象。试图阐述“境界”这一批评概念,梳理出一种清晰的文学批评理论。这里试引几例:

文文山词,风骨甚高,亦有境界。远在圣与、叔夏、公瑾诸公之上。亦如明初诚意伯词,非季迪、孟载诸人所敢望也。

读东坡、稼轩词,须观其雅量高致,有伯夷、柳下惠之风。白石虽似蝉蜕尘埃，然如韦、柳之视陶公，非徒有上下床之别。

这些批评对象，主要是为了说明“境界”这一主旨，努力阐释这个概念所呈现出的文学精神。在王国维那里，他显然不是以“境界”去研究中国古典文学，而主要通过词话概括出“意境”这个理论问题，从而实现将古典文学批评概念的现代转化，为现代文学批评寻找到应有的理论基础。

“境界”作为一个文学批评的概念，之所以适用于现代文学批评，主要在于他可以概括文学创作的基本特征和审美倾向。如果我们结合王国维在《红楼梦评论》中对文学是人类悲剧苦痛之解脱的阐释，可以看到，王国维特别重视作家的生命感受与创作的关系，“作家往往以生活为炉，苦痛为炭，而铸其解脱之鼎”。作家对生命的感受主要是外在世界和内心世界两个方面，作家对外在世界的感受可以是自然景观，也可以是其他客观事物。另一方面，诗人又可以通过内心的生命关照，表现出对人的生命价值的冷静和对人生真谛的热切关怀。“自是人生长恨水长东”“流水落花春去也，天上人间”，这是对人的个体命运的忧虑，也是对人的生命的感叹。也是王国维所说的“词人者，不失其赤子之心者也”，“生年不满百，常怀千岁忧。昼短苦夜长，何不秉烛游?”这是词人内心感受的写照，是被王国维称为“不隔”的词句，也是有“境界”的词作。

在明晓了王国维所说的“境界”的同时，还需要对他提出的另一个概念进行必要的辨析，这就是《人间词话》中提出的“意境”。他说：“文学之工与不工，亦视其意境之有无，与其深浅而已。”“原夫文学所以有意境者，以其能观也。出于观我之者，意余于境；而出于观物者，境多于意。然非物无以见我，而观我之时，又自己我在。”他认为，如《浣溪沙》之“天末同云”，《蝶恋花》之“昨夜梦中”、“百尺高楼”，属于“意境两忘，物我一体”的精品。在这里，“意境”与“境界”是什么关系？“意境”的内涵是什么？这一概念在文学批评中具有怎样的意义？

学术界对于意境的观点十分驳杂，难以统一。但一般人们认为意境是指抒情性作品中呈现的那种情景交融、虚实相生、活跃着生命律动的韵味无穷的诗意空间。《周易》以及老庄哲学中就有意与象的概念，魏晋时期，文学批评中开始运用“意象”说和“境界”说。唐代诗人王昌龄和皎然提出了“取境”、“缘境”的理论，刘禹锡和文艺理论家司空图又进一步阐释了“象外之象”、“景外之景”的批评理论。明清时期，批评家们又从多个方面讨论了“意”与“象”的问题。王国维的“意境”说，主要是从中国古典文学批评理论中升华而提出的。从王国维对这两个概念的使用情况来看，“境界”与“意境”可以梳理出以下两个方面的关系：第一，“境界”与“意境”属于两个不同的美学范畴，不在同一个层面上使用。“境界”是文学所达到的艺术高度以及精神高度，正如他所说的：“一切境界，无不为诗人设，世无诗人，即无此境界。夫境界之呈于吾心而见于外物者，皆须臾之物，唯诗人能以此须臾之物，镌诸不朽之文字，使读者自得之。”也或如他所说的人生、事业的三种境界，都是指的人生所能取得的最高成就和达到的最高境界。而“意境”则是艺术创作的高级形态，是指过时空境象的描绘，在情与景高度融汇后所体现出来的艺术境界，是中国古典诗学中的美学概念。因此，可以说王国维使用“境界”时，主要是指艺术作品所达到的高度，而使用“意境”时则主要指作品的艺术呈现。第二，王国维在具体使用“境界”与“意境”这两个概念时，又往往有交叉、相互包含的现象。王国维有时也用“境界”说明作品的创作艺术，如“红杏”句“著一‘闹’字而境界全出”，指的就是词作的艺术呈现，是一种词作所呈现的意境。在这里，境界与意境有相同之处，可以混用，意境成为境界的诗意化表现，境界又是意境的另一种表述方式。

“境界”作为王国维从中国古典文学那里转化而来的批评概念，突出强调了文学的审美特征，是对梁启超以来的文学社会化特征的反动，显示出王国维对文学的高度重视。如果结合王国维所认同的文学无用、好玩、古雅等观点，可以说，在社会化文学思潮逐渐成为主流时，他仍然坚持纯文学的立场，寻找文学美的所在。也可以说“境界”说正是王国维对作家生命体验的密切关注，是从中国文学的实践经验及其审美经验的基础上提炼，升华，整理出来的，是对中国文学批评的独特贡献。

四、古雅说与文学文体学

“古雅”也是王国维综合中西诗学而提炼出来的现代文学批评概念。如果说“境界”是王国维批评文学作品的艺术精神、艺术形式的纯美的诗学概念的话，那么，“古雅”则是王国维对文学审美风格进行价值认同的重要概念，是王国维为现代文学规范的一种重要的价值尺度。

什么是“古雅”？王国维并没有明确的定义，但他以下关于“古雅”的一番论述，却是值得玩味的：“欲知古雅之性质，不可不知美之普遍之性质。美之性质，一言以蔽之曰：可爱玩而不可利用者是已。虽物之美者，有时亦足供吾人之利用，但人之视为美时，决不计及其可利用之点。其性质如是，故其价值亦存于美之自身，而不存乎其外。”[①]王国维把“可爱玩而不可利用”看作文学之美的普遍性质，而且作为对“古雅”的一种阐释。这一审美思想虽然并没有直接针对梁启超的文学思想，但却形成了对梁启超文学思想的反拨。王国维是从纯美学的角度批评文学的，从文学的本体寻找文学的美。所以，他认为文学是一种“可爱玩”的“游戏”，是无用的，“文学者，游戏的事业也”[②]。既然文学是游戏的事业，那么，文学的美就不在文学之外，而在文学之内，或者说，文学的美不是外加的，而是自身存在的，文学的美不是社会性的，而是审美的。如果我们再次品味他的如下论述，也许会对古雅理论有更深层的理解：

天下有最神圣、最尊贵而无与于当世之用者，哲学与美学是已。天下之人嚣然谓之曰无用，无损于哲学、美术之价值也。至为此学者自忘其神圣之位置，而求以合当世之用，于是二者之价值失。夫哲学与美术之所志者，真理也。真理者，天下万世之真理，而非一时之真理

---

① 王国维：《古雅之在美学上之位置》，《王国维集》，第 1 册，北京：中国社会科学出版社 2008 年版，第 184 页。

② 王国维：《文学小言》，《王国维集》，第 1 册，北京：中国社会科学出版社 2008 年版，第 22 页。

也。其有发明此真理(哲学家),或以记号表之(美术)者,天下万世之功绩,而非一时之功绩也。唯其为天下万世之真理,故不能尽与一时一国之利益合,且有时不能相容,此即其神圣之所存也。且夫世之所谓有用者,孰有过于政治家及实业家者乎?世人喜言功用,吾姑以其功用言之。夫人之所以异于禽兽者,岂不以其有纯粹之知识与微妙之感情哉。至于生活之欲,人与禽兽无以或异。后者政治家及实业家之所供给,前者之慰藉满足,非求诸哲学及美术不可。……

……今纯粹之哲学与纯粹之美术,既不能得势力于我国之思想界矣,则彼等势力之欲,不于政治,将于何求其满足之地乎?且政治上之势力,有形的也,及身的也;而哲学美术上之势力,无形的也,身后的也。故非旷世之豪杰,鲜有不为一时之势力所诱惑者矣。虽然,无亦其对哲学、美术之趣味有未深,而于其价值有未自觉者乎?今夫人积年月之研究,而一旦豁然悟宇宙人生之真理,或以胸中惝恍不可捉摸之意境一旦表诸文字、绘画、雕刻之上,此固彼天赋之能力之发展,而此时之快乐,决非南面王之所能易者也。且此宇宙人生而尚如故,则其所发明所表示之宇宙人生之真理之势力与价值,必仍如故。之二者,所以酬哲学家、美术家者,固已多矣。

王国维:《论哲学家与美术家之天职》

从王国维的这些论述来看,他所说的文学无用、文学是成年人的游戏等观点,其实是为了表达一个重要的观点,文学应当回归文学本身,文学的无用实乃为文学的极至,是文学的美学阐释。对此,王国维从古典文学中化用了“古雅”这个批评术语,以“古雅”作为美学概念来概括那些纯美的文学。也可以说,这是王国维所提出的一个文学批评的标准,一个文学发展的方向。

进入到文学的内面,王国维试图解决文学的审美问题,通过古雅理论的讨论,探讨文学的本质特征。对此,王国维解释说:

一切之美,皆形式之美也。就美之自身言之,则一切优美皆存于形式之对称变化及调和。至宏壮之对象,汗德虽谓之无形式,然以此种无形式之形式,能唤起宏壮之情,故谓之形式之一种,无不可也。就美术之种类言之,则建筑、雕刻、音乐之美之存于形式固不俟论,即图画、诗歌之美之兼存于材质之意义者,亦以此等材质适于唤起美情故,故亦得视为一种之形式焉。释迦与马利亚庄严圆满之相,吾人亦得离其材质之意义,而感无限之快乐,生无限之钦仰。戏曲小说之主人翁及其境遇,对文章之方面言之,则为村质;然对吾人之感情言之,则此等材质又为唤起美情之最适之形式。故除吾人之感情外,凡属于美之对象者,皆形式而非材质也。而一切形式之美,又不可无他形式以表之,惟经过此第二之形式,斯美者愈增其美,而吾人之所谓古雅,即此第二种之形式。即形式之无优美与宏壮之属性者,亦因此第二形式故,而得一种独立之价值,故古雅者,可谓之形式之美之形式之美也。

对王国维的"古雅"学说,因其"一切之美,皆形式之美也"的观点,往往被人们认为是形式主义的理论,这实际上是对王氏理论的简单理解和表面化的形式认同。王国维理论中"一切之美,皆形式之美也"的观点,既是对艺术形式的理论确认,又是对纯美文学的理论阐释。如果我们联系他在随后的阐述中所论及的"古雅",可以看到,王国维对现代文学的诗学体系的悉心营构,他说:"古雅之致存于艺术而不存于自然。"[①]也就是说,纯粹客观的原始的材料,未经艺术创造,是不能达到"古雅之致"的,题材本身并不能成为文学,它只有经过了艺术的创造,融合了作家的思想情感,拥有了一定的形式,才有可能具备文学的特征。

这里的问题是,如何理解王国维所说的"第一形式"与"第二形式"的内涵及其关系。对此,王国维的解释并不明确。如果我们联系王国维在文章中的上下文关系,对这两个重要的批评概念进行理解的话,可以这样说,所谓"第一形式"即是他所指的图画、雕塑、建筑、音乐等艺术的材料,是一种"材质",这种材质是未经加工的、自然的,因而,它们不属于美的范畴。所谓"第二形式"是指艺术家的创造而成的艺术形式。王国维说,"一切优美皆存于形式之对称变化及调和",其实就是指一种艺术的过程和艺术呈现

---

① 王国维:《古雅之在美学上之位置》,《王国维集》,第 1 册,北京:中国社会科学出版社 2008 年版,第 185 页。

出来的形式。未经创造的自然材料只是“材质”，而不能称其为形式，如果称其为形式的话也只能是“第一形式”，而只能经过了艺术的创造，让读者看到这种形式能够“感无限之快乐，生无限之钦仰”，才能算是艺术形式，是属于“第二形式”。所以，在王国维看来：“以自然但经过第一形式，而艺术则必就自然中固有之某形式，或所自创造之新形势，而以‘第二形式’表出之。”[①]在王国维看来，文学没有“内容”与“形式”之分，所有的文学都是一种形式，所有的文学则需要合乎“古雅”的审美规范。

王国维的“古雅之致存于艺术而不存于自然”，是“古雅”理论或者王国维文学批评中一个重要的命题，也是王国维针对近世以来文学发展出现的问题而提出拯救文学的方案。在王国维看来，文学是一种艺术创造，不能等同于自然，有了好的材质，并不等于就是好的文学作品，好的题材只是优秀文学作品的基础，所以，王国维将诗歌情景以及戏曲小说之主人翁及其境遇，这些都是文学的材质，是“第一形式”。“第一形式”经过“第二形式之美雅”，各种材质才有可能获得“独立之价值”，才有可能获得审美的品格。正如王国维所说：“茅茨土阶，与夫自然中寻常琐屑之景物，以吾人肉眼观之，举无足与于优美若宏壮之数，然一经艺术家(若绘画，若诗歌)之手，而遂觉有不可言之趣味。此等趣味，不自第一形式得之，而自第二形式得之，无疑也。绘画中之布置，属于第一形式，而使笔使墨，则属于第二形式。凡以笔墨见赏于吾人者，实赏其第二形式也。……凡吾人所加于雕刻、书画之品评，曰‘神’，曰‘韵’，曰‘气’，曰‘味’，皆就第二形式言之者多，而就第一形式言之者少。文学亦然，古雅之价值，大抵存于第二形式。”

王国维对“第二形式”的论述，将其置于文学价值的最高地位，既是在阐述一种新的美学观，构建现代诗学体系，同时又在为现代文学批评确立一个新的价值尺度。近代以来，由于西方文化的冲击，以及现代传媒对文学的强大影响，中国文学发生了重大的变化，中国古典文学的传统已经轰然倒塌，但是新的文学观念却在西方文学和现代传媒的影响下，以及社会

---

① 王国维：《古雅之在美学上之位置》，《王国维集》，第1册，北京：中国社会科学出版社2008年版，第185页。

功利主义的制约下，发生了严重的价值位移，尤其以梁启超为代表的社会功利主义文学，从根本上改变了中国文学的运行轨迹，在打破古典文学价值尺度的同时，建立起了一套以“新民”、“新中国”为核心理念的文学价值体系。王国维虽然没有直接批评梁启超的文学观念，但他在一系列论著中对文学问题的阐述，尤其对纯文学的追求，已经对梁启超的社会功利文学观进行了修正。在《文学小言》中，王国维指出“余谓一切学问皆能以利禄劝，独哲学与文学不然。何则？科学之事业，皆直接间接以厚生利用为旨，故未有与政治及社会上之兴味相刺谬者也。”这与梁启超的小说可以新民，可以改造社会的观点大相径庭。多年来，我们已经习惯于接受梁启超、鲁迅等人的社会功利文学观，文学是可以改造国民性的，文学是可以批判社会的，但却不习惯于接受王国维的纯美的文学观。从梁启超和王国维所开辟的两个不同的文学发展方向，集中反映了现代中国在文学价值问题上的矛盾与差异。其实，我们静下心来思考一下王国维的文学论，未尝不能悟出一些新的东西：“人之势力用于生存竞争而有余，于是发而为游戏。婉娈之儿，有父母以衣食之，以卵翼之，无所谓争存之事也。其势力无所发泄，于是作种种之游戏。逮争存之事亟，而游戏之道息矣。唯精神上之势力独优，而又不必以生事为急者，然后终身得保其游戏之性质。而成人以后，又不能以小儿之游戏为满足，于是对其自己之感情及所观察之事物而摹写之，咏叹之，以发泄所储蓄之势力。故民族文化之发达，非达一定之程度，则不能有文学；而个人之汲汲于争存者，绝无文学家之资格也。”①因此，王国维把哲学和文学视为“最神圣、最尊贵而无与于当世之用者”。他批评当代学人“喜言功用”，他认为中国的哲学家、文学家过于功用，过于与政治结缘，是一种功利主义思想作怪，没有追求真理的信念，同时也是受中国传统文化思想的影响：“披我中国之哲学史，凡哲学家无不欲兼为政治家者”②。政治家如此，诗人亦然，因此，他感叹“美术之无独立之价值也久矣”，究其

① 王国维：《文学小言》，《王国维集》，第 1 册，北京：中国社会科学出版社 2008 年版，第 22 页。

② 王国维：《论哲学家与美术家之天职》，《王国维集》，第 1 册，北京：中国社会科学出版社 2008 年版，第 181 页。

原因,历代诗人“多托于忠君爱国、劝善惩恶之意,以自解免,而纯粹美术上之著述,往往受世之迫害,而无人为之昭雪者也。”[①]既然纯粹哲学和纯粹文学在中国不能得势,则求现实的政治是以满足成为首选。“且政治上之势力,有形的也,及身的也;而哲学美术上之势力,无形的也,身后的也。”正是如此,具有那些天才的旷世之豪,只有那些“不为一时之势力所诱惑者”,才有可能成为真正的文学家,才能创作出纯粹的文学作品,而只有这样的作品才具有“古雅”的审美品格。

语言的问题尤其是文学批评语言也是王国维关注的一个重要问题,现代文学批评不仅是批评方法上的转型,而且更是批评语言上的转型。在王国维那里,语言不仅是一种表达工具,也是思维和思想的体现。在《论新学语之输入》中,王国维非常明确地指出:“夫言语者,代表国民之思想者也,思想之精粗广狭,视言语之精粗广狭以为准,观其言语,而其国民之思想可知矣。周、秦之言语,致翻译佛典之时代而苦其不足;近世之言语,至翻译西籍时而又苦其不足,是非独两国民之言语间有广狭精粗之异焉而已,国民之性质各有所特长,其思想所造之处各异故。”这说明王国维非常看重语言与国民思想的关系,看重语言与现代文学及批评的关系。所以他说,“言语者,思想之代表也,故新思想之输入,即新言语输入之意味也”,他由国人“宁在于实践之方面,而于理论之方面则以具体的知识为满足”的思维方式,判定“我国学术尚未达自觉(selfconsciousness)之地位也”[②]。王国维要建立一种知识者的学术话语,在对文学作品只进行理性分析的基础上,作出自己的审美的批判。

正是从这种认识出发,王国维认为,近世以来的中国学术的发展变化,都与西方学术语言的引入相关,并影响到中国文学与文学批评:“十年以前,西洋学术之输入,限于形而下学之方面,故虽有新字新语,于文学上尚未有显著之影响也。数年以来,形上之学渐入于中国,而又有一日本焉,为

① 王国维:《论哲学家与美术家之天职》,《王国维集》,第1册,北京:中国社会科学出版社2008年版,第182页。

② 王国维:《论新学语之输入》,《王国维集》,第2册,北京:中国社会科学出版社2008年版,第305页。

之中间之驿骑,于是日本所造译西语之汉文,以混混之势,而侵入我国之文学界。好奇者滥用之,泥古者唾弃之,二者皆非也。夫普通之文字中,固无事于新奇之语也,至于讲一学,治一艺,则非增新语不可。”增新语对于学术发展非常重要,对现代文学批评的发展也同样重要。文学批评中增加新的语言,不仅仅是语言的问题,也是文学批评观念的变化,尤其是“形而上”的学术思想的引入,为中国文学批评带来了理论色彩,改变了中国古代文学批评以感悟印象和评点式、批注式的批评倾向。

王国维的“古雅”理论来源非常复杂,从名称上来看,“古雅”来自于中国古代诗学,《毛诗序》:“雅者,正也。言王政之所由废兴也。”在这里,雅就是正确,合乎规范,同时又有高尚、美好之意。《诗经》中,风土之音曰“风”,朝廷之音曰“雅”,宗庙之音曰“颂”,作为朝廷之音“雅”,多数是朝廷官吏及公卿大夫的作品,多用于宴会典礼中。什么是“正”,《论语》中说:“子曰,诗三百,一言以蔽之,曰诗无邪。”所谓“无邪”就是归于正。从这个意义上说,王国维的“古雅”也就是合乎审美规范的纯文学传统,是王国维从古典诗学传统中概括和提升起来的批评理论。

但是,仅仅把王国维的批评理论与中国古典诗学联系起来是不够的。写作《古雅之在美学上之位置》时的王国维,其批评兴趣虽然在中国古典文学,但他的理论兴趣却在西方哲学,尤其康德、叔本华的哲学思想对他的影响,仍然是他建构“古雅”批评体系的主导思想。康德是文艺“游戏说”的代表人物,在康德美学思想中,文学艺术是不受任何外在束缚的自由的愉快:“诗人说他只是用观念的游戏来使人消遣时光,而结局却由于人们的悟性提供了那么多的东西,好像他的目的就是为了这悟性的事。感性和悟性虽然相互不能缺少,它们的结合却不能没有相互间的强制和损害,两种认识机能的结合与谐和必须好像是无意地,自由自在相会合着的,否则那就不是美的艺术。”[①]伟大的文学艺术作家都是天才式的人物,文学艺术创作则是作家创造想象力的结果。因此,艺术的美与自然的美具有本质的区别,自然的美只是事物本身的美,而艺术的美则是作家艺术创造的美。这也就

---

① 康德:《判断力批判》,北京:商务印书馆1964年版,第203—204页。

是王国维所说的美的第一形式与第二形式的关系。而文学创作呈现出来的审美特征，则接近于王国维所说的"一切之美，皆形式之美也"的观点。

第十二章　胡适与文学批评语言的重建

胡适作为“五四”时期有代表性的文学批评家，其思想观念、批评方法、文学语言等，都对同时代作家批评家产生了深刻的影响。正如有学者所说的那样：“他是一个哲学家，确切地说，是一位哲学史家。就他个人的爱好来说，他是一位中国文学史家。但他又是一个具有广泛兴趣的人，一个对他那个时代的重大问题有自己观点的人，他觉得有义务与那些希望听到或看到这些观点的人来分享这些观点。”①同时，他又是一位敢于并热衷于“尝试”的人，他的批评语言、批评文体、批评方法等都是值得人们重新思考和研究的。

一、一种努力，两种心思

1915 年《新青年》（原名《青年杂志》）创刊后，就以自己的独特风格成为当时政治思想论坛的中心。大多数政论文章，渗透着清末文体的因素，讲求逻辑、注重文风严谨。《新青年》的同人性质又使参与这个刊物的陈独秀、高一涵、高语罕、易白沙等人的文章承继了“桐城派”的理论主张和文体风格。但是，这些文体上的特征也许都被包裹了“新青年”、“新中国”的启蒙思想中。

---

①［美］格里德：《胡适与中国的文艺复兴》，鲁奇译，南京：江苏人民出版社 1995 年版，第 3 页。

(一)"不谈政治"的文化努力

我们注意到,《新青年》的创刊是在辛亥革命失败后的一个文化事件,与当年康梁变法失败后进行了一次战略转移相同,陈独秀创办《新青年》也是知识分子从事社会革命受挫后的战略转移。唯不同者,梁启超创办《新小说》其目的是要"新民"、"新中国",而陈独秀创办《新青年》则在"新青年"、"新中国"。正如胡适后来所说的:"在民国六年,大家办《新青年》的时候,本有一个理想,就是二十年不谈政治,二十年离开政治,而在教育思想文化等等非政治的因子上建设政治基础。"①不谈政治是为了更好地谈政治,离开政治是为了更好地回到政治,这是《新青年》同人的主导思想。不谈政治并不是《新青年》的本意,而只是不得不先做出"不谈政治"的姿态,谈文化,谈文学有时也是谈政治,将政治思想、社会关注都融入到文化、文学的里面去,以"思想启蒙"作为一个新的途径,其目的也就达到了。陈独秀曾在《新青年》第3卷第5期上的通信中说:"本志主旨,固不在批评时政,青年修养,亦不在讨论政治,然有关国家存亡之大政,安忍默不一言?"由此也可见陈独秀的拳拳之心,远离政治、远离社会实在不是他们的真实意思。对此,王晓明曾分析说:"《新青年》同人所以提倡文学革命,本来就不是出于对文学的虔敬,他们不过是想从这里打开缺口,为新思想凿通一条传播的渠道。白话文运动岂止是一个文学语言的变革?它分明是整个社会书面语言的变革。陈独秀他们嘴上的'文学革命',其实是和'思想启蒙'同一涵义的。"②以文学参与政治,以文学改革实现社会改革的目的,《新青年》延续了梁启超式的思维方式,也影响了后来人的思维方式。

不过,对于《新青年》的同人们来说,"不谈政治"有不谈政治的路数,谈政治也有谈政治的不同方法。而且,在文化态度上也表现出较大的差异。陈独秀、胡适、鲁迅各自以不同的文化思想站在不同的文化立场去关注中国社会,关注中国文化,关注国民精神。陈独秀以"谈政治"的方式参与社

① 胡适:《陈独秀与文学革命》,《胡适学术文集·新文学运动》,北京:中华书局1993年版,第188页。

② 王晓明:《一份杂志和一个"社团"》,《二十世纪中国文学史论》(上卷),上海:东方出版中心2003年版,第189页。

会活动,参与政治活动。陈独秀借办刊《新青年》在中国文化界一出场,就以一个激进者的姿态组织或参与了一系列文化活动,诸如连篇累牍地宣传介绍美国的自由主义思想,借翻译美国的国歌介绍美国的自由理念,介绍美国的人权思想,发起对“孔教”的批判,开辟通信栏目,引导读者对刊物的关注,也引导读者参与刊物所诱导的社会活动,等等;胡适以语言变革的方式参与社会,试图以语言的变革作为社会变革的突破口,以学术的方式解决中国的问题;鲁迅则以个人对人生的深刻体验和对人生的哲学把握,来启发国民的生命意识和生存意识而达到改革社会的目的。因而,因为有关谈不谈政治的问题而导致《新青年》的同人最后分化,走向不同的道路。

(二)“逼上梁山”与“文学革命”

胡适把“文学革命”的开端定在1915年夏天他和留学美国的同学对中国文字改革的讨论。胡适后来解释为这是一次“逼上梁山”,所谓“逼上梁山”乃是一种社会环境所致,也就是国内外政治社会文化对胡适的一种影响。胡适说:“这几年来的‘文学革命’,所以当得起‘革命’二字,正因为这是一种有意的主张,是一种人力的促进。《新青年》的贡献,只在他在那缓步徐行的文学演进的历程上,猛力加上了一鞭。这一鞭就把人们的眼珠子打出火来了。从前他们可以不睬《水浒传》,可以不睬《红楼梦》,现在他们可不能不睬《新青年》了。”①“文学革命”形成于他美国留学时期,而影响于国内文坛,不能不说《新青年》起到了重要的媒体作用。胡适与《新青年》和关系,是由于汪孟邹的牵线搭桥。汪孟邹,安徽绩溪人,胡适的同乡,曾支持陈独秀出版的《安徽俗话报》,1913年到上海,独资创立亚东图书馆,任经理,与陈独秀、胡适等人关系甚密。陈独秀创办《新青年》后,通过汪孟邹给胡适写信,约请胡适为《新青年》撰稿。1916年,胡适将新译俄国作家库普林的短篇小说《决斗》寄给陈独秀,并附信对《新青年》上刊载的作品以及如何建设新文学发表了意见,提出“欲改造祖国新文学,宜从输入欧西名著入

① 胡适:《白话文学史》(上卷),《胡适全集》,第11卷,合肥:安徽教育出版社2003年版,第219页。

手”,并提示陈独秀,“译书须择其与国人心理接近者先译之”[①]。胡适这个建议显示了他提倡文学革命最初的动机,这就是研究国民的心理状态,文学以改变国民心理为重。如何改变?“宜从输入欧西名著入手”。对于胡适的建议,正在发展和寻求出路的陈独秀当然奉若至宝,马上在回信中表示:“尊论改造新文学意见,甚佩甚佩。足下功课之暇,尚求为《新青年》多译短篇名著若《决斗》者,以为改良文学之先导。弟意此时华人之著述,宜多译不宜创作,文学且如此,他临待言。”[②]就在陈独秀的回信还在路上时,胡适又于 8 月 21 日写信给陈独秀,针对《新青年》发表谢无量的旧体诗以及陈独秀的文学观点提出了批评。胡适在信中表示同意陈独秀所说的“吾国文艺犹在古典主义与理想主义时代,今后当趋向写实主义”的观点,但他对陈独秀在《新青年》上发表谢无量的长律一首,并附有“编者按”将其评价为“希世之音”表示不满,“适所对不能已于言者,正以足下论文学已知古典主义之当废,而独啧啧称誉此古典主义之诗,窃谓足下难免自相矛盾之诮矣。”在胡适看来,谢无量的旧体诗,凡“用古典套语一百事”,存在着“用典不当”、“不切”、“不通”等现象,断言“此种诗在排律中,但可称下驷”[③]。胡适对谢无量和陈独秀的批评,一方面缘于陈独秀在《现代欧洲文艺史谭》中阐述的文艺思想与其编辑思想的矛盾,另一方面则是胡适正在思考“文学革命”的问题,谢无量的旧体诗和陈独秀的“过誉”显然与“文学革命”相矛盾的。所以,在批评谢无量和陈独秀的同时,胡适提出“年来思虑观察所得,以为今日欲言文学革命,须从八事入手”,第一次具体提出了“文学革命”的主张。也许胡适的来信言辞激烈,也许胡适阐述的文学革命的“八事”撞到了“意在改革文艺,而实无办法”的陈独秀的心思中,陈独秀特意在《新青年》上发表了这封来信,并附上了自己的回信,表达了“文学改革,为吾国目前切要之事”的意思,并向胡适提出了要求:“吾国无写实诗文为模范,译西文又未能直接唤起国人写实主义之观念,此事务求是下赐以所作

---

① 胡适:《留学日记》,《胡适全集》,第 28 卷,合肥:安徽教育出版社 2003 年版,第 318 页。

② 陈独秀:《陈独秀致胡适》,《胡适来往书信选》,上册,北京:中华书局 1979 年版,第 3 页。

③ 胡适:《通信》,《新青年》,第 2 卷第 2 号。

写实文学,切实作一改良文学论文,寄登《青年》,均所至盼。”[①]于是,我们看到了1917年1月胡适发表于《新青年》第2卷第5号上的《文学改良刍议》。胡适和陈独秀就新文学的建设进行的书信讨论,是《新青年》同人较早的文学批评活动,在这些讨论中,我们看到了新文学建设与批评的萌芽,也看到了他们试图通过文学解决社会问题的基本思路。

需要进一步研究的是,胡适的《文学改良刍议》与陈独秀的《文学革命论》在提倡“文学革命”问题上存在着的明显差异,正是这种差异导致中国新文学从发生时期就出现了不同的走向,也出现了两种不同的文学方式。

胡适受到陈独秀来信恳切的邀请,自然非常期望能够把自己的“文学革命”的想法借助《新青年》表达出来。《文学改良刍议》作为中国新文学的开篇之作,采用了一种比较温和的改良态度,“改良”而又“刍议”,而且作为“文学革命”实践的胡适的诗歌创作,也是以《尝试集》命名,可见胡适的持论是比较谨慎的。胡适期望自己所提出的“文学革命”的主张能够得到人们认同的同时加以讨论和研究,“其所主张容有矫枉过正之处”[②],在随后给陈独秀的信中,胡适又再次表达了他的这种观点:“今晨得《新青年》第六号,奉读大著《文学革命论》,快慰无似!足下所主张之三大主义,适均极赞同。适前著《文学改良刍议》之私意不过欲引起国中人士之讨论,征集其意见,以收切磋研究之益耳。今果不虚所愿,幸何如之!……此事之是非,非一朝一夕所能定,亦非一二人所能定。甚愿国中人士能平心静气与吾辈同力研究此问题!讨论既熟,是非自明。吾辈已张革命之旗,虽不容退缩,然亦决不敢以吾辈所主张为必是而不容他人之匡正也。”[③]从1914年开始“文学革命”的萌芽,到1917年正式提出来,胡适已经有了多年的思考和一定的创作实践,但是,他仍然以学术讨论的方式提出来,显示出胡适在文化问题上的稳重,同时也表现了胡适以文化和学术的方式推进文化发展与建设的设想。而陈独秀则就不一样了,在《文学革命论》中,陈独秀是以“革命者”的姿态,试图以革命的方式推进文学的改革,期望文学的革命能够马上

---

① 陈独秀:《通信》,《新青年》,第2卷第2号。

② 胡适:《文学改良刍议》,《胡适文集》,第2卷,北京:北京大学出版社1998年版,第15页。

③ 胡适:《寄陈独秀》,《胡适文集》,第2卷,北京:北京大学出版社1998年版,第24页。

成功。从"改良"到"革命",从"刍议"到"论",这里不仅是用语的变化,而更是一种思维方式和行动方式的变化。陈独秀看到了欧洲的"庄严灿烂"的今日,乃是"革命之赐也":"自欧洲文艺复兴以来,政治界有革命,宗教界有革命,伦理界有革命,文学艺术,亦莫不有革命,莫不因革命而新兴而进化。近代欧洲文明史,宜可谓之革命史。"在陈独秀的思想观念中,"所谓革命者,为革故更新之义",破坏旧的,建设新的,新与旧处于二元对立的状态中,新的好于旧的,新的一定会战胜并代替旧的。因而,要想革命,就需要首先把过去的文学打成陈旧的、落后的,"盘踞吾人精神界根深柢固之伦理道德文学艺术诸端,莫不黑幕层张,垢污深积",因此,中国的思想文化界必需要进行一场革命,"文学革命之气运,酝酿已非一日",革命之势已不可阻挡:"余甘冒全国学究之敌,高张'文学革命论'大旗,以为吾友之声援。旗上大书特书吾革命军三大主义。曰推倒雕琢的阿谀的贵族文学,建设平易的抒情的国民文学。曰推倒陈腐的铺张的古典文学,建设新鲜的立诚的写实文学。曰推倒迂腐的难涩的山林文学,建设明了的通俗的社会文学。"在陈独秀看来,文学革命既然是一场革命,是只需要执行而不容讨论的。对胡适所说的文学革命的问题可以讨论,陈独秀的回答是:"改良文学之声,赞成反对者各居其半。鄙意容纳异议,自由讨论,固为学术发达之原则;独至改良中国文学,当以白话为文学正宗之说,其是非甚明,必不容反对者有讨论之余地,必以吾辈所主张者为绝对之是,而不容他人之匡正也。"[①]在陈独秀那里,"文学革命"的问题之所以不容讨论,显示了陈独秀等人一种信心和信念,同时也显示了他们的一种作风。当年曾有人批评《新青年》的某些作者讨论问题时态度太凶,有不可一世之感。对此,陈独秀的回答是:"到了辩论真理的时候,本志同人大半气量狭小,性情直率,就不免辞色俱厉;宁肯旁人骂我们是暴徒流氓,却不愿意装出那绅士的腔调,出言吞吐,致使是非不明于天下。……'除恶务尽',还有什么客气呢?"[②]不容讨论也是一种"革命"的态度,是以一种强硬的态度和方式对待那些在他们看来是

① 陈独秀:《通信》,《新青年》,第3卷第3号。

② 陈独秀:《通信》,《新青年》,第5卷第6号。

陈旧的东西。对陈独秀的这种态度与言词，胡适曾评论说："这样武断的态度，真是一个老革命党的口气。我们一年多的文学讨论的结果，得着了这样一个坚强的革命家做宣传者，做推行者，不久就成为一个有力的大运动了。"①的确如此，正是陈独秀这种决绝的态度，才使得"文学革命"在短时间内就能够取得重要的成果，能够为社会所关注。陈独秀的这种态度在其他作家那里也表现得非常明显。鲁迅就曾用陈独秀式的方法表达过自己对文学革命的支持："我总要上下四方寻求，得到一种最黑，最黑，最黑的咒文，先来诅咒一切反对白话，妨害白话者。即使人死了真有灵魂，因这最恶的心，应该堕入地狱，也将决不改悔，总要先来诅咒一切反对白话，妨害白话者。"②这种语言是鲁迅的，也是《新青年》的，当然更是"文学革命"倡导者们的一种典型的行为方式。不过，我们也由此看到，胡适和陈独秀在"文学革命"初期，就已经表现出了不尽相同的思想和行为方式，也为他们后来各走一方埋下了伏笔。

二、文化保守主义与现代文化的规范化

胡适将新文化、新文学运动看作是一场社会文化运动，是一种新思潮。所谓"新思潮"，胡适认为"新思潮的根本意义只是一种新态度，这种新态度可叫做'评判的态度'。"他还说，"'重新估定一切价值'八个大字便是评判的态度的最好解释"，用这种态度来看文学，进行文学批评，就是对中国文学价值的重新估定。"文学革命"的问题就是这样发生的："若要提倡国语的教育，先须提倡国语的文学。"③用新的评判的眼光去观察"文学革命"，那么它实际上是中国现代社会发展的一种文化风向，从其发端就是中国思想

① 胡适：《逼上梁山》，《胡适文集》，第1卷，北京：北京大学出版社1998年版，第163页。

② 鲁迅：《〈二十四孝图〉》，《鲁迅全集》，第2卷，北京：人民文学出版社1981年版，第251页。

③ 胡适：《新思潮的意义》，《胡适文集》，第2卷，北京：北京大学出版社1998年版，第552—554页。

革命和社会革命的工具，语言的问题实际上是中国社会的发展问题。

（一）文化保守与文化重建

胡适说："我本是个保守分子。"[1]这个"保守"与他留学美国，受美国自由主义文化影响有关；胡适的思想"保守"和文化思想的保守，从其一开始就表现得极为明显，而在"五四"新文化运动后期，从他提倡"整理国故"、提出"多研究些问题，少谈些主义"以及提倡"国学"、拟定"一个最低限度的国学书目"等行为上，可以清楚地看出。但1917年前后的胡适，在思想方法和行为上，并没有选择"保守"而是选择了"激进"，以"激进者"的姿态提倡白话文运动。胡适参与五四新文化运动的目的也许与陈独秀的并不一致，但他在这场文化运动中的作用和地位是不容否认的。他所提出的一些主张和想法，在今天也是值得认真思考和研究的，尤其是他所发起倡导的白话文运动以及提出的"国语的文学"和"文学的国语"的观点值得认真对待。

胡适曾说过："由于我的思想深深地受了历史的训练而使我变成个保守的人，所以我对语文改革运动并不十分乐观。纵使我才二十来岁的时候，我对语言问题正是相当保守的了。"[2]胡适之所以说自己是一个保守的人，除了认为自己在文化观念上保守之外，还主要在于这样一种认识："当一种社会上的事物，深入群众而为群众所接受之时，它就变成非常保守的东西了。改变它是十分困难的。"[3]所以，在胡适看来，一个一个地解决问题比较空谈主义要好得多，在解决问题的过程中实现文化的渐进性变化，从而改变人的思想和文化观念，重建一种新的文化规范和社会秩序。

在胡适那里，他把社会发展中的具体问题与学理的讨论结合起来，使研究问题与输入学理得到了很好地结合。正如他在《实验主义》中所说："世界是一点一滴、一分一毫的长成的，但是这一点一滴、一分一毫全靠着你和我和他的努力贡献。"留学过美国，受到美国严格的高等教育的胡适，

① 胡适：《胡适口述自传》，《胡适文集》，第1卷，北京：北京大学出版社1998年版，第330页。
② 胡适：《胡适口述自传》，《胡适文集》，第1卷，北京：北京大学出版社1998年版，第308页。
③ 胡适：《胡适口述自传》，《胡适文集》，第1卷，北京：北京大学出版社1998年版，第307页。

回国后成为北京大学教授,并且在文化界“暴得大名”,成为国内文化界富有影响的人物。所以胡适很少有鲁迅那种对人生痛苦的体验,也少有失败的感受,这种经历养成了胡适平和的心态和宽容的人生态度。在鲁迅那里,他试图寻找到一种可以解决中国问题的方法,诸如国民精神文化问题,或者通过建立一种哲学思想,站在思想的高度俯视社会问题。而胡适则主张一点一滴地改造社会,通过解决一个一个的问题达到解决社会问题的目的。当然,胡适所要解决的是关系中国社会重大的方向性的问题。不过,要解决中国社会的各个问题,需要学理上的支持。因此,当我们再看胡适时,就不能注意到他的思想体系的完整性、系统性,因此也就可以理解胡适思想与中国现代文化发展的内在关系。

胡适没有鲁迅那样深刻的哲学思想,也没有鲁迅思想那样震撼人心,但他的思想同样是迷人的。胡适虽然没有像鲁迅那样关注国民的思想的启蒙的问题,但他却以自己的方式参与了中国现代思想的启蒙运动。胡适对中西哲学史都有相当功夫的研究,但他主要迷恋哲学的研究,在哲学方法和哲学历史的研究中发现中国文化重建的可能性及其出路。与鲁迅主要在他的创作中呈现自己的哲学文化思想不同,胡适则花费了大量的时间和精力,建构他的哲学文化思想体系,并以此确立了他在上层学术界的地位。鲁迅追求哲学文化思想的深邃,胡适则追求思想的体系化和完整性;鲁迅主要关注人的生存现实,而胡适则关注人的思想方法和语言表达。在胡适看来,需要用西方的哲学方法来冲洗国民滞重落后的思维。他对杜威的实用主义哲学推崇备至,但他主要看重了实用主义的哲学方法,因为实用主义方法可以解决中国存在的一些具体问题。也正是从这种方法出发,胡适认为应多研究些问题少谈些主义,一个问题一个问题地解决,一步一步地改良,中国才会出现希望。1917 年胡适发表《文学改良刍议》既是对中国文学的思考,也是对中国社会的一种态度。1918 年,胡适又对自己的文学改良进行了深入地阐释,发表了《建设的文学革命论》,1919 年,胡适的《中国哲学史大纲》出版,同年 12 月,胡适又发表了《新思潮的意义》。这几项成果是胡适创建学术话语及其对中国文化思考的主要著述,他的思想建构和文化努力主要在于新思潮的努力。在胡适看来,新思潮的意义,“应该是注重研究人生社会的切要问题，应该于研究问题之中做介绍学理的事业”，因为“文明不是笼统造成的，是一点一滴的造成的”，也可以说，“解放是这个那个的解放，这种那种思想的解放，这个那个人的解放，是一点一滴的解放”。胡适这种启蒙的思路是具体的、实在的、温和的，而又是应该引起现代文化建设者们的思考的。

（二）新思潮与研究问题

胡适的新思潮思想是对西方文化和中国传统文化的一种“评判的态度”，主要包括以下内容。第一，研究问题。讨论社会上、政治上、宗教上、文学上的种种问题，通过对一个一个社会问题的梳理和解决，达到社会的秩序化、合理化。胡适早期主要通过文学的改良，改革中国语言以普及教育，使国民可以获得阅读的可能性，在识字读书中逐步提高国民的精神。在胡适看来，研究问题比空谈思想启蒙更能适合于中国的现实。第二，输入学理，介绍和阐扬西方的新思想、新学术、新理论、新方法。多少年来，我们往往片面地理解胡适提出的“全盘西化”的观点，把全盘西化解释为彻底推翻中国文化传统，照搬西方的一套思想文化。胡适的输入学理注重的是解决启蒙过程中的思维方式问题，其出发点是中国传统文化的问题，如何使中国文化与世界文化对接，实现传统文化的现代转型。因此，胡适主要通过对西方文化的介绍、引进，全面改革中国传统的思维模式和学术方法，以西洋的哲学方法解决中国文化研究中的重大理论问题。第三，整理国故，重新估定传统文化的价值。胡适的文化建设思路是从梳理中国传统文化出发的，通过对传统文化的整理，“从乱七八糟里面寻出一个条理脉络来；从无头无脑里面寻出一个前因后果来，从胡说谬解里面寻出一个真意义来，从武断迷信里面寻出一个真价值来”。胡适参与的“整理国故”也是另外一种意义上的启蒙，用整理国故的方法进行打鬼，用他自己的话说就是：“用精密的方法，考出古文化的真相；用明白晓畅的文字报告出来，叫有眼的都可以看见，有脑筋的都可以明白。这是化黑暗为光明，化神奇为臭腐，化玄妙为平常，化神圣为凡庸：这才是‘重新估定一切价值’。他的功用可解救人心,可以保护人们不受鬼怪迷惑。”①

(三)个性主义与社会责任

我们从胡适对个性等问题的论述中,可能明确看到胡适重建中国现代文化的基本思路,也可以看到胡适对新的秩序与规范的重构努力。胡适关于个性主义的论述主要见于《易卜生主义》、《美国的妇人》、《不朽》、《贞操问题》等文章中。多少年来,我们对胡适以及那个时代的知识分子有关个性解放的问题存在着极端性的误解,虽然个性在现代中国并没有得到应有的发扬,但我们在理论层面上又过于强调了个人的意义,从而将个性、个人等概念混淆使用,既没有从理论上讨论清楚个性的含义,也没有从实践确定个性的基本特征。同时,我们也忽视了个性对于家庭和社会的责任。1918 年,胡适在充分论述他的文学革命主张的同时,在《易卜生主义》中表达了他对个性主义的基本观点:“发展个人的个性,须要有两个条件。第一,须使个人有自由意志。第二,须使个人担干系,负责任。”胡适将个性与“担干系”联系在一起,这是胡适以及“五四”一代知识分子留给后人的价值资源之一。无论从哪个层面上看,个性总是与人的各种责任联系在一起的,因为“世间只有奴隶的生活是不能自由选择的,是不用担干系的。个人若没有自由权,又不负责任,便和奴隶一样,所以无论怎样好玩,无论怎样高兴,到底没有真正乐趣,到底不能发展个人的人格。”②人生在世,要求个性的发展,这是天经地义的,但他同时又是生活在社会中的,个性并不是空洞的,而是有具体的内容,每个人要面对社会、家庭,这同样是一种权利和义务。只有对家庭对社会负责的个性才是真正的个性,失去了家庭和社会的个性就不是真正的个性。当我们只是突出个人性而忽视其社会性时,个性同样是没有意义的。在胡适的有关论述中,个性与责任的问题,他主要是从爱情、婚姻生活与家庭、学生的个人发展及其社会活动与社会责任两个方面,阐述了两个方面的关系。

① 胡适:《整理国故与“打鬼”》,《胡适文集》,第 4 卷,北京:北京大学出版社 1998 年版,第 117 页。

② 胡适:《易卜生主义》,《胡适文集》,第 2 卷,北京:北京大学出版社 1998 年版,第 487—488 页。

个人对家庭的责任。“五四”以来，关于恋爱自由、婚姻自主是一个巨大的诱惑，而且往往以胡适的《终身大事》作为反对父母包办的封建婚姻的重要论证材料。其实，只要我们认真读读这部作品，就会发现，胡适不仅没有反对“父母之命”，而且极力主张父母应当对儿女的终身大事负责任。胡适在这部作品中反对的是父母对自己儿女婚姻大事的不负责任，草率地把儿女的终身大事交给算命先生或者泥菩萨。早在1908年，他在《婚姻篇》中主张“儿女的婚姻大事应该由父母做主”，1914年6月，胡适发表的《中国之婚俗》一文，再次表达了他这个观点。在胡适看来，一个女孩子和一个男孩子由父母订婚了，这时，他们年龄尚小，什么都不懂，只有让父母来替他们做主，自己是做不了主的。父母的经验比他们要丰富，更有资格来替他们做主。此外，父母之命还可以保全一个女人的尊严、节操和谦逊。这种个人与家庭的关系是社会秩序的新的理解，也是使青年男女的爱情婚姻回到现代社会新秩序的常识性劝导。

个人对社会的责任。胡适认为：“个人与社会有密切的关系，个人就是社会的出产品。我们虽然常说‘人有个性’，并且提倡发展个性，其实个性于人，不过是千分之一，而千分之九百九十九全是社会的。我们的说话，是照社会的习惯发音；我们的衣服，是按社会的风尚为式样；就是我们的一举一动，无一不受社会的影响。”[①]也就是说，人既是作为个体存在的个性体现者，又是社会的人，所以每个人的言行需要考虑到社会的因素。胡适曾经说，“自五四运动以来，中国的青年，对于社会和政治，总算不曾放弃责任，总是热热烈烈的与恶化的挣扎”[②]。胡适希望青年学生要认识清楚自己应该承担的社会责任，既是要学生明白社会上的一切，而又能够理解责任与社会的关系，或者说，学生的职责是对社会的负责，而学生时代的职责并非完全是社会化的，学生应该以学生的方式面对社会。所以胡适对学生的过分行为并不总是表示支持，他也不满意于青年学生过激的行为，青年学生

① 胡适：《学生与社会》，《胡适文集》，第12卷，北京：北京大学出版社1998年版，第440页。

② 胡适：《五四运动纪念》，《胡适文集》，第12卷，北京：北京大学出版社1998年版，第731页。

不应该承担不该他们承担的责任。

三、语言革命与新文学文体建设

胡适对中国现代文学和文学批评的最大贡献莫过于文学语言的问题,从《文学改良刍议》到《建设的文学革命论》,从《近五十年来中国之文学》到《白话文学史》,胡适主要阐述的就是文学语言问题。如何理解胡适的文学语言观,如何理解文学语言在文学批评中的意义,这是我们在研究胡适与中国现代文学批评时需要思考的一个问题。

从中国现代文化重建的思路出发,胡适首先要建设一种新的语言系统,解决"国语"的问题。胡适曾说过:"文学革命的目的是要用活的语言来创作新中国的新文学,——来创作活的文学,人的文学。新文学的创作有了一分的成功,即是文学革命有了一分的成功。"①胡适在《文学改良刍议》中,主张以白话取代文言作为新文学的工具,提倡作文"须言之有物","须讲求文法","不作无病之呻吟","务去烂调陈语",表现出了胡适改良文学的基本观点,也显示了文学发展到五四时代的一种历史必然。就中国的语文来说罢。"汉语已成为亿万群众多接受,因此对汉语要有任何兴革的倡导,难免都是要为听者所误解的。"②可见,胡适对待语言问题的态度是非常谨慎的,"反对那些轻言中文字母化的人",他提倡文学革命也不是一时的心血来潮,而是在新的文化环境和历史条件下,对中国文化、中国文学和中国语言问题思考的结果。

(一)"已死的"文言

胡适认为,文言文是"半死的"或"已死的"文字,已经不能适用于表达现代人的思想感情。那么,已经流传几千年的古代文言文,为什么到了胡

---

① 胡适:《中国新文学运动小史》,《胡适文集》,第1卷,北京:北京大学出版社1998年版,第106页。

② 胡适:《胡适口述自传》,《胡适文集》,第1卷,北京:北京大学出版社1998年版,第307—308页。

适这里成了“已死的”语言？在胡适看来，文言文的最大问题在于以下几个方面问题。

第一，古代文言文是古代文化的语言呈现，表现出的是统治者的思想，是一种“官话”。正如他在《五十年来中国之文学》中所说：“古文究竟是已死的文字，无论你怎样做得好，究竟只供少数人的赏玩，不能行远，不能普及。”[①]为什么古文是“只供少数人的赏玩”的文字？胡适更进一步认为，古文是一种官话，是为统治者服务的一种语言：“中国的古文在二千年前已经成了一种死文字。所以汉武帝时丞相公孙弘奏称‘诏书律令下者……文章尔雅，训辞深厚，恩施甚美；小吏浅闻，不能究宣，无以明布谕下’。那时代的小吏已不能了解那文章尔雅的诏书律令了，但因为政治上的需要，政府不能不提倡这种已死的古文；所以他们想出一个法子来鼓励民间研究古文：凡能‘通一艺以上’的，都有官做，‘先用诵多者’。这个法子起于汉朝，后来逐渐修改，变成‘科举’的制度。这个科举的制度延长了那已死的古文足足二千年的寿命。”[②]在这里，胡适说得很明白，古文是为少数人的，即为统治者的，是一套统治者掌握和为统治者服务的官话；古文又是与统治者的等级制度联系在一起的，是用来维护统治者的政治权力和社会地位的。因此，它不能真心传达平民百姓的思想。他批评近世以来的文学，“沉沉于声调字句之间，既无高远之思想，又无真挚之情感。”[③]因此，这种“已死的”语言是不能做出新文学的。

第二，古文是一种不能进化的语言。胡适认为，“一时代有一时代之文学。此时代与彼时代之间，虽皆有承前启后之关系，而决不容完全抄袭；其完全抄袭者，决不成为真文学”[④]。需要正视的一个问题是，胡适认为“文言”是一种“已死的”语言，并不是否定中国古典文学的意思，胡适也没有否

① 胡适：《五十年来中国之文学》，《胡适文集》，第4卷，北京：人民文学出版社1998年版，第345页。

② 胡适：《五十年来中国之文学》，《胡适文集》，第4卷，北京：人民文学出版社1998年版，第385页。

③ 胡适：《文学改良刍议》，《胡适文集》，第2卷，北京：北京大学出版社1998年版，第7页。

④ 胡适：《历史的文学观念论》，《胡适文集》，第2卷，北京：北京大学出版社1998年版，第27页。

定中国古代一直沿用下来的这一套文言的意思。胡适所说的“已死的”文言,主要是指这套语言系统已经不再适用于“今日文学”。从进化论的文学观出发,同样是从现代文化建设的角度,胡适区别了“今日文学”和“古代文学”的不同概念。“一时代有一时代之文学”,“唐人不当作商、周之诗,宋人不当作相如、子云之赋,——即令作之,每必不二。逆天背时,违进化之迹,故不能工也。”①能以“今日之中国,当选今日文学”,而“今日文学”则需要今日的语言系统,古代的那一套文言文系统,已成为“烂调套语”,是已经死去的语言,不能真正表达今日中国人的思想情感。因此,“古人已造古人之文学,今日当造今人之文学。”②

胡适反对文言,认为文言是已死的语言文字,是针对文言这种语言工具而言的。同时又是针对“古文家”的复古观念的。古文家强调文学的“正宗”,“以为今人作为必法马、班、韩、柳”,以为马、班、韩、柳是古文,才是文学的正宗。但这恰恰是缺少历史的眼光。因为“马、班、韩、柳”在现在的眼光中属于“古文”,而“在当日皆为‘新文学’”,“韩、柳皆未尝自称‘古文’,古文乃后人称之之辞耳”。③ 可以看到,胡适反对的并不是“古文”本身。而是生在当代而提倡古文者。“吾所谓古文家亦未可一概抹煞”,“吾辈所攻击者亦仅限于此一种‘生与今之世反古之道’之真正‘古文家’耳”④。明白了胡适的这一层意思,也就可以明晓胡适为什么一边提倡新文学,一边还要提倡“整理国故”。这也就是胡适作为一位深受美国文化影响的自由主义知识分子文化保守的思想表现。

第三,古文是随着科举考试而兴盛并保存下来的,自然,古文也随着科举考试被废除而“死亡”。在《白话文学史》、《五十年来中国之文学》等著作中,胡适指出了科举考试与古文的关系,胡适指出,科举“真是保存古文

① 胡适:《文学改良刍议》,《胡适文集》,第2卷,北京:北京大学出版社1998年版,第7页。

② 胡适:《历史的文学观念论》,《胡适文集》,第2卷,北京:北京大学出版社1998年版,第27页。

③ 胡适:《历史的文学观念论》,《胡适文集》,第2卷,北京:北京大学出版社1998年版,第28页。

④ 胡适:《历史的文学观念论》,《胡适文集》,第2卷,北京:北京大学出版社1998年版,第29页。

的绝妙方法”:“皇帝只消下一个命令,定一种科举的标准,四方的人自然会开学堂,自然会把子弟送去读古书,做科举的文章。政府可以不费一个钱的学校经费,就可以使全国少年人的心思精力都归到这一条路上去。”①胡适又特别提到两层意思,一是尽管科举制对国语发展极为不利,但是,国语却在这个时期得到了很好的发展:“政府的权力,科第的引诱,文人的毁誉,都压不住这一点国语文学的冲动。”②国语的发展是对古文的极大冲击;第二层意思,1905 年以后,科举考试制度被废除,因而,古文赖以存在的基础也随之倒塌,古文也就失去了存在的意义,古文“死去”就是顺理成章的事情了。

(二)“文学革命”的理论资源

一般人们认为,胡适的“文学革命”主张的理论资源主要来自于美国的意象派诗歌运动。胡适留学美国期间正是意象派诗歌运动方兴未艾的时期,他的确受到了美国意象派诗歌理论的启发,但没有直接受到意象派的影响。我们在胡适留学日记以及其他著作中,很少读到有关意象派的文字,在他提倡“文学革命”以后的文章中也很少看见这些方面的论述。在我看来,胡适的“文学革命”的主张,主要有两个理论资源,一个是意大利的文艺复兴时期但丁等人的文学思想,一个则是桐城派的文学思想。

第一,意大利文艺复兴的理论资源

意大利的文艺复兴以及但丁等作家运用“俚语”进行创作的实践,对胡适显然是一个巨大的诱惑。在胡适看来,中国的文学革命是一场“文艺复兴”的运动,在胡适的心目中,由但丁等所创造的以俗语为主的意大利文学,才是真正的文学,是真正的民众的文学。中国文学若延续白话文的国语文学发展道路进行下去,那么,“但丁、路得之伟业,几发生于神州”。在他看来,欧洲中古时期的学者、作家所使用的拉丁文,也正如中国的文言文一样,是“死文字”,而但丁所代表的是经过进化的“活的文学”:

五百年前,欧洲各国但有方言,没有“国语”。欧洲最早的国语是

① 胡适:《白话文学史》,《胡适文集》,第 8 卷,北京:北京大学出版社 1998 年版,第 155 页。

② 胡适:《国语文学史》,《胡适文集》,第 8 卷,北京:北京大学出版社 1998 年版,第 157 页。

意大利文。那时欧洲各国的人多用拉丁文著书通信。到了十四世纪的初年,意大利的大文学家但丁(Dante)极力主张用意大利话来代拉丁文。他说拉丁文是已死了的文字,不如他本国俗话的优美。所以他自己的杰作《喜剧》,全用脱斯堪尼(Tuscany)(意大利北部的一邦)的俗话。这部喜剧风行一世,人都称他做"神圣喜剧"。那"神圣喜剧"的白话后来便成了意大利的标准国语。后来的文学家包卡嘉(Boccacio,1313—1375)和洛伦查(Lorenzo de Medici)诸人也都用白话作文学。所以不到一百年,意大利的国语便完全成立了。

胡适:《建设的文学革命论》

但丁的出现将文学从贵族的殿堂引向平民的街市,也将贵族化的古文逐步过渡进化到俚语文,"他就是而且仍然是首先把古代文化推向民族文化的最前列的人"①。但丁明确表示,在他心中产生了对平民"悲剧生活"的同情,他要改良"平民牧场",将平民引进知识的"美宴"之中,使他们也至少品尝一下知识的"美味佳肴"。因此,在但丁那里,"俗语"成为能够表达所有形式、所有感情和所有思想的文学语言,成为写作高雅散文和诗歌的语言工具。但丁在这部著作中不仅深刻论述了有关"俗语"的问题,而且完全使用了"俗语",让难以理解拉丁语诗句的人们理解了"俗语"诗句。正是由于但丁以及白话文的出现,带来了意大利文化的高度发达,平民化的文学被大众广泛接受:"当时在佛罗伦萨没有不能读书的人,就连驴夫也能吟哦但丁的诗句;我们所拥有的最好的意大利文手抄本原是出之于佛罗伦萨的工匠之手的"②。这种观点显然是被胡适和"五四"一代知识分子所接受的,胡适在《新思潮的意义》一文中就说过:"向来教育是少数'读书人'的特别权利,于大多数人是无关系的,故文字的艰深不成问题。近来教育成为全国人的公共权利,人人知道普及教育不是可少的,故渐渐的有人知道文言在教育上实在不适用,于是文言白话就成为问题了。"胡适的白话文主张正

① [瑞士]雅各布·布克哈特:《意大利文艺复兴时期的文化》,北京:商务印书馆1979年版,第200页。

② [瑞士]雅各布·布克哈特:《意大利文艺复兴时期的文化》,北京:商务印书馆1979年版,第199—200页。

是站在民间的立场上，使文学成为真正的平民化的文学。正如胡适在《建设的文学革命论》中所说：

意大利国语成立的历史，最可供我们中国人的研究。为什么呢？因为欧洲西部北部的新国，如英吉利，法兰西，德意志，他们的方言和拉丁文相差太远了，所以他们渐渐的用国语著作文学，还不算希奇。只有意大利是当年罗马帝国的京畿近地，在拉丁文的故乡，各处的方言又和拉丁文最近。在意大利提倡用白话代拉丁文，真正和中国提倡用白话代汉文，有同样的艰难。所以英法德各国语，一经文学发达以后，便不知不觉的成为国语了。在意大利却不然。当时反对的人很多，所以那时的新文学家，一方面努力创造国语的文学，一方面还要做文章鼓吹何以当废古文，何以不可不用白话。有了这种有意的主张（最有力的是但丁和阿儿白狄两个人），又有了那些有价值的文学，才可造出意大利的“文学的国语”。

这种相互印证和相互说明的比较方法，让胡适在但丁等意大利作家身上感受到某种兴奋，更寻找到了他提倡“国语的文学，文学的国语”的有力的理论和实践依据。在胡适一代知识分子看来，语言文体的解放，是形式的解放，更是思想的解放，是思维方式的解放。在胡适那里，白话代替文言，不仅代替了一种形式的语言，而且是将一种“死文字”从人们的社会生活中彻底清除，“言之有物”与“不避俗字俗语”联系在一起，从而实现国民生活中的“活文字”、“活文学”，在建立平民文学的同时，带给人们以清新的活的自由思想。

胡适多次将“文学革命”与欧洲文艺复兴联系起来，认为“五四”新文化运动是中国的文艺复兴，胡适本人“比较喜欢用‘中国文艺复兴’这一名词”①，这是因为中西都具有相同的境遇和问题：“如果我们回头看一下欧洲的文艺复兴，我们就知道，那是从新文学、新文艺、新科学和新宗教之诞生开始的。同时欧洲的文艺复兴也促使现代欧洲民族国家之形成。因此欧

① 胡适：《胡适口述自传》，《胡适文集》，第1卷，北京：北京大学出版社1998年版，第340页。

洲文艺复兴之规模与当时中国的[新文化]运动,实在没有什么不同之处。"[①]可见胡适特别重视他所提倡的文学革命与文艺复兴的关系。

第二,桐城古文派的理论资源

胡适在精神上和文体理论上也承继了"桐城派"的文学思想。

桐城派 ,即桐城文派,又称:桐城古文派、桐城散文派。其主要代表人物方苞、刘大櫆、姚鼐均系安徽省桐城人。桐城派可以上溯到明末清初,主要活跃于清代。至"五四"时期,提倡新文化运动者喊出了"桐城谬种"[②],继林纾在"文学革命"时期受到猛烈批判,严复退出并由蔡元培担任北京大学校长后,桐城派作为中国近代文化史上赫赫有名的流派也就不复存在了。

但是,尽管作为一个流派的桐城派不再存在,尽管钱玄同在"五四"时期喊出了"桐城谬种",作为具有徽派文化血统的胡适,在某些方面还是自觉不自觉地继承了桐城派的精神和文学思想。这是一种内在的、无意识的继承,也是一种地缘上的文化承传。

晚年的胡适为哥伦比亚大学的中国口述历史学部作口述自传时,说的第一句话就是"我是安徽徽州人"。这句话不仅表明了胡适对故乡的浓厚感情,而且更是说明他的精神世界里流淌着的是徽州的血液。他在《五十年来中国之文学》中曾说过:"古文到了道光、咸丰的时代,空疏的方,姚派,怪癖的龚自珍派,都出来了,曾国藩一班人居然能使桐城派的古文忽然得一支生力军,忽然做到中兴的地位。"[③]胡适在文章中尽管是从曾国藩的死亡与桐城派的末落开始说起,但其字里行间却透露出对桐城派的某些眷恋。

胡适对桐城派文学思想的继承,主要体现在他的《文学改良刍议》中。桐城派的代表人物方苞在其《又书货殖传后》中阐述过他提倡的"义法":"《春秋》之制义法,自太公发之,而后深于文者亦具焉。义即《易》之所谓

① 胡适:《胡适口述自传》,《胡适文集》,第1卷,北京:北京大学出版社1998年版,第340页。

② 钱玄同:《与陈独秀》,《新青年》,第2卷第6号。

③ 胡适:《五十年来中国之文学》,《胡适文集》,第4卷,北京:人民文学出版社1998年版,第327页。

‘言有物’也，法即《易》之所谓‘言有序’也。义以为经而法纬之，然后为成体之文。”[1]论文提倡“义法”，为桐城派散文理论奠定了基础。后来桐城派文章的理论，即以方苞所提倡的“义法”为纲领，继续发展完善，于是形成主盟清代文坛的桐城派。方苞所谓的“言有物”和“言有序”对陈独秀、胡适等都产生了深远的影响。胡适在《文学改良刍议》中提出的“须言之有物”和“须讲求文法”等文学改良主张，就直接承继了方苞的观点。胡适批评“吾国近世文学之大病，在于言之无物”，“今之作文作诗者，每不讲求文法之结构”。胡适所谓的“物”主要包括情感和思想，“文学无此二物，便如无灵魂无脑筋之美人，虽有秾丽富厚之外观，抑亦末矣”[2]。后来胡适虽然在《五十年来中国之文学》中指出了桐城派的沉沦，但是，胡适在字里行间仍然流露出对桐城派的崇敬，他虽然说“曾国藩死后的‘桐城=湘乡派’，实在没有什么精采动人的文章”[3]，但他在论述过程中，仍然对严复、林纾以及章太炎的文章给予了肯定，他认为林纾用古文翻译外国小说，“终归于失败”，但这并不是说林纾翻译的外国小说有什么问题，而是古文本身的问题，他承认古文“无论你怎样做得好，究竟只够供少数人的赏玩”[4]。可见，古文的问题并不在桐城派作家这里，而是其本身的问题。胡适对他们的评论是客观公正的，这表现出他对桐城派的态度。

（三）“文学的国语”的意义

“五四”新文学的倡导者们以语言作为向旧文学进攻的突破口，一定程度上寻找到了问题的关键所在。在这里，“五四”新文学的倡导者们不仅仅是把语言文字作为文学创作的形式问题，也不仅仅是提倡白话文以便使民众能够自由阅读，而且更重要的是把语言作为文学创作的思维方式，作为一种新文体的时代解放来认识，甚至是作为民族思维方式来认识，通过创

---

① 方苞：《方苞集》，上海：上海古籍出版社 1983 年版，第 58 页。

② 胡适：《文学改良刍议》，《胡适文集》，第 2 卷，北京：北京大学出版社 1998 年版，第 6—8 页。

③ 胡适：《五十年来中国之文学》，《胡适文集》，第 4 卷，北京：人民文学出版社 1998 年版，第 330 页。

④ 胡适：《五十年来中国之文学》，《胡适文集》，第 4 卷，北京：人民文学出版社 1998 年版，第 345 页。

造活的民族语言来激活民族精神。从上述文章中，我们已经看到了语言的解放与新文学批评尝试阶段的文体形态的内在联系。就上述文章来说，它们虽然还不能入围我们在本书中所厘定的"文学批评"，但在广义上，它们却从一个方面表现出了新文学批评之初的基本形态。胡适当年就曾说过："文学的生命全靠能用一个时代的活的工具来表现一个时代的情感与思想。工具僵化了，必须更换新的、活的。"胡适等人将批评划入理论论述之中，又在理论论述中对作品进行分析批评。因此，当我们重新审视这些文字时，就可见出其中的语言问题对文学批评文体的建设性意义。

胡适解决语言问题的出发点是要创造文学的语言。胡适是一位学者型的人物，并不是具有诗人气质的人，他也缺乏足够可以从事文学创作的想象力，但他却首先致力于文学创作和文学革命，其目的主要是在"尝试"中得到解决语言问题的方法。在胡适那里，解决语言问题有两个层面，第一层面是创造适合现代中国社会和现代国民的白话文，这种白话文需要文学创作的实践并得到国民的普遍认可。第二层面，在白话文的基础上进一步创造"文学的国语"。胡适说他的文学革命的宗旨只有十个大字：国语的文学，文学的国语。创造国语的文学是要解决文学的语言问题，但胡适的着力点并在文学语言方面，而主要通过文学语言进而达到解决民族的社会语言问题。那么中国社会语言应是怎样的语言？胡适认为，要创造中国的"文学的国语"。文学的国语是从国语的文学而来，"有了国语的文学，自然有国语"，"中国将来的新文学用的白话，就是将来中国的标准国语"①。胡适提出的"文学的国语"是他对中国现代文化的重要贡献，对这一问题的认识不应仅仅停留在文学的层面上，而应当作为中国现代文化建设和国民思想建设的重要成果看待。胡适的文学的国语的主张，就是来对抗被严重意识形态化的僵化空洞的官语，使国民能够拥有富有个性的、审美的、规范的和富有文化内涵的语言，现代国民的语言应当是建设在"文学的"诸如小说、诗歌、散文、戏本上面的语言，以文学的语言代替官本位的语言。在胡

① 胡适：《建设的文学革命论》，《胡适文集》，第 2 卷，北京：北京大学出版社 1998 年版，第 47、48 页。

适看来,现代国民只有拥有自己的"文学的国语",才能真正获得精神上的解放。

语言不仅是一种传情达意的"工具"、手段,而且是人类存在的家园,生存的基础,是文学的自身"目的"。就中国现代文学而言,语言的现代化是文学走向现代化的根本性问题,是作家批评家的思维呈现。从某种意义上说,民族、社会的现代化也首先表现为语言的现代化。周作人曾在《思想革命》一文中说过,中国古典文学"这荒谬的思想与晦涩的古文,几乎融合为一,不能分离。"周作人说:"旧的皮囊盛不下新的东西,新的思想必须用新的文体以传达出来,因而便非用白话不可。"也就是说,"五四"新文学倡导者们把语言看作文学情思的直接体现。这一主要思想,几乎成为"五四"知识分子的共同心声,传达出一种新的文学观念。恩斯特·卡西尔把语言和艺术看作"是我们人类一切活动的两个不相同的焦点"。他对于语言的重视程度远比五四时代的知识者更高,也更富有理性色彩。他认为:"语言犹如我们思想和情感、知觉和概念得以生存的精神空气。在此之外,我们就不能呼吸,"因此,在卡西尔看来,"语言不能被看作事物的摹本,而应该被视为我们关于事物概念的条件","是我们思考所谓外部世界的先觉条件"。"五四"一代知识分子尽管还没有达到卡西尔的理解的高度,但是,他们不仅发现了语言的叙事、抒情功能,而且也发现了语言的思想文化功能,意识到语言与民族文化、精神的密切关系。于是,当他们对古典文学进行批评时,所注意的不仅是古代语言的晦涩难懂,更为注意这种语言作为封建统治阶级的思想代码所蕴涵的思想力量。陈独秀打出"文学革命"的大旗时,已经意识到了文言文的这种弊端。钱玄同斥责旧文学中的"选学妖孽,桐城谬种",也是立足于文言文所传达的封建主义思想。1918 年,钱玄同为胡适的《尝试集》作序,作为一篇批评文字的序文,钱玄同对《尝试集》的白话尝试做出了恰当的评价。精通音韵学的钱玄同从语言的音与形的关系方面,断言"白话是文学的正宗":正是要用质朴的文章,去铲除阶级制度里的野蛮款式;正是要用老实的文章,去表明文章是人人会做的,做文章是直写自己脑筋里的思想,或直叙外面的事物,并没有什么一定格式。钱玄同序文的这种运作方式,一方面表明了他对《尝试集》白话韵文的重视,另一方面也在证实着一种新的批评语言的确立,而这种批评语言主要来自于文学革命中关于语言问题的讨论。

我们已经注意到胡适是在思想启蒙的层面上使用白话文理论的,他在批评实践中是把白话语言的问题作为新文化运动最重要的内容来看待的,既强调白话语言在现代民族国家建设中的现代意义,又看重白话语言在人的解放中的作用。但是,胡适要创造的这种白话文学的语言是一种怎样的语言?胡适多次阐述这一问题,并试图在理论和实践层面上努力解决这个问题。他认为:"白话文是有文法的,但是这文法即简单、有理智而合乎逻辑;根本不受一般文法上转弯抹角的限制;也没有普通文法上的不规则形式。这种语言可以无师自通。"①也就是说,白话文有白话文特定的语法特征,是一种被现代人所掌握的现代语言。对此,胡适曾在《答钱玄同书》中解释过"白话"的意义有三层:

> (一)白话的"白",是戏台上"说白"的白,是俗语"土白"的白。故白话即是俗语。
>
> (二)白话的"白"是"清白"的白,是"明白"的白。白话但须要"明白的话",不妨夹几个文言的字眼。
>
> (三)白话的"白"是"黑白"。白话便是干干净净没有堆砌涂饰的话,也不妨夹入几个明白易晓的文言字眼。

在《建设的文学革命论》中,胡适再次阐述了白话文学的要素:

> 一,要有话说,方才说话。
>
> 二,有什么话,说什么话;话怎么说,就怎么说。
>
> 三,要说我自己的话,别说别人的话。
>
> 四,是什么时代的人,说什么时代的话。

在这里,胡适强调了白话的明白易懂,干净纯粹的基本性质,突出了语言的个性特征和时代色彩,也阐明了文学语言最主要的审美品格。

那么,怎样建设中国现代的白话文呢?胡适提出了两个思路,一个是从中国古代的白话文中吸收那些能够转化为现代语言的白话语言,另一个

① 胡适:《胡适口述自传》,《胡适文集》,第1卷,北京:北京大学出版社1998年版,第335页。

是当代作家努力于白话文学的创造，让读者能够读到更多的白话文学作品，从而学习白话语言。关于第一种方法，胡适曾以在多个地方阐述过这一观点："我们可尽量采用《水浒》、《西游记》、《儒林外史》、《红楼梦》的白话；有不合今日用的，便不用他；有不够用的便用今日的白话来补助；有不得不用文言的，便用文言来补助。这样做去，决不用愁语言文字不够用，也决不用愁没有标准白话。中国将来的新文学用的白话，就是将来中国的标准国语。造中国将来白话的人，就是制定标准国语的人。"①

（四）文体理论的实践意义

在中国现代文学批评史上，胡适是较早使用现代文体学进行批评实践者之一，在其批评活动中，形成了一整套体系完备的文体理论。在《论短篇小说》、《谈新诗》、《文学进化观念与戏剧改良》等批评论著及其《国语文学史》、《白话文学史》以及《水浒传》、《红楼梦》研究中，胡适从文学史的角度，在文体学上也提出了诸多具有实践意义的理论。这些理论包括胡适对文体类型的概括与论述，对现代文体风格的概括与论述。

关于文体，历来的观点并不一致。一般人们认为："文体就是文学作品的话语体式，是文本的结构方式。"②从这个理解出发，文体一般又可以因其话语体式而分为文体类型和文体风格。无论是文体类型还是文体风格，都是文学话语方式的表现形态，正如韦勒克所说："文学类型的理论是一个关于秩序的原理，它把文学和文学史加以分类时，不是以时间或地域（如时代或民族语言）为标准，而是以特殊的文学上组织或结构类型为标准。"③也就是说，任何文体类型不仅仅是一种文学体式的分类的问题，而是一种文学秩序建构的问题，以什么样的文体类型进行文学批评，不仅是对文学作品的分类编组的问题，而且是文学观念和文学秩序的重建的问题。

胡适对中国文学文体的认识是与他的进化论文学观念联系在一起的。在《文学改良刍议》中，胡适提出了"文学者，随时代而变迁者也"的观点，他

---

① 胡适：《建设的文学革命论》，《胡适文集》，第2卷，北京：北京大学出版社1998年版，第48页。

② 陶东风：《文体演变及其文化意味》，昆明：云南人民出版社1994年版，第2页。

③ ［美］韦勒克、沃伦：《文学理论》，北京：三联书店1984年版，第257页。

认为:“一时代有一时代之文学:周、秦有周、秦之文学,汉、魏有汉、魏之文学,唐、宋、元、明有唐、宋、元、明之文学。此非吾一人之私语乃文明进化之公理也。”文有文的进化,韵文有韵文的进化,而不同时代则有不同的文体类型。他进一步论证说:“即以文论,有《尚书》之文,有先秦诸子之文,有司马迁、班固之文,有韩、柳、欧、苏之文,有语录之文,有施耐庵、曹雪芹之文;此文之进化也。试更以韵文言之:《击壤》之歌,《五子》之歌,一时期也;《三百篇》之诗,一时期也;屈原、荀卿之骚赋,又一时期也;苏、李以下,至于魏、晋,又一时期也;江左之诗流为排比,至唐而律诗大成,此又一时期也……”这说明不同时代有不同时代的文体,文学类型也会随时代变迁而变异,出现不同文体类型。

总的来看,胡适并未系统地为中国文学进行过文体分类。不过,他在具体的批评实践中,基本上使用的是诗歌、小说、散文和戏剧四分法。胡适之所以使用四分法进行文体批评,一方面是受到西方文学理论的影响,另一方面则主要是从他提倡的白话文学出发,对中国文学的重新认识与评价,是对一种文学秩序的重新确立和建构。胡适不是那种专门的文体学家,他的目的也不在于研究文体理论,为中国文学的文体进行分类,而其主要目的是通过文体分类进行文学的价值重估。在《历史的文学观念论》中,胡适从白话文的角度阐述了不同时代的不同文体类型,从而确立了自己的文体类型思想:

> 居今日而言文学改良,当注重“历史的文学观念”。……惟愚纵观古今文学变迁之趋势,以为白话之文学种子已伏于唐人之小诗短词。及宋而语录体大盛,诗词亦多有用白话者(放翁之七律七绝多白话体。宋词用白话者更不可胜计。南宋学者往往用白话通信,又不但以白话作语录也)。元代之小说戏曲,则更不待论矣。此白话文学之趋势,虽为明代所截断,而实不曾截断。语录之体,明、清之宋学家多沿用之。词曲如《牡丹亭》、《桃花扇》,已不如元人杂剧之通俗矣。然昆曲卒至废绝,而今之俗剧(吾徽之“徽调”与今日“京调”、“高爱”皆是也)乃起而代之。今后之戏剧或将全废唱本而归于说白,亦未可知。此亦由文言趋于白话之一例也。小说则明、清之有名小说,皆白话也。近人之

小说，其可传后者，亦皆白话也（笔记短篇如《聊斋志异》之类不在此例）。故白话之文学，自宋以来，虽见屏于古文家，而终一线相承，至今不绝。

在这里，胡适的目的是要说明白话可以在这些不同的文体中使用，可以创作出不同文体类型的优秀的文学作品，但这里同样也体现出了胡适对中国文学文体类型的认识与分类法，确立了诗词、小说、文章、戏曲的四分法文体理论。

文体类型的四分法本身并不重要，人类文学史上出现过多种文体分类法，而就中国古代文学史而言，缺少真正的文体分类，中国古代主要是对文章的分类，而中国古代的文章并不限于文学作品，因而，其分类已经远远超出了文学的范畴。从文体学及文学史的研究角度来看，胡适的文体类型理论是对中国文学的一次巨大的贡献，他不仅使中国文学有了明晰的文体分类，而且以这种分类对中国进行了一次秩序重建。正如在后来所说的，过去的文学史，“只看见了那死文学的一线相承，全不看见那死文学的同时还有一条‘活文学’的路线。他们只看见韩愈、柳宗元，却不知道韩、柳同时还有几个伟大的和尚在那儿用生辣痛快的白话来讲学。”①所以，新的文体理论实际上正是推翻了旧的文学秩序，代之以新的价值观念的文学秩序。胡适第一次将小说、戏曲纳入文体类型的范畴，使这种在古代中国不能登大雅之堂的文体真正进入文学的殿堂，从根本上改变了中国文学文体格局。尽管此前梁启超提倡“新小说”，将小说与社会改革以及新民联系在一起，将小说提升到一个新的高度，但是，由于梁启超只是借用了西方文学中的一个概念，赋予了小说以新的含义，并未在文体类型上进行必要的分类，因而，作为文学类型的小说在梁启超那里还缺少理论上的依据，还没有真正进入文学体式的范畴。胡适是第一次将小说纳入到文学的范畴，从文体类型的分类上肯定了小说的审美价值。从文学史的角度来看，古代小说是不能进大雅之堂的，人们只是看到了正宗的诗文，而没有看到小说。因此，胡

① 胡适：《中国新文学运动小史》，《胡适文集》，第1卷，北京：北京大学出版社1998年版，第127页。

适提出新的文体类型,“提出的新的文学史观,正是要给全国读文学史的人们戴上一副新的眼镜,使他们忽然看见那平时看不见的琼楼玉宇,奇葩瑶草,使他们忽然惊叹天地之大,历史之全!大家戴了新眼镜去重看中国文学史,拿《水浒传》、《金瓶梅》来比当时的正统文学,当然何、李的假古董不值得一笑,就是公安、竟陵也都成了扭扭捏捏的小家子了!拿《儒林外史》、《红楼梦》来比方、姚、曾、吴,也当然再不会发那‘举天下之美,无以易乎桐城姚氏者也’的伧陋见解了!”这就是新的文体类型对于文学秩序的新的意义,而将小说作为文体类型之一,用胡适的话说就是一种“哥白尼的天文革命”①。

在胡适的文体理论中,“新诗”是一个独创的概念。它既不同于中国古代的诗词,也不同于西方的诗。中国古代的诗词是具有一定格律的韵文形式。《诗大序》:“诗者,志之所之也,在心为志,发言为诗。”它是文人墨客所专有的文体,是一种较高雅的文体。而西方的诗则是西方文学的传统,是一切艺术(包括作为语言艺术的文学)的通称,是自然美、艺术美和人生美的代名词,也是西方文学的根源。亚里士多德的《诗学》研究的就是一般的文学艺术的美学原理,是西方文论的奠基之作。从某种意义上说,诗是西方的贵族艺术。而胡适文体理论中的“新诗”既吸收了中国古代诗词的特点,也有一定的西方“诗”的特点,是在融合东西方文体理论的基础上创造而成的一种现代文学的文体类型。这种诗歌已经走出了文人墨客的属地,也从高雅之堂步入了民间的居住地。也可以说,胡适是在“新文学”的范畴内使用“新诗”这个概念的。

胡适在这里改变的不是一个文体概念的问题,而是诗歌文体的价值观念及其文学秩序的重建的问题。

关于新文学的文体风格,也是胡适重点阐述的一个问题。新文学能不能创建成功的文体,能否形成自己的文体风格,是“文学革命”能否成功的重要标志。要取得文学革命的成功,就需要创作出优秀的文学作品,“有了

① 胡适:《中国新文学运动小史》,《胡适文集》,第1卷,北京:北京大学出版社1998年版,第128页。

国语的文学，自然有国语”，“真正有功效有势力的国语教科书，便是国语的文学；便是国语的小说，诗文，戏本。国语的小说，诗文，戏本通行之日，便是中国国语成立之时”①。小说、诗文、戏本对于文体类型的成功，对于文学革命的成功同样的至关重要。在胡适的文体批评中，新文学的文体风格主要是一个语言的问题，但又不仅仅是一个语言的问题，还是一个文体自身的结构问题。胡适对短篇小说文体的论述，对新诗文体的论述，对戏剧文体的论述以及零散涉及的散文文体的问题，表现了新文学运动初期胡适对文体的理解。但是，“五四”时期的胡适主要精力在语言问题上，对文学作品的文体结构还没有更多的考虑和研究。

（五）文学史撰述的批评学意义

文学史研究与撰述，是胡适文学生活的重要内容之一。《文学改良刍议》既是“文学革命”的纲领性的文章，也是对中国文学的反思，具有文学史的评价性质。这种反思用胡适自己的话来说就是：“重新估定一切价值”：“凡是要重新分别一个好与不好”，“从前的人说妇女的脚越小越美。现在我们不但不认小脚为‘美’，简直说这是‘惨无人道’了。十年前，人家和店家都用鸦片烟敬客。现在鸦片烟变成犯禁品了。二十年前，康有为是洪水猛兽一般的维新党。现在康有为变成老古董了。康有为并不曾变换，估价的人变了，故他的价值也跟着变了。这叫做‘重新估定一切价值’。”②对于中国古代文学的重新书写，就是胡适“重新估定一切价值”的努力之一。

第一，中国文学观念的重新估定

胡适的《国语文学史》、《五十年来中国之文学》、《白话文学史》等作为对中国文学史的重新书写，这种新的文学史书写是一种根本的观念上的变化，用胡适自己的话说：“这书名为‘白话文学史’，其实是中国文学史。”③胡适把一部中国文学史看成是“国语文学史”、“白话文学史”，不仅是文学

① 胡适：《建设的文学革命论》，《胡适文集》，第 2 卷，北京：北京大学出版社 1998 年版，第 47 页。

② 胡适：《新思潮的意义》，《胡适文集》，第 2 卷，北京：北京大学出版社 1998 年版，第 552 页。

③ 胡适：《〈白话文学史〉自序》，《胡适文集》，第 8 卷，北京：北京大学出版社 1998 年版，第 146 页。

语言上的变化,而且更是文学史观念的更新,是文学史书写方式的更新,是对一种文学的否定,又是对另一种文学的挖掘和提升。他打破了以往中国文学的正统文学史书写的局面,为白话文学、平民文学争得了一席地位。

第二,文学语言的重新评价

胡适在《白话文学史》的"引子"里说:"白话文学史就是中国文学史的中心部分。中国文学史若去了白话文学的进化史,就不成中国文学史了,只可叫做'古文传统史'罢了。……我们现在讲白话文学史,正是要讲明这一大串不肯替古人做'肖子'的文学家的文学,正是要讲明中国文学史上这一大段最热闹,最富于创造性,最可以代表时代的文学史。'古文传统史'乃是模仿的文学史,乃是死文学的历史;我们讲的白话文学史乃是创造的文学史,乃是活文学的历史。因此,我说:国语文学的进化,在中国近代文学史上,是最重要的中心部分。换句话说,这一千多年中国文学史是古文文学的末路史,是白话文学的发达史。"①胡适之所以将中国古代文学看作白话的文学,主要目的是为新文学运动寻找历史的依据,或者说,他试图从古代文学的发展历史中,寻找白话文学的传统。

1922年是《申报》创刊50周年,胡适为此应邀撰写了《五十年来中国之文学》,比较全面地总结了《申报》诞生50年来的中国文学。这篇文章虽然只是为纪念《申报》而写,但却是中国现代文学研究不能不重视的一个事件。胡适于1917年发表《文学改良刍议》、陈独秀发表《文学革命论》,宣布了古代文学是已死的文学。五年过后,无论是"已死"的古代文学还是"胜利的"白话文学,都需要文学史的总结,给出一个答案,《五十年来的中国文学》也正是对这一问题的回答。胡适在这篇文章中特别提及《申报》创刊的1872年正是曾国藩逝世的一年,"曾国藩的魄力与经验确然可算是桐城派古文的中兴大将。但曾国藩一死之后,古文的运命又渐渐衰微下去了。曾派的文人,郭嵩焘、薛福成、黎庶昌、俞樾、吴汝伦……都不能继续这个中兴

① 胡适:《〈白话文学史〉引子》,《胡适文集》,第8卷,北京:北京大学出版社1998年版,第150—151页。

事业。再下一代,更成了‘强弩之末’了”[①]。在这里,胡适为中国古代文学做了终结,这个终结既是以曾国藩的去世为标志,也是以《申报》的创刊为标志,《申报》的出现引领了一个文化平民化趋向,白话文进入百姓生活之中。这也再次印证了他本人所说的:“国语运动最早的第一期,是白话报的时期。这时期内,有一部分人要开通民智,怕文言太深,大家不能明了,便用白话做工具,发行报纸,使知识很低的人亦能懂得。那时杭州、上海、安徽等处都有这种报纸出现。”[②]胡适的文章不仅清晰地梳理了中国自《申报》50年的文学流变,而且确立了新的文学秩序。与此同时,胡适在《国语文学史》中系统地阐述了他对中国古代白话文学的观点,对中国古代文学的传统进行了一次重新书写。1928年,胡适再次修订了他的这部著作,改为《白话文学史》出版,进一步明确了白话文学史就是中国文学史的观点,更确立世俗文学的主流地位。

第三,文体类型与特征的重新评价

中国古代文学缺少明晰的文体意识,各种文学作品与非文学作品的分类十分模糊,是胡适在文学史的书写中,将古代的各种文学作品,通过文体类型进行了重新整理,胡适在《国语文学史》和《白话文学史》中,主要目的是叙述一部中国文学史就是语言工具的变迁史,但是,胡适在具体论述过程中,又按照一定的文体类型分别论述,“白话诗”、“白话散文”、“词”、“白话语录”等,胡适将这些不同文体类型的作品置于“白话”这一特定的文化背景之上,突出显示了文体类型在文学史发展中的意义。

胡适认为,“中国文学可以分为上下两层”,“上层文学是古文的,下层文学是老百姓的,多半是白话的”[③]。上层文学是“雅”的正统文学,而下层文学则是“俗”的民间文学。如果说“雅”文学的源流可以上追《诗经》、诸子散文的话,那么,“俗”文学的根则在民间。而且“雅”与“俗”在其发展过程中,既相互排斥而又相互影响,往往有一个转化的过程。胡适说:“一切

① 胡适:《五十年来中国之文学》,《胡适全集》,第2卷,合肥:安徽教育出版社2003年版,第259—260页。

② 胡适:《国语文学史》,《胡适文集》,第8卷,北京:北京大学出版社1998年版,第127页。

③ 胡适:《白话文运动》,《胡适文集》,第12卷,北京:北京大学出版社1998年版,第45页。

新文学的来源都在民间。民间的小儿女,村夫农妇,痴男怨女,歌童舞妓,弹唱的,说书的,都是文学上的新形式与新风格的创造者。这是文学史的通例,古今中外都逃不出这条通例。"①"诗三百"作为正宗地位的文学,却是从民间搜集整理而来的,"诗"是乐歌,按乐调分风、雅、颂三个部分。其中"风"就是风土之音,是各地的民歌,大多抒写民间的喜怒哀乐。这些从民间而来的国风经过文人的整理删改,与雅和颂合为一体,到汉代独尊儒学时,被尊称为《诗经》,成为经、史、子、集中的首领式经典文学。词也是一种民间艺术,早期是流传在民间歌会或者艺伎倡优们配乐歌唱的一种诗体。这种文体随着文人的喜爱而逐渐被文人们所运用,成为一种文人创作的艺术,而至宋代蔚为大观。古代文学中"雅""俗"流变的现象说明,文学之雅和文学之俗并不是一成不变的,高雅的文学经过一定的传播也会被民间大众所接受,世俗文学经过文人的接受和推广也会在高雅文学殿堂里占有一席地位。

第四,文学史书写与新的文学传统

胡适等人对中国传统文学的批判,既是一种文化运动的策略,又是对古代文学的历史认识。因此,他们批判传统文学的同时,也在努力发掘古代文化,以适合于他们的"文学革命"的需要。在胡适等人的眼里,中国古代本来就存在着一个民间世俗文学的传统,而且这个传统应该是中国文学的正宗。胡适认为:"自从《三百篇》到于今,中国的文学凡是有一些价值的有一些儿生命的,都是白话的,或是近于白话的。其余的都是没有生气的骨董,都是博物院中的陈列品!"②胡适本人曾在他的《白话文学史》中,比较系统地梳理了中国世俗文学的流变,白话文学史就应该是中国文学史,就是中国新文学运动的雄厚基础。胡适在《国语文学史》中就曾比较"武断的说":"我承认《国语文学史》,就是中国的文学史。"胡适的观点的确有些武断,不过他的解释却让我们感到这个观点也在情理之中:"专重模仿的古典

① 胡适:《白话文文学史》,《胡适文集》,第8卷,北京:北京大学出版社1998年版,第160页。

② 胡适:《建设的文学革命论》,《胡适文集》,第2卷,北京:北京大学出版社1998年版,第46页。

文学,不能代表二千五百年的文学变迁。他们走着一条很直的路,所以表现的几乎完全相同,一点没有变化。而真正的文学却在民间,一般的民众都觉得照这样一条很直的线演进,不能发挥我们的感情,因而在无论那个时代,都是一方面因袭着前一代一条直线的演进,同时一方面又有一个不同的曲线的进化。于是由古乐府变为词为曲,又因曲太短不能发挥深长的情感,遂又产生出套数。由套数变为戏曲,南曲,北曲。再进而有宋元明的小说。所谓真正的文学,却是要拿这条岔路来代表的。……所以唐朝的白话文学,南北朝的词曲,以及唐宋元明各朝代的小说,才是真正的文学。这便是我所以敢武断中国国语文学史便是中国文学史的原因,在事实上大家也不能否认的。"[①]在《白话文学史》中,胡适保留了《国语文学史》中的基本观点的同时,进行了一些修正,更加中允客观:"白话文学史就是中国文学史的中心部分,中国文学史若去掉了白话文学的进化史,就不成中国文学史了,只可叫做'古文传统史'罢了。"[②]

对于中国古代这个民间世俗文学传统,胡适在《白话文学史》的引子中是这样描述的:"我们要知道,一千八百年前的时候,就有人用白话做书了;一千年前,就有许多诗人用白话做诗做词了;八九百年前,就有人用白话讲学了;七八百年前,就有人用白话做小说了;六百年前,就有白话的戏曲了;《水浒》,《三国》,《西游》,《金瓶梅》,是三四百年前的作品;《儒林外史》,《红楼梦》,是一百四五十年前的作品。我们要知道,这几百年来,中国社会里销行最广,势力最大的书籍,并不是《四书》、《五经》,也不是程、朱语录,也不是韩、柳文章,乃是那些'言之不文,行之最远'的白话小说!"胡适的描述虽然简单,但比较扼要地清理出一条民间俗文学发展的线索。这条线索他在《白话文学史》中进行了详细的论述,胡适认为,汉武帝时代古文已死,而《诗经》"到了汉朝已成了古文学了","所以我们记载白话文学的历史也

---

① 胡适:《〈国语文学史〉大要》,《胡适文集》,第 8 卷,北京:北京大学出版社 1998 年版,第 133—134 页。

② 胡适:《〈白话文学史〉引子》,《胡适文集》,第 8 卷,北京:北京大学出版社 1998 年版,第 150 页。

就可以从这个时代讲起”[①]。由此讲起的中国文学史当然是被重写的，是一部民间的、世俗化的文学史，也是一部被胡适“文学化”了的文学史。从中国传统文学的发展历程来看，被列入正宗地位的“诗文”中，诗这一文体有相当一部分原来属于民间文学范畴的，后来被文人化的、正统化了，《诗经》被汉代儒家经典化了，汉魏六朝的乐府歌辞被官方化了，等等，本来属于民间的文学，不入流的文学，一旦被经典化、官方化、文人化，就会成为文学的正统。古代文章本来就是一种实用性文体，“记事，达意，说理，都是实际的用途”[②]。刘勰将诗、骚、乐府、赋等称之为“有韵之文”，而把史传、诸子以及论说、诏策、书记等称为“无韵之笔”，将文章分为有韵、无韵，显示出古代文人文体观念中，“文”是非常重要的。而作为“无韵之笔”的相当一部分则不属于我们现在意义上的“文学”范畴。古代文章包罗广泛，经、史、子、集才是被承认的，而集部中不仅有诗、赋之类，还有章、表、奏、议、碑、诔、箴、铭等各类应用文章，正是这些杂乱的文体构成了中国文学的传统。而这一传统中的文章只是一种“杂文学”。相反，被胡适从中国正宗文学史中排斥在外的民间化的文学，则更接近我们现代所谓的“文学”。因为这些俗文学具有娱乐化、愉悦性、审美性的功能，是如罗家伦所说的文学的定义，文学是“人生的表现和批评，从最好的思想里写下来的，有想象，有情感，有体裁，有合于艺术的组织”[③]。

① 胡适：《白话文学史》，《胡适文集》，第8卷，北京：北京大学出版社1998年版，第157页。
② 胡适：《白话文学史》，《胡适文集》，第8卷，北京：北京大学出版社1998年版，第168页。
③ 罗家伦：《什么是文学——文学的界说》，《新潮》，第1卷第2号，1919年2月。

第十三章　学衡派对新的文学秩序重建的意义

从胡适等人开始的“五四”新文学运动，对于诗歌、小说等文学品类的影响是显然的，在文学批评方面，由于倡导者们对白话文的提倡，从而自觉不自觉地向着现代白话文体发展。如果说在倡导时期白话文对文学批评的作用还不明显的话，那么，随后引起的“文白之争”，则极大地推进了文学批评的前行步履。白话文运动一开始的寂寞，由于“双簧戏”而热闹起来。首先是林纾起来反对新文学，他的《论古文白话之相消长》、《致蔡鹤卿太史书》等文，对白话文大加讨伐。随后，又有“学贯中西”的学衡派反对白话文学一统天下的局面。20 年代中期《甲寅》复刊后，甲寅派大有再行文言，废除白话，中兴文言文之势。在这其中，又以胡适为代表的激进的新文化倡导者与梅光迪等为代表的保守的以学术研究为己任的学衡派的论争为最激烈，影响也最大。今天看来，发生在 20 年代的文白论争也许在白话已经确立其正统地位后，并不具有怎样重要的意义，然而，当我们从文学批评的角度，来认识这场论争时，就可以发现这里实际上涉及的，不仅是文学上的激进主义和文学现代化的探求者与保守主义学术专家的矛盾、论争，而且也是现代文学文体发展进程中的一次不可或缺的事件。就论争的双方而言，都没有任何可以值得夸耀的创造和发挥，双方均表现出不冷静的态度，但论争在客观上所显示出来的文学史意义，也许是人们所始料不及的。

一、现代文化错位中的学衡派

1922 年 1 月,《学衡》杂志在南京创刊的时候,“五四”新文化运动以及文学革命不但早已结束,而且文学革命的成果之一的白话文也取得了比较稳定的地位,新文学创作也拥有了较多的读者和文学地位。另一方面,“学衡派”诸君与新文学的倡导者之一胡适,曾有过不错的交往,甚至是同学关系。留学美国期间,胡适还和其中的梅光迪等人讨论过“文学革命”的问题。我们不禁要问,关于“文学革命”、白话文的问题,早在留美期间就有不同争论,为什么在胡适正式提倡文学革命时,“学衡派”诸君几乎没有什么反应,而偏偏在“文学革命”已成事实的情况下,才开始对胡适等人进行猛烈攻击呢?“学衡派”以创刊《学衡》杂志的方式而批判新文化的倡导者,既没有从经济上考虑刊物出路,也没有寻找到强大的实体予以支持,就贸然闯入现代传媒,多少带着些莽撞,甚至在《新青年》创刊都已七八年的时间,胡适又转向《努力》周刊的时候,“学衡派”诸君尚且未能真正地理解现代传媒的特点与功能。因此,“学衡派”创办刊物和主办报纸副刊的方式与新文学抗衡,实在是有些力不从心。

其实,“学衡派”对待文化的态度是非常认真的,他们的工作也非常努力,他们是一些学贯中西的大学者,留学美国期间,受到新人文主义代表人物白璧德影响,成为白璧德在中国的传人。

白璧德是哈佛大学法国文学及比较文学教授,新人文主义思想的代表人物,对欧洲文艺复兴以来的文化问题进行过系统地梳理和思考,他坚守人文主义的道统,反对把文艺复兴和启蒙运动以来将人文主义解释为无选择的同情、泛爱的人道主义,试图寻求传统对现代的规范和制约。所以,白璧德主张:“若欲窥历世积储之智慧,撷取普遍人类经验之精华,则当求之于我佛与耶稣之宗教教理,及孔子与亚里士多德之人文学说,舍是无由得也。”[①]也就是说，现代文化的建设与发展，需要先洞悉人类古来各种文化的精华，在广泛的学术研究中使自己成为有德守的君子或者学者，在融汇各种文化思想的过程中汲取其精华，将那些人类普遍永恒的有价值的内容，纳入到现代文明的价值体系的建构之中。

白璧德的思想在美国并没有足够的市场，影响并不是太大。当时风行美国的杜威的实证主义哲学则影响巨大，更加符合美国的国情和文学传统，远远胜过白璧德。但是，白璧德对中国学生的影响则是杜威哲学所无法比拟的。白璧德的得意门生吴宓曾在自己的日记中，详细记下了他对白璧德的印象和评价：“盖宓服膺白璧德师甚至，以为白师乃今世之苏格拉底、孔子、耶稣、释伽。虽谓宓今略具价值，悉由白师所赐予者可也。尝诵耶稣训别门徒之言，谓汝等从吾之教，入世传道，必受世人之凌践荼毒，备罹惨痛。但当勇往直前，坚信不渝云云。白师生前，已身受世人之讥侮。宓从白师受学之日，已极为愤悒，而私心自誓，必当以耶稣所望于门徒者，躬行于吾身，以报本师，以殉真道。”[②]白璧德之所以能够对吴宓等人产生深刻影响，除其自身的人格魅力及其思想魅力外，还应当与“学衡派”对中国现代文化的研判、分析，以及他们寻找解决重建现代中国文化价值体系等方面的思考有关。

我始终认为，“学衡派”并非是一意孤行要复古旧文化的人物。这些留学海外多年的现代学子，也并非那种冥顽不化的守旧人物。在他们的思想中，具有明显的甚至是强烈的现代意识。其实，从某种意义上说，“学衡派”的目的与胡适等新文化的代表人物有其相似的共同的地方，他们学成归来，同样担当远大的理想，同样怀有一腔热血，同样负有重建现代文化的重要责任。为此，我觉得有必要重新学习《学衡杂志简章》，以便认识学衡派的文化态度极其文化构想：

(一)宗旨　论究学术，阐求真理，昌明国粹，融化新知。以中正之眼光，行批评之职事。无偏无党，不激不随。

① 吴宓译：《白璧德论欧亚两洲文化》，《学衡》，1925年2月，第38期。

② 吴宓：《吴宓日记》(Ⅵ)，北京：三联书店1998年版，第96—97页。

(二)体裁及办法　(甲)本杂志于国学则主以切实之工夫,为精确之研究,然后整理而条析之,明其源流,著其旨要,以见吾国文化,有可与日月争光之价值。而后来学者,有研究之津梁,探索之正轨,不至望洋兴叹,劳而无功,或盲肆攻击,专图毁弃,而自以为得也。(乙)本杂志于西学则主博极群书,深窥底奥,然后明白辨析,审慎取择,庶使吾国学子,潜心研究,兼收并览。不至道听途说,呼号标榜,陷于一偏而昧于大体也。(丙)本杂志行文则力求明畅雅洁,既不敢堆积饾饤,古字连篇,甘为学究,尤不甘故尚奇诡,妄矜创造,总期以吾国文字,表西来之思想,既达且雅,以见文字之效用,实系于作者之才力。苟能运用得宜,则吾国文字,自可适时达意,固无须更张其一定之文法,摧残其优美之形质也。

关于学衡杂志简章的宗旨已经被论家广泛引用并阐述,注意到了"以中心之眼光,行批判之职事。无偏无贵,不激不随"的文化态度,但对于学衡派为何保守这种态度,往往没有弄明白。其实,"宗旨"中所说的"论究学术,阐求真理,昌明国粹,融化新知",也并不是其最终目的,而只是达到目的的一些途径和手段,与"体裁及办法"中讲的并没有大的和本质的区别。如果说有什么区别的话,那就是"体裁及办法"是对宗旨的进一步说明和解释。那么,《学衡杂志简章》用了如此多的文字要说明什么呢?在学衡派那里,研究学术是为了追求真理,是为真理而学术,没有什么功利目的。因此,无论中国文化传统还是外来文化的新知,都是当代学术建设的重要内容。梅光迪在《评提倡新文化者》一文中曾说:"夫建设新文化之必要,孰不知之。吾国数千年来,以地理关系,凡其邻近,皆文化程度远逊于我。故孤行创造,不求外助,以成此灿烂伟大之文化。先民之才智魄力,乃吾文化史上千载一时之遭遇,国人所当欢舞庆幸者也。然吾国文化既如此,必有可发扬光大,久远不可磨灭者在,非如菲律宾,夏威夷之岛民,美国之黑人,本无文化可言,遂取他人文化以代之,其事至简也。而欧西文化,亦源远流长。自希腊以迄今日,各国各时,皆有足备吾人采择者。二十世纪之文化,又为乌足包括欧西文化之全乎。故改造固有文化,与吸取他人文化,皆须有彻底研究,加以至明确之评判,副以至精当之手续,合千百融贯中西之通儒大师，宣导国人，蔚为风气，则四五十年后，成效必有可睹也。”从梅光迪的这段论述可以看出，学衡派并不是反对新文化，他们同样主张要建设中国的新文化，为此，梅光迪甚至发誓说：“然则真正新文化之建设，果无望乎？曰：不然，余将不辞迂陋，略有刍荛之献。”[①]梅光迪的态度可以代表学衡派的基本立场，也表现出了他们的文化保守主义的基本立场。

既然学衡派的目的同样是建设现代新文化，他们与胡适等新文化的倡导者的目的一致，那么，为什么学衡派在新文化已经成绩斐然，地位稳定的情况下，还要来反对新文化运动，对胡适等新文化运动的倡导者及其思想进行批评，对胡适的《尝试集》及其他新文化作品大加批判，予以嘲弄呢？

第一，20世纪20年代初，随着《新青年》的分化，“五四”运动的退潮，新文化运动遇到了发展的现实困难，新文化运动提出的理论问题遭遇到了新的挑战。学衡派看到了新文化运动遇到的极大的困难，看到了新文化发展中出现的问题。他们认为已经到了对新文化运动进行反攻，提出他们的文化建设主张的好机会。因此，在梅光迪、吴宓等人的一系列文章中，一一罗列新文化提倡者的罪状，历数新文化建设中存在的理论上、实践上的问题，并尖锐指出，新文化运动不仅破坏了中国固有的文化体系、价值观念，而且其文化努力遭遇到了不可避免的失败。易峻在《评文学革命与文学专制》一文中，对五四新文化运动从理论上、认识上进行了比较透彻的批判，他从新文学家提倡的白话文的分析入手，认为新文学家所信奉的进化论思想，并不能真正支持其文学革命，“胡君之倡文学革命论，其根本理论，即渊源于其所谓‘文学的历史进化观念’。大意谓我国文学之流变，乃革命一次，进化一次。愈革命则愈进化，愈进化愈革命。今日之文学革命，亦文学之历史进化之趋势使然，旧文学应即从此淘汰以去。”他进而指出，新文化运动实在是为了迎合一些青年学子的心理，而“非纯由所谓时代的要求”。所以，所谓的文学革命是从理论上无从站得住的。

第二，对中西文化都有深入研究的学衡派，站在历史新的制高点，对新文化运动存在的问题有更清晰、更深刻的认识。他们深刻把握了新文化运

---

① 梅光迪：《评提倡新文化者》，《学衡》，第1期，1922年1月。

动的理论缺失，认识到了新文化运动对于中国固有文化秩序和价值进行破坏的严峻后果。吴芳吉的《再论吾人眼中之新旧文化观》、《三论吾人眼中之新旧文化观》、曹慕管的《论文学无新旧之异》等文章比较深刻地指出了新文化运动存在的理论问题，从新与旧的关系上阐述了文学的永恒性。在他们看来，文学并没有新旧之别，而只有“真”。古代伟大的文学作品并不会因为时间久远而失去其艺术魅力。文学是传情达意的，是情感与艺术之产物，所以文学只要合乎真，合乎情义就是好的文学，“修辞立其诚”，只要是诚的、真的、合乎文法的，就应该得到承认。不能否认学衡派的这些观点在针对新文化运动的同时，指出了文学的要义，看到了文学的真精神。在对待新与旧的问题上，学衡派的主要观点是针对胡适等人的文学的平民化问题而发的。在他们看来，文学没有什么贵族与平民之分，“论文学无平民贵族之别，今之言文学者，平民贵族之辨，洋洋乎盈耳矣”①。文学追求的是美，“文学无一定之法，而有一定之美，过与不及，皆无当也”②。或者说，文学作品只要是美的、真的，就会永远具有魅力，就会有读者，就会有存在的价值。

第三，在新的层面上，学衡派提出了重建中国文学新秩序，重构现代文化价值体系的新思路，从一个特定的方面为现代文化建设进行了理论探讨。胡先骕的《论批评家之责任》、吴宓的《论今日文学创造之正法》等文章，从一个特定的方面阐述了中国文学创造及其批评的问题，吴宓认为，“文学之有批评与创造，如车的两轮，鸟之双翼，所以相辅相助，互成其美与用，缺一而不可者也”③。他从文学创造的独特规律、各种文体的研习及著作方法等方面，比较深入地指出了文学创造的规范性问题。

---

① 曹慕管：《论文学无新旧之异》，《学衡》，第32期，1924年8月。

② 吴芳吉：《三论吾人眼中之新旧文学观》，《学衡》，第31期，1924年7月。

③ 吴宓：《论今日文学创造之正法》，《学衡》，第15期，1923年3月。

二、努力于现代文化秩序的建设

我们往往习惯性地认为，学衡派是反对白话文学、反对新文学的，因而就是守旧的、复古的。“胡先骕们原是最反对新文学运动的”[①]，是站在新文学的对立面而出现的。但是，如果回到学衡派自身，他们不仅不是守旧的、复古的，反而是富有现代意识的，是努力于现代文化建设的有志之士。我们不能简单地认识学衡派反对白话文的行为，也不能一概否定学衡派的做法。当我们全面地从中国文学发展与建设的角度去重新理解学衡派的主张，就可以发现其存在的合理性，以及对文学发展的意义，他们的所作所为未尝不是对新文学倡导的一种补充。或者说，学衡派同样是站在现代文化与文学建设的立场上去评价白话文，并且把白话文作为文学的一个方面而不是全部来看待的。同样，他们也不是一味地主张复古，回到文言文的时代，他们同样认为文言文也只是文学的一个方面而不是全部。易峻的《评文学革命与文学专制》是一篇从理论上比较全面阐述现代文化建设的文章。易峻从分析文学革命的流弊及其理论缺失出发，指出了“文学的情感与艺术之产物，其身无历史进化之要求，而只有时代发展之可能”的基本理论观点。在这一理论基础上易峻进一步阐述了“进化”与“发展”的关系，“天下事物，原不必件件皆须进化，皆须革命。革命进化，虽恒为事物演进之历史状态，然亦必其事物在生理上有进化之机能，在环境上有进化之要求，而后可。”随后，易峻鲜明地表达了自己的立场：“故无人反对文学革命，反对文学专制，而唯主张文学建设，主张文学自由。所谓革命专制者，乃一尊即立，并世无两。而建立自由者，则不妨各行其是，各擅所长。”[②]在易峻看来，进化、革命、专制是胡适提倡白话文的主要理论特征和思维方式，所

① 郑振铎：《〈中国新文学大系·文学论争集〉导言》，《中国新文学大系·文学论争集》，上海：上海良友图书出版公司1935年版。

② 易峻：《评文学革命与文学专制》，《学衡》，第79期，1933年7月。

谓一时代有一时代之文学,所谓文学革命,其实就是以专制的方式压制“前时代”的文学。就是以白话取代其他文学,确立白话文学的正宗地位。以白话为发展今后中国文学之唯一途径,而欲根本废除旧文学,欲完全霸占文学界之领域。”因此,易峻认为,所谓文学革命,只是倡导者“丧心病狂者矣”,“乃遂欲一举而用以推翻数千年历史根基之文学,亦多见其不知量也。”

其实,易峻反对新文学的诸多观点并不新鲜,大多沿用了此前赵元任等语言学家的观点。他们往往从纯文学的角度,从中国文化的历史传统出发,不承认文学的发展变化,不认为文学有“进化”之说。在易峻看来,文学之类并不因为时代的发展变化而变化,也不会因为文学的“革命”而发生根本的变化。所谓一时代有一时代之文学的观点是站不住脚的。“胡氏所云诗变而为词,一革命进化也,词变而剧曲,又一革命进化也。”这是因为胡适没有看到“词成立之后,不妨仍有诗,剧曲成立之后,又不妨仍有诗有词。一时代之文学有其今时代文学建设之成分,亦不妨有前时代遗留之成分”,所以,他坚定地说:“夫文学者,世间最传统,最守旧之物也,时愈久而愈固,可固革损益,而不可革命推翻者也。中国文学,文体虽历代有变迁,然要皆悉由文言一途变化创出,派别各歧,而脉流一贯。故此文章字句组织之常为文言体,实为数千年来文学演进之共同轨道。”

可以看出,学衡派诸君并非反对建设现代文化和现代文学,而是反对胡适等人提出的新文学运动和文学革命,不赞成以革命运动的方式推翻传统文学,也不赞成以新文学代替中国传统的文学。在他们看来,应在保守传统的基础上,充分借鉴西方思想文化的各种学说,创造现代文化,呈现中国文化之光辉灿烂。那么,学衡派着力于创造的现代文化应当是什么样式呢?

1923 年 3 月,吴宓在《学衡》第 15 期上发表《论今日文学创造之正法》,这篇文章是在《学衡》连续发表《评提倡新文化者》(梅光迪)、《论新文化运动》(吴宓)、《评今人提倡学术之方法》(梅光迪)、《论今日吾国学术界之需要》(梅光迪)、《评〈尝试集〉》(胡先骕)等一系列批评新文化的文章后,比较系统地阐述学衡派文化思想和文学观念,表达了他们心目中的现代中国文学的初步设想。

吴宓从文学创作与批评的关系入手，着力于阐述“文学创造之正法”。他向来主张，“文学之有批评与创造，如车的两轮，鸟之双翼，所以相辅相助，互成其美与用，缺一而不可者也。”[①]所以，研究创造之正法正是创造现代文学的重要工作。或者说，若要文学的发展，首先需要弄清楚什么是文学，文学发展兴盛的原因。吴宓通过研究各国文学史，得出了古来文学兴盛的原因，“即光明伟大之文学创造，常由于二事：一曰天才，二曰时会。”吴宓所看重的作家，是那种天才式的人物，如荷马、西塞罗、莎士比亚以及中国的杜甫、关汉卿、曹雪芹等，他们的文学成就既是他们“奋志苦攻，精心结撰”的结果，更是因为他们“生来禀赋之资”超乎常人。这些天才式的人物能够洞悉人生，认知社会，发现美，表现美。因而，他们的作品可以引导人们，涤净人的灵魂。

除去对新文化运动情绪化的攻击之外，“学衡派”还是认真地思考过中国的文化运动的，也对新文学的发展提出过中肯的意见。现在看来，有些意见对新文学的发展还是具有相当重要的意义的，只不过人们在一种情绪化的论争中忽视了这些本应是受到重视的观点。1923 年 9 月，吴芳吉曾在《学衡》杂志第 21 期上发表《再论吾人眼中之新旧文学观》，对胡适的《文学改良刍议》中提出的“八事”进行了逐条地批驳，他认为，“文学惟有是与不是，而无所谓新与不新，此吾人立论之旨也”，并且认为提倡新文学者根本未能弄明白文学。于是，吴芳吉提出了文学的新的八种“态度”：

> 今世之所谓革命者，皆不彻底之手段也。新派之所谓几不主义者，其似是而非如此，而亦号曰革命，何不彻底之甚也。曰：然则吾人也有主义否乎？曰：吾人固有无所谓主义者。虽无主义，而有态度，然则吾人之态度何谓？
>
> 一曰：从事文学，乃终身之事，非可以定期毕业者。吾人长愿以此嗜好文学之热忱，学习于古人，学习于今人，学习于世界，学习于冥冥，而永远为此小学生之态度。

---

① 吴宓：《吴宓日记》（Ⅵ），北京：三联书店 1988 年版，第 96—97 页。

二曰：文学之美，非一家一派可尽有也，美不可以尽有，则各家各派皆必有所短也。吾人但愿取其所长而去其短，以为我之辅导，而有容受一切之态度。

三曰：人伦之可贵，以其互助而乐生也。文学之演进，以前人后人之相续也。吾人之智，前人之赐也，前人之志，吾人之事也，前人之不逮，正赖后人以补之救也，何忍诟骂之也！吾人固有崇本首先之态度。

四曰：文学非政党也，异己者虽多，理之所当然也。道并行而不悖，可以严辨之，不可以排挤之也。人之有善，若己有之，当思所以齐也。人之不善，亦若己有之，当思所以改也。为其异己者多，益见文学之博大无方也，吾人固抱人我并存之态度。

五曰：文学之败乱，今日而极矣。复古故为无用，欧化亦属徒劳，不有创新，终给继起。然而创新之道乃在复古欧化之外，此其所以愈难矣。虽然。愈难愈当致力，但能致力可也。成功者易，崩球者速，吾人固有不求成功之态度。

六曰：吾人虽不排挤他人而不能禁他人之不排挤我也。吾人虽不谩骂他人，而不能禁人之不谩骂我也。处兹排挤成习，谩骂成性之世，吾人主张，必最失败。明知其必失败，而竟为之，此心未死故也，吾人固有不怕失败之态度。

七曰：所贵于文学者，非仅学为文章而已，学以养性情，学以变气质，学以安身立命，学以化民成俗者也。文言也，心身之主也，是以文之所言，心之所思，身之所行者，必归一致，不必徒小技耳。故吾人愿有因文以进德，因德以修文之态度。

八曰：吾人今日之言，今日所以为是者也。明日回顾，又以为非也。尽管为今日之是，尽管为后之非，思想不患矛盾，知不可以不知为已知，吾人思想之不高明，知识有限故也。知识有限，心则无欺，是非虽常易，此心终未易也，吾人是以永有改进向上之态度。

一言以蔽之，“不嫉恶而泥古，惟择善以日新”，此吾人对于文学态度之说明也。

吴芳吉：《再论吾人眼中之新旧文学观》

这种针对胡适文学观点的八种"态度"，并不能简单地说是复古主义思想。在"学衡派"那里，同样要建设中国现代文化，但其建设的基本指导思想和思路与新文化倡导者是极为不同的。这种建设既不是简单地欧化，也不是简单地复古。在"学衡派"那里，"文学无新旧之异"，也没有"贵族平民"之分，创新意味着遵守固有的文化传统，遵守文学的固有秩序，讲究基本的文化规范性，创新就是创造，而创造则需要苦心练习，遍习各种文体，广求知识，而且"宜从摹仿入手"、"勿专务新奇"。

三、论争中的文化态度

据胡适回忆，梅光迪一开始并不反对文学革命，但却反对以白话代替文言，反对胡适关于"中国古文是半死或全死的文字"的观点。胡适在《文学改良刍议》中把胡先骕作为"烂调套语"的标本，惹怒了胡先骕，一定程度上影响到这次论争。1919 年，胡先骕发表《中国文学改良论(上)》，批评胡适的白话文主张及新诗创作，论争正式开始。1922 年《学衡》杂志创刊后，论争又进一步升级。今天看来，"学衡派"的主要观点显然是站不住脚的，他们过于强调了文言的优美，又过于低估了白话文学的生命力。但他们并不是认为语言文字不能改革，不能发展。"学衡派"从学术发展的观点强调文言文的正宗地位，他们眼中的"文言文"实际上是书面语和文学创作的语言，是文人化了的语言。在他们看来，小说词曲固可用白话，而诗歌则不可。如果"作诗如作文"，优美的文学语言被粗俗的白话所代替，那么，文学将失去文学的韵味，尤其是诗歌创作，若把口语及其白话文字移于诗歌之中，是对诗歌美的破坏。吴宓指出过："文章不能离文字而独立。自根本观之，无所谓文字之优劣，与适宜于文学创作与否也。""苟一旦破灭其国固有之文字，而另造一种新文字，则文学之源流根株，立为斩断。"[①]胡先骕则认为文学革命若以语言文字为主，以白话推倒文言，则是"鲁莽灭裂之举"，他

① 吴宓：《论今日文学创造之正法》，《学衡》，第 15 期，1923 年 3 月。

的下列文字是值得玩味的："文学自文学，文字自文字，文字仅取其达意，文学则必达意之外，有结构，有照应，有点缀。而字句之间，有修饰，有锻炼。凡曾学修辞学作文学者，咸能言之，非谓信笔所之，信口所说，便足称文学也。故文学与文字，迥然有别，今之言文学革命者，徒知趋于便易，乃昧于此理矣。"[①]在这里，他把语言文字看作一种很神秘的具有独特内涵的可表情达意的工具。但这种表情达意是与文学创作不一样的，是文字自身所具有的功能。受白璧德的影响，胡先骕也讲求文学的纪律，认为文学应有文学的语言、形式，诗文是高贵雅洁的文字，而不能随便乱写。据此，他又反对把文字作为发表政治社会思想言论的工具，"尤无庸创造一种无纪律之新体诗以代之"，这些观点中都带有某种学究气味，与"五四"时期文学创作的实际情况有些隔膜，但也有它自成一说的道理，而且在论究学术的过程中带有新文化运动提倡者所少有的学术规范特征。如果重新翻阅发表于《学衡》第一期上的刘伯明的《学者之精神》以及其他各期上的梅光迪的《评今人提倡学术之方法》、《论今日吾国学术界之需要》、吴宓的《论今日文学创造之正法》等学术论文，可见"学衡派"所反对的并非是文学之"新"，而主要是新文学对于传统的学术规范和既定的文学秩序的破坏。梅光迪在《论今日吾国学术界之需要》一文中说："吾国现在实无学术之可言。……真正学者，为一国学术思想之领袖、文化之先驱，属于少数优秀分子，非多数凡民所能为也。故欲为真正学者，除特异天才外，又须有严密之训练，高洁之精神，而后能名副其实。天才定于降生之时，无讨论之余地。若其训练与精神，则有可言者，训练之道多端，而其要着有二：曰有师承，曰有专长。至于其精神方面，亦有二者之最足以概之：曰严格训练，曰惟真是求。"梅光迪的意思或者可以概括为学术研究需要讲究一定的学术规范，需要讲究一定的学术秩序。

在"学衡派"诸公中，胡先骕是一位科学家，他的文学批评既具有科学的严谨而又具有人文科学的通达，他的《论批评家之责任》可以看作是"学衡派"的批评主张和学术观点。胡先骕认为文学批评对于整个学术发展具

① 胡先骕：《中国文学改良论》，《东方杂志》，第16卷第3期，1919年3月。

有重要的意义，“中国学术之所以陈旧无生气之故，厥为缺乏批评。无批评则但知墨守，但知盲从”。所以，他认为有责任和义务“创立批评之学，将中国所有昔时之载籍，重新估价”。他由此认为真正的批评家需要具有以下一些基本的特征：

（一）批评之道德。批评家之责任，为指导一般社会，对于各种艺术之产品，人生之环境，社会政治历史之事迹，均加以正确之判断，以期臻至美至善之域。故立言首贵立诚，凡违心过情，好奇立异之论，奉迎社会，博取声誉之言，皆在所避忌者也。……

（二）博学。批评之业，异于创造。创造赖天才，故虽学问不深，亦能创造甚高之艺术。至批评家则须于古今政治、历史、社会、风俗以及多数作者之著作，咸加以博大精深之研究，再以锐利之眼光，为综合分析之观察。夫然后言必有据，而不至徒逞臆说，或摭拾浮词也。故在今日，欲以欧西文化之眼光，将吾国旧学重行估值，无论为建设的破坏的批评，必对于中外历史、文化、社会、风俗、政治、宗教，有适当之研究。而对于中国古籍，如六经、诸子、史、汉、魏、晋、唐、宋、元、明、清诸大家著作，西籍如希腊、拉丁、英、德、法、意诸大家文学及批评，亦皆加以充分之研究。……

（三）以中正之态度，为平情之议论。……

（四）具历史眼光？……作批评也，决不宜就一时一地一党一派之主观立论，必具有伟大洞彻之目光，遍察国民性、历史、政治、宗教之历程，为客观的评判，斯能公允得当。……

（五）取上达之宗旨。今日一般批评家之宗旨，固为十八世纪卢梭学说创立以来，全世界风行主义之余绪，即无限度之民治主义也。有限度之民治主义，固为一切人事之根本。无限度之民治主义，则含孕莫大之危险。……

夫批评之主旨，为指导社会也。指导社会，纯为上达之事业也。上达之宗旨，固丝毫与民治主义不悖。民治主义固为在法律、政治上，无论贵贱皆得同等之待遇，在社会上皆得同等之机会也。

（六）勿谩骂。

根据上述六条批评家之“责任”,胡先骕的《评〈尝试集〉》和《评〈尝试集〉(续)》以及《评胡适〈五十年来中国之文学〉》等批评论著,竭力奉行“学衡派”的“以中正之眼光,行批评之职事”的宗旨。胡先骕评胡适的《尝试集》采用了科学统计的方法,在他看来,“以172页之小册,自序、他序、目录已占44页,旧式之诗词复占50页,所余之78页之《尝试集》中,似诗非诗似词非词之新体诗复须除44首。至胡君自序中所承认为之白话诗者,仅存14篇,而其中‘老洛伯’、‘关不住了’、‘希望’三诗尚为翻译之作。似此即可上追李杜,远拟莎士比亚、弥尔顿,亦不得不谓微末之生存也。然苟此11篇诗义理精粹,技艺高超,亦犹有说,世固有以一、二诗名世者。第平心论之,无论以古今中外何种眼光观之,其形式精神,皆无可取。”这种科学统计的方法,把《尝试集》完全化整为零。但如果认真考虑胡先骕的分析,也不是没有道理,他对《尝试集》所做的评价也是他根据“传统的诗歌观念以及某种他所认定的学术标准而进行的。正是如此,胡先骕认为《尝试集》中的一些诗篇并无多少文学价值,《人力车夫》、《你莫忘记》、《示威》所表现的是“枯燥无味之教训主义”,《一颗遭劫的星》、《老鸦》、《乐观》、《上山》、《周岁》所表现的是“肤浅之象征主义”,《一笑》、《应该》、《一念》所表现的是“纤巧之浪漫主义”,《蔚蓝的天上》所表现的是“肉体之印象主义”,《我的儿子》无所谓理论,《新婚杂诗》、《十二月一日奔丧到家》、《送叔永回四川》“无真挚之语”,等等,胡先骕对《尝试集》几乎做了全盘否定。在《评〈尝试集〉(续)》中,他又引用了美国新人文主义代表人物白璧德的观点,批评了《尝试集》中泛滥着的“浪漫主义”。这些评价不无道理,却也有违历史发展的原则,忽视了《尝试集》出现的历史背景,也忽视了新文学创立之初一切都在“尝试”之中的现实。但是,胡先骕如此全面否定胡适,显然是有他的理论基础的,而这个基础就是他一再强调的文学的秩序和规范,他借批评《尝试集》而批评了“五四”以来文学创作失去的规范性的弊端,并试图在批评活动中重建新的符合现代文学发展的文学秩序和学术规范。不过,这往往是胡先骕及其同人一厢情愿的事情。因为,对于提倡新文化运动者来说,他们首先要做的是破坏旧的文化秩序,摧毁封建主义一统天下的文化格局,而后才进入到新的文化秩序和学术规范建立的程序上来,“五四”以后、20年代，胡适提倡“多研究些问题，少谈些主义”以及“整理国故”、“青年必读书”等，也从一个方面表现出重建现代文化秩序的某种努力。

因此，这里又出现了“学衡派”对新文化倡导者们的误解，或者说“学衡派”仅从学者的立场看文学革命是不够的，没有看到在语言文字讨论的背后所具有的强烈的思想启蒙倾向。因此论争也就无法真正在同一论题上展开。“学衡派”采取的是学者立场，关注的是学术讨论，提出的论题也是学术的；而新文化倡导者们并不是从纯学术的角度讨论语言问题的，尤其是在双方论争阶段，基本上逸出于学术范围，变成了新文化倡导者们对“学衡派”的围攻。

其实，学衡派的现代文化建构的设想，在他们的论述中并没有得到足够的系统的阐述，《学衡》从创立之初就将主要精力用于对“五四”新文化的批判，却反而忽视了自身的建设。不过，即使如此，我们也可以在学衡派诸君的论著中，清理出一个现代文化建构的大体框架。这个框架是由保守传统文化的主线，及其相应的文化及学术的秩序与规范，文学的审美与经典所构成的。

所谓保守传统，这是学衡派文化构建及文学批评的一个基本原则。现代文化无论如何发展，无论发展到何种程度，都不能也不可能割断传统文化的血脉，现代文化是从传统文化血脉中流淌着的现代，是在充分挖掘传统文化精髓的基础的文化的流变，梅光迪明确指出：“为学需有师承，中西学者皆然。往者吾国一学之倡，皆有人之为大师，授徒讲学，故有所谓‘家法’、‘心传’者，否则为‘野狐婵’，不与于迴人之列。”这种学术上的”师承“关系，不仅是说学业上的方法，而且更是通过这种师承，能够更深刻地更好地理明和接受传统文化的精神，在梅光迪看来，“凡治一学，必须有彻底研究。于其发达之历史，各派之比较得失，皆当后能不依傍他人。自具心得，为独立之鉴别批评，其关于此学所表示之意见，亦是取信于济辈及社会。一般之人，此之谓有专长。”①现代文化的构建不是凭空产生的，也不是投其一般青年之所好，而是在传统的身后的根基上建立起来的。正是从这

① 梅光迪：《论今日吾国学术界之需要》，《学衡》，第4期，1922年4月。

个意义上,学衡派认为白话并不能真正取代文言文,“白话文者,艺术破产之文学”,而文言文之所以仍有生命力,具有审美活力,很重要的一点,就是“以其历史根源之深厚,词品极丰富,措辞造句,可得心应手,左右逢源”。可以说,学衡派并不是盲目攻击新文化运动,随意攻击白话文,而是从民族文化自身运行流变的角度,坚持了文化保守主义者的文化立场,坚守了一种民族文化的自信心。

既然文化及其文学是从传统承续而演变过来的,文化及其文学的保守传统则主要体现在学术方法上的规范,以及在文学观念上强调文学审美的恒久性与普遍性。所谓文化秩序与方法和规范,是学衡派从欧美文化尤其是老师白璧德那里得来的且一贯坚持的。在他们看来,既然新文化运动以革命的运动的方式破坏了中国固有的文化,破坏了中国文学应有的美学品格,那么,就应该以新的方法重建学术规范。胡先骕在《论批评家之责任》中从完善批评的责任角度,规范了批评方法。胡先骕认为,批评家的责任是批评走向规划的首要保障。其责任有以下几点:一是批评之道德,人们“对于艺术之感动,尚须加以理性之制裁也”①,因此,批评家就需要以自己的良心和对艺术的文心去从事批评,此谓批评家之道德。二是博学。文学批评并不同于创作,创造需要天才,批评则不同。“批评家则须于古今政治、历史、社会、风俗及多数作者之著作,咸加以博大精深之研究,再以锐利之眼光,为综合分析之观察。夫然后吾必有据,而不至徒道臆说,或庶拾浮词也。”三是“以中正之态度,为平情之议论”。四是“历史之眼光”,五是“上达之守者”,六是“不漫骂”。胡先骕显然没有明确提出建设什么样的文化和学术规范,但这六点批评家的责任,已经基本上为建设规范化得批评奠定了基础。

其实,在建设现代文化的新秩序以及文学批评的学术规范方面,学衡派和胡适等人的观点是一致的,只不过其方法不一样而已。

关于文学的审美性问题,这是学衡派与胡适等新文化运动者们的一个重要分歧,也是文言与白话之争得又一个关键问题。

---

① 胡先骕:《论批评家之职责》,《学衡》,第3期,1922年3月。

易峻在《评文学革命与文学专制》一文中，批评新文学的同时，比较系统地阐述了学衡派的文学主张。易峻认为，文学的审美价值主要有“二重生命”：“（一）真实之情感，（二）艺术之方式。文学之价值不贵能表情达意，而贵其能以艺术之方式表情达意耳。”怎样才叫做“以艺术之方式表情达意”？易峻进一步论述说：“文学之有法度格律声调，乃文章神韵气味之所以寓托，乃文学艺术进步之结果，皆所以陶铸文学美感之要素，自有其文学的艺术需要之根据，并非古人为文，故欲作茧自缚，而乃‘凭空加上’也。盖艺术为文学之血液，而此法度格律声调者，悉文学艺术之基本成分。”易峻所说的“以艺术的方式表情达意”，主要强调了文学的独特性，即文学的形式特征。“格律声调”既是文学的形式，也是文学不可或缺的内容，没有“格律声调”，就不会有“情”、“意”，这些文学的美的产生，因为格律声调可以“使文章惬于章法，精于词彩，畅于韵味，而妙于感觉也”，因此，中国传统的文学，除了具有简洁雅训，堂皇富丽，及整齐谐和，微婉蕴藉之风致”外，更主要的还能够“以声韵感召心灵，其音乐美感之力至强，而后使文章能有情韵深美之致”。在易峻看来，白话文学之所以无法取代文言文学，或者无法与文言文相比，主要就在于“文言文为能表现艺术而亦能便利动用之文学，有数千年历史根基深厚之巩固，有四百兆民族文学同轨之要求，有须与吾民族之生存同其久远之价值”①。

学衡派致力于现代文学重建的努力以及对文学的审美理解是令人敬佩的。应当说，学衡派对“五四”新文化运动所出现的问题认识比较清楚，他们对胡适等人的批评同样针对要害，对现代文化的重建具有重要的启示意义。但是，作为具有深厚传统文化修养，同时又留学过欧美的衮衮诸公，并不真正了解现代文化，也不能适应现代传媒兴盛以来的文化潮流，一味偏执于古典，偏执于保守传统，对现代文化的发生及其特点极为陌生，因此，尽管他们在20世纪二三十年代的中国文化界尽心尽力，执著于中国文化的典雅，努力于保守民族文化传统，但他们仍然如同堂·吉诃德一样，他们的文化努力显示出不合时宜的悲壮。

① 易峻：《评文学革命与文学专制》，《学衡》，第79期，1933年7月。

第十四章　健康与尊严中的“文学的纪律”

中国现代文学批评从产生起，批评家在反叛中国古典文学的规范与秩序的同时，也在试图重建现代文学批评新的规范和秩序，从胡适到“学衡派”，从陈独秀到鲁迅，都在进行着不懈的努力，尽管他们的出发点不一样，方式方法不一致，但他们的目的是一样的。现代文学批评发展到1920年末，有两个问题是值得关注的：一是文学已经偏离了文学的正常协轨道，文学的审美特征正在消失，不少作家、理论家都对此表示了担忧；二是文学批评逐渐失去秩序，缺少必要的学术规范，文学论争中夹杂着人身的攻击，文学批评不关注文学而言说文学之外的内容。“学衡派”批评提倡新文化者是一些功名之士，虽然话说得尖刻了些，但也不无道理，指出了新文化存在的问题。可以说，现代文学批评需要重构其学术规范，重造其文学价值规范，寻找批评的文学之路。“学衡派”的出现本来有可能担当起这个责任，但他们过于沉迷在论争中，而在文化重建和文学价值观念的重建的努力虽然值得尊重，但却缺少必要的体系性和完整性。梁实秋及其新月批评家的出现，为这种规范化、秩序化的学术批评提供了新的思路和方式，为现代文学批评发展提供了另一种可能性，梁实秋及其新月批评家出现在文学史上的意义也正在这里。

一、文学的纪律与新月派的文学追求

（一）自由主义理想中的文学的纪律

自由与纪律，似乎是一对无法解决的矛盾，但它们却如此统一地出现在新月派批评家的身上。新月派的批评家们一般被人称作自由主义文人，但同时，他们又在文学批评活动中提倡文学的纪律，倡导文学的尊严。这里既涉及新月社的文化倾向，又关系到新月诗派的文学主张，因此，我们不能不先对新月社和新月诗派的关系作些说明。

新月社成立于1923年，是一个由政界人物、银行家、大学教授、学者、作家、诗人等组成的有一定活动能力和活动方式的文化沙龙，先后加入其中的成员主要有胡适、徐志摩、陈西滢、凌叔华、林徽因、丁西林、梁实秋、杨振声、梁启超、张君劢、徐申如、叶公超等。新月社开始是以聚餐会的形式出现的，由徐志摩的父亲徐申如等垫付一部分开办费，租赁活动场地、雇佣厨师等，会员以缴纳会费的方式参加社团。由聚餐会而发展成立的“新月俱乐部”，超越了早期聚餐的单一形式，举办各种集会，如“新年有年会，元宵有灯会，还有什么古琴会、书画会、读书会”。徐志摩在《石虎胡同七号》一诗中对此有更富诗意的抒写：“我们的小园庭，有时荡漾着无限温柔：善笑的藤娘，袒酥怀任团团的柿掌绸缪，百尺的槐翁，在微风中俯身将棠姑抱搂，黄狗在篱边，守候熟睡的珀儿，它的小友，小雀儿新制求婚的艳曲，在媚唱无休——我们的小园庭，有时荡漾着无限温柔……”这种自由、舒适而富有情调的沙龙式活动，显然是20世纪20年代中国知识分子所向往和追求的生活方式。但是，这对于留学过欧美的徐志摩来说，显然不是他最初和最重要的设想，在《致新月社朋友》的信里，徐志摩清楚地表达了他的想法：“我们当初想做的是什么呢？当然只是书呆子的梦想！我们想做戏，我们想集合几个人的力量，自编自演，要得的请人来看，要不得的反正自己好玩……”徐志摩想演戏，并不是他有表演才华，而更是为了表现知识分子的生活方式，为文学艺术和思想文化界培植新的风气，开辟新的道路。1924年，泰戈尔访华给徐志摩提供了一个舞台，他和林徽因排演了泰戈尔的短剧《齐德拉》。徐志摩及新月社在排演戏剧方面并没有多少成功，却引起了一些志趣相投的文人们的欢迎，吸引了闻一多、梁实秋、余上沅、熊佛西等人入社。由此，新月社在徐志摩和闻一多等人的努力下，转向文学的发展方向。1925年，徐志摩接编《晨报副刊》，1926年，徐志摩在《晨报》副刊创办《诗镌》、《剧刊》，探讨新体格律诗和国剧运动。1927年春，原新月社骨干胡适、徐志摩、余上沅等在上海筹办新月书店，次年创办《新月》月刊，新月社重新开始活动。新月派从聚餐、办年会等的文化沙龙，转向了以办报纸杂志为主的活动。这并不是说新月社对现代传媒来有多么深刻的认识和多么到位的把握，而只是他们借现代传媒来构建“纸上的沙龙”。

一般人们将新月社与新月诗派区别来看，将作为文化沙龙的新月社和作为诗歌流派的新月派视为两个不同的概念，应该说，从文学史的发展以及新月派的发展变化的轨迹来看，这是符合历史事实的。但是，如果将二者完全分离开来看，忽视二者之间的内在联系，同样存在着认识上和逻辑上的问题。我这里的任务不是考察二者之间的关系，只是想从二者间的文化关联上，阐述其相同的方面。

新月社成立的1923年，正是现代文化转型的关键时期，一方面“五四”新文化运动取得了成功，但却遇到新的问题，旧的文化秩序已经破坏，新的文化秩序正在建设之中，对于如何重建现代文化的新秩序，出现了不同的声音。新月社的成员是非常有文化理想和社会抱负的知识分子，他们试图以自己的文化努力和方式，将欧美的社会制度与生活方式移植到中国，构建他们理想中的和谐社会。胡适创办《努力》，努力于新的文化研究和“谈政治”新构想，尽管这种新的努力受到不少人的怀疑甚至批判，但胡适的良苦用心和文化追求是应该受到人们的尊重的。学衡派对新文化运动的批判兆示了学界对文化新秩序和学术规范的强烈渴望。也许，学衡派的学术诉求方式存在着明显的问题，但是，他们的这种诉求的本身却是值得关注和研究的。鲁迅的国民性省察和批判实际上在继续进行着旧文化的破坏活动，不过，他已经超越了简单的批判工作，而深入到国民精神世界之中，深入到传统文化的深层。在这种背景下，新月派以结社的方式进行文化活动，自有其特别值得关注的地方。从现实生活层面来看，新月社的结社及其活动，是文人们的生活方式，“有舒服的沙发躺，有可口的饭菜吃，有相当的书报看”，也只是他们追求的生活的一种表象而已。他们更主要的目的是通过这种结社，建构一个自由开放的“公共领域”，或者说，新月派试图在构建公共领域的过程中，实现知识分子的自由主义理想。“所谓公共领域，我们首先意指我们的社会生活的一个领域，在这个领域中，像公共意见这样的事物能够形成。公共领域原则上向所有公民开放。公共领域的一部分由各种对话构成，在这些对话中，作为私人的人们来到一起，形成了公众。”[①]新月派正是在每一次私人聚会中逐渐形成了一个自由发表意见的公共领域，而随着新月社活动范围的扩大，这种公共领域又扩大到了他们主办的报刊上面。

需要进一步研究新月派的文化理想。梁实秋在《忆新月》中说：“新月一伙人，除了共同愿意办一个刊物之外，并没有多少相同的地方，相反的，各有各的思想路数，各有各的研究范围，各有各的生活方式，各有各职业技能。彼此不需标榜，更没有依赖，办刊物不为谋利，更没有别的用心，只是一时兴之所至。《我们的态度》一文，是志摩的手笔，好像是包括了我们的共同信仰，但是也很笼统，只举出了‘健康与尊严’二义。以我个人而论，我当时的文艺思想是趋向于传统的稳健的一派，我接受五四运动的革新主张，但是我也颇受哈佛大学教授白璧德的影响，并不同情过度的浪漫的倾向。”[②]。梁实秋的回忆基本上说出了新月派的思想倾向。从新月派的人员构成情况来看，大多数是来自留学欧美的自由主义知识分子，信仰自由与追求自由主义思想文化构成其人生目标与思想方式。自由主义是一种意识形态、哲学，以自由作为主要政治价值的一系列思想流派的集合。对此，英国学者霍布豪斯曾经说过：“普遍自由的第一个条件是一定程度的普遍限制。没有这种限制，有些人可能自由，另一些人可能不自由。一个人也许能够按照自己的意愿行事，而其余的人除了这个人认为可以容许的意愿以外，却无任何意愿可言。换言之，自由统治的首要条件是：不是由统治者独断独行，而由明文规定的法律实行统治……我们可以从中得出一个重要的结论，即自由和法律之间没有根本性的对立。相反，法律对于自由是必不可少的。”[③]可见，自由主义与个人联系在一起，同时也与秩序联系在一起的，没有秩序也就谈不上自由，没有规范和秩序，所谓自由就是是一种妄

① ［德］哈贝马斯：《公共领域（1964）》，汪晖、陈燕谷主编：《文化与公共性》，北京：三联书店1998年版，第125页。

② 梁实秋：《忆新月》，《梁实秋代表作》，北京：华夏出版社2008年版，第120页。

③ ［英］霍布豪斯：《自由主义》，北京：商务印书馆1996年版，第9页。

谈,没有秩序的自由就是阿Q式的革命:我想什么就是什么,我想谁便是谁。秩序中的自由主义又与宽容联系在一起,“容忍的态度”就是允许他人有自己的思想,有自己的自由,用胡适的话说就是:“期望大家能容忍异己的意见和信仰,凡不承认异己者自由的人,就不配争自由,就不配谈自由。”①个人、秩序与容忍作为自由主义的三大要素,成为新月派文人凝聚一起的力量。建立新的文化秩序,建立新的社会规范,这在新月派文人看来是中国最迫切的一项工作。《新月》创刊时发表的《“新月”的态度》中说:“不幸我们正逢着一个荒歉的年头,收成的希望是枉然的。这又是一个混乱的年头,一切价值的标准,是颠倒了的。”所以,《新月》的同人们“希望看一个真,看一个正”②。

当新月派的主要成员转向文学时,他们所追求的社会文化的自由主义自然成为了文学上的自由主义,或者说,新月派提倡格律诗和国剧运动,是他们谋求自由主义的方法之一,试图通过文学上的秩序和规范达到社会文化的秩序规范。新月派提倡新格律诗,在建设文学秩序的同时,更是通过文学寻找社会文化的新的秩序。也可以说,文学的秩序反映了新月派对社会和文化的一种认识。

(二)审美现代性中的文学尊严

新月派的文学批评思想打上了鲜明的自由主义文化思想的印记。

1928年3月《新月》创刊,徐志摩、罗隆基、胡适、梁实秋等任编辑。《新月》的创刊既是新月派发展的一次新的尝试,也是对方兴未艾的革命文学的反动。在《新月》创刊号上,由徐志摩执笔的《“新月”的态度》虽然只是一篇发刊辞式的文章,所表达的文学思想也不可能系统和全面;虽然文章带着某些针对性,对革命文学及其他文学现象表示反对,但它所表明的《新月》的态度是非常明确的,这个态度就是“健康”和“尊严”的原则。《新月》所提出的这个原则也许并不是什么新奇的观点,但是在他罗列了文坛

① 胡适:《胡适致陈独秀》,《胡适全集》,第23卷,合肥:安徽教育出版社2003年版,第476页。

② 《“新月”的态度》,《新月》,第1期,1928年3月。

的十三种现象的基础上，再去看这个原则，就会明白《新月》态度首先是对“摆满了摊子，开满了店铺，挂满了招牌，扯满了旗号，贴满了广告”的现象的强烈不满。那么，什么是新月派所追求的“健康”与“尊严”？《“新月”的态度》并没有明确论述，只是通过隐喻点出了这个原则：“买卖毒药，买卖身体，是应得受干涉的，因为这类的买卖直接违反健康与尊严两个原则。同时，这些非法的或不正当的营业还是一样在现代的大都会里公然的进行——鸦片，毒药，淫业，那一宗不是利市三倍的好买卖？但我们却不能因为它们的存在就说它们不是不正当而默许它们存在的特权。在这类的买卖上我们不能应用商业自由的原则。我们正应该觉得切肤的羞恶，眼见这些危害性的下流的买卖公然在我们所存在的社会里占有它们现有的地位。”在新月派看来，那十三种门类的思想市场上的现象，“我们不能不说这里面有很多是与我们所标举的两大原则——健康与尊严——不相容的。”也就是说，从事文学事业应该保持文学应有的健康状态，文学有自己的尊严，维护文学的尊严是天经地义的事情。文学是美的，文学唯其是美的，所以才是值得人们去尊重和爱好的，文学是真的，唯其是真的，所以才值得人们去追求。因为“尊严，它的声音可以唤回在歧路上彷徨的人生。健康，它的力量可以消灭一切浸蚀思想与生活的病菌”。而健康与尊严，表现在文学上就是纯正的思想，纯粹的文学。可以看到，新月派试图通过自己的努力，还原文学应有的审美品格，重建文学批评的秩序，使文学回归到文学的轨道上来。当文学回到文学的道路上来的时候，整个社会也会随之回到常态，回归理性，回归秩序。因为他们相信：“一部纯正的思想是人生改造的第一需要。纯正的思想是活泼的新鲜的血球，它的力量可以抵抗，可以克胜，可以消灭一切致病的微菌。纯正的思想，是我们自身活力得到解放以后自然的产物，不是租借来的零星的工具，也不是稗贩来的琐碎的技术。我们先解放我们的活力。”①

既然健康与尊严是文学的基本原则，那么寻找一个价值标准作为衡量文学的健康与尊严的尺度，正是文学回归的必要手段。无论在梁实秋的文

① 《“新月”的态度》，《新月》，创刊号，第1期，1928年3月。

学批评还是在徐志摩的文学论述中，人性都是他们最为看重的一个标准。《“新月”的态度》中指出当今文坛是变态的病态的，不是常态的，是伤感的、热狂的、偏激的，都是指文学失去了应有的秩序，失去了本来的美。造成这种现象的主要原因，就是人性的变异，情感的狂放，带来了这荒歉的年头。而在梁实秋看来，新文学之所以出现了问题，主要在于浪漫主义过了头，感情过于泛滥，文学创作不能很好地表现出人性的伟大，不能写出普遍的人性。关于人性能不能作为文学批评的标准，从梁实秋与鲁迅的论争，到左翼文学的批判，再到沈从文等京派文人，不同的作家对此有不同的认识，而且对人性的理解与阐释也多分歧，理解也各不相同，梁实秋所说的人性，与鲁迅所说的人性，有着本质的不同，梁实秋所说的人性与沈从文的人性，也有巨大的差距，因此，要想在文学批评中统一人性的批评尺度是非常困难的。梁实秋说：“文学发于人性，基于人性，亦止于人性。”①在梁实秋看来，“人性是测量文学的惟一的标准”，“文学所要求的只是真实，忠于人性”②。梁实秋是从一个宏观的角度对文学与文学批评的理解，他所阐述的是人类生存哲学对人性的基本命题，徐志摩没有专门论述着文学与人性的关系，但他在《“新月”的态度》等文章中，从不同的侧面涉及人性的问题。在新月派作家中，他们更多的是将人性与理性、情感节制等联系在一起，梁实秋、徐志摩以及闻一多都曾论及过理性节制情感的问题。理性节制情感既是对诗歌形式的要求，也是人性论批评的重要内容。在理性节制情感的标准下，文学的和谐，组织的严密，都可以在人性论这一旗帜下得到实现。

（三）诗与文学：古典主义的文体追求

作为美国古典主义代表人物白璧德的忠实学生，梁实秋努力实践着古典主义诗学，寻找现代诗学的中国之路。新月派的其他成员虽然没有直接成为白璧德的学生，但他们的文学思想却受到白璧德深刻的影响，如闻一多、徐志摩等，在他们的批评活动中，或多或少地表现对白璧德文学思想的

---

① 梁实秋：《文学的纪律》，《浪漫的与古典的·文学的纪律》，北京：人民文学出版社 1988 年版，第 122 页。

② 梁实秋：《文学与革命》，《新月》月刊，第 1 卷第 4 期，1928 年。

认同。同时,由于新月派成员深厚的欧美文化的背景,在他们的诗学体系中,也同样带着明显的古典主义色彩。

梁实秋在《白璧德及其人文主义》一文中,曾经比较系统地阐述了白璧德与古典主义的关系,也比较清楚地阐述了古典主义的内涵:"古典主义是很笼统的一个名词,希腊的古典主义不全同于罗马的,文艺复兴时期的又不全同于17、18世纪的。白璧德先生在他的著作里凡讲到古典主义的时候,总是很谨慎的辨明何为古典主义,何为假古典主义。所谓'假古典主义',即是自文艺复兴以来僵化了的新古典主义,并非是古典主义的真面目。白璧德先生是古典主义者,不是新古典主义者。他所最低徊向往的是希腊时代的古典主义,不是那种由 Scaliger 或 Thomas Rymer 所代表的古典主义。"①梁实秋之所以用古典主义对立于新古典主义,一个很重要的原因在于概念回归,即把古希腊文学看作文学的经典,区别于文艺复兴以后的新古典主义,或者在他看来,文艺复兴以后是一种假的古典主义,缺少经典性;另一方面则是概念使用上的问题,在梁实秋的眼中,古典文学并非是"古",而主要在于"典",典是经典、典雅,经典是文学作品的评价尺度,典雅是文学作品的艺术风格。在《古典文学的意义》中,梁实秋这样描述了"古典文学":

> 我所说的古典文学,是没有时间限制的,并非指秦汉以前的中国文学,亦非指希腊罗马文学,我把顶好的文学叫做古典文学。《诗经》、《左传》是古典文学,《红楼梦》、《水浒》也是古典文学,希腊悲剧、罗马喜剧是古典文学,莎士比亚与弥尔顿也是古典文学,古典的就是好的,经过时间淘汰而证明是好的。古不古,没有关系;典不典,也没有关系。不过顶好的文学作品,都是不怕时间的试验的,所以常常是古远的遗留下来的精华;顶好的文学作品永远是精美的,有完美的形式与风格,所以亦常常是极其雅典的。故古典文学这一名词不妨容其存在。

不以时间性评价文学的古典性质,而是以"精华"、"精美"、"雅典"等

① 梁实秋:《白璧德及其人文主义》,《现代》,第5卷第6期,1934年10月。

文学的审美要求评价文学，认为古典文学应符合这些要求。在《现代中国文学之浪漫的趋势》、《文学的纪律》等文章中，梁实秋从不同的角度对此进行了系统的阐述。

与梁实秋有着不错的友谊的叶公超，也曾留学过欧美，他是《新月》杂志的主笔之一，与梁实秋、潘光旦、罗隆基同组新月派，1928 年 3 月《新月》杂志创刊首期，叶公超就发表《写实小说的命运》一文，随后，他作为新月派的批评家之一，参与了新月派的诸多批评活动，尤其他发表的几篇关于鲁迅的批评文章，体现了这位批评家敏锐的眼光和独特的批评风格。作为批评家，虽然并无梁实秋那样的成就，但他在文学批评方面的工作同样令人赞叹。

从古典文学出发，新月派在文体上的要求趋向于诗和戏剧。从新月派的创作来看，他们也曾尝试过小说、散文一类的文体，徐志摩就曾翻译过一些小说作品，《新月》杂志上也发表一些这类的作品，但总的来说，新月派作家并不特别关注小说文体。

二、梁实秋与文学批评的职业化

如果从批评主体的角度来看 20 世纪 20 年代中后期的文学批评，那么，有两种不同类型的批评家构成的两大批评阵营，向着两个不同的批评方向努力，从而也形成了近百年文学的两大批评群体。阿尔贝·蒂博代在他的《六说文学批评》一书中，将文学批评类型分为“自发的批评”、“职业的批评”、“大师的批评”，在蒂博代看来，自发的批评注重的是“作品和人”，职业的批评注重的是“规则和题材”，大师的批评则注重原则和本质。蒂博代认为：“自发的批评流于沙龙和谈话，职业批评很快成为文学史的组成部分，艺术家的批评很快变为普通美学。”①蒂博代这段话，旨在指出三种批评的弊端，但却也在不自觉中挑明了三种文学批评的不同特征。

① ［法］阿尔贝·蒂博代：《六说文学批评》，北京：三联书店 1989 年版，第 99、44 页。

按照蒂博代对批评类型的划分，我们可以按照批评主体的不同类型对20年代末到30年代的文学批评做相应的分类。“自发的批评”包括通信、编后记、座谈会、记者编辑的通报式是批评或者其他文章中的零散批评，这类批评往往难以进入文学批评史。在蒂博代哪里，“职业的批评”是指大学教授的批评。但中国三十年代的教授的批评不仅是指高等院校里的教授的文学批评，而且更多的是指一种批评风格、批评的文体特征，诸如语言、思维方法、类型，等等。因此，这里更愿意用“教授的批评”这一概念。“大师的批评”是指文学大师的批评活动，但这种批评显然还不存在于30年代的批评界，尽管也有不少以专门从事文学批评的一部分批评家，如胡风、周扬、周立杨等，但他们似乎与蒂博代所讲的“大师的批评”相距甚远。因此，为了有所区别，我们将蒂博代的“职业批评”这一概念重新厘定，并重新分类，我们将大学教授的文学批评作为一类，“职业的批评”则用来概括那些专门从事文学批评的“职业”批评家的批评。

这一概念的差异，使我们在把握职业的批评所带来的批评问题的变化时，不能不考虑到这些职业批评家对批评的重视和对批评方法、批评文体的苦心营构。蒂博代认为，职业的批评，“乃是一种讲坛上的批评，教授的批评，是一个遵循来自讲道德某种形式的法则的人所进行的人的批评”①。这里实际上提出了文学批评的主体认知问题。这一点在30年代几位教授批评家那里是比较明显的。还应看到的是，30年代的教授批评家们与文学界联系非常密切，他们比较积极地参与了文学的各种活动，其批评意向更多的是关注文学的自身发展状况，注重文学发展的规律性的东西，这也就带来了某些批评的“非讲坛”的特点。从另一个角度来看，一些热衷于文学批评的教授们所关注的是文学批评之于文学发展的意义，是从文学史的角度讲究文学，而不仅仅是将文学的历史与创作在讲坛上传授给学生。因此，他们在构造批评文体时，有较充分的条件建立自己的批评体系。李长之曾说过“对于任何一本名著，我每每有一个愿望，就是，愿意凭自己的理

① ［法］阿尔贝·蒂博代：《六说文学批评》，北京：三联书店1989年版，第99、44页。

解,和鉴别的能力,把它清清楚楚地在我脑子里有其真相,有其权衡。”[①]这往往是非职业批评家所能做到的。

(一)批评规范化的主张

要理解梁实秋及新月派的文学批评,首先需要了解他们的文化主张及文学思想。

梁实秋曾说过:“我治文学批评,成绩至为浅薄,但是我近几年的精力都用在一种努力,那就是,想在主张上求其能一贯,如其我这种努力已经成功,我便引以自慰,否则我更加倍的用功。”[②]他这种一贯主张就是他对理论化与体系化文学批评的实践。梁实秋的文学思想和批评思想与他所接受的白璧德的新古典主义思想密切联系在一起。白璧德是美国哈佛大学的教授,著名的新古典主义代表人物。在西方人文主义思潮发展已经二百年的文化背景下,他重新打出古典主义的旗帜,崇尚理性,反对情感泛滥,强调秩序,反对无节制的自由。梁实秋到美国留学后,“抱着一种挑战者的心情,去听白璧德关于16世纪以来欧洲文学批评发展的讲演,这时,我开始自觉浅陋,开始认识学问思想的领域博大精深。继而我渐渐领悟他的思想体系,我渐渐明白其人文思想在现代的重要性,意识到他在我的思想上发生了很大的影响”[③]。这种影响不仅使他倾向于新古典主义的文学批评,而且更主要的是建立起严谨而规范化的学术思想和体系化的批评观念,对文学批评进行了重新界定。

同样受到白璧德的影响,梁实秋与学衡派诸成员具有大体一致的倾向,都主张在新文化破坏了旧有的文化秩序和学术规范后,应当建设一种新的现代学术规范,遵从文学的秩序与纪律。但是,梁实秋又与学衡派表现出不同的倾向。梅光迪、吴宓等留学美国时期,不仅师从于白璧德,深受其影响,而且受到白璧德的赏识,期望他们能继承并在中国广泛传播白璧

---

① 李长之:《我对于文艺批评的要求和主张》,《李长之批评文集》,珠海出版社1998年版,第379页。

② 梁实秋:《论剧》,《浪漫的与古典的·文学的纪律》,北京:人民文学出版社1988年版,第175页。

③ 梁实秋:《关于白璧德先生及其思想》,《梁实秋批评文集》,珠海出版社1998年版,第211—212页。

德的新古典主义思想。20 年代,《学衡》对五四新文化运动进行检讨,极力维护"学历之尊严,学问之人格"①。因此,他们提倡文言文替代白话文,需要在探求传统文化中具有普遍的、永恒性的人文价值中建设新文化,而且,他们对新闻学的发展与创作较为隔膜。梁实秋则不然,他不仅承认了五四新文化动以白话代替文言的功绩,而且站在与新文化倡导者同样的立场上,从建设新文化的角度出发,提出了不同的理论与方法;同时,与《学衡》诸公对五四新文化的陌生、专注于理论体系的构造不同,梁实秋表现出对新文学的极为熟悉和热情,当《学衡》派攻击新文学却不具体批评哪一篇作品时,当《学衡》派将主要精力投入国故整理和研究的学问并表示出对当代文学的批评不屑一顾的神情时,梁实秋却从实践上对五四以来的新文学做出了批评,并以其文学批评对现代文学的发展提供了一种新的思路。

"五四"以来,中国现代文学批评主要向社会文化批评和感悟印象式的批评发展,前者看中的是文学的社会文化意义,注重以文学批评阐述其社会文化思想,相对忽视了文学的批评 ;后者则受法朗士的影响,注重从文学作品的阅读感受出发,注重对创作文本的审美解读,把文学批评看作是对文学作品的鉴赏,但却相对忽视了文学作品的逻辑性和理论性,缺少对作品的深度开掘。对这两种文学批评,梁实秋都表示了自己的反对意见。曾受到过美国新古典主义文学批评严格训练的梁实秋,从文学批评的考证入手,提出了自己的文学批评的主张。他在《文学批评辨》、《喀赖尔的文学批评观》、《亚里士多德的〈诗学〉》、《亚里士多德以后之希腊文学批评》、《西塞罗的文学批评》等文章中,比较系统地论述了他的批评思想。他从解释古希腊的批评入手,认为"'批评'一字,原是'判断'之意,并不含有攻击破坏的意思。判断有两层步骤,——判与断。判者乃分辨选择的功夫,断者乃等级价值之确定",他指出,"文学批评既非艺术,更非科学","文学批评的任务是在确定作品的价值",而不在说明文学作品的内容与其对外界之

① 梅光迪:《评提倡新文化者》,《学衡》, 1922 年第 1 期。

关系。梁实秋也承认“文学批评与哲学的关系,二者不能合二为一”[①]。所以,在梁实秋看来,文学批评的任务“不是作文学作品的注解,而是作品价值的估定”[②]。从这个认识出发,梁实秋不同意将文学批评等同于社会文化批评,不承认喀赖尔的“文学批评有很大的社会功用”的说法,而坚持文学批评就是文学的批评的观点。

对五四以来盛行的感悟印象式批评,梁实秋表示反对的意见,他认为印象式批评是浪漫的趋势的一部分,在感情泛滥的时代,印象主义批评也是很自然的结果。他对此指出,“中国近来文学批评并不多见,但在很少的文学批评里,大半即是‘灵魂的冒险’”,于是,他批评“很少有人把文学批评当作一种学问去潜心的研究”,认为那种不认真对待文学批评者,“一方面是在谀颂,一方面是在谩骂,但其谀颂与谩骂俱根据于读者的印象,而无公允的标准”[③],他曾对维特、王尔德、法郎士等西方印象主义文学批评家,撰文一一进行批评。在他看来,作品鉴赏与文学批评根本上是不同的:“凡是靠着自己的感觉而享受一件艺术品,其结果我叫他做‘鉴赏’。凡是根据一个固定的标准而评判一件艺术品的价值,其结果我叫他做‘批评’。我们可以由印象而得鉴赏,可以由品位而得批评”[④]。他认为,“文学的创作力与文学的鉴赏力是心灵上两种不同的活动”,“虽然最上乘的文学批评对于作家必有深刻的鉴赏,但徒有鉴赏亦不能成为批评。他认为把批评和艺术混为一谈者,乃是否认批评家判断力之重要,把批评家限于鉴赏者的地位。他指出,批评家要以理性精神把握作品,批评文学。这种批评的理论化特征,显然,更适合于在大学里执教的批评家,他们有更多的时间坐在书斋里治文学,有更多的精力梳理文学的历史,对批评的理论化抱有更多的兴趣,在

---

① 梁实秋:《文学批评辩》《浪漫的与古典的·文学的纪律》,北京:人民文学出版社1988年版,第100—101页。

② 梁实秋:《喀赖尔的文学批评观》,《浪漫的与古典的·文学的纪律》,北京:人民文学出版社1988年版,第58页。

③ 梁实秋:《现代中国文学之浪漫的趋势》,《浪漫的与古典的·文学的纪律》,北京:人民文学出版社1988年版,第21—22页。

④ 梁实秋:《戏剧艺术辩证》,《浪漫的与古典的·文学的纪律》,北京:人民文学出版社1988年版,第40页。

心灵之判断力的活动中，“于森罗万象的宇宙人生之中搜出一个理想的普遍的标准。这个标准是客观的，是绝对的”[①]。在这里，梁实秋十分强调文学批评家的主体地位，强调批评主题对于文学作品的判断力，批评就是判断；批评者就是判断者。批评者在从事批评的时候有两点要注意：第一，是批评的根据；第二，是批评的态度”，这批评的态度的最高理想就是要严正[②]。

那么，什么是梁实秋所说的“评判一件艺术品价值的”“一个理想的普遍的标准”呢？结合梁实秋的文学思想，他所说的“一个固定的标准”就是文学所特有的艺术规范和秩序，或者说是他一再提倡的普遍的人性。《文学的纪律》中说：“文学的研究，或创作或批评或欣赏，都不再满足我们的好奇的欲望，而在于表现出一个完美的人性。”[③]在《文学批评辨》一文中，梁实秋也表达了这种观点：

> 文学批评要有标准，……吾人欲得一固定的普遍的标准必先将“机械论”完全抛开，必先承认文学乃是“人性”又决不能承受科学的实证主义的支配。我们在另一方面又必先将“感情主义”撇开，因为，人性之所以是固定的普遍的，正以其有理性的纪律以为基础。常态的人性与常态的经验便是文学批评的最后标准，纯正的人性，绝不如柏格森所谓之不断的流动。人性的根本是不变的。

如果仅仅将“人性”作为文学批评的标准，这并没有显示出梁实秋在文学批评方面有什么过人之处，他与鲁迅等人的“革命文学”的论战，也是由于他的“人性论”批评主张给人们以某种误解。问题在于，梁实秋所说的人性乃是他思想中人类最高境界，而这个最高境界的“人性”乃是极少数人创造出来的，或者说是贵族的。这也正是梁实秋受到攻击和批判的主要所在。在梁实秋看来，“一切的文明，都是极少数的天才的创造。科学、艺术、

---

① 梁实秋：《文学批评辩》《浪漫的与古典的 · 文学的纪律》，北京：人民文学出版社 1988 年版，第 106 页。

② 梁实秋：《论批评的态度》，《新月》，第 2 卷第 5 号。

③ 梁实秋：《文学的纪律》，《浪漫的与古典的 · 文学的纪律》，北京：人民文学出版社 1988 年版，第 116 页。

文学、宗教、哲学、文字，以及政治思想、社会制度，都是少数的聪明才智过人的人所产生出来的"[1]。梁实秋对文学与人性问题的阐述是有问题的，很容易让人发生误解，尤其他将人性与贵族联系起来，将人性极端化，更表现出其偏激之处。但是，也应当承认，梁实秋是在追求一种纯粹的真正的文学，是追求人类最高伟大的文学，是人类生活中具有美的特质和审美价值的文学，而不是仅仅为一时的阶级或政治服务的文学。他也是从文学理论的实质上去阐述批评的标准问题，试图能在理论上解释清楚批评的标准问题，这样，梁实秋实际上把握了一个重要的文学理论的问题，而这个理论在一个特定的社会条件下是不会被人接受的，或暂时不会被人所接受。

梁实秋从他特有的文学批评的标准出发，特别看重文学批评家对于文学批评的意义，强调一种规范化的谨严的文学批评，而反对将所有的阅读感受和鉴赏作为文学批评，也反对一般读者的批评活动：

> 文学批评是以批评家为单位，而不是以民众为单位。一般的民众可以规定文学作品的市价，但是，他们没有严正的鉴别力，不能给文学作品以批评的价值，并且民众的意见，纵使有时是纯正的，亦必无具体的形式。所以只有文学批评家的批评才是批评的正宗，批评家的意见无论其与民众的品味是相合或相反，总是那一时代的最精到的意见。……所以文学批评绝对的不是民众的文学鉴赏；我们固然不必信仰什么"伟人主义"，但狂热的平民主义之漫无纪律，决非事理之宜。
>
> 梁实秋：《文学批评辨》

梁实秋反对将民众的鉴赏作为文学批评，并不是他看不起民众的鉴赏力，而是他认为文学批评根本上不是"平民主义"的，强调文学批评家的主体地位，更是强调文学批评特殊的价值意义，突出其教授批评的神圣性特征。

梁实秋是不屑于做那种跟踪式的作家作品批评的，也不想以读后感式的批评充塞自己的著作集，而是致力于建构自己谨严的庞大的批评体系。他在《亚里士多德的〈诗学〉》中特别赞佩亚里士多德的《诗学》："《诗学》里

---

① 梁实秋：《文学与革命》，《梁实秋批评文集》，珠海出版社 1998 年版，第 129 页。

很少对某一个作者或作品的批评,大部分是原理的讨论,并且所讨论者多是文学艺术的基本原理,所以我们把《诗学》当做亚里士多德的一般的艺术学说看待,最为恰当。""《诗学》的主旨在于申述一个普遍的艺术的原则,不在批评希腊全盛时代的那些作家。所以我们应把《诗学》当做艺术原理的第一部杰作,不应把《诗学》仅仅当做某一时代某一地点的产物"[①],正是这样,梁实秋的批评主要是建构自己的理论体系,阐述文学的精义,而很少去从事具体作家和作品的批评。因而,梁实秋常常给人某种误解:"虽有较为鲜明的批评理论,却缺少有力的批评实践"[②]。实际上,梁实秋的批评实践不在于作家作品的批评,而在于将作家作品纳入到他的文学思想和批评理论之中。

梁实秋以较大的力气清理研究了西方的文学批评,《亚里士多德的〈诗学〉》便是他研究西方批评史的一篇比较重要的论著。在《喀赖尔的文学批评观》、《亚里士多德以后之希腊文学批评》、《西塞罗的文学批评》等文章中,他也反复强调了文学批评的理论化、体系化特征,强调了文学批评作为审美判断活动的特点。在《文艺批评论》中,梁实秋比较系统地评述了从亚里士多德到现代西方各大批评家与批评流派。在这些充分研究的基础上,梁实秋建立了自己的文学批评观念。他认为:"以科学方法施以文学批评,有绝大之缺憾。文学批评根本的不是事实的归纳,而是伦理的选择,不是统计的研究,而是价值的估定。凡是价值问题以内的事务,科学便不便过问。"他同时又认为文学批评不是鉴赏,鉴赏是靠着自己的感觉而享受一件艺术品,批评则是先根据一个固定的标准而评判一件艺术品",两者有不同的任务。他说:"伟大的批评家,必有深刻的观察,直觉的体会,敏锐的感觉,于森罗万象的宇宙人生之中搜出一个理想的普遍的标准。这个标准是客观的,是绝对的。应用的文学批评只是这个绝对的标准之演绎的应

① 梁实秋:《亚里士多德的〈诗学〉》,《浪漫的与古典的·文学的纪律》,北京:人民文学出版社1988年版,第60页。

② 刘锋杰:《中国现代六大批评家》,合肥:安徽文艺出版社1995年版,第128页。

用。"[①]根据这一认识,梁实秋把对文学现象、作家作品以及文学运动的批评,融入一种理论的阐释之中。梁实秋从不就事论事,而是在大量的理论叙述中,引入对作家作品的批评。

《现代文学论》是一篇风格上比较成熟的文学批评,充分体现出梁实秋批评的理论化倾向。所谓批评的理论化,不仅是指批评文章具有较强的理论色彩,也不仅仅是指批评文章多引用几段文学理论和一些术语,来论证作家作品以及自己的观点,更主要的是要追求理论体系的建构。在这篇批评中,梁实秋首先肯定了中国新文学运动所取得的成绩,以阐明"中国文学之最应改革的乃是文学思想,换言之,即是文学的基本观念"这一主体论点。因此,在进入现代文学的评论之前,梁实秋从中国文学与儒道两大潮流的关系上,在与西方文学的比较中,分析研究了中国文学的特点,并进一步得出了自己独特的结论:

> 我所说文学该注重现实生活,我的意思是说文学家对于实际人生应做深刻之观察,具体之描写,优美之表现;并不是说文学家仅以目前之政治经济之情形为分析研究之对象。文学的任务是更深一步的探讨,于森罗万象的生活状况中去寻索其潜在的人性的动因。文学不能救国,更不能御辱,惟健全的文学能陶冶健全的性格,使人养成正视生活之态度,使人对人之间同情谅解之联系。文学之任务,如是而已。

从这一认识出发,梁实秋对"现代文学"的研究论述,都是在"人性论"思想主导下展开的,他关于"新诗的问题"、"散文的艺术"、"现代的小说"、"戏剧的问题"等论述,成为他的理论构架中不可或缺的内容,而这些内容都被作者纳入到具有逻辑性的理论框架之中。如若涉及具体作家作品,也是为了论证他的主要观点,而不忙于给作家作品定位次,如论及散文时,他推崇胡适、徐志摩、周作人、鲁迅、郭沫若五人,并对这五人做了比较中肯的评价:

> 胡适的散文长于伦理,即是因为清楚的缘故。……徐志摩的散文

---

① 梁实秋:《文学批评辩》,《浪漫的与古典的·文学的纪律》,北京:人民文学出版社 1988 年版,第 102、106 页。

的优点是亲切。他的文字不拘泥不矜持，写得细腻委婉，趣味盎然！周作人的散文冲澹闲逸，初看好像平凡，细看便觉得隽永，这真是岂明老人特备的风格，意境既高，而文笔又雅练。鲁迅的散文诗恶辣，著名的“刀笔”，用于讽刺是很深刻有味的，他的六七本杂感是他的最大的收获。郭沫若的文章气魄最大，如长江大河，可说是才气纵横。

这样的理论涵盖可以看出梁实秋清醒地把握了他的批评对象，在这里，他并不是对每一个作家进行评论，而是借评论作家来阐述自己的文学理论，将作家作品的批评纳入到自己的理论体系中去。在他所厘定的理论框架中，他将这五位作家作为现代散文的代表作家，认为他们写出了“优美的散文”，因为他们都体现了自己的“个性”，显示出各自不同的风格，从而阐述了一种既定的散文理论。

（二）贵族文学的批评思路

文学史家大多认为梁实秋对“五四”新文学进行理论总结时，采取了“否定性”的态度，“把新文学的趋向基本否定了”①，尤其是他的《现代中国文学之浪漫的趋势》“依持新人文主义‘人性论’观点，对新文学运动实行根本否定的批判”②。这实际上是一种误解。在我看来，梁实秋不但没有根本否定“五四”新文学，而且给予了充分的肯定。他在《现代文学论》一文中说：“中国新文学运动到现在已经有了相当的成绩，例如白话之成为确定的文学的工具，外国文学作品于理论之输入，中国旧作品之重新估价，新作品之试验的创作，这都是不容否认的。”即使最不被人们看好的现代新诗，梁实秋也给予了肯定：“新诗自尝试集以至猛虎集，其进步是很显然的。”③几十年后，已经生活在台湾的梁实秋在《“五四”与文艺》一文中，又一次对“五四”新文学做出了定评：“新文艺运动是以白话文运动开端的。我们的文言与口语，相差过远，这当然是急需改革的一件事。胡适之先生及其他各位之倡导白话文，因为合事宜，所以迅速得到成功。至今无数人都在受

① 温儒敏：《中国现代文学批评史》，北京：北京大学出版社1993年版，第86页。

② 唐金海等主编：《新文学里程碑》（评论卷），上海：文汇出版社1997年版，第246页。

③ 梁实秋：《现代文学论》，《梁实秋批评文集》，珠海出版社1998年版，第156页。

益。”[①]在《现代中国文学之浪漫的趋势》中,他也并没有“根本上”否定“五四”新文学,他不仅指出了“白话文运动的根本原理,并无可非议”,而且从讨论中国新文学的发展趋势的角度,从理论上阐述“五四”以来中国现代文学发展过程中的一些特点与问题,从而表现自己的文学观念和主张。在这里,既不可能把梁实秋的文学批评看作是对“五四”新文学的历史评价,也不可能看做是他对新文学的批判与反对,而应该看作是他从另外的角度对新文学的理论建设。梁实秋不仅没有反对新文学,而且认为新文学是应该得到发展的。

那么,人们为什么还认为梁实秋是现代文学的反对者?实际上,梁实秋反对新文学,主要是针对新文学存在的某些问题、某些现象,针对新文学感情主义泛滥的潮流而言。

在这里,还需要先看一下梁实秋写于1922年5月11日的《读〈诗底进化的还原论〉》一文,这篇与俞平伯《诗底进化的还原论》进行商榷的文章,是他最早的评论文字,这是一篇无论就梁实秋本人的文学思想还是就新文学发展来说,都是值得注意的评论文章。在这篇文章中,他不仅建立了自己最初的文学观点,而且也初步表示了对“五四”以来新文学的基本评价。梁实秋在文章中所表现出的观点为他后来的文学思想和批评的发展奠定了坚实的基础。梁实秋针对俞平伯文章中关于诗是人生的艺术和好诗都是平民的通俗的这些观点,进行了商榷和理论批评,表达了“艺术是为艺术而存在”和“诗的贵族性”的观点,尤其是关于“诗的贵族性”的问题,不仅是他这篇文章的主旨,而且也成为他以后文学批评的主要思想。他针对俞平伯“诗人的伟大……是在能叫出人人所要说而苦于说不出的话”的说法,批评“五四”以来的新诗创作:“现在一般幼稚的诗人,修养不深,功夫不到,藉口诗的平民化,不惜降灭诗人幻想神思的价值,以为必人人能了解的方得算诗。”他从诗的特性和诗人的社会地位出发,认为诗并不是人人都能写得,“诗人永远是站在社会的边上。诗人的家乡离着‘血和肉’的社会远得很。诗国决不能建设在真实普遍的人生上面。故此‘离人生很远’正是‘返

① 梁实秋:《“五四”与文艺》,《梁实秋批评文集》,珠海出版社1998年版,第249页。

真'而非'离魂'。赞赏真实普遍的人生,不是诗人的态度啊！在诗人的眼里,这个现实的社会,普遍的人生,实在是丑极了,诗人不是社会改造家,不是道德家,宗教家,没有能力与心愿去在'丑里'鬼混,纵然'终于脱不了皮肉的枷锁',也要无时不存着"。所以,梁实秋再三强调:"诗是贵族的,因为诗不是人人能做,人人能了解的。"从这个观点出发,梁实秋赞赏郭沫若的诗,他赞赏的并不是郭氏的浪漫主义特色,而是他的特殊的幻想,心境的光怪陆离①。正出于此,他批评和反对"五四"以来的平民诗,也反对诗歌创作"走回到旧诗路上去",而要"创作新诗的新音韵"②。从这篇二十岁的青年学生所写的文学批评文章本身来看,也许我们会找出其中若干缺点和遗漏,但我们不能不承认作者对问题认识的独特性以及其对新文学所表达的意见,对于"五四"文学的发展具有某种建设性的意义。也因为如此,我并不认为从师于白璧德前后的梁实秋有什么性质上的不同,他的主要文学和批评观点早已经形成,并已经影响到他的发展了,只不过师从白璧德后更加突出了他的观点而已。

但是,梁实秋对"五四"新文学创作还是进行了大量的否定性评价,这种评价虽然不是一种"史"的评价,也或多或少体现出这位理论家的基本态度和文学立场。这里包含着他的文学观念和理想中的新文学的样式,包含着他对新文学的理论建设的总体纲领。实际上,梁实秋认为,新文学不应是他所看到的样子,而应当是按照他所理解与阐释的模式发展。那么,什么是梁实秋理想中的新文学？他通过自己的批评活动描绘了怎样的新文学的发展前景？这也是需要做一些简要考察的。

《现代中国文学之浪漫的趋势》对"五四"以来的新文学进行了较为全面的评价。这篇批评试图阐发古典主义批评观点与方法,从理论上反思"五四"新文学运动。一开篇他便申明使用西方的"正统的"批判理论对新文学进行评论,他用这种"正统的"批判理论即是古典主义理论,来矫正浪

---

① 梁实秋:《读〈诗底进化的还原论〉》,《新文学里程碑》(评论卷)上海:文汇出版社 1997 年版,第 249—250 页。

② 梁实秋:《诗的音韵》,《梁实秋批评文集》,珠海出版社 1998 年版,第 2、4 页。

漫文学的偏颇,他认为,“文学里有两个主要的类别,一是古典的,一是浪漫的”。他对五四新文学的批评,其立足点也由此产生。

如同大多数学者所已经认识到的那样,梁实秋否定“五四”以来的新文学,主要是否定其浪漫主义文学的倾向,认为“五四”以来的文学是“极端的承受外国影响,即是浪漫主义的一个特征”,存在着“浪漫的混乱”与泛滥的现象。梁实秋认为,“现代中国文学的总趋势是推崇情感,在质一方面的弊病是趋于颓废。间有一二作家,是趋于假理想主义。”如果全面地看梁实秋,他既不是一味地反对浪漫主义,也不是单纯地批判感情倾向,只有将他的这些观点与他的“节制”、“纪律”、“秩序”的观点联系起来,才有可能真正理解他为什么那么坚决地批判现代文学的“浪漫的趋势”:

> 新文学大半都是多情的人。其实情不在多,而在有无节制。许多近人的作品,无论是散文,或是韵文,无论其为记述,或是描写,到处情感横溢。情感不但是做了文学原料,简直就是文学。在抒情诗里,当然是作者自述衷肠,其表情的方法则多疏放不羁,写的时候,既是叫嚣不堪,读的时候亦必为之气喘交迫。见着雨,喊他是泪;见着云,喊他是船;见着蝴蝶,喊他做妹妹;见着花,喊他做情人。这就如同罗斯金所谓的“悲伤的虚幻”,而其虚幻还不只是“悲伤的”,且是“号啕的”。主情的文学作者是无处不用情,在他的眼光看来,文学的效用就是抒情,所以文学型类是不必要的分类,诗里抒情,小说里也未尝不可抒情。在现今中国文学里,抒情的小说比较讲故事的小说要多多了。(我们要注意:“型类的混杂”亦是浪漫主义者的一大特点,例如散文写诗,小说抒情,这是文学内部型类的混杂。诗与图画同为表现情感,音乐里奏出颜色,这是全部艺术型类的混杂。)
>
> 梁实秋:《现代中国文学之浪漫的趋势》

所以,梁实秋批评“浪漫主义就是不守纪律的情感主义”。究其根本,浪漫主义之所以出现梁实秋所说的感情泛滥的现象,主要还在于浪漫主义作为平民文学运动的产物,它的平民化特征,诸如人道主义“同情心”的泛滥,无节制的主情主义,等等。由此看来,梁实秋站在贵族文学的立场上,否定的并不是浪漫主义文学,而是以浪漫主义为主要特征的平民文学。在这里，根本的对立是贵族文学与平民文学的对立。他批评新文学中的“人力车夫派”，实际上是批判新文学中的平民化倾向，“悲天悯人的浪漫主义者觉得人力车夫的生活可怜可敬可歌可泣，于是写起诗来张口人力车夫，闭口人力车夫。普通的同情心由人力车夫复推施及于农夫，石匠，打铁的，抬轿的，以至于倚门卖笑的妓娼”[①]。梁实秋的这种批评虽然有失偏颇，但也并非一无是处。“五四”以来，有关文学的平民化和贵族化问题就是知识文学界讨论的重要课题之一，从某种意义上来说，“五四”新文学运动是一场平民文学运动，平民的节日狂欢。胡适等新文学的倡导者从意大利文艺复兴的平民文学获得启示，从提倡白话文开始，试图让文学走向平民的市井，在启蒙中发挥文学的作用。但在这个发展过程中，贵族的文学一直不断地要求自己的地位，20 年代初期，由周作人、俞平伯、梁实秋等作家批评家参与讨论的文学的“贵族化与平民化”问题，从一个侧面反映了这是一个不应被忽视的文学课题。

如果再联系梁实秋的《拜伦与浪漫主义》和《浪漫主义的批评》两篇文章，就更可以明了一个基本的问题。前者发表于 1926 年《创造》月刊第三、四期上的文章，往往被人们看作是呼应了创造社浪漫主义文学主张，其实，读完这篇文章，就可以发现梁实秋从论述浪漫主义的文学特征出发，却最后得出了与浪漫主义大不相同的结论。他认为浪漫主义的特点是：

(1)自我表现之自由

(2)诗的体裁之自由

(3)诗的题材之自由

他逐一分析了浪漫主义的三个特点，并认为“浪漫主义一方面把诗的词法的旧有门禁大行开放，一方面却还加了许多限制，并不准引车卖浆者流的词语昂然直入”，“浪漫主义所要求的是诗的体裁之自由；是在诗的范围以内要求体裁之自由。所以浪漫主义乃是把诗体——音韵，节奏，词法——推广增多，而不会轶出诗的范围之外”。同时，他又对浪漫主义文学

---

① 梁实秋：《现代中国文学之浪漫的趋势》，《浪漫的与古典的 · 文学的纪律》，北京：人民文学出版社 1988 年版，第 17 页。

将诗的题材毫无节制地扩大了,表示不以为然。从这样的观点出发,梁实秋说:

> 我以为浪漫主义是一个神秘的东西,不是任谁所能分析的清楚的,只是有浪漫性的人们才能够了解;我又以为拜伦是个非常的天才,只有天才的人们才能够赏识。
>
> 梁实秋:《拜伦与浪漫主义》

从梁实秋对浪漫主义的态度来看,他并不欣赏创造社式的浪漫主义,而更欣赏那种有一定限制、一定秩序的浪漫主义。或者说,他更看好讲究音韵、节奏、词法的具有某种贵族精神的浪漫主义诗歌。

在《浪漫主义的批评》一文中,梁实秋对浪漫主义的看法更趋于成熟,他不再是简单地否定浪漫主义,而是从浪漫主义的形成与发展对其进行了必要的考察。他认为浪漫主义的始祖"卢梭提出的问题是对的,答案是错了","新古典主义者偏重理性敌视情感是不对的;卢梭推崇情感排斥理性,是同样的不对。十八世纪的虚伪的生活是不对的;卢梭所领导的放荡的一派的生活,也是同样的不对"①。在他看来,浪漫主义文学之所以会走入一条"歧途",并不仅仅在于它的情感泛滥,而更在于浪漫主义对平民日常生活的关注,以一种浅薄的人道主义同情心理解和表现平民生活,使一种低俗的粗鄙的平民生活进入到文学中来,从而使文学失去了它应有的精神和气质。因此,"五四"以来的文学运动单纯走一条平民化的道路,显然不是真正的文学发展的发向。

梁实秋从对"五四"新文学的基本认识出发,对20年代末开始形成的"革命文学"进行了激烈批判。梁实秋试图通过"平心静气的研究"探讨"革命文学"所存在的问题。在梁实秋的观念中,"革命文学"是承接浪漫主义文学而发展过来的,他反对浪漫主义文学的同时,也反对这种"革命文学":

> 从前浪漫运动的文学,比较的注重作者的内心的经验,刻意于人物的个性的描写,在当时是一种新的趋向,是一种解放的表示,所以浪

① 梁实秋:《浪漫主义的批评》,《梁实秋批评文集》,珠海出版社1998年版,第112—113页。

漫文学对于革命运动发生密切的关系，浪漫运动根本的是——感情的反抗，对于过分的礼教纪律条规传统等等之反动，这种反抗精神若在事实方面政治或社会的活动里表现出来，就是革命运动。……浪漫派的文学，在政治思想方面观察，永远是有革命性的。

梁实秋：《文学与革命》

基于这种认识，在他眼里的“革命文学”就是一个不符合学术规范的概念，是对文学的破坏。他所思考的是文学的理论建设与创造的问题，是文学本身的艺术价值的问题。从这一点来看，梁实秋不随波逐浪，不人云亦云，而是保持了自己作为文学批评家的清醒与冷静，对文学发展过程中出现的问题给予及时的思考与判断。当然，如果要对那场论争做出科学的历史的合理评价，不是这里所能完成的，这需要另外专门的讨论。

（三）走向诗的文体建设

如果深入研究梁实秋对“五四”以来不同文体的批评，可以进一步明了他的贵族化的文学主张，明了他对浪漫主义文学的基本态度。一般地说，倾向于贵族化文学者较为重视诗与戏剧而轻视小说，或者他们根本就不认为小说能登文学大雅之堂，他们也更重视传统的语言而不提倡平民化的白话语言。“五四”新文学运动作为一次中国的“文艺复兴”运动，如同意大利的“文艺复兴”一样，从其一开始就是以提倡白话、提倡新文学为主要内容的平民化文学运动。梁实秋虽然并不像“五四”以前的作家批评家那样反对小说创作，但他更看重诗和戏剧，他虽然不像“学衡派”那样反对白话文，但他却同样倾慕古典的贵族的语言而反对将俗言俚语入诗。

关于“五四”以来的白话文运动，梁实秋没有表示反对，认为“白话文运动的根本原理，并无可非议”，它“对于中国文学是有益无害”①。指出“有些人很怀疑白话根本没有合适的音韵的可能，这实在是不对的”②。在这一点上，梁实秋超越了与他同一导师的“学衡派”诸公。但是，他对白话的基

① 梁实秋：《现代中国文学之浪漫的趋势》，《浪漫的与古典的·文学的纪律》，北京：人民文学出版社1988年版，第8页。

② 梁实秋：《诗的音韵》，《梁实秋批评文集》，珠海出版社1998年版，第2、4页。

本认识与“五四”新文学运动的倡导者们也大不一样,不反对白话入诗,却反对白话“不能穿着褴褛的衣服便硬要跨进诗土”,要求“一定要披上一件美丽的袍子才可进去”①。当他对浪漫主义的认识发生变化后,再次否定了口语俗语入诗的现象,他认为“五四”新文学接受外国文学的影响,只是一种片面的接受,“在外国也没有听说过‘言文一致’的话,外国言文相差不及中国罢了。但浪漫主义者的特征即是任性,他们把外国以日常语言作文的思想传到中国,只从反面的效用着眼,用以攻击古文文体,而不从正面努力,以建设文学的文字的标准。他们并且变本加厉,真真要做到‘言文一致’的地步,以文学迁就语言,不以文字适应文学,这是浪漫主义者倡导白话文的结果。”②那么,要创造怎样的诗的语言?其实,梁实秋本人也不甚明了。“五四”以来,无论是倡导白话者,还是反对白话文,还是如梁实秋这样既不反对白话文,而又提倡新的文学语言者,都没有从理论上去解决现代语言学的问题,没有认真探讨白话文与文学的内在关系。这一方面在于新文学的倡导者们没有时间和精力去进一步探讨,另一方面也说明中国现代文学是建立在没有现代汉语语言学的基础之上的,因而,新文学基础的薄弱和倡导的仓促,为新文学的发展留下了不可回避的“后遗症”。

从文体类型来看,梁实秋更欣赏诗和戏剧。

梁实秋认为“诗是人类活动的模仿”③。这个观点与他的整个的文学观点是一致的,某种意义上说,在梁实秋的文学思想中,诗与文学是同义语,这与他受古典希腊文学哲学思想影响具有密切的关系,很容易让人想起亚里士多德的“艺术模仿自然”的著名论点。在《亚里士多德的〈诗学〉》中,他从亚里士多德的《诗学》中看到了诗模仿的是“真”和“理想”,人性有许多东西是变动的,但唯有人性中的“真”和“理想”是不能变的,所以:

> 文学的模仿之对象既是真实与理想,那么文学之构成绝不是机械的,而是创造的。诗人非具有强敏之智识与锐利之眼光绝不能于变幻

① 梁实秋:《拜伦与浪漫主义》,《梁实秋批评文集》,珠海出版社 1998 年版,第 17 页。

② 梁实秋:《现代中国文学之浪漫的趋势》,《浪漫的与古典的·文学的纪律》,北京:人民文学出版社 1988 年版,第 9 页。

③ 梁实秋:《诗与图画》,《梁实秋批评文集》,珠海出版社 1998 年版,第 66 页。

万态之现象中体会到“较高的真实”，更不能别“较高的真实之幻象”予以艺术的形体，所以要作一个文学的模仿者，在亚里士多德的意义中，必须有闲暇心境，唯有在这种心境里才能有心灵之自由，才能有心灵之活动，才能有文学之模仿。

梁实秋：《亚里士多德的〈诗学〉》

因此，诗就是少数“具有强敏之智识与锐利之眼光”的人才能做的出来的，并不是随便什么人都可以写诗，而诗也应当是具有超凡脱俗的特征。梁实秋欣赏的诗不是现代新诗，当然也不可能是中国古典诗词，而是经过新的创造的典雅神圣的理想中的“新格律诗”。梁实秋的批评中所涉及的作品，也大多是诗。也正是对于诗的重视，他才对“五四”以来的新诗表示了自己的怀疑与批评，尤其对新诗滥用感情和不讲规则的做法表示不满，而要求那种雍容尔雅、风度不凡的诗。在《读《诗底进化的还原论》》一文中，梁实秋就表达了自己的“艺术是为艺术而存在”的观点：“诗是贵族的。”梁实秋并不反对用白话作诗，他认为，“五四”文学“用白话入诗，已是到了改革的机会。典故，对仗，平仄，韵脚等等都可以比较的自由了”[①]，“以现代白话来写诗，这一点大致是没有问题了”[②]。梁实秋同时也认为，“旧诗之种种无聊的过度的不合时宜的桎梏，因有解脱之必要”。胡适等人对于旧诗的冲击取得的成绩也是明显的，但他又认为，“不该于解脱桎梏之际而遂想求打破一切形式与格律”，因此，白话诗不等于“什么形式技巧都不必要了”[③]也不等于什么内容都可以入诗，他尤其反对以俚语、俗语入诗，反对诗可以“采取平民生活里的事实做材料”[④]，而认为“诗是向上的，诗人的生活是超于民间的普遍的真实的生活的”，或者说，诗是贵族的，是少数人的事情。他对郭沫若的《女神》持赞同态度，但这种赞同是有所保留的，他称赞

① 梁实秋：《读〈诗底进化的还原论〉》，《新文学里程碑》（评论卷），上海：文汇出版社1997年版，第249、255页。

② 梁实秋：《现代文学论》，《梁实秋批评文集》，珠海出版社1998年版，第163页。

③ 梁实秋：《现代文学论》，《梁实秋批评文集》，珠海出版社1998年版，第163—164页。

④ 梁实秋：《读〈诗底进化的还原论〉》，《新文学里程碑》（评论卷），上海：文汇出版社1997年版，第255页。

的只是郭沫若的音韵、格律。对康白情的《草儿》、汪静之《蕙的风》、冰心的《繁星》与《春水》,他也表示了自己的不满,而认为闻一多的《忆菊》、《太阳吟》是新诗的模范,因为闻一多的诗,不愿意有"平民的风格",是美的字句的组合。

梁实秋还认为诗应该是有一定的长度,所谓"长度"也是古希腊诗学的主要理论之一,只有具有"长度"的诗才有可能对读者产生净化感染的作用。梁实秋在20年代初期就对冰心的"小诗"《繁星》和《春水》表示了不满,认为那些"小诗"不是诗,而可以是散文。更值得注意的是,梁实秋认为"小诗"这种形式"终归不能登大雅之堂的",因为"各种体裁的诗,……结构总是很复杂的。单纯的诗意若不是在质里含着浓密的情绪,不能成为一首好诗"①。怎样的诗才能"在质里含着浓密的情绪"?在梁实秋看来,那就是有一定长度的诗,因为"最伟大的作品都是有相当的长度。长篇作品不一定就是伟大,可是伟大的作品却没有篇幅很短的"②。从梁实秋对诗的这种要求来看,实际上是要求一种典雅而富丽的贵族化的神圣诗篇,而"五四"以来的诗最大的问题在于没有沿着这样的方向发展,而是过于平民化和感情泛滥了。他在《现代中国文学之浪漫的趋势》中批评"人力车夫派"的诗歌,主要是从新古典主义批评的立场出发,批评其没有尊重诗的文体规律,没有节制感情,感情过于泛滥,普遍的同情施与每一个不幸的人,"写起诗来张口人力车夫,闭口人力车夫",失去了诗的性质。

从这种认识出发,梁实秋认为戏剧也是诗的一种。这是典型的古希腊诗学分类的方法,是新古典主义文学思想的具体表现。他从这个认识出发重新解释了"艺术是模仿"这个古希腊批评观点。根据亚里士多德《诗学》"悲剧者乃动作之模仿也"的论述,重新定义为:"戏剧者,乃人的动作之模仿也。其模仿的工具为文字,其模仿的体裁乃非叙述的而是动作的。其任务乃情感之涤净与人生之批评"。因此,"戏剧家即诗人的一种,必须深邃

① 梁实秋:《〈繁星〉与〈春水〉》,《梁实秋批评文集》,珠海出版社1998年版,第9集。

② 梁实秋:《现代文学论》,《梁实秋批评文集》,珠海出版社1998年版,第1681页。

的理解人生，纯熟的使用诗的艺术”[1]。梁实秋对“五四”以来的戏剧评价不高，主要在于他对戏剧的这一认识。在他的眼中，现代戏剧只是借鉴了西方近代以来的戏剧，而“这些剧本在中国文学上发生影响的不是莎士比亚，不是毛里哀，更不是莎孚克里斯，而是萧伯纳，是易卜生，是阿尼尔”[2]。这并不是说梁实秋否定了易卜生一类作家，实际上，他对易卜生评价还是非常高的，“在西洋戏剧历史上，易卜生本是一个划时代的人物，可以说是现代剧的祖师。易卜生又是思想家，他的作品充满了爱真理爱自由的思想，揭示着许多重大社会问题”。不过，梁实秋认为新文学在接受易卜生时发生了偏差，即新文学只是注意到了易卜生的思想，而忽视了易卜生还是一个艺术家，“抓到了易卜生的思想，可是没有抓到易卜生的艺术，所以对新剧便没能有什么大的益处”，在新剧建设中只是注重于问题剧等思想，而没有在戏剧艺术方面有进一步的建设。所以他说：“五四运动以后直到现在的话剧仍大致不脱离攻击社会的态度。这态度并不错，不过这态度和戏剧本身没有多大关系。至少在草创时间中的中国新剧，应该除了这态度之外，再努力于艺术的养成。”[3]梁实秋的这番话也没有错，但如果深入下去，就可以发现这其中的“潜台词”，那就是在梁实秋看来，现代戏剧之所以不成功，不在于它的思想性，也并不在于它不讲究艺术，而是没有按照古典的、贵族的戏剧艺术进行创作，而是平民化了，而在古希腊时期，戏剧又是贵族化的一门艺术，是供贵族社会享受的艺术，而“五四”戏剧更多地用来“攻击社会”，显然是为贵族社会所不能接受的，“是不便以艺术的立场来考量的”，“不能以严重的文学观点来考查的”[4]。

梁实秋对“五四”新文学的反思与责难，带有其不可避免的偏颇，这与他的人生思想和文学观念具有密切的联系，但并不能说梁实秋就是彻底反对新文学的。从他的内心要求来说，他还是努力创造新文学，试图为新文

---

① 梁实秋：《戏剧艺术辩证》，《浪漫的与古典的·文学的纪律》，北京：人民文学出版社 1988 年版，第 32 页。

② 梁实秋：《现代中国文学之浪漫的趋势》，《浪漫的与古典的·文学的纪律》，北京：人民文学出版社 1988 年版，第 10—11 页。

③ 梁实秋：《现代文学论》，《梁实秋批评文集》，珠海出版社 1998 年版，第 179—180 页。

④ 梁实秋：《现代文学论》，《梁实秋批评文集》，珠海出版社 1998 年版，第 181 页。

学的健康发展提供一条较为理想的道路。一方面,他将学衡派不能说清楚的问题清楚地表达了出来,将自由主义作家的文学观阐述得比较合乎现代文学的发展要求;另一方面,他对新文学发展中存在的问题的纠正,有利于新文学的建设,尽管到20年代末由于特殊的原因,使他也不能平静下来认真讨论文学的问题,但他毕竟做出了自己的思考,提出了值得重视和重新讨论的问题。

三、闻一多的艺术批评

闻一多并不是以批评家而是以学者和诗人的身份出现在文坛上的。但是,他在文学批评上的贡献尤其在新诗批评上的贡献同样巨大,而且在新月派的文学理论发展中,做出了建设性的贡献,在构建新的文学秩序的过程中,他虽然不像徐志摩和梁实秋那样引人注目,他以自己厚实的批评为新月派的批评、为新诗格律的建设所做出的努力是值得我们重新去研究的。闻一多的批评涉及美术、电影、诗歌、戏剧等各个方面,也在其古典文学研究中,涉及中国文学批评的若干问题。

(一)清华学风与闻一多批评风格的形成

闻一多的思想与治学方式具有浓郁的清华文化特色,其文学批评思想也带有明显的早期清华的特点。闻一多于1912年考入北京清华学校,1916年开始在《清华周刊》上发表系列读书笔记,总称《二月庐漫记》,1921年11月与梁实秋等人发起成立清华文学社,次年3月,写成《律诗底研究》,开始系统地研究新诗格律化理论。1922年7月赴美国芝加哥美术学院学习,年底出版与梁实秋合著的《冬夜草儿评论》。在清华学校的学习生活以及他对中国古典文学的爱好,使其从一开始就倾向于严谨的、有秩序的文学主张。五四时期,闻一多的批评似乎有其"矛盾"的地方,他一方面主张文学的秩序,讲究诗歌的音节、形式等格律,一方面却又称赞郭沫若的"自由体"诗,在《〈女神〉之时代精神》和《〈女神〉之地方色彩》等重要的批评文章中,对郭沫若的《女神》给予较高的评价。实际上,如果总览闻一多这一时期的批评文章，则可以看到，闻一多一直坚持着自己的理论观念，在诗歌领域进行着必要的艺术探索，从他早期的《〈冬夜〉评论》到他后来的《诗的格律》等文章，都比较系统地阐述了他的诗歌创作主张。这里有必要首先注意一下《〈冬夜〉评论》。这篇文章肯定了俞平伯的诗集《冬夜》中的一些篇章，如《黄鹄》、《小劫》、《孤山听雨》、《凄然》等，是属于"上等作品"。这些作品之所以属"上等"，则主要是它们的"音节"："凝练，绵密，婉细是他的音节特色。这种艺术本是从旧诗和词曲里蜕化出来的。"闻一多看来，"俞君能熔铸词曲的音节于其诗中，这是一件极合艺术原则的事，也是一件极自然的事，用的是中国的文字，作的是诗，并且存心要作好诗，声调铿锵的诗，怎能不收那样的成效呢？"但是，闻一多却基本上否定了这部诗集，而且由此也否定了当时的诗歌创作趋向，"我很怀疑诗神所踏入的不是一条迷途"，"这条迷途便是那畸形的滥觞的民众艺术"。即使是他肯定了《冬夜》的音节，他也指出，"像《冬夜》里词曲音节的成分这么多，是他的优点，也便是他的劣点。优点是他音节上的赢获，劣点是他意境上的亏损"。这种"劣点"还只是表面的，一般化的，更主要则是俞诗中所体现出的平民精神，是"有什么话，就说什么话"，是俞诗的"破碎"、"啰唆"、"重复"以及"幻象"、"情感质素"的缺乏，读俞诗，"零零碎碎杂杂拉拉，像裂了缝的破衣裳，又像脱了榫的烂器具"，缺乏丰富的情感和充实的内容，《冬夜》为什么会出现这种在闻一多看来极为严重的艺术问题，这主要就是俞平伯的"谬误的主张底必然结果。"闻一多引用了俞平伯《冬夜》中的一段论述："我只愿随随便便的活活泼泼的借当代的言语去表现出自我，在人类中间的我，为爱而活着的我。至于表现的……是诗不是诗，这都和我的本意无关，我以为如要顾念到这些问题，就可根本上无意作诗，且亦无所谓诗了。"如同闻一多的朋友梁实秋一样，他也对此表示了极为不理解甚至反感，"俞君把作诗看做这样容易，这样随便，难怪他做不出好诗来"。所以闻一多认为，诗不是随便就可以做的，诗是诗人做的，是圣洁的，而不能"用打铁抬轿的身份眼光，依他们的程度去作诗"。闻一多的观点显然受到西方自由主义文艺思想的影响，追求一种贵族化的诗歌，他认为这种诗歌是升华、净化人的灵魂的艺术，而不是低俗的"民众化"的东西。

从这种诗歌观念出发,闻一多对郭沫若的《女神》推崇有加。应该注意的是,提倡文学的秩序和诗歌格律的新月诗派的几位主要人物,如梁实秋、徐志摩、闻一多等,都对自由体诗的代表人物郭沫若表示了他们的敬重和推崇。实际上,这并不是他们推崇郭沫若《女神》自由体诗歌形式,而主要推崇其诗歌对音节的创造以及诗歌所表现出来的新的艺术精神和时代精神,正如闻一多在他的文章中所写,“诗人不独喊出人人心中底热情来,而且喊出人人心中最神圣的一种热情”[①]。无论是他在《〈女神〉之时代精神》中赞扬《女神》“真不愧为时代底一个肖子”,还是在《〈女神〉之地方色彩》中批评《女神》缺少民族的精神底蕴,实质上都表达了这样一个意思,新诗应该尽力恢复民族诗歌的艺术魅力,因为“东方的文化是绝对的美的,是雅韵的。东方的文化而且又是人类所有的最彻底的文化”。由此可见,闻一多及新月派的诸诗人们提倡“新歌律诗”,并不是单纯的注重诗歌的外在形式,而是讲究格律与民族精神的完美结合。这一思想在闻一多的《诗的格律》一文中有系统的表达。他提出的音乐的美、绘画的美和建筑的美的主张,不仅对“五四”以来诗歌创作的散漫无度、不讲诗的特质的趋向,是一个合理的批评,而且也是对中国传统文化的必要总结和艺术思考,对于匡正现代文学发展过程的一些方向性的失误是很有必要的。

(二)新格律诗的批评主张

作为诗人和诗评家,闻一多从参与文学批评开始就非常注重新诗格律的理论建设。1921 年 6 月,闻一多在《清华周刊》第七次增刊上发表了《评本学年〈周刊〉里的新诗》就针对《清华周刊》所发表的诗歌进行批评,指出了“旧诗的破产”,认为:“旧诗既不应作,作了更不应发表,发表了,更不应批评。”在这里,闻一多从现代传媒与诗歌文体的关系上,对旧诗的“破产”进行了阐释,从而也指出了无论新诗旧诗的必要的质素:“诗底真价值在内的原素,不在外的原素。”这种“内在的原素”,在闻一多的批评体系中就是“幻象,情感”以及“声,色”等。他在批评《一回奇异的感觉》的作品时,认为诗中“奇异的感觉”就是“一种炽烈的幻象”。但是,闻一多对诗作的音节

---

① 闻一多:《〈女神〉之时代精神》,《创造周报》,1923 年 6 月 3 日第 4 号。

的研究和重视，更甚于对这种“幻象”的重视，他认为“这首诗底音节也极好”，但也有“未到‘尽美’底地步”，当诗作更进一步在音节问题上讲究一些，更能产生诗的美感。要批评《忆旧游》一诗时，闻一多同样看重了诗作的音节的美，特别强调了“双声、叠韵底关系”以及“引起听官的明了感觉的字法的关系”，这几个方面是一首诗作呈现出意境的主要的方面，是诗的格律不能不注意的地方。

从闻一多早期的文学批评来看，一方面，他对“五四”以来的新诗是支持的，认为旧体诗已经不能再适应新的媒体的时代需要，新诗取代旧诗已是时代必然。在这一方面，新月派的成员显然比学衡派的成员更开明，也更清楚地意识到中国文学发展的方向。因此对《清华周刊》上的这些还不是太成熟的作品，闻一多一方面表示了肯定和理解，其批评的态度中肯、温和，体现出学术批评应有的风度；另一方面，他又指出了新诗格律的诸种要素是新诗审美的必要条件。新诗若没有格律，则不能成为诗，格律是诗的最重要的因素之一。所以闻一多特别看重音节、韵律以及诗的建筑结构等方面的问题。在《〈冬夜〉的评论》中，闻一多再次通过对俞平伯的诗集《冬夜》的批评，深入地讨论了新诗的格律问题。他认为，作为新诗初创时期的作品，《冬夜》最突出的一点就是“音节”上的讲究：“关于这一点，当代的诸作家，没有能同俞君比的。这也是俞君对于新诗的一个贡献。凝炼，绵密，婉细是他的音节底特色。”同时，闻一多认为《冬夜》的“章的构造”和“句的构造”非常出色，代表了新诗创作的水平。

闻一多也指出了《冬夜》存在着的问题，这就是幻象与情感的缺乏问题。新诗创作中缺少了必要的幻象与情感，诗的格律就不能真正的很好的体现。“幻象在中国文学里素来似乎很薄弱。新文学——新诗里尤其缺乏这种质素，所以读起来，总是淡而寡味，而且有时野俗得不堪”。正因为诗人在创作中缺乏必要的幻象，所以，往往使用叠字来弥补。叠字虽然是中国文学中的语言特色，运用叠字可以增强诗的节奏感，加强诗的韵味。但是，“滥用叠字便是重复，其结果便是单调底感效”。当然，仅仅指出《冬夜》存在的这些问题，并不是闻一多的任务，他所要做的是通过诗评，进一步阐述其诗的主张，建构新诗的理论体系。在闻一多看来，俞平伯的诗之所以缺少必要的幻象，"是因为作者对于诗——艺术的根本观念底错误"，这个根本观念底错误，"在俞平伯的《诗底进化的还原论》以及《〈冬夜〉自序》中得到了体现。

我们一般都注意到了闻一多在《诗歌节奏的研究》和《诗的格律》两篇文章中对新诗格律问题的论述，毫无疑问，这两篇文章对于中国新诗理论的建设具有重要的意义，为新月派赢得文学史上的地位奠定了坚实的理论基础。但是，与其说闻一多通过这些理论文章建构了一种新诗理论体系，不如说他为新诗批评确立了价值尺度，寻找到了一种批评的方法。五四以来，新诗及整个新文学的建设与发展，以其迅猛的态势呼啸而来，而对新文学的批评，文学界缺少必要的理论准备，或者说，文学批评的价值体系没有真正建立起来。胡适的新诗理论大多局限于白话文的问题，并没有深入地研究新诗的艺术形式及其审美特征的问题。此后，郭沫若、李金发、朱自清等新诗人，都未曾在新诗批评的理论体系和批评方法方面进行过理论研究，人们大多停留在感性的认识和直观性批评的层面上；学衡派对新文学尤其是新诗的批评和反对，也缺少理论依据，缺少文学批评的价值标准和尺度。正是如此，作为诗人和诗评家的闻一多担当起了构建新诗批评的价值尺度的责任。闻一多认为："游戏的趣味是要在一种规定的条律之内出奇制胜。做诗的趣味也是一样的。"①新诗批评也需要在一定的诗的格律内进行，通过对诗的格律的理解和运用，对新诗创作进行规范。在闻一多看来，"诗的所以能激发情感，完全在它的节奏；节奏便是格律。……恐怕越有魄力的作家，越是要带着脚镣跳舞才跳得痛快，跳得好。只有不会跳舞的才怪脚镣碍事。只有不会作诗的才感觉得格律的缚束。对于不会作诗的，格律是表现的障碍物；对于一个作家，格律便成了表现的利器"②。在这里，格律是新诗批评的唯一的价值尺度，没有格律的诗便不成为诗，没有格律要求的新诗批评，也是不存在的。

（三）艺术世界的无限向往

---

① 闻一多：《诗的格律》，《闻一多全集》，第2卷，武汉：湖北人民出版社1993年版，第137页。

② 闻一多：《诗的格律》，《闻一多全集》，第2卷，武汉：湖北人民出版社1993年版，第139页。

整体来看，闻一多的文学批评活动主要在诗歌方面，但是，多才多艺的闻一多涉足于多个领域，在美术、电影、戏剧、媒体等多个方面，都有成就，丰富了中国现代文学批评，也活跃了新月派的批评。

在这些批评中，闻一多的戏剧批评与他的新诗批评具有同样的意义，是对其新诗批评的补充，是对一种文学观念的价值确立，也是寻找一种新的批评方法的努力。《戏剧的歧途》虽然是一篇有关戏剧的理论文章，但文章论述的立足点却是“五四”以来的戏剧创作，是在对戏剧创作的批评的基础上讨论有关戏剧的理论问题的，因而，《戏剧的歧途》实际上是借戏剧理论的探讨，为现代戏剧创作确立一个价值标准。从西洋古典戏剧艺术出发，闻一多对“五四”以来受易卜生的影响而出现的社会问题剧提出了批评，认为中国缺少真正的戏剧：“这几年我们在剧本上所得的收成，差不多都是些稗子，缺少动作，缺少结构，缺少戏剧性，充其量不过是些能读的不能演的 closet drama 罢了”①。这并不是说戏剧不能表现社会，不能有社会问题剧。闻一多主要表达舞台与剧本的关系，从而阐述剧本与舞台演出所呈现出来的戏剧艺术。在闻一多看来，动作、结构等戏剧性因素是支撑剧本艺术的主要因素，没有动作就没有舞台效果，没有舞台艺术，没有结构也就没有“戏”。因此，闻一多特别看重舞台演出在前，剧本写作在后的戏剧程序：“从历史看来，剧本是最后补上的一样东西，是演过了的戏的一种记录。现在先写剧本，然后演戏。”这是“戏剧的退化”。因为“艺术最高的目的，是要达到‘纯形’Pureform 的境地，可是文学离这种境地远着了”。为什么闻一多认为剧本文学离他所要求的“纯形”远着？这并不是戏剧文学本身的问题，而是：“你们戏剧家提起笔来，一不小心，就有许多不相干的成分粘在他笔尖上了——什么道德问题，哲学问题，社会问题……都要粘上来了。问题粘的愈多，纯形的艺术愈少。”“文字本是思想的符号，文学既用了文字作工具，要完全脱离思想，自然办不到。但是文学专靠思想出风头，可

---

① 闻一多：《戏剧的歧途》，《闻一多全集》，第 2 卷，武汉：湖北人民出版社 1993 年版，第 147 页。

真是没出息了”[1]。所以，戏剧可以表现问题，批评社会，但表现问题和批评社会并不是戏剧的唯一或者主要的任务：“在我们现在社会里，处处都是问题，处处都等候着易卜生，肖伯纳的笔尖来尝试一下。但是，我们可知道真正有价值的文艺，都是‘生活的批评’；批评生活的方法多着了，何必限定是问题剧？莎士比亚没有写过问题戏，古今有谁批评生活比他更批评得透彻的？辛格批评生活的本领也不差罢？但是他何尝写过问题戏？只要有一个脚色，便叫他会讲几句时髦的骂人的话，不能算是问题戏罢？总而言之，我们该反对的不是戏里含着什么问题；……我们要的是戏，不拘是那一种的戏。”[2]由此看来，闻一多反对的不是社会问题剧，而是认为不能因为要表现思想、社会的问题而制约了戏剧对“纯形”的戏剧美的追求。

闻一多的观点基本上可以代表新月派在戏剧方面的思想。陈西滢、梁实秋等也都曾表示过类似的观点，表达过对古典戏剧的倾慕，以戏剧的批评思想阐述了“文学的纪律”或者“诗的格律”的基本设想。

---

① 闻一多：《戏剧的歧途》，《闻一多全集》，第 2 卷，武汉：湖北人民出版社 1993 年版，第 148—149 页。

② 闻一多：《戏剧的歧途》，《闻一多全集》，第 2 卷，武汉：湖北人民出版社 1993 年版，第 149—150 页。

第十五章　京派对文学的修正

20世纪30年代的文学批评处于相当复杂的状态中，在批评观念、批评方法、批评文体等方面，不同流派展开了激烈的论争，革命文学批评、自由主义文学批评、国民党右翼文学批评等相互融合、此消彼长，构成了那个时期蔚为壮观的文学批评景观。除鲁迅、茅盾、梁实秋、成仿吾、钱杏邨、李健吾、沈从文等著名的批评家外，还有一批卓有影响、成绩显著的批评家，在各自的领域内不懈地追求着，他们或是某一流派的理论代表者，或是某种权力话语的体现者，如冯雪峰、巴人、瞿秋白、洪深、朱光潜、李长之、苏雪林、傅东华、梁宗岱、叶公超，等等，他们虽然不像其他批评家那样引人注目，但也是现代文学批评史上不可或缺的人物。他们中的一些人成为30年代流派或党派斗争中的中坚力量，而在党派斗争之外，一些仍然潜心于文学艺术之中的作家、批评家，执著于文学批评的审美化走向，艰难地在艺术化批评的领域里探寻着。司马长风在论述这一时期的文学批评时，一方面否定了"借题发挥的政治杂文"和"对个别作家的人身攻击"的"讨论有关文学的文字"的批评；一方面，他"从文学观点出发"，对"纯粹的文学批评"进行了评述，指出在这一时期取得文学批评的重要成绩的作家有："刘西渭（李健吾）、周作人、朱光潜；有相当表现的作家有李长之、朱自清、郁达夫、赵景深、傅东华、郑振铎、黎锦明、林语堂、梁实秋、废名等。从政治出发或以苏俄文艺观点为尺度的文学批评，可概称之为左派的文学批评；有重要表现的有鲁迅、茅盾、胡风、钱杏邨、许杰、徐懋庸等"①。司马长风的评述

---

① 司马长风：《中国新文学史》（中卷），香港：昭明出版社有限公司1978年版，第245—246页。

虽然带有明显的政治色彩,但他能够回归到文学本身对这一时期的文学批评进行观照,从而比较深刻地指出一些批评家的文学史贡献。在这其中,他特别钟情于刘西渭、朱光潜等京派批评家。毫无疑问。京派是这一时期文学界的一道动人的风景,这道风景不仅有“太太的客厅”,有文艺副刊,有文学期刊,而且在左翼文学占据主流地位的时候,他们以自己特有的方式在北国的文化环境中独立存在着,为20世纪30年代的文学界提供了别样的文学。在中国现代文学批评史上,京派批评家们是自由徜徉于文学世界中的文人,他们在尽情享受着文学的美,享受着文学生活,他们没有特意去构建什么文学秩序,但他们却以自己的方式,以自己的努力为文学的秩序尽着一份力量。正如高恒文所说:“作为一个知识分子,在那种特殊的社会环境中,他们自知无力干预政治,改变社会,自知所能做的只有对中国现代文化建设尽自己应尽的‘责任’,而这也是他们惟一能够做到的。”①在京派作家批评家那里,这份“责任”,就是知识分子对文学之美的守护。

一、京派与文学批评的美学之路

关于京派的研究是20世纪80年代以来文学研究的热门话题,对京派作家生活方式、文学活动、文学创作、文学批评的研究,构成了京派作为一个文学流派研究的最基本的也是最重要的内容。吴福辉为《京派小说选》所作的前言,是较早研究京派的论文。在这篇主要论述京派小说创作的文章中,他阐述了京派的文学观念。随后,李俊国发表在《中国现代文学研究丛刊》1987年第2期上的《三十年代“京派”文学批评观》,是专门论述京派文学批评的文章,文章在重新厘定“京派”这一概念的基础上,从朱光潜、李健吾、萧乾、梁宗岱等批评家的研究入手,比较深入和全面地论述了作为一个文学流派的京派文学批评。20世纪90年代以来,对京派文学批评的研究是学术界关注的重点之一,其原因主要在于学界对京派的重新认识,尤

① 高恒文:《京派文人:学院派的风采》,上海:上海教育出版社2000年版,第3页。

其这一时期文学界、学术界对“纯文学”的追求,使人们更多地渴望在那些潜心于审美世界中的文学中寻找新的文学需要,人们在京派作家批评家那里寻找到了那种久违的文学,看到了美的存在。1993 年,温儒敏的《中国现代文学批评史》虽然不是以批评流派为研究对象,但其中所论述的李健吾、沈从文、梁宗岱、李长之等都是京派重要的批评家。1994 年,刘锋杰在《文学评论》1994 年第 4 期上的《论京派批评观》、1995 年许道明的《中国现代文学批评史》等,大多从研究京派的文学思想出发,着重阐述其文学批评中的审美观,认为京派文学批评主要是一种印象式批评。许道明在其《中国现代文学批评史》中的观点是比较有代表性的:“强调直觉感悟,强调批评主体介入和强调情感动力,这三者突出地成为京派批评创造性思维和批评方法的基本特征。它们朗然显示着民族的特色,反映了传统美学观和批评方式潜移默化的影响和渗透。”①而刘锋杰在其文章中,则更注重为京派文学批评确定文学史地位:“京派批评的出现代表着中国现代文学批评的审美自觉与成熟。”②2002 年,黄健的《京派文学批评研究》是第一部系统论述京派文学批评的学术专著,从京派与京派文学批评的关系入手,揭示出京派批评与中国传统文化的内在关系。这些研究既是对京派文学史贡献和文学风格的科学总结,也是对京派文学批评特点的准确把握。但是,我认为仅仅从感悟印象的批评方法和批评风格以及京派对左翼革命文学的态度出发去研究京派的文学批评,显然是不够的。而且,我觉得仅仅从京派的文学批评论著方面去研究其批评思想与方法,也同样不能更准确地把握京派对中国现代文学批评的意义。在京派文学批评批评活动中,读诗会、文化沙龙、报刊等,都是他们从事文学批评的重要载体和重要方式,都体现着京派特有的文学批评思想和批评方法,体现着中国现代文人的生活方式与文学批评的内在关系,也体现着京派文人独特的参与文学的方式。

(一)读诗会与沙龙式文学批评

“读诗会”是京派文人重要的文学批评活动之一。

① 许道明:《中国现代文学批评史》,南京:江苏文艺出版社 1995 年版,第 269 页。

② 刘锋杰:《论京派批评观》,《文学评论》,1994 年第 4 期。

关于读诗会,沈从文曾经回忆说:

> 这些人或曾在读诗会上作过有关诗的谈话,或者曾经把新诗、旧诗、外国诗当众诵过、读过、说过、哼过。大家兴致集中的一件事,就是新诗在诵读上,究竟有无成功的可能?新诗在诵读上已经得到多少成功?新诗究竟能否诵读?差不多集中所有北方新诗作者和关心者于一处,这个集会可以说是极难得的。
>
> 当时长于填词唱曲的俞平伯先生,最明了中国语体文字性能的朱自清先生,善法文的梁宗岱先生、李健吾先生,习德文诗的冯至先生,对英文诗富有研究的叶公超、孙大雨、罗念生、周煦良、朱光潜、林徽因诸先生,都轮流读过些诗。朱、周二先生且用安徽腔吟诵过几回新诗旧诗,俞先生还用浙江土腔,林徽因女士还用福建土腔同样读过一些诗。总结看来,就知道自由诗不能在诵读上产生希望达到的效果;不自由诗若读不得法,也只是哼哼唧唧,并无多大意味。多数作者来读他自己的诗;轻轻的读,环境又合宜,因作者诵读的声容情感,很可以增加一点诗的好处。若不会读又来在人数较多的集会中大声的读,常常达不到希望达到的效果。
>
> 沈从文:《谈朗诵诗——一点历史的回溯》

可见,在京派文人的读诗会上,读诗是他们的生活方式,是文学活动的一种;谈诗,则是文学批评的方式,读诗与谈诗是联系在一起的,读的过程也是评的过程,谈的过程也是进一步理解诗的内涵与格律的过程。读和谈既是品诗,也是评诗;既是感悟,也是分析。我们知道,京派文人大多留学过欧美,受到欧美文化的影响,在生活方式和审美情趣上都带着明显的欧美文化特点。读诗会作为一种生活方式,文人间的沙龙聚会,体现着京派文人的文化倾向和审美趣向。而他们又是以读诗谈诗为主要内容,更反映出了他们的知识分子特点。

读诗会是由朱光潜发起的。1933 年秋,刚刚结束留学欧洲八年学习生活的朱光潜回到北平,担任北京大学西语系教授,成为京派文人的重要成员。他"由胡适约到北大,自然就成了京派人物,京派'新月'时期最盛,自从诗人徐志摩死于飞机失事之后,就日渐衰落。胡适和杨振声等人想使京派再振作一下，就组织一个八人编委会，筹办一种《文学杂志》。编委会之中有杨振声、沈从文、周作人、俞平伯、朱自清、林徽因等人和我。他们看到我初出茅庐，不大为人所注目或容易成为靶子，就推我当主编。由胡适和王云五接洽，把新诞生的《文学杂志》交给商务印书馆出版。”[①]但在《文学杂志》出版之前，朱光潜的心思放在了组织读诗会上面。读诗会可能出现在1935年初，顾颉刚1935年4月25日日记中写道：“到朱光潜家，为诵诗会讲吴歌。同会者有朱光潜、周作人、朱自清、沈从文、林徽因、李素英、徐芳、卞之琳等。”每月大概一至二次，一般是在北京安门里慈慧殿三号朱光潜的家里。从沈从文、朱自清等人的回忆或者日记中，可以看到这是一个非常松散的没有一定要求的文人聚会。虽然人们不一定把朱自清作为京派作家来看，但他却是诗会上的一个重要人物。朱自清住在城外，距离朱光潜家较远，加上工作忙家务重，不是每次都参加的。但朱自清参加读诗会却总能引起一些反响，在他的日记中断断续续记载了一些参加活动的情况：1937年4月22日的日记：“下午开共赏会。朱孟实作《诗与散文》讲演。”1937年4月24日日记：“开共赏会”。这里的“共赏会”就是读诗会。从这些简单的记载中，可以看到他们的读诗会内容丰富，有读诗，也有谈诗，可能在某些时候是以谈为主。从京派的读诗会来看，他们在读诗的过程中，主要讨论的是诗的声韵节奏等新诗格律的问题，寻找诗的美学特征。

与读诗会大体类似，“太太的客厅”也是京派文学活动和文学批评活动的重要场所。比较于读诗会，太太的客厅里的活动可能更广泛一些，涉及社会、文化、哲学、文学等。据参加者之一的费慰梅回忆说：“徽因的客厅坐北朝南，白花花的阳光照进来，常常也像老金的星期六‘家常聚会’那样挤满了人，而上门来的各式各样的人都有。……她们这里常会遇到一些当代著名的诗人和作家，因仰慕徽因个人的魅力，流连往返。”[②]林徽因博学多才，人又漂亮，机灵热情，留学欧美多年，养成了欧美式的生活习惯，每天的

① 吴福辉、钱理群主编：《自传》，《朱光潜自传》，南京：江苏文艺出版社1998年版，第6页。

② ［美］费慰梅：《聚会的中心人物》，刘小沁编：《窗子内外忆徽因》，北京：人民文学出版社2001年版，第35页。

下午茶自然也就成了同样是留学过欧美的知识分子的好去处。据林洙回忆说:"每次上完课林先生都邀我一同喝茶,那时常到梁家来喝茶的有金岳霖先生,张奚若夫妇;周培源夫妇和陈岱孙先生也常同来。其他多是清华、北大的教授,还有建筑系的几位年轻教师也是常客。……梁家每天四点半开始喝茶,林先生自然是茶会的中心,梁先生说话不多,他总是注意地听着,偶尔插一句话,语言简洁,生动诙谐。林先生则不管谈论什么都能引人入胜,语言生动活泼。"①"下午茶"是一种生活方式,也是知识分子们的一种聚会与文化生活的重要方式,是他们谈天说地、议论社会、畅言文学的时候。在这种场合里,谈文学、社会,构成了聚会的重要内容,成为他们自由而飘逸的文人生活的不可或缺的内容。某些时候,谈什么并不重要,重要的在于谈。我们现在也只能从那些曾经参与其中的人物的回忆中,约略看到一点他们谈论的话题。在这其中,文学成为其最引人关注的话题之一。这不仅因为文学作品能够引起所有参与者的兴趣,能够谈到一起,而且也因为客厅的主人林徽因本人对文学的特别兴趣。这位学建筑学出身的美女,对文学情有独钟,曾写过让人赞叹不已的诗歌、小说等作品。

(二)现代传媒与京派批评的迷途

京派作家显然是对现代传媒不太了解,也不太适应,他们更热衷于沙龙、读诗会一类的活动。但是,现代传媒的迅速发展又逼迫他们不得不涉足报刊,在沙龙文化的基础上努力于《学文》、《文学杂志》等传媒活动,试图借助现代传媒扩大其文学影响。

京派文人一方面接办了《大公报 · 文艺》副刊,在副刊上创办了"诗特刊",另一方面又创办了《学文》、《文学杂志》等。这些报刊从一个独特的角度丰富了京派的沙龙活动,将读诗会、客厅的文化活动引向现代传媒,成为京派文化沙龙的有力的补充。《诗特刊》和《学文》主要在创作方面,不发表批评。但他们在这些报刊上发表的作品已经表现出了京派特有的文学思想,如周作人的散文、废名的小说、何其芳的散文和诗歌、林徽因的作品

① 林洙:《梁家的茶会》,刘小沁编:《窗子内外忆徽因》,北京:人民文学出版社2001年版,第37—38页。

等，显示了京派作家对艺术美的追求以及他们的反启蒙立场。京派作家不太愿意通过《诗特刊》和《学文》发表批评文章，一方面说明他们对创作的重视，主要把报刊作为发表创作的园地；另一方面也说明他们并没有在现代传媒那里寻找到合适的进行批评的有效途径，他们更愿意通过沙龙的方式进行批评活动，或者更愿意在学术研究中表达自己的思想。

1937 年 5 月创刊的《文学杂志》是京派文人重要的传媒活动之一。《文学杂志》是一份同人性的具有一定独立意义的文学刊物，在筹备过程中，京派同人就确定了创作与评论并重的办刊原则："一、除创作外要有论文；二、每期要有几篇书评，朱先生特别得到杨先生和沈先生主编的大公报《文艺副刊》经常登书评文章是一特色；三、不要翻译作品。"[①]在这里，论文与书评既能够表现《文学杂志》的基本倾向，也可以视为京派文学批评的方式。在由朱光潜执笔的发刊词中，比较系统地阐述了京派的文学思想和批评观念："着重文艺与文化思想的密切关联，并不是一定走到'文以载道'的窄路。从文化思想背景吸收滋养，使文艺植根于人生沃壤，是一回事；取教训态度，拿文艺做工具去宣传某一种道德的、宗教的或政治的信条，又是一回事。这小分别似微妙而实明显。从历史的教训看，文艺上伟大收获都有丰富的文化思想做根源。"在表明自己的文艺思想后，朱光潜将批评的矛头对准了文艺界的现状："我们无论是右是左，似乎都已不期而遇地走上了这条死路。一方面，中国所旧有的'文以载道'这个传统观念很奇怪地在一般自命为'前进'作家的手里，换些新奇的花样而安然复活着。文艺据说是'为大众'、'为革命'、'为阶级意识'。另一方面，一般被斥为'落伍'的作家感到时代潮流的压迫，苦于左右做人难，于是对于时代疑惧与厌恶，抱'与人无争'的态度而'超然'起来。结果我们看得见的。搬弄名词，呐喊口号，没有产生文学；不搬弄名词，呐喊口号，也没有产生文学。失败的原因是异途同归的。大家都缺乏丰富的文化思想方面的修养。"作为美学家、文学批评家，朱光潜的态度是学术的、中肯的。作为发刊词，朱光潜在这里传达了京派作家的共同思想，昭示了京派文人的创办刊物的"态度和希望"：

① 常风：《回忆朱光潜先生》，《逝水集》，沈阳：辽宁教育出版社 1995 年版，第 77 页。

> 一种宽大自由而严肃的文艺刊物对于现代中国新文艺运动应该负有什么样的使命呢?它应该认清时代的弊病和需要,尽一部分纠正和向导的责任;它应该集合全国作家作分途探险的工作,使人人在自由发展个性之中,仍意识到彼此都望着开发新文艺一个公同目标;它应该时常回顾到已占有的领域,给经冷静严正的估价,看成功何在,失败何在,作前进努力的借鉴;同时,它应该是新风气的传播者,在读者群众中养成爱好纯正文艺的趣味与热诚。它不仅是一种选本,不仅是回顾的而同时是向前望的,应该维持长久生命,与时代同生展;它也不仅是一种"文艺情报",应该在队腐枯燥的经院习气与油滑肤浅的新闻习气之中,辟一清新而严肃的境界,替经院派与新闻派作一种康健的调剂。

正是在这种思想认识和文学观念的基础上,《文学杂志》极为重视论文和书评。一般来说,《文学杂志》上的"论文",主要讨论有关文学、语言学等方面的问题,着重于理论的探讨和建设,如叶公超的《谈新诗》、陆志苇的《论节奏》、王了一的《语言的化装》等。"书评"则比较注重于作家的作品评论,如朱光潜对《望舒诗稿》的评论、周煦良对《赛金花》的评论、常风对《活的中国》的评论等。理论和评论支撑起了京派文学批评的主体工程,呈现着京派的文学思想倾向和当前文学作品的选择。从京派的批评实践来看,他们更重视文学作品的艺术性,强调文学内在的美,追求纯文学的艺术精神。

但是,京派在现代传媒方面的努力并没有收到应有的效果,《学文》等杂志创办时间都不算长,本来他们想借《文学杂志》争得一些文学的地盘,但是,一场战争打碎了他们的梦想,只有借《大公报》的势力而接编的《大公报》文艺副刊算是时间较长的。出现这些现象的原因非常复杂,既有战争、经济的原因,也有社会的、文化的原因。但是,主要的还是他们对传媒认识不够,或者说,京派作家的文学兴趣并不在报纸期刊等现代传媒上面,而更在于他们对沙龙的情有独钟,较之报刊上的随笔式的批评和论争,沙龙里那种自由交谈的批评方式,更适合于京派文人的美学趋向和生活方式。现代报刊活动需要一种传媒热情,需要一种大众化的世俗意识,需要一种商业文化精神。但是，京派文人是知识分子办报，他们有传媒的热情，但他们却对现代传媒并没有深刻的认识；他们具有精英知识分子的文化思想，但他们恰恰缺少了平民文化的世俗意识；他们有沙龙文化的清高与自由，但他们却没有传媒所必需的商业头脑。卞之琳在谈到《学文》时就曾说过："《学文》起名，使我不无顾虑，因为从字面上看，好像是跟上海出版，最有影响的《文学》月刊开小玩笑，不自量力，存心唱对台戏。但是它不从事论争，这个刊名，我也了解，是当时北平一些大学教授的绅士派头的自谦托词，引用'行有余力，则致以学文'的出典，表示业余性质。"[①]"不事论争"既是一种文化姿态，也是京派传媒活动的斟酌方式，《学文》不发表任何批评文章，而注重文学创作和学理性的学术研究。这也说明他们并不太善于借现代传媒进行有效的文学批评，而愿意在学理的研究中表达人生社会以及美学观念。

二、"批评的感情主义者"：李长之

在现代文学批评史上，李长之并不是特别引人注目的一位，但他却是别具一格的批评家，虽然可以把他划为京派批评家一列，但他与京派作家批评家在文学观念和批评思想上有着明显的差异。他与京派批评家一样反对文学的政治功利性，但他却不像京派那样极端贬低政治；他也与京派作家批评家一样主张批评的鉴赏与随笔文体，但他却具有自己独立的批评思想，"批评的感情主义"中融入了理性特征。因此，李长之在文学批评史上的独特性，使他从一出现在批评界，就表现出迥异于他人的批评姿态，所取得的成就同样是值得认真关注的。

在建立自己的批评思想方面，李长之虽然并没有太多的论述，但在《产生批评文学的条件》、《文艺史学与文艺科学》、《王国维文艺批评著作批

① 卞之琳：《窗子内外：忆林徽因》，《窗子内外忆徽因》，北京：人民文学出版社 2001 年版，第 15 页。

判》、《论目前中国批评界之浅妄》、《我对于文艺批评的要求和主张》、《论研究中国文学者之路》等文章中,基本上表达了他的思想及其文学态度。在对文学批评的认识与理解上,李长之一方面要求文学批评要有同情心与理解力和鉴赏力[①],要求以感情印象对待批评对象,但同时又在批评实践中注重批评家的理论素养,注重文学批评的学术性与理论化倾向。在《产生批评文学的条件》一文中,李长之把文学批评看作是批评的"文学",称文学批评为"批评文学"。从这种批评观念出发,李长之提出了"感情的批评主义"的批评理论感情就是智慧,在批评一种文艺时,没有感情,是决不能够充实,详尽,捉住要害"[②]的,这种"感情的批评主义"在批评态度、批评实践和理解等三个方面,表现出它应有的审美特性。但他又强调了批评的理性化特点,认为"就文学范围之内而谈批评,批评是一门专门之学,它需要各种辅助知识,它有它特有的课题"[③]。在《文艺史学与文艺科学》一文中,李长之区别了文艺创作、文艺鉴赏和文艺研究三者之间的关系,强调了文艺批评的科学性,"文学的创作是一件事,欣赏又是一件事,研究别是一件事","研究就要周密,精确,和深入",他批评了中国传统文学史"一向不知道研究文学也是一种'学',也是一种专门之学,也是一种科学"[④]。因此,他认为在中国文艺界要建立自己的"文艺科学",自己的批评学。可以说,李长之既重视批评的感性特征,又注重批评和理性色彩,或者说,他要求于批评家必须具有文学家的情感与审美经验,又要具有批评家所必须具有的理论深度和理论思维,从而建立自己的美学观念[⑤]。

在《论目前中国批评界之浅妄》一文中,李长之针对 30 年代文学批评

---

① 在《我对于文艺批评的要求和主张》中,李长之说:"对于任何一本名著,我每每有一个愿望,就是,愿意凭自己的理解,和鉴别的能力,把它清清楚楚地在我脑子里有其真相,有其权衡。"见《李长之批评文集》,珠海出版社 1998 年版,第 379 页。

② 李长之:《我对于文艺批评的要求和主张》,《李长之批评文集》,珠海出版社 1998 年版,第 391 页 。

③ 李长之:《产生批评文学的条件》,《李长之批评文集》,珠海出版社 1998 年版,第 377 页。

④ 李长之:《文艺史学与文艺科学》,《李长之批评文集》,珠海出版社 1998 年版发,第 341 页。

⑤ 李长之在《批评家的孟轲》中说:"一个批评家能够没有他的美学么 ?"见《李长之批评文集》,第 284 页。这一观点表明了李长之对批评家理论素养尤其是美学理论的重视。

界出现的一系列问题，提出了“我们果真不是需要批评么”的质疑。在李长之看来，“真正的大批评家却是决不会忽略作家的辛苦的，因为真正的大批评家乃是锐感的，也同时是多半富有创作的天才的，他自己对创作的经历并不见得比单单从事玩弄创作的人若何贫乏”。正是批评家对创作家的辛苦的理解与认识，批评家才可能真正理解作品，并能够准确地阐释作品，而且还能发掘出作家本人所不认识的东西：“凡是作家自己所不曾意识到的才能，禀赋，批评家往往抉发出，指点出，使作家认准了方向，可以运用他那天才之最大的限度所能企及的步驱，以完成惊天动地的为了全人类的大功勋”。那么，一个批评家怎样才能真正认识与理解作家的创作，怎样才能成为作家的朋友呢？李长之认为，批评家应该具有一定的理论深度，要占有理论上的高度，“不愿意去理解理论的文章，是没法自己作理论文章（批评）的，不能够理解理论的文章，是没法理解一个作品的”。李长之所指出的批评界的这一缺点，恰恰是30年代文学批评界普遍存在的问题，一些批评家还是延续了中国古典文学批评的模式，主要依靠阅读经验和感受去批评作品，不能将阅读感受上升到理论的高度认识而概括出具有学术价值的观点。这也就是李长之所指出的“学术上的贫困”或者“浅妄”。

《批评家的孟轲》也是李长之关于批评思想的重要论文，这篇文章比较系统地研究了古代美学家孟子的美学思想和批评方法，并就此提出了自己的批评思想与方法。在李长之的眼里，孟子首先确立了自己的美学思想，这一美学思想对于一个批评家是至为重要的，只有建立了自己的美学思想才有可能进入到批评的世界中，甚至可以说建立美学思想的本身就是一种批评的过程。由此出发，李长之论述了批评的标准、批评的方法和批评家性格等有关批评的问题，提出了“批评精神”的问题。所谓“批评精神”“就是正义感；就是对是非不能模糊，不能放过的判断力和追根究底性；就是对美好的事物，有一种深入的了解要求并欲其普遍于人人的宣扬热诚”①。李长之的这些批评理论虽然并无太多的新意，与三四十年代的一些作家批评家的尤其京派作家的文艺思想和批评思想大致相似，但当这些观点运用于

① 李长之：《批评家的孟轲》，《李长之批评文集》，珠海出版社1998年版，第293页。

李长之的批评实践中时,就显示出它应有的理论意义和实践价值。

李长之的批评涉及现代文学史上一些著名的作家如郭沫若、茅盾、巴金、老舍、曹禺、梁宗岱、张资平等,他的作家作品批评往往能切中批评对象的要害,把握住一些不易被发现的内容,因而具有某种批评史的价值意义。其中最有代表性的也是最受人关注的批评文本,还是他的《鲁迅批判》。《鲁迅批判》曾以论文的形式,于1935年5月在天津《益世报》文学副刊和《国闻周报》上连续发表,共计十二篇,第二年结集由北新书局出版。在鲁迅研究中,李长之虽然不是最早的研究者,但他却对鲁迅进行了比较系统地全面地研究,也因此而成为当时颇具声望的青年批评家。在这部批评著作中,李长之既借鉴吸收了他人的研究成果,而又表现出迥异于他人的批评观点,开辟了一块以鉴赏式的文体进行作家批评的新的天地。《鲁迅批判》出版之前,在现代文学批评界盛行以茅盾为代表的"作家论"批评文体,这一文体对现代文学批评的影响是深远的,而李长之虽然以作家批评为主,但他并无意于写作这种作家论,他感到"作家论的调子太滥",于是,"只在尽力之所能,写出我一点自信的负责的观察,像科学上的研究似的,报告一个求真的结果而已,我信这是唯一的批评者的态度"①。李长之对鲁迅的批评,不是如此前一些作家论那样,主要从作家的作品阅读中分析作家的个性特点,而是把鲁迅置于鲁迅所处的社会环境、文化环境以及生活环境中,对鲁迅思想、性格的形成与特点做了"求真的"批评研究,并且由此进入到鲁迅作品的阅读与批评,因此,这部著作中的"导言:鲁迅之思想性格与环境"和"鲁迅之生活及其精神进展上的几个阶段",就成为理解李长之批评鲁迅的不可或缺的主体性内容。李长之非常注意鲁迅所处环境中所受到的"奚落、嘲讽、或者是一片哄笑"②,对鲁迅性格的影响作用的认识,李长之说:"我以为他后来在文字中时时流露的常像被奚落和排斥之感,就是这早年在情感上受到了损伤的结果"③。应该说,李长之注意到了鲁迅性格形

① 李长之:《鲁迅批判·序》,《李长之批评文集》,珠海出版社1998年版,第3页。

② 李长之:《鲁迅批判》,北京:北京出版社2003年版,第4页。

③ 李长之:《鲁迅批判》,北京:北京出版社2003年版,第11页。

成的内在因素，从更深刻的层面上揭示出了鲁迅的性格特征。

对鲁迅的批评与研究，既有李长之个人经验性的内容，又有他立足于鲁迅的角度，设身处地地深入生活和批评对象主体的"真实性"，抓住了鲁迅生活中这一独特之处，就可以从一个独特的方面把握鲁迅个性的形成与发展，甚至把握住鲁迅性格中最本质的东西。正是这样，李长之在批评鲁迅的作品时，才能做到独立自由地思考，不为他人言论而左右。如他批评《孔乙己》并不是如一些批评家那样只是简单地认为这篇小说的主题是对封建科举制度的批判，而是将作品与鲁迅的一贯性格联系在一起，从而比较准确地把握了《孔乙己》这篇小说的不朽的地方在于"对于在讽嘲和哄笑里受了制作的人物之同情"，鲁迅创作这篇小说是对一种"悲凉而可哀的氛围"的可怕记忆。可以说，在鲁迅小说批评中，还很少有人如李长之这样的理解，而这种理解已经触及到鲁迅小说的真谛，在人类的生存文化的层面上把握了这样一篇长篇幅短小却相当优秀的小说。以这种方法批评《风波》，李长之同样也有相当准确的把握，尽管他对《风波》的批评表述还不够完善，但其批评的意思已经点到了：

> 《风波》里，大家对于赵七爷的敬畏，就像方才爱姑和木叔对于慰老爷、七大人的敬畏；七斤听说要复辟，人得留辫子，他知道事情似乎非常危急，他未尝不想些方法，和计划，可是"非常模糊，贯穿不得"，这正如木叔一意识到胖胖的七大人，脑子里的局面就摆不整齐了，也恰是一模一样。奴性，和愚蠢，造成了农民特有的精神上的伤疤。

李长之只差一点儿就可以点到《风波》中"农民特有的精神上的伤疤"，其实就是国民劣根性中的没有精神信仰、没有特操的特点。不过，在 30 年代特定的历史文化条件下，要李长之挖掘出这一在半个多世纪以后才为人们所注意到的国民精神问题，也着实有些难为他了。

从李长之对鲁迅精神世界和性格特征的考察来看，他已经在相当高的程度上认识并把握了鲁迅。当我们只是从社会大环境和某种政治的因素考虑鲁迅个性的形成时，很难真正地认识一个真实的活生生的鲁迅。因而，李长之下面对鲁迅的这一定评，就是鲁迅研究中极为难得的了：

> 进化论的、生物学的，人得要生存的人生观，在奚落和讽嘲的刺戟

下的感情,加上坚持的简直有些执拗的反抗性,这是鲁迅之所以为鲁迅的地方,环境把他的性格和思想的轮廓给绘就了,然而他自己,在环境里却找到他的出路了,负荷起了使命。无疑地他是中国文学史上划时代的期间的人物中最煊赫的一个代表者,他呼吸着时代的气息,他大踏着步向前走。

这虽然不是什么惊人之论,但在30年代文学批评尚处于发展阶段,尤其鲁迅研究刚刚起步阶段,李长之能够从鲁迅的生活实际出发,将鲁迅的性格特征置于一定的环境中考察,这说明他的眼光和批评胆识为一般人所不能比。但是,李长之又不是一般性地简单地看待鲁迅的生活环境,也不是孤立地看待鲁迅的性格特征,而是在广泛的社会联系和鲁迅的创作实践中,多方面地、多层次地分析、研究,在环境与人物的双重关系中考察鲁迅,既看到了环境对鲁迅性格形成的影响,又看到了鲁迅对环境的选择。以这样的认识来批评鲁迅,李长之就是以诗人的眼光看鲁迅,看到了一个诗人的鲁迅,所以,他对鲁迅作品的考察主要限于"艺术的考察",得出"诗人和战士的鲁迅"才是"鲁迅之本质及其批评"。同样,他对鲁迅的杂文给予高度的评价,也是从诗的角度批评的结果。

联系到李长之的《评郭沫若的〈棠棣之花〉》、《论茅盾的三部曲》、《评巴金的〈憩园〉》、《评老舍的〈离婚〉、〈猫城记〉》、《论曹禺及其新作〈北京人)》、《张资平恋爱小说的考察》等批评文章,就可以注意到李长之的"感情的批评主义",其实主要是以诗的理解阅读作家作品,是对作品的诗性发掘,是在充分的理解与同情基础上对作品的审美阅读和艺术批评。正是这样,李长之在现代文学批评史上,既不属于感悟印象批评一派,也不属于理性价值判断一派,而在理性与感悟印象两者之间寻求一种结合,他的理性使他能够在规范化的批评术语中从事批评,发现人们难以发现的内容;他的艺术感悟使他能够沉浸于艺术批评的快乐之中,捕捉到艺术创造中美的所在。李长之指出茅盾的《蚀》三部曲的艺术技巧是成功的,在内容则是失败的,因为作品表现的"现实不是现实的全部,也不是现实的核心,对现实的态度，又是退缩而不是上前去的"①。这一定评是有道理的，当茅盾按照他所理解的现实主义理论进行创作时，实际上只是理解了一个被想象的"现实"，或者说是理念化的现实。而不是活生生的现实。李长之批评老舍小说中的幽默其实是"讽刺"，"更恰当地说，他的幽默是太形式的，太字面的，不过作为讽刺用的一种表现方法"②，认为曹禺的话"剧实在有些小说化"，"仿佛有种耽法于造型的形相的追忆和描摹的本能在迫使他，让他在无意间表现了小说家似的本领"③。应该说，李长之的这些评论都有其独到之处，是从作品的实际出发所读出的真实感受。遗憾的是，在后来的文学史研究中，人们往往有意无意地忽略了李长之的这些观点。

三、在美学研究和实用批评之间：朱光潜

朱光潜注重于美学理论的研究，专心于构建自己的美学体系，而较少从事文学作品的批评活动。但这并不是说朱光潜是一位远离当代文学，在象牙之塔里研究美学的高深理论的学者。实际上，朱光潜的文学美学活动与文学批评有着密切的关系，这不仅在于他留学回国后很快参与了京派的各种活动，成为读诗会的主要成员，并且作为《文学杂志》的主编对文学批评的发展起到了重要的作用，可以说，他表现出了对当代文学的高度关注，以积极的姿态参与了诸多文学批评的活动。对于朱光潜来说，"实用"与"审美"的两者选择虽然有些痛苦，甚至在某些方面还可能发生矛盾现象，但文学批评与美学研究的互补，美学研究对文学批评的提升，又使朱光潜获得了较之其他文学批评家所难得的优势。

（一）作为知识分子生活方式的文学批评

---

① 李长之：《论茅盾的三部曲》，《李长之批评文集》，珠海出版社 1998 年版，第 145 页。

② 李长之：《评老舍的〈离婚〉、〈猫城记〉》，《李长之批评文集》，珠海出版社 1998 年版，第 170 页 。

③ 李长之：《论曹禺及其新作〈北京人〉》，《李长之批评文集》，珠海出版社 1998 年版，第 191 页 。

作为安徽桐城人,朱光潜身上带有鲜明的桐城派的特点。青年时期朱光潜在桐城中学、武昌高等师范学校学习,后肄业于香港大学文学院。虽然他深受“五四”新文化运动的影响,抛弃文言,改写白话,并且开始研究西方哲学、美学、心理学,但他的治学风格却显示出桐城派传人的风格。1922年,他在《怎样改造学术界》中,倡导培养“爱真理的精神”、“科学的批评精神”、“创造精神”和“实证精神”①。从朱光潜早期表现出来的这些思想来看,显示着一位学院派知识分子的鲜明特点。但是,他又不是那种躲进象牙之塔钻研学术而不问现实的学者,朱光潜非常关注现实,关注社会,关注青年的人生修养。尤其他从欧洲留学回国后,既潜心于他的美学研究,而又关注着文学创作的现状,关注着青年的修养,思考着美学研究与文学批评的关系问题。

从朱光潜的批评实践来看,他主要将文学作品的批评与文学创作的审美品格联系起来,为文学批评确立一种价值标准。与梁实秋站在古典主义立场的文学批评不同,朱光潜并不特别主张文学回归古典,也不像梁实秋那样强调贵族化的文学,朱光潜比较注重文学与现实的联系,注重文学的趣味,他认为:“在西方文艺中,古典主义、浪漫主义、写实主义和象征主义相代谢”,“各派有各派的格律,各派的格律有因成习套而‘敝’时候”②,古典主义并不是一成不变的,也不是文学的清规戒律,假古典主义同样是文学之大忌。因此,朱光潜的那些偏于理论性的批评论著,虽然没有直接评论作家作品,但却更具有文学批评的价值意义,《文学的趣味》、《文学上的低级趣味》、《散文的节奏》、《文学与语文》、《诗的隐与显》、《从“距离说”辩护中国艺术》、《近代美学与文艺批评》等,既为文学批评厘定了必要的标准,也从某些方面表达了对文学的基本观点,为京派及现代文学批评的发展,发挥了重要的作用。

(二)作为美学体系建构中的文学批评

① 朱光潜:《怎样改造学术界》,《时事新报》,1922年3月30、31日。

② 朱光潜:《谈美·“从心所欲,不逾矩”》,《朱光潜全集》,第2卷,合肥:安徽教育出版社1987年版,第75页。

对朱光潜来说,审美与实用主要表现为美学研究与作品批评的差异,而作品的批评作为美感活动的表现方式,显然是在美学研究的基础上进行的,是美学研究的"副业"。这对朱光潜来说也许并不是看不起创作,也并不是如"学衡派"那样对创作界隔膜,而主要是当他潜心于理论研究时,无暇顾及创作批评。从朱光潜少量的几篇作品批评文章来看,他对于文学创作界的情况还是比较了解的,如《雨天的书》、《桥》、《现代中国文学》等,反映了他以一个美学家的眼光来看文学创作时的态度及其评价的标准,当然也部分地反映了朱光潜作为"京派"群体一员的美学观和文学观。

总的看来,朱光潜的文学批评是在他的美学观的制约下形成的,也可以说,朱光潜文学批评的立足点正是他在《文艺心理学》中所阐述的基本理论。在阐述文艺美学与文学批评的关系时,朱光潜认为,文艺学、文艺心理学是研究文学的基础,美学"丢开一切哲学的成见,把文艺的创造和欣赏当作心理的事实去研究,从事实中归纳得一些可适用于文艺批评的原理。它的对象是文艺的创造和欣赏,它的观点大致是心理学的"①。一个批评家之所以能够对作品做出恰当的批评研究,就因为他能够自如地运用美学原理,因此,"文艺理论的研究简直是不可少的。既云欣赏,就不能不明白'价值'的标准和艺术的本质。如果你没有决定怎样才是美,你就没有理由说这幅画比那幅画美;如果你没有明白艺术的本质,你就没有理由说这件作品是艺术,那件作品不是艺术。世间固然也有许多不研究美学而批评文艺的人们,但是他们好像水手说天文,看护妇说医药,全凭粗疏的经验,没有严密的有系统的学理做根据。我并不敢忽视粗疏的经验,但是我敢说它不够用,而且有时还误事"②。如此看重美学理论的朱光潜其主要精力用于他的美学理论的体系构造,并试图通过美学的阐释解决文学批评中有关具体问题。在朱光潜的美学体系中,直觉、心理的距离、物我同一等是一些基本的概念。他认为,所谓"美感经验","就是我们在欣赏自然美或艺术美时的

① 朱光潜:《文艺心理学·作者自白》,《文艺心理学》,上海:复旦大学出版社2009年版,第1页。

② 朱光潜:《文艺心理学·作者自白》,《文艺心理学》,上海:复旦大学出版社2009年版,第4页。

心理活动"[①],"是一种极端的聚精会神的心理状态"[②],或者说,"就是形象的直觉"[③]。因此,作家所创造的艺术形象(意象)是一个独立自主的完整意象,"它和实际人生是隔着一个距离的。艺术的任务在忠实地表现人生,不在对于人生加以评价"[④],无论创造或是欣赏,心理活动都是单纯的直觉,"艺术的作品是否成功,就要看它能否使人无暇取道德的态度,而专把它当作纯意象看,觉得它有趣和入情入理","稍纵即逝的直觉嵌在繁复的人生中,好比沙漠中的湖泽,看来虽似无头无尾,实在伏源深广。一顷刻的美感经验往往有几千万年的遗传性和丝生的经验学问做背景"[⑤]。朱光潜虽然强调的是艺术与道德的问题,但实际上却指出了艺术活动中价值标准问题,即从何种角度认识与理解或欣赏美,如何接受艺术作品,在美感经验中获得快乐的问题。这种带有唯心色彩的观点,传达出30年代"京派"作家对艺术的基本认识及其文学的态度,也成为朱光潜批评文学的审美立场。

从直觉的艺术观和"心理的距离"的美感理论出发,朱光潜在进行作家作品的批评时,虽然不像梁实秋那样要求一种严格意义上的文学创作,但他却要求于文学追求一种纯正的文学趣味。从文学批评的角度来说,朱光潜站在"批评的态度"和"欣赏的态度"之间,他既倾向于印象派的批评,而又对科学的批评分析抱有好感,对此,朱光潜区别了几种不同的概念:"'批评的态度'和'欣赏的态度'(就是美感的态度)是相反的。批评的态度是冷静的,不杂感情的,其实就是我们在开头所说的'科学的态度';欣赏的态度则注重我的情感和物的姿态的交流。批评的态度须用反省的理解,欣赏的态度则全凭直觉。批评的态度预存有一种美丑的标准,把我放在作品之

---

① 朱光潜:《文艺心理学·美感经验的分析(一):形象的直觉》,《文艺心理学》上海:复旦大学出版社2009年版,第1页。

② 朱光潜:《文艺心理学·作者自白》,《文艺心理学》,上海:复旦大学出版社2009年版,第7页。

③ 朱光潜:《文艺心理学·作者自白》,《文艺心理学》,上海:复旦大学出版社2009年版,第10页。

④ 朱光潜:《文艺心理学·作者自白》,《文艺心理学》,上海:复旦大学出版社2009年版,第105页。

⑤ 朱光潜:《文艺心理学·文艺与道德(二):理论的建设》,《文艺心理学》,上海:复旦大学出版社2009年版,第114页。

外去评判它的美丑;欣赏的态度则忌杂有任何成见,把我放在作品里面去分享它的生命。遇到文艺作品如果始终持批评的态度,则我是我而作品是作品,我不能沉醉在作品里面,永远得不到真正的美感的经验”。从这种认识出发,朱光潜对梁实秋及其“新月派”的批评思想不以为然,“文艺虽无普遍的纪律,而美丑好恶却有一个道理”,他不反对对文学作品欣赏的态度。不过,朱光潜又认为,读到一部作品,如果只是“我觉得它好”还不够,“我们还应说出我何以觉得它好的道理”。[①] 可以说,在“批评的态度”和“欣赏的态度”两者之间,朱光潜是互有取舍,而又相互补充,走过了一条从“欣赏的态度”到“批评的态度”的路,而这条路恰恰是现代文学批评的发展之路。

朱光潜的文学批评正是以一个美学家的眼光来看文学的。他批评周作人的散文集《雨天的书》,既不是以一种欣赏的态度,也不是科学的论断,而是从美学的角度、与作品保持一定的“距离”,对作品进行必要的分析。他指出《雨天的书》的“特质”是:“第一是清,第二是冷,第三是简洁,你在雨天拿这本书看过,把雨所生的情感和书所生的情感相比较,你大概寻不出分别,除非雨的阴沉和雨的缠绵。这两种讨人嫌的雨性幸而还没涌透到《雨天的书》里来”[②]。正是从这种评价出发,朱光潜主要对《雨天的书》所体现出来的清、冷、简洁进行分析,但他又不是就事论事,而是将作品的艺术风格与作家的生活经历尤其是周作人作为绍兴人的“师爷气”联系起来,指出“作人先生是师爷派的诗人”,“所以师爷气在《雨天的书》里只是冷”[③]。在评论废名的《桥》时,朱光潜同样是从美学家的角度去阅读作品,正是站在美学家的立场上,能够以一定“距离”去观照作品,所以,他才能把他不能理解或很难理解的作品进行了新的解读,而且给予了高度的评价。他说:“读小说的人常要找故事,《桥》几乎没有故事。”“找故事”,这是朱光潜异于他人的阅读思路和批评立足点,也是他与作品保持“距离”所产

① 朱光潜:《谈美》,《朱光潜美学文集》,第1卷,上海:上海文艺出版社1982年版,第482页。

② 朱光潜:《雨天的书》,唐金海等主编《新文学的里程碑(评论卷)》,上海:文汇出版社1997年版,第152页。

③ 朱光潜:《雨天的书》,唐金海等主编《新文学的里程碑(评论卷)》,上海:文汇出版社1997年版,第153页。

生的美的印象。如果仅仅是"以陈规绳《桥》",那么,也许就不能认识这篇作品的艺术价值。朱光潜把这篇作品与普鲁斯特和伍尔夫的小说进行比较后认为,这是一篇异于其他小说的作品:

> 像普鲁斯特与吴尔夫夫人诸人的作品一样,《桥》撇开浮面动作的平铺直叙而着重内心生活的揭露。不过它与西方近代小说在精神上实有不同,所以不同大概要归原于民族性对于动与静的偏向。普鲁斯特与吴尔夫夫人借以揭露内心生活的偏重于人物对于人事的反应,而《桥》的作者则偏重人物对于自然景物的反应;他们毕竟离不开戏剧的动作,离不开站在第三者地位的心理分析,废名所给我们的却是许多幅的静物写生。"一幅自然风景",像亚弥儿所说的,"就是一种心境"。他渲染了自然风景,同时也就烘托出人物的心境,到写人物对于风景的反应时,他只略一点染,用不着过于铺张的分析。
>
> 朱光潜:《桥》

应当说,这种分析是对《桥》的深入理解,进入到一种纯美的批评,这里也表现出朱光潜作为"京派"批评家的艺术倾向。

《现代中国文学》是朱光潜文学批评中一篇颇有代表性的文章,这篇文章尽管并不是全面研究现代文学,但却从一个特定的角度写出了作者眼中的另一种"现代文学"。在这篇"字限五千左右"的文章中,作者叙述了"近五十年里"的中国文学的发展情况。朱光潜把"近五十年里"的中国文学置于中国近现代社会、文化发展的格局和世界文学与中国文学的交汇的格局中,注意到现代文学与古代文学的承继关系,与外国文学的借鉴关系,尤其注意到外国文学的翻译对现代文学的影响,在梳理文学发展的历史的基础上,对诗歌、小说、戏剧等文体进行了研究性的评述。但是,很显然,朱光潜并不是站在历史学家的立场上,而主要是站在美学家的立场上,对现代文学进行美的分析与研究的。限于篇幅,朱光潜并未展开全面的论述,而只是简要地对文学历史进行了描述。站在美学家和"京派"作家的立场上,朱光潜对现代散文评价不高或者根本就不涉及散文的评述,他在《雨天的书》中就对散文小品不以为然:"我们有许多简朴的古代伟大作者,最近我们有

《雨天的书》——虽然这只是一种小品”①，语气中透露出对散文小品较低评价的态度。同理，在《现代中国文学》一文中，他又只字未提现代散文的任何作品，这里不仅仅是一种“视而不见”，更是一种文学“流派”的文学选择。

（三）作为思想修养体系中的文学批评

朱光潜的文学批评是他的思想修养工程的一个组成部分。

1924年，朱光潜从撰写第一篇美学文章《无言之美》开始，就将美学研究与现实社会密切结合在一起，注重通过美学研究对青年学子进行道德思想修养的指导。1925年朱光潜考取安徽官费留英，随后进入英国麦丁堡大学，选修英国文学、哲学、心理学、欧洲古代史和艺术史，在这期间，他撰写了《给青年的十二封信》，1928年上海开明书店出版。这部曾经畅销一时的青年读物，通过《谈读书》、《谈动》、《谈静》、《谈中学生与社会运动》、《谈十字街头》、《谈多元宇宙》、《谈升学与选课》、《谈作文》、《谈情与理》、《谈摆脱》、《谈在罗浮宫所得的一个感想》和《谈人生与我》等十二封信，反映了当时一般青年知识分子的心理状况，阐述了青年修养的主要问题。

在朱光潜的观念中，青年的修养可以多种渠道，学校的教育、科学的训练等，都可以增强青年对人生的理解与认识，加强青年的自我修养。但是，所有这些方法都无法取代文学的修养，“美是文学与其他艺术所必具的物质。就其以语言文字为媒介而言，文学所用的工具就是我们日常运思说话所用的工具，无待外求，不像形色之于图画雕刻，乐声之于音乐。每个人不都能运用形色或音调，可是每个人只要能说话就能运用语言，只要能识字就能运用文字。语言文字是每个人表现情感思想的一套随身法宝，它与情感思想有最直接的关系。因为这个缘故，文学是一般人接近艺术的一条最直截简便的路；也因为这个缘故，文学是一种与人生最密切相关的艺术”②。这也就决定了文学对人生修养的意义，人们可以通过文学的阅读而获得美的感受，通过美的陶冶而达到修身养性的目的。在《谈学文艺的甘苦》中，

① 朱光潜：《雨天的书》，唐金海等主编《新文学的里程碑（评论卷）》，上海：文汇出版社1997年版，第155—156页。

② 朱光潜：《文学与人生》，《谈文学》，合肥：安徽教育出版社2006年版，第1页。

朱光潜从自我修养与文学的关系出发,比较系统地阐述了文学在人生修养中的意义:“我应该感谢文艺的地方很多,尤其是它教我学会一种观世法。一般人常以为只有科学的训练才可以养成冷静的客观的头脑。拿自己的前前后后比较,我自觉现在很冷静,很客观。我也学过科学,但是我的冷静的客观的头脑不是从科学得来的,而是从文艺得来的。”①或者说,一个人的世界观不仅可以从科学的训练中获得,而且更能够从文学艺术中获得。从这个意义上说,文学是“有用”的,也是“实用”的。在《资禀与修养》、《文学的趣味》、《文学上的低级趣味》等文章中,朱光潜从不用的角度论述了修养与作家创作的关系,“言为心声,文如其人。思想情感为文艺的渊源,性情品格又为思想情感的型范,思想情感真纯则文艺华实相称,性情品格深厚则思想情感亦自真纯”②。也就是说,优秀的作家都是那些思想道德以及性情人格伟大的人物,他们以优美的语言文字表现出自己的思想情感,因此,他的作品能够对人们产生强烈的影响力,对人和思想情感产生积极的作用。

从文学批评的角度来看,文学批评不仅能够辨别文学作品,而且能够帮助读者评判文学趣味的高低,发掘作品的思想情感、道德性情,为人们的文学修养和人生修养提供更好的作品。因此,文学批评有帮助读者提高人生修养的责任和能力,甚至文学批评本身就是促进人们修养的方法之一。在《文学的趣味》中朱光潜指出:“文学作品在艺术价值上有高低的分别,鉴别出这高低而特有所好,特有所恶,这就是普通所谓趣味。辨别一种作品的趣味就是评判,玩索一种作品的趣味就是欣赏,把自己在人生自然或艺术中所领略得的趣味表现出就是创造。趣味对于文学的重要于此可知。文学的修养可以说就是趣味的修养。”③一个人的修养可以决定他对于文学作品的趣味的鉴别,也可以表现出他的修养的高低,“对于一章一句的欣赏大可见出一个人的一般文学趣味。好比善饮酒者有敏感鉴别一杯酒,就有

① 朱光潜:《谈学文艺的甘苦》,《我与文学及其他》,合肥:安徽教育出版社 2006 年版,第 8 页。

② 朱光潜:《资禀与修养》,《谈文学》,合肥:安徽教育出版社 2006 年版,第 13 页。

③ 朱光潜:《文学趣味》,《谈文学》,合肥:安徽教育出版社 2006 年版,第 17 页。

敏感鉴别一切的酒。趣味其实就是这样的敏感”①。可见文学批评在文学修养和人生中的意义。

从修养的角度出发,朱光潜特别重视文学作品的“趣味”,把“趣味”看成人生修养的重要导向,看成人格高下的重要标准。因为“趣味是对于生命的澈悟和留恋,生命时时刻刻都在进展和创化,趣味也就要时时刻刻在进展和创化”②,人们能够在纯正的文学趣味的培养过程中,形成最纯正的人格和人生观。“事实上我们天天谈文学,在批评谁的作品好,谁的作品坏,文学上自然也有是非好丑,你喜欢坏的作品而不喜欢好的作品,这就显得你的趣味低下……你说文艺上自然有一个好丑的标准,这个标准又如何可以定出来呢?从前文学批评家们有些人以为要取决于多数。以为经过长久时间淘汰而仍巍然独存,为多数人所欣赏的作品总是好的。”对此,朱光潜并不以为然。这也就为文学批评提出了较高的要求,文学批评家不同于一般的读者,他是文学研究与批评方面的专家,对文学作品有更好的鉴别能力。因此,文学批评家应该为读者推荐更有趣味的作品,“文艺批评不可抹视主观的私人的趣味,但是始终拘执一家之言者的趣味不足为凭。”也就是说,对于文学批评家来说,他应该有更远大的目光,更高的欣赏水平,引导读者的阅读。对此,朱光潜从文艺心理学的角度进行了阐释:“实用的态度以善为最高目的,科学的态度以真为最高目的,美感的态度以美为最高目的。在实用态度中,我们的注意力偏在事物对于人的利害,心理活动偏重意态;在科学的态度中,我们的注意力偏在事物间的互相关系,心理活动偏重抽象的思考;在美感的态度中,我们的注意力专注在事物本身的形象,理活动偏重直觉。”③从这种认识出发,朱光潜特别看重趣味对于文学批评的意义,也特别看重文学作品的趣味对于人生修养的意义。

朱光潜谈到的自己的切身体验,也许正代表了文学趣味与人生修养的某些关系:“我对新文学属望很殷,费尽千言万语也不能说服国学耆宿们,

---

① 朱光潜:《文学趣味》,《谈文学》,合肥:安徽教育出版社 2006 年版,第 18—19 页。

② 朱光潜:《谈读诗与趣味的培养》,《我与文学及其他》,合肥:安徽教育出版社 2006 年版,第 119 页。

③ 朱光潜:《谈美》,《朱光潜美学文集》,第 1 卷,上海:上海文艺出版社 1982 年版,第 451 页。

让他们相信新文学也自有一番道理,我也很爱读旧诗文,向新文学作家称道旧诗文的好处,也被他们嗤为顽腐。此外新旧文学家中又各派别之下有派别,京派海派,左派右派,彼此相持不下,我冷眼看得很清楚,每派人都站在一个'圈子'里,那圈子就是他们的'天下'。"[①]文学趣味是不断培养出来的,因此是变化中的,"想获得一种新趣味,往往须战胜一种很顽固的抵抗力","我因而想到培养文学趣味好比开疆辟土,须逐渐把本来非我所有的征服为我所有"。不仅作家要培养自己的趣味,读者也需要不断地培养自己的趣味:"生生不息的趣味才是活的趣味","这道理可以适用于个人的文学修养,也可以适用于全民族的文学演进史"[②]。如果说京派批评家们大多站在反启蒙的立场上,那么,朱光潜则是站在启蒙家的立场上,要求文学批评能够积极地参与到青年的修养活动中去。因此,朱光潜批评那些文学上的低级趣味,要求文学能以"高级"趣味引导读者,使读者在文学阅读和鉴赏中完成个人的修养。在《谈读诗与趣味的培养》中,朱光潜表达了一种独特的文学批评的思想,在阐述文学与人的修养的同时,他特别强调了诗与趣味的培养的关系,他认为,一个人如果不喜欢诗,其文学趣味就是低下的,"因为一切纯文学都要有诗的特质。一部好小说或是一部好戏剧都要当作一首诗看。诗比别类文学较谨严,较纯粹,较精致"[③]。虽然小说等文体也可以培养人们的趣味,但是,当人们喜欢读小说的时候,一般"不问他们的艺术技巧,只求它们里面有有趣的故事。他们最爱读的小说不是描写内心生活或者社会真相的作品,而是《福尔摩斯侦探案》之类的东西。爱好故事本来不是一件坏事,但是如果要真能欣赏文学,我们一定要超过原始的童稚的好奇心,要超过对于《福尔摩斯侦探案》的爱好者,去求艺术家对于人生的深刻的观照以及他们传达这种观照的技巧","读小说只见到故事

① 朱光潜:《文学趣味》,《谈文学》,合肥:安徽教育出版社 2006 年版,第 21—22 页。

② 朱光潜:《文学趣味》,《谈文学》,合肥:安徽教育出版社 2006 年版,第 23—24 页。

③ 朱光潜:《谈读诗与趣味的培养》,《我与文学及其他》,合肥:安徽教育出版社 2006 年版,第 16 页。

而没有见到它的诗,就像看到花架而忘记架上的花”,[①]或者说,诗较之于小说等其他文体更具有审美的属性,更符合人生修养的要求,更具有“纯正的趣味”,因此,“要养成纯正的文学趣味,我们最好从读诗入手”[②],人们可以通过读诗获得审美的教育,培养出高尚的情趣。

四、“新批评”的中国传人:叶公超

在20世纪30年代的批评家中,叶公超是极为独特的一位,人们一般将叶公超作为新月派批评家,但他与新月派批评家的梁实秋等人追求文学的秩序化、批评的规范化并不一致,虽然在艺术观点上,叶公超对梁实秋等人的浪漫主义、新人文主义保持支持与赞成的态度,但在批评实践方面,他却更倾向于英国现代式的“新批评”,从他翻译伍尔夫的《墙上一点痕迹》,到译介艾略特的诗和诗论,都显示出这位“新批评”在中国的传人的明显特征。

尽管叶公超的批评著作并不算多,但却是极有批评风格的。在新月派,叶公超与梁实秋并称为两大批评家,他们都倾向于英美文学,但叶公超与梁实秋的文学批评却有着极为不同的特征,梁实秋遵循新古典主义文学批评原则,讲究谨严的批评方法,寻求文学的秩序与批评的规范,而叶公超却受英国“新批评”的影响,在浪漫主义和现代主义文学理论批评中实践着他的主张。不过,叶公超也有与梁实秋相同的地方,他所倾慕的“新批评”派代表人物艾略特,尽管是一个现代主义代表作家,但也同样是一个趋向于传统的人物,叶公超已经认识到他这一点,认为“艾略特这个人很守旧”[③],他引述艾略特的话说:“在政治上他是保皇党,在宗教上他是英国天

---

① 朱光潜:《谈读诗与趣味的培养》,《我与文学及其他》,合肥:安徽教育出版社2006年版,第16页。

② 朱光潜:《谈读诗与趣味的培养》,《我与文学及其他》,合肥:安徽教育出版社2006年版,第16页。

③ 叶公超:《文学·艺术·永不退休》,《叶公超批评文集》,珠海出版社1998年版,第266页。

主教徒,在文学上他是古典主义者。他感觉人类的希望在一种内心的改造。”[①]叶公超对艾略特的诗同样非常推崇,认为艾略特的“诗和他的诗的理论却已造成一种新传统的基础。这新传统的势力已很明显地在近十年来一般英美青年诗人的作品中表现出来”[②]。他之所以推崇艾略特的诗,主要因为艾略特“是一个有明确主张,有规定公式的诗人,而且他的主张与公式竟然是运用到他自己的诗里的。他主张用典,用事,以古代的事和眼前的事错杂着,对较着,主张以一种代表的简单的动作或情节暗示情感的意志,就是他所谓客观的关连物,再以字句的音乐来响应这意态的潜力”[③]。这一评价观点同样影响到他对中国新文学的基本认识,尤其对诗歌的理解,他几乎就是用评价艾略特的尺度来评价现代新诗,特别重视文学的文体创造及其应有的秩序。在叶公超的评论中,主要是诗歌、散文评论,或者说,叶公超对文学的理解就是对诗的理解,以诗的标准要求于整个的文学。在《文学的雅与俗》、《现实世界与艺术世界》、《论新诗》、《爱略特的诗》等论著中,表达了一种“传统的”文学观,他认为,“所谓现实世界者可以简单的分为自然世界与社会世界”,而“是艺术世界可以说完全是人为的,是人的意愿、欲望,以及观察所创造的”。现实世界与艺术世界之间的关系是通过诗人创造完成的,“文学是人类用来替代现实的东西,他是人类在翻造在理解现实的成绩。为了现实不能直接给我们情感或理智的满足,我们乃创造一个艺术世界来替代它”[④]。从这种文学的理解出发,叶公超认为新诗运动20年来人们在理解新诗艺术时产生相当大的误解,没有真正理解新诗之新在何处:

> 从胡适之先生的《谈新诗》(出版于一九一九年),直到最近的《新诗》和《文学》的《新诗专号》等等,在这二十年中,多半讨论新诗的人都有一种牢不可破的观念,就是,新诗是从旧诗的镣铐里解放出来的。

---

① 叶公超:《再论爱略特的诗》,《叶公超批评文集》,珠海出版社1998年版,第123页。

② 叶公超:《再论爱略特的诗》,《叶公超批评文集》,珠海出版社1998年版,第121页。

③ 叶公超:《再论爱略特的诗》,《叶公超批评文集》,珠海出版社1998年版,第121—122页。

④ 叶公超:《现实世界与艺术世界》,《叶公超批评文集》,珠海出版社1998年版,第31—33页。

这当然是一个隐喻的说法，不过假使我们把隐喻的意义分析一下，我们马上就可以发现两层明显的背景：一，旧诗的格律是一种束缚"真情"的桎梏；二，新诗是解脱了旧格律的白话诗。简单的说，第一点的错误是不明白格律的用处；第二点错误是根本没有看清新诗和旧诗的出发点不同在哪里。关于第一点，我们可以肯定地说，格律是任何诗的必需条件，惟有在适合的格律里我们的情绪才能得到一种最有力量的传达形式；没有格律，我们的情绪只是散漫的、单调的、无组织的，所以格律根本不是束缚情绪的东西，而是根据诗人内在的要求而形成的。假使诗人有自由的话，那必然就是探索适应于内在的要求的格律的自由，恰如哥德所说，只有格律能给我们自由。

叶公超：《论新诗》

叶公超强调新诗的格律并不仅仅是一种形式意义上的格律，而主要是指诗人的情绪表现的性质而言，诗人选择什么样的格律，以什么样的节奏写诗，是以情绪而定，并不是形式决定情绪，"我们新诗的格律一方面要根据我们说话的节奏，一方面要切近我们的情绪的性质"。但同时他又指出，新诗人并不是在古典诗词的束缚下被动地运用格律，而是需要为新诗的发展创造一种格律，"我们现在的诗人都负有特别重要的责任：他们要为将来的诗人创设一种格律的传统"①。这显然是艾略特《传统与个人的才能》观点的中国化。

从这一文学观念出发，叶公超在评价鲁迅、徐志摩、闻一多等现代作家时也往往只是从一个既定的角度进行评论，而不能全面地认识与理解作家，或者说，他只是取自己爱好的一面，而对自己并不爱好或并不熟悉的一面则评价较低或干脆避而不谈。如他在《关于非战士的鲁迅》、《鲁迅》等文章中，对鲁迅的评价就带有明显的个人因素，他从"纯艺术"的角度去认识一个"非战士的鲁迅"，更多地承认鲁迅的小说。他认为鲁迅的贡献有三个方面：一是鲁迅在小说史方面的研究；二是鲁迅的小说；三是鲁迅的文字能力。于此，他特别赞佩鲁迅的抒情性及其文体风格："他的文字似乎有一种

---

① 叶公超：《论新诗》，《叶公超批评文集》，珠海出版社1998年版，第51页。

特殊的刚性是属于他自己的(有点像 swift 的文笔),华丽、柔媚是他没有的东西……他那种敏锐脆辣的滋味多半是文言中特有的成分,但从他的笔下出来的自然就带上了一种个性的亲切的色彩。”[①]他认为鲁迅“根本是个浪漫气质的”,但他同时又认为,“一个浪漫人”气质的文人被逼到讽刺的路上去实在是很不幸的一件事”,“鲁迅的讽刺小说都不如他的抒情的成功,大概也是性情的关系。我感觉阿 Q、孔乙己、木叔和爱姑等等都似乎是旧戏里的角色,丑角的色彩尤其浓厚”,他们“都在自觉的做着戏,表现着典型的性格”,叶公超认为“鲁迅的抒情的短篇小说比较他的讽刺的成功”,“刻画一种绝望、空虚、沉痛的心境实在是他的能事,最好的实例便是《伤逝》”,“《鸭的喜剧》、《社戏》等,也可以说是鲁迅的特色”,“充满了生活的情趣”。与其他自由主义批评家不同,叶公超极为推崇鲁迅的杂文,“在杂感文里,他的讽刺可以不受形式的拘束,所以尽可以自由地变化,夹杂着别的成分,同时也可以充分地利用他那锋锐的文字。他的情感的真挚,性情的倔强,智识的广博都在他的杂感中表现的最明显”[②]。这些评价还是比较公允而且准确的。这也说明,当一个批评家真正地从艺术本身观照作家作品而不是站在政治的偏见立场上时,批评的标准是同样的,而且也能把握到艺术的真谛。

① 叶公超:《关于非战士的鲁迅》,《叶公超批评文集》,珠海出版社 1998 年版,第 96 页。

② 叶公超:《鲁迅》,《叶公超批评文集》,珠海出版社 1998 年版,第 99—103 页。

参 考 书 目

梁启超:《梁启超文集》,北京燕山出版社1997年版。

王国维:《王国维集》(1—4册),中国社会科学出版社2008年版。

胡适:《胡适文集》(1—12卷),北京大学出版社1998年版

鲁迅:《鲁迅全集》(1—16卷),人民文学出版社1981年版。

周作人:《自己的园地》,河北教育出版社2002年版。

周作人:《艺术与生活》,河北教育出版社2002年版。

周作人:《儿童文学小论、中国新文学的源流》,河北教育出版社2002年版。

周作人:《谈虎集》,河北教育出版社2002年版。

周作人:《谈龙集》,河北教育出版社2002年版。

茅盾:《茅盾文艺杂论集》,上海文艺出版社1981年版。

茅盾:《茅盾论中国现代作家作品》,北京大学出版社1980年版。

郭沫若:《郭沫若全集》(第15卷),人民文学出版社1990年版。

郭沫若:《郭沫若全集》(第16卷),人民文学出版社1989年版。

郁达夫:《郁达夫文集》(第6、7卷)花城出版社、三联书店香港分店1983年版。

闻一多:《闻一多全集》(第2卷),湖北人民出版社1993年版。

黎照编:《鲁迅梁实秋论战实录》,华龄出版社1997年版。

李富根、刘洪主编:《恩怨录·鲁迅和他的论敌文选》,今日中国出版社1996年版。

沈从文:《沈从文文集》(第12卷),花城出版社1984年版。

李长之:《鲁迅批判》,北京出版社 2003 年版。

冯雪峰:《冯雪峰论文集》,人民出版社 1981 年版。

胡风:《胡风评论集》(上中下),人民文学出版社 1984 年版。

赵家璧等:《中国新文学大系》(1—10),上海良友图书公司 1935 年—1936 年版。

北京大学等主编:《文学运动史料选》(第一至五册),上海教育出版社 1984 年版。

俞元桂主编:《中国现代散文理论》,广西人民出版社 1983 年版。

王永生主编:《中国现代文论选》(第 1—3 册),贵州人民出版社 1984 年版。

唐金海等主编:《新文学里程碑》(评论卷),文汇出版社 1997 年版。

[美]韦勒克、沃伦:《文学理论》,刘象愚等译,三联书店 1984 年版。

[比]乔治·布莱:《批评意识》,郭宏安译,百花洲文艺出版社 1993 年版。

[英]丹尼·卡瓦拉罗:《文化理论关键词》,张卫东等译,江苏人民出版社 2006 年版。

司马长风:《中国新文学史》,香港昭明出版社有限公司 1978 年版。

[德]顾彬:《二十世纪中国文学史》,范劲等译,华东师范大学出版社 2008 年版。

潘凯雄等:《文学批评学》,人民文学出版社 1991 年版。

蒋原伦、潘凯雄:《历史描述与逻辑演绎》,云南人民出版社 1994 年版。

陶东风:《文体演变及其文化意味》,云南人民出版社 1994 年版。

南帆主编:《二十世纪中国文学批评 99 个词》,浙江文艺出版社 2003 年版。

陈伯海:《中国诗学之现代观》,上海古籍出版社 2006 年版。

金惠敏:《媒介的后果》,人民出版社 2005 年版。

钱基博:《现代中国文学史》,江苏文艺出版社 2008 年版。

严家炎主编:《二十世纪中国文学史》,高等教育出版社 2010 年版。

郑家建:《中国文学现代性的起源语境》,上海三联书店 2002 年版。

温儒敏:《中国现代文学批评史》,北京大学出版社 1991 年版。

许道明:《中国现代文学批评史》,江苏文艺出版社 1995 年版。

刘锋杰:《中国现代六大批评家》,安徽文艺出版社 1995 年版。

陈剑晖、宋剑华主编:《20 世纪中国文学批评史》,海南出版社 2003 年版。

周平远:《文艺社会学史纲》,中国大百科全书出版社 2005 年版。

李怡:《现代性:批判的批判》,人民文学出版社 2006 年版。

栾梅健:《二十世纪中国文学发生论》,广西师范大学出版社 2006 年版。

胡明:《胡适与中国文化》,广西师范大学出版社 2005 年版。

黄健:《京派文学批评研究》,上海三联书店 2002 年版。

欧明俊:《现代小品理论研究》,上海三联书店 2005 年版

夏晓虹:《觉世与传世》,中华书局 2006 年版。

姜玉琴:《肇始与分流》,花城出版社 2009 年版。

李静:《〈新青年〉杂志话语研究》,天津大学出版社 2010 年。

沈卫威:《回眸"学衡派"》,人民文学出版社 1999 年版。

沈卫威:《自由守望》,上海文艺出版社 1997 年版。

童晓薇:《日本影响下的创造社文学之路》,社会科学文献出版社 2011 年版。

朱寿桐:《新月派的绅士风情》,江苏文艺出版社 1995 年版。

高恒文:《京派文人:学院派的风采》,上海教育出版社 2000 年版。

许祖华:《五四文学思想论》,华中师范大学出版社 2002 年版。

[新]徐舒虹:《五四时期周作人的文学理论》,学林出版社 1999 年版。

范际燕、钱文亮:《胡风论》,湖北人民出版社 1999 年版。

后　记

我对中国现代文学批评的研究，前前后后经历了二十多年的时间，从参与冯光廉先生主编的《中国近百年文学体式流变史》的写作，到2002年由上海人民出版社出版《中国现代文学批评史论》，再到现在这部"新论"，无论是材料积累还是思想认识，都发生了许多的变化。也许，十年前的课题研究中，我只是想为中国现代文学批评写一部"史"，尽管这部史非常简单，缺少必要的清晰的历史线索和历史意识，但那种努力还是比较明显的。进一步的研究让我明白，历史如何叙述是一个需要再思考的问题，史的描述并不是那么简单。能够静下心来读读书，写写文章，是知识分子的理想境界。近年来，我在教学和研究过程中，主要围绕几个课题，思考有关中国现代文化发展的若干问题。一百多年来，中国文学建立了怎样的文学观念，怎样的美学体系，确立了怎样的价值观念，这里涉及到的不仅仅是学术规范和文学观念有待我们重新思考，而且与此相关的文化秩序与价值规范的问题，也需要我们认真对待。旧的秩序和规范被破坏了，新的秩序和规范在哪里？"翻天覆地"、"日新月异"这些让我们内心激动的词语，给我们带来的是什么？随着生活速度的提高，我们的内心也越来越急躁。一些文化问题以及与人们的现实生活密切相关的问题，需要重新思考，需要得到回答。尤其随着现代传媒的普及与泛滥，旧的文化观念和价值体系已经轰毁，新的文化观念和价值体系却非常模糊，这对于从事文学研究的人来说，可能是一个需要为之进行长期的研究课题。从中国现代文学批评家的努力来看，无论他们持什么观点，站在什么立场上，都试图建立起新的批评体系，并通过文学批评影响到社会价值观念。从这个意义上说，文学史的书写,就是通过对文学历史的梳理,从而对一种文化秩序和文学价值的确认。

从这样的认识出发,我在本书的写作过程中,试图摆脱文学史叙述的某些局限,回归到文学批评话语的重建中,将中国现代文学批评作为特定的研究对象,看看几十年前的知识分子是如何思考中国文化,如何建构新的学术话语,重构学术规范和文学新秩序的。感谢全国社科规划办及其评审专家的厚爱,将本书列为国家社科规划后期资助项目,让我有机会再一次思考相关问题,并顺利完成这一课题。感谢评审专家提出的中肯的修改建议,根据专家提出的建议,对本书进行了新的研究和修改。感谢人民出版社能够接纳这部书稿,感谢责编林敏对本书所做的一切,她为本书交稿后的进一步修改提出了非常好的建议,并为此书的出版付出了大量心力。

责任编辑:林　敏
封面设计:毛　淳　徐　晖

图书在版编目(CIP)数据

文学的秩序世界:中国现代文学批评新论/周海波 著.
-北京:人民出版社,2013.5
ISBN 978-7-01-011937-3

Ⅰ.①文…　Ⅱ.①周…　Ⅲ.①中国文学-现代文学-文学评论
Ⅳ.①I206.6

中国版本图书馆 CIP 数据核字(2013)第 068610 号

文学的秩序世界:中国现代文学批评新论
WENXUE DE ZHIXU SHIJIE:ZHONGGUO XIANDAI WENXUE PIPING XINLUN

周海波　著

人民出版社 出版发行
(100706　北京市东城区隆福寺街 99 号)

北京瑞古冠中印刷厂印刷　新华书店经销

2013 年 5 月第 1 版　2013 年 5 月北京第 1 次印刷
开本:710 毫米×1000 毫米 1/16　印张:27.25
字数:380 千字　印数:0,001-3,000 册

ISBN 978-7-01-011937-3　定价:59.00 元

邮购地址 100706　北京市东城区隆福寺街 99 号
人民东方图书销售中心　电话 (010)65250042　65289539